鲸歌
我们拥有同样的音频和心跳

JIDI MAJIA

POETRY AND THE WORLD

吉狄马加的诗歌与世界

（上）

〔叙利亚〕阿多尼斯等◎著

主 编 耿占春 高 兴 副主编 盛一杰

四川人民出版社

图书在版编目（CIP）数据

吉狄马加的诗歌与世界 /（叙利亚）阿多尼斯等著；
耿占春，高兴，盛一杰主编. —成都：四川人民出版
社，2017.10

ISBN 978-7-220-10401-5

Ⅰ. ①吉…　Ⅱ. ①阿…　②耿…　③高…　④盛…
Ⅲ. ①吉狄马加–诗歌研究–文集　Ⅳ. ①I207.22-53

中国版本图书馆CIP数据核字（2017）第230435号

JIDIMAJIA DE SHIGE YU SHIJIE

吉狄马加的诗歌与世界

（叙利亚）阿多尼斯 等　著

主　编　耿占春　高　兴

副主编　盛一杰

责任编辑	张春晓
营销统筹	王其进
封面设计	尚书堂
版式设计	张　妮
责任校对	韩　华　王　璐
责任印制	祝　健

出版发行	四川人民出版社（成都槐树街2号）
网　　址	http://www.scpph.com
E-mail	scrmcbs@sina.com
新浪微博	@四川人民出版社
微信公众号	四川人民出版社
发行部业务电话	（028）86259624　86259453
防盗版举报电话	（028）86259624
照　　排	四川胜翔数码印务设计有限公司
印　　刷	成都东江印务有限公司
成品尺寸	160mm×230mm
印　　张	50.75
字　　数	1020千
版　　次	2017年10月第1版
印　　次	2017年10月第1次印刷
书　　号	ISBN 978-7-220-10401-5
定　　价	268.00元

序

    这里汇聚了当今世界众多诗人的声音,数十位杰出诗人、思想者、批评家以他们充满差异而又互补的视角诠释着吉狄马加的诗歌与世界。或许,吉狄马加的诗歌获得较多翻译与他诗人政治家身份不无关系,但他的诗在多元文化语境中所产生的深刻共鸣就是一种人类学诗学的议题了。

    在当代世界文学范围内,以拥有一种少数族裔文化传统的写作而获得广泛认同并非一个偶然现象,其缘由或如梅丹理所说,在吉狄马加诗歌中,"我感受到了一种少数民族独有的信念体系的风景,而这一风景的窗户对于当下的世界是开放的"。可以说,吉狄马加的诗歌不仅是一种独特"信念体系的风景"的展现,更是这一"信念体系"与"当下世界"状况之间一场愈来愈深入的对话,而他正是从这一对话关系中,深远而广泛地回应着一个充满困境的现代世界。

    在当代生活也在诗歌中,个性化的式微固然是一个普遍现象,整体性体验的衰落则尤为醒目,但正如有论者敏锐地感知到,吉狄马加在"我"的面具下对人们讲话的声音,既是抒情的,也是史诗性的。抒情诗属于个性化的人,而史诗则属于一个民族。在吉狄马加这里,则是一种民族的史诗性经验融于抒情个性之中,他在个性的核心挽回了急剧衰落的生存的整体性体验。如麦芒所说,吉狄马加的诗歌与世界既显现出独特的个性魅力,又"呈现出远比个性化更加伟大神秘的世界背景"。

    那么,什么是他的人类学诗学中的"伟大神秘的世界背景?"阿多尼斯发现,吉狄马加的诗歌体现了一个"原初的世界",一个"存在之童年"的世界。这一世界不仅有着阿多尼斯所说的"和广阔而多样的中国天地之间的诗意联系"，还因着吉狄马加诗歌中这种黎明时刻的原初感受将一个地域性的世界提升为一个神话性的世界。或如弗朗索瓦丝·罗伊的另一种表达，吉狄马加以他独有的方式重申了这一思想："属于无限比属于自我更让我们感到幸福。"

人们还会发现，吉狄马加的诗歌之所以建构出一个如此宏伟的"原初世界"，正是源于他对"当下世界"某种深切地回应，在弗朗索瓦丝·罗伊看来，吉狄马加对我们提出，置身现代世界的无序状态，诗歌的位置何在？神话和传统的重要性何在？他质疑现代世界疯狂发展的动机，指出它已陷入某种危险的漩涡。"思考、灵性和感恩的缺乏，威胁着今天的人类"，因此，吉狄马加一方面深刻认同"介入作家"关于诗歌、仪式以及传说在美学教育中重要性的见解，同时又将我们引入他个人的起源神话。

对此，雅克·达拉斯敏锐地指出："大山是他的神话和传说的储存地。他选择诗歌的斜坡，毫不妥协地走向我们……吉狄马加提供了一种理解、宽容，甚至是智慧和拯救的可能性。"的确，"吉狄马加属于中国腹地的那些大山"，"山岳荐灵"而"能脉运天下"，吉狄马加生长的大凉山还有他工作生活九年的青藏高原，构成了他精神生活之基底，也构成了他从高处走向生活世界的宽阔"斜坡"，他从那里——一个"原初世界"或"存在之童年"——给人们带来智慧与救赎的话语。

人们不难发现，对原初世界的体验，在吉狄马加这里是作为个体生命中的有序化力量而存在的。有了这种确定性，抒情的"我"就可以寻找到通向远方的道路，并从事物的存在方式中"看见和认出"一切被称为信心的东西。吉狄马加诗歌中万物之灵或充满灵魂的宇宙这样一种神话式的表达，正是对信任与希望的一种表达。因此，在个性化与生存的整体性体验、原初世界与当下状况的多重对话中，吉狄马加的诗歌既充满对现代社会的批判性反思，更洋溢着对生活世界的热情肯定，吉狄马加诗歌中的"颂"及其肯定性的激情正是基于他对原初世界参与性的体验。他通过持久地思考不断将之清晰化，并创造出体验与符号的一致性。

这正是朱利亚诺·斯卡比亚所说的吉狄马加诗歌中的"那来自遥远灵魂的语言"，它不仅超越了单纯意见性的思考，也构成了对各种原教旨主义的深刻质疑，正如赫尔穆特·A·聂德乐谈到吉狄马加时所说，对于人类和民族的共处，诗歌之思"究竟孕育着多少可能性啊！它又能怎样丰富生命与文化！跨越语言、文化和宗教的界线……走向融合，使得人际交往拥有全新的品质"。对吉狄马加的人类学诗学而言，信念与热情的首肯不是任何一种确定性的信仰，而是在不确定性处境中的愿望、信任与信心的生成。

现在，重温阿多尼斯的话是如此令人愉快："我认识吉狄马加其人。现在我知道，他本人和他的诗歌之间存在某种一致性，正如空气和天空、源泉和溪流之间存在一致性一样。他诗歌的空间，是人，及与人相关的一切，其中有独特的个性，也有普遍的人性：期待，思念，欢乐，痛苦。在他的诗中，自然在闪亮，并摇曳于存在的初始和当下之间，还有那些来自本源的情感和人的在场感。"

（耿占春，文学批评家，大理大学教授，河南大学特聘教授，博士生导师。）

A Preface forJidimajia's Poetry and Its World

By Geng Zhanchun

Numerous contemporary poets around the world are gathered to have their voices heard, among which tens of outstanding poets, thinkers, and critics interpret Jidimajia's poetry and its world from their totally different and mutually complementary perspectives. Jidimajia's poems have been translated more than once, which might have something to do with his status as a politician, nevertheless, the profound resonation with his poems under the context of multi-cultures is precisely an issue under discussion of anthropological poetics.

Within the scope of contemporary world literature, it is really not accidental for writings with cultural traditions of ethnic minorities to be widely recognized. As Denis Mair maintains"I experience the perspective of an indigenous belief system with its windows thrown wide-open to the modern worldin Jidimajia's poems. In a way, Jidimajia's poetry is not simply about manifesting a unique landscape of belief system, but a more and more profound dialogue between the belief system and the present world, of course, he is exactly the person that profoundly and widely responds to a contemporary age full of confusion through such a dialogical relationship.

In the contemporary life and poetry, there is no doubt that the decline of individuality is a universal phenomenon, and the decline of integral experience, particularly obvious, but as the exquisite perception of a commentator, what Jidimajia declares under the mask of self towards the people is either lyric or epic. A lyric poem is for the personalized, but an epic belongs to an ethnic group, for Jidimajia, it is a national epic experience that melts into a lyric individuality. His individualized poetics redeems the rapidly declining existent integral experience. As Maimang, a famous contemporary poet said, Jidimajia's poetry and its world not only manifest his own individual charm, but also present a worldview that is greater and more mysterious than his individualism.

What is the so-called great and mysterious world background in his anthropological poetics? Adonis sees in Jidi majia's poems " a primal world" "a realm of adolescence of existence", which" in Adonis's view, bears a poetic connection with the vastness and grandeur of China.",
It is exactly the primary feeling at dawn from his poetry that upgrades a regional world to a mythological one. Like another expression of Françoise Roy, Jidimajia reiterated such thinking in his particular way; *it is the infiniteness that makes us feel happier than egoism does.*"

It is widely perceived that such a majestic "original world" has been established in Jidimajia's poetry,which precisely derives from his heartfelt response to the contemporary age. It seems to Françoise Roy that Jidimajia questions where the poetry status and the significance of mythology and tradition exactly are when placing ourselves in a disordered state of modern world. He doubts the motivation of aggressive development of modern world, indicating that the motivation has been under a dangerous vortex. "The lack of thought, spirituality and gratitude is threatening the humankind today", thus, Jidimajia, on the one hand, profoundly acknowledges the intervening writers' viewpoints on the importance of poetry, ritual and mythology in aesthetic education, on the other hand, brings us into his own mythology of origin.

Jacques Darras incisively indicates that "Mountains are the reserve of his myth and his legends. He has chosen the slopes of his poems and descends towards us without compromise. Jidi supplies us one understanding, toleration even one possibility of wisdom and salvation. "Indeed, Jidimajia belongs to those mountains in the hinterland of China, where the mountains endow the spirituality, and the pulse carries everything. The base of his spiritual life was formed in Daliangshan where he grew up and on the Tibetan Plateau where he worked and lived for 9 years, his psirituality was further enriched and refined to an preeminent degree. He brought the words of wisdom and redemption to the people from an "original world" or "existent childhood. "

It's clear that the experience of an original world exists as an ordering force of individual life in his poems. With such a certainty, the lyric "egoism" could lead to the distance, and everything that is considered to be the confidence can be "seen or recognized" through the way things exist. In his poetry, a mythological expression of all things and the universe with its soul is precisely a kind of expression of trust and hope. Therefore, in the multiple dialogue of integral experience of individuation and existence, and original world and current situations, Jidimajia's poetry is not only full of critical introspection of modern society, but runs over with an enthusiastic recognition for life. "Eulogy" and its certain passion in his poetry are exactly based on his experience of participation in the original world, and he constantly makes it clear by enduringly thinking, and creating a consistency of experience and symbol.

This is precisely what Giuliano Pisapia says that "the language of soul from the distance" in Jidimajia's poetry is not simply beyond the thinking of unsophisticated opinions, but a profound query of various fundamentalisms. Helmuth A. Niederle put up a rhetorical question: speaking of Jidimajia, in terms of coexistence of human and nationality, how much possibility can the ideology of poetry breed on earth? How does it enrich life and culture? Stepping beyond the boundaries of language, culture and religionun till integration enables the new quality of interpersonal communication. In terms of Jidimajia's anthropological poetics, the consent of faith and enthusiasm is not a certain faith, but a production of aspiration, trust and faith in an uncertain context.

Again, it is really pleasant to recall Adonis' apt remarks, "I know Jidimajia, and I clearly understand that there remains a consistency between he himself and his poetry, just like the consistency between air and sky, fountain and stream. His poetic space is about human and everything related to human, among which there is a unique individuality and common humanity, including expectation, thought, joy and pain. Nature is twinkling in his poetry, and flickering between the existent inception and immediateness, and those fontal emotions and sense of presence. "

（黄少政　译）

001　远在天涯　近在咫尺
　　　——读吉狄马加的诗 / 赵振江　译
　　［委内瑞拉］何塞·曼努埃尔·布里塞尼奥·格雷罗

008　在吉狄马加的"神奇土地"上
　　　——读吉狄马加的诗 / 树才　译
　　［法国］雅克·达拉斯

025　致诗人吉狄马加
　　　——在"全球视野下的诗人吉狄马加学术研讨会"上的讲话 / 胡佩方　译
　　［波兰］玛莱克·瓦夫凯维支

029　民族诗人和世界公民
　　　——在"全球视野下的诗人吉狄马加学术研讨会"上的发言 / 刘文飞　译
　　［立陶宛］托马斯·温茨洛瓦

044　诺苏缪斯之神的儿子
　　　——英文版《吉狄马加诗选》译序 / 杨宗泽　译
　　［美国］梅丹理

058 吉狄马加的诗歌天地 / 赵振江　译

[哥伦比亚] 费尔南多·仁东

063 吉狄马加诗歌与美国印第安土著诗歌的比较 / 杨宗泽　译

[美国] 阿马利奥·马杜埃尼奥

094 吉狄马加：我们自己与我们的他者 / 黄少政　译

[美国] 麦芒

127 吉狄马加法文版演讲集《为土地和生命而写作》序 / 树才　译

[加拿大] 弗朗索瓦丝·罗伊

137 导言：吉狄马加和身份转译

　　　　——序吉狄马加法文版诗选《火焰与词语》 / 树才　译

[加拿大] 弗朗索瓦丝·罗伊

144 诗歌之路

　　　　——序吉狄马加阿拉伯文版诗选《火焰与词语》 / 薛庆国　译

[叙利亚] 阿多尼斯

152 近与远

　　　吉狄马加文学附记 / 胡丹　译

[奥地利] 赫尔穆特·A.聂德乐

171 《黑色狂想曲》译者序 / 黄少政　译

[美] 梅丹理

178 读吉狄马加的俄文版诗集《黑色奏鸣曲》 / 刘文飞　译

[俄罗斯] 亚历山大·库什涅尔

195　和一位远方诗人的对话 / 胡丹　译

　　［意大利］朱利亚诺·斯卡比亚

203　黑色之人的歌谣 / 赵玮婷　译

　　［波兰］卡塔热娜·萨莱克

209　序吉狄马加《我，雪豹……》 / 曹明伦　译

　　［美］巴里·洛佩兹

222　永恒的仪式 / 赵玮婷　译

　　［波兰］达留什·托马斯·莱比奥达

236　金色口弦与永恒的激情 / 刘宪平　译

　　［俄罗斯］阿·奥·菲利莫诺夫

258　狂想曲：生存，声音，延续。一种尊崇。 / 高兴　译

　　［美国］西蒙·欧迪斯

267　人类生存的基本要求：培养神话和自由精神 / 杨宗泽　编译

　　［肯尼亚］菲罗·伊科尼亚

296　《火焰与词语》序言 / 魏媛媛　吴艾伶　译

　　［肯尼亚］菲罗·伊科尼亚

311　像空气又像水晶

　　　　——吉狄马加诗选《时间》阿根廷版序言 / 赵振江　译

　　［阿根廷］罗伯特·阿利法诺

317 当代中国的一个特殊的声音：吉狄马加写给他的民族的诗 / 杨宗泽　译
　　　［爱沙尼亚］尤里·塔尔维特

325 吉狄马加：诗人，文化活动家 / 杨宗泽　译
　　　［南非］佐拉尼·姆基瓦

330 彝人的歌者：吉狄马加诗集《时间》 / 赵振江　译
　　　［秘鲁］安赫尔·拉瓦耶·迪奥斯

337 译者序 / 唐珺　译
　　　［埃及］赛义德·顾德

349 为了土地和生命：吉狄马加诗歌中的独特性和普遍性 / 赵毅　译
　　　［意大利］罗莎·龙巴蒂

363 黑色狂想曲 / 林婧　译
　　　［以色列］阿米尔·奥尔

374 《从雪豹到马雅可夫斯基》序 / 杨宗泽　译
　　　［美国］杰克·赫希曼

383 吉狄马加的天空 / 赵振江　译
　　　［阿根廷］胡安·赫尔曼

387 波兰文版诗集 序言 / 赵桢　译
　　　［波兰］马乌戈热塔·莱丽嘉

399 神性的吉狄马加 / 杨宗泽　译
　　　［美国］杰克·赫希曼

412　吉狄马加《火焰与词语》 / 徐伟珠　译

　　[捷克] 杰罗米·泰派特

418　当一颗彗星经过的时候…… / 丁超　译

　　[罗马尼亚] 欧金·乌里卡鲁

424　青海对话

　　——吉狄马加与西蒙·欧迪斯 / 麦芒　余石屹　译

　　[中国] 吉狄马加　　[美国] 西蒙·欧迪斯

445　来自远山的民间唱诗 / 陈艺磊　译

　　[土耳其] 阿陶尔·柏赫拉姆奥鲁

451　给注视的目光插上想象的翅膀

　　吉狄马加的诗 / 牛玲　译

　　[乌拉圭] 爱德华多·爱思比纳

474　雄鹰由诺苏山村腾飞 / 薛晓涵　译

　　[西班牙] 尤兰达·卡斯塔诺

489　假若没有激情，就万般全无 / 丁超　译

　　[罗马尼亚] 阿列克斯·斯特凡内斯库

493　鲁博安采访记录 / 高兴　鲁博安　译

　　[罗马尼亚] 鲁博安

503　孟加拉语诗集序 / 白开元　译

　　[印度] 阿希斯·萨纳尔

509   意大利语版诗集《天涯海角》序言 / 张雪梅　译

[意大利] 维尔马·康斯坦蒂尼

513   拥抱一切的诗歌 / 刘文飞　译

[俄] 叶夫盖尼·叶夫图申科

533   全球化语境下土著民族诗人的语言策略

以吉狄马加为例 / 黄少政　译

[中国] 吴思敬

542   重读《献给土著民族的颂歌》 / 黄少政　译

[中国] 李鸿然

563   吉狄马加，史诗英雄民族的后裔 / 余泽民　译

[匈牙利] 芭尔涛·艾丽卡

583   现代配器下的古老声音 / 余泽民　译

[匈牙利] 拉茨·彼特

587   用尽可能贴切的词语捕捉他诗歌的本质 / 余泽民　译

[匈牙利] 苏契·盖佐

591   从《诗经》到吉狄马加

——简谈中国诗歌 / 余泽民　译

[匈牙利] 余泽民

605   一位能够走过独木桥的诗人

——在吉狄马加诗集《我，雪豹……》匈牙利语版首发式上的讲话 / 舒荪乐　译

[匈牙利] 苏契·盖佐

610 吉狄马加与拉茨·彼特对话录 / 余泽民　余艾丽卡　译

　　［中国］吉狄马加　　［匈牙利］拉茨·彼特

637 吉狄马加诗集波斯语版译序 / 刘红霞　译

　　［德黑兰］阿布卡西姆·伊斯梅尔保尔

662 火焰诗人 / 薛庆国　译

　　［摩洛哥］杰拉勒·希克马维

668 来自过往的呼唤 / 赵刚　译

　　［波兰］卡丽娜·伊莎贝拉·吉奥瓦

681 泸沽湖是山中的少女 / 赵刚　译

　　［波兰］米奇斯瓦夫·沃伊塔希克

691 个人身份·群体声音·人类意识

　　　　——在剑桥大学国王学院徐志摩诗歌艺术节论坛上的演讲 / 梅丹理　译

　　［中国］吉狄马加

703 一个中国诗人的非州情结

　　　　在2014年南非姆基瓦人道主义大奖颁奖仪式上的书面致答词 / 黄少政　译

　　［中国］吉狄马加

713 我相信诗歌将会打破所有的壁垒和障碍

　　　　——在布加勒斯特城市诗歌奖颁奖仪式上的致答词 / 梅丹理　鲁博安　译

　　［中国］吉狄马加

723 2017年度波兰雅尼茨基文学奖颁奖词与致答词 / 刘文飞　梅丹理　译

733　2016欧洲诗歌与艺术荷马奖颁奖词与致答词 / 刘文飞　黄少政　译

740　剑桥大学"银柳叶诗歌终身成就奖"颁奖词与致答词 / 梅丹理　译

746　附录一　吉狄马加主要作品目录
761　附录二　吉狄马加主要获奖目录
765　附录三　《我，雪豹……》推介语
781　附录四　封面集锦

吉狄马加，中国当代著名少数民族代表性诗人，同时也是一位具有广泛影响力的国际性诗人，其诗歌已被翻译成二十多种文字，在近三十个国家或地区出版发行。曾获中国第三届诗歌奖、中国四川省文学奖及郭沫若文学奖荣誉奖、庄重文文学奖、肖洛霍夫文学纪念奖、柔刚诗歌成就奖、国际华人诗人笔会"中国诗魂奖"、南非姆基瓦人道主义奖、欧洲诗歌与艺术荷马奖、罗马尼亚《当代人》杂志卓越诗人奖、布加勒斯特城市诗歌奖、波兰雅尼茨基文学奖、剑桥徐志摩诗歌节银柳叶诗歌终身成就奖。创办青海湖国际诗歌节、青海国际诗人帐篷圆桌会议、凉山西昌邛海国际诗歌周以及成都国际诗歌周，现任中国作家协会副主席、书记处书记。

Jidi Majia is a representative figure among minority poets in China while also having broad influence as an international poet. His poetry has been translated into over 20 languages and published for distribution in almost 30 countries and regions. He has been honored with the Third China Poetry Prize, Guo Moruo Literature Prize, Zhuang Zhongwen Literary Prize, Sholokhov Memorial Prize, Rou Gang Literary Prize, the "China Poetic Spirit Award" of International Chinese P. E. N., the Mkhiva International Humanitarian Award of South Africa, the 2016 European Poetry and Art Homer Award, the Poetry Prize awarded by the Romanian magazine Contemporary People, the 2017 Bucharest Poetry Prize, the 2017 Ianicius Prize of Poland and Lifetime Achievement Award of Xu Zhimo Poetry Prize of Cambridge. Since 2007 he has founded a series of poetry events: Qinghai International Poetry Festival, Qinghai Poets Tent Forum, Xichang Qionghai Lake Poets Week and Chengdu International Poetry Week. He currently serves as Vice President and Member of Secretariat of China Writers Association.

（梅丹理　译）

远在天涯　近在咫尺
——读吉狄马加的诗

[委内瑞拉] 何塞·曼努埃尔·布里塞尼奥·格雷罗

开始关注吉狄马加的诗，自知是在进入一个奇妙的领域。一位在地球另一面的诗人，我们之间的距离远得不能再远了，十二个小时的时差，他在午时，我在子时。此前，我连他的民族的名字都不知道——彝族，只能从互联网上找些相关资料。

我进入了这个奇妙的领域。说真的，人类的任何事物，我都不以为奇，但是诗中那些非人类的东西呢，他在多大程度上使它们，使那些语言的奇迹人性化了呢？

他的诗句引导我进入了他的家乡，高山、深谷、湍急而又寒冷的河流、高原台地、动物、乔木、灌木、花草，一切对我都很新奇，因为我生长在一望无际的平原，在一条既深又宽、既悠闲又温暖的河边。但吉狄马加对家乡的热爱却神奇地拉近了我与梅里达的距离，这是委内瑞拉的山区，我在这里生活了多年。

他的诗句引导我进入了他的人群——关于神仙、祖先、精灵的传说；各种乐器，尤其是口弦、马布和卡谢卓尔（我会有幸听到吗？），献祭和葬礼，我几乎听见了毕摩的声音，看到了引人入胜的习俗；我梦见了火把节，在交换了裙子之后，我送给自己爱慕的女子一条围巾，数月后，我等着自己的家人将我的新娘从她的家人的嫉妒中抢过来；还有我想象不出来的衣服和必须品尝的食物……我感到一切已不那么陌生了。

他的诗句引导我进入了他个人的生活：彝族的童年，父母都是彝族，但有一个汉族的阿姨，一位经验丰富的杰出女性，既坚强又温柔，家庭教师型的女子；他参加的社会斗争，他在国内的学习和旅游；还有他与世界的总的联系，和各国文学与诗人们的联系，与那些遥远国度和那些将地分为两半的、实实在在的用钢铁武装起来的城市的关系。

给我印象最深的是他对世界范围内我们时代的重大主题的情感与思考：他对暴力与武装侵略的激愤；他对歧视、排斥、非正义、人剥削人的反抗；他对和平的强烈愿望；对人类平等的信仰。在他诗人的心目中，确信所有的生命，包括岩石、河流、山脉、云彩、空气、火、水、土地都有灵魂。

他的诗句引导我登上大凉山，找一个山坡躺下，在那里倾听我西班牙的、印第安的、非洲的不同种族的祖先的声音，我觉得他的祖先好像在通过一条地下的秘密网络和我的祖先交流。

在这个高度上，我已经感到不怎么生疏了，但却有一种怀念：在拉丁美洲，抑或是整个西方世界，人们在等待着一位诗人，歌唱心爱的女人的身躯，赞美爱的欢乐，感叹爱的痛苦，同时使人感受到死神严肃的降临，寻求美酒的友谊和人类高尚、永恒的结盟。然而我发现这些都蕴含在他的诗歌里面，尤其是那首《致布拖少女》，给我留下了特殊的印象，使我不禁想起了萨洛蒙的《雅歌》，还有阿那克里翁、卡图卢斯、法国中世纪的行吟诗人和自由女性，想起了龙萨，想起了聂鲁达。

似乎这些接近还不够，一种更亲密的接近诞生了：吉狄马加内心与我们拉丁美洲诗人有着同样的情结。他们讲的是一种与他们的心灵和习惯不相适应的语言。我解释一下，在拉丁美洲，在西班牙古老的领地上讲西班牙语，在属于葡萄牙的领土上讲葡萄牙语，但在加勒比地区，也讲英语、荷兰语、法语。此外，还有广大的双语地区，这要归于他们对土著语言和文化的执着。甚至在有的地区，只讲一种土著语言。

拉丁美洲关于欧洲和非洲的经验，由于种族与文化交融而得到了加强，因而渐渐形成了一种新的情感，它在欧洲语言的版图上找不到恰如其分的表达，这里没有形成方言，"el patois"或"créol"和"papiamento"①除外。

拉丁美洲诗人不得不学习欧洲的语言，以表现自己与欧洲如此不同的情感。方言的形成可能是一条出路——在当今这倾向于全球化和一体化的时代受到了阻碍。于是，拉丁美洲的特色便体现在语言的音乐、尤其是诗歌的音乐中。

我很想懂得足够多的汉语，以了解吉狄马加诗歌内在的音乐，想听听他自己的朗诵，并与用北京话的朗诵做个比较。

就这样，我从遥远来到了近前，如此之近，以至我可以将吉狄马加看作是拉丁美洲的诗人，或更确切地说，是全人类的诗人。因为有一种心灵的神圣语言，它在任何历史语言中都找不到表达。

（赵振江　译）

何塞·曼努埃尔·布里塞尼奥·格雷罗（1929-2014），拉丁美洲当代著名思想家、散文家，委内瑞拉安第斯大学终身教授，拉丁美洲十所大学曾于2007年推荐他为诺贝尔文学奖候选人。著作颇丰，曾荣获"安德烈斯·贝略"勋章和委内瑞拉国家文学奖等重要奖项。也是吉狄马加诗歌的西班牙语译者。

---

① "el patois"或"créol"是安的列斯群岛中的一种语言。是西班牙语和荷兰语的混杂；"papiamento"是同一地区的语言，是西班牙语和法语的混杂。

Muy Lejos, Muy Cerca

©J. M. Briceno Guerrero

Cuando comencé a ocuparme de la poesía de Chiti Matya, supe que me adentraba en lo extraño. Un poeta de las antípodas; su tierra no podía estar más lejos de la mía, distancia máxima, doce horas de diferencia; mediodía para él medianoche para mí. Yo desconocía hasta el nombre de su nación, los Yi, tuve que buscar alguna informacion por internet.

Me adentré en lo extraño. Nada humano debería serme extraño, es verdad, pero las referencias en su poesía a lo no humano ¿en qué medida humanizaba lo no humano, lo milagroso de la palabra?

Guiado por sus versos me adentré en su país natal: altas montañas, valles profundos, ríos violentos y fríos, altiplanicies, animales, árboles, arbustos, yerbas. Todo muy exótico para mí que nací y fui criado en llanura sin límites al lado de un río profundo, ancho, perezoso y caliente. Pero el amor de Chiti Matya por su país natal me acercaba paradójicamente a Mérida, región montañosa de Venezuela donde he vivido muchos años.

Guiado por sus versos me adentré en su gente: leyendas sobre dioses, ancestros y fantasmas; instrumentos musicales, especialmente el kouxian, el mabu y el kaxiezhuoer (¿podré oírlos alguna vez?); ritos de sacrificio y ritos funerarios, casi vi y escuché a "Bimo"; costumbres encantadoras: soñé que después del festival de las antorchas y después del intercambio de faldas yo di a la mujer que amaba una bufanda y que meses más tarde esperé bajo mi yima erbo que mis familiares rescataran a mi novia del celo de los familiares de ella; ropa que no logro imaginar y comida que tendría que comer. Ya estaba yo sintiendo la cosa menos extraña.

Guiado por sus versos me adentré en su vida personal: infancia Yi, de padre Yi y madre Yi, pero con un aya Han, mujer extraordinaria de muchas experiencias, mucha fuerza y mucha ternura, especie de mujer mentor; la participación en luchas sociales; los estudios y los viajes en China. Pero también su relación con el mundo en general: con la literatura y los poetas de otros países; con los paisajes lejanos y con esas ciudades de concreto armado y acero que lo partían en dos mitades.

Como punto fuerte me impresionó el desarrollo de su sentimiento y de su pensamiento con respecto a los grandes temas de nuestra época en escala mundial: su escándalo ante la violencia y la agresión armada; su rechazo de la discriminación, la exclusión, la explotación del hombre por el hombre, la injusticia; su deseo intenso de paz; su creencia en la igualdad de todos los seres humanos; su convicción de que todos los seres vivos tienen alma y aun tal vez las piedras, los ríos, las montañas, las nubes, el aire, el fuego, el agua, y la tierra toda.

Guiado por sus versos subí al monte Daliang, busqué una colina y me acosté sobre el suelo para escuchar la voz de mis heterogéneos ancestros espanoles, indígenas, africanos, y me pareció que los ancestros de él se comunicaban con los míos por alguna red secreta de túneles en el interior de la tierra.

A estas alturas ya no quedaba mucha extrañeza pero sí una ausencia: en Latinoamérica y quizás en todo el mundo occidental se espera de un poeta que cante el cuerpo de la mujer amada, celebre los placeres y lamente los dolores del amor, al mismo tiempo que haga sentir la presencia solemne de la muerte, y recurra a la amistad del vino, sublime aliado inmortal de los mortales. Pero descubrí que todos esos temas están cubiertos en su poesía y me impresionó especialmente el poema dedicado *A una Muchacha de Butuo*; me hizo recordar *El cantar de los Cantares* que es de Salomón, también a Anacreonte, a Catulo, a los trovadores y a los monjes libertinos de la Edad Media francesa, a Ronsard, a Pablo Neruda…

Como si todo eso fuera poco acercamiento, una cercanía más íntima salió a la luz: Chiti Matya lleva por dentro el mismo drama de los poetas latinoamericanos. Hablan una lengua que no corresponde a su corazón y a sus costumbres. Me explico. En Latinoamérica se habla español en los antiguos territorios españoles y portugués en el territorio que fue de Portugal. También se habla, en el Caribe, inglés, holandés, francés. Pero hay también inmensos territorios de hablantes bilingües debido a la persistencia de lenguas y culturas indígenas.

Hay incluso regiones donde sólo se habla una lengua indígena.

La experiencia europea y africana en Latinoamérica potenciada por el mestizaje étnico y cultural ha ido formando una sensibilidad nueva que no encuentra expresión adecuada en los esquemas de las lenguas europeas. No ha habido formación de dialectos, excepto por el patois o créol y el papiamento.

El poeta latinoamericano tiene que educar la lengua europea que habla para poder abrir cauce a su sensibilidad tan diferente de la europea. La formación de dialectos—que sería una salida—está impedida por la época actual que tiende más bien a globalizar y uniformizar. Entonces lo propio de Latinoamérica se expresa en la música del habla y especialmente en la música de la poesía.

Me gustaría saber suficiente chino para reconocer la música íntima de la poesía de Chiti Matya, tendría que oírlo decir sus propios versos y compararlo con la lectura de ellos por un pequinés. Mientras tanto, de muy lejos he llegado muy cerca, tan cerca que podría llamar a Chiti Matya un poeta latinoaméricano o mejor dicho de la humanidad toda, porque hay una lengua sagrada del alma que no encuentra expresión en ninguna lengua histórica.

（西班牙语）

在吉狄马加的"神奇土地"上

——读吉狄马加的诗

[法国] 雅克·达拉斯

　　吉狄马加，不仅仅是作为一位彝族诗人，代表着他的民族，更是作为一位行动诗人。在历史上，诗人一直是拥有语言魅力的行动者，因为社会或政治的行动，并不与词语的诗性妙用相悖逆。只是在最近，尤其在古老的欧洲，诗人们不再投身于行动。从法德之间两次欧洲大战这场大悲剧以来。从那时起，诗歌行动或走进一个非理性的荒诞怪圈，或连诗人自己都否认介入社会的主观愿望，甚至退入"象牙塔"。前者可以举出法国超现实主义诗人为例。人们记得，布勒东采取荒诞行为，握着手枪游行，标举他的绝对自由；人们记得，马拉美崇尚职业教师的小小生活，同普通工人离得很远。20世纪的欧洲留下了行动混乱的血腥印记，对诗人这些敏感者来说，他们表明对政治的冷漠，几乎成了一种必然。当然，在法国，二战中有"抵抗运动"诗人，阿拉贡、艾吕雅、艾马努埃尔等，他们敢于捍卫"诗人的荣耀"。但二战很快结束，在我们称之为"解放"的时期，教条主义就侵占了精神。战争演变成"冷战"，行动皱缩为一种机械反应。

　　如果我们想找到这么一个时期，诗人们投身于把行动和词语结合在一起的战斗，那得追溯到19世纪。那时，诗人们感到应该创造历史，在历史中行动，并且留名青史。两个例子尤其有名：法国的雨果，美国的惠特曼。雨果，写出过《悲惨世界》的文学巨匠，他的命运值得所有时代的所有国家来关注。三十岁，无论在文学上还是政治上，这个年轻人就已经登上一个奇异的社会高度。在戏剧方面，他奉献了欧那尼的"战争"，于1830年赢得成功，从此在法兰西舞台上发起了浪漫主义悲剧运动。在政治上，他被任命为法兰西贵族院议员，进入议院。这位保皇主义和帝国之子，仿佛注定要承担一种充满荣耀的命运。1848年革命期间，他站到了另一个行动诗人、拥护共和政体的拉马丁一边，革命者雨果从此出现。雨果奋起反抗拿破仑三世，不得不流亡，他只好在英国的庇护下住到法国对岸的诺曼底岛屿上，直到二十年后重返法国，庆祝共和国胜利，结束了独裁和专制。他是一个杰出的典范，从保守派一跃而成为最坚定的革命派！在大西洋彼岸，则是民主派人士惠特曼，他出身于最普通的社会阶层，先做小学教师，后又从事记者，最后写出了诗歌总集《草叶集》：当时完全出人意料，随后被公认为最伟大的美国诗篇。惠特曼在他的诗篇里说了什么？他把自己变成了美国人民经济和政治突飞猛进的一名歌手，对平民和精英同等视之。这部诗集是一个真正的行动宣言，一部民主圣经。

毋庸讳言，在那个历史时期，出现这么两个堪称世界典范的大诗人，是同法国和年轻的美国的经济和社会激荡形势分不开的。一边是古老欧洲之外崛起了这么一个独立的崭新强国，另一边是一个古老的民族法兰西，诞生了共和政体。那些行动诗人的奋起，总是与整个民族的觉醒和突进联系在一起的。这有些像今天的中国出现了吉狄马加。不可否认，吉狄马加是19世纪那些伟大的革命诗人的继承者，他们在社会中担任着重要的政治职务，同时用一种直接、朴素而又富于激情的诗歌语言来言说。副省长可不是一件轻松的差事，但对一个诗人来说，这也是一个特别有利的观察点。一个行动诗人，用法国谚语来说，可不能"光说空话"。当然，如果不注意的话，他也可以用一种"双重的语言"来言说。然而，诗的要求，不允许任何松懈或暂停，必须始终恰如其分地言说。雨果用他的语言和丰采表达他的思想，完全是他自己，不存在两个雨果，而只存在一个唯一的洞见者雨果。对吉狄马加而言，我们感到，他语言的基础完全忠实于他与他的土地和他的民族（彝族）的真正的深刻关系。此外，对一个"西方人"来说，这是一个全新的发现：与世界公认的中国经济强势这一突进相一致，一种奇异的民族自豪感在吉狄马加那儿得到了确认。从遥远处，从法兰西，新中国像是一个不清晰的磐石般的强国。无疑，这是一个"滞后的"观察结果。现代的中国在前进，今日的中国在变化，在它的各种构成中寻求平衡，十几亿男女的行为无法临时安排。所以，应该细心倾听活在语言最深处的诗人们，以便把握这个大国的大致发展方向。

是什么成就了吉狄马加诗歌的品质？答案呼之欲出，首先是鲜活。我们需要申明的是，我们这些不懂中文的法国人，只能通过友丰出版社桑德丽娜·亚历山大的译文（指2007年由友丰出版社在巴黎出版的法汉双语诗集《时间》），来感受吉狄马加的诗歌。确实，译文流畅可读，译者的情感被同化，并在译入语中热情地回响着。鲜活意味什么？这难以定义，但理由之一无疑是诗人的质朴情感，以及诗人的简洁手法。节省是吉狄马加坚持的作诗法的一个技艺侧面，然而，在诗歌中选用的技艺决不是平白无故的。从非美学的角度看，"节省"可理解为"羞涩"。有一种情感的羞涩，有时甚至是清教徒式的，为吉狄马加的诗歌所特有。在他那里有一种保留，就在激情当中。正是激情和表达形式之间的限制，产生了这种"保留"的情感。吉狄马加诗歌的另一个特点是质朴，这种质朴极难获得！这种质朴也绝不可能凭空赢得。应该获得它，或者自然天成，或者就没有。下面这首诗就让我感动至深：

有一种东西，在我
出生之前
它就存在着
如同空气和阳光
有一种东西，在血液之中奔流
但是用一句话
的确很难说清楚
有一种东西，早就潜藏在
意识的最深处
回想起来却有些模糊
有一种东西，虽然不属于现实
但我完全相信

鹰是我们的父亲

而祖先走过的路

肯定还是白色

——《看不见的波动》

为什么我会被感动？因为我感觉听到了沃尔特·惠特曼在这些诗句中回响，最出色的惠特曼的回响，它凭惊异和困惑抓住我们，抓住每一个人，在我们生活中的最惊异时刻。这是时间中突然的晕眩，仿佛呼吸中断，仿佛呼吸屏住，让我们感觉到某种惊异，某种中性的、无法定义的惊异，在我们前面，在我们旁边，并以某种极端重要的无声之语对我们说话。是生命的奥秘吗？是上帝吗？还是祖先灵魂的沙沙声？都有，但还要更多。因为无从表达，诗人动用了一个形象，鹰和道路的形象，它们都是惠特曼在《自我之歌》中偏爱的形象。我了解这一点，因为我本人就把惠特曼的诗翻译成法文。但我要强调指出的是，吉狄马加的诗歌的独特性是整体的，无论是他的激情还是他的表达，我从他那里听到的是美国诗人在他诗篇中的回响。质朴之情，也在它的困惑中相遇。质朴，在吉狄马加那里清晰可辨，尤其在他的几首摇篮曲里，在一些亲昵的温柔时刻，他出自本能地沉醉其中。在这些诗节中，我们能感到一种对母亲和部族的依恋。吉狄马加把童年时光唱成了充满节奏、形象和未来智慧的美妙时光。在《催眠曲——为彝人母亲而作》中，动物们，雄鹰、豹子、獐子、斑鸠、大雁，它们组成的那片自然天地，展现了那个小男孩的力量。这些奇特的形象，比其他形象更谦卑，更出人意料，让诗句产生了一种不可模仿的鲜活感。下一节诗是放在括弧里的：

天上的大雁

也有入眠的时候

地上的猎狗

也有打盹的时候

妈妈的儿子

你就睡吧

（远处的隐隐雷声

剩下的缠绵思念

小路再不会明白

那雨季过后的期待）

　　这里，是"小路"令我们感动，比大雁更动人，大雁和猎狗经常在诗中出现，是古老的乡村社会的常客。但是路，它是小路，被诗人赋予了一种理解，更是一种惊异。它那"儿童般"的无限谦恭，使它直接抵达了寓言的魔力。

　　吉狄马加是一位伟大的讲故事的人。我们信他的故事，我们跟随这些故事，尽管它们是悲剧性的。在今日诗歌创作中拥有这种叙事的敏感，是一种极其罕见的天赋。雨果以前有过，密茨凯维奇有过，普希金也在某种动人的层面上有过。我相信，没有叙事就无法产生伟大的诗歌。当然，在日常现实中撞击我们的那些"叙事"事件，经常是血腥而可怕的，它们的结局又总是变得极为平庸并被庸俗化，同时也就钝化了我们对叙事的兴味，比如对故事的兴味。哪些诗人今天还能凭其诗作赢得成人读者的关注？吉狄马加无疑是其中一个。我认为，谁也不会对比如《头巾》这样的好诗无动于衷！节奏和质朴，形象的反复出现和对立张力，诗节之间停顿引起的时间过渡，这些基本的叙事要素造就了他的诗歌。我们难道不喜欢不可实现之爱的形象吗？没有人会说不喜欢。为了实现它，敏感是绝对不可或缺的。想象力，意味着选择形象的能力，并把它们融入到节奏中。为此，必须清醒地感知他者。尖锐地感知生命存在的脆弱，并通过诗来呈现它的强烈。这就是夜晚的孤独，是每一个人都能想象并感同身受的：

不知在什么地方

猎人早已不在人世

寡妇爬上木床

呼吸像一只冷静的猫

不知在什么地方

她的四肢在发霉

还有一股来自灵魂的气味

一双湿润的手

蒙住脸，只有在

梦里才敢去亲吻

那一半岁月的冰凉

……

——《夜》

  应该完整地读整首诗，以便抓住那敏锐的目光，它审视由岁月和孤独引发的人类的这种收缩，孤独中的衰老。但这些普遍存在的人类共鸣，最终给吉狄马加的读者带来困惑，不管读者是西方人还是中国人。我想象，这就是他的诗歌所表达的巨大的后撤。吉狄马加丝毫不想汇入现代的城市诗歌，比如上海和北京的中国人，或者巴黎和柏林的欧洲人。他满足于在他的土地上安营扎寨，在四川大凉山群峰的庇护下，用目光去拥抱人类周而复始的白昼和夜晚。但这并不妨碍他，应该说恰恰相反，作为全世界诗歌和诗人的热爱者，在他任副省长的青海省，去组织给人留下极深印象的诗歌节盛会。这无疑是这种诗歌所造就的力量和惊异，吉狄马加就像我上面谈到的普希金、雨果、惠特曼这些诗人一样，是一个创造神话的诗人。他处于诗篇和神话的交界处。他背靠着整个彝族。它赋予他几乎永恒的时间意义，以及他高山的视力，高山上雄鹰的视力，明察平原上的现代变化。欧洲的旅行者，应该在去青海之前研究一下中国地图，他们将会对覆盖那个地区的众多山脉感到惊异。从飞机舷窗可以看到，中国像是被喜马拉雅山脉推挤着的一块狭窄平原，而一条长城巨龙，好像是它直追史前的一条脊椎骨。吉狄马加属于中国腹地的那些大山，大山是他神话和传说的储存地。他选择诗歌的斜坡，毫不妥协地走向我们，带着他无从记忆的骄傲的谦卑。对深陷在商业大都市尘俗旋涡中的平原地带的诗歌，吉狄马加提供了一种理解、宽容，甚至是智慧和拯救的可能性。我得以去青海湖，在西宁的诗歌封地，与他相遇。我感到，通过倾听他，我遇到的是一位既含蓄有致又勇于行动的诗人，一位只用不多的话语就能把诗的气息传向遥远的诗人。

在《古老的土地》一诗中，他写道："到处是这样古老的土地/婴儿在这土地上降生/老人在这土地上死去。"我们这些欧洲人，早已把古老的土地抛到一边；但在我们面前，我们惊异地看到了吉狄马加：一位把祖先的自然话语和当下的现实洞察成功地融为一体的榜样诗人。读吉狄马加，我颇有收获。

（树才　译）

雅克·达拉斯（1939－　），法国著名诗人、翻译家。著有长诗《梅河》，为惠特曼《草叶集》的法译者。2004年获阿波利奈尔诗歌奖。2006年获法兰西学士院诗歌大奖。2009年应邀参加"第二届青海湖国际诗歌节"，并担任首届"金藏羚羊国际诗歌奖"评委。

DANS LES «TERRES MYTHIQUES» DE JIDI MAJIA

◎ Jacques Darras

Ce n'est pas seulement en tant que poète Yi que Jidi Majia représente
une minorité. C'est en tant que poète homme d'action. Longtemps
les poètes furent des hommes d'action dotés du privilège de la parole.
Longtemps l'action politique ou sociale ne fut pas considérée antinomique
avec l'usage poétique des mots. Ce n'est que depuis tout récemment,
surtout dans la vieille Europe, que les poètes ont cessé de prétendre à
l'action. Ce n'est que depuis cette catastrophe que furent les deux guerres
majeures européennes franco-allemandes. Depuis lors l'action poétique
a soit pris un tour absurde et irrationnel, soit les poètes ont nié en eux
toute velléité d'intervenir dans la société et se sont retirés dans une «tour
d'ivoire». Dans la première catégorie se rangent les Surréalistes français.
On se souvient d'André Breton prônant l'acte absurde de descendre dans
la rue révolver au poing pour afficher sa radicale liberté. On se souvient
de Stéphane Mallarmé exaltant sa petite vie de fonctionnaire enseignant,
très loin au-dessus du vulgaire ouvrier. L'Europe ayant montré au cours du
vingtième siècle les signes les plus sanglants d'un dérèglement de l'action,
il était quasi inévitable que les poètes, hommes sensibles, manifestent leur
désintérêt vis à vis de la politique. Certes nous eûmes, en France, en pleine
seconde Guerre Mondiale les poètes de la Résistance, Aragon, Éluard,
Emmanuel et autres, qui maintinrent «l'honneur des poètes» selon le titre

d'un livre publié sur les presses de Vercors. Mais très vite, au lendemain de la même Guerre, dans cette période que l'on appelle chez nous «Libération», le dogmatisme confisqua les esprits. De «chaude» la Guerre devint «froide», l'action se crispa en autant de mécanismes réducteurs.

Si l'on veut trouver une période où les poètes purent mener conjointement un combat des actes et des mots, il faut remonter au XIXè siècle. Alors, les poètes eurent le sentiment légitime de faire l'Histoire, d'agir dans et pour l'Histoire. Deux exemples sont à cet égard plus fameux que les autres: Victor Hugo en France, Walt Whitman aux Etats-Unis. L'homme Hugo, le colossal romancier des *Misérables* eut un destin qui vaut pour tous les pays et tous les temps. À trente ans ce jeune homme avait réussi un parcours d'ascension sociale extraordinaire tant sur le plan littéraire que politique. Au théâtre, il avait livré et remporté en 1830 la «bataille» d'Hernani, lançant le drame romantique sur la scène française. En politique il avait été nommé pair de France et siégeait au Sénat. Ce fils du royalisme et de l'Empire semblait destiné à une vie comblée d'honneurs de toute sorte. C'est alors qu'apparaît Hugo le révolutionnaire, celui qui prend parti lors de la révolution de 1848 aux côtés d'un autre poète d'action Alphonse de Lamartine le Républicain, à qui la France doit son drapeau tricolore. Hugo s'élève contre Napoléon III, il doit partir pour l'exil, il s'installe au large des côtes françaises dans les îles anglo-normandes sous juridiction anglaise, d'où il ne rentrera en France que vingt ans plus tard pour saluer l'avènement de la République, la fin définitive de la dictature et de la monarchie. Magnifique exemple que le sien, passé du conservatisme au progressisme le plus éclatant! En face, de l'autre côté de l'Atlantique, voici Walt Whitman le démocrate, d'origine sociale des plus modestes, qui va d'abord être instituteur puis journaliste avant d'écrire une somme poétique *Leaves of Grass* (Les Feuilles d'Herbe) passée totalement inaperçue mais devenue ensuite devenue de l'avis général, le plus grand poème américain. Que dit Whitman dans son poème? Il se fait le chantre de l'essor politique et économique de son peuple, accordant autant d'importance au simple citoyen qu'aux élites. Ce livre est un véritable manifeste d'action aussi bien qu'une Bible de la démocratie.

Il ne faut pas se masquer que l'apparition à cette époque de l'Histoire, de deux poètes majeurs, aussi universellement exemplaires l'un que l'autre, fut indissociable des bouleversements sociaux et économiques affectant la France et les jeunes Etats-Unis. D'un côté émergeait une nouvelle puissance indépendante de la vieille Europe. De l'autre une vieille nation, la France, accédait au régime républicain. Des poètes d'action ne se révèlent le plus souvent qu'en accord avec l'éveil et l'essor de tout un peuple. C'est un peu ce qui semble se produire aujourd'hui avec le poète chinois Jidi Majia. Indéniablement, Majia est l'héritier des grands poètes révolutionnaires du XIXè siècle en ce sens qu'il parle une langue poétique directe, simple et magnifiante tout en assumant dans la société d'importantes fonctions politiques. Être Vice-Gouverneur de province n'est certes pas une sinécure. Mais c'est aussi un poste d'observation privilégié pour un poète. Un poète d'action ne se «paie pas de mots» comme dit l'expression française. Bien sûr, il peut aussi, s'il n'y fait pas attention, parler un «double discours». Mais l'exigence poétique, ici, ne laisse aucune latitude ni aucun répit, il faut parler juste tout le temps. Victor Hugo mettant sa langue et son éloquence au service de ses idées est totalement lui-même, il n'y a pas deux Victor Hugo mais un seul et même visionnaire. Dans le cas de Jidi Majia on sent que l'assise même de ses mots tient à son lien authentique profond à sa terre et à son peuple ---le peuple Yi. C'est d'ailleurs une totale découverte pour un «Occidental» cet essor conjoint de la puissance économique chinoise, reconnue par tous, et l'affirmation d'une fierté ethnique singulière comme celle de Jidi Majia. De très loin, depuis la France, la Chine nouvelle apparaît un peu comme une puissance monolithique indistincte. Sans doute est-ce là un effet de perception «retardataire» lié dans les esprits non chinois à la période de l'essor révolutionnaire. La Chine moderne avance, la Chine actuelle change et cherche l'équilibre entre ses diverses composantes, la conduite de plus d'un milliard d'hommes et de femmes ne s'improvisant pas. Il faut donc écouter très finement les poètes qui vivent au plus profond de la langue pour saisir les directions essentielles que prendra à terme le pays.

Qu'est-ce qui fait la qualité de la poésie de Jidi Majia? D'abord sa fraîcheur, la réponse s'impose tout de suite. Précisons aussitôt que nous, Français non sinisants, n'avons pris connaissance de cette poésie qu'à travers la traduction de Sandrine Alexandre aux éditions You Feng. Indubitablement la traduction se lit bien, il y a une empathie de la traductrice pour son modèle qui résonne chaleureusement dans la langue d'accueil. Comparaison peut d'ailleurs être faite avec d'autres publications de Jidi Majia en anglais. Nous lisons en effet l'anglais et le parlons professionnellement. Aucun doute n'est permis, la traduction française l'emporte de très loin. De très haut devrait-on dire, pensant au montagnard Yi. À quoi tient la fraîcheur? C'est difficile à définir mais l'une des raisons est sans doute la simplicité des émotions et des scènes traitées par le poète aussi bien que l'économie des moyens utilisés par lui. L'économie est assurément un aspect technique de la versification retenue par Jidi Majia. Mais, en poésie, la technique choisie n'est jamais innocente. Sur son versant non esthétique, «économie» se lit «pudeur». Il y a une pudeur des sentiments, presque puritaine quelquefois, inhérente à la poésie de Majia. Il y a de la réserve chez lui. Jusque dans la passion.

Mais c'est précisément ce heurt entre la passion et les contraintes de la forme expressive qui produit le sentiment de «réserve». La seconde vertu de cette poésie est la simplicité. Extrêmement difficile à obtenir, la simplicité! Ne s'obtient d'ailleurs pas, la simplicité. Il faut l'avoir, l'avoir naturellement en soi ou pas. Ce poème que je vais citer m'a frappé au plus haut point:

Insaisissable courant qui m'anime

Cela
Existait
Avant ma naissance
Comme l'air et la lumière du soleil.
Cela coule dans mon sang,
Et c'est avec les mots
Qu'il est difficile d'en rendre compte.
Cela se tient tapi
Au plus profond de ma conscience;
Je ne cesse d'y penser, mais confusément.
Cela, je ne peux le prouver,
Mais je reste convaincu
Que l'aigle est notre père;
Que la route des ancêtres
Est blanche.

Pourquoi suis-je frappé? Parce que j'ai l'impression d'entendre l'écho de Walt Whitman dans ces vers, l'écho du meilleur Whitman, celui qui fait part de l'étonnement et de la perplexité qui nous saisit tous, absolument tous, aux moments les plus soudains de nos vies. C'est un virage dans le temps tout à coup, que dit bien le poème, nous continuons d'avancer mais pour ainsi dire souffle coupé, souffle suspendu, éprouvant le sentiment d'un quelque chose, d'un «cela» neutre et indéfinissable qui est en avant de nous, à côté de nous et qui nous dit une parole muette de la plus haute importance. Est-ce le secret de la vie, est-ce Dieu, est-ce le frôlement d'une âme ancestrale? C'est tout cela à la fois et c'est plus encore. Désespéré de pouvoir l'exprimer, le poète utilise une image, l'image de l'aigle et de la route qui sont les images favorites de Whitman dans *Song of Myself* (Le Chant de moi-même). Je le sais, j'ai moi-même traduit Whitman en français mais je tiens à préciser que c'est parce que l'originalité de Jidi Majia est totale, que son émotion et son expression sont totalement à lui que j'ai entendu l'écho du poète américain dans son poème. La simplicité se rencontre également ailleurs que dans la perplexité. La simplicité se lit, chez Majia, dans les moments d'étroite tendresse filiale à laquelle il s'adonne, très spontanément, dans certaines de ses berceuses. On sent chez lui, dans ces passages, une proximité à la mère et à l'ethnie qui font du temps de l'enfance le temps privilégié de l'imprégnation des rythmes, des images et des sagesses futures. Dans la «Berceuse composée pour les mères Yi», les animaux intercesseurs ---l'aigle, le léopard, le chevrotin, la tourterelle, l'oie sauvage--- font comme une crèche sauvage naturelle assurant la force à venir du petit d'homme. Mais ce sont des images insolites, plus humbles et imprévues que les autres qui font la fraîcheur inimitable de ces poèmes. Celle-ci par exemple, dans sa parenthèse:

L'oie sauvage dans le ciel
S'endort aussi parfois;
Le chien de chasse sur la terre
Fait parfois un somme lui aussi;
Mon tout petit,
Endors-toi
(la nostalgie tenace que laisse
le grondement confus du tonnerre dans le lointain;
la petite route ne comprendra jamais

l'attente après la saison des pluies).

C'est la «petite route» qui nous touche ici, bien plus encore que l'oie sauvage l'habituée des poèmes ou le chien de chasse, familier des anciennes sociétés rurales aristocratiques. Mais que la route, elle, la petite route, soit dotée par le poète d'une compréhension ou plutôt d'un étonnement à ne pas voir la pluie revenir, est une merveille d'humilité «enfantine» qui la fait aller directement vers la magie du conte.

C'est un grand conteur Jidi Majia, en effet. On croit à ses histoires, on les suit, même lorsqu'elles sont tragiques. Surtout quand elles sont tragiques. Avoir comme il a aujourd'hui le sens de la narration en poésie est un don extrêmement rare. Victor Hugo l'avait, Adam Mickiewicz l'avait, Pouchkine l'avait aussi à un degré saisissant. Nous sommes nous même d'avis qu'il ne peut pas y avoir des grande poésie sans narration. Bien sûr, les événements «narrables» tels qu'ils nous frappent quotidiennement dans l'actualité sont le plus souvent d'essence horrible ou sanglante. D'ailleurs leur succession est devenue tellement banale et banalisée, qu'elle émousserait presque notre goût de la narration, c'est à dire de l'histoire exemplaire. Quel est le poète qui aujourd'hui pourrait prétendre retenir l'attention des adultes blasés avec sa poésie? Jidi Majia est de ceux-là. Je défie quiconque de demeurer insensible au poème du «Foulard» par exemple. Rythme et simplicité, répétition et réversibilité des images, passage du temps marqué par l'intervalle entre les strophes, tous les éléments essentiels de la narration sont à l'œuvre ici. Nous aimons les images d'amour triste et non réalisé, n'est-ce pas? Qui dira le contraire? Pour réaliser de telles prouesses, la sensibilité est assurément indispensable. L'imagination c'est à dire la faculté de choisir les images et de les accorder par le rythme, n'est pas moins indispensable. Mais il faut surtout une connaissance claire des autres. Une connaissance aiguë des moments faibles de l'existence qui, en poésie, s'avèrent des moments forts. Ainsi de cette solitude nocturne, imaginable parce que transposable par chacun à toutes les solitudes que l'on connaît:

Nuit

Ici ou là,
tel qui était chasseur a quitté depuis longtemps ce monde,
sa veuve s'installe dans le lit en bois,
--sa respiration est aussi calme que le ronronnement d'un chat.

Ici ou là,
les membres d'une femme sont en train de moisir.
S'échappe encore une odeur qui vient de l'âme,
Des mains moites
couvrent son visage.
--C'est seulement dans les rêves qu'on ose embrasser
les rigueurs de l'âge.

(...)

Il faut lire le poème en entier pour saisir l'acuïté du regard qui évalue cette rétraction humaine induite par l'âge et la solitude, le vieillissement dans la solitude. Mais ce qui, par-delà les résonances humaines égales sous toutes les latitudes, doit finalement déconcerter le lecteur de la poésie de Jidi Majia, qu'il soit occidental ou chinois j'imagine, c'est l'immensité du recul d'où s'exprime sa poésie. Jidi Majia ne semble pas faire le moindre effort pour rejoindre la poésie urbaine contemporaine, par exemple, commune aux Chinois de Shangaï ou de Beijing comme aux Européens de

Paris ou Berlin. Il se contente de camper sur ses terres, dans la protection des monts Da Liang, au Sichouan, et d'embrasser du regard les nuits et les jours les plus anciennement cycliques du Temps de l'humanité. Ce qui ne l'empêche pas bien au contraire, en tant qu'amateur de poésie et de poètes du monde entier, de produire d'impressionnants festivals de rencontres dans le Qinghai dont il est le Vice-Gouverneur. C'est sans doute ce qui fait à la fois la force et l'étrangeté de cette poésie, sa force d'étrangeté. Jidi Majia, à l'instar des poètes dont nous avons parlé tout au long de ces pages ---Pouchkine, Hugo, Whitman etc....- est un poète créateur de mythes. C'est à la frontière du poème et du mythe qu'il se situe. Pour ce faire il a le peuple Yi sur lequel s'appuyer. Qui lui donne son sens quasi immuable du temps, aussi bien que son œil de montagnard ---d'aigle des montagnes--- sur l'agitation moderne des plaines. Le voyageur européen non averti qui n'aurait pas étudié la carte géographique de la Chine avant de la visiter sera immanquablement surpris par la quantité de montagnes occupant la surface du pays. Au hublot des avions, il verra que la Chine est le plus souvent comme une étroite plaine bousculée par les contreforts de l'Himalaya. C'est pourtant dans la plaine, aux côtes et aux estuaires, que se concentrent les foules les plus énormes. Mais la superficie de pentes, de pics, de collines aux plissements jaunes quelquefois couronnés d'un temple taoïste, semble se déplier à l'infini du Temps. Avec le Grand dragon d'une Muraille qui semble lui donner des vertèbres jusque dans la Préhistoire. Jidi Majia appartient aux montagnes qui sont l'arrière pays de la Chine, qui sont sa réserve de mythes et de légendes. Il a choisi le mi-pente du poème et donc de descendre jusqu'à nous sans faire de compromis, avec l'humilité orgueilleuse de qui puise sa mémoire dans l'immémorial. Jidi Majia donne une assise compréhensive, tolérante, ou mieux encore une possibilité de sagesse et de recours à la poésie des plaines qu'emporte le tourbillon d'activité des grandes villes commerçantes, le tumulte des ambitions collectives ou individuelles. Nous qui sommes montés au Lac Qinghaï pour le rencontrer dans son fief poétique de Xining, nous avons le sentiment, l'ayant lu désormais, d'avoir rencontré un homme tout ensemble de réserve et d'action, de peu de mots parlés mais de souffle poétique à longue distance. «Les terres mythiques» écrit-il «existent partout/ où des enfants naissent/ où, vieillards ils meurent». Nous, les Européens, qui avons délaissé les terres mythiques depuis longtemps, depuis au moins l'âge de l'anthropologie, sommes toujours surpris de voir en action, devant nous, un exemple de synthèse réussie entre la parole naturelle ancestrale et le commandement des réalités les plus immédiates. Il y a bénéfice à lire Jidi Majia.

（法语）

致诗人吉狄马加

——在"全球视野下的诗人吉狄马加学术研讨会"上的讲话

[波兰] 玛莱克·瓦夫凯维支

"河流之上高耸着蓝色的雪峰……"用英语写作的伟大诗人爱知拉·邦德（Ezra Pound）在他的第63首诗歌中这样写道。

这是他在阅读了一位定居中国的欧洲旅行者对遥远的中国风景的描写之后，马上写就的几首热情洋溢的诗歌。

这些诗句所歌颂的地方就是吉狄马加的故乡。相逢吉狄马加的诗歌，犹如跳跃上两层楼。

第一层：在波兰，除了极少数专家之外，很少有人知道现当代中国诗歌。而对中国传统诗——无论是接受者，还是反对者，为数也不多。

第二层：这些诗是由中国少数民族之一的、只有七百万人口的彝族诗人写出。

中国的现当代诗歌与欧洲的诗很不一样。它的表现手法、对时间的感受，最主要的是对世界和谐的理解都有差别。人在世界不是一座孤独的岛屿，而是一个不完美的且敏感的开放的一部分，不管你愿意还是不愿意，自觉还是不自觉，是附属于它甚至是服从于它。中国诗人在自己的作品里，表达的是天人合一的思想，而且常常是对自然的崇敬，厚爱，歌颂洁净的泉水，遍布鲜花的树枝，山谷的回声……

吉狄马加吸取了这些中国诗歌的格调，并且运用它出生的土地、他的民族及其历史更加丰富了诗的内涵，所以在这些诗歌里不仅呈现了风景画面，还包含了彝族的传说，信仰，它的风俗习惯，民间智者的身影，他们的教诲，以及生养诗人的女性。他在诗歌里不断地公开声称：我是彝族人，我是这块土地的子孙。这在欧洲的诗歌里是不可能出现的。

可是，吉狄马加也在自己的诗歌里证实了他是世界公民，这不只是他到过许多国家，认识了当地人民，了解了当地文化风俗，更主要的是他没有在那些地方刻意寻找差异，而是努力寻觅能够使人们更加亲近的因素。因为他是一位人道主义者，他一定是从中国历史的高度和人数不多的本民族的角度将很多事务和麻烦简化了，看得平淡了。

波兰读者通过他的到来——参加2006年"华沙之秋诗歌节"和2007年问世的波文版《神秘的土地》真正认识了他，了解了他，中国的彝族诗人吉狄马加。

（胡佩方　译）

玛莱克·瓦夫凯维支，波兰文学家协会主席，"华沙之秋"国际诗歌节组委会主席。

Jidi Majia as Mystic and Poet

©Marek Wawrzkiewicz

Ponad Lijiang wznoszą się turkusowe śniżne szczyty... napisał w pieśni 63 Ezra Pound. Wielki poeta języka angielskiego, przebywając w domu dla psychicznie chorych, czytał książkę o europejskim wędrowniku, ktory osiedlił się na stałe wodległym zakątku Chin. Poznane z lektury krajobrazy zafascynowały go i natchnęły do napisania kilku płomiennych strof. A były to wiersze o tych samych stronach, z ktorych pochodzi JiDi Majia.

Spotkanie z tą poezją przypomina skok na drugie piętro.

Piętro pierwsze: wspołczesnej poezji chińskiej nie zna w Polce nikt poza bardzo wąskim gronem specjalistow. Poezję klasyczną-tę, z ktorej wspołczesna czerpie inspiracje, bierze wzory bądź też przeciw tym wzorom występuje-zna niewiele więcej osob.

Piętro drugie: jest to poezja tworzona przez poetę należącego do niewielkiej, liczącej sobie niespełna 7 milionow, chińskiej mniejszości narodowej, do narodu Yi. Wszystko to daje efekt taki, jakbyśmy starali się poznać poezję europejską przez poezję albańską czy słowacką...

A jednak w tym szaleństwie jest pewna metoda. Wspołczesna poezja chińska rożni się od europejskiej zupełnie innym sposobem obrazowania, innym poczuciem czasu, a przede wszystkim poczuciem i rozumieniem harmonii świata. Człowiek nie jest w nim samotną wyspą, jest jego niedoskonałą, ale wrażliwą i otwartą cząstką, jest od niego-chce czy nie chce, uświadamia to sobie czy nie-zależny, a nawet mu podległy. Poeci chińscy w swych wierszach wyrażają zgodę na świat. I bardzo często jest to zgoda pełna zachwytu: zachwytu nad czystościąpotoku, nad kwitnącągałęzią, nad echem w gorskiej dolinie...

JiDi Majia w swojej tworczości przejmuje te wszystkie cechy poezji chińskiej, ale także wzbogaca je o to, w co wyposażyła go jego ziemia, jego narod i historia. Stąd w tych wierszach sąnie tylko krajobrazy-sąw nich legendy i wierzenia narodu Yi, zwyczaje i obyczaje, postaci ludowych mędrcow i nauczycieli, postaci kobiet, ktore go urodziły i piastowały. I jest to także poezja ciągłych, otwartych deklaracji: jestem z narodu Yi, jestem z tej ziemi. W poezji europejskiej taka deklaratywnoś. byłaby chyba niemożliwa.

Ale JiDi Majia jest także-zemu daje świadectwo w wierszach-obywatelem świata. Nie tylko dlatego, że odbywał liczne podroże po wielu krajach, że poznawał tam kultury, obyczaje, ludzi. Przede wszystkim dlatego, że wszędzie tam nie szukał rożnic dzielących ludzi, a tego

co może i powinno ich zbliżać. Jest poetąhumanistą. I zapewne z wysokości historii chin, a także z perspektywy swojego niewielkiego narodu, wiele spraw i problemow widzi wyraźniej i prościej.

Polska publiczność poznała tego poetę, kiedy w roku 2006 był gościem XXXV Warszawskiej Jesieni poezji. Teraz ma dobrąokazjęzawrzeć z nim bliższą znajomość.

（波兰语）

民族诗人和世界公民

——在"全球视野下的诗人吉狄马加学术研讨会"上的发言

[立陶宛] 托马斯·温茨洛瓦

　　诗歌能够在时间和空间的任意一个节点上产生作用。和语言一样，诗歌也能将整个人类联系起来。不过，诗歌是一种特殊的、复杂化了的语言，它在不断地为我们关于世界的理解添加新的维度。因此，与每一位真正诗人的相遇，也就是一次发现。与吉狄马加诗歌的相识，对于我而言便是这样一次拓展我的世界观的发现，这是一位在地球的物理空间中与我相距甚远的诗人。将我们两个国家隔离开来的有许多东西，不仅是数千公里的距离，不仅是不同的（但某些地方也是相似的）历史体验，而且还有截然不同的语言、文字和文学传统。很遗憾，我对当代中国文学知之甚少，尽管我借助译文也结识了一些中国古代哲人和诗人。然而，严肃的文学应该能在译文中至少部分地保留其丰富和优美，尽管许多细微的音调和含义无疑会在译文中丧失。吉狄马加的诗对于我来说就是一个无可争辩的证明，证明当代中国存在着很高的诗歌成就。

　　需要补充一句，我作为吉狄马加诗歌的一位外国读者，不得不去克服一些附加的障碍。虽然这位诗人用汉语写作，可他却是彝族人，与彝族的语言、传统和神话血脉相连，这些与汉族的语言、传统和神话相去甚远，我对它们知之甚少。另一方面，我读的是他诗作的英译，而英语又并非我的母语。他的诗歌经历了如此多步骤的翻译，从彝族语言到汉语，从汉语到英语，再从英语到立陶宛语，这个过程和事实已经表明了他的诗歌所具有的力量和特性。

在自古罗马帝国起的西方文学中，就一直存在着Ars poetica（诗艺）这样一个体裁，这是一种关于如何写诗的论述，而且，这一论述也是用诗体写成的。在东方文学中，或许也存在同样的体裁。吉狄马加这部双语诗集结尾处的《一种声音》，或许就可以归入这一体裁，这段文字深深地打动了我。但是如果说，Ars poetica通常所诉诸的是结构、隐喻或格律等问题，也就是说，是在解释应当如何写诗，那么，吉狄马加的这段文字就在回答另一个或许更为重要的问题，即诗人为何写诗。我从这篇文章中摘出几个最能打动我的段落：

> 我写诗，是因为我的忧虑超过了我的欢乐。
> 我写诗，是因为我无法解释自己。
> 我写诗，是因为我想分清什么是善，什么又是恶。
> 我写诗，是因为有人对彝族的红黄黑三种颜色并不了解。
> 对人的命运的关注，哪怕是对一个小小的部落做深刻的理解，
> 它也是会有人类性的。我对此深信不疑。

最后两段话道出了一个对于吉狄马加而言尤为重要的东西。他公正地感觉到自己是生活在中国南方崇山峻岭中的一个古老民族的儿子，是这个民族的代表和捍卫者，这一民族保留了自己的语言、民俗和传统，这一民族亲近自然，几乎能与自然融为一体。这一民族有着独具魅力的仪式象征体系、象形文字以及未被其他宗教和教义同化的泛灵论信仰。简而言之，它具有其独特的生活方式，对这种生活方式的认知，可以丰富我们关于整个人类的概念，也就是说，可以使我们更具全人类性。这一生活方式的许多特征能教给我们很多东西，甚至可以为我们这个无限复杂化了的世界每日出现的许多问题给出答案。

捍卫弱小的民族及其语言、传统和自我认同感，这已经成为我们今天面临的重要的、非常艰难的问题之一。我们的世界越是多样，世界上的差异性越大，人类便会越强大，最终也会变得越好。根据美国语言学家萨比尔

（Sapir）[1]和沃尔夫（Whorf）[2]的理论，每一种语言都会使我们获得某些关于世界的新看法，我认为这一理论很有道理。掌握了几种不同的语言，我们便能从几个不同的角度打量宇宙，最终造就一个多维而非扁平的、因而也就更为丰满、更加等值的宇宙形象。这不仅与语言相关，也与其他以语言为基础的符号系统相关。然而，一些当代进程，如全球化、生态问题、民族冲突、帝国主义、意识形态暴力等其他许多问题，均对民族和语言的存活带来毋庸置疑的危险。吉狄马加的许多诗作都谈及这一点，如《玫瑰祖母》，此诗写的是智利巴尔斯卡尔族的最后一位印第安女人，她活到了98岁：

> 你是风中
> 凋零的最后一朵玫瑰
> 你的离去
> 曾让这个世界在瞬间
> 进入全部的黑暗

我再从《一种声音》中引用一个段落：

> 我写诗，是因为在现代文明和古老传统的反差中，我们灵魂中的阵痛是任何一个所谓文明人永远无法体会得到的。

我得说，这一主题对于作为立陶宛民族之代表的本人来说十分亲切。这需要做一个比较详细的解释。吉狄马加将自己的民族称为"小小的部落"，与汉族相比它的确很小，可是彝族毕竟有七百万人口，而我们立陶宛人却只有三百万。我们也拥有自己独特的语言（如果说彝族语言属于藏缅语系，那

---

① 爱德华·萨比尔（1884-1939），美国语言学家、人类学家，以研究北美印第安人的各种语言著称，著有《语言》。文化语言学的奠基人，美国结构主义描写语言学派的主要创建人。

② 本杰明·沃尔夫（1897-1941），美国语言学家，与萨比尔共同提出"萨比尔-沃尔夫假说"。

么，立陶宛语则与梵语有着古老的渊源关系）、非常丰富的民间文学和独特的传统，这些传统与俄国、德国、波兰等毗邻民族的传统均不相同。我的同胞和吉狄马加的同胞一样，也长期生活在与世隔绝的森林中。在欧洲各民族中，他们的多神教传统保持得最久。吉狄马加提到了彝族的多神教神甫"毕摩"和"苏尼"，我们的多神教神甫名叫"克里维斯"（krivis）和"瓦伊迪拉"（vaidila）（有趣的是，后一个称谓可能留存于不久前去世的罗马教皇约翰·保罗二世的名字中，他名叫Wojtyla）。读着吉狄马加的诗，我发现了彝族神话和立陶宛神话之间的某些相同之处。不过这并不令人意外，因为欧亚大陆各民族古老的象征体系和神话形象就总体而言是一致的，比如，在几乎所有民族中，数字12均具有某种神秘的力量。

在19世纪乃至20世纪，立陶宛民族的自我认同感面临着失却的威胁。我的祖国曾被沙皇俄国占领，她在两次世界大战之间曾经独立，但后来又违背大多数居民的意愿被并入苏联达50年之久。她忍受了斯大林的暴力，丧失了为数不少的人口。后来，对立陶宛文化的毁灭不那么明目张胆了，但情况当然还有待好转。如今，在独立的立陶宛，对民族和语言的捍卫多多少少得到了保障，但全球化进程，尤其是移民潮，仍在继续引起越来越多人士的忧虑。无论是在沙皇占领时期，还是在苏维埃时代，我们都曾涌现出一些诗歌流派，它们利用古老的民间传统，使这些流派得以留存。它们在立陶宛民族的发展过程中发挥了巨大作用。可以提一提我们20世纪最优秀的诗人马伊罗尼斯（Maironis），或是这样一些诗人，他们是我的同时代人，有人还是我的朋友，如尤斯基纳斯·马尔琴科维西乌斯（Justinas Marcinkevicius）[1]或马谢里尤斯·马尔蒂纳伊蒂斯（Marcelijus Martinaitis）[2]。他俩的主题、风格和诗学在很多方面都与吉狄马加很相近。大致相同的倾向也存在于苏联的其他地区，如格鲁吉亚、亚美尼亚、摩尔达维亚、中亚，还有楚瓦什，不久前去世的杰出诗人根纳季·艾迪就来自楚瓦什。对马谢里尤斯·马尔蒂纳伊蒂斯和吉狄马加进行比较研究，对于文艺学家而言或许就是一个有趣的课题。我

---

① 马尔琴科维西乌斯（1930-2011），立陶宛诗人。
② 马尔蒂纳伊蒂斯（1936-　），立陶宛诗人。

们相信，迟早会有一位严谨的专家来进行此项研究。

让我感到惊讶的还有这样一个事实，即吉狄马加不仅是他那一民族的儿子，深谙其民族的象征和传说，并能对之加以利用，他同时也是一位世界公民。他用汉语写作，这使得他能拥有更为广泛的读者圈（出于同样的原因，爱尔兰人叶芝用英语写作，立陶宛人巴尔特鲁萨伊蒂斯（Baltrusaitis）[①]用俄语写作，当然，当代立陶宛人已经只使用自己的语言）。吉狄马加年轻时不仅阅读中国经典作家，同样也阅读普希金和陀思妥耶夫斯基。我认为，在他的诗中可以感觉到惠特曼和阿波利奈尔的节奏和手法，也能听到罗伯特·弗罗斯特和阿赫玛托娃的某些回声。比如，在《有人问……》一诗中，就有对弗罗斯特《火与冰》中著名诗句的引用（当然，有所改动）。当我读到吉狄马加的这两句诗时：

> 一条白色的道路
> 可以通向永恒的向往

我的脑海里便会浮现出我所喜爱的阿赫玛托娃的那几行诗：

> 这道路仿佛并不崎岖，
> 在绿宝石的碗中闪着白光，
> 我不说这路通向何方……

不过，在后一种情况下，我们的所指或许并非引文，而是一个简单的事实，即在许多神话中，死亡和彼岸之象征都是与道路的母题和白色相关联的。吉狄马加在一首诗中谈到年轻的他在图书馆苦读时，他曾回忆起阿赫玛托娃，这或许并非偶然。

吉狄马加曾将聂鲁达、桑格尔和帕斯列为他的导师和战友，他的诗歌与

---

① 巴尔特鲁萨伊蒂斯（1873–1944），立陶宛诗人，同时用立陶宛语和俄语写诗，接近象征主义。

拉美、美国诗歌的关联毋庸置疑，这些传统也同样自相近的传统汲取其激情和形象。将所有这些诗人连接为一体的是这样一种追求，即追求宽畅的诗歌呼吸、句法上的并列和重复，有时还有舞蹈的节奏。顺便提一句，拉美国家（秘鲁、玻利维亚和智利）常常出现在吉狄马加的创作中。一方面，对细节的关注和沉默不语的艺术，赋予他的许多诗作以典型的远东色彩，首先是中国色彩。这里既有火、森林、狩猎等民间文学主题，有古老的神祇形象，也不乏一些当代科学术语，如"生命的蛋白质"和"死亡的核粒子"。诗与歌一次又一次地被喻作有生命的物体，但这些有生命的物体又获得了文本的属性，直至近似标点符号：

> 猎狗弓着背打盹
> 为火塘以外的夜，画一个温热的
> 起伏的问号

　　如此一来，吉狄马加就成了一位综合诗人，他在其诗中结合了许多种传统。这是一位20世纪的诗人，他在那首献给纳尔逊·曼德拉的诗中为20世纪做了总结，他也是一位新的21世纪的诗人。但在一个主要方面，他却似乎是超越时代或高于时代的。这主要的一点便是：古老语言之原始比喻的复活，对大自然的挚爱，对前辈的铭记，感觉一切生物均有灵魂，暴力永远不可接受。这是对文明的奉献，我们要因此而感激彝族人民，感激彝族的这位诗人代表。

　　我试着将吉狄马加的一首诗译成立陶宛语，并以此来结束我这个简短的发言。这首诗就是《访但丁》，此诗十分简洁地谈到诗歌的可能性和诗歌的秘密：

> 或许这是天堂的门口？
> 或许这是地狱的门口？
> 索性去按门铃，
> 我等待着

开门。

迟迟没有回响。

谁知道今夜

但丁到哪里去了？！

（刘文飞　译）

> 托马斯·温茨洛瓦（1937－　　），立陶宛诗人、学者和翻译家，美国耶鲁大学斯拉夫语言文学系教授，与米沃什、布罗茨基并列"东欧文学三杰"，被称为"欧洲最伟大的在世诗人之一"。

Поэт нации и гражданин мира

©Томас Венцлова

Поэзия делает своё дело в любой точке времени и пространства. Как и язык, она объединяет человеческие существа. Но это особый усложнённый язык, добавляющий новое измерение к нашему понятию о мире. Поэтому встреча с любым настоящим поэтом есть открытие. Таким открытием, расширением моего миропонимания оказалось для меня знакомство со стихами Джиди Маджиа-поэта, очень далеко отстоящего от меня в пространстве. Наши страны разделяет почти всё-не только тысячи километров, не только разный исторический опыт, но и совершенно несхожие язык, письменность, литературные традиции. Увы, я очень мало знаю о современной литературе Китая, хотя и знаком-по переводам-с китайскими классическими философами и поэтами. Однако, серьёзная литература способна сохранить хотя бы часть своего богатства и красоты даже в переводах, хотя многие оттенки звучания или смысла при этом несомненно теряются. Стихи Джиди Маджиа явились для меня неоспоримым доказательством, что в Китае наших дней существуют высокие поэтические достижения.

Следует добавить, что мне, иностранному читателю стихов Джиди Маджиа, приходится преодолевать дополнительные трудности. Хотя поэт пишет по-китайски, он принадлежит к народу и внутренне глубоко связан с его языком, традицией, мифологией, которые существенно отличаются от ханьских, и о которых я имею меньшее представление. С другой стороны, я читаю его по-английски-на языке, который для меня не является родным. То, что его поэзия выдерживает даже такой многоступенчатый перевод-с И (Нусу) на ханьский, с ханьского на английский, с английского на литовский-показывает её силу и подлинность.

В западной литературе со времён Римской империи существует жанр Арс Поэтика-трактат о том, как писать стихи, причём этот трактат также изложен в стихотворной форме. Возможно, нечто подобное существует и в литературах Востока. Двуязычная книга Джиди Маджиа кончается текстом. Король Голоса., котый меня глубоко взволновал и который, пожалуй, можно отнести к этому жанру. Но если Арс Поэтика обычно занимается вопросами композиции, метафор или метрики, то есть, объясняет, как следует писать, текст Джиди Маджиа отвечает на другой вопрос-почему поэт пишет.

Приведу из него несколько отрывков, которые меня особенно поразили:

Я пишу поэмы, потому что мои тревоги всегда перевешивают радость

Я пишу поэмы, потому что я не в состоянии выразить себя по-другому

Я пишу поэмы, потому что хочу различить хорошее и дьявольское

Я пишу поэмы, потому что много людей не может понять скрытый смысл красного, жёлтого и черного-трёх цветов народа Нусу.

Хочу показать заботу о судьбе людей на примере маленького

племени, Которое делает нас более человечными. Это моё
безошибочное чувство.

Последние два отрывка говорят о том, что для Джиди Маджиа
особенно важно. Он справедливо ощущает себя сыном, представителем
и защитником древнего народа, живущего в горах южного Китая,
хранящего свой язык, фольклор и традиции, близкого к природе,
почти срастающегося с ней. Этот народ обладает своей собственной
ритуальной символикой, пиктографическим письмом, анимистическими
верованиями, которых не вытеснили никакие другие религии и догмы.
Короче говоря, он обладает своим собственным образом жизни,
познание которого обогащает наши представления о человечестве-то
есть, делает нас более человечными. Многие черты этого образа жизни
могут нас чему-то научить, дать ответы на вопросы, каждодневно
возникающие в нашем без конца усложняющемся мире.

Сохранение малых народов, их языков, традиций, самотождествен-
ности-одна из главных и очень трудных задач, встающих перед нами
сегодня. Чем разнообразнее наш мир, чем больше в нём непохожести,
тем сильнее и, в конечном счёте, лучше человечество. Согласно тео-
рии американских лингвистов Шапиро и Ворфа, которая кажется мне
справедливой, каждый язык даёт нам несколько иное представление
о мире: пользуясь разными языками, мы как бы видим Вселенную с
разных точек зрения, создаём не плоский, а многомерный и тем са-
мым более полный и адекватный его образ. Это относится не только к
языку, но и к другим системам знаков, возникающих на основе языка.
Однако, современные процессы-глобализация, экологическое обедне-
ние, национальные конфликты, империализм, идеологическое насилие
и многое другое-создают несомненную опасность для выживания на-
родов и языков. Об этом говорят многие стихи Джиди Маджиа, напри-

мер Grandmother Rossa-о последней индианке из племени Кавескар в Чили, которая умерла в возрасте 98 лет.

Вы запоздалая роза

Трепещущая на ветру

Ваше исчезновение погружает мир

В неожиданный и всеобщий мрак

Приведу ещё один отрывок из текста .Король Голоса.

Я пишу поэмы, потому что пропасть между современ-
ностью и древними традициями поразила наши души болью,
которую личность из так называемого цивилизованного обще-
ства никогда не испытывала.

Я должен сказать, что эта тема очень близка для меня, представителя литовского народа. Это следует более подробно объяснить. Джиди Маджиа называет свой народ .маленькое племя., и по сравнению с ханьцами он действительно мал, но к народу И (Нусу) относятся все же семь миллионов человек, в то время как нас, литовцев, только три миллиона. Мы также обладаем особым языком (если язык И относится к группе тибетобирманских, то литовский отдалённо связан с санскритом), очень богатым фольклором, собственными традициями, не похожими на традиции соседних народов-русских, немцев, поляков. Как и соплеменники Джиди Маджиа, мои соплеменники долго жили в изолированных лесах. Они сохранили язычество дольше всех в Европе. Джиди Маджиа упоминает языческих священников И-Бимо и Суни, имена наших языческих священников были .Кривис. и. Вайдила... (Интересно заметить, что последнее слово, видимо, сохранилось в фамилии недавно умершего римского папы Ионна Павла II-Войтыла). Читая стихи Джиди Маджиа, я замечаю некоторое сходство между мифологией его народа и мифологией литовцев. Впрочем, это неудивительно, ибо древняя символика и мифические образы народов евразийского континента были, в общем, едиными: например, почти во всех из них играет роль магическое число 12.

В XIX и ещё более в XX веке самотождественность литовцев оказалась под угрозой исчезновения. Моя страна была оккупирована царской Россией, вновь стала независимой между двумя мировыми войнами, но потом пятьдесят лет против воли большинства народа была присоединена к Советскому Союзу. Она претерпела сталинское насилие и потеряла немалую часть населения. Позже литовская культура уже не уничтожалась так безудержно, но положение, конечно, оставляло желать лучшего. Сейчас в независимой Литве, сохранение народа и языка более или менее обеспечено, однако процессы глобализации и особенно эмиграции продолжают вызывать тревогу у многих и многих. Как во время царской оккупации, так и в советское время у нас возникли поэтические школы, использовавшие древние народные традиции, способствующие их сохранению. Они сыграли огромную роль в развитии литовского народа. Можно назвать лучшего нашего поэта XIX века Майрониса, или таких поэтов моих современников, иногда друзей, как Юстинас Марцикенвичус или Марселиус Мартинайтис. Их тематика, стиль и поэтика во многом сопоставимы с тематикой, стилем и поэтикой Джиди Маджиа. Примерно те же тенденции существовали в других частях бывшего Советского Союза-Грузии, Армении,Молдавии, Средней Азии или, скажем, Чувашии, где работал замечательный, недавно умерший поэт Геннадий Айги. Очень интересной задачей для литературоведа был бы сравнительный анализ, например Марселиуса Мартинайтиса и Джиди

Маджиа. Будем надеяться, что рано или поздно найдётся серьёзный специалист, который этим займётся.

Меня привлекает тот факт, что Джиди Маджиа-не только сын своего народа, великолепно знающий и использующий его символику и легенды, но и гражданин мира. Он пишет по-китайски, что позволяет ему достичь более широкого круга читателей. (Подобно этому ирландец Етас писал по-английски а литовец Балтрушайтис по-русски-правда, современные литовцы используют уже только свой собственный язык). С ранней юности Джиди Маджиа прочитал не только китайских классиков, но и Пушкина и Достоевского. Мне кажется, что в его стихах можно уловить ритмы и приёмы Уитмена и Аполлинера, некоторые переклички с Робертом Фростом или Ахматовой. Так в стихотворении .Кто-то спрашивает. присутствует цитата из знаменитых стихов Фроста .Огонь и Лёд. (правда, несколько трансформированная). Когда я читаю строки Джиди Маджиа:

Белая дорога приведёт нас
К месту, которое я искал вечно

Приходят на память любимые мною строки Ахматовой:

И кажется такой нетрудной
В белой чаше изумрудной
Дорога не скажу куда...

Впрочем, в последнем случае, может быть, мы имеем дело не с цитатой, а с тем простым фактом, что символика смерти и иного мира связана с мотивом дороги и с белым светом во многих мифологиях. Но Джиди Маджиа, вероятно, неслучайно вспоминает в одном стихотворении об Ахматовой, говоря о библиотеке, где он проводил в юности долгие часы.

Сам Джиди Маджиа упоминает как своих учителей и соратников Пабло Неруду, Леопольда Седара Сенгора, Октавио Паса-связи его поэзии с латиноамериканской и африканской, которые также черпают свой пафос и образность из местных традиций, несомненны. Всех этих поэтов объединяет стремление к широкому дыханию стиха, синтаксическим параллелизмам и повторам, иногда к ритмам танца. Кстати, Латинская Америка (Перу, Боливия, Чили)-страны, которые вообще часто фигурируют в творчестве Джиди Маджиа. С другой стороны, внимание к детали, искусство умолчания придаёт многим его стихам типично дальневосточный, прежде всего, китайский колорит. Наряду с фольклорными мотивами огня, леса, охоты, образами древних богов и богинь, у него появляется современная научная терминалогия-протеин жизни, атомные частицы смерти. Стихи и песни многократно приравниваются к живым существам, но живые существа приобретают свойства текста-вплоть до того, что кажутся знаками препинания:

Курчавая охотничья собака дремлет
Как уютный вопросительный знак

Таким образом, Джиди Маджиа-поэт синтетический, сочетающий в своих стихах множество традиций. Это поэт двадцатого столетия, которому он подводит итог в стихотворении посвященному Нельсону Манделе, а также поэт нового ХХ1 столетия. Но в чём-то главном он оказывается как бы вне времени или выше его. Это главное-возрождение первичных метафор древнего языка, глубокое уважение к природе, полная достоинства память о прежних поколениях, ощущение того, что все живые существа имеют души и что насилие никогда не будет приемлемо. Таков вклад в цивилизацию, которым мы обязаны народу И в лице его поэта.

Я хотел бы закончить это краткое выступление попыткой перевода Джиди Маджиа на литовский язык. Это стихи .Визит к Данте., лаконично говорящие о возможностях и тайне поэзии:

Pas Dante

Gal tai rojaus durys
Gal tai pragaro durys
Ka gi, paskambink ir lauk
Kol jos atsidarys
Laikas bega, nera ne garso
Kas zino, kur Dante
Nuejo siandien?

（俄语）

诺苏缪斯之神的儿子

——英文版《吉狄马加诗选》译序

[美国] 梅丹理

　　在着手翻译这本诗选之前，我有幸在吉狄马加先生的陪同下，到他的故乡——位于川西山区的凉山彝族自治州走了一趟。在布托和昭觉两县的诺苏彝族村庄里，我被诺苏彝族山民们对他们传统的怀念和依恋所深深打动。昔日的土坯房已经不见踪影，代之而起的是瓦舍。这些瓦舍仍然按照节省空间的老格局在原址上建造，散落在田园或牧场上。诺苏彝族女人们依旧三五成群地在门前用系在腰部的小型织布架织布，男人们肩上依旧披着类似玻利维亚的印第安人穿的那种披肩。目前，彝族共有八百多万人口，主要分布在中国西南腹地的四川、贵州和云南等省，其中有数百万人口依旧讲属于藏缅语系的彝语。诺苏是彝族这个古老而神秘的民族中人口最为繁盛的支系，她刚刚开始向世界显示她的存在、传统和荣耀。

　　诺苏彝族有自己的神话传说，而其神话和传说所体现的思想体系跟汉族、藏族的思想体系有一点相似却又有微妙的不同。诺苏彝人有靠口耳相传的史诗和长篇叙事诗，譬如《勒俄特依》和《支呷阿鲁》。他们氏族的图腾是山鹰，而这个鹰经常被描绘为银色的，这让我想起了藏族的银翅鸟。此外，他们还有属于自己的送魂经。当超度一个亡灵上天堂的时候，毕摩手里摇动着一个杵形法器和一个小铃，穿过烟火，口中念念有词。他手里拿的香是一撮燃烧的草，和藏传佛教法师手里拿的那种像雷电的金刚杵不一样的是，毕摩诵经的时候手里拿的法器像一只吞食烟火的鸟。毕摩不是端坐在庙堂里念经，而是坐在露天地上的席子上念经。经卷是用完全不同于汉字的象形文字写成的。

如果你到诺苏彝人居住的村子里转悠一圈，或许你会遇见头戴蘑菇状黑毡帽的毕摩。当毕摩不在葬礼上念经或是驱瘟仪式上做法术的时候，他们通常在村头一个僻静的角落待着。在诺苏彝人居住的村子里，你随处可以看到毕摩在为人作法祛病或者为死者念经送魂，他的旁边通常会有一位助手在维护着一个火堆。经文通常被抄写在莎草纸或是薄薄的羊皮上。彝族还有一类神职人物，叫苏尼，是巫师——他，头发凌乱，长可抵胯，腰间挂着一面带箍的腰鼓（颇似西伯利亚人使用的那种腰鼓），神思恍惚地一边跳舞一边击鼓歌唱，他们甚至可以连续几个小时一直地蹦跳歌唱。

诺苏彝人至今还没有接受来自外部世界的任何宗教，因为他们的信仰系统具有固有的复杂性，他们的信仰体系包括多种线索：一是季节性的祭奠仪式，二是关于他们神性祖先的史诗，三是关于自然力的神话故事。也许因为彝族一直保持着多个分支的缘故，所以他们至今没有形成一个统一的、教条式的信仰。他们的信仰体系像一个编织物，昭示着他们所信奉的归宿是自然；这包含了对于人类生存境况的多方位思考和透视。它使我想起了美洲印第安人的宗教。

吉狄马加出生在一个颇有名望的彝族家庭，他的父亲在中华人民共和国成立后曾在诺苏彝族腹地的布托县法院担任主要领导职务。由于读了俄国大诗人普希金的诗歌的缘故，吉狄马加在少年时代就立志要做一位诗人，用诗歌来表达诺苏彝人的个性、身份和精神世界。

17岁那年，吉狄马加考取了西南民族学院，大学期间，他如饥似渴地学习诺苏彝族的史诗和传说，此外，还阅读了从屈原开始直到20世纪汉语诗歌、散文和小说的经典之作，以及大量优秀的外国文学作品，如米哈伊尔·亚历山大罗维奇·肖洛霍夫、陀思妥耶夫斯基等文学大家的作品。

大学毕业后，吉狄马加回到了家乡凉山彝族自治州文联工作，很快他的诗作就在著名的《星星》诗刊上连续发表，在四川文学圈里产生了很大影响，不久，他就被调到四川省作家协会工作并很快担任了秘书长的职位。1986年，他的诗作获得中国作家协会颁发的青年文学奖，并受到已故大诗人艾青的青睐。期间，他阅读了大量世界著名诗人的作品，包括帕斯、巴列霍、聂鲁达、洛尔卡、阿米亥、赛弗尔特、希姆博尔斯卡、桑戈尔等大师级诗人的作品。

吉狄马加执着于诗歌，视诗歌创作为己身的使命和追求，尽管他不期待任何外在于诗歌的奖励，但他的诗作还是不断获得国家级奖项，并在35岁时被调到中国作家协会担任书记处书记，从此开始了他诗歌创作和人生事业的新天地。期间，他曾多次率领中国作家代表团出访，与国际文学界对话与交流；另外，他还曾应邀以美国国会青年领导者项目一员的身份赴美观察美国政府工作达一个月。为了充分了解吉狄马加近年来在文化领域的作为和影响，我们不妨参考一下他的另一些活动，比方说他担任了舞台史诗剧《秘境青海》和舞台与音乐剧《雪白的鸽子》的总策划和编剧；作为一位在国内外都颇有影响力的文化人物，吉狄马加还创办了青海湖国际诗歌节，并担任该诗歌节的组委会主任。青海湖国际诗歌节于2007年8月在青海西宁举办了第一届，2009年8月举办了第二届，已在国际诗歌界产生了广泛影响。

吉狄马加从未停止过他的追求，作为一个来自中国西南部少数民族的伟大灵魂，他要用诗歌承担起他的民族和民族精神与外部现实世界交流的使命。就文化身份而言，吉狄马加既是一个彝人，也是一个中国人，也是一位世界公民，这三者是互不排斥的。

诺苏彝族是一个自豪的民族。尽管他们先祖的根扎在中国汉文化之边缘，且长期受到中国汉文化的影响，但它最终没有被汉文化所完全同化，在中国性的序列上，他们依旧保持着自己民族文化和精神的独特地位。至于说在汉-诺文化相互影响方面，诺苏彝人在音乐、民间艺术以及神话方面所贡献出来的跟他们所得到的似乎一样多。

吉狄马加是一位用汉语写作的彝族诗人，这让我想起了19世纪末和20世纪在英格兰文坛上颇为风光且为英语注入了巨大活力的爱尔兰作家群。尽管"女皇英语"（即标准英语）对于爱尔兰作家诗人们来说是借用语言，但是正因了爱尔兰强烈的口语传统，反而让他们将"女皇英语"使用得更具新鲜感。这种传统给他们带来了文才，也就是我们有时候所说的那种"胡侃天赋"。具有这种"胡侃天赋"的爱尔兰作家诗人有：威廉·巴特勒·叶芝，乔治·萧伯纳，奥斯卡·王尔德，詹姆斯·乔伊斯和塞缪尔·贝克特等。

在美国，我们也可以找到不少属于少数民族或种族的作家诗人用他们被作为"局外人"的本民族或种族的历史和传统为文学"输血"的范例，譬如美国黑人作家兰斯顿·休斯和拉尔夫·埃里森、美籍犹太裔作家伊萨克·辛格和索尔·贝娄，此外，还有美洲印第安裔诗人谢尔曼·亚历克斯以及美籍华裔诗人李立扬等。

由此，我们不难发现，吉狄马加的文化主张和美国的哈莱姆文艺复兴有着惊人的相似之处，只有具有伟大情感的诗人才可能完成兰斯顿·休斯所企图完成的那种文化使命：在现代的文化错位和迷离的语境下，从根开始，将自己民族的身份认同重新加以唤醒。哈莱姆文艺复兴是从文化的边缘地带开始的，他们的声音最终被主流文化所接纳。作为一位诗人，这也正是吉狄马加所为之奋斗的方向。他和哈莱姆文艺复兴的类同之处还在于建立在一个更具有自然力和象征性的水平上——黑色现象。彝族中人口最为繁盛的一支称自己为"诺苏"，在彝族语言中即"黑族"的意思。他们中的圣者或毕摩惯常戴着黑色的帽子，日常生活中最常见的图案以黑色为基调，配之以红色和黄色，所以，吉狄马加说，"我写诗，是因为我相信，忧郁的色彩是一个内向深沉民族的灵魂显像。它很早很早以前就潜藏在这个民族心灵的深处"（见《一种声音》）。黑色，作为一种情绪和情感氛围的象征，显示了彝族人民对于苦难和死亡的认识；同时，它也昭示了一种精神上的向度和深度。

在诺苏彝族的历史上，曾和他们的汉族和藏族邻居发生过大量的冲突和争斗。当然，更多的时候是和平共处。今天，随着中国现代化步伐的加快，诺苏人的山林被大量采伐，让他们失去了与他们的传统信仰和价值观相和谐的生态环境，给他们的心灵带来了阴影和不安，这无疑是现代化在给他们带来新生活的同时所带给他们的一种负面影响。

吉狄马加认为，苦难是人类生存境况中难以避免的部分，好多充满了创造性表现力和希望的图案正是由那种代表着忧郁的色彩通过对比的方式显现出来的。在他一些描述现代社会危机的诗作里，吉狄马加对暴力进行了强烈抨击，但他从不提倡"以暴易暴"的做法或观念。吉狄马加在一首以重庆大轰炸为背景的诗作《我承认，我爱这座城市》里写道："……这座伟大的城市／与它宽厚善良的人民一样／把目光永远投向未来／从不复制仇恨／……／

这个城市对战争的反思 / 对和平的渴望 / 就是今天的中国 / 对这个世界的回答！"

在后工业时代的社会条件下，从中国西南部大山的少数民族里走出一位具有世界眼光的诗人，是不难理解的。首先，在20世纪的社会里，一切神奇的事物都变得不那么神奇。历史证明，主流文明所看重的基本思想范畴与大自然是脱离的，譬如，上帝、佛陀、道、柏拉图的理念、作为本质的存有或物质力量。而这些观念总是呈现相互否认乃至相互吞噬的状态。和这些庞大的思想体系形成鲜明对比的是，土著民族文化至今持有巨大发展空间的神话，土著民族对于自然依旧有着强烈的情感依附，因之，他们对于他们所赖以生存的自然环境和生态环境的改变是特别关注并十分敏锐的。

遗憾的是，那些主流文明所尊崇的思想范畴和自然是脱离的。当这种错位所导致的危险和荒谬接踵而来，对那些所谓的文明人类带来危机的时候，他们才认识到他们的思想体系需要"解构"的日子来到了。但是，那种"解构"不过是另一种荒唐的行为，同样延伸或加长了通往"诗意地栖居"这一理想的路途。而持有土著民族信仰体系的人们则无须担心解构什么。任何一个土著民族的信念系统在细节结构方面都含有怀疑论的成分；土著民族都感恩和敬畏自然，但他们对自己的信念也不是盲从。从吉狄马加的诗作中，我感受到了一种少数民族独有的信念体系的风景，而这一风景的窗户对于当下的世界是开放的。

当土著民族被迫放弃自己的家园时，他们会把一切留给记忆，因为他们一代代的先人们早已用属于他们自己的价值观塑造了他们，让他们重视旷世的生命和跨世的生命的延续。有关这方面的主题在吉狄马加的诗歌里随处可见，在《太阳》里他写道："……望着太阳，总会去思念 / 因为在更早的时候 / 有人曾感受过它的温暖 / 但如今他们却不在这个世上。"随着传统习俗的消逝，他们神话史诗中的祖先开始担任代表可继承价值的角色，于是吉狄马加在《火塘闪着微暗的光》一诗里这样写道："在河流消失的地方，时间的光芒始终照耀着过去 / 当威武的马队从梦的边缘走过，那闪动白银般光辉的 / 马鞍终于消失在词语的深处。此时我看见了他们 / 那些我们没有理由遗忘的先辈和智者。其实 / 他们已经成为这片土地自由和尊严的代名词 /

……／我怀念，那是因为我的忧伤，绝不仅仅是忧伤本身／那是因为作为一个人／我时常把逝去的一切美好怀念！"显然，这是对文化剥夺行为一个有力的反击和响亮的回答。在文化消遁的灰烬里，吉狄马加和他的诗歌至少能够挽救一种洞照人生道路的视野，并以此留给后来者。

（杨宗泽　译）

梅丹理，美国当代著名诗人、学者、翻译家和汉学家。1951年生于西雅图，美国俄亥俄州立大学中国语言文学专业硕士，英美比较文学硕士；曾在中国国家外文局、台湾大学等机构任教或从事翻译工作。有诗集《木刻里的人》，译著《王蒙小说选》、《麦秸垛》（铁凝小说选）、《源森自传》（藏传佛教类）、《周易》等出版，此外，他还翻译了北岛、吉狄马加等几十位中国当代诗人的作品。

Son of the Nuosu Muse

©Denis Mair

When I was preparing to translate these poems by Jidi Majia, I had the good fortune to accompany him on a trip to his native district in Liangshan Yi Nationality Autonomous Prefecture, which is located in mountainous west Sichuan. In the secluded Nuosu villages of Butuo and Zhaojue counties, I was struck by the attachment of the Nuosu hill people to their time-honored ways. Where old cob [i.e. clay and straw] houses had been replaced, I could see that new ones had been built according to the space-conserving pattern, with clusters of small buildings interspersed among gardens and pastures. The Nuosu women still sit in small groups in front of their houses, weaving strips of cloth on waist looms. I saw men wearing black capes of hand-woven wool similar to the ponchos of Bolivian Indians.

The Yi people, of which the Nuosu make up the most populous branch, are a mystery that is only beginning to declare itself to the world. There are at least seven million Yi, and several million of them still speak their own language, which belongs to the Tibeto-Burman language family. They live in pockets in southwest China, in the provinces of Sichuan, Guizhou, and Yunnan.

The Nuosu have their own independent mythology and folklore. In some ways it reminds me of Tibetan and Han Chinese ways of thinking, but it is different. They have oral epics, for instance the Book of Origins and Zhyge Alu. They have a myth of a great ancestral bird totem, which reminds me of the Tibetan garuda. They often portray the great bird in beaten silver, which also reminds me of the garuda. They have their own scriptures for sending off souls after death. The bimo (ritual priest) waves a prayer sceptre and bell through the smoke of a fire while chanting the scriptures; his only incense is the smoke of this fire. Unlike the thunderbolt-shaped dorje of the Tibetans, the bimo's prayer scepter resembles a smoke-inhaling bird. The bimo does not sit in a temple when reading his scriptures; he sits on a mat out in the open. The scriptures are written in a pictographic script which is independent from the Chinese writing system.

If you spend any time around Nuosu villages, eventually you will see one of the bimos, wearing a toadstool-shaped hat of black felt. When a bimo is not doing ceremonies for healings or funerals, he goes off to a quiet spot at the edge of a village. You can never predict where you will happen upon a bimo reading his scriptures, often with an acolyte beside him tending a small fire. The scriptures are copied out on papyrus-like material or thin sheepskin. There is another kind of priest-figure, a suni, who is a kind of shaman. He drums on a waist-mounted hoop-drum (which looks very Siberian); he dances and sings for hours in a trance; he often has matted hair going down past his waist.

The Nuosu people have never accepted a religion from outside. In fact, their belief system has an inherent complexity: it is a tapestry of seasonal rituals, epics about divine ancestors, and stories of nature spirits. Perhaps because the Yi nationality remains an aggregate of branches, their beliefs have never fused into a dogmatic system. Their collection of beliefs provides a sense of belonging to the natural environment; it contains a rich variety of perspectives on the human condition. For these reasons it reminds me of American Indian religion.

The poet Jidi Majia is the child of an aristocratic Nuosu family. After 1949 his father held a leading position in the judiciary of Butuo County, in the Nuosu heartland. Jidi Majia came upon his calling as a poet in his early teens, when a Chinese version of Pushkin's works came into his hands. He resolved early upon his path in life: he would articulate the identity and spiritual outlook of the Nuosu in poetry.

At the age of 17 Jidi Majia was admitted to Southwest Nationalities College in Chengdu. During his college years his hungry mind absorbed Nuosu epics and folklore. He also read great works of Chinese literature: everything from the mythically rich ancient poetry of Qu Yuan to vernacular prose masters of the 20th century. He also read works of world literature, such as the novels of Mikhail Sholokhov and Fyodor Dostoyevsky.

After graduation he returned to his home district; his poems soon won province-wide attention when they were printed in the Sichuan journal Stars. Before long he was hired by the Writers' Association of Sichuan, and he rose steadily to a position as secretary of that organization. He broke onto the national stage in 1986, when he won the National Poetry Award and became a protégé of the respected older poet Ai Qing. He omnivorously read the works of world-class poets: Paz, Vallejo, Neruda, Lorca, Amichai, Seifert, Szymborska, Senghor.

Jidi Majia concentrated on his vocation, without seeking rewards extrinsic to the writing of poetry, yet such awards came his way when he was given a position in the office of the National Writers' Association. He had chances to participate in conferences of writers and poets around the world; he was invited to observe the workings of the U.S. government for one month, as a guest of the U.S. Congress' International Young Leaders' Program. To appreciate the breadth of Jidi Majia's activities as a cultural figure in recent years, it helps to know that he has been creative director of musical stage productions ("Qinghai's Secret Realm" and "White Dove") and has organized major cultural festivals (Qinghai International Poetry Festival—2007 and 2009).

Jidi Majia has never stopped being what he always was: a great soul who emerged from among an indigenous group in southwestern China and undertook to bridge his people's ethos with realities of the outside world. For Jidi Majia, the project of articulating his identities as a Nuosu, as a Chinese, and as a world citizen are in no way mutually exclusive.

The Nuosu are a proud people whose antecedents lie on the margins of Sinitic culture. Being a long-embedded element within the Sinitic cultural sphere, yet never having been fully absorbed by it, they represent a unique position on the continuum of Chineseness. With respect to influences across the Han-Nuosu cultural interface, they have contributed as much as they have received in music, folk art, and myth.

The position of Jidi Majia as a Nuosu poet writing in Chinese reminds me of Irish writers who emerged on England's literary scene in the late 19th and 20th centuries. Irish writers and poets brought a tremendous vitality to the English language. Though the Queen's English was a borrowed language for them, they were able to make it fresh, perhaps because of Ireland's strong oral tradition. This tradition gave them an eloquence which we sometimes describe as the "gift of blarney." Several examples spring to mind: W. B. Yeats, George Bernard Shaw, Oscar Wilde, James Joyce, and Samuel Beckett.

In the U.S. we also have examples of ethnic groups whose historical position as embedded outsiders lent strength to their literary expression. These include black American writers such as Langston Hughes and Ralph Ellison, as well as writers from the Jewish immigrant community such as Isaac Singer and Saul Bellow. More recently, we have heard strong voices from the native American poet Sherman Alexie and from the ethnic

Chinese immigrant Li-Young Lee.

It comes as no surprise to learn that Jidi Majia has a strong affinity for figures of America's Harlem Renaissance. Only a great-souled poet could have succeeded in the project that Langston Hughes attempted: to revive a people's identity, from the roots up, in a modern setting of cultural dislocation and anomie. The Harlem Renaissance figures started from a position on the margin, but their voices were eventually heard and felt by the cultural mainstream. Such was also the mission which Jidi Majia settled upon as a poet. But his affinity with the Harlem figures also lies on a more elemental, symbolic level—in the phenomenon of blackness. The most populous branch of the Yi call themselves the Nuosu, which in their language means the "black people." Their holy men wear black hats and capes. Their formal decorative scheme features a black background with red and yellow patterns. In one poem Jidi Majia writes: "I write poems, because it seems to me that the spirit of our introspective, ruminative tribe is shown outwardly in a melancholy color. For a long time this color has been harbored deeply in our souls." ("One Kind of Voice") The color black, as a symbol of an emotional atmosphere, indicates an awareness of suffering and death; it is also the color of spiritual knowledge and depth.

There has been conflict and suffering in the history of the Nuosu's dealings with their Han and Tibetan neighbors. Of course, they have more often co-existed peacefully. In recent times, the timber cutting practices which scarred the Nuosu homeland were an unfortunate side-effect of modernization that was basically imposed upon them. This is part of the Nuosu burden of sadness, a loss of harmony with the environment which they feel keenly because of their attachment to traditional beliefs and values.

Jidi Majia accepts suffering as part of the human condition: it is the underlying melancholy color on which the hopeful patterns of creative expression appear by contrast. In his poems about crises of the modern world, he denounces violence but does not seek to attach blame or exact retribution. His attitude toward suffering can be seen in his praise for the people of Chongqing ("I Admit It, I Love This City"):

> ...*this great city*
> *Like its kind, generous people*
>
> *Always keeps its eyes on the future*
> *Never seeking to duplicate vengeance*
> ......
> *This city's reflective attitude toward war*
> *And its longing for peace*
> *Is no other than what today's China*
> *Gives as its answer to the world!*

In our post-modern context, it is no surprise that a poet of worldwide vision would emerge from a minority people in the isolated mountains of southwest China. After all, nothing could be more fantastic than what has already happened in our 20th century reality. History has shown that major civilizations produce systems of thought which trumpet certain fundamental categories as standards of truth: God, Buddha-nature, the Dao, the realm of ideal forms, the ground of Being, material forces. These are ideas which tend to deny each other or swallow each other up. In contrast to such monolithic thought systems, the cultures of indigenous peoples possess still-living myths which have room to grow. Indigenous cultures have a responsive emotional attachment to nature; they are quite observant about changes in their natural environment.

Unfortunately, the fundamental thought-categories valued by major civilizations are dislocated from nature. When the danger and absurdity of such dislocation is impressed upon civilized people by one crisis after another, they realize it is time to "deconstruct" their systems of thought. But "deconstruction" is yet another absurd exercise which only prolongs their detour from the task of getting oriented to life on planet earth. People with indigenous belief systems don't have to bother deconstructing anything. The detailed structure of an intact indigenous belief system includes a dose of skepticism. Indigenous people have a connection of gratitude and reverence toward nature, but they can take their own beliefs with a grain of salt. As I read Jidi Majia's poetry, I experience the perspective of an indigenous belief system with its windows thrown wide-open to the modern world.

When indigenous people are dispossessed, they grope for memory because the continuity of life across generations has value for them. This theme is addressed from many angles in Jidi Majia's poetry. In "Sun" he writes:

> *Looking at the sun always makes me miss*
> *Those people before my time*
> *Who once could feel this warmth*
> *And are no longer in this world*

As specific traditional customs fade away, the great mythic ancestors come to stand for inheritable values. Thus Jidi Majia writes ("Glowing Embers in the Fireplace"):

> *Time has rays to illumine a vanished river*
> *As a column of riders approaches along a dream's edge*
> *The silvery brightness of saddles disappears*

Deep into a word-string, whereupon I see them

Elders and wise men we are not justified in forgetting

In fact they signify truth and dignity on this land

......

I think back, not to dwell on sad losses

Just being human I am drawn

To relive all beautiful bygone things!

This is a healthy response toward cultural dispossession. Out of the ashes of loss, at least the poet can rescue moments of clear vision to light the way for his successors.

（英语）

吉狄马加 Jidi Majia
时间 Acg

吉狄马加的诗歌天地

［哥伦比亚］费尔南多·仁东

在那遥远的地方，在中国，在大凉山的森林中，流传着诺苏①（即彝族）人民的神话，矗立着吉勒布特②之树。诺苏的先人们是白雪部落的十二个儿子，至今依然头戴面具、身穿金衣，排列在亘古不变的阳光下。他的父亲是英雄支呷阿鲁③。他的母亲从不衰老。他美丽、温柔的呷玛阿妞④永远不死。吉狄是千年的传人，神鹰在他的头顶盘旋。他的祖先默默地靠近并喃喃地呼叫他的名字：吉姆、吉日、阿伙、瓦史、各各、木体、牛牛。他属于诺苏或称彝人。

他写诗，因为在他的故乡，一个人会变成一只白虎。他的诗篇是会说话的植物，是种植在祖先的花园里的记忆之花，是为了不让任何物种死去。

最初人类的肌肉是紫色山峦的红土。荞麦生长在山体上。一轮金色的太阳滋养着它。诗人在古老的大地上书写日记。他的道路在询问英雄们的足迹，后者的业绩超越一切时代。诗人通过生动的想象找到了他们。

诗人用火的语言唤醒所有的人。通过词语隐蔽的力量，人类能转化自己在现实黑暗中死去的世界。对雨露滋润的白色土地的向往生活在万物中。虚无在喃喃自语并书写生命的名字，赋予它不朽的植物。古人重又置身于歌舞和神圣仪式的壮丽中，栖息在纯洁的草原上。过去的根依然盘踞在身边！

---

① 诺苏：彝族人自称为诺苏，有黑色的民族之意。
② 吉勒布特：四川大凉山一地名，是诗人的故乡。
③ 支呷阿鲁：彝族创世史诗传说中的英雄。
④ 呷玛阿妞：彝族史诗传说中的美女。

千万个诞生与死亡在诗人神奇的语言中复活。多少精灵在黑色的土地和天空中徜徉，使世界沉浸在陌生时间的水中。倾听从另一个世界迸发出来的歌声。这是他的领地，繁荣于我们的记忆之前。宛如一行骑手映入我们的视野，老者和智者一同归来，重又体现出世界的真理。

巨人们手持太虚之盾，站立在蜿蜒于山中的河谷。守护着广阔的大门，门上印着"根源之书"的金字。这英雄推开传奇之门并阅读。他的肩膀抚着温柔的蜻蜓，大地上的爱幸存于她闪光的翅膀。"花的号角"向着星河歌唱自己的爱情。"我们未来的文明已经生活在一棵金色的树下"，它的基础是神话与传说，和平与地球上诗歌正义的庆典。

诗人间世世代代具有建设性的对话，书写了地球精神的历史，体验人民和英雄们无往不胜的爱情。他们的梦想在战斗中被诗的行为点燃，面对死神，精力充沛的生命为人类打开一扇新的光明之门，为了使古老的地球和未来的地球融为一体。

这是我为诗人吉狄马加这本伟大、美丽而又深刻的书所写的序言。在许多段落中，我认同他的观念和诗歌体验。阅读他的诗作令人感到清新并使我产生了许多快乐。但愿这不低于诗人的预期。

（赵振江　译）

费尔南多·仁东，哥伦比亚著名诗人、麦德林国际诗歌节主席。本文是他为吉狄马加的西班牙文诗集所写的序言。

El Universo Poético de Jidi Majia

© Fernando Rendón

Muy lejos, entre la selva de las Montañas Daliangshan, en China, donde transcurre la leyenda del pueblo Nuosu, se alza el árbol de Jile Bute. Los Ancestros Nuosu son los doce hijos de la Tribu de Nieve, que desfilan todavía con sus máscaras y trajes dorados, bajo la luz de un sol nunca visto.

Su padre es el héroe mítico Zhyge Alu. Su madre nunca envejeció. Su bella, la dulce Gamo Anyo, nunca ha muerto. Sobrevolado por el águila mitológica o la garuda, Jidi es el milenario descendiente. Sus Antepasados se acercan y susurran en silencio sus nombres: Jimu, Jike, Adi, Washi, Gege, Muti, Niuniu. él es Nuosu y Yi.

Escribe poemas, porque un hombre en su ciudad natal se transformaba en tigre blanco. Sus poemas son plantas que hablan, flores de la memoria que cultiva en los jardines de los Antiguos, para que nada muera.

Los músculos de los primeros humanos son la tierra roja de las montañas violetas. El alforfón crece sobre sus cuerpos. Un sol de oro los alimenta. El poeta escribe un diario sobre la Tierra Arcaica. Su camino pregunta por las huellas de los héroes, cuyos actos sobreviven a todas las eras. Su viva imaginación los alcanza.

El poeta despierta a todos con su lenguaje de fuego. Por la fuerza de los vocablos ocultos los humanos pueden transformar su propio mundo, muerto entre las sombras de la realidad. Vive en todos la ruta hacia la blanca tierra del rocío. El vacío susurra y escribe el nombre de la vida, para concederle la planta de la inmortalidad.

Los Antiguos están de nuevo posados sobre las praderas puras, en la magnificencia de cantos, danzas y formas sagradas. Cerca se anudan todavía las raíces del pasado!

Revive en su lengua de ambrosía mil nacimientos y muertes. Espíritus van y vienen entre la tierra negra y el cielo, sumergiendo al mundo en el agua de un tiempo desconocido. Escucha los cantos brotados de Otro Mundo. Este fue su lugar, antes que nuestra memoria floreciera. Como una columna de jinetes llegados al borde de nuestra visión, retornan los ancianos y los sabios para encarnar de nuevo la verdad del mundo.

Gigantes de pie en el valle extendido sobre la montaña, portan el escudo de armas del Vacío. Guardan la enorme puerta sobre la que está impreso en caracteres de oro "El Libro de los Orígenes." El héroe empuja la puerta legendaria y lee. Rozan sus hombros "libélulas de dulzura," por cuyas alas resplandecientes sobrevive todo amor en la Tierra. Trompetas de flores cantan su amor hacia el río de estrellas. "Bajo un árbol de oro vive ya nuestra civilización futura," cuyos cimientos son los mitos y las leyendas, la armoniosa paz y la celebración de la justicia poética sobre el planeta.

El constructivo diálogo entre los poetas de los siglos, que han escrito la historia espiritual

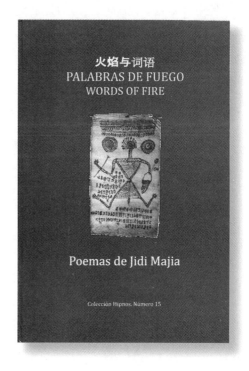

火焰与词语
PALABRAS DE FUEGO
WORDS OF FIRE

Poemas de Jidi Majia

Colección Hipnos. Número 15

de la Tierra, prueba el amor imbatido de los héroes y de los pueblos. Sus sueños están siendo encendidos por la acción poética, en la batalla donde la vida con vigor enfrenta a la muerte, abriendo una nueva puerta de luz a la humanidad, para que la Tierra Antigua y la Tierra Futura sean una sola.

Esto es el prólogo para el gran libro, bello y profundo, del poeta Jidi Majia. Me identifiqué en muchos pasajes con su visión y su experiencia poética.Su lectura me refrescó y proporcionó mucha alegría. Espero que no sea inferior a lo que el poeta esperaba.

（西班牙语）

吉狄马加诗歌与美国印第安土著诗歌的比较

［美国］阿马利奥·马杜埃尼奥

今年8月，在我出席青海国际土著诗人帐篷圆桌会议后回美国的飞机上，我仔细阅读了由美国汉学家梅丹理先生翻译的《吉狄马加诗选》。我知道，理解一位中国当代著名诗人的作品的高度绝非易事，因为吉狄马加不仅是一位中国当代著名诗人，而且是一位中国少数民族或部落的代表性诗人，所以，我把他放在国际背景下，将他的作品和几位美国当代印第安诗人的作品加以比较和解读。

吉狄马加是中国的一位省部级高官，曾任中国作家协会书记处书记，青海省副省长等职，现任青海省委常委和宣传部部长，此外，他还兼任中国少数民族作家学会会长和《民族文学》主编以及中国诗歌学会副会长等职。吉狄马加几乎是当下中国唯一因为写作而晋身政府高官的诗人，正如我的同人保罗·尼尔森先生在2011年所写的一篇有关吉狄马加诗歌的文章里所说："吉狄马加是一位诗人政治家或曰政治家诗人。"

吉狄马加出生在中国四川凉山彝族自治州一个诺苏彝族部落里，是一位在中国主流文化语境下写作的彝族诗人，所以，我将他的作品放到在美国主流文化语境下写作的西蒙·奥尔蒂斯、露西·泰帕霍索、艾德里安 C. 路易斯、谢尔曼·亚历斯、里富希奥·萨瓦拉等印第安诗人的作品中予以比较和解析。当然，这些印第安诗人中，没有一个在政治和社会地位方面抵达吉狄马加所抵达的那种高度，这个问题以及政治和社会地位对于写作和作品的影响，我将另外著文阐述。

吉狄马加（诺苏彝族）

吉狄马加诗歌的焦点集中于独特的诺苏彝族的神话诗意主题上，带有浓郁的部落文化色彩，与和他同代的美洲印第安诗人的作品有很大的共性和相似的特质。吉狄马加的绝大多数诗作凸显了他对于自己的部落——诺苏彝族——的敬畏与崇敬，浸润着强烈的"大地认知"情结，描述（并承担）了自然的大地认知情结以及自然循环和自然节奏的常识。他的不少诗作将天地人融为一体，向我们展现了包括"世界也是部落的"这一观念在内的世界观，与约索夫·坎贝尔所呼唤的"创世神话"比较接近。在这一观念上，吉狄马加的此类诗作与我上面所提到的几位印第安土著诗人的作品有不少相同之处，不同的是上述几位美国土著诗人是通过自己的作品将自身置于美国的主流文化和语境之中，而吉狄马加诗歌的神话特质和部落意识却靠他的作品来凸显或支撑的。

请看吉狄马加的《苦荞麦》，在诗人眼里，荞麦——

> 你是高原上滚动不安的太阳
>
> 荞麦啊，你充满了灵性
>
> 你是我们命运中注定的方向
>
> 你是古老的语言……

诺苏彝族心目中的荞麦与居住在中美洲和美国西南部的人们心目中的玉米一样神圣，富于灵性。荞麦是一种顽强地生长在中国西部高原地带的耐寒作物，富含人体必需的多种氨基酸，在四川大凉山地区大大小小的村落里，用荞麦面做的小饼随处可见。荞麦，不仅哺育了诺苏彝族人的肉身，也滋养了一个部落的精神。

在《反差》一诗里，诗人描绘了一个幽灵似的自我朝相反的方向走去，这种角色交替的自我描述让人想起了萨满信仰——它折射了诗人在自己的民族文化被掩埋后依然极力寻找其部落连接的心态；当诗人穿越当下主流文化的汪洋时，他发现或者意识到自己的部落身份已经被割裂，成为一种"对立"。

......

我看见我的手不在这里

它在大地黑色的深处

高举着骨质的花朵

让仪式中的部落

召唤先祖们的灵魂

......

我不在这里，因为还有另外一个我

在朝着相反的方向走去

在《岩石》这首诗里，部落的岩石让诗人想起了诺苏彝族同胞的脸，这种直接的心理上的诚实阐明了大地和大地认知的连接。大地（或土地），作为部落或族群自我识别的标识，在这里成为显示相互交换固有的大地认知的土著倾向和情感的关键词。这首诗显示了土地和生活在这片土地上的人们之间的相互凝视与仰望。

我看见过许多没有生命的物体

它们有着彝族人的脸型

一个又一个世纪的沉默

并没有把他们的痛苦减轻

即使在一些不起眼的小事或细节方面，吉狄马加也无不将其和土地及部落联系起来，从而揉入了诗人对于大地认知情结的思考。在《布托女郎》里，诗人写道：

就是从她那古铜般的脸上

我第一次发现了那片土地的颜色

吉狄马加将其对于土地、部落和族群的情感浓缩在一位彝族女郎的脸上，不禁让我想起了一位爱尔兰诗人的句子，"你可以从她的脸上发现一张爱尔兰地图"。

在这首诗里，在诗人眼里，这位诺苏彝族女郎古铜色的脸庞看上去像"太阳鹅黄色的眼泪"和"季风留下的齿痕"；而且，诗人从她平静的前额上看到了"远方风暴的缠绵"，这种象征手法在吉狄马加的其他诗作里也可看到，如，在《吉勒布特，我的故乡》里，诗人写道：

> 我承认所有的痛苦来自这里
> 我承认所有的悲哀来自这里
> 我承认母亲的笑声里藏着一个孤独的解释

诗人的大地认知情结反映了与祖先的土地有关的部落连接，例如，《守望毕摩》，毕摩是诺苏彝族中主管祭祀等活动的类似巫师的角色，靠念经来超度死去的人，让他们的灵魂升天，当然他使用的是诺苏彝族人的母语和诺苏彝族的经卷；在诺苏彝族人的心目中，毕摩简直就是他们的文化和文明的象征。在部落文化日趋衰亡的今天，一个毕摩的离世简直等同于部落文化的消亡，所以，诗人写道：

> 毕摩死的时候
> 母语像一条路被洪水切断
> 所有的词，在瞬间
> 变得苍白无力，失去了本身的意义
> 曾经感动过我们的故事
> 被凝固成石头，沉默不语

这首诗直观地寄托了诗人的土地情结，与用隐喻表达土地和文化情结的诗作如《母亲们的手》《做口弦的老人》等诗作在表达方式方面形成了对比。当然，这些情绪或情感表达也可以用另外的方式来架构，然而，诗人选择了它，而且运用得恰到好处，显示了诗人在诗歌技艺方面的高卓。

吉狄马加是一位用在中国占主流地位的汉语来表达诺苏彝族部落情感的彝族诗人。华夏文明历史悠久，中华文化源远流长，几千年来在中国文化中一直占有主导地位，而且不肯轻易地接纳来自少数部落或族群的观念，所以我认为，作为少数民族或部落诗人的吉狄马加，必然会感受到使用汉语写作带来的某种"不协调"，而且我相信，他也在开发和利用这种来自文化和语言的"不协调"。

前不久在北京中央民族大学举办的吉狄马加诗歌研讨会上，《吉狄马加诗选》英文版的译者、汉学家梅丹理先生注意到这样一个现象——"入会的评论家们大都认可吉狄马加诗歌的部落自豪感以及在民族学和民俗学方面的价值，而少有人乃至没有人提及他的诗歌里使用的那些隐喻的根源何在。总而言之，入会的批评家们多是围绕吉狄马加诗歌的写作技巧以及在中国现代文学史上的地位两个方面发表言论，而涉及诗人以及其诗歌的部落身份等敏感话题方面则少有探讨或论究。"

在诺苏彝族部落，有许多传统的节日，星回节便是其中之一。星回节又叫火把节，是诺苏彝族至今保留下来的最重要的节日之一。《星回节的祝愿》既是诗人对这一诺苏彝族传统节日的祝福，又可以看作是诺苏彝族与自然世界身份认同的诗意宣言，同时也是一位部落诗人庆祝部落重大节日的一种方式。

> 我祝愿蜜蜂
>
> 我祝愿金竹，我祝愿大山
>
> 我祝愿活着的人们避开不幸和灾难
>
> 长眠的先祖在另一个世界平安
>
> 我祝愿这片土地
>
> 它是母亲的身躯
>
> 哪怕就是烂醉如泥
>
> 我也无法忘记……

在《故乡的火葬地》这首诗里，诗人将部落的群体身份放在无限的时空里，诗中凸显了一个永恒的观念，那就是——这里离天最近；另外一层意思是：个体的生命是短暂的。这首诗里，也有一条意识的河流（也属于大地认知的范畴），流淌着诺苏彝族部落群体的苦难与抗争。诗的字里行间似乎蕴涵着各种意识的时间尺度，不同时代和不同世界的人们在这里交替显现，你中有我，我中有你，相互交融。

正如这本诗选的译者、汉学家梅丹理先生在《译后记》里所说，"在主流文化诗人那里，我从未见过让稍纵即逝的意识或灵感在不同尺度下相互渗透相互兼容的表达方式。我想，这与诗人极力要与他的民族的历史对话有关（曾经提及诗人的一篇《代后记——一种声音；即我为什么写诗》）。不过，这里涉及一个问题，即一个部落的历史多是靠本部落的诗人、祭师、僧人或先知们用口耳相传的方式得以流传下来的，缺乏学术性典籍的严谨与客观，观念方面也难以挣脱主观性的桎梏。"

在吉狄马加的诗里，我发现了诗人的部落敏感性，他很少直接谈论诺苏彝族，而是将视角延伸到部落这个词汇以外的大山和河流等自然世界里。在中国汉族诗人的作品里，我很少看到像吉狄马加这样如此敬畏和崇拜自然的作品，尽管他们在描写山水方面也十分"得心应手"。

吉狄马加曾访问过秘鲁、哥伦比亚和智利等国，并写诗对那里的土著部落表示同情。此外，他对于那些部落身份象征的标识似乎特别敏感，譬如在他的《秃鹰》和《玫瑰祖母》等诗作里无不以此类标识作为意象组合，从而使他的诗作走近或走进了其他部落或族群的心灵深处。

在《白色的世界》这首诗里，诗人提及一条白色的道路，这条路可以通往一个永恒的向往——即人们惯常所说的"那个世界"。这首诗里的白色与诺苏彝族所崇敬的黑色——代表诺苏彝族身份与心灵深度的颜色——形成了鲜明的对比。对于将自己称之为"黑色部落"的诺苏彝族部落而言，想象白色与黑色的方式对于构建这个世界的愿景是很重要的。我想，用颜色来表示的这种神秘的部落共鸣，在吉狄马加的诗里比在中国主流文化诗人的作品里出现得更为频繁，而且，其文化蕴涵亦大不相同。在这首诗里，吉狄马加借用了诺苏彝族毕摩萨满式的语句来怀念在另一个世界流浪的祖先们——

毕摩告诉我

　　你的祖先都在那里幸福地流浪

　　一条白色的道路

　　可以通往永恒的向往

　　吉狄马加将写作的焦点集中于部落的族群记忆上，任何自然现象都被诗人用作理解部落认知和部落记忆的手段。譬如，在《太阳》这首诗里，照在诗人身上的阳光都能引发他遥远的想象，让他想起他的先人以及曾经照在他的先人皮肤上的阳光。这是一次沿着部落意识的边缘行进的旅程，遥远而漫长。

西蒙·奥尔蒂斯（阿科马——美国一印第安村庄）

　　西蒙·奥尔蒂斯是美洲印第安诗歌的大师级诗人，其诗歌写作在神话诗意主题表现方面与吉狄马加有相似之处。他的诗作表现了一种土著的"部落老者"的现实生活观念，描绘了作为一位部落居民与美国主流文化的交往与相互作用，即作为美洲原住民的印第安人在接受美国文化的同时必须坚持自己的部落观点，或者说必须用自己的部落观点去接纳美国文化。

　　正如西蒙·奥尔蒂斯在他的主要著作——诗歌、小说和故事合集《编织的石头》的序言里所说，"作为一位作家、教师和讲故事的人，我所做的一切就是让语言不再神秘"。奥尔蒂斯的使命就是向土著部落世界以及部落的人民证实：他的作品毫无避讳地使用了大量来自本部落（即印第安部落）的暗喻或引证，而这些暗喻或引证属于美洲原住民的神话诗意语言。如丛林狼，作为一个神话般的象征或图腾，曾反复出现在他的诗作里。

　　在《朱妮塔，曼纽里托的妻子》《寻雨》等诗作里，诗人将对生活的现实主义表现和对自然的敬畏与崇拜糅和在一起；在《关于丛林狼》一诗里（在《格鲁夫的一天》里被称之为"浮现"或"起源"的诗作），奥尔蒂斯对土著部落的神话表示了同样的敬畏，并坚信他从一位伯父那里听到的关于创世的传说是真实的。

我的伯父告诉了我这一切……

丛林狼也曾告诉过我这一切，你知道

为什么他总是和神和大山

以及山上的石头对话

你知道，我相信他

　　这种对于部落信仰的崇敬构成了奥尔蒂斯诗歌的主体，他的作品印证了亚历斯和路易斯的作品所展示的现实主义（如《法官阁下》《崩溃的男孩》），他的诗作里找不到玩世不恭的讥讽或颓废主义的影子。在《晨星》一诗里，我们可以发现其部落诗体形成的风格。

……

在其旅程中

晨星发现了黎明

穿越我们个体的存在

一切都那么

深奥而圆满

只需要一只眼睛

我们

就能看到一切

露西·泰帕霍索（纳瓦霍人——美国最大的印第安人部落）

　　从露西·泰帕霍索的诗歌里，我发现她的作品在神话诗意视野方面与吉狄马加诗歌有相似之处，不同的是，作为一位女性诗人，她的诗作更多地关注土著部落内的男女平等意识以及部落女性与美国主流文化的交流与交汇方面的话题。

　　在其《扭曲等于整平》《河岸的树》《春天的诗》和《微风吹过》等诗作里，诗人将现实主义描写手法与对于神话诗意表现的崇敬有机地结合起来，她的诗往往将个体的女性生命与自然世界联系起来，构成一道人与自然相互和谐的风景线。她的诗歌坚持在与美国主流文化的交流与交汇中凸显印第安人的部落情感与感性。

《微风吹过》描绘了其女儿的问世，诗人将这一事件与部落符号和神话的暗示水乳交融般地揉为一体：

　　女人在黎明时分第一次分娩了
　　深红色的液体如同云层
　　……她出生了，黎明的女人
　　她的出生让人懂得岩石的光滑
　　她的出生让人懂得早晨的力量
　　开始的一切都是模糊的，如同晨雾
　　最初的神一如既往地歌唱
　　他们创造了夜晚、光和白天
　　他们用歌声创造了高山
　　河流、植物和动物
　　他们用歌声赋予我们生命

这种对于部落环境里分娩场景的虔诚的表达与处理手法，无论在路易斯还是亚历斯的作品里都看不到，这让我不由想起吉狄马加诗歌在描绘诺苏彝族的一些事件或生活场景时所采用的近乎教徒般虔诚的心态与表达。

艾德里安 C. 路易斯（美国西南部派尤特族印第安人）

艾德里安 C. 路易斯接近部落世界的方式不比吉狄马加的方式深奥。路易斯用新闻图片般的现实主义手法和讽刺文学的基调切入印第安部落的生活——疾病，死亡，欺骗，边缘化——缺乏与自然世界的联系。"这就是美洲印第安人，我们是定义之外的亚洲人"。路易斯将美国主流文化视为自己部落和族群的敌人，在路易斯的一首具有典型意义的诗作里，你可以看到飞越苏族部落（印第安部落的一个分支）上空的美洲鹫将脑残印第安儿童的尸体丢到他住处的院落里的情景，因之，路易斯高声呐喊："这是你的遗赠，我说，再打开一瓶啤酒……我闭上眼睛，梦见了麦当劳。是的，我闭上眼睛，梦见了麦当劳。"

在《堕落的白人家长式统治》一诗里，路易斯将自己视为美国主流文化的牺牲品，作这首诗的时候，他刚刚从酗酒状态和"耶稣的监禁"中挣脱出来。

后来，在一首名叫《在食狗肉者之中》的诗里，路易斯大声喊道："黑暗，耶稣，在我们这片浸润着血腥的土地上。"

在路易斯写给谢尔曼·亚历斯的一首名叫《尘埃的世界》里，路易斯描绘了部落生活的场景：

> 手握啤酒，双目流盼
> 三位苏族少年妈妈在街头求爱
> 摇晃着她们那惹眼的屁股
> 破旧的汽车擦得铮亮
> 当我驾着雷鸟经过她们身旁
> 她们装作认识我的样子向我招手
> 其中一位姑娘美貌出众
> 只是牙齿有些不整
> 依旧值得男人为之去死
> 我心里一阵窃喜
> 我开车在其身边兜风，欲火似焚
> 然后加大油门快乐地飘浮在
> 这个悲惨的、靠救济存活的世界的
> 黑暗的街道上……

随便拿起路易斯的一本诗集，你可以从中找到对于堕落的部落生活的描写，譬如，在《美国在我们面前可怕地出现》中，诗人写道：

> 莱斯特.霍克将几麻袋价值数百英镑的玉米粉扔进水槽里

送给一对夫妇。我得到了几桶凝结的横财

奶汁从一面40加仑的鼓里流出，漫过它；40头猪

争抢着跑来，馋得直流口水，放屁，相互用嘴巴掀动了几分钟

粮食是神赐给我们的啊……

谢尔曼·亚历斯（美国华盛顿州斯波坎市）

谢尔曼·亚历斯，如同路易斯一样，将美国主流文化视为敌人。在《狂犬病的程度》一诗里，艾德里安C. 路易斯曾引用谢尔曼·亚历斯的句子，"这是一个同样古老的故事，当敌人的语言将我们被肢解的语言拴在他们裤腰带上的时候，我们怎能想象出一种新的语言！"

亚历斯是一位用诗歌解析生活的现实主义者，在《一根拐杖的歌》《老鼠大战》《起来》和《糖城》等诗作里，诗人用近乎荒诞而尖酸的语句对在美国主流文化拳头的重压下日渐衰落的部落文化和走向颓废的部落生活做了无情的抨击。在亚历斯眼里，印第安人部落里充斥着疾病、死亡、欺骗、边缘化——缺乏和自然世界的联系（请参阅《很快就会出现在国家地理上》）。亚历斯，印第安部落的一位虚无主义者，无论从印第安部落传统文化还是从美国主流文化里，他都看不到任何有价值的东西。请看他在他的天主教婚礼宴会上作的一首诗《起来》：

我们学着如何将面包

吃进肚子里

以便证明那是耶稣的肚子

面包是一种隐喻

面包是变质的耶稣

面包就是面包

我已经把这三项信条

吞进肚子里

尽管我是斯波坎的印第安人

我还把三文鱼
吃进肚子里
以便证明那是三文鱼

三文鱼是我回归的信仰
三文鱼不是面包
三文鱼就是三文鱼

　　我想，即使诺苏彝族部落有三文鱼，吉狄马加也不会写出"三文鱼就是三文鱼"那样的诗句。抛却亚历斯对于部落象征的非礼以及对于美国主流文化的轻蔑而外，他的诗歌的确彰显了一种部落特质。亚历斯善于将美洲印第安人的传统诗歌形式如祈祷歌、晨歌、治病曲以及武士歌等运用到他的诗歌写作中，这种对传统诗歌形式的合理运用彰显了其作品的部落根性。简而言之，讥讽和批判构成了亚历斯诗歌的主流与特质。

里富希奥·萨瓦拉（雅基族——属印第安族，又称为印第安雅基人）

　　里富希奥·萨瓦拉家族是20世纪初发生在墨西哥的雅基大屠杀中成千上万个逃亡的难民家庭中的一个，他们昼夜不停地穿越墨西哥的锡那罗亚州和索诺拉州，来到了美国的亚利桑那州，并定居图森市。萨瓦拉的一生主要经历了由于反对以国家为后台的资本家和地主剥夺和控制雅基人祖先留下的土地而引发的族群面临灭绝威胁的历史阶段。萨瓦拉的诗歌反映了雅基部落的神话诗意传统，描绘了自然世界——即"花的世界"，雅基传统文化中一个充满神话诗意的魔幻般的世界。对于萨瓦拉来说，这是一个持续不断的真实的现实。他在美国图森的岁月里，一直作为一个图森的雅基人活着。他在美国居住了一生，其作品却始终与雅基文化（花的世界）保持着血肉般亲密的连接。在杰出的人类学家和历史学家爱德华·斯派塞看来，"在引发对于土著雅基部落和美国占主导地位的英美文明之间的跨文化理解方面，里富希奥·萨瓦拉比任何一位雅基人走得更远。"直到今天，生活在美国亚利桑那州图森市的雅基人每年都要举办自己的帕斯夸斋戒节，帕斯夸"花战"传统仪式至少可以追溯到前哥伦布时期。里富希奥·萨瓦拉的诗作《丛林狼之歌》里可以发现雅基人充满神话诗意的圣歌。

如同吉狄马加等其他部落诗人一样，萨瓦拉的诗将自然世界与部落的"母亲"等意象联系起来。萨瓦拉曾在美国当过数年的铁路工人，作为一名囚犯，他更加渴望传统的雅基部落与自然世界和生命的连接。

> 帕斯夸的春天又来了
> 我们聚集在明媚的春光里
> 村庄充满了快乐
> 欢声笑语取代了苦闷和忧郁
>
> 大地上的万物已经复苏
> 小河解冰，花儿开放，春风和煦
> 绿树如茵，为远行的鸟儿提供
> 惬意的落脚地
> 如同母亲对于孩子满怀深情的爱
> 一起都是那般舒服愉悦

在吉狄马加的一些诗作里，譬如《火把节》，我们可以找到相似的描写。

结　论

在里富希奥·萨瓦拉的雅基部落生活（花的世界）里，我发现了其与吉狄马加描写诺苏彝族部落以及部落生活的诗歌的最大等值，那就是，在理想化的部落环境里，作为一位部落的个体生命，他们不仅属于"部落"，而且属于"自然世界"，或者说，他们不仅是"部落的"，而且是"自然世界的"。此外，里富希奥·萨瓦拉和吉狄马加都属于从土著部落里走出来的"外迁者"，尽管他们的"迁徙"方式有所不同。所以，他们的诗作所采取的表现角度与我上面所提及的在美国主流文化背景下生活的如亚历斯和路易斯等部落诗人的诗作所显现的"在现场"的姿态是有所不同的。在亚历斯和路易斯的笔下，他们的部落充满了疾病、死亡、欺骗和边缘化——缺乏与自然世界的连接，至少不是里富希奥·萨瓦拉笔下那个"花的世界"。西蒙·奥尔蒂斯和露西·泰帕霍索以及萨瓦拉的风格差不多，其作品的基调大致属于"花的世界"，我想，这与美国印第安部落的神话诗意传统有关。

吉狄马加诗歌在部落的"迁徙"体悟方面不同于美国印第安土著部落诗人的诗歌，吉狄马加诗歌多从当下的语境入笔，站在历史、文化和部落精神的高度来描绘诺苏彝族部落，而美国诗人西蒙·奥尔蒂斯和露西·泰帕霍索则是在美国主流文化语境下用外延的现实主义手法表现美国印第安人的部落传统和生活；吉狄马加诗歌与萨瓦拉、奥尔蒂斯、泰帕霍索、亚历斯以及路易斯的诗歌则截然相反，吉狄马加向世界提供了一个对于自己的部落满怀崇敬的文本。

吉狄马加诗歌往往将传统的诺苏彝族部落生活放在神话诗意的视野里加以体悟和描述，譬如，在《故土的神灵》里，诗人写道：

> 让我们同野兽一起行进
> 让我们陷入最初的神秘
> ……
> 这里到处都是神灵的气息
> 往往在这样异常沉寂的时候
> 我们会听见来自另一个世界的声音

（杨宗泽　译）

阿马利奥·马杜埃尼奥，美国当代著名诗人、作家、文学批评家。

Review: Poems by Jidi Majia

©Amalio Madueño

On my trip back to the US this year after attending the Qinghai Indigenous Poets Round Table, I pondered the task of reviewing Jidi Majia's book of poems. I immediately understood the problem involved— how does one provide a context for understanding the style and content of the work of a contemporary Chinese poet of his stature? Since Jidi is not only a Chinese poet, but a representative of a native Chinese indigenous tribe, I settled on comparing his work to that of contemporary Native American poets of the US.

Jidi is an officeholder in the Qinghai Provincial People's Government. He served four years as Lieutenant Governor of Qinghai Province before taking his current position as Provincial Director of Propaganda. He has official poetic positions as well. He is President of the China Minority Writers Association and Permanent Vice President of the China Poetry Association. Jidi is an award-winning indigenous poet who has risen to high office in the Chinese People's Government. As my colleague Paul Nelson says in his 2011 review, Jidi is a poet-politician.

Jidi Majia, an indigenous man of the Nuosu tribe in Sichuan, China, is a poet living and writing in the context of the dominant Chinese contemporary culture. My purpose is to compare Jidi's work to that of US Native American poets living and writing as indigenous individuals in the context of the dominant American contemporary culture. For purposes of comparison I have chosen a variety of US Native American poets including Simon Ortiz, Luci Tapahonso, Sherman Alexie, Adrian C. Louis and Refugio Savala. None of these US poets ever achieved Jidi's political stature, but that subject and how it influences a poet's work, is something I will leave for another essay, "Terrestrial Cognition."

Terrestrial Cognition

Jidi Majia (Nuosu)

Jidi's poetry focuses on mytho-poetic themes and topics peculiar to the Nuosu tribe of Sichuan, China. It shares some common features with that of his American contemporaries. Much of Jidi's poetry shows a reverence for tribal lands, a kind "terrestrial cognition," that often has the quality of prayer. These poems describe (and assume) a natural-terrestrial connection and common knowledge of natural cycles and rhythms. These poems often equate humans with the earth or natural phenomena (or vice versa) providing a view of life that includes "the world as it views indigenous man." This is a view approaching what Joseph Campbell would call "creative mythology."

Poems of this type are common to several of the Native American poets I mention in this review. What is different in all of the US indigenous poets is how their poetry places them in context and relation to contemporary US culture. Mytho-poetic/tribal resonances in Jidi Majia's poems appear throughout his work.

For instance, emotion in the poem "Bitter Buckwheat" derives from the Nuosu being fed spiritually as well as physically by this plant that grows at high altitude.

You are the roiling sun of the highlands

Buckwheat, you are full of spirit-nature

You are the direction ordained in our fate

You are an ancient language

The Nuosu feeling for buckwheat might be compared to the mystique of corn in Central America and the Southwest United States. Buckwheat is a hardy and stubborn grain with high amino acid content in preservable form. Buckwheat muffins can be had in any village in the Greater Liangshan Mountains.

The poem "The Other Way" describes a doppelganger that takes the other path deeper into a tribal identity. This kind of alternate self arises through intentional shamanism—it reflects the poet's search for tribal connection even while stripped of his own culture. The poet is indigenous man walking through contemporary culture, but at the same time he recognizes his tribal identity as an "opposite," resulting in a split.

I do not see his hand here before me

It is in black depths of the land

It is holding up flowers of bone

So my tribe, in its rituals will know

The presence of ancestors' souls

... ...

I am not here, for there is another self

Walking in an opposite direction

In the poem "Boulders" Nuosu faces remind the poet of boulders in the tribal landscape. The immediate psychological truth in this recognition illustrates the connection with land and cognition. The land as a source of tribal/group self-recognition is the key here to illustrating the indigenous tendency to interchange the viewpoint inherent in terrestrial cognition. The poem shows both the poet looking at the land and the land looking at its people.

> *I have seen many lifeless objects*
> *That have facial forms of Nuosu people*
> *Century after century of silence*
> *Has done nothing to lighten their agony*

Even in inconspicuous points where observation is incorporated into metaphor we can see the poet's way of using the land-connection for purposes of cognition as well as cogitation. In "Butuo Lass" Jidi Majia concentrates his feelings about land and people into a woman's image (the way an Irishman might say, "Sure and you can see a map of Ireland in her face").

> *It was from the bronze of her complexion*
> *That I first discovered the color of the land around me*

In this poem the bronze of the woman's complexion is seen as the "yellow tears of the sun" and the "teeth marks of seasonal winds." Her placid forehead is seen as "twining currents in a storm-front." This symbolic use of a woman's image can also be seen in "Dejyshalo, My Native Place" in which he writes:

> *I admit that all pain comes from here*
> *I admit that all sorrow comes from there*
>
> *......*

I admit a disconsolate note in my mother's laugh

Terrestrial cognition in the poet reflects the indigenous connection with ancestral land. For instance, in "Vigil for the Bimo," the (shaman) ritualist's death causes the language of Nuosu scriptures to become inaccessible. In the context of a topography where deforestation caused frequent mudslides that cut off roads, the land becomes a ready-to-hand metaphor for what happens to people on the land (and their culture).

> *When a bimo dies*
> *The road of the native tongue is cut off by floods*
> *All of its words, in an instant,*
> *Become pale and weak, their inherent meaning lost*
> *Stories that once moved us solidify to stone, subside into silence.*

This shows Jidi's way of registering the land-tie intuitively, in contrast to extended similes of land/culture as a mother in "Mother's Hand," or of culture as song of the land, as in "The Old Mouth Harp Maker." Of course there is a place for registering these allegorical constructs also, because I'm sure they belong to the rhetoric of the tribe.

We can see that Jidi Majia uses the dominant Chinese culture's language while expressing and working from within a tribal sensibility. So there's a dissonance in the way Jidi Majia employs the mainstream Han language, and I think he actually exploits that dissonance.

Translator Denis Mair observes about the recent conference on Jidi Majia's work at Minzu University of China, "while recognizing 'ethnic pride' and the importance of 'folklore' in Jidi Majia's poems, many commentators do not get at sources of Jidi's metaphors. In general, critics refer to literary technique and Jidi's position in the canon of modern poetry.

Overall there is not a lot of sensitivity for how tribal identity plays itself out in a poet's practice."

"Wishes for the Festival of Returning Stars" is a prayer referring to the Torch Festival, the biggest remaining traditional festival of the Nuosu. The poem is a formal poetic declaration of identification with the natural world and is the tribal poet's way of marking a traditional festival.

> *I offer wishes for honeybees*
> *For golden bamboo and the great mountains*
> *I offer wishes that we the living*
> *Can be spared any terrible disasters*
> *And that ancestors who have gone to eternal rest*
> *Will arrive at peace in the other world*
> *I offer wishes for this expanse of land*
> *Which is our mother's body*
> *Even if I were plastered drunk*
> *I could not possibly forget*

In "Hometown Cremation Ground" the poet places group identity in a setting of vast time and space. One point of view is eternal—it is there with the sky. Another point of view is transient, belonging to one person's lifetime. There is also a river of awareness (again, a form of terrestrial cognition) that seemingly belongs to the collective suffering and struggle of the Nuosu tribe. Different temporal scales of awareness seem to be embedded, one within the other. One emerges out of the other.

As translator Denis Mair notes, "I have not seen this way of letting different scales of temporal awareness penetrate each other or emerge one from the other in a mainstream poet. I think it relates to the poet's effort to have a dialogue with the history of his own people (an intention which he mentions in "Why I Write"). There is no outside, objective, codified history backed up by academic "authority" here. Tribal history is subjective, intuitive carried along by the tribe's poets and bimo's (shaman or seer) down through time."

I also see Jidi Majia's tribal sensibility where he's not talking about Nuosu, for instance in his poems to the rivers of the world and to a drop of water. I don't see many Han Chinese poets who actually step forward and address the natural world. They are too "sophisticated" for that.

And one can see Jidi Majia's sympathy to other indigenous groups in the poems he wrote after visits to Peru, Columbia and Chile. I think he is sensitive to markers of identity in poems like "Condor, The Divine Bird," "Tiyawanoc," "The Cantuta Flower" and "Grandmother Rossa." By mentioning marks of identity, he reaches out to people in other tribes.

The white road and white buckwheat fields he mentions in "White World" and a few other places belong to the mytho-poetic Elysian Fields of the afterworld. This contrasts with the Nuosu idea of blackness as the color of nobility and spiritual depth (and calling themselves the "Black" tribe). For the Nuosu, ways of imagining whiteness and blackness are important for constructing a vision of the world. I think the tribal, mythic resonances of these colors come up more in Jidi Majia's poems than in mainstream Chinese poets. Jidi refers to the Nuosu bimo's shamanistic tether to the nether world where ancestors roam:

> *The bimo tells me of my ancestors*
> *Who roam there in felicity*
> *......*
> *A white-colored road will lead us*
> *To that place eternally longed for*

Jidi's focus on tribal memory is a constant refrain in his poems. Any natural phenomenon, such as sunlight, is used as a means of grasping tribal cognition and memory. The poem "Sun," features sunlight on his skin reminding Jidi of Nuosu forbears that felt this same sunlight on their skin. It is all a journey along the edge of awareness. "Glowing Embers in a Fireplace" speaks of a word-string like a pack train of horses going back into time as the poet contemplates a hearth fire:

Until death I will think fondly of those nights
When the fire glowed and my loved ones nodded
As the storyteller kept up his tale...

Simon Ortiz (Acoma)

Ortiz is one of the masters of Native American poetry in America. One can find poems of Ortiz that are similar to Jidi's in their mytho-poetic vision. Ortiz' work provides a kind of indigenous "tribal elder" view of reservation life and a tribal man's interaction with the dominant US culture. The Native American Man maintaining a tribal view while enduring American Culture.

As he says in the preface to his major work, Woven Stone, "...what I do as a writer, teacher, storyteller is to demystify language." Ortiz' mission is to provide a view to the indigenous world, for his people and for ours. He does not shy away from including substantial amounts of allusion and quotation from Native American mytho-poetic language in his work. Coyote, the mythical figure, is central to many of Ortiz' poems.

In the poems "Juanita, Wife of Manuelito," and "Going for the Rain," graphic realism about reservation life is mixed with reverence and worship. In the poem "According to Coyote," what Arthur Grove Day would call an "emergence" or "origin" poem, Ortiz evinces the same reverence for indigenous myth and belief upon being told the myth of creation by an uncle:

> *My uncle told me all this . . .*
> *Coyote told me too, but you know*
> *How he is always talking to the gods*
> *The mountains, the stone all around.*
> *And, you know, I believe him.*

This reverence for indigenous belief informs all of Ortiz's work. He can demonstrate the realism that Alexie and Louis exhibit (as in "Judge your Honor" & "Busted Boy"), but never the sarcasm or defeatism.

In "Morning Star" we see the type of vision that informs his indigenous verse:

> *...for the morning star*
> *Finds that dawn*
> *On its journey*
> *Through our single being*
> *The all that has depth*
> *And completeness*
> *The single eye*
> *Through which we see*
> *And are seen.*

Luci Tapahonso (Navajo)

I find poems among Tapahonso's work that are similar to Jidi's in their mythopoetic vision. Her work provides a kind of indigenous "Tribal Feminist" view of reservation life and a tribal woman's interaction with the dominant US culture.

In the poems "The Warp Is Even," "Trees Along the River," "Spring Poem" and "A Breeze Swept Through" graphic realism of reservation living is mixed with mytho-poetic reverence and worship. Tapahonso's poems often provide an equation of the individual woman and the natural world. Her poems cling to and reverberate with the Native American sensibility throughout all interaction with contemporary culture.

In the poem "A Breeze Swept Through," speaking of her daughter's birth, she mixes the event with allusions to tribal symbol and myth:

> *The first born of Dawn Woman slid out amid*
> *Crimson fluid streaked with stratus clouds. . .*
> *...she is born again, woman of dawn*
> *She is born knowing the warm smoothness of rock*
> *She is born knowing her own morning strength*
> *The beginning was mist*
> *The first holy ones talked and sang as always*
> *They created night, light and day.*
> *They sang into place the mountains*
> *The rivers, plants and animals*
> *They sang us into life.*

This reverent treatment of the birth scene in a tribal setting is nothing you would ever see in either Louis' or Alexie's poems. It is much more redolent of Jidi's treatment of Nuosu tribal scenes and events.

Adrian C. Louis (Paiute)

Louis's approach to the indigenous world couldn't be further from Jidi's. Louis's work exudes journalistic-graphic realism, sarcasm and satire of Indian life—disease, death, victimization, marginalization—loss of connection with natural world. "[American Indians are] Asiatic yet we are a people beyond definition." Louis sees the US dominant culture as the enemy of his people and his tribe. In a typical Louis poem, you will find small brain-damaged children dropped into his yard on Sioux land from the talons of a passing turkey buzzard, as Louis exclaims: "This is your legacy, I said opening another beer... I closed my eyes and dreamed of McDonalds. Yes, I closed my eyes and dreamed of McDonalds."

Louis sees himself as the Native American victim of dominant US culture in a "Perverse Perpetuation of the White Man's Paternalism" where he recovers from alcoholism only to escape being "poisoned by Jesus."

And later, in "Among the Dog Eaters" he cries: "...the darkness, Jesus, of our blood-drenched land."

Here is an example of Louis's view of indigenous life, from "Dust World," which he dedicates to Sherman Alexie:

> ...with pupils dilated and beer in hand
> Three teenage mothers court frication
> More serious than their sweet Sioux butts
> Buffing the hood of their hideous car.
> When I glide by in my new T-Bird
> ...they wave like they really know me
> One of the girls, beautiful enough
> to die for except for rotten teeth
> smiles I suck in my gut
> and lay some rubber.
> I cruise through a small whirlwind
> Of lascivious regrets
> And float happily through the dark street

Of this sad, welfare world…

Pick up a book by Adrian C. Louis and you will be certain to find squalid anddepraved references to tribal life, as in this snippet from "America Loomed Before Us":

Lester Hawk dumped a couple hundred pound sacks of Cornmeal
into the trough.
    I gravied buckets of curdled
    Milk from a fifty gallon drum over it and forty hogs went
    Ape-shit, drooling, farting and scarfing up in minutes
    The food that the Gods had brought…

Sherman Alexie (Spokane)

Sherman Alexie, like Louis, sees the US dominant culture as the enemy. In "Degrees of Hydrophobia," Adrian Louis quotes Sherman Alexie: "… it's the same old story. How can we imagine a new language when the language of the enemy keeps our dismembered tongues tied to its belt."

In the poems "One Stick Song," "Mice War," "Rise" and "Sugar Town" Alexie is analytical, graphic-realist, sarcastic and satirical toward Indian life and its destruction and decline under the fist of US culture. He sees it riddled with disease, death, victimization, marginalization—and loss of connection with natural world (see "Soon to be on National Geographic"). Alexie, the Native American nihilist, sees nothing of value in the traditional symbols of either Native American or the US dominant culture. As he says about taking communion at his Catholic wedding mass in the poem "Rise":

We are taught to take the bread
Into our bodies

As proof of Jesus' body

The bread is metaphor
The bread is Jesus transubstantiated
The bread is simply bread

I have taken all three
Of these tenets into my body
Though I am Spokane Indian

I also take salmon
Into my body

as proof of salmon
the salmon is my faith returned
the salmon is not bread
the salmon is simply salmon

I cannot conceive of a Jidi Majia poem in which "salmon is simply salmon," especially if it were Nuosu salmon. Despite its irreverence toward indigenous symbols and images, as well as his contempt for and criticism of US dominant culture, Alexie's work does evince indigenous qualities. Alexie is skillful in his use of traditional Native American forms of poetry such as prayers, mourning songs, healing songs, warrior songs, etc. This use of indigenous poetical forms indicates his indigenous roots, often forming the content of his work as an indigenous (and ingenious) vehicle for the delivery of content that is satirical, critical and ironic.

Refugio Savala (1915-1992, Yaqui)

Refugio Savala's family, one among thousands of refugee Yaquis fleeing the massacres in Mexico's early 1900s, plodded through Sinaloa and Sonora to settle in Tucson, Arizona. His life spanned the phase during which the Yaqui people faced the threat of extinction as they fought state-backed capitalist landlords for control of their ancestral lands. Refugio's poetry reflects the natural world of the Yaqui mytho-poetic tradition, the "Flower World." This mythopoetic, magical world of the Yaqui tradition was a real and continuous reality for Refugio for the whole of his life in the US at the Pascua Yaqui Reservation in Tucson. Refugio's work represents a continuous literary connection to the Yaqui "Flower World" during his entire life in the United States. According to Edward Spicer, eminent anthropologist and historian, Refugio "...more than any other Yaqui, brought about significant cross-cultural understanding between the native Yaqui and the [dominant US] Anglo cultures." Every year in Tucson, AZ, the Yaqui of today celebrate the Pascua feast day at their US reservation. The Pascua "flower war" ceremony, being one of the few remaining legacies of Yaqui tribal tradition dating back to pre-Columbian times. His "Coyote Songs" are remembrances of Yaqui mytho-poetic chants.

Savala, like Jidi and other indigenous poets, equates the natural world with a tribal "mother" figure:

> *It's springtime again in Pascua*
> *We are all together again*
> *Happiness crowns the little village*
> *Laughter replaces the thought of pain.*
> *How things are natural in the wild*
> *When the flowers, streams and the light*
> *And the trees offer the shade so mild*

And protect the feeble bird aflight
Like the mother's tender love for a child
Add to pleasure the most sensual delight

We can see the similarities here to Jidi's poem in remembrance of the Nuosu "Torch Festival."

Savala spent years working on the US railroads as a laborer, often pining for the traditional Yaqui tribal connection to the natural world and life as a prisoner to labor and unease:

Let time be as useless as can be
Far away I go at evening
Where the beauty I love, I see
Where happiness abides, enlivening
Describing this loveliness to me:
There sorrow changes its meaning.

(from Cycles of Grief and Joy)

Conclusion

In Refugio's "Flower World" of Yaqui tribal life, we find the closest equivalent to what Jidi Majia refers to as Nuosu world in the whole of his book of poems, that ideal tribal environment wherein the individual tribal member is not only "of the tribe," but "of the natural world." Furthermore, Jidi and Refugio are both "at a remove" from this indigenous wonderland. They write from a distance about this indigenous world they have been separated from. The poems of other US Native American poets I cite are overwhelmingly concerned with the immediate indigenous experience in a tribal context. US Native Americans write their poems "from the Rez" as it were, with Alexie and Louis providing an almost journalistic view of gritty, edgy, desperate conditions and life in the indigenous world. It is not a "Flower World" in the least that we view through their eyes. Ortiz and Tapahonso, in contrast to Alexie and Louis, are able to mix in their poems a view of this "Flower World," if you will, that derives from the American indigenous mytho-poetic tradition.

Jidi Majia's poetry differs considerably from US Native American poets in its "remove" from immediate tribal indigenous experience. Jidi's poems treat the indigenous Nuosu tribal often in an objective context. US poets Ortiz and Tapahonso provide extended glimpses and reverent treatment of US tribal tradition, practice and reservation life in the context of their more realist treatment indigenous life in the context of a dominant culture. As opposed to Savala, Ortiz and Tapahonso, Alexie and Louis provide a very real contrast to the respectful treatment of the indigenous world. Theirs is a bitter and existential attitude that sees indigenous tribal life as damaged, diseased and deteriorated in the context of the dominant US culture. Alexie and Louis often satirize the "mythopoetic" view as Anglo and presumptuous. Such a presumption is what both criticize and use as a jumping-off place for poems like Alexie's "Soon to Be Seen on National Geographic"and Louis' "Dust World" or "Palm Sunday in Pine Ridge."

Jidi Majia's work is replete with the mytho-poetic view of the traditional indigenous world. In "Spirits of the Old Land" he says:

> *Let us advance in company with wild beasts*
> *Let us plunge into the original mystery*
>
> *...*
>
> *All about is an air of divine presences*
>
> *...*
>
> *Often at this time of utter stillness*

We hear the sound of another world.

Jidi's view of this "other world," i.e. the indigenous world, reverberates in the work of Refugio Savala, Simon Ortiz and Luci Tapahonso, who represent his closest US equivalents. Alexie and Louis provide, on the other hand, a contrast that is as indigenous as it is contrary to that tradition. They are all making prayers in some fashion as they use the lens of indigenous myth and tradition to view the world in which they walk. As Ortiz says in "Going for the Rain":

> *……a man makes his prayers; he sings his songs.*
> *He considers all that is important and special to him,*
> *His home, children, his language, the self that he is*
> *He must make spiritual and physical preparation before*
> *Anything else. Only then does anything begin ……*

（英语）

火焰与词语
PALABRAS DE FUEGO
WORDS OF FIRE

Poemas de Jidi Majia

Colección Hipnos. Número 15

吉狄马加：我们自己与我们的他者

[美国]麦芒

提要

本文中，诗人、评论家麦芒通过探讨彝族诗人吉狄马加的诗歌写作与其对本民族语言，文化及宇宙观吸收和传承之间的关系，驳谬流行的中国文学具有某种统一的独特性的观念过于简单化。透过吉狄马加及中国其他几位少数民族诗人的作品，读者可以对当代中国诗歌的面貌产生更为准确的认识，由此对中国少数民族诗人和世界各地的土著作家之间的对话交流抱持更为欣赏的态度。

1. 在一首题为《身份》的诗中（献给已故巴勒斯坦诗人穆哈穆德·达尔维什，诗人想象和前者进行了一次对话）吉狄马加写道：

> 有人失落过身份
>
> 而我没有
>
> 我的名字叫吉狄马加
>
> 我曾这样背诵过族谱
>
> ……吉狄－吉姆－吉日－阿伙……
>
> ……瓦史－各各－木体－牛牛……
>
> 因此，我确信

《勒俄特依》是真实的^①

透过这样的诗句，吉狄马加彰显了他在当代中国诗歌中的特殊定位。

2. 吉狄马加的诗歌主要描写中国彝族人民特别珍视的民族根性，神话，口传史诗等题材。当然，他的诗歌同时具有世界性。吉狄马加写作用的是汉语，而非诺苏语（彝族最大的一支族群），他的诗歌英语译者梅丹理先生曾就此发表评论，提及爱尔兰作家诗人如叶芝、乔伊斯使用英语创作，哈莱姆复兴中非洲裔美国作家诗人如兰斯顿·休斯用英语写作。^②

事实上，类似的情形在全世界少数民族和土著民族诗人中屡见不鲜。^③我本人因为是来自中国西南地区的山地少数民族，我的血管里同样流淌着土著民族的血脉，很自然我也分享着吉狄马加作为本民族历史和根性的守护人、传承者的自豪感和情怀。在这个意义上，吉狄马加的诗歌是一种确认性的诗歌，意谓确认了人类交流的古老传统。

3. 自20世纪80年代以来，中国诗歌的发展常常受限于狭隘的线性叙事，或以偏概全的分类，要么划到某一流派，或归属到某一对立的诗群。譬如朦胧诗，后朦胧诗，第三代诗人，知识分子写作，民间写作，口语诗，外省诗人，京城诗人，等等，不一而足。如此热衷于分类，其背后原因不外争夺更大的经典化资源和话语权。

中国诗歌写作的现实远比上述分类丰富、复杂。谈论诗歌，如果一味意气用事，纠缠于干巴巴的教条，止于拉帮结派，心思全部用到抢夺所谓文学史的地位，追逐时髦的概念，与此同时，弑父心切，对文学前辈的成就一概否定，凡此种种，极易落入崇尚线性进化论的窠臼，从而不能真正体验到诗歌的民族志价值。

---

① 吉狄马加的诗，四川文艺出版社，成都，2012年梅丹理译，389页。

② 同上，20-21页。

③ 美国本土受人尊敬的印第安诗人西蒙·欧迪斯也在他本人和吉狄马加之间就"我们的故土"与"我们的声音"找到了共同的纽带，令人称奇："不仅他的诗歌所唤起的相似的景致，而且还有那些故事——我在前面提及的口述传统——它们是文化和世俗景致的一部分，是蕴含这些诗篇的语言的基础部分。"西蒙·欧迪斯，黑色狂想曲：吉狄马加的诗歌前言，梅丹理译，俄克拉荷马大学出版社，2014。

诗歌当然可以前卫，超前，但同时并不妨碍土著立场的写作，这后一种诗歌源自对一个少数族群文化根性的守护，也无须忍受被连根拔起四处移植的惩罚。换言之，诗人不必从头做起，连诗体韵律都要重新发明一遍。土著诗人同样可以一如既往，写出高度原创性的诗歌，开门见山，河流蜿蜒，明月当空，缅怀逝去的亲人，凭吊前贤的丰功伟业，歌咏大海的气势磅礴，咏叹缠绵悱恻的男女私情。吉狄马加属于后一种诗人。他的诗，虽然写得诚恳，真实，直截了当，但同样具有罕见的美学魔力。在彝族的世界，吉狄马加心甘情愿做一个普通的族人，正如他在诗中写到的那个男孩，对猎人父亲充满的敬意：

可别人说我的背影
很像很像你的背影
其实我只想跟着你
像森林忠实于土地
我憎恨
那来自黑夜的
后人对前人的叛逆①

紧紧拥抱部落身份之外，吉狄马加谈及外部世界时，自称自己是一个彝族人的复合体，一个大写的"我"。他在最常为人们引用的诗句"自画像"中这样写道：

我是这片土地上用彝文写下的历史
是一个剪不断脐带的女人的婴儿

我是一千次死去
永远朝着左睡的男人

---

① 孩子与猎人的背，黑色狂想曲，67页。

一切背叛

一切忠诚

一切生

一切死

啊，世界，请听我回答

我——是——彝——人①

  读到这样的自我确认的诗句，如同惠特曼的《自我之歌》，读者会感到释然，心平气和，仿佛我们第一次邂逅了一首真正的创世史诗，我们终于发现了世界的本源，明白了我是从哪里来的奥秘。这是一次醍醐灌顶的发现，为此我们心怀感激。

  4. 隐藏在吉狄马加那个"我"的面具下对我们讲话的声音，既是抒情的，也是史诗性的，所指涉的永远是一个比诗人本人更加伟大神秘的世界背景。在另一首题名为《星回节的祝愿》的早期诗歌中，吉狄马加假借一位彝族的萨满"毕摩"的声音，为部族祈福：

我祝愿蜜蜂

我祝愿金竹，我祝愿大山

我祝愿活着的人们

避开不幸的灾难

长眠的祖先

到另一个世界平安

我祝愿森林中的獐子

我祝愿江河里的游鱼

神灵啊，我祝愿

因为你不会不知道

---

① 孩子与猎人的背，黑色狂想曲，3-5页。

这是彝人最真实的情感①

自20世纪80年代初出诗坛，吉狄马加顽强坚守自己的诗歌主张，刻意和甚嚣尘上的各种肤浅的流行美学保持距离。他初心不改，眼中看到的世界一如其旧，这个世界对他永远敞开。他坚持初衷，恪守源根，珍爱自己的土著身份，即使在浮浪喧闹的诗坛不受人待见也在所不惜。他不断为自己的族人和土地祈福，招魂，他也因此为自己的族人们珍爱。一个诗人如此自爱自尊，精进诗艺，委实是人之所以为人的骄傲的源泉，同时是一种真正的解放。这种部族忠诚的土著诗歌美学，和同时代走红的各种浮泛盈天的诗学主张大异其趣。这些主流的美学见解所珍视的所谓创新，不外是一种强迫症式的，自暴自弃的，一厢情愿的单向进化的并无多少实际意义的东西。

如此主流，反映了顽固附着在许多当代中国诗人身上的病态的现代主义诗歌美学。这种现代主义，为摈弃而摈弃，以"创新"名义破除一切，否定一切。然而，谁说一个坚持传统写法的口传史诗诗人，非要成为絮絮叨叨长篇大论的学院派？一棵参天大树，不粉身碎骨化身为都市写字楼里的A4复印纸，就毫无价值？又是谁在那里断言，土著民族的土地，必须规划一下变成小区的停车场？如此现代主义，最后导向我们屡见不鲜触目惊心的环境和历史灾难，我们领略的还不够吗？我们见识的还少了吗？

中国有句谚语，叫作万变不离其宗。本真的诗歌未必一定要为创新而创新。更为本质的是，诗人首先要学会的其实还是记住，传承往古真正有价值的诗歌，拯救濒于湮灭有价值的诗歌。这正是吉狄马加最为自负的使命：成为自己族人的诗人和智者。在题为《看不见的波动》一诗中他这样写道：

有一种东西，让我默认

万物都有灵魂，人死了

安息在土地和天空之间

有一种东西，似乎永远不会消失

---

① 孩子与猎人的背，黑色狂想曲，45页。

如果作为一个彝人
你还活在世上！①
或是在《火焰与词语》中写道的：
没有选择，只有在这样的夜晚
我才是我自己
我才是诗人吉狄马加
我才是那个不为人知的通灵者
因为只有在这个时刻
我舌尖上的词语与火焰
才能最终抵达我们伟大种族母语的根部！②

在另一首题为《史诗与人》的诗中，他一如既往重申了这一主旨：

最后我看见一扇门上有四个字
"勒俄特依"
于是我敲开了这扇沉重的门
这时我看见远古洪荒的地平线上
飞来一只鹰
这时我看见未来文明的黄金树下
站着一个人③

5. 吉狄马加一直用特有的彝族生动的歌喉歌唱。这种特有的彝族声音同时非常具有现代感，因为他的写作从宏观层面反映了现代性的后果。他的英译者、诗人梅丹理说得好："吉狄马加从未停止过他的追求，作为一个来自中国西南部少数民族的伟大灵魂，他要用诗歌承担起他的民族和民族精神与外部现实世界交流的使命。就文化身份而言，吉狄马加既是一个彝人，也是

---

① 孩子与猎人的背，黑色狂想曲，55页。
② 同上，149页。
③ 同上，97页。

一个中国人，也是一位世界公民，这三者是互不排斥的。"①

正是在这个意义上我高度认同梅丹理的看法："从吉狄马加的诗作中，我感受到了一种少数民族独有的信念体系的风景，而这一风景的窗户对于当下的世界是开放的。"②

换言之，吉狄马加并没有仅仅把自己视为中国某个特定的少数民族诗人。正相反，恰恰是因为他的彝族身份，他也是一个现代诗人，一个世界诗人，一个为全人类写作的诗人。在他的作品中，人，特别是少数族群，土著民族，不管身处何地，命运都把我们连接在一起。在《献给土著民族的诗歌》这首诗中他这样写道：

> 理解你
> 就是理解生命
> 就是理解生殖和繁衍的缘由
> 谁知道有多少不知名的种族
> 曾在这个大地上生活
>
> 祝福你
> 就是祝福玉米，祝福荞麦，祝福土豆
> 就是祝福那些世界上最古老的粮食③

就我而言，同一主旨，吉狄马加在题为《我听说》中有更精彩的言说：

> 我听说
> 在南美安第斯山的丛林中
> 蜻蜓翅膀的一次震颤
> 能引发太平洋上空的

---

① 吉狄马加的诗。
② 同上，24页。
③ 吉狄马加，黑色狂想曲，113页。

一场暴雨

我不知道

在我的故乡大凉山吉勒布特

一只绵羊的死亡

会不会惊醒东非原野上的猎豹

虽然我没有在一个瞬间

看见过这样的奇迹

但我却相信，这个世界的万物

一定隐藏着某种神秘的联系①

　　这首诗的煞尾"这个世界的万物 / 一定隐藏着某种神秘的联系"，活脱脱体现一位当代智者杰出的预言能力。吉狄马加中年时期的作品，特别是他的南美系列，显示的他的人类意识愈趋成熟：如《狄亚瓦纳科》《玫瑰祖母》《羊驼》《印第安的古科》《康多尔的神鹰》《康都塔花》。在南美系列里，吉狄马加深切同情南美大陆所有土著民族面临的种种困境，物质层面，语言层面。比方《玫瑰祖母》，据诗人说，这首诗是"献给智利巴塔哥尼亚地区卡尔斯卡尔族群中的最后一位印第安人，她活到98岁，被誉为'玫瑰祖母'"。②

玫瑰祖母，你的死是人类的灾难

因为对于我们而言

从今以后我们再也找不到一位

名字叫卡尔斯卡尔的印第安人

再也找不到你的族群

---

① 吉狄马加的诗，315页。
② 吉狄马加，黑色狂想曲，139页。

通往生命之乡的那条小路[1]

同样在《康多尔神鹰》一诗中，诗人目睹当地土著人民遭受苦难，环境灾变，依然呵护着本族的圣物。

> 在科尔卡峡谷的空中
> 飞翔似乎将灵魂变重
> 因为只有在这样的高度
> 才能看清大地的伤口
> 至高无上的首领，印第安人的守护神
> 因为你的存在，在火焰和黑暗的深处
> 不幸多舛的命运才会在瞬间消失！[2]

这些印第安地名，人名，圣物，代表一个民族的种族和历史记忆，吉狄马加如数家珍，娓娓道来，仅此一端，就显示了诗人对全世界土著族群命运的深切关爱，这种关爱穿越地理，文化，种族，语言的藩篱。读者甚至可以把这种关爱视作是形而上的泛种族意义上的吁求。诗人吁求我们重新审视体制上乃至美学意义上的主流的现代性的种种弊端，在这样一个全球化的世界土著民族的差异性，土著民族与生俱来的知识惨遭剥夺、濒于湮灭的边缘，我们的他者的湮灭预示着我们自己的湮灭。

6. 任何人，期望了解吉狄马加为什么脱颖而出，成为中国彝民族的代表性歌者，都可以从《一种声音　我的创作谈》中找到答案。这首诗的每一句，每一行，乃至每一个字，看似朴实平淡之极，其实都是深思熟虑，字字不闲，寓意深刻：

---

① 吉狄马加，黑色狂想曲。谈到拉美土著语言的消失，奥克塔维·帕斯在一本著作的"拉美诗歌"一章中这样说过："如果这些土著语言灭失——这一点很有可能——不仅是拉美，而是全世界的损失：一种语言的灭失，意味着一种人类的视觉永远消失了。"奥克塔维·帕斯，汇合：艺术与文学的论文集，海伦·莱茵译，重印版（奥兰多：哈维斯特/HBJ，1991；圣地亚哥：哈尔克特·布莱斯·约万诺维奇出版社，1987年第一版），205页。

② 吉狄马加，黑色狂想曲，145页。

> 我写诗，
>
> 是因为我的父亲是彝族，
>
> 我的母亲也是彝族。
>
> 他们都是神人支呷阿鲁的子孙。
>
> 我写诗，
>
> 是因为多少年来，
>
> 我一直想同自己古老的历史对话，
>
> 可是我却常常成了哑巴。①

这场臆想中和读者的对话，绝非是民族主义性质，乃至土著民族性质的。正相反，诗人向我们每一个读者敞开：

> 我写诗，
>
> 是因为希望它具有彝人的感情和色彩，
>
> 同时又希望它属于大家。②

不难理解，为什么吉狄马加总是能在别人觉得困难重重的地方，轻而易举发现全人类的命运其实是息息相关的：

> 我写诗，
>
> 是因为我在意大利的罗马，
>
> 看见一个人的眼里充满了绝望，
>
> 于是我相信人在这个世界的痛苦并没有什么两样。
>
> 我写诗，是因为哥伦比亚有一个加西亚·马尔克斯，
>
> 智利有一个巴波罗·聂鲁达，
>
> 塞内加尔有一个桑戈尔，

---

① 吉狄马加，黑色狂想曲，151–153页。
② 同上，155页。

墨西哥有一个奥克塔维奥·帕斯。[①]

诗人对一生当中各个时期，各个时刻，乃至不经意中曾经影响他的诗歌写作或唤起激发他的创作欲望的前辈诗人、同时代人念兹在兹，没齿不忘。这些看似杂乱，在生命的不同时刻与诗歌前辈和大师们的邂逅，构成了诗人诗歌发生的系谱，经他娓娓道来，显示了诗人博大丰厚的谦卑精神，以及来自众多民族文化交流交融后产生奇迹般的诗歌成就。

> 我写诗，
> 是因为我常常想像巫师那样，
> 说出超现实主义的语言。
> 我写诗，是因为我一直无法理解"误会"这个词。[②]

确实如此，理解，而非误解，才是人类之所以为人类的核心品质。吉狄马加的诗歌是开放的，包容性的，他对本民族历史、本源的热爱和他对世界、对全人类的热爱，同样真挚而真诚。这也许就是吉狄马加诗艺的成功秘诀：向世界敞开，永远做自己民族价值的确认者。任何怀疑者，质疑当今中国诗坛竟有一种这种品格的诗歌的存在和勃兴，这只能说明怀疑者想象力的贫乏和枯竭。

7. 在相当长的一个历史时段，读者，翻译家，当代中国诗歌的学者囿于一种狭隘的中国性的理解，忽略了中国当代诗歌的构成是极为多元、繁复的。经过英语译介，为国际读者所了解的诗歌，不外朦胧诗一派，诸如食指，黄翔，北岛，多多，芒克，顾城，杨炼译来译去，继之而起又是朦胧诗的新锐，诸如翟永明，王家新，西川，等等。

然而，西方读者普遍把当代中国诗歌视为一种反映主体民族特性的诗歌。这种中国性有两个品种。其一是艾兹拉·庞德在实验翻译中国古代诗歌中形成的"震旦"模式，换言之，我们在阅读当代中国诗歌时，我们是在寻找

---

① 吉狄马加，黑色狂想曲，155–157页。
② 同上，157页。

李白或王维的还魂。或是一种直白的政治性诗歌，也被称作不同政见的异议诗歌，当然是用现代普通话自由体体制。还有一种中国性诗歌，富于实验性色彩，在年轻一代诗人中极具影响。表面上看似与国际接轨，后现代风格，语义残缺，抽离具体语境，和世界上其他地区诗人的写作没有什么不同。

确实如此，后一种实验性诗歌，表面上是对前面提到的庞德式的中国性俗套的反叛，其实没有逃脱宇文所安命名的并为他所鄙夷的所谓的世界性诗歌，这种诗歌美学上没有根基，胡乱抄袭，根本谈不上有多么原创，新颖。① 有鉴于此，人们在讨论具体语境中国的真正体现中国性的诗歌时，出于习惯或思维怠惰，开始抱怨各种障碍——语言方面，文化方面，政治方面，阻隔了东方对西方实质意义上的理解。

换一种说法，所谓的中国性其实是一种想象中的陈旧不堪的俗套，用作评判当代中国诗歌成就的尺度是大成问题的。正因为如此，中国当代诗歌译入西方语言，西方读者并非从普世性角度加以接受，而是把它视为反映他者特性的诗歌变种。吉狄马加的诗歌颠覆了这种中国性诗歌的定义。作为一个彝族诗人，他恪守着自己的文化传统。我们无法把他轻而易举归入具有大一统色彩的中国汉语文学史。另一方面，囿于他用汉语写作，并把自己同时视为一个中国人和一个彝人。把他纳入其他模式同样方枘圆凿，他根本就不是什么在国际上出足风头的异议诗人。

相形之下，和2013年的诺贝尔文学奖获得者莫言一样，吉狄马加可以算是一位成功的主流诗人。当然这样说也有不妥，很容易引发更多质疑的声音。问题变得更复杂的是，尽管一起步，吉狄马加以彝人和中国人两种身份写作，吉狄马加的诗歌境界和视野绝非是外省的，狭隘的。"彝人""中国"两种标签都没有对他构成束缚。他最后脱颖而出，成长为来自中国的世界级诗人，一位从大凉山走出来的彝族代表性歌者。

与此同时，吉狄马加在世界诗坛也有自己的偏好和选择。这意味着他并不倾心经典意义上的欧洲或英美世界的大师们，意味深长的是：吉狄马加对欧美诗人心目中的"他者"更为信服，乃至偏爱，诸如兰斯顿·修斯，桑

---

① 见宇文所安《何为世界诗歌？国际影响的焦虑》新共和（1990年11月19日），28-32页。

格尔，艾米·塞萨尔，帕博罗·聂鲁达，奥克塔维·帕斯，加西亚·马尔克斯，当然还有许许多多他热爱的非白人出身，非西方，第三世界，乃至第四世界极度边缘化地区和国家的诗人和作家。最具讽刺意味的是，恰恰是这些来自边缘的诗人和作家——他们都致力于探索一种和主流相拮抗的现代性写作，推动文化、精神和文明复归——最后屹立在世界文学的巅峰之上。

吉狄马加专门写过一首题名为《那是我们的父辈》的诗，献给发起非洲性运动的塞内加尔诗人桑格尔。这绝不是偶然为之。

> 昨晚我想到了艾梅·塞泽尔，想到了一个令人尊敬的人。
> 昨晚我想到了所有返乡的人，
> 他们忧伤的目光充满着期待。
> 艾梅·塞泽尔，你没有死去，
> 你的背影仍然在返乡的道路上前行。
> 你不会孤独。
> 与你同行的是这个世界上成千上万的返乡人和那些永远渴望故
> 土的灵魂！①

为方便起见，我们不妨选取当代美国诗歌做个比较，吉狄马加的诗歌和英美现代主义以及英美现代主义的各种变种风马牛不相及。正相反，在本质意义上，他的诗歌更契合非洲裔美国诗人，土著美洲人，亚裔美国人以及其他少数族群的诗人的写作风格。这些非主流的诗人的诗歌不仅表现生存的艰辛，也有对身份和自我的执着。②

最后一点，不同于朦胧诗诗人，后朦胧诗诗人，吉狄马加的诗歌拒绝晦涩，故作深奥，他的诗歌朴实易懂，可译性较高，这一点可以和帕博罗·聂

---

① 吉狄马加，黑色狂想曲，171—173页。此处吉狄马加明显指的是艾梅·塞泽尔的著作（题名为《回归》）。
② 我在这里再一次引述西蒙·欧迪斯对吉狄马加的评述："我就寻思：这是一种富有激情的声音，它在讲述，为了土地，关于土地。在我们阿科马语中，haatse意为我们的土地。我们的家园。那是我们声音的源头。"见《黑色狂想曲》前言部分。

鲁达相比。换言之，如同我在前面定义过的，吉狄马加的诗歌是一种确认性的诗歌，清晰地传达了一种可以在多个层面解读的信息，而它的美学价值读者在各自不同的语言中都可以感受到。囿于读者的美学观，意识形态偏好，你可以喜欢，也可以臧否。但绝不可以再拿什么语言障碍呀，文化屏障之类的说辞来说事。总而言之，所谓单向的东方色彩的中国性应该受到质疑。中国当代诗歌，本身就是一种多声部，富于差异性和异质性的写作，一统天下的说法就是在以偏概全。

因此，读读吉狄马加的诗歌，有助于西方读者拓开视野，关注当代中国诗歌的全貌和多元创造性。借此，他们也可以重新审视本民族文化传统的多元性：谁是我们自己？谁是我们的他者？我们既不是自己，也不是自己的他者吗？

8. 一个真正的诗人总能在自己的文化根基中及领地之外找到自我，找到自我的他者。除却以上谈到的种种文化，种族，政治特质，吉狄马加最为突出的美德就是在这个日益同质化的世界里，不懈地渴求寻找自己的他者。这种渴求肯定是来自一种刻骨铭心的孤独感的驱动，或者说，这种孤独感的背后，潜藏着一种无以名之的普遍的人类愿望——人都会主动寻求另一个人类，有时候他可能在等待一个同类。这种愿望压在心头，令人窒息，唯有和同类相认，交流才能获得释放。

寻找他者在全世界的史诗和口传文学中都是一个中心主题。在吉狄马加朴实而有力的笔下，人类本质意义上的孤独，不仅由来有自，而且具有形而上的维度，他必然要寻找自我的他者这一主题并获得了经典式的表达，以致人们甚至怀疑不经言语途径，甚至无须翻译，你都体验得到。举个简单的例子。吉狄马加写过一首《我在这里等你》来表达这一深刻的真理：

> 我曾经不知道你是谁？
> 但我却莫名地把你等待
> 等你在高原
> 在一个虚空的地带[①]

---

① 吉狄马加，黑色狂想曲，177页。

结尾诗人写道：

> 其实我在这里等你
> 在这个星球的十字路口上
> 已经有好长的时间了
> 我等你，没有别的目的
> 仅仅是一个灵魂
> 对另一个灵魂的渴望！[①]

9. 那么，什么样的特质才能构成确认性诗歌？简而言之，就是"一个灵魂对另一个灵魂的渴望！"这不正是一百年前惠特曼追求的诗歌理想吗？《草叶集》中，《自我之歌》《致陌生人》还有更多的伟大的诗篇不都是围绕同一个主题写就的吗？这种渴求他者的声音既是匿名的，又具有私密性，但同时也是开放的，普世性的。我们与生俱来，就渴望随时随地与相似的灵魂，自我，他者相遇。在这个意义上，所谓确认性诗歌，不管在任何语言中写就或唱出，都是一种史诗式的写作，一种民族志式的写作，一种跨越一切边界的普适性写作——不仅跨越东西方，而且超迈古与今，自我与他者。这种诗歌确认的是我们人类共同人之所以为人的根基。

（黄少政　译）

麦芒原名黄亦兵，1967年9月出生于湖南常德，1983年到1993年就读于北京大学，先后获学士、硕士、博士学位，2001年获美国加州大学洛杉矶分校比较文学博士学位，现居美国。美国康州学院东亚系主任、学者、当代著名诗人。著有中文诗集《接近盲目》和中英文双语诗集《石龟》。

[①] 吉狄马加，黑色狂想曲。

⚘

Jidi Majia Our Selves and Our Others

◎Mai Mang

In this essay, poet-critic Mai Mang explores the work of ethnic minority poet Jidi Majia in relation to his unique inheritance of Yi linguistic, cultural, and cosmological elements to challenge the often over-simplified notion of a uniform Chineseness in Chinese literature. Through the work of this poet and others writing out of China's many ethnic minority communities, readers can begin to gain a far more inclusive understanding of what Chinese poetry is, and they will also be able to see the cosmopolitan conversations taking place between minority poets and indigenous writers around the world.

1. In his poem "Identity" ("Shenfen"身份), which is a dedication to and an imaginary dialogue with the great late Palestinian poet Mahmoud Darwish, Jidi Majia wrote:

> *Some people have lost their identity*
> *But I have not*
> *My name is Jidi Majia*
> *And I have recited my genealogy*
> *... Jidi ... Jimu ... Jike ... Adi ...*

... Washi ... Gege ... Muti ... Niuniu ...
Thus I hold the conviction
That the Book of Origins is genuine

This statement aptly delineates Jidi Majia's special position in contemporary Chinese poetry.[①]

2. Jidi Majia is a poet whose themes, first and most importantly, are the roots, myths, and oral epics unique to the Yi people of China. Nonetheless, there is no doubt that his poetry bears universal significance. Since Jidi Majia writes in Chinese instead of in his native Nuosu (the largest tribe of Yi) language, Denis Mair, Jidi Majia's English translator, has made comparisons between Jidi Majia and Irish writers writing in English (such as W. B. Yeats, James Joyce) and African American writers of the Harlem Renaissance (such as Langston Hughes)[②]. In fact, Jidi Majia could also be compared to contemporary ethnic minority and indigenous poets from all different parts of the world.[③]

As a fellow Chinese poet who also has ethnic roots in the mountainous regions of southwestern China and indigenous blood flowing through my veins, I can share in the emotions and pride of an heir and conservator of native identity and history. In this sense, Jidi Majia's poetry is an affirmative poetry: it affirms the ancient tradition of human communication.

3. The development of contemporary Chinese poetry since the 1980s

---

① Jidi Majia, Poems by Jidi Majia (Jidi Majia de shi 吉狄马加的诗), trans. Denis Mair (Chengdu: Sichuan wenyi chubanshe, 2012), 389.

② Ibid., 20-21.

③ It is not surprising that the revered Native American poet Simon J. Ortiz should recognize a common bond of "our homeland" and "our voice" between himself and Jidi Majia: "But it is not only the similar landscape terrain that his poems evoke; it is also that same kind of oral tradition, the stories that are part of the cultural and terrestrial landscape so essential to the language of the poems." Simon J. Ortiz, foreword to Rhapsody in Black: Poems, by Jidi Majia, trans. Denis Mair (Norman: Univ. of Oklahoma Press, 2014), ix.

has often succumbed to the spell of a certain linear narrative and its attendant classifications or identification with various literary schools: Misty poetry versus Post-Misty or Third-Generation poetry, intellectual poetry versus vernacular poetry, provincial poets versus Beijing poets, and so forth. What underlies all such classifications is a strong penchant for competition over who can claim to be the true vanguards and who are the most likely contenders for canonicity.

The world is far broader and wider for these concepts to encompass. Any perspective on poetry that is only obsessed with disputes of literary schools and doctrines, or with securing an imaginary spot in literary history, or with chasing after the trends while harboring an Oedipus complex toward literary predecessors—all of these will inevitably fall into the trap of a simplistic ideology that worships linear evolution and progress while overlooking the real anthropological and foundational value of poetry. Poetry can be avant-garde, but it can also be indigenous, growing out from the roots, without having to endure the punishment of being uprooted and transplanted elsewhere. In other words, poetry does not have to reinvent the wheel, it can be as original as it has always been: pushing open doors and looking directly at mountains, rivers, the moon, dead loved ones and immortal souls, at the sea, and at love.

Jidi Majia belongs to this latter category. His poetry is sincere, honest, and direct, but it can also be magical. Within his Yi world, he would rather be a follower, as illustrated by a young Yi boy's homage to his hunter father:

> *Truly, I only wish to follow you*
> *Like a forest keeping faith with the land*
> *I can only detest it*
> *A scion's betrayal of his forebears*

Due to benightedness of the soul[1]

When speaking to the outside world, he presents himself as a composite, a collective "I," as seen in "Self-Portrait" ("Zihuaxiang" 自画像), one of his most famous and most quoted early poems:

> *I am history written on this land in the Nuosu tongue*
> *I was born to a woman who could hardly bear to cut the birth cord*
>
> *...*
>
> *In each of my thousand deaths as a man*
> *I lay down to rest facing left*
> *In each of my thousand deaths as a woman*
> *I lay down to rest facing right*
>
> *...*
>
> *All the treachery and loyalty*
> *All the births and deaths Have been mine*
> *Ah world, let me give an answer*
> *I—am—a—Nuosu!*[2]

Reading a poem like this, much like reading Walt Whitman's "Song of Myself," will make one feel at once relieved and reassured. It is as if someone had come upon a true creation epic and had discovered the real origins of both the world and the self, instantly filling the heart with a clear sense of illumination, and also with a deep, earnest gratitude.

4. The speaking voice under the mask of Jidi Majia's "I" is at once lyric and epic, always invoking a world larger than the poet himself. In another

---

[1] Jidi Majia, "A Child and a Hunter's Back" ("Haizi he lieren de bei" 孩子与猎人的背), in Rhapsody in Black, 67.

[2] Ibid., 3-5.

early poem, "Wishes for the Festival of Returning Stars" ("Xinghuijie de zhuyuan" 星回节的祝愿), Jidi Majia adopts the traditional Yi ritualist bimo's 毕磨 persona:

> *I offer wishes for honeybees*
> *For golden bamboo and the great mountains*
> *I offer wishes that we the living*
> *Can be spared any terrible disasters*
> *And that the ancestors who have gone to eternal rest*
> *Will arrive at peace in the other world*
> *...*
> *I offer wishes for roe deer in the forest*
> *And for fish swimming in the rivers*
> *Spirits of the land, I make these wishes*
> *Being confident that you surely know*
> *This feeling is closest to a Nuosu's heart*[1]

Since the 1980s Jidi Majia has maintained this voice in his poetry and deliberately not adapted to superficial trends. Because he sees this world as it is, the world also always keeps itself open to him. Because he sticks to his indigenous identity and roots, he will always be with himself even at his lowest moment, blessing his own people and land, and in return also being blessed by the memories of the latter. Such loyalty itself is the true source of pride for being a human and also a true form of liberation.

His loyalty, however, ends at blindly following the aforementioned literary linear evolutionism prevailing in contemporary Chinese poetry, which prioritizes an obsessive, compulsive, self-denying, single-minded

---

① Ibid., 45.

pursuit of originality and innovation. This evolutionism, in turn, mirrors the fundamental ills of a deep-seated modernist ideology on the part of many Chinese poets, where modernity is often equated with the violent abandonment and relentless destruction of the old in the name of "make it new."

Yet who said that a traditional oral epic poet would have to become an academic pundit, a big tree would have to turn into sheets of office printing paper, and native land would prefer to be reborn as a parking lot? We have witnessed too many irreparable ecological and historical disasters caused by this blind imperative of progress and modernity. As the old Chinese saying has it, "No changes can depart from the primal Way" (wanbian buli qizong 万变不离其宗). The ultimate goal of poetry may not be merely to "make it new" simply for its own sake; perhaps after all, poets should first learn how to memorize and preserve what is old and ancient, rescue and revive what is on the verge of annihilation.

That is why Jidi Majia would consider himself a poet and seer of his own tribe, whether through "An Invisible Wave" ("Kanbujian de bodong" 看不见的波动):

> *A kind of thing that lets me acknowledge*
> *All living things have souls, and the one who dies*
> *Goes to rest between earth and sky*
> *A kind of thing, it seems, that will never disappear*
> *If you are still alive*
> *As a Nuosu in this world!* [1]

Or through "Words of Fire" ("Huoyan yu ciyu" 火焰与词语):

---

[1] Ibid., 55.

When else but on such an evening

Can I be myself

Namely the poet Jidi Majia

The seer few people know

Because only at this moment

Can these flames, these words on my lips

Reach to the root of my native tongue![1]

And he would end his poem "The Epic and the Man" ("Shishi he ren" 史诗和人) on precisely such an assertive note:

I seem to see a door bearing the words Book of Origins

Whereupon I push that heavy door open

On the horizon of antiquity

I see an eagle flying toward me

And then under the golden tree of a future civilization

I see a human being standing[2]

5. Jidi Majia has kept his own indigenous voice alive and fresh. But this indigenous voice is also thoroughly modern: it reflects upon the consequences of modernity on a planetary level. Translator and scholar Denis Mair puts it nicely:

Jidi Majia has never stopped being what he always was: a great soul who emerged from among an indigenous group [in] southwestern China and undertook to bridge his people's ethos

---

[1] Ibid., 149.

[2] Ibid., 97.

with realities of the outside world. For Jidi Majia, the project of articulating his identities as a Nuosu, as a Chinese, and as a world citizen are in no way mutually exclusive."[1]

And it is also in this sense that I completely agree with Mair's impression: "As I read Jidi Majia's poetry, I experience the perspective of an indigenous belief system with its windows thrown wide open to the modern world."[2] In other words, Jidi Majia is not viewing himself as an ethnic minority poet insulated within China, but precisely because of his ethnic minority identity, he is also a modern, universal, human poet who speaks to the world.

We can clearly hear his unique observation and perspective on the global inter-connectedness and common fate that affects us all, particularly the minorities and indigenous peoples on this planet, in his poem "A Praise Song for Indigenous Peoples" ("Xian'gei tuzhuminzu de songge" 献给土著民族的诗歌):

> *To understand you*
> *Is to understand the will to live*
> *It is to understand how people can be fruitful and multiply*
> *Who knows how many races, now nameless*
> *Once lived upon this good earth?*
> *...*
> *To bless you*
> *Is to bless corn and buckwheat and potatoes*
> *It is to bless this world's most ancient foodstuffs*[3]

---

① Jidi Majia, Poems by Jidi Majia, 20.
② Ibid., 24.
③ Jidi Majia, Rhapsody in Black, 113.

But for me, on the same subject, Jidi Majia excels as a poet more in such lines as these, taken from "So I Hear" ("Wo tingshuo"我听说):

> *I have heard*
> *That one tremble of a dragonfly's wing*
> *In the Andean jungles of South America*
> *Can trigger a storm*
> *Over the Pacific Ocean*
> *I wonder if the death of one sheep*
> *In Jjile Bute, my native place,*
> *Might startle a sleeping leopard on the African plain*
> *Though I have not seen such marvels*
> *At the instant they occur*
> *Yet I believe in hidden, mystical links*
> *Among all beings of the world*[1]

It is in these "hidden, mystical links / Among all beings of the world" where Jidi Majia's visionary power resides.

Among many of Jidi Majia's later poems on his ever expanding, more inter-continental than international connections, I am particularly drawn by a sequence written on his South American travels: "Tiyawanoc" ("Diyawanake"狄亚瓦纳科), "Grandmother Rossa" ("Meigui zumu" 玫瑰祖母), "Alpaca" ("Yangtuo" 羊驼), "An Indian's Coca" ("Yindi'anren de guke" 印第安的古科), "Condor, The Divine Bird" ("Kongduo'er shenying"孔多尔的神鹰), and "The Cantuta Flower" ("Kangduta 康都塔花). In this series, Jidi Majia highlights and reflects upon the arduous struggles and realities faced by indigenous cultures and languages across

---

[1] Jidi Majia, Poems by Jidi Majia, 315.

that continent.

For example, "Grandmother Rossa" is a poem that, according to Jidi Majia himself, was "dedicated to the last Indian of the Kaweskar tribe in the Patagonia region of Chile. She lived to the age of ninety-eight and was known as 'Grandmother Rossa.'"[1] The poem strikes a particularly elegiac note:

> *Grandmother Rossa,*
> *your death is a human disaster*
> *Because we who remain*
> *Will never again find an Indian*
> *Who bears the name Kaweskar*
> *Never again can we find your tribe*
> *And its little road leading to the land of life*[2]

Similarly, in "Condor, The Divine Bird," Jidi Majia sees what a people and their land have suffered, and what has remained sacred to them despite such suffering:

> *In the skies over Colca Canyon*
> *Flight appears to make the soul heavy*
> *Because only at this height*
> *Does it command a view of the land's wounds*

---

[1] Jidi Majia, Rhapsody in Black, 139.

[2] Ibid. This also reminds one of what Octavio Paz once said, in the chapter "Latin American Poetry," regarding indi− genous languages in Latin America: "If they should disappear, as is quite possible, not only Latin America but all humanity would be impoverished: every language that dies is a vision of humanity that is lost forever." Octavio Paz, Convergences: Essays on Art and Literature, trans. Helen Lane, reprint ed. (Orlando: Harvest/HBJ, 1991; San Diego: Harcourt Brace Jovanovich, 1987), 205.

...

Highest chieftain, guardian of the Indians
Only by your existence, deep in fire and darkness
Can a malign fate be wiped away in an instant![①]

Even if by simply transcribing these names and legends and keeping them in the memory and history of another language, Jidi Majia has already shown his keen sensitivity and full awareness of affinity and connection among indigenous peoples across the globe, across geographical, cultural, ethnic, and linguistic boundaries. One could even see this as proof of an idealistic, almost panindigenous call: to re-envision an alternative modernity both for poetry and for our human race in a homogenizing world where differences and indigenous knowledges have been deprived and are disappearing. The disappearance of our others means the extinction of our selves.

6. Anyone who wants to gain a more in-depth understanding of the origins of Jidi Majia's poetry should read "One Kind of Voice—About My Poetry Writing" ("Yizhong shengyin—wode chuangzuotan" 一种声音 我的创作谈). The reader should ponder each and every sentence in the poem carefully, even if at first sight Jidi Majia's statements may seem unadorned and ordinary:

I write poems because my parents are both of the Nuosu
ethnicity; they are descendants of Zhyge Alu, the divine hero of the
Nuosu

    ...

I write poems because I believe all creatures on earth have souls

---

① Jidi Majia, Rhapsody in Black, 145.

...

I write poems because I have long wished to hold a dialogue with my people's ancient history, yet I often fall mute.[①]

The dialogue he has in mind is, however, in no way nationalistic or nativist; rather, it extends out to everyone:

I write poems because I hope they will have a Nuosu emotional coloring while belonging to everyone.[②]

Therefore, it is not hard to see why he can always, almost effortlessly, find empathy and connection among different peoples in the world whereas many others see only barriers:

I write poems because once in Rome I saw a man whose eyes were filled with despair; thus I believe that people around the world do not differ in their pain

...

I write poems because Colombia has a man named García Márquez, Chile has a man named Pablo Neruda, Senegal has a man named L. S. Senghor, and Mexico has a man named Octavio Paz.[③]

Jidi Majia acknowledges all the encounters and mentors in his life who, knowingly or unknowingly, have awakened him to poetry. The seemingly unrelated myriad encounters and lineages, once enumerated and woven into Jidi Majia's natural and spontaneous stream of verses, show an abundance

---

① Ibid., 151-53.
② Ibid., 155.
③ Ibid., 155-57.

and generosity of spirit as well as a convergence of cultures, languages, and inspirations from all different sources:

> *I write poems because I often wish to utter surrealistic words, in the manner of a wizard.*
>
> *I write poems because I have never understood the word "misunderstanding."* [1]

Indeed, for Jidi Majia, it is "understanding," rather than "misunderstanding," that is the true human faculty. Jidi Majia's poetry is open and embracing: his love of the Yi history and roots, as much as his love of the world and humanity, is beyond doubt. This, in turn, is the biggest secret or mystery of his poetry.

The open and affirmative poetry often contains the true mystery. Anyone who doubts whether an affirmative poetry could continue to exist and thrive in contemporary China and the world is doomed to only expose his or her own lack of vision and poverty of imagination.

7. For far too long, readers, translators, and researchers of contemporary Chinese poetry have been bound up with all too narrow a projection of Chineseness, and ignored the very diversities and multitudes that comprise the actual China or poetry itself. Among translations of contemporary Chinese poetry published in English, the majority so far have been devoted to the generation of the Misty Poets such as Shi Zhi 食指, Huang Xiang 黄翔, Bei Dao 北岛, Duo Duo 多多, Mang Ke 芒克 Gu Cheng 顾城, and Yang Lian 杨炼, although the ensuing generation (represented by Zhai Yongming 翟永明, Wang Jiaxin 王家新, Xi Chuan 西川, and others) is catching up. In general, however, many readers in the West may still prefer

---

① Ibid., 157.

to chart contemporary Chinese poetry as a national poetry that reflects a singular Chineseness itself. There have been two ways of projecting this Chineseness: either as a new Cathay set in the old mold of Ezra Pound's own reinvention of classical Chinese poetry—namely, we are looking for contemporary incarnations of Li Po李白 or Wang Wei王维—or an explicitly political poetry that oftentimes may be considered dissident, even though both are made in a modern, vernacular, free-verse form. Other than that, there is, of course, an experimental trend popular among the younger generations of poets that seems universal only because it is postmodern and fragmented and which, when viewed out of context, may appear not much different from its counterparts in other parts of the world. Indeed, this last trend, although apparently a rebellion against the two previously mentioned stereotypes of Chineseness, nevertheless still conforms to a kind of world poetry that Stephen Owen had once named and frowned upon, since it may be considered as aesthetically derivative and rootless, instead of original or innovative.[1]

Precisely because of such baggage associated with the Chineseness in question, when it comes to assessing and evaluating contemporary Chinese poetry in concrete terms, people often complain, more out of inertia or habit, about barriers—linguistic, cultural, and political—separating East from West. In other words, Chineseness often is a stereotypical, fictionalized entity used nonetheless as a yardstick to measure the poetry itself. In turn, contemporary Chinese poetry, when introduced in the West, is still received not for its universality, but for its particularity and otherness.

Jidi Majia's poetry offers a very telling case that questions and subverts such essentialized notions of Chineseness. He is an ethnic minority poet

---

[1] See Stephen Owen, "What Is World Poetry? The Anxiety of Global Influence," The New Republic (November 19, 1990), 28-32.

who claims his Yi heritage, so we cannot easily categorize him and assign him a place in the hegemonic Han Chinese literary history. Nor can one deny his Chineseness, because he writes in Chinese and also identifies himself as Chinese in addition to being a Yi. But he does not fit in the other models either, namely that of the damned poets or dissident poets, that have already become too familiar an image in the West, particularly when we talk about some of the contemporary Chinese poets who have garnered international attention. In contrast, and perhaps more like Mo Yan 莫言 the novelist and 2013 Nobel laureate, Jidi Majia can actually be seen as a successful, even mainstream poet in China, which itself might invite still more controversy and scrutiny from different sides.

Further complicating the picture, although he has been writing as a minority poet as well as a Chinese poet from the very start, Jidi Majia is not provincial or parochial. Here, neither of the labels "minority" or "Chinese" can ghettoize or confine him on the basis of his ethnicity or nationality. He is, in fact, a world poet, a cosmopolitan poet coming from the Yi, and coming from China.

Meanwhile, he clearly has his own preferences and selective affinities among world poetry, which may not incline toward European or Anglo-American masters in the Western canon, but, interestingly enough, toward their others: Jidi Majia's self-professed references and kinships include Langston Hughes, L. S. Senghor, Aimé Césaire, Pablo Neruda, Octavio Paz, García Márquez and many more, noticeably poets or writers from the non-white, non-Western, third- or fourth-world peripheries, who, ironically, proved to be the true cosmopolitan masters, and, in one way or another, committed themselves to exploring alternative modernities, going against the current, and fostering modes of cultural, spiritual, and civilizational return.

Hence it is not pure coincidence that Jidi Majia pays his tribute to Aimé Césaire, one of the cofounders, together with L. S. Senghor, of the

Negritude movement, with the poem "Of Our Fathers' Generation" ("Nashi womende fubei"那是我们的父辈):

> *Last night I thought about Aimé Césaire, about a man worthy of*
> *my respect*
> *Last night I thought about people who return to their native place*
> *...*
> *Aimé Césaire, you have not died, your receding shape is on the*
> *homeward road*
> *You are not alone, for countless homeward travelers are with you*
> *Souls of this world eternally yearning for native ground*[1]

If we have to choose contemporary American poetry as an example for the convenience of comparison, Jidi Majia's poetry may appear to have sidestepped altogether the Anglo-American modernism or its postmodern variations. Instead, at a fundamental level, his poetry definitely will find more affinity and resonance with African American, Native American, Asian American, and other ethnic minority poetries that have been marked by struggle for survival and self-assertion of voice and identity.[2]

Last but not least, unlike many of the Misty or Post-Misty poets, Jidi Majia's poetry is in no way obscure or abstruse; his language is rather readily assessable or translatable, in the same way, probably, as Pablo Neruda's. In other words, his poetry, as aforementioned, is an affirmative poetry, conveying clear but multilayered messages that will allow readers

---

[1] Jidi Majia, Rhapsody in Black, 171-73. Here Jidi Majia is obviously referencing Aimé Césaire's Cahier d'un retour au pays natal.

[2] Again, I am quoting Simon J. Ortiz's comments on Jidi Majia: "Haatse is our Aacqumeh word for our land. Our homeland. And when I read these lines from Majia's 'A Nuosu Speaks of Fire'... I think to myself, this is a passionate voice that speaks for and about the haatse. That is the source of our voice." See Jidi Majia, Rhapsody in Black, ix.

in other languages to judge its merits independently. Readers can like it or dislike it based upon or despite their own aesthetic tastes or ideological biases. Here, linguistic or cultural barriers should not be an excuse for readers to shun their responsibility to take a stand and respond.

All of these facts, when taken together, challenge an Orientalized or one-dimensional Chineseness, and demonstrate that there are always multitudes, heterogeneities, differences, alternatives, and others out there, or within— far more than anyone could have taken for granted. Therefore, Jidi Majia's poetry will not only impel readers in the West to open their eyes to the full spectrum and creative diversity of contemporary Chinese poetry, but will also offer these readers an opportunity to re-evaluate their own traditions in a similar light: Who are our Selves? Who are our Others? Aren't we both?

8. A true poet does not always just look for himself, but also for his other, in his own roots and beyond borders. What distinguishes Jidi Majia, ultimately, despite all the cultural, ethnic, or political attributes, is his persistent yearning to meet the other, or others, against a singularly cosmic backdrop. This yearning is marked by an aching human loneliness, or, rather, a loneliness masks this unnamed human yearning—sometimes one has to set out for another, and sometimes one has to wait for another— which, weighing almost like a burden, can only be lifted at the very moment when a mutual recognition is finally registered and a conversation established. Such is a common theme and motif in epics and oral traditions all around the world.

Jidi Majia can write about this solitary, primordial, metaphysical longing for encounter in a language so simple yet effective that one probably would have understood it anyway, that is, even if nonverbally, or without translation.

Take, for example, "I Am Here Waiting for You" ("Wo zaizheli dengni" 我在这里等你), which begins with:

I knew not who you would be
Yet I found myself waiting for you
Waiting for you on a high plain
Waiting in a zone of emptiness[①]

And ends with:

In fact, I have been waiting here
At this crossroads of the world
For a long time I await you for no other reason
It is simply the longing
Of one soul for another![②]

9. What constitutes an affirmative poetry? It is precisely this "longing of one soul for another." Again, isn't this what Walt Whitman himself had dreamt of, back more than a hundred years ago, not only in "Song of Myself," but also in "To a Stranger" and in all of his other great poems from Leaves of Grass? A voice that is at once anonymous and personal, yet open and universal. We come into this world with the hope of meeting our kindred souls, our selves, our others, from all different times, at all different places. In that sense, an affirmative poetry, regardless of the languages in which it is written or spoken, is an epic poetry, an anthropological poetry, and a universal poetry transcending boundaries—not just between East and West, but between past and future, self and other—and affirming our common human roots.

（英语）

---

① Ibid., 177.
② Ibid.

吉狄马加法文版
演讲集《为土地和生命而写作》序

[加拿大] 弗朗索瓦丝·罗伊

"……边疆人，外地人，啊，在这些地区的记忆中无足轻重的
人；来自谷地、高原和远离我们河岸的世界屋脊的人；嗅出征兆和
缘由的人，西风的倾听者；足迹和季节的追踪者；黎明微风中的拔
营者；啊，在地壳上寻找水眼的人；啊，探寻者，啊，找到理由远
走高飞的人，你们可别去贩卖更咸的盐……"

圣-琼·佩斯《阿纳巴斯》

18世纪的一个古老隐喻，一个关于忧伤的隐喻，它宣称人们会"像石头
一样不幸"。阅读吉狄马加的这些随笔和演讲，他是中国的彝族（中国西部
一个少数民族）诗人，也是一位高官，读者倒真该怀疑这些石头的不幸。因
为吉狄马加思想的主线之一，正是人类与自然必须建立的那种健康关系。然
而，这种关系，尤其在西方，需要得到修复，因为它已经被几个世纪以来的
单侧面发展严重损坏，人类自诩为居住其上的土地的主人和救世主，像个疯
子，无视土地的美，无视诸多生命之间的必要平衡。

法国哲学家、文学批评家加斯东·巴什拉熟稔彝人世界，它围绕四大
元素运行，而这四大元素是被川西（吉狄马加长大的地方）的部落巫师、炼
金术士和祖先们描述过的。巴什拉写道：梦有四个领域，四个极点，凭借它
们，梦跃入无限空间。为了揭示一个真正的诗人的秘密……只需问一句：
"告诉我你的幽灵是什么？是侏儒，蝾螈，水神还是空气中的女精灵？"吉

狄马加就是这四种元素的诗人。他在大凉山的崇山峻岭中长大，那里是彝族的一支（黑彝）栖息之地。他深知本地文化，中国一个少数民族的文化，它同大自然的关系是敬畏的。尤其是同西方人相比较，西方思想是被启蒙时代铸就的，它颂扬理性的胜利和所谓魔力的消失。而且，这个名叫理性的世俗女神时代还构想，人类不仅是栖居于自然世界的一个朴素居民，众多生物中的一员，更是一个胜利者，有权驱使牲畜，蔑视岩石，摧毁森林。而吉狄马加在他的诗歌和文章中，却谈起他对故乡、对儿时的壮美风景、对充满不可见神力的荒蛮旷野的爱，这让人想起作为旅行者、漫游客、边缘人的法国诗人安托南·阿尔托，面对墨西哥西部的孤绝大山他写下这段文字：

> 从大山还是从我自己，我说不清那鬼神出没的东西，却是一个类似的视觉奇迹，我看见它，在穿越大山的这次长途旅行中，每天至少出现一次。
>
> 我这个备受折磨的身体可能与生俱来，像大山一样被篡改过；却是顽念的一个容身之所：在大山中我察觉到，它可以用来计数顽念。我没有数漏一个影子，当我感到它围着什么东西旋转时；经常，我不断地加着数影子，我才能回溯到那些虚焦点。

吉狄马加的作品同样表达了一种大关切。他担忧在一个全球化的世界中少数民族的身份丧失，全球化着迷于削平差异，只提供一种仅有的有效模式，这就是新自由主义的现代化模式。他担忧各种形态下的多元丰富的磨损，无论是生物的，语言的，文化的，种族的，宗教的还是哲学的。中国目前所面临的挑战是巨大的，作者多次强调这一点。因为在它所承受（内部和外部）的对外开放的过程中，这个诞生过老子的国度必须战胜几乎无从逾越的困难。它必须关注诸如环境恶化、身份困境这样的棘手难题。尤其在这个贫穷的省份青海——以前的安多省，它同西藏分享中国西部地区的高原，吉狄马加是文化的推动者。为什么僻远地区就不能享有舒适？正如作者指出的，21世纪的中国必须面对这一重大挑战：在绷紧的现代化这根绳索上，力求保持同传统之间的微妙平衡。

在对中国文化的新变化、对诗歌、对过度、对地理、对生态、对自然资源的使用以及对政治的一系列思考中，吉狄马加询问自己：在现代世界的混乱中，文学的位置何在？神话和传统的重要性又何在？他质疑目前这种疯狂发展的动机，指出已经陷入某种危险的旋涡。他把读者引入他个人的宇宙起源说，他的阅读历程，他对所偏爱的作品的激情。怀着感激和怀恋之情，他谈起他的诗歌初衷，他与俄罗斯大诗人和散文名家的相遇。他激赏莱奥帕尔迪和用光芒照亮汉语的那些文学大家。他用亲切的口吻写到他对非洲文学和拉丁美洲魔幻现实主义的发现。他赞赏这些文学流派的代表性作家，讲到他的风格和他们之间的缘分。无疑，他赞同那些"介入作家"关于艺术的文明角色和身份角色、关于诗歌和仪式以及传说在美学教育中的重要性的见解。

尽管在这个被敌意、战争和争端所撕裂的世界上，和平已变得如此困难，但作为和平主义的信奉者，吉狄马加仍然在揭露暴力、剥削、不公、压迫、种族主义、贪婪、成功的诱惑和不讲人道。他指出，思考、灵性和感恩的缺乏，威胁着今天的人类。他以自己的方式重申了阿尔托的宣言："我们觉得，属于无限比属于自我更让我们感到幸福。"

通过他的这些演讲，吉狄马加让我们认识了生活在地理边缘的彝族人民。我们能够读到他对故乡的爱。神圣事物这个理念，在他那里，就像一把小纺锤（它让我们想到彝族纺织女工的纺锤），丝线一缕一缕地展开。故乡因此变成了一个神圣的地方，因为命运就是在那里选择了诞生一个孩子；青海对吉狄马加来说，也是一个崇敬之地，因为它浸透着万物有灵和藏传佛教的丰富文化。诗人歌唱旷野的神灵，旷野的一部分被荒凉保存。

阅读吉狄马加的这些文章，我们不由得又想起阿尔托的一句话：在一个地上沸腾着活生生蛮力的地方，群鸟搅动的空气发出比别处更高亢的声音。这是"失去的天堂之梦的首选之地"，勒克莱齐奥这样谈到阿尔托。在一次从墨西哥齐瓦瓦山脉旅行归来之后，阿尔托说他在一个错生之地因为某种东西而醒悟。然而，吉狄马加从未让人觉得，他错生在哺育他的祖先文化之中。他清醒地意识到，作为一个既传统又现代的人，就像勒克莱齐奥谈到本地幻象时所描述的，"梦想一切皆成可能的一片新土地；那里，一切都古老而又崭新。梦想一个失去的天堂，星象学和诸神的魔力混和在一起。梦想重新返回知识和文明的源头"。

我们谈论吉狄马加的人文关怀，他的敏感，他对大地母亲的爱，他对文学事业的信念，就不能不提到把这些文章从汉语译入英文的译者的劳动，译者是黄少政。他生于中国河北，初中毕业后被下放到农村，同他那一代成千上万的年轻人一样，接受贫下中农再教育。他就从那时开始学英语，在几个流放犯的帮助下。英语学习开启了他对文学、哲学、历史和文学翻译的巨大热情。"文化大革命"结束后，他入上海外国语学院学习，它是中国最好的两所外国语学院之一。2008年，他成为青海师范大学主讲翻译的教授，青海师大位于青海省会城市西宁。他的译文语言多姿多彩，一种古雅的文笔，读者不禁会赞赏译者丰富的词汇量，他向我们转达了吉狄马加对博学和灵性事物的迷恋和热情，正如阿尔托所说，灵性事物"让我们狂喜，因为它们在我们身上唤醒了一系列返祖性的闪光形象，而这些形象来自人类的原初时代"。

（树才 译）

弗朗索瓦丝·罗伊（1959— ），加拿大著名诗人、小说家、翻译家。生于加拿大魁北克，现旅居墨西哥。用法语、英语、西班牙语写作。出版文学作品60余部，并获得8个文学创作和翻译大奖。此文是她为即将在加拿大墨水瓶的记忆（mémoire d'encrier）出版社出版的由她本人翻译的吉狄马加法文版演讲集《为土地和生命而写作》写的序言。

Avant-propos

©Françoise Roy

[...] Gens des confins et gens d'ailleurs, ô gens de peu de poids dans la mémoire de ces lieux ; gens des vallées et des plateaux et des plus hautes pentes de ce monde à l'échéance de nos rives ; flaireurs de signes, de semences, et confesseurs de souffles en Ouest ; suiveurs de pistes, de saisons, leveurs de campements dans le petit vent de l'aube ; ô chercheurs de points d'eau sur l'écorce du monde ; ô chercheurs, ô trouveurs de raisons pour s'en aller ailleurs, vous ne trafiquez pas d'un sel plus fort. [...].

Saint-John Perse, Anabase

Une vieille métaphore datant du 18e siècle, une métaphore sur la tristesse, prétend qu'on peut être « malheureux comme les pierres ». En lisant les essais et discours de Jidi Majia, poète et haut fonctionnaire chinois d'origine yi (une minorité ethnique de l'ouest de la Chine), le lecteur doutera vraiment du malheur des pierres. Parce qu'un des axes de la pensée de Jidi Majia est justement la saine relation que l'Homme devrait entretenir avec la Nature. Toutefois, ce rapport, surtout en Occident, a besoin d'être restauré, car il a été gravement endommagé par des siècles de développement unilatéral où l'Homme s'est érigé en maître et seigneur de la Terre qu'il habite, aliéné, aveugle à sa beauté et à l'équilibre nécessaire entre toutes ses créatures.

On eût dit que le philosophe et critique littéraire Gaston Bachelard connaissait intimement le monde des Yi, qui tourne autour des quatre éléments décrits par les tous les Anciens, les alchimistes ou les sorciers tribaux du Sichuan occidental (où a grandi Jidi Majia), lorsqu'il écrivit : La rêverie a quatre domaines, quatre pointes par lesquelles elle s'élance dans l'espace infini. Pour forcer le secret d'un vrai poète […], un mot suffit : « Dis-moi quel est ton fantôme ? Est-ce le gnome, la salamandre, l'ondine ou la sylphide ?». Jidi Majia est le poète des quatre éléments. Car il a grandi dans les montagnes du Daliangshan au sein d'une communauté ethnique, les Nosus, une branche de la communauté yi. Il connaît de l'intérieur une culture autochtone, minoritaire dans son propre pays, où on entretient avec la Nature des rapports presque révérencieux. Surtout si on les compare à ceux des Occidentaux, dont la pensée a été modelée par les Lumières, qui célébraient le triomphe de la rationalité et la soi-disant disparition de la magie. Certes, l'ère de cette déesse profane dénommée Raison envisage encore l'être humain non pas comme un simple habitant du monde naturel, une créature parmi tant d'autres, mais comme un conquérant qui a le droit de soumettre les bêtes, mépriser les roches, détruire la forêt. Lorsque Jidi Majia —dans sa poésie et ses textes journalistiques— parle de son amour envers le terroir, envers les paysages grandioses de son enfance, envers la souveraineté des étendues sauvages habitées par des forces invisibles, on ne peut que penser au voyageur, au nomade, au marginal que fut Antonin Artaud, qui sur les montagnes isolées de l'ouest du Mexique a écrit ceci :

De la montagne ou de moi-même, je ne peux dire ce qui était hanté, mais un miracle optique analo¬gue, je l'ai vu, dans ce périple à travers la montagne, se présenter au moins une fois par journée.

Je suis peut-être né avec un corps tourmenté, truqué comme l'immense montagne ; mais un corps dont les obsessions servent : et je me suis aperçu dans la montagne que cela sert d'avoir l'obsession de compter. Pas une ombre que je n'aie comptée, quand je la sentais tourner autour de quelque chose ; et c'est souvent en additionnant des ombres que je suis remonté jusqu'à d'étranges foyers.

L'œuvre de Jidi Majia témoigne également d'une grande préoccupation. Il s'inquiète de la perte d'identité des minorités ethniques dans un monde globalisé qui s'entête à vouloir effacer les différences en ne proposant qu'un seul modèle valide, celui de la modernité néolibérale. Il s'inquiète de l'érosion de toutes les formes de diversité, qu'elles soient biologiques, linguistiques, culturelles, raciales, religieuses ou philosophiques. Le défi que doit relever la Chine actuelle, à cet égard, est énorme. L'auteur le souligne maintes et maintes fois. Car dans son processus d'ouverture subite (intérieure et extérieure), dans son intégration au reste du globe, le pays de Lao Tsé est appelé vaincre des obstacles presque insurmontables. Il doit tourner son regard vers des questions épineuses comme la dégradation environnementale et la problématique identitaire. Surtout dans cette région appauvrie du pays —le Qinghai, ancienne province de l'Amdo, qui partage avec le Tibet le haut plateau occupant la partie occidentale de la Chine— où Jidi Majia est promoteur culturel. Pourquoi les régions éloignées ne rêveraient-elles pas, elles aussi, et à juste titre, de confort ? Comme le souligne l'auteur, la Chine du 21e siècle devra relever un défi de taille : veiller à l'équilibre délicat que doit garder la tradition sur la corde raide de la modernité.

Dans ce pot-pourri de réflexions sur les changements récents qu'a subis la scène culturelle chinoise, sur la poétique, les vices de l'excès, la géographie, l'écologie, l'usage des ressources et la politique, Jidi Majia s'interroge sur la place de la littérature et l'importance des mythes et des traditions dans le chaos du monde moderne. Il remet en question les motivations d'un développement actuel frénétique, engagé dans un vortex dont il souligne les dangers. Il entraîne le lecteur dans sa cosmogonie personnelle, le tourbillon de ses lectures, la passion de ses préférences littéraires. Il parle avec reconnaissance et nostalgie de son initiation poétique, de ses premiers contacts avec les grands maîtres russes du vers et de la prose. Il admire Leopardi et les gens de Lettres qui ont fait briller de tout son éclat le mandarin. Il décrit, toujours sur un ton d'intimité, sa découverte de la dite littérature noire et du réalisme magique latino-américain. Il fait l'éloge des chefs de file de ces écoles littéraires et parle des affinités entre leurs styles et le sien. Il partage certainement l'opinion des écrivains engagés sur le rôle civilisateur et identitaire de l'art, l'importance de la poésie, des rituels et des récits dans l'éducation esthétique.

Disciple de cette doctrine si difficile qu'est le pacifisme dans un monde déchiré par inimitiés, les guerres et les conflits, Jidi Majia dénonce la violence, l'exploitation, l'injustice, l'oppression, le racisme, la cupidité, l'appât démesuré du gain et la déshumanisation. Il déplore le manque de réflexion, de spiritualité et de recueillement qui menace l'homme d'aujourd'hui. Il reprend à sa manière la déclaration d'Artaud : « On se sent beaucoup plus heu¬reux d'appartenir à l'illimité qu'à soi-même ».

Par ses discours, Jidi Majia nous fait également connaître un peuple vivant à l'orée des géographies dominantes. On peut voir dans ses écrits des déclarations d'amour envers l'endroit qui mérite le nom de terre natale. L'idée du sacré, chez lui, est comme un petit fuseau (qu'on pourrait apparenter à ceux des tisserandes yi) dont le fil se déroule peu à peu. La terre natale devient alors un lieu sacralisé parce que c'est là que le destin a choisi de faire naître un de ses enfants ; la terre d'adoption qu'est pour Jidi Majia le Qinghai fait elle aussi l'objet de vénération en raison de sa richesse culturelle imprégnée d'animisme et de bouddhisme tibétain. Le poète chante la majesté de ses étendues sauvages, que l'isolement a en partie préservée.

En lisant les textes de Jidi Majia, on imagine volontiers, pour reprendre une phrase d'Artaud, un pays où bouent à nu les forces vives du sous-sol, où l'air crevant d'oiseaux vibre sur un timbre plus haut qu'ailleurs ». C'est « le lieu privilégié du rêve du paradis perdu » dont parle JMG Le Clézio au sujet d'Artaud, qui disait, suite à son voyage dans la sierra isolée de Chihuahua, se réveiller à quelque chose à quoi jusqu'ici [il était] mal né. Pourtant, Jidi Majia ne donne jamais l'impression d'être mal né dans la culture ancestrale qui l'a nourri. Il évoque plutôt, très lucidement, en tant qu'homme à la fois traditionnel et moderne, comme le décrit Le Clézio en parlant des visions autochtones, le « rêve d'une terre nouvelle où tout est possible; où tout est, à la fois, très ancien et très nouveau. Rêve d'un paradis perdu où la science des astres et la magie des dieux étaient confondues. Rêves d'un retour aux origines mêmes de la civilisation et du savoir.»

On ne peut parler de l'humanisme de Jidi Majia, de sa sensibilité, de son amour pour Dame Nature et de sa grande dévotion à la cause de la littérature, sans mentionner le travail du traducteur de ses discours du mandarin à l'anglais, Huang. Né à Hubei, en Chine centrale, il a été envoyé dans les campagnes, après ses études collégiales, comme des milliers de jeunes chômeurs de sa génération, afin d'être rééduqué par des paysans révolutionnaires. C'est à cette époque qu'il a commencé à apprendre l'anglais avec l'aide de certains détenus. Cet apprentissage a marqué le début d'une grande passion pour la littérature, la philosophie, l'histoire et la traduction littéraire. Après la Révolution Culturelle (1966-1976), il a étudié à l'Institut Shanghai des Langues Étrangères, une des deux meilleures écoles de langues du pays. Depuis 2008, il est professeur de traduction à l'École Normale du Qinghai, une université de Xining, capitale de la province. Dans une langue colorée, un style classique où le lecteur avisé ne manquera pas d'admirer une grande richesse de vocabulaire, il nous transmet l'engouement et l'enthousiasme de Jidi Majia pour l'érudition et les choses de l'esprit, qui, comme disait Artaud, « nous enchantent parce qu'elles éveillent en nous tout un lot brillant d'images ataviques qui nous vien¬nent des premiers âges de l'humanité ».

Françoise Roy

Mexique, juillet 2014

（法语）

导言：吉狄马加和身份转译

——序吉狄马加法文版诗选《火焰与词语》

[加拿大] 弗朗索瓦丝·罗伊

　　吉狄马加用汉语写作，但他是彝族人。彝族至少有七百万人口。他们中有许多人仍然使用自己的语言，它属于藏缅语系。他们祖先的土地延伸到当今中国的西南地理边界，分布在四川、贵州、云南三个省份。诗人的故乡，即凉山彝族自治州，位于西川的山区中心，那里有僻远的布托县和昭觉县，正是必要的交流的场所（尽管不无争执），在汉族（占全国人口的91%）和大约55个"少数民族"之间。因此，这部诗集是唯一的一扇窗口，它敞向一个居住在僻远地区的少数民族，那里风景壮美，而它所属的国家，也正以难以逆料的发展速度向世界开放。

　　如果说"民族诗歌"这个概念不合时宜，我们不妨这样来谈论吉狄马加的作品：透过有形和无形的遗产，首先同祖先相遇。他对大地母亲的奇迹的赞美是动人而醒目的。吉狄马加的诗篇，歌唱用羊毛手工编织的斗篷，它们像玻利维亚印第安人的披风，他也歌唱优美而悲怆的布托地区的风景，其中出现的彝族神话传说中的巫师形象，其世界观接近于藏族的思想，尽管不完全相同。在这个地球上，生活在主流文化边缘的其他原住民也都是这样，自然世界（人和它的关系是本质的，深刻的，敬畏的）占据着一个非常重要的位置。此外，错过了现代化的这一链环，只有它能把人类从集体毁坏中拯救出来，诗人屡次提到这种思想，时而以修辞的方式，时而以隐喻的方式。

　　吉狄马加，彝族人的旗手，也是当代的一位挪亚。漂荡在《圣经》头几页的滔滔洪水中的方舟，难道不正是人类担忧"毁灭"这种概念的最初例证吗？人类"毁灭"的概念是可怕的！事实上，一个活生生的实体沦为"死的语言"、"消失的物种"或者"一去不复返的文化"——就像诗人在诗集中写到的卡尔斯卡尔（Kaweskars）人那样——是人类的贪婪、统治意识和恶劣管理的产物。我们认为，在这个世界上，近期或中期，将有超过三千种语言（还有它们携带着的风俗和习惯）面临消失的危险。我们难道不需要建造21世纪的新挪亚方舟，来保持所有生物的历史传承，包括词汇、生活方式和信仰，概括为一个词，就是记忆，还有那些用语言和想象力织成的当今的各种文明？

　　翻译，始终处于跨文化的相遇的顶点，在这里同样成为问题。交给读者的文本，开始于诗人把母语中的内在思想表达成他日常应用和写作的语言（汉语）。诗篇接着从汉语向着英语旅行，也就是向着英文译本旅行，我据此又译出了法文译本。在这个多重的、跨文学的过程中所遭遇到的暗礁——从彝族人的敏感到汉语，又从汉语到英语，再从英语到法语——凶险到足以让我的这条小船倾翻。如果该书如我所愿，能够忠实于中文原文，那么很大部分我是欠了英文本的译者的，译者就是诗人、汉学家梅丹理。如果没有这位了解中国传统和诗歌的大行家的帮助，从一种语言到另一种语言（这次环球旅行横跨了四种不同的语言）的这条转译之船，在靠岸之前早已沉没。吉狄马加的诗，因此开辟了一条道路，从特殊个体出发（专门词汇和形象描述了仪式、风俗和彝族思想），为了抵达宇宙整体。既是心系故乡的使者，又是世界公民，吉狄马加凭借诗歌成了人类的大使。我希望这个法文转译本能像"人类的河流，蜿蜒地流进温柔的山谷/人类的河流，背面饰有花纹/从人群流向激荡的内心/流向一个充满神奇的世界"。须知，诗歌的读者都是"一些内心激荡的人"。我承认，经由词语的转换工作对我来说并不陌生：在加拿大我是语言的少数民族，讲法语，此外我生活在墨西哥（因此在第三种语言里，西班牙语又同仍被广泛使用的各种本地语言深度混血，但肯定有些磨损），我对这个译本抱有信心——在差异极大的文化间、字母间和语义间的迁移——它可能实现一个显灵的奇迹，而这正是诗意的首要使命。

　　进入象征（诗歌作为文学种类，是极致），就是人类极致的表达能力，它赋予生存经验以意义。吉狄马加的作品，呼吁我们从两个方面去思考多样性：一方面是在现代民族的主流原则的边缘凭借文化和语言得以幸存的（彝族）族群，他身处其中；另一方面是作为现代民族的中国人。我们要说的是，面对一个绷紧着千年文明之绳的多数民族，一个少数民族必须保卫它的身份。因此，我们身处一个双重的圆周之中，因为这些文化——时而对立，时而并列——面对从"启蒙时代"继承了最好部分和最糟部分的西方世界，都是异文化。西方蒙羞的遗产，难道不就是这种将民众同他们的根脉和神秘启示一刀斩断的后现代吗？认为魔力即迷信，理性可以解释一切，人类是自然世界的拥有者（即握有全权的暴君），这是一种倒退，是对"古老"的一种暴力，幸亏西方以外的世界并没有盲目跟从。在吉狄马加那里，凭着某种对部族的怀恋，个体并没有像后现代主义者拼命主张的那样，不是背弃过去和祖先、不惜任何代价在族群生活之外寻求幸福的无能之人。他是宇宙的拼板游戏的获胜者。这并不是说要停止历史的步伐，而是重新同宇宙建立一种联系。这个宇宙，如同这部诗集所暗示的，我们总有一天必须学会在和平、公正和喜悦之中生活，面对它的神秘和美。

（树才　译）

弗朗索瓦丝·罗伊（1959— ），加拿大著名诗人、小说家、翻译家。生于加拿大魁北克，现旅居墨西哥。用法语、英语、西班牙语写作。出版文学作品60余部，并获得8个文学创作和翻译大奖。此文是她为即将在加拿大墨水瓶的记忆（mémoire d'encrier）出版社出版的由她本人翻译的吉狄马加法文版诗选《火焰与词语》写的序言。

INTRODUCTION:
JIDI MAJIA ET LA TRANSPOSITION IDENTITAIRE

©Françoise Roy

Jidi Majia, bien qu'il écrive en chinois, appartient au groupe ethnique Yi, dont les Nosus constituent la branche la plus peuplée. Elle compte au moins sept millions de membres. Parmi eux, plusieurs parlent encore leur propre langue, qui appartient à la famille linguistique tibéto-birmane. Leurs terres ancestrales s'étendent à travers diverses enclaves géographiques du sud-ouest de la Chine actuelle, réparties dans les provinces du Sichuan, du Guizhou et du Yunnan. Le terroir du poète, la Préfecture autonome de la nationalité Yi du Liangshan, sise au cœur de la région montagneuse du Sichuan occidental et où se trouvent les comtés isolés de Butuo et de Zhaojue, est le théâtre d'une convivialité nécessaire-bien qu'elle n'aille pas toujours sans heurts-entre la majorité Han (qui représente 91% des habitants à l'échelle nationale) et quelques-unes des 55 «nationalités» du pays, pour reprendre le terme utilisé de nos jours en République de Chine. Par conséquent, ce recueil constitue une fenêtre unique sur une ethnie habitant une contrée reculée aux paysages grandioses, dans un pays qui s'ouvre au monde à une vitesse telle que les effets en sont imprévisibles.

Si le terme «poésie ethnique» était malencontreux, on pourrait parler dans l'œuvre de Jidi Majia d'une rencontre privilégiée avec les ancêtres par le biais de leur héritage tangible et intangible. Une admiration émouvante pour les prodiges de Dame Nature y est également manifeste. La poésie de Jidi Majia chante les louanges des capes de laine tissées à la main et semblables aux ponchos des Indiens de Bolivie, des paysages à la fois bucoliques et dramatiques, du *bimo*, qui fait figure de prêtre sorcier, et de la mythologie et du folklore des *Nosus*, dont la vision du monde est proche de la pensée tibétaine, sans pour autant être identique. Comme c'est le cas des autres peuples autochtones qui à travers le globe vivent à l'orée de la culture dominante dans leur propre pays, le monde naturel (et la relation intrinsèque, profonde et révérencielle de l'être humain avec ce dernier) occupe ici une place de choix. Ce chaînon manquant à la modernité est d'ailleurs le seul qui pourrait sauver notre espèce d'une destruction massive, une idée que reprend le poète à plusieurs occasions, tantôt de façon très rhétorique, tantôt métaphoriquement.

Jidi Majia, porte-étendard des *Nosus*, est donc une sorte de Noé moderne. L'arche qui sillonne les eaux diluviennes des pages initiales de la Bible n'est-elle pas le premier exemple du souci de l'Homme envers l'idée d'*extinction*? Un concept effrayant que celui de l'extermination! Le fait qu'une entité vivante en arrive à être appelée «langue morte», «espèce disparue» ou «culture révolue»-comme c'est les cas des Kaweskars que le poète mentionne dans ce recueil-est immanquablement le produit d'une mauvaise gestion, de l'esprit de domination et de la cupidité de l'Homme. On estime qu'à court ou à moyen terme, dans le monde, plus de trois mille langues (et les us et coutumes qu'elles sous-tendent) sont à l'heure actuelle en danger de disparaître. Avons-nous besoin de construire de nouvelles arches de Noé du XXIe siècle afin de préserver la continuité historique de tous les êtres vivants, y compris les lexiques, les modes de vie et les croyances-bref, la mémoire-que les différentes civilisations actuelles ont tissés au moyen de la langue et de l'imaginaire?

La traduction, qui a toujours été à la pointe des rencontres interculturelles, est également mise en cause ici. Le texte offert au lecteur commence par la transcription du for intérieur du poète pensée dans sa langue maternelle vers sa langue d'usage et d'écriture (le chinois). Les poèmes ont ensuite voyagé du chinois vers l'anglais, à savoir vers la traduction sur laquelle j'ai travaillé pour en arriver à une version des poèmes en langue française. Les écueils rencontrés au cours de cette translittération multiple-de la sensibilité *Nosu* au chinois, du chinois à l'anglais, et de l'anglais au français-étaient assez tranchants pour risquer de faire couler ma propre embarcation. Si ce livre parvient comme je le souhaite à demeurer fidèle au texte original chinois, je le dois en grande partie à l'auteur de la version anglophone, le traducteur, poète et sinologue Denis Mair. Sans l'aide inestimable de ce grand connaisseur de poésie et des traditions d'Extrême-Orient, le bateau de la transcription d'une langue à l'autre (chevauchant d'ailleurs quatre langages distincts dans sa circumnavigation) se serait échoué bien avant d'atteindre le rivage. Les vers de Jidi Majia se sont donc frayé un chemin en partant du très particulier (la terminologie et les images décrivant les rituels, les mœurs et la pensée *nosu*) pour atteindre l'universel. À la fois héraut profondément attaché à sa terre natale et citoyen du monde, Jidi Majia se fait ambassadeur de l'humanité par la poésie. Je souhaite donc que coule cette transposition en français comme «la rivière humaine, serpentant en douce au creux d'une vallée / la rivière humaine, tricotée à l'envers / passant gravement à travers une foule au cœur volage / passant gravement à travers un monde de merveilles». Sachant que les lecteurs de poésie sont tout sauf «une foule au cœur volage», j'avoue que le travail de transfert par le biais des mots ne m'est pas étranger: francophone issue d'une minorité linguistique dans mon pays d'origine et vivant de surcroît au Mexique (donc dans une tierce langue, un espagnol profondément métissé qui à son tour côtoie une variété de langues autochtones encore largement parlées, mais soumises à une érosion certaine), j'ai confiance que ce texte-dans sa migration entre cultures, alphabets et sémantiques très dissemblables-réussira le miracle épiphanique qui est la mission première du poétique.

L'accès au symbolique (dont la poésie, en tant que genre littéraire, est le nec plus ultra) est l'expression la plus sublime de la capacité des êtres humains de signifier leur expérience sur Terre. L'œuvre de Jidi Majia nous interpelle à penser la diversité sur deux fronts: celui d'un groupe ayant survécu culturellement et linguistiquement en marge des postulats dominants de la nation moderne où il s'inscrit, et celui de la Chine en tant que nation moderne. On parle donc d'une minorité qui doit sauvegarder son identité face à une majorité qui tire elle-même sur les cordes d'une civilisation millénaire. Nous sommes donc en présence d'une double périphérie, car ces cultures-sitôt antagoniques, sitôt juxtaposées-sont à la fois toutes deux étrangères à un monde occidental ayant hérité non seulement le meilleur, mais aussi les pires excès du siècle des Lumières. Le legs honteux de l'Occident n'est-il pas cette post-modernité où les multitudes sont coupées de leurs racines et de la révélation du féerique? La conviction que la magie n'est que superstition, que la Raison explique tout, que l'Homme est propriétaire (c'est-à-dire tyran plénipotentiaire) du monde naturel, apparaît comme un recul, un excès du «trop séculaire» que le monde non occidental, heureusement, n'a pas épousé aveuglément. Chez Jidi Majia, à la lumière d'une certaine nostalgie tribale, l'individu n'est pas, comme le veulent les tenants d'un post-modernisme à outrance, un roitelet appelé à chercher coûte que coûte son bonheur en dehors de la vie communautaire, tournant le dos au passé et aux aïeux. Il est partie prenante du grand casse-tête cosmique. Il ne s'agit pas ici de freiner la marche de l'Histoire, mais de recouvrer un lien perdu avec le cosmos. Ce cosmos où, comme le suggèrent les vers de ce recueil, nous devrons un jour apprendre à vivre dans la paix, la justice et l'émerveillement face à son mystère et à sa beauté.

（法语）

143

诗歌之路

——序吉狄马加阿拉伯文版诗选《火焰与词语》

[叙利亚] 阿多尼斯

1

诗歌，如同爱情一样，是一次相会，在自我与他者、诗人与读者之间实现。

"相会"，在这个谈论诗歌的语境里，意味着诗歌是源自存在的一次迸发，在存在的轨道奔涌。诗歌唤醒感官的欲望，激发想象力。因此，疑问得以加深，追寻、探索的愿望变得炽烈。

至于"他者"一词，则意味着这样的相会，是诗篇在他者和诗人自我之间实现的约会。

2

为了实现这样的相会——约会，诗歌应该采用独特的语言，通过独特的美学结构，体现对于人和世界的独特见解。而鉴赏力——读者或他者的鉴赏力，构成这一相会的基础。否则，我们无由去欣赏、体会、品味。鉴赏力是打开思维乐趣之门的钥匙。因此，我们知道，当诗歌被作为工具利用，变成"教育""说教""训导"的手段时，它便偏离了本质，失去了身份。让诗歌成为工具即意味着消费、仿效和守旧，而诗歌拒绝入此彀中。诗歌永远是初始，是创造，是穿越界限，是向着无穷开放。

3

我不懂吉狄马加与我交流的语言，但我能够感受到闪耀于这个译本中的诗意。诗歌翻译总会提出一些复杂的问题，尤其是当译本涉及完全不同的想象之源、语言之赋时，本诗选的译本也不例外。

诗篇由丰富而多样的意义层面构成，它不仅与语言，而且与词语及其历史、语境、敏感性、想象力产生有机的联系；仿佛一块土壤中的树，把根系生长到另一块陌生的土壤，它有自己不同的历史，不同的语言，也有属于自己的独特想象力，以及与事物之间的独特关系。

也许，诗篇在翻译中变成了一个想象的文本，诗歌语言转变成一些情感、感觉和想象，以便进入另一种语言：不仅仅是另一种语言，而且是另一个世界。所以，诗歌被翻译的，不仅是其语言和词汇，而首先应该是其中的诗意。译者应该能体会诗歌的动感，能嗅到其中历史的气息——在字典和词语的历史之外。不仅要翻译诗行这一诗篇的"居所"，而且要翻译诗篇矗立于其各个角落的完整的"自然"。译者把诗歌转化成一个内在的太阳，他不仅译诗篇的太阳，还要译诗篇的天空；不仅译诗篇的路径，还要译诗篇的空间：译其中的关系，其中意义的轨道。

4

我认识吉狄马加其人。现在我知道，他本人和他的诗歌之间存在某种一致性，正如空气和天空、源泉和溪流之间存在一致性一样。他诗歌的空间，是人及与人相关的一切，其中有独特的个性，也有普遍的人性：期待，思念，欢乐，痛苦。在他的诗中，自然在闪亮，并摇曳于存在的初始和当下之间，还有那些来自本源的情感和人的在场感。在这里，诗歌体现了一个原初的世界，一个存在之童年的世界，仿佛那是有着鲜明的地域和文化特色的人的童年。尽管如此，诗人所属的彝族和广阔而多样的中国天地之间的诗意联系，是十分明显的。

当读者进入这个世界，就仿佛要在其中发现大地的童年，或者阅读人类童年的日记，以及夹杂着羞涩、梦幻、忧伤和愉悦的种种奥秘。

从这本诗选中，我们能读出许多追求。

对知识的追求，对探索的追求；

对艺术结构的追求，以便用最接近审美和感觉、最便于交流的形式来表达；

追求、探索已知时间之前的一切，以及语言诞生之前的一切，首先通过直觉而非感觉去了解世界。

吉狄马加通过诗歌创作，似乎试图认识人的各种奥秘和困窘，以及人与他者、与宇宙的关系。

我们还能读出对创新的追求，这使他能够始终保持清醒，以便更好地审视世界，再造世界。

最后，还有爱的追求，对大地上人类生命的爱，以及对这种爱的捍卫，用种种富有创造力的形式去赞美；这样，便得以一窥生活的堂奥，而这堂奥，只有通过诗歌或艺术的创作，才能穷尽，才能抵达。

这种种追求，交织在深邃而美好的情感所编织的锦缎中，这情感，又和自然的元素交融在一起，于是，大地便是童贞、美丽而自由的。这种种追求，体现于一种神奇的氛围中，读者置身其间，仿佛觉得树木是女人，田野是儿童，河流是记忆和梦想的驼队，山脉是连接自然和超自然的桥梁。在这一切之中，人似乎是存在的中心和奥秘，是磁极，是创造的能量，是光明、友谊和爱的焦点。

5

于是，吉狄马加这位当代中国的诗人，便行走于中国和阿拉伯国家之间诗歌的丝绸之路上。我想象一位有着中国和阿拉伯双重国籍的辛巴达，驾驭着诗歌的浪潮，在这诗歌之路上旅行。这诗歌之浪最深的奥秘在于，它并不可见，除非是作为诗歌汪洋中一次不间断的运动。但是，这一"不可见"的缺憾，便是语言的缺憾吗？或者，语言，这一我们"知识"的本源，莫非正是我们"无知"的本源？

再举一个更便捷、更清晰的例子：这一次，我用"人民"这个词语而非"浪潮"一词来说明。

我们每个人都深信不疑地使用"人民"一词，仿佛自己知晓人民的一切。但我们也都知道，人民如同汪洋，我们所见的，只是其中泛起的一些波浪，以及呈现于表面的部分个体。我们并不知道人民的寝室、床榻、爱恋之夜、不眠之绪、梦想、欲望、悲伤、心愿、失望、沉寂和秘密，等等。

那么，我们凭什么对人民妄作论断，就如同论说手掌里的一颗石子？

我们无论对人民做出积极或消极的论断，这些论断都是多么的不可靠！

如此而言，知识就是"辛巴达式"的？它不会抵达内核和本质，它只是拥抱波涛，与岸陆、码头为伴？知识，本身就是某种形式的旅行。

那么，名叫吉狄马加的辛巴达，请向我们讲述关于生活、人类和旅行的见闻吧，请告诉我们在诗歌的丝绸之路上，你所见的波浪和大海，记忆的珊瑚，身体的珍珠吧！

我们不要确认，只要假想：我们做梦，想象，遐想，感觉……让愿望汩汩而生。于是，每一个清晨，我们醒来，从旅行和阳光中提取意义的纯蜜。

（薛庆国　译）

> 阿多尼斯，出生于叙利亚，当代最杰出的阿拉伯诗人、思想家，在世界诗坛享有盛誉。此文是他为即将在黎巴嫩萨基（Saqi）出版社出版的由埃及著名诗人、翻译家赛义德·顾德翻译的吉狄马加阿拉伯文诗选《火焰与词语》写的序言。

طريق الشعر

- 1 -

الشعر لقاءٌ كمثل الحبّ. لقاءٌ بين الذات والآخر، بين الشاعر والقارىء.

" لقاء ": هي هنا، في السياق الشعريّ، كلمة تضمر الإشارة إلى أنّ الشعر انبجاسٌ من الكينونة يتدفق في مجراها. يوقظ شهوة الحاسّةِ ويحرّك المخيّلةَ. به يتَعَمّق السؤال، وتتوقد الرغبة، بحثًا واستقصاءً.

أمّا " الآخر " فكلمة تُضمِر أنّ هذا اللقاء وعدٌ تحققه القصيدة بين الآخر والذات الشاعرة.

- 2 -

لا بدّ للشعر، تحقيقًا لهذا الوعد ـ اللقاء، من أن يجسّد رؤية خاصّة للإنسان والعالم، بلغةٍ متفرّدة، وبنى جماليّةٍ متميّزة. والذائقة، ذائقة القارىء، أو الآخر، أساسٌ في هذا اللقاء. بدونها لا يتحقق التمتّع والتنعّم والتلذّذ. إنها مفتاحٌ لتوليد بهجة العقل. هكذا نفهم كيف أنّ الشعر يُحرَف عن طبيعته ويفقد هويّته عندما يُوَظَّف: أي عندما يصبح " تربية " أو " تبشيراً " أو " تعليماً ". الوظيفة تندرج في الاستهلاك والتقليد والمحافظة. والشعر عصيٌّ على ذلك. فهو دائماً ابتداءٌ، وابتداعٌ، وخرقٌ للحدود، وانفتاحٌ على اللانهاية.

- 3 -

لا أعرف اللغة التي يخاطبني بها جيدي ماجيا. لا أعرفها إلا في شعريتها التي تتوهّج عبر هذه الترجمة. في كلّ حال تطرح ترجمة الشعر دائماً مشكلات معقدة، خصوصاً في كلّ ما يتّصل بمنابع التخيّل وبعبقريّات لغاتٍ من أصولٍ مختلفة جذريًا، كما هي الحال هنا، في هذه الترجمة.

القصيدة طبقاتٌ من دلالات عديدة ومتنوّعة، ترتبط عضويًا، لا باللغة وحدها، بل أيضاً بالكلمات وتاريخها، سياقاً، وحساسيّةٍ، ومخيّلة. شجرةٌ في تربةٍ، تمدّ

ربما تنقلب القصيدة في الترجمة إلى ما يشبه نصّاً ـ مخيّلة، فتتحوّل لغتها إلى مشاعر وأحاسيس وتخيّلات، تهيّؤاً لدخولها في لغةٍ ثانية. لا تعود مجرّد لغةٍ، وإنّما تصبح عالماً. هكذا لا يُترجَم الشعر بمجرّد لغته أو مفرداته، وإنّما يُتَرجَم أوّلاً بشعريّته. يجب على المترجم أن يعي حركيّته ويتنشّق هواء تاريخه ـ فيما وراء تاريخ معجمه وألفاظه. فلا يُترجَم " البيت " وحده ـ ذلك الذي تسكنه القصيدة، وإنّما تُتَرجَم " الطبيعة " الكاملة الشاملة التي تنهض بين أرجائها، فيما يحوّلها المترجم إلى شمسٍ داخليّة. ولا يترجم فقط شمس القصيدة، وإنّما يترجم كذلك سماءَها. لا يترجم دروبها فقط، وإنّما يترجم كذلك فضاءها: علاقاتِها، ومجرّاتِ المعنى فيها.

- 4 -

أعرف جيدي ماجيا، شخصيّاً. وأعرف الآن أنّ بين شخصه وشعره وحدةً كمثل الوحدة بين الهواء والفضاء، أو كمثل الوحدة بين الينبوع ومجراه. مدار شعره الإنسان واشياؤه المتنوّعة، الشخصيّة الخاصّة، والإنسانيّة العامّة ـ تطلّعاتٍ وصبواتٍ، أفراحاً وتباريحَ. ففي شعره تتلألأ الطبيعة وتترجرج بين بدايات الخليقة والزمن الحاضر، وهذه المشاعر والحضورات البشرية الآتية من الينابيع.

ذلك أنّ الشعر هنا يتميّز بحضور عالمٍ بدئيّ، عالم طفولة كونيّة، كأنها طفولة الإنسان في خصوصيات أرضه وثقافته. مع ذلك يتجلّى هنا التواشج الشعريّ بين قوميّة " يي "، قومية الشاعر، والعالم الصينيّ الواسع المتعدّد.

وسوف يدخل القارىء هذا العالم كأنه يكتشف طفولة الأرض أو يقرأ يوميات طفولة إنسانية، وأسرارَ غِبطةٍ خَفِرة حالمة وحزينة.

هكذا نقرأ في هذه القصائد المختارة هموماً كثيرة،

همّ المعرفة والاستقصاء،

همّ البنية الفنّيّة لكي يمكن عبرها الإفصاحُ بالشكل الأكثر قربًا إلى الذائقة والحساسيّة، والأكثر قدرةً على التواصل،

همّ استقصاء ما قبل الأزمنة المعروفة وما قبل اللغات، حيث يتمُّ التّعرُّف على العالم، بالحدوس قبل الحواسّ،

فكأنّ الكتابة الشعريّة لجيدي ماجيا تحاول أن تعلمَ أسرارَ الإنسان ومشكلاته وعلاقاته التي يقيمها مع الآخرين ومع الكون،

همّ التجديد الذي يتيح له أن يظلّ يقظًا لكي يُحسِن إعادة النّظر في العالم، وإعادة ابتكاره.

وأخيرًا همّ العشق ـ عشق الحياة الإنسانيّة على الأرض، والدفاع عن هذا العشق، وتمجيده في صورٍ متنوّعةٍ وخلاقةٍ، يتيح النّفاذ إلى أعماق الحياة ـ تلك التي لا تُستَنفد، والتي لا يبلغها إلا الإبداع، شعرًا وفنّا.

إنّها جميعاً همومٌ تنحبك في نسيج من المشاعر العميقة، العذبة لكن المركّبة والمتشابكة مع عناصر الطبيعة على نحو تبدو فيها الأرضُ بريئة، وجميلة وحرّةً. وهكذا أيضاً تندرج هذه الهمومُ في مناخ سحريٍّ يُخَيَّل للقارىء أنّ الأشجارَ فيه نساءٌ، والحقولَ أطفالٌ، والأنهارَ قوافلُ ذكرياتٍ وأحلام، والجبالَ جسورٌ تصل بين الطبيعة وما وراءها. ويبدو الإنسان في هذا كلّه كأنّه مركز الكون وسرُّه ومعناه: قطبُ جاذبيةٍ، وطاقةُ إبداع وبؤرةُ إشعاع وصداقةٍ وحبّ.

- 5 -

هوذا، إذًا، شاعرٌ صينيٌّ جديدٌ يسير على طريق الحرير الشعريّة بين بلاد الصين وبلاد العرب. سأتخيّل سندباداً مزدوج الجنسية ـ صينيّا عربيّا يمتطي موجة الشعر في سفره على هذه الطريق. كلّ شاعر حقيقيّ سندبادٌ يعرف أسرارَ هذه الموجة. والسرّ الأعمق في هذه الموجة هو أنّها لا تُرى، حقًا، إلا بوصفها حركة متواصلة في بحر الشعر. لكن هل ذنبُ " اللارّؤية "، هو ذنبُ اللغة؟ وهل اللغة التي هي أصل " علمنا " هي هنا أصلُ " جهلنا "؟

سآخذ مثلًا أكثر قربًا، وأكثر إيضاحاً: بدلًا من كلمة " موجة " سأمثّل بكلمة " شعب ".

كلٌّ منّا يتحدّث عن " الشعب " بثقةٍ ويقين كما لو أنّه محيطٌ به. ونعرف جميعاً

أنّ " الشعب " كمثل المحيط لا نرى منه إلا بعض تموّجاته ـ بعض أفراده ـ على السطح. لا نعرف غرف نومه، أسرّته، ليالي حبّه، أرقه، أحلامه، شهواته، مآسيه، رغباته وخيباته، صممّه وأسراره.

كيف إذاً، يجيز أحدُنا لنفسه أن يُطلقَ عليه أحكاماً كأنه يراه كما يرى حصاةً في راحة يده؟

ما أكثرَ إذاً أخطاءنا في الأحكام التي نطلقها على " الشعب "، سلباً أو إيجاباً.

هل " المعرفة " هي إذاً سندباديّة؟ لا تصل إلى الغَوْر، إلى الماهيّة، وإنّما تعانق اللُّجَج وتتآخى مع الشّطآن، والمرافىء؟ معرفة هي نفسُها نوعٌ من السّفر.

قُصَّ علينا، إذاً أيّها السندباد جيدي ماجيا، ما طاب لكَ عن الحياة والإنسان والسفر، عن الموج والبحار وعن مرجان الذّاكرة، وعن لؤلؤ الجسد، في طريق الحرير ـ الشعر.

ولا نريد اليقين، بل الظنّ : نحلم نتخيّل، نستوهم، نستشعر...ونستقطر الرّغبة. وصباحاً، كلّ يوم، ننهض ونستخلصُ من أشعّة الشمس والسّفَر رحيقَ المعنى.

أدونيس

(باريس، أول أيّار 2014) （阿拉伯语）

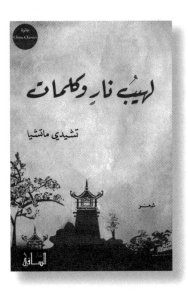

近与远

吉狄马加文学附记

[奥地利] 赫尔穆特·A. 聂德乐

读吉狄马加的诗歌和杂文，便如同坐着著名的东方飞毯，既可飞向近处，亦可飞往远方。乍看上去，人们不禁要问：这难道不矛盾吗？近难道不是远的反义吗？若将近和远看作对立的两极，则这一怀疑无疑是合理的。在一名神秘主义者看来，一加一可以等于任何数但就是不等于二。同理，近与远也可以合二为一。人们可以同时去往这两极，在同一时刻感知这种统一和对立。这一说法也许过于牵强，毋宁说近与远实为彼此互补。两者相互融合，就如同阴与阳彼此环抱，融为一体。难道在认识对立面之时不也是在了解自己的状况吗？

众所周知，陌生之物意味着远方之物。如果对这一观点不持疑义，那么当可同意西格蒙德·弗洛伊德的观点。他将陌生之物等同为了无新意，正如他在《暗恐》一文中写道："我们这样理解，语言运用将亲切转化为其对立面暗恐，因此种暗恐实际上并无任何新意可言，亦可名之为'陌生'。自古以来，它就是最为精神生活所熟知之物，只是因为受到了排挤与压制才远离精神生活。"如此一来，陌生之物实为一切熟知之源泉，是"令自我完满之部分"。

13世纪的土耳其诗人与神秘主义者尤努斯·埃姆雷也持相同的观点。他断言："陌生之物自备于我。"这种观察方式将陌生之物等同于逝去之物：存在的只有自我，有意识的和无意识的。无意识的自我就是陌生之物。若人自为陌生之人，则再无其他陌生之人。对于人类和民族的共处，这一结论究竟孕育着多少可能性啊！它又能怎样丰富生命与文化！跨越语言、文化和宗教的界线——后两者无疑是人为的界线——走向融合，使得人际交往拥有全新的品质。眼下，各种不同来源的原教旨主义倾向在许多地方疯长。那种诗歌则是对于此种现象的一个极端回答：它知道何时斩钉截铁地说"是"，何时明确地说"不"。

陌生或遥远经历的决定性变异就是变为熟知。这个过程就其本身来说已经为每个为人父或为人母的人所熟知。一个新生儿最初只是一种陌生的存在。无论是在近亲或远亲中寻找相似处，还是给他起一个承载家族传统的名字以彰显其亲属背景，均无济于事。新生儿会引起一些混乱。这些混乱要求检验和调整业已存在的关系模式。这最终必将导致相熟并创造出相遇的空间。在1819年首版的《西东合集》中，德国古典学者约翰·沃尔夫冈·冯歌德将文化和文学之间接近与融合的过程提高到一个高度：

> 谁认识自己与他人，
> 也就会认识到：
> 东方与西方
> 不再能分开。

他接着写道：

> 即便全世界都沉沦，
> 哈菲斯①，和你，只是和你
> 我要竞赛！欲与苦
> 对于我们，这对孪生子来说，全同！
> 像你一样去爱，去痛饮
> 这就是我的自豪，我的生活。

---

① 指能背诵全部《可兰经》的伊斯兰教徒。

歌德笔下抒情的"我"以闲适的心情承认东方世界同样重要。在不牺牲自己出身的同时，抒情的"我"将他的文学投射到自己的对立面上并进而推动自我认识。

接触吉狄马加的文学，能毫不费力地断定，它扎根于彝族传统，或如他所言，扎根于诺苏的传统：他在诗歌中一再呼唤一种传统。它可向上追溯其历史，故而直到今天依然生机勃勃，因为它被活生生地保存了下来。在呼唤传统时，他也在理解自我。这一自我理解的过程就如同一个说德语的中欧人在经历过纳粹的野蛮行径之后无法毫不费力地将词语的含义空洞化并摧毁这种语言。吉狄马加在诗歌《自画像》中清楚地说道："我是这片土地上用彝文写下的历史。"每个人都会毫无保留地赞同这一论断，只要他提到自己的语言。至于这一论断是否能够被赋予一种诗意的翅膀，如他所做，诚然是可以加以怀疑的。人们亦当同意每个个体在其内心都蕴含着写下的历史，就如吉狄马加在《自画像》中所写：

> 其实我是千百年来
> 爱情和梦幻的儿孙
> 其实我是千百年来
> 一次没有完的婚礼
> 其实我是千百年来
> 一切背叛
> 一切忠诚
> 一切生
> 一切死
> 啊，世界，请听我回答
> 我——是——彝——人①

最诚挚的皈依自我的历史始终不仅包含积极的事件还包括消极的事件。

---

① 德文译文无省略号、无"其实我是千百年来/一次没有完的婚礼"两行。

在这首诗中，它们被诗意地精练为"背叛"与"忠诚"。唯其如此，自身的传统才能保有生命力：无所隐瞒、无所粉饰、无所掩饰，而是直指与回想。世间之文化皆有其阴暗面。它们有时会以某种方式大白于天下，令人羞愧难当。歧视其他民族的成员就是诸多阴暗面中的一种。彝人讲究血统的纯正，这与世上的许多族群并无不同。然而他们禁绝通婚，这就意味着一定程度的歧视和蔑视，即便从习惯法的角度来说，这一歧视不言而喻、不证自明。给血液附加上一层神秘的色彩，要求某种无条件的纯正，以期避免他自己所处的群体、他的族群或他的民族归于消失的命运。只消想想德鲁兹派、雅兹迪派、犹太教和拜火教便能明了。在《题词——献给我的汉族保姆》一诗中，吉狄马加为一位承受了命运一次次残酷打击的汉族女性形象矗立了一座诗意的纪念碑。这座纪念碑在给这位女性戴上一顶令人艳羡的玫瑰花冠的同时，并没有明显地用言语流露出对于自身传统的批判。这位汉族女性向诗人展示出一种同胞之谊。此种情谊已经远远超出了对于所属族群的归属感，揭示出血统神话的局限性：

> 就是这个女人，我在她的怀里度过了童年
> 我在她的身上和灵魂里，第一次感受到了
> 那超越了一切种族的、属于人类最崇高的情感
> 就是这个女人，是她把我带大成人
> 并使我相信，人活在世上都是兄弟
> （尽管千百年来那些可怕的阴影
> 也曾深深地伤害过我）

如欲在一种文化中找到家的感觉，不仅要知悉自身的历史连同它的伤疤，还必须了解流传至今的习俗的界限和持久的确定性，一如诗歌《看不见的波动》所说：

> 有一种东西，在我
> 出生之前

它就存在着

如同空气和阳光

有了这种确定性，抒情的"我"就可以寻找到通向远方的道路，并且从事物之中看见和认出一切被称为信心的东西。《做口弦的老人》一诗写道：

人类在制造生命的蛋白质

人类在制造死亡的核原子

毕加索的和平鸽

将与轰炸机的双翼并行

从人类的头上飞过

这首诗起于故乡的山谷，描写了隆隆的雾，让口弦的声音与世界所展示出的美丽进行竞争，终而产生出世界的灾难。此外，"人类在制造生命的蛋白质"一句暗指一种实用性。人类通过将触角深入到基因组中获得了此种实用性。它也质疑了之前关于远和近、关于自身和陌生的论断。科幻小说中被唤起的噩梦和最糟的忧虑也助长了下面的恐惧：人类虽住在自己故乡的星球上，但却已失去故乡。行星地球也许将像火星一样无法居住。

当近与远被如此紧密地连接在一起之时，便不可避免地要从文化政治学的含义上提出边缘与中心之间的关系这一问题。这两种空间都在吉狄马加的作品中有所体现。同时还应指出：当被应用于艺术领域时，这些概念是多么成问题。在一系列描述中心与边缘之间的关系纽带的科学模式中，这两者之间的关系大多颇为清晰：它们的基础结构不同。从这一事实出发便有下列推论：中心与边缘的发展无论如何不会同步，彼此之间也无法达到一种令人满意的平衡状态。中心是主动的、相对发达的，因此具有创新性的空间。而边缘则主要是被动的、欠发达的和拒绝更新的力量。由于两种空间有相互依赖的关系，故中心可以对边缘施加影响（大多数情况下形成统治）。"发达"和"欠发达"的概念一般说来表达出了价值的等级。其中，"发达"指的是一种被视为"更高"、"更好"的状态。

注意到这一点对于理解吉狄马加文学的内在联系特别重要。因为，就如已经多次提及的，他属于一个很小的族群。他和这个族群生活在中华人民共和国结成的纽带之中。而他则试图让人注意到传统和文化的习惯，正如下面的引文将要证明的那样。

　　在1986年的发言《我的诗歌，来自于我所熟悉的那个文化》里，吉狄马加提到了与他紧密相连的文化和他所出生的族群："我们生活在这个世界上，我们渴望的是人类的友爱。彝人的祭师毕摩想为我们寻找另一个世界，其实那永远是一个望而生畏的谜。"[①]这个关于"为什么"的问题常以某种方式被理解为对于生命意义的追问：要么寻找生命为之服务的目的，要么搜寻生命所要谋求的目标。可无论哪种追问都经常会引起误解，因为"意义"和"生命"缺乏简单和清晰的定义。此外，是否存在一个合乎理性的回答也是全然可疑的。奥地利哲学家君特·安德斯（1902-1992）在《人类的旧习俗》（1980）中写道："您为什么非要假定一个生命除开存在以外还必须和一定要拥有那种您称之为意义的东西呢？"

　　只有人类能够提出关于意义的终极问题。它炸毁一切界限，触及人类特有的最深感受。不同的宗教给出了不同的回答。即便没有一个回答能真的令人满意，我们依旧可以断言：我们之所以存在，就是为了成就意义。从一切意识形态的预定路线中解脱出来是一条通向自由的极端之路。

　　然而，一次全球性的战争、一次文明进步的终结以及对于环境日益增长的破坏就完全可以形成对于人类生存的威胁并进而威胁到上述的自由。带有警告性质的谶语预言了增长的停止和具有约束力的价值体系的崩溃（例如纳粹对于犹太人的大屠杀、对图西人的种族灭绝、柬埔寨的波尔布特统治时期等）。这些谶语在20世纪的历史进程中已经变为一种社会现象。它经常被称作"普遍的意义危机"。此时，怀疑论逐渐占据上风。罗马尼亚旅法哲人萧沆（1911-1995）就对存在持有类似的怀疑。其出发点便是"存在但无最终结

---

　　① 这段发言的德文译文所包含的意思要多一些。转译如下："无论我们是谁——在我们寻找人类的友爱的过程中，我们渴望精神生活、渴望我们部落的萨满祭师毕摩、渴望找到一个超自然的、不可思议的、隐秘的世界，只为解答所有与人类有关的谜语中最大最令人心动的那个：'我为什么在这儿？'"这也是下文"为什么"这一问题所本。

果"。在此，那些对生命的意义构成怀疑的论据随时都会引起彻底的绝望。

在上文所提到的那次发言里，吉狄马加从中国出发，将触角伸向了全球化："各民族文化的背景和走向，存在着各自的特点，各民族都具有自己独特的审美意识、心理结构和思维定式。我们只有运用自己所特有的感知世界的方式和角度，才能建立一个属于我们的文学世界。我们只有熟悉本民族的生活，扎根在自己的土地上，才能真正把握到本民族的精神本质。同时，我们还要强化自我民族意识，用全方位的眼光去观照我们的现实生活。任何文学，都属于它的时代，而任何时代的文学，都无不打上时代"①通过指出个体的意义和它面对自己良心时的责任，吉狄马加去除了上文所提到的边缘与中心的界限。抒情的"我"在哪里发声，中心就在哪里。

换言之，这意味着：人需脚踏实地。无节制的他人中心主义、无选择的只是为了折中而折中的和稀泥主义、固执地将眼睛只注视着自我，这些对于发展而言均毫无助益。只有中庸才能促进认识。自我反省以及凝视和观察对方不可避免地相互依从。吉狄马加的诗歌在表现出过去与现在、人与环境的相互依存并把它们融为一体的同时，也表现出了以下这种观点："在当下，诗歌无疑已经包含着某种信仰的力量，它既是我们与自然进行沟通的桥梁，又是我们追求人的解放和自主，让生命拥有意义的途径。在全球化和资讯化的时代，由诗歌构建起来的神话和乌托邦，它将促使人类建立一种更为人性的生产和生活方式，它将把推动人类精神文明建设和精神生活质量的全面提高作为不折不扣的价值追求。"②（引自：《诗歌，通往神话与乌托邦的途

---

① 德文译文转译如下："中国乃至世界上各种不同的民族文化呈现出许多不同的特征，从生产方式直到进化模式。它们与大城市和商业社会截然不同。自然而然地，它们也就以千差万别的方式孕育出了一系列的习俗、心理结构和审美意识，即便这些东西在原则上是很相似的。这种独特的、无所不包的对文化的理解必然是一个信仰问题，是文学真正的本质。只有熟悉我们自己的文化，深深地扎根在自己故乡的土地上，我们才能歌唱出自然和我们的情感，并让其具有永恒的价值。我们不当听命于任何人、任何声音，除了我们从灵魂深处所感受到的。我们应当将注意力集中在日常生活之上。它所提出的众多新问题需要我们去思考和回答。"

② 德文译文转译如下："同时代的诗歌或多或少是一种关于意义的信仰的替代品。它们既消除了人与自然之间的鸿沟，又通向解放和自主。一个时代，它以数字化的宏大叙事的方式描述着它自己。以这个时代为背景，诗歌也构建起它自己的神话和乌托邦并以熟知的口吻谈论那些与人类休戚相关的东西——爱、公正、灵魂。"

径——写给第23届麦德林国际诗歌节的书面演讲》，2013）

在吉狄马加的热情参与之下，在青海湖的岸边矗立起了一堵摩尼墙。通常情况下，矗立起一座石碑就是建成了一个可供祈祷与膜拜之地。在进行祈祷与膜拜时，必须严格遵守规定的绕行习惯。可是，青海湖边的摩尼墙却与宗教毫不沾边，只是一种信仰的证明，一种对于诗歌力量的信仰的证明。来自各大洲的、带着迥异的视角以及审美意识和架构的男女诗人被平级地排列在一起。吉狄马加在2007年青海湖国际诗歌节的开幕致辞中说："我深信，［……］对于一种新的人文精神、一种新的人类社会的产生，诗歌与文化必将做出决定性的贡献。"①

欲得新的人文精神，必先有广博的视野，能够毫无畏惧地以细腻的思维将远和近、自己与陌生囊括其中。彝族诗人吉狄马加于近中见远，又于远中窥见与自身所处文化的联系。谁若有幸得此殊荣去拜访这个民族，当可发现他做得是多么成功。他的许多诗歌都已经成为脍炙人口的民歌。成为一个对同胞来说耳熟能详的声音是一种莫大的荣耀，特别是当这种声音呼唤人们去行动，以促进未来人类逐渐上升的人文精神，而不是赞美遁入过去。

（胡丹　译）

赫尔穆特·A.聂德乐（1949-　），奥地利著名诗人、作家。奥地利笔会负责人，奥地利文学学会副会长，出版诗集、小说集、散文集等80余种。其作品译为英语、汉语、印地语、波兰语和罗马尼亚语等多种语言。

---

① 这句引文由译者根据德文翻译。德文译文有省略号。在《青海湖国际诗歌节:通向世界的门扉——在首届青海湖国际诗歌节新闻发布会上的讲话》（2007年4月16日）以及《青海湖诗歌宣言》（2007年8月9日）中均未找到略约相似的中文原文。

Nähe und Ferne

Adnotes zur Literatur von Jidi Majia

von

© Helmuth A. Niederle

Die Gedichte und Essays von Jidi Majia gestatten es dem Leser wie auf dem für sein Fliegen berühmten orientalischen Teppich sowohl in die Nähe als auch in die Ferne zu reisen. Im ersten Augenblick mag man sich die Frage stellen, ist denn das nicht ein Widerspruch? Ist nicht Nähe das exakte Gegenteil von Ferne? Sicherlich ist diese Ansicht richtig, wenn man Nähe und Ferne als Gegenpole betrachtet. Doch hat man wie die Mystiker geschaut, dass eins und eins alles nur nicht zwei ist, dann weiß man, Nähe und Ferne sind eins, man kann zu beiden Polen gleichzeitig reisen und diese als Einheit und Gegensatz im selben Moment erfahren. Vielleicht ist aber auch diese Vorstellung zu dürr und man sollte eher sagen, Nähe und Ferne sind einander ergänzende Teile, die so tief miteinander verschmelzen können, wie Yin und Yang einander erkennend umfangen und zur Einheit werden. Wird im Erkennen des Gegenübers nicht die eigene Verfasstheit bewusst?

Bekanntlich ist das Fremde das einem fern Stehende. Wenn man dem zustimmt, dann könnte man sich an Sigmund Freud halten, der das Fremde als nichts Neues identifiziert, wie er in „Das Unheimliche" (1919) schreibt: „[…], so verstehen wir, daß der Sprachgebrauch das Heimliche in seinen Gegensatz, das Unheimliche übergehen läßt, denn dies Unheimliche ist wirklich nichts Neues oder *Fremdes*, sondern etwas dem Seelenleben von alters her Vertrautes, das ihm nur durch den Prozeß der Verdrängung entfremdet worden ist." Dann ist das Fremde eigentlich etwas Urvertrautes, ein „integraler Teil des Selbst".

Dasselbe meinte der türkische Dichter und Mystiker Yunus Emre im 13. Jahrhundert, als er feststelle: „Das Fremde ist in mir." (Yaban benim icimede.)

Diese Betrachtungsweise bringt das Fremde zum Verschwinden: Nur mehr das Eigene gibt es, als das Bewusste und das Unbewusste. Das unbewusst Eigene ist identisch mit dem Fremden. Wenn man selbst der Fremde ist, dann gibt es keine Fremden mehr. Welche Chancen lassen sich aus diesem Schluss für das Zusammenleben der Menschen und der Völker herauspräparieren! Welche Bereicherungen des Lebens und der Kultur werden dadurch möglich! Eine Überschreitung von sprachlichen, kulturellen und religiösen Grenzen, von denen möglicherweise die beiden zuletzt genannten ohnehin künstlich gewollt sind, schmelzen dahin und ermöglichen eine neue Qualität von zwischenmenschlichen Begegnungen. Angesichts der an vielen Orten zurzeit wuchernden fundamentalistischen Tendenzen unterschiedlicher Herkunft ist das eine radikale Antwort: die Antwort jener Poesie, die weiß, wann sie entschieden Ja sagt, und wann der Augenblick gegeben ist, ein klares Nein auszusprechen.

Die entscheidende Metamorphose, die das Fremde oder das Ferne durchmachen kann, ist die ins Vertraute. Dieser Vorgang ist an sich jedem Menschen bekannt, der einmal Mutter oder Vater wurde. Ein Neugeborenes ist zu allererst einmal ein fremdes Wesen, da nützt es nichts, dass man Ähnlichkeiten zu näheren und ferneren Verwandten sucht und Namen gibt, die in der Familie Tradition haben und verwandtschaftlichen Kontext evozieren sollen. Die entstandene Irritation, die der neue geborene Mensch hervorgerufen hat, verlangt nach Überprüfung und Veränderung der bestehenden Beziehungsmuster, die schließlich zur Vertrautheit führt und dabei neue Räume der Begegnung schafft. Der deutsche Klassiker Johann Wolfgang von Goethe (1749-1832) hob diesen Prozess der Annäherung und der Verschmelzung der Kulturen bzw. der Literaturen in seinem 1819 erstmal erschienen „West-östlicher Divan" in folgende Worte:

> *Wer sich selbst und andere kennt,*
> *Wird auch hier erkennen:*
> *Orient und Okzident*
> *Sind nicht mehr zu trennen.*

Weiter heißt es:

> *Und mag die ganze Welt versinken,*
> *Hafis, mit dir, mit dir allein*
> *Will ich wetteifern! Lust und Pein*
> *Sei uns, den Zwillingen, gemein!*
> *Wie du zu lieben und zu trinken,*
> *Das soll mein Stolz, mein Leben sein.*

Goethesches lyrisches Ich vermochte in großer Gelassenheit die orientalische Welt als ebenbürtig anzuerkennen und durch die Spiegelung seiner Literatur im Gegenüber die Selbsterkenntnis weiter zu treiben, ohne seine Herkunft aufzugeben.

Wer sich der Literatur von Jidi Majia annähert, wird ihre Verortung und ihre Wurzeln in der Tradition der Yi oder, wie sie sich selbst nennen, Nuosu, unschwer feststellen können: Immer wieder beschwört er in seinen Gedichten die Tradition, die lange in die Geschichte seiner Leute zurückgreift und deshalb bis heute lebendig ist, weil sie lebendig gehalten wird. Er macht dies mit einem Selbstverständnis, wie es einem deutschsprachigen Mitteleuropäer, dem die Sinnentleerung der Worte und die Sprachzerstörung durch die Barbarei der Nationalsozialisten letztlich nicht mehr so ohne weiteres möglich ist. Wenn in dem Gedicht „Selbstportrait" der Dichter Jidi Majia unmissverständlich behauptet: „Ich bin Geschichte geschrieben in dem Land der Sprache der Nuosu", kann diesem Satz jeder Mensch uneingeschränkt zustimmen, er braucht nur die eigene Sprache zu nennen, doch ob diese Behauptung auch poetische Flügel verleiht, wie es bei ihm, dem Nuoso-Dichter, der Fall ist, darf man bezweifeln. Und das auch dann, wenn man der Behauptung zustimmt, dass jeder einzelne in sich die geschriebene Geschichte trägt, in der sich, wie Jidi Majia in dem genannten Gedicht schreibt, das Folgende widerspiegelt:

Ich bin der tausendjährige Abkömmling
Von Liebe und Einfallsreichtum
Wahrlich, durch die Jahrhunderte
All des Verrats und der Treue
Die Geburten und Tode waren mein
Ach Welt, gestatte mir die Antwort zu geben
Ich-bin-ein-Nuosu!

Das aufrichtige Bekenntnis zur eigenen Geschichte schließt stets die positiven wie auch die negativen Ereignisse mit ein, die in der poetischen Verknappung des vorliegenden Gedichts „Verrat" und „Treue" genannt werden. Nur so lässt sich die eigene Tradition am Leben erhalten: Es wird nicht verschwiegen, nicht schamhaft geschönt oder unter den Teppich gekehrt, sondern benannt und erinnert. Es gibt keine Kultur, die in sich nicht dunkle Seiten trägt, die manchmal in einer Art und Weise ans Tageslicht treten, dass diese nur mit Scham zu ertragen sind. Man mag zu diesen dunklen Seiten auch die zählen, auf denen die Benachteiligung Angehörige anderer Volksgruppen stehen. Die Nuosu, die auf die Reinheit des Blutes achten- das haben sie mit vielen auf allen Kontinenten der Welt lebenden Ethnien gemeinsam- meiden Mischehen. Das bedeutet eine gewisse Benachteiligung, eine gewisse Diskriminierung, auch wenn sie durch gewohnheitsrechtliche Gepflogenheiten noch so selbstverständlich und gerechtfertigt erscheint. An das Blut ein Mythologem zu heften, das die bedingungslose Reinhaltung fordert, ist die Möglichkeit seiner eigenen Gruppe, seinem Volk oder seiner Nation das Schicksal des Verschwindens zu ersparen. Man denke an die Drusen, die Jeziden, die Juden oder die Parsen. Im Gedicht „In Erinnerung geschrieben" errichtet Jidi Majia einer Han-Chinesin, die schwere Schicksalsschläge zu ertragen hatte, ein poetisches Denkmal, das ohne die eigene Tradition expressis verbis zu kritisieren, der fremden Frau eine Rosenkranz der Zuneigung flicht. Die Han-Chinesin zeigte dem Dichter eine Geschwisterlichkeit, die über die Zugehörigkeit zum eigenen Volk hinausgeht und die Bedingtheit der Blut-Mythos zeigt:

In den Armen dieser Frau verbrachte ich meine Kindheit
An ihrem Körper und aus ihrem Gemüt spürte ich Nähe jenseits
der Zugehörigkeit zu einem Volk
Diese Frau geleitete mich ins Erwachsensein
Sie überzeugte mich, die Menschen der Welt sind Geschwister
(Obwohl das dunkle Erbe der Jahrhunderte
Meine Seele tief verletzt hat)

Zum Gefühl in einer Kultur daheim zu sein, gehört nicht nur das Wissen um die eigene Geschichte mit ihren Narben, sondern auch die Grenzen der tradierten Gepflogenheiten und die Gewissheit der Beständigkeit, wie in dem Gedicht „Unsichtbare Welle" gesagt wird:

Es gibt etwas, das

War da

Vor meiner Geburt

Und besteht

Wie Luft und Sonnenlicht

Mit dieser Gewissheit ausgestattet, kann das lyrische Ich den Weg in die Ferne finden und Dinge sehen und erkennen, die alles andere als Zuversicht bedeuten. In dem Text „Der betagte Hersteller von Maultrommeln" heißt es:

Der Mensch ordnet das Eiweiß des Lebens an

Der Mensch ordnet die Kernteilchen des Todes an

Die Taube von Picasso

Fliegt gemeinsam unter eines Bombers Flügel

Über die Köpfe der Menschheit

Dieses Gedicht nimmt seinen Ursprung im heimatlichen Tal, beschreibt die rollenden Nebel und lässt den Klang der Maultrommeln mit den Schönheiten, welche die Welt zu bieten hat ebenso wetteifern, wie sie die Schrecken derselben benennen. Darüber hinaus wird durch die Feststellung, *der Mensch ordnet das Eiweiß des Lebens an*, auf eine Disponibilität verwiesen, die der Menschen durch den Eingriff in das Genom erworben hat, die alles, was vorher über Ferne und Nähe und über Eigenes und Fremdes festgestellt wurde, in Frage stellt. Einiges der schlimmsten Befürchtungen, die in Science-Fiction-Albträumen beschworen werden, nähren die Angst, dass der Mensch heimatlos auf seinem Heimatplaneten werden könne. Der Planet Erde könnte so unbewohnbar werden wie der Mars.

Wenn Nähe und Ferne derartig eng nebeneinander geführt werden, kommt man zwangsläufig zur Frage der Beziehung zwischen Peripherie und Zentrum im kulturpolitischen Sinn, spiegeln sich doch beide Räume im Werk von Jidi Majia wider. Gleichzeitig zeigt sich aber auch, wie fragwürdig diese Begriffe eigentlich geworden sind, wenn es sich um die Bereiche der Kunst dreht.

In einer Reihe von wissenschaftlich begründeten Modellen, die das Beziehungsgeflecht zwischen Zentrum und Peripherie darstellen sollen, sind die Verhältnisse zumeist ziemlich eindeutig: Fundamentale Strukturunterschiede werden ausgemacht und von der Tatsache wird ausgegangen, dass die Entwicklung in den Zentren und in den Randgebieten (Peripherie) in jedem Fall ungleichmäßig verläuft und nicht zu einem befriedigenden Zustand des Gleichgewichts führt. Das Zentrum ist der aktivere, relativ entwickeltere und daher innovativere Raum. In der Peripherie dominieren Passivität, Unterentwicklung und die Kräfte, die der Erneuerung ablehnend gegenüberstehen. Da beide Räume in einem Abhängigkeitsverhältnis stehen, kann das Zentrum Einfluss (meistens Macht) auf die Peripherie ausüben. Die Begriffe „entwickelt" und „unterentwickelt" sind im Regelfall Ausdruck einer Hierarchie der Werte, wobei „entwickelt" auf einen Zustand verweist, der als der „höhere", der „bessere" anzusehen ist.

Dies zu beachten, ist im Zusammenhang mit der Literatur von Jidi Majia besonders bedeutsam, da er, wie schon mehrfach gesagt, ein Angehöriger einer kleineren Volksgruppe ist, die im Verband der VR China lebt und er selbst, auf die Traditionen und kulturellen Gebräuche verweist, wie auch das folgende Zitat belegen wird.

In seiner Rede „Meine dichterische Inspiration aus dem Daliangshan, meine Quantock Hills" aus dem Jahr 1986 sagte Jidi Majia – auf die Kultur, der er verbunden, und auf das Volk verweisend, dem er entstammt: „Wer immer wir sind – auf unserer Suche nach Bruderschaft sehnen wir uns nach Geistesleben und nach den Schamanen-Figuren unseres Stammes, den *Bimos*, und ersehnen ein übernatürliches, unergründliches und verborgenes Reich, um das überwältigende und größte aller menschlichen Rätsel zu lösen: ‚Warum bin ich hier?'" Diese Frage nach dem „Warum" wird zumeist in einer Weise als Frage nach dem Sinn des Lebens verstanden: entweder wird nach einem bestimmten Zweck gesucht, dem das Leben dienen soll, oder nach dem bestimmten Ziel gefahndet, das angestrebt werden soll. Beides führt meistens zu Missverständnissen, weil verabsäumt wird, „Sinn" und „Leben" eindeutig und klar zu definieren. Hinzu kommt, dass durchaus Zweifel angebracht sind, ob eine vernünftige Antwort schlechterdings möglich ist. Der österreichische Philosoph Günther Anders (1902–1992) schrieb in „Die Antiquiertheit des Menschen" (1980) dazu: „Warum setzen Sie eigentlich voraus, dass ein Leben, außer da zu sein, auch noch etwas haben müsste oder auch nur könnte-eben das, was Sie Sinn nennen?"

Diese gewaltige Sinnfrage, zu welcher nur der Mensch fähig ist, sprengt jede Grenze und rührt an den tiefsten Empfindungen, denen die Menschheit eigen ist. Verschiedene Religionen haben unterschiedliche Antworten gegeben und selbst, wenn einem keine einzige wirklich zufrieden stellt, ließe sich behaupten: Wir sind deshalb hier, um Sinn zu stiften. Losgelöst von allen ideologischen Vorgaben könnte das eine radikale Anleitung zur Freiheit sein.

Gefährdet erscheint diese mögliche Freiheit durch die drohende Auslöschung der Menschheit durch einen globalen Krieg, einem möglichen Ende des Fortschritts und der zunehmend sichtbar werdenden Zerstörung der Umwelt. Die warnende Prophezeiung vom Ende des Wachstums und der Wegfall verbindlicher Wertesysteme (wie im Holocaust, in der Shoa, im Genozid an den Tutsi, während des Pol-Pot-Regimes in Kambodscha, u.a.) haben im Verlauf der zweiten Hälfte des 20. Jahrhunderts zu einem gesellschaftlichen Phänomen geführt, das häufig als *allgemeine Sinnkrise* bezeichnet wird. In ihrem Gefolge gewannen auch skeptische Positionen stark an Bedeutung. So vertrat etwa der rumänisch-französische Philosoph Emil Cioran (1911-1995) eine existentielle Skepsis, die von einem „Dasein ohne Endergebnis" ausgeht. Die Argumente des Zweifels an jedem Lebenssinn drohen hier allerdings stets zur völligen Verzweiflung zu führen.

In der oben angesprochenen Rede führte, von China ausgehend und den Schritt in die Globalisierung setzend, Jidi Majia aus: „Die verschiedenen ethnischen Kulturen Chinas, ja sogar der Welt, die sich von den Großstadt- und Handelsgesellschaften unterscheiden, teilen eine Vielzahl von Merkmalen, angefangen von Produktionsweisen bis zu Evolutionsmustern. Selbstverständlich kultivieren sie auch in höchst unterschiedlichem Ausmaß eine Reihe von Bräuchen, Denkweisen und ästhetischen Vorstellungen, auch wenn diese sich grundsätzlich ähneln. Dieses kuriose, ja allumfassende Kulturverständnis ist zwangsläufig eine Frage des Glaubens und der wahre Kern der Literatur. Nur durch eine intime Kenntnis unserer Kulturen und durch eine entschiedene Verwurzelung im Boden unserer Heimatdörfer können wir Gesänge der Natur und der Gefühle von bleibendem Wert schaffen. Wie sollten niemandem und keiner Stimme gehorchen außer der, die wir in unserer Seele vernehmen, und besonderes Augenmerk auf das alltägliche Leben richten, dessen zahllose neue Probleme nach Abhilfe und Reaktionen verlangen." Durch den Verweis auf die Bedeutung des einzelnen Individuums und dessen Verantwortung seinem eigenen Gewissen gegenüber hebt Jidi Majia die oben angesprochene Grenze zwischen Peripherie und Zentrum auf.

Zentrum ist jeweils dort, wo das poetische Ich spricht.

In anderen Worten zusammenfassend gesagt, bedeutet dies: Der Mensch bedarf eines festen Bodens, auf dem er steht. Nicht der hemmungslose Konsumerismus, nicht der wahllose sich bedienende Eklektizismus, nicht der sture Blick auf das Eigene sind einer Entwicklung dienlich, sondern nur Ausgewogenheit lässt Erkenntnis gedeihen. Selbstreflexion sowie Berücksichtigung und Beachtung des Gegenübers gehören untrennbar zusammen und äußern sich, Jidi Majia folgend, in der Lyrik, die Vergangenheit und Gegenwart, Mensch und Umwelt aufeinander bezieht und dadurch legiert: „Die zeitgenössische Lyrik, die mehr oder weniger ein Ersatz für sinnstiftenden Glauben ist, überwindet die Kluft zwischen Mensch und Natur und führt auf einen Weg der Befreiung und Freiheit. In einem Zeitalter, das sich in Form der großen Erzählung der Digitalisierung beschreibt, schafft die Dichtung ihre eigenen Mythen und Utopien, und spricht vertraut von jenen Dingen, die die Menschen am meisten betreffen – Liebe, Gerechtigkeit, Seele." (aus: Dichtung als Zugang zu Mythos und Utopie, Vortrag in Medellín, 2013)

Unter maßgeblicher Beteiligung von Jidi Majia wurde am Ufer des Qinghai-See eine Manimauer errichtet. Üblicherweise sind diese Steinsetzungen Orte des Gebetes und der Verehrung, die durch fest vorgeschriebene Umgehungsgewohnheiten gewürdigt werden. Die Manimauer am Seeufer des Qinghai hat mit Religion nichts zu tun, sondern ist ein Beweis des Vertrauens, das an die Kraft der Poesie entgegengebracht wird. Poetinnen und Dichter aus allen Kontinenten mit ihren unterschiedlichen Sichtweisen sowie ästhetischen Vorstellungen und Konzepten sind gleichrangig nebeneinander dargestellt. „Ich bin mir […] gewiss, dass Poesie und Kultur entscheidend zur Entstehung einer neuen Humanität, einer neuen menschlichen Gesellschaft beitragen werden", sagte Jidi Majia anlässlich der Eröffnungsrede des Internationale Qinghai

Lake Poesiefestival im Jahr 2007.

Wer die neue Humanität will, braucht den offenen Blick, der Nähe und Ferne, Eigenes und Fremdes ohne Scheu und doch mit der nötigen Zärtlichkeit des Denkens erfasst. Der Nuosu-Dichter Jidi Majia erkennt in der Nähe die Ferne und in dieser das Verbindende mit seiner Kultur. Wie sehr ihm das gelingt, zeigt sich, wenn man das Vergnügen und die Ehre hatte, dieses Volk besuchen zu können. Viele seiner Gedichte sind zu Volksliedern geworden, die jeder kennt. Zu einer oft gehörten und zitierten Stimme der Landsleute geworden zu sein, hat eine besondere Qualität, besonders dann, wenn sie zu einem Handeln aufruft, das der steigenden Humanisierung des Menschen in der Zukunft das Wort redet und nicht die Flucht in eine Vergangenheit preist.

（德语）

《黑色狂想曲》译者序

[美] 梅丹理

　　动手翻译《黑色狂想曲》之前，有些相关的概念及视角对我而言既新鲜又富于挑战性。其中之一就是彝族诺苏部落中黑色的象征意味和分量；另一个问题涉及自然环境进入吉狄马加诗歌语言的途径。还有一个问题，即超个人乃至超越部落全体成员的彝族历史观。

　　本诗集冠名《黑色狂想曲》，就很好地概括了诗人吉狄马加为人为文的两个重要方面（双重性）。他的诗歌根植于他的部族人民的部落传统。这一点他本人以"黑色"一词加以表述，因为吉狄马加的部落自谓"黑色之彝"（彝语中黑色发音即诺苏）。与此同时，他也接受了当代世界主流思想潮流，这种现代感体现在他的诗歌中采用的一系列现代人情感和思绪之中。（正如格什温在《蓝色狂想曲》中所做的那样）。

　　吉狄马加的诗歌中，处处体现了这种双重性：一方面是"黑色之彝"的乡土部落情结，另一方面则是"黑色之彝"渐次融入当代文明扩张的主体性。有些诗歌固然写到不甘步入现代文明的"撕裂"的痛苦经验，吉狄马加主要还是正面描写土著文化和现代文化融合的进程。

　　"黑色之彝"是中国彝族最大的一个分支。彝族聚集在中国西南诸省，人口超过八百万。彝语属藏缅语系。和藏人不同，彝人历史上从未接受过非本土以外的信仰。彝族传统上信奉万物有灵，呈杂糅形态：比如，相信有一个天神，一只猛虎创造了宇宙，天地万物都有灵魂，彝族各支系都拜鹰为祖先，同时彝人还流传各种史诗英雄。

　　对于彝族诺苏部族，黑色指向一种精神深度：黑色代表一种力量，既源自大地深处，也可以从个人灵魂中召唤。在《反差》一诗中，诗人这样写道：

> 我看见另一个我
>
> 穿过夜色和时间的头顶
>
> 吮吸苦荞的阴凉
>
> 我看见我的手不在这里
>
> 它在大地黑色的深处
>
> 高举着骨质的花朵
>
> 让仪式中的部族
>
> 召唤先祖们的灵魂。

如此看来，黑色成了彝人精神重心，保护彝人前身后世免受世俗欲望的纠缠。黑色也和大自然母亲子宫的孕育能力相关：因为世间纷繁即逝的种种事相皆源于此。黑色因此也成了一种转换区域，屈从，默许人生喧嚣的冲动最后归入自然生命不息的轮回。黑色的含义如此繁复，吉狄马加借此用作书名，可谓用心良苦。诗人还把夜幕降临视作一种生命的仪式，走进黑色，表征个人进入中转区，另一重生命秘境。作为译者，我努力把握黑色的种种象征意义。

诗人对大凉山故土的拳拳眷恋，在诗中随处可见。比如，《守望毕摩》一诗写的是彝人痛悼祭司（毕摩）离世，通神的"毕摩"带走了"黑色之彝"打开圣典钥匙的语言：

> 毕摩死的时候
>
> 母语像一条路被洪水切断
>
> 所有的词，在瞬间
>
> 变得苍白无力，失去了本身的意义
>
> 曾经感动我们的故事
>
> 被凝固成石头，沉默不语

译这首诗的时候，我想起来有一次来到四川昭觉县，就走过一条被洪水冲刷过的道路。就特意追加"被洪水切断"一句，以期唤起读者对这个意象的关注。

在《故乡的火葬地》一诗中，诗人把族人意识置于一种辽远的时空之中。彝人的生死意识即永恒的——与天地共生。也是转瞬即逝的——凡人必有一死。此时潜入一种流逝的生命之川的意识（彝人的乡土意绪），整个"黑色之彝"部族遭受的苦痛、坎坷映入眼帘。彝人人生短促的种种感喟，即指向来世，也试图超越来世：

> 不知是什么时候
> 我的眼睛被钉在
> 那黑色的天幕的板上
> 它用千年的沉默和爱恋
> 注释着这片人性的土地
> （在一个遥远的地方
> 穿过那沉重的迷雾
> 我望见了你
> 我的眼睛里流出了河流。）

运笔至此，笔者为彝人这种极为别致的生死观所触动。当然，与诗人试图重建与其部族历史对话的努力相关（可参见《我为什么写作》一诗）。此处提及的历史和外在，客观成文修史无关。彝人部族史全然是主观意义上的，通过部落祭司，通过全体部族成员口耳相传的心灵史。

作为译者，遭遇代表"黑色之彝"心灵史的吉狄马加诗歌，我已经无法一一说明在翻译过程中的种种感动。这些诗歌渐次在我的脑海形成了一条情感的河流，在隐隐中推动着我，苦思冥想，找到契合彝人敏感性的修辞语域。

（黄少政　译）

梅丹理，美国当代著名诗人、学者、翻译家和汉学家。1951年生于西雅图，美国俄亥俄州立大学中国语言文学专业硕士，英美比较文学硕士；曾在中国国家外文局、台湾大学等机构任教或从事翻译工作。有诗集《木刻里的人》，译著《王蒙小说选》、《麦秸垛》（铁凝小说选）、《源森自传》（藏传佛教类）、《周易》等出版，此外，他还翻译了北岛、吉狄马加等几十位中国当代诗人的作品。

Translator's Note *on Rhapsody in Black*

◎Denis Mair

Right from the beginning of this project I encountered concepts and perspectives that were fresh and challenging. One was the metaphorical range and resonance of the color black in the Nuosu world view; another was the way the physical landscape enters into Jidi Majia's poetic language; and yet another was the historical sense that emerges through trans-individual, tribal subjectivity.

The title of the collection sums up two important aspects of Jidi Majia as a poet. His work is rooted in the tribal traditions of his people, which he sums up with the word "blackness," partly because they call themselves the Nuosu ("Black Tribe"). At the same time he embraces worldwide currents of thought, using a fluid succession of moods and reflections to express a modern sensibility (as in George Gershwin's *Rhapsody in Blue*).

In everything that Jidi Majia writes there is this dual orientation: on one hand it is rooted in the land-based, tribal sensibility of the Nuosu, and on the other hand it is characterized by expansive subjectivity reaching out into the modern world. Although some poems convey an experience of being torn, Jidi Majia's primary labor of thought is aimed at integrating these two directions of thought.

The Nuosu are the most populous branch of the Yi people, a minority distributed in China's southwestern provinces and numbering over 8 million. Their language belongs to the Tibeto-Burman family, but unlike the Tibetans they never embraced an outside belief system. They traditionally embraced a tapestry of beliefs: a sky god, a giant tiger as cosmogonic progenitor, nature spirits, sacred eagle ancestors, and epic heroes.

For the Nuosu people, blackness is the color of spiritual depth: it is a force that needs to be summoned up from deep within the land and the psyche. In "The Other Way" the poet writes: *"I see my other self pass through/The crown of darkness and duration/...I do not see his hand here before me/It is in black depths of the land/It is holding up flowers of bone/ So my tribe, in its rituals will know/The presence of ancestors' souls."* Thus blackness is the kind of gravitas that protects against obsessive desire, both before and after death. Blackness is associated with nature's womblike potency which engenders transient things. Hence it is also a zone of transformation, of surrender, of letting superficial impulses subside into cycles of natural life. These dimensions of the color are expressed in the title poem, in which Jidi Majia contemplates oncoming night as a kind of personal ceremony, entering into blackness as a zone of transformation and connectedness. As translator I have tried to engage sympathetically with blackness in all these senses.

The poet's connection to his tribal homeland is everywhere woven into his metaphoric language. For example in "Vigil for the Bimo," a ritualist's death causes the language of Nuosu scriptures to become inaccessible. In the context of a topography where deforestation caused frequent mudslides, the land provides ready-to-hand metaphors for what happens to people on the land (and to their culture): *"When a* bimo *dies/The road of the native tongue is cut off <u>by floods</u>/All of its words, in an instant/Become pale & weak, their meaning lost/Stories that once moved us/Solidify to stone..."* While translating this poem, I remembered a washed out road from my visit to Zhaojue County, Sichuan. This remembered image prompted me to add the clarifying phrase "by floods," to appeal to the reader's topographic imagination.

In "Hometown Cremation Ground" the poet places group identity in a setting of vast time and space. One point of view is eternal---it is there with the sky. Another point of view is transient, belonging to one person's lifetime. There is also a river of awareness (a form of terrestrial cognition) that belongs to the collective suffering and struggle of the Nuosu tribe. Different temporal scales of awareness are embedded, one within the other, and each emerges out of the other: "*I know not when it was/My eyes were fastened/Onto the black dome of sky/With silent regard for thousands of years/Gazing upon this stretch of human ground/(In a faraway place/ Through veils of mist/I catch sight of you/From my eyes a river flows)*" As translator I am fascinated by how the different scales of temporal awareness emerge one from the other. I think this relates to the poet's effort to have a dialogue with the history of his own people (an intention which he mentions in "Why I Write"). There is no outside, objective, codified history backed up by academic "authority" here. Tribal history is subjective, intuitively carried along by the tribe's priests and poets down through time.

As translator I cannot readily point to specific word choices that were influenced by my engagement with the Nuosu sensibility. The collected poems of Jidi Majia were my primary source for engaging with that sensibility. The poems have an infectious emotional current, and once I engaged with it, I felt it as a key driving force in my efforts to recast syntactic structures and find a fitting vatic register.

Denis Mair

July 2013

Gloaming Studio II, Seattle

（英语）

读吉狄马加的俄文版诗集《黑色奏鸣曲》

[俄罗斯] 亚历山大·库什涅尔

在莫斯科出版了吉狄马加的一本书，它就摆在我面前，书名叫《黑色奏鸣曲》，白色的护封上配有黑色的图案，这些美妙的线条画出自作者本人之手，它们与诗作构成呼应，以线条为语言为诗句伴唱。三位译者不辞辛劳，努力地、贴切地将这些诗作从中文译成俄语，感谢他们付出了这份艰辛的劳作！

然而诗真的可能等值地译成另一种语言吗？这个问题会出现在任何一种语言的诗歌翻译中，呜呼，答案也只有一个：不可能。与音乐、绘画等用世界通用的同一种语言创作的艺术形式不同（我羡慕那些艺术家！），诗歌只能用自己的母语说话，而不可能在另一种话语中被复制。任何一个词，在翻译中都必须用另一个发音不同的词来替换。让我们设想一下，塞尚或凡·高的画作能被另一位画家用其他的色彩来替代吗？单词变了，语音变了，节奏变了，韵脚也变了（如果有韵脚的话）。俄语诗是韵律诗，其杰作多遵循固定的诗歌格律，如抑扬格、扬抑格和抑抑扬格等，更重要的是，它是押韵的！没有韵脚，俄语诗就会黯然失色，气喘吁吁。

但是，译文中还是能留下很多东西，根据一棵树的影子也可以判断出它究竟是橡树还是榆树，是槭树还是松树，同样，根据译文也可以感觉到意义和诗歌思维的深度，感觉到情感的真诚、形象系统的鲜明和独特。树影同样会呼吸和移动，同样会激动和安静。我读到了这样一首诗：

你还记得

那条通向吉勒布特的小路吗？

一个流蜜的黄昏

她对我说：

我的绣花针丢了

快来帮我寻找

（我找遍了那条小路）

你还记得

那条通向吉勒布特的小路吗？

一个沉重的黄昏

我对她说：

那深深插在我心上的

不就是你的绣花针吗

（她感动得哭了）

　　一首出色的诗！它的影子已然如此美妙，那么便可以想象，它的中文原作该是多么的神奇……一位俄语读者在此时可能会想起鲍里斯·帕斯捷尔纳克的《离别》一诗：

把没拔出的针

别在绣花布上，

突然看见全部的她，

他在悄悄地哭泣。

　　这一点很重要，即在阅读外语诗歌时借助母语诗歌，你有时会因为意外的巧合而兴奋不已。不过，这又有什么可奇怪的呢？无论在中国、俄国还是在英国，爱都是一样的。一如忧伤、善恶观以及对真理和正义的渴望，在任何地方也全都相同。这是另一首诗：

……总会听见

自己的心跳

空洞

而又陌生

似乎

肉体并不存在

难道这就是

永恒的死亡？！

多好的诗！这很像19世纪杰出的俄国诗人费奥多尔·丘特切夫的诗：

……夜空中能听见

蛾子无形地飞舞……

无言的悲伤时分！……

一切在我心中，

我在一切之中！……

丘特切夫的诗也以关于死亡的思考作为结束，面对夜幕他感慨道：

畅饮毁灭吧，

与沉睡的世界融为一体！

　　这些诗句与何种哲学或宗教传统相关，这并不重要，马加的中文诗或许与儒教和佛教传统相关，丘特切夫的诗或许与帕斯卡尔的哲学相关，但更为重要的，是人的情感的相同，是诗歌动机的相近。

　　我有时觉得，在所有世纪，在任何时代，过去和现在，地球上其实只活着一位诗人，他的名字或者叫荷马，或者叫奥维德，或者叫杜甫，或者叫歌德，或者叫普希金……荷马并未在一千年前死去，他是我们的同时代人，我们因为赫克托耳与安德洛玛刻道别的一幕而获得的感动，并不亚于《伊利亚特》的第一批读者。

我还可以举出其他一些相近诗作的例子，比如吉狄马加对生活之自然本原的崇拜，他因自然本原受到文明之排挤而发出的怨诉，就与罗伯特·弗罗斯特很接近。我也可以指出马加与我喜爱的英国诗人菲利普·拉金的相近：我在阅读马加的《记忆中的小火车》时，便想起了拉金那首描写英格兰乡村火车的出色诗作（《降临节婚礼》），只不过拉金写的是英格兰乡村的新婚夫妇，而马加写的是乘坐火车去市场的农民，"麻布口袋里的乳猪/发出哼哼的低吟/竹筐里的公鸡/认为它们刚从黑夜/又走到了一个充满希望的黎明/它们高昂的鸣叫此起彼伏……"

但是，我还是要返回我更为熟悉的俄语诗歌。一位是1961年诞生在大凉山的吉狄马加，他是既放牧又农耕的彝族人民的儿子，一位是彼得堡诗人奥西普·曼德施塔姆（1891–1938），他从青年时期起便献身于欧洲文化和普希金传统，受到巴赫和舒伯特的音乐、伦勃朗的绘画和法国印象派的熏陶，这两位诗人之间究竟有什么共同之处呢？我读到了这样一首描写青海嘉那嘛呢石的诗作：

> 石头在这里
> 就是一本奥秘的书
> 无论是谁打开了首页
> 都会目睹过去和未来的真相……
>
> 每一块石头都是一滴泪
> 在它晶莹的幻影里
> 苦难变得轻灵，悲伤没有回声……

我便立即想起了曼德施塔姆，后者曾将他彼得堡主题的第一部诗集命名为《石头集》，他也曾在诗中将山地小国亚美尼亚称作"石头的国度"、"鸣响的黏土之书"和"书籍的土地"。

当然，我也明白此类比较是假定的，不准确的，但是我觉得，马加本人或许不会反对这些对比，因为他本人在诗中也曾献诗给许多诗人，如美国诗人弗罗斯特、西班牙语诗人塞萨尔·巴列霍、智利诗人巴波鲁·聂鲁达、波兰诗人切斯瓦夫·米沃什、立陶宛诗人托马斯·温茨洛瓦等。在这些向外国诗歌致敬的诗作中，献给俄语诗歌的诗作似乎独占鳌头。在吉狄马加年少时，当一本薄薄的普希金诗选落到他手上时，他便感觉到自己的诗歌使命！美国汉学家梅丹理先生在他关于马加的文章中谈到了这一点。而我在读了《致痛苦》之后：

> ……如今我找到了你，
> 我不会像天气那样任性。
> 就让带刺的花冠
> 最终戴上我的头颅。
> 痛苦，我需要你，这不是错，
> 而是我自己的选择。

我便想起了普希金的诗句："我想活下去，为了思考和痛苦。"

吉狄马加有一首诗是献给茨维塔耶娃的，另有一首献给阿赫马托娃。阿赫马托娃一准会因此而高兴（我在60年代曾拜访过阿赫马托娃）。她曾遭受苏联报刊的无数羞辱和咒骂（仅有苏共中央书记处书记日丹诺夫的那份报告便已足够！），因此，她总是对各种夸赞充满感激和兴奋，其中也包括那些崇拜她的年轻诗人发出的夸赞。我记得，我曾当着她的面背诵《没有主人公的长诗》的开头部分，当时这首长诗尚未发表，我读的是手稿，在听我背诵的时候，安娜·阿赫马托娃的脸就像一轮冉冉升起的太阳。

我果真能理解吉狄马加诗中的一切吗？我能赞同他诗中所写的一切吗？不，我并不能理解一切，他诗中的某些地方也会使我产生诧异和疑惑。比如，我就很难同意他对文明成就的否定态度，他对遥远过去的无保留崇拜，在他看来，遥远的过去与当下相比仿佛就是黄金世纪。是的，人们在遥远的过去培育荞麦，牧羊捕鱼，但也同样有过战争、火灾、水灾和瘟疫；有过美丽的神话，但也同样有过无数的偏见、死刑、欺骗、族群仇杀和部落敌意……马加钟爱的字眼之一是"祖先",这个字眼反复出现在许多诗作中,至少不下二十次。诗集中没有一个男孩(也没有一个女孩),而只有一位回忆其童年的作者本人。没有任何一条街道,除了罗马的纳沃纳广场(这位诗人喜爱意大利),没有任何一个房间,任何一副桌椅,也没有沙发和电话……

> 我把我的诗写在天空和大地之间,
> 那是因为,只能在这辽阔的天宇,
> 我才能书写这样的诗句。

这句诗写得极好,但是事实上有可能在天空和大地之间写诗吗?我猜想,吉狄马加是坐在室内的书桌旁写诗的。"我喜欢躺在绿色的小径,或在鲜花盛开的牧场入睡……"这两句我也十分喜欢,但我敢肯定,马加通常是睡在自家的床上的。躺在小径和牧场是可以的,但在那些地方入睡却很困难,因为那些地方有蚂蚁在爬,有黄蜂在飞,它们会蜇人的。

而令这位诗人感到恐惧的城市,其实也是必不可少的,是十分壮观的。罗马,威尼斯,巴黎,阿姆斯特丹,彼得堡……吉狄马加如果来到彼得堡,我一定会领他在全城看看,让他看一看涅瓦河、莫伊卡、丰坦卡、宫殿和尖顶、桥梁和教堂、涅瓦大街和参政院广场……多么漂亮啊,那些小巷和胡同,公园和花园,花岗岩和大理石的建筑立面,帝国风格,巴洛克,20世纪初的现代派……样式统一的新住宅楼也必不可少。人们总得要有安身之处,更不用说是在彼得堡和北京这样的大城市里!

马加不喜欢摩天大楼:"这高耸云端的摩天大楼/这是钢筋和水泥的奇迹/然而,不知道为什么?/我从未从它那里/体味过来自心灵深处的温暖……"我也不喜欢摩天大楼,可是它们必不可少,只不过高楼大厦应该建在郊外。

写到这里,我在想,我对诗人马加的理解或许不正确?我或许没有什么发现?因为我读的是译诗,我看到的不是树木,而是树木的影子。

就整体而言,我对中国诗歌又有多少了解呢?在北京的时候,我与中国诗人围坐在一张大桌子旁，他们人数很多，情绪热烈地谈论诗歌，他们手里都捧着刘文飞教授翻译的我的诗集，可我却从未读过他们的诗！

吉狄马加的《黑色奏鸣曲》是献给他的民族彝族的，献给彝族宁静的乡村生活，彝族人民置身于大自然，四周有高山和牧场，蝴蝶和蜻蜓……他为他的民族担忧，怕他的民族像美洲的印第安人一样受到排挤和压迫："巨大的城市吞噬一切／在摩天大楼的顶端看不清印第安人的帐篷……"我理解这样的担忧，这样的痛苦。

不过，难道能够如此咬文嚼字地阅读诗作吗？要知道这是诗歌啊，这里不需要学术性的理解。鲍里斯·帕斯捷尔纳克曾说："诗写得越偶然，便越真实。"吉狄马加在《诗的总结》一诗中这样写到诗的真实：

它是词语的另一种历险和坠落

还有：

它不喜欢在逻辑的花园里漫步。

这只是一个"在悬崖旁"神奇"冒险"的例子："……因为我们不如羔羊。"多么绝妙的一句，而且不需要去逐字逐句地理解它，只需要对这行诗微笑一下，谦逊地赞同它。

当我在这位中国诗人的诗集中读到这些诗句，我仿佛觉得自己懂得中文，觉得自己与马加在用同一种语言说话，不是俄语，也不是汉语，而是一种全人类的语言。不曾有过巴别塔的故事，《圣经》中我们那些遥远的"祖先"（我也用起了这个字眼）不曾有过建造巴别塔的荒谬念头，这只是彼得·勃鲁盖尔那场可怕梦境中的所见。

（刘文飞　译）

亚历山大·库什涅尔，1936年出生于列宁格勒，已出版诗集二十多部。2005年，库什涅尔荣获俄罗斯首届民族诗人奖，他之前获得的重要奖项有：彼得堡的北方巴尔米拉奖（1994）、俄罗斯国家奖（1996）、德国阿·乔普费尔基金会普希金奖（1999）和俄罗斯普希金奖（2001）等。布罗茨基称他为20世纪最优秀的诗人之一。

О книге Джиди Мадзя

◎Александр Кушнер

В Москве вышла в переводе на русский язык книга Джиди Мадзя. Вот она лежит передо мной- «Черная рапсодия» в белой суперобложке с черными заставками-замечательными графическими рисунками самого автора, подхватывающими, поддерживающими стихи, подпевающими стихам на своем графическом языке.

Переводчики не жалели сил, старательно и умело переводили с китайского на русский, —спасибо им за этот нелегкий труд!

Но можно ли перевести адекватно стихи на другой язык? Этот вопрос возникает при переводе поэзии на любой язык-и ответ, увы, может быть только один: нет, это невозможно. В отличие от музыки, живописи и других искусств, говорящих на одном всемирном языке (завидую им!), поэзия говорит на своем родном языке и воспроизведению в другой речи не поддается. Какое слово ни возьми, его приходится заменить другим, звучащим по-другому. Представим себе, что все мазки на полотне Сезанна или Ван Гога пришлось заменить на другие, рукой другого художника. Все слова другие, фонетика другая, и ритмика, и рифмы (если они есть). Русский стих мелодичен, в лучших своих образцах верен регулярному стиховому размеру-ямбу, хорею, анапесту и главное-рифме! Без нее он тускнеет и задыхается.

И все-таки кое-что остается и в переводе, и как по тени дерева можно узнать, дуб это или вяз, клен или сосна, так и по переводу можно почувствовать смысл и глубину поэтической мысли, подлинность чувства, яркость и оригинальность образной системы. Тень тоже умеет дышать и двигаться, вскипать и затихать.

Ну вот я читаю:

Ты помнишь

ту тропу в Джибулете?

Тот жаркий медовый закат?

Помнишь, ты сказала:

— Я потеряла иголку.

Как вышивать без нее?

Помоги мне найти иголку!

(Я обшарил всю тропку кругом).

Ты помнишь

Ту тропку в Джибулете?

Тот тяжкий свинцовый закат?

Помнишь, как я ответил:

— Не твоя ли это иголка

в сердце вонзилась мое?

(Радости слезы текли по алым щекам!)

Прекрасное стихотворение! И если его тень так хороша, то можно представить, как оно чудесно живет в китайском языке... А русский читатель вспомнит здесь Бориса Пастернака, его стихотворение «Разлука»:

И, наколовшись об шитье

С невынутой иголкой,

Внезапно видит всю её

И плачет втихомолку.

И это очень важно: при чтении иноязычной поэзии на помощь приходит родная поэзия-и радуешься таким неожиданным совпадениям. Впрочем, чему же тут удивляться? Любовь и в Китае, и в России или в Англии, —везде одинакова. Так же, как печаль, представления о добре и зле или жажда правды и справедливости.

А вот другой пример.

...Пусто, всё пусто вокруг,

Так пусто и незнакомо,

словно сам я вдруг

растворился в воздухе,

стал бесплотен,

словно совсем исчез.

Неужели это и есть

тот миг, что зову

незаметной смертью?

Как это хорошо! И как это похоже на Федора Тютчева, замечательного русского поэта 19 века:

...Мотылька полет незримый

Слышен в воздухе ночном...

Час тоски невыразимой!..

Всё во мне и я во всём!..

А заканчивается тютчевское стихотворение той же мыслью о смерти; обращаясь к ночному сумраку, он восклицает:

Дай вкусить уничтоженья,
С миром дремлющим смешай!

И не так уж важно, с какой философской, религиозной традицией связаны эти строки: с конфуцианской, буддийской-в китайском стихотворении или с христианской мистикой и, допустим, философией Паскаля-у Тютчева, важно другое-совпадение человеческих чувств, поэтических мотивов.

Иногда кажется, что во все века, в любые времена жил и живет на земле один и тот же поэт, и зовут его то Гомером, то Овидием, то Ду Фу, то Гете, то Пушкиным… И Гомер не умер тысячи лет тому назад, он-наш современник: сцена прощания Гектора с Адромахой волнует и печалит нас не меньше, чем первых слушателей «Илиады».

Я мог бы привести другие примеры таких совпадений, мог бы обратиться к Роберту Фросту в связи с преклонением Джиди Мадзя перед природными первоосновами жизни и жалобами на их вытеснение цивилизацией. Или к любимому мной английскому поэту Филипу Ларкину: у него есть замечательное стихотворение об английских провинциальных поездах («Свадьбы в Троицу»)-и его я вспомнил, читая стихотворение Мадзя «Маленький поезд». Только Ларкин пишет о новобрачных, рисуя их на фоне сельской Англии, а Мадзя о крестьянах, везущих на рынок «всякую живность: и хрюкающих поросят в матерчатых баулах, и орущих во всю глотку петухов, сидящих в клетках из бамбука…»

И все-таки вернусь к русской поэзии: ее я знаю лучше, она у меня под рукой и на слуху. Кажется, что может быть общего между Джиди Мадзя, сыном пастушеского, земледельческого народа «и», родившимся в Больших Ляншаньских горах в 1961 году, и петербургским поэтом Осипом Мандельштамом (1891-1938), с юности преданным европейской культуре и пушкинской традиции, воспитанным на музыке Баха и Шуберта, живописи Рембрандта и французских импрессионистов? Мандельштамом, попавшим в кровавую мясорубку сталинских репрессий, умершим в концентрационном лагере под Владивостоком? Но вот я читаю стихи о священной каменной насыпи Гана Мани в провинции Цинхай:

...Здешние камни –
книга, несущая сокровенное знание.
Кто откроет ее на первой странице,
узнает правду о прошлом и будущем.

... Каждый камень, словно слеза
в кристаллах ее граней.
Стихает боль, горе теряет эхо...

— и тут же думаю о Мандельштаме, назвавшем свою первую книгу с ее петербургскими мотивами —«Камень», а маленькую горную страну Армению в стихах о ней —«государством камней», «книгой звонких глин», «книжною землей».

Разумеется, я понимаю условность и неточность таких сопоставлений. И все-таки мне кажется, что Мадзя не станет возражать против таких сравнений, ведь он и сам в своих стихах обращается то к американцу Фросту, то к испанцу Сесару Вальехо, то к чилийцу Пабло Неруда, то к чеху Чеславу Милошу, литовцу Томасу Венцлова и т.д. И в этих обращениях к иноязычной поэзии русская занимает одно из первых мест. Он и своё поэтическое призвание ощутил в ранней юности после того, как ему в руки попал томик Пушкина в китайском переводе! Об этом пишет в статье о нем Дэнис Мейр-американский синолог. А я, прочитав стихотворение «Песня в честь боли»:

...Теперь, найдя тебя,

не буду я капризным, как погода.

Пусть, наконец, венок терновый

сжимает голову мою.

Боль, ты нужна мне, и это не ошибка,

А собственный мой выбор. –

вспоминаю пушкинскую строку: «Я жить хочу, чтоб мыслить и страдать».

Одно из стихотворений Джиди Мадзя посвящает Цветаевой, другое-Ахматовой. Ахматова (а я бывал у нее в шестидесятые годы) обрадовалась бы этому стихотворению. Она, претерпевшая столько оскорблений и поношений в советской партийной печати (один доклад секретаря ЦК Жданова чего стоит!)-с благодарностью и очень горячо воспринимала похвалу, в том числе из уст молодых поэтов, тянувшихся к ней, преклонявшихся перед нею. Помню, как я читал ей наизусть начало ее «Поэмы без героя», которая еще не была тогда опубликована и которую я знал в рукописном варианте, —и лицо Анны Андреевны посветлело в этот миг, как будто вышло солнце.

Всё ли я понимаю в стихах Джиди Мадзя, со всем ли, о чем в них говорится, согласен?

Нет, не всё понимаю, кое-что меня удивляет и вызывает

недоумение. Мне, например, трудно согласиться с его отрицанием достижений цивилизации, с безоговорочным преклонением перед давним прошлым, которое представляется ему едва ли не золотым веком по сравнению с нашим временем. Да, народ выращивал гречиху, пас овец, ловил рыбу, но были же и войны, и пожары, и наводнения, и инфекционные болезни, и, наряду с прекрасными мифами, —множество предрассудков, казни, обманы, родовая месть или племенная вражда… Одно из любимейших слов Мадзя-слово «предки», оно переходит из стихотворения в стихотворение раз двадцать, если не больше. И нет в них ни одного мальчика (ни одной девочки), кроме самого автора, вспоминающего свое детство. И нет ни одной улицы, кроме Пьяцца Навона в Риме (поэту понравилась Италия), ни одной комнаты, ни стола, ни стула, ни дивана, ни телефона…

Я пишу стихи между землей и небом,
потому что только это пространство
позволяет родиться моим строчкам.

Это сказано очень хорошо, но так ли это на самом деле? Думаю всё же, что Джиди Мадзя пишет стихи в комнате, за письменным столом. «Я люблю прилечь в тростнике зеленом или уснуть на лугу цветущем…» —и эти стихи мне тоже нравятся, но я уверен, что спит Мадзя дома на кровати. В тростнике или на лугу можно прилечь, но уснуть трудно: ползают муравьи, летают осы-могут и ужалить.

И город, которого так боится поэт, необходим и прекрасен. Рим, Венеция, Париж, Амстердам, Петербург… Приехал бы Джиди в Петербург, я поводил бы его по городу, показал бы ему Неву, Мойку, Фонтанку, дворцы и шпили, мосты и соборы, Невский проспект и

Сенатскую площадь… А как хороши маленькие улочки п переулки, сады и скверы, гранитные и мраморные фасады, ампир, барокко, модерн начала 20 века… И новые кварталы с их типовой застройкой тоже необходимы. Надо же людям где-то жить, тем более в таких больших городах, как Петербург, и таких огромных, как Пекин!

Мадзя не любит небоскрёбы: «Я стою здесь, в гигантской тени бетона и стали, и чувствую себя разрезанным пополам…» —я тоже их не люблю. Но они нужны, только строить их надо на окраине города.

Пишу это и думаю: а может быть, я неправильно понял поэта, может быть, не разглядел чего-то, потому что читаю стихи в переводе, вижу не дерево, а его тень?

И вообще что я знаю о современной китайской поэзии? Будучи в Пекине, я сидел за большим столом вместе с китайскими поэтами, их было много, они горячо и страстно говорили о стихах, они держали в руках мою книгу в переводе профессора Вэнфэя, но я-то их стихов не читал!

Книга Джиди Мадзя «Черная рапсодия» посвящена родному народу «и», его сельской тихой жизни, погруженной в природу с ее горными вершинами и лугами, бабочками и стрекозами… Он боится за свой народ, который может быть вытеснен и подавлен, как американские индейцы: «Всё поглощает огромный город, Не разглядеть с высоты небоскрёба вигвам индейский…» —и я разделяю это опасение, эту боль.

А кроме того, разве можно так педантично и строго читать стихи —ведь это поэзия, а не научный трактат. «И чем случайней, тем вернее слагаются стихи навзрыд» —сказал Борис Пастернак. О том же поэтически верно и неопровержимо сказано в стихотворении Джиди Мадзя «Исток поэзии»:

Она вовлекает слова

В авантюру на грани провала…

И еще:

Она не любит гулять в саду логики.

Вот лишь один пример такой чудесной «авантюры на грани провала»: «…Потому что мы хуже, намного хуже ягнят» —какая прелестная строка-и не надо понимать ее буквально, надо улыбнуться ей и смиренно согласиться.

И когда я нахожу в книге китайского поэта такие строки, мне начинает казаться, что я понимаю китайский язык, что мы с Мадзя говорим на одном языке: не на русском или китайском, а на общечеловеческом. Не было вавилонского столпотворения, не было нелепой затеи с Вавилонской башней, ее придумали мои далекие библейские «предки» (вот и мне тоже пригодилось это слово), она приснилась Питеру Брейгелю в страшном сне.

（俄语）

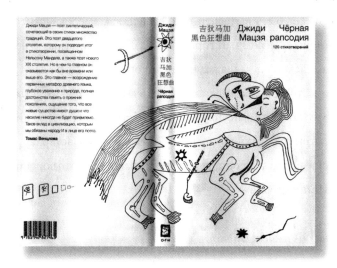

和一位远方诗人的对话

[意大利] 朱利亚诺·斯卡比亚

很久以前。

1997年，哥伦比亚麦德林市。

世界诗歌大会。

在那里，我结识了吉狄马加。很多场活动中，我们曾并肩站在一起，朗诵诗歌。他用中文，我用意大利语，有时甚至是星空下，在安德小镇某个空旷的街道路口。

最近几天，我翻出了当年的日记。在那里，我寻回到一些记忆碎片，眼前又浮现出了吉狄马加的身影。

6月18日

非常甜蜜——透过对诗歌的狂热

人们终觉得这座城市的心、这里年轻人的心和市民的心——

夜晚 / 举杯

来自中国的诗人邀请大家放声歌唱

吉狄马加唱得很美

我住在吉狄马加和另一位中国诗人尧山壁

的房间隔壁：

晚上，我请他们给我展示如何创作中文诗歌

我们还一起翻译了两首吉狄马加的诗：

水和玻璃的威尼斯

水的枝叶是威尼斯
水的果实是威尼斯
威尼斯是一段流动的小提琴演奏曲
威尼斯是一首动人心魄的诗

玻璃的感觉是威尼斯
玻璃的梦幻是威尼斯
威尼斯是一件最完美的艺术品
威尼斯是一幅最古典的画面

神秘莫测的是威尼斯
充满诱惑的是威尼斯
威尼斯是一只妓女和罪恶的船舶
威尼斯是一则被重复了千遍的故事
访但丁①

或许这是天堂的门？
或许这是地狱的门？

索性去按门铃，
我等待着，
开门。

---

① 在书中的翻译版本有些不同，或许更加准确。但重要的是我懂得了吉狄马加的诗，即便他只说很少的英语。

迟迟没有回响。

谁知道今夜
但丁到哪里去了？！

　　这里收集到的诗歌，带有深邃悠长之风——它来自与先祖的血脉相连，以及彝族（吉狄马加所属的中国少数民族，在我直观理解中，就像意大利的撒丁岛人）的神秘力量。

　　这里还有诗人与现实世界之间的对话，表达元素包括以暴力疯狂变态之势生长起来的摩天大厦和混凝土建筑，通过网络与世界各处的交流互通，以及古老原生态被新生事物取代带来的痛苦感受。这里还有诗人与20世纪著名诗人玛丽娜·茨维塔耶娃①、奥克塔维奥·帕斯②、安娜·阿赫玛托娃③、戴珊卡·马克西莫维奇④的对话。

　　在吉狄马加的身旁，我们能感受到风的气息和动物般的目光。例如，在《我，雪豹……》一诗中，雪豹的自白"我守卫在这里"（这不禁让我联想到里尔克⑤第八哀歌的开篇）。

　　一些诗人，一些动物，守卫在这里：以先祖的名义，也以后来者的名义。

　　安德烈·扎佐迪⑥曾以类似遗嘱的方式写到，我们所处的进化过程是种套索（"套索般的进化，我不知道自己会被吞噬，还是会吞噬别人"）。对于雪豹而言，面临的也是套索，或被钢筋水泥淹没，或被防腐处理后放置于博物馆大厦，或消失于雪原冰川它原本的家。

---

　　① 玛丽娜·茨维塔耶娃（1892-1941），20世纪俄罗斯最伟大的诗人、散文家之一，同时也被公认为世界最伟大的诗人之一。
　　② 奥克塔维奥·帕斯（1914-1998），墨西哥诗人、散文家。
　　③ 安娜·阿赫玛托娃（1889-1966），20世纪俄罗斯最伟大的诗人一，同时也被公认为世界最伟大的诗人之一
　　④ 戴珊卡·马克西莫维奇（1898-1992），塞尔维亚女诗人。
　　⑤ 赖内·马利亚·里尔克（1875-1926），奥地利诗人。
　　⑥ 安德烈·扎佐迪（1921-2011），意大利诗人。

然而目前，这就是吉狄马加笔下的雪豹，在雪原冰川之上留下了清晰印记的鲜活生命，却不得不面对过度扩张的城市和人类不可避免的命运（或许不只是人类的命运）。

雪豹的烦闷，也正是我们的——我指的，不只是诗人。

在阅读罗萨·隆巴蒂精心准备的译本时，我在想：

不知有多少诗人和先知，或出于灵敏的预感，或实属偶然，或命中注定，从世界的一端跑去另外一端，以希获得与吉狄马加类似的视野和听到与之类似的声音，从而鲜活再现那来自遥远灵魂的语言。

事实上，一些诗人，虽然彼此时隔千年或远隔万里，都有机会对话交流。正如吉狄马加在他的散文《贾科莫·莱奥帕迪作为诗人的致命魅力（1998年）》中提到的，他听到过贾科莫·莱奥帕迪①的声音。散文中，英文译文的旁边就是意大利语译文（但谁知道在中文和彝文中，会是怎样的跨越人类的寂静之歌？）

从青海省遥远的山峰之上，吉狄马加听到了来自全世界的声音。然而我知道，他心中念念不忘的——虽然他社会活动很多——仍是故乡沙洛河的哗哗水声，以及阿合诺依——"深沉而黑色的河流，我们民族古老的语言"。

好好守卫着，雪豹。

好好守卫着，吉狄马加。

（胡丹　译）

> 朱利亚诺·斯卡比亚，意大利当代著名诗人、剧作家和配音艺术家；是意大利新剧院的发起者之一，也是意大利当下文学圈里为数不多的与神话有着不解之缘的诗人之一。自1964年以来，已有十部诗集出版，八种剧本被搬上舞台，其诗歌和剧作在意大利广受好评。

---

① 贾科莫·莱奥帕迪（1798–1837），意大利著名诗人，哲学家，语言学家。

Dialogo con un poeta da lontano

◎Giuliano Scabia

C'era una volta.

1997, Medellin, Colombia.

Festival Mondiale della Poesia.

Là ho conosciuto Jidi Majia. In diversi luoghi abbiamo recitato le poesie uno accanto all'altro, lui in cinese io in italiano, perfino a un crocicchio di strade aperte a stella, in un paesino delle Ande.

Ho ritrovato il diario di quei giorni, ne riporto qualche frammento, là dove si vede Jidi.

18 giugno
molta dolcezza-questo gruppo è attraversato
dalla febbre della poesia, e ha trovato il cuore della città,
dei giovani e della popolazione-
notte//brindisi
i cinesi invitano a una canzone,
canta Jidi Majia-bellissimo
con Jidi Majia e l'altro poeta, Yao Shanbi,
siamo di stanza accanto:
durante la notte cerco di farmi mostrare come è fatta la poesia
cinese:

e traduciamo due poesie di Jidi, insieme:

l'acqua e il vetro di Venezia

Rami d'acqua è Venezia

Frutti d'acqua è Venezia

Venezia è una musica corrente (veloce/mobile) di violino

Sentimento di vetro è Venezia

Sogno di vetro è Venezia

Venezia è un'opera d'arte (un fatto d'arte) perfetto

Venezia è un antico quadro dipinto

Un segreto è Venezia

Colma di mistero è Venezia

Venezia è una nave piena di prostitute

Venezia è un racconto mille volte ripetuto.

visita a dante*

Chissà se c'è la porta del Paradiso.

Chissà se c'è la porta dell'Inferno.

È meglio che vada a suonare il campanello,

sto aspettando

che si apra.

Ma non rispondono.

Chissà dov'è Dante

questa notte.

* È nel libro, tradotta in modo un po' diverso, forse più corretto. Ma con Jidi più che altro ci si capiva a motti di uno scarso inglese.

C'è un vento lungo, profondo, che viene dalle poesie qui raccolte—un legamento con gli antenati, con la forza mitica del popolo Nuosu-la minoranza a cui Jidi appartiene (e mi viene da pensare ai sardi).

E c'è, insieme, il dialogo col mondo sopravvenuto, la violen-ta, veloce metamorfosi dei grattacieli e del cemento, la comunicazione via rete con dappertutto, il dolore della vecchia prima natura travolta dalla strabiliante nuovissima, l'onnipervadente. E il dialogo con alcuni poeti del '900 che hanno interrogato in se stessi il destino della specie, Marina Cvetaeva, Octavio Paz, Anna Achmatova, Desanka Maksimović—con visite di ricono-scenza e riconoscimento alle sepolture.

Si sente, alle spalle di Jidi, il soffio del vento sciamanico e del volo, lo sguardo animale, come nel poema *Io Leopardo delle nevi*, dove il leopardo dice: Sono qui, di guardia. (E mi viene in mente l'aperto dell'ottava elegia di Rilke).

Certi poeti, certi animali, sono qui, di guardia: anche in nome dei nati prima, gli antenati. E di quelli che verranno dopo.

Andrea Zanzotto quasi per testamento ha lasciato scritto che questo nostro è un progresso scorsoio ("Un progresso scorsoio, / non so se sono ingoiato o se ingoio"): scorsoio anche per il leopardo delle nevi, che rischia d'essere cementato, imbalsamato in un grattacielo museo, sciolte le sue nevi e i ghiacciai.

Ma per ora eccolo là il leopardo di Jidi, la natura integra scritta sul manto di neve dalle impronte animali, davanti alla città diffusa e al destino della specie umana (e non solo umana).

L'angoscia (ignara) del leopardo è la nostra—e non solo dei poeti.

Leggendo le belle traduzioni di Rosa Lombardi ho pensato:

Ma guarda come certi poeti, talpe veggenti, vanno per cunicoli da un capo all'altro della terra e per annusamento, caso, destino si trovano e scoprono di avere visioni sorelle e voci parallele, vivificando la lingua della loro lunga anima.

Avviene infatti che certi poeti, anche lontani nel tempo e nello spazio, si ritrovino a chiacchiera, come quando Jidi va ad ascoltare Leopardi, *L'infinito*, nel breve saggio *The fatal Charm of Giacomo Leopardi as a Poet* (1998), che riporta accanto alla traduzione inglese l'originale italiano (ma in cinese in nuosu, come sarà la musica dei sovrumani silenzi?).

Jidi, dai lontani monti del Qinghai, ha ascoltato tante voci del mondo, non perdendo l'orecchio, mi sembra (malgrado i suoi tanti impegni pubblici), per il frusciare dell'acqua dello Shalo, il fiume del suo paese, e per Ahenuoy, "fiume profondo e nero / lingua antica della nostra gente".

Buona guardia, leopardo.

Buona guardia, Jidi.

（意大利语）

黑色之人的歌谣

[波兰] 卡塔热娜·萨莱克

吉狄马加称自己为"两河交汇处的沙洲"。在他的身上不仅体现了两种文化的交汇,甚至还有两个世界的交汇——作为一名对大城市毫不陌生的城里人,他却似乎从未离开过儿时的那片山水,总在幻想祖祖辈辈安身立命的村子。他是中国最杰出的少数民族作家之一,他的作品曾获多项殊荣,并被翻译成多国文字。

从他的作品里可以看出,彝族文化是他坚实的根基,而在他的身上,同样可以看到"汉族文化的烙印和其他外国文化的影子"。

吉狄马加,1961年出生于四川省和云南省交界处的凉山州,彝族人。在将近八百万彝族人中,人口最多且被描写得最详尽的当数诺苏人(字面意思为"黑色之人")。诺苏人的民族认同感很强,拥有系统的信仰体系,拥有本民族的神话,以及深厚的口头文学传统。吉狄马加在大学时就发表了自己的第一批诗歌,当时他也开始读外国诗人的作品,其中包括普希金、聂鲁达和帕斯。1986年,他获得了中国作家协会授予的诗歌大奖,这个奖项也使他在中国的诗歌界确立了地位。如今,他已是中国最有名气且最受欢迎的诗人之一。

然而他并不是一位远离世俗生活的艺术家,而是一位身居要职的政治家,他积极地参与到国家的行政事务之中。同时,他也是"青海湖国际诗歌节"的倡议者与组织者。这个活动自2007年诞生起,每年为来自世界各地的诗人们提供相聚的机会。虽然他的诗歌是用汉语写成的,但他写诗的信条是为了向世界传播"黑色之人"的文化遗产,以及他们的信仰与传统。吉狄马加为自己定下了目标，他说道：

"我相信，我被赋予了使命，让我将这民族的苦难化为在诗中共同的记忆。"

他确实完美地完成了使命。他发出了诺苏人的呼声，成为勤奋的记录者，他感性地记录民族的历史，生动地再现民族的习俗。他默默地行走在萨满、猎人与农民的土地上。在他的诗中，我们可以看到女人们伴着口弦琴吹奏的曲子在织布，猎人在朝着山中进发——读者好像在观看泛黄的老照片，仿佛可以遥望到先人们所居住的村庄。诗人意识到，自己是记忆的守护者，他需要召回一个已经消失的世界。在《最后的召唤》一诗中，他讲述了一位老猎人的故事。这是一名出色的猎人，也是设置陷阱的高手，最终却死于自己所设置的陷阱中的尖刺，成为"追逐豹子和祖先崇高的荣耀"的最后一人。他的死去象征着传统的消亡，生活方式的改变，也象征着彝族人与大自然自古以来的联系的断绝。从此不再有猎人，猎枪挂在墙壁上渐渐生锈，而通往山中小屋的路上也草木丛生……

对于吉狄马加来说，大自然不只是苍白的背景，而是拥有自主权的，甚至是最主要的角色。他的诗歌最突出的特色，就是对人与自然——植物，动物，岩石，土地，风景的关系的描写。诗集的翻译者马乌戈热塔·莱丽嘉注意到了诗人对生态的敏感。他对自然的爱，对自然被破坏的同情，对自然与人相互依存的相信，对所有生灵和谐共处的信念，这些都是分不开的。《我，雪豹……》中的雪豹发出了这样的呼吁：

> 不要再追杀我，我也是这个
> 星球世界，与你们的骨血
> 连在一起的同胞兄弟

吉狄马加认为，人类在所有的生灵中并不占有特殊的地位，他们不是主人，也不是统治者，不能随意就让比自己弱小的生灵从地球上消失。反之，我们这一物种的优越性赋予了我们特殊的责任，我们必须保护好自然，维持自然界的平衡，这同时也是为了我们自己。

我与生俱来——

就和岩羊、赤狐、旱獭

有着千丝万缕的依存（⋯⋯）

谁也离不开彼此的存在

　　吉狄马加的《火焰与词语》这本诗集使我们能够看到作家的思想发展历程，感受到他积极的生活，以及他丰富的学识。然而，沉浸在过去里的诗人在面对远离传统文明之魂的现实世界时，还是没有完全适应，他小心地解释道：

请不要错误地理解我

我并不是缺失信仰

在如今的现实中

我只是希望在生命和世界之间

还能存在某些联系。

（赵玮婷　译）

　　卡塔热娜·萨莱克，波兰汉学家、翻译、记者，雅盖隆大学汉学系助理，毕业于中国南京师范大学汉学和考古专业。

Pieśni Czarnych Ludzi

©Katarzyna Sarek

Jidi Majia sam nazywa się "mielizną, gdzie spotykają się rzeki".

Jest poetą łączącym różne nie tylko kultury, ale wręcz światy, obytym człowiekiem z wielkiego miasta, który mimo wszystko wciąż tkwi w krainie dzieciństwa i śni na jawie o wiejskiej ojczyźnie przodków.

To jeden z najwybitniejszych twórców wywodzących się z mniejszości narodowych Chin, wielokrotnie nagradzany i tłumaczony na wiele języków.

W jego twórczości widać solidny fundament-rodzinną kulturę Yi-a dopiero na nim odciśnięte "piętno kultury Hanów i cień różnych zagranicznych kultur".

Urodzony w 1961 roku w powiecie Liangshan, na granicy prowincji Syczuan i Junnan, Jidi Majia należy do narodowości Yi. Spośród liczącej prawie 8 mln ludzi narodowości Yi najliczniejszym i najlepiej opisanym jest lud Nuosu (dosłownie Czarni Ludzie). Słynie on ze szczególnie silnej tożsamości etnicznej, rozbudowanego systemu wierzeń, mitologii oraz bogatej tradycji twórczości ustnej. Jidi pierwsze wiersze publikuje na studiach, wtedy też styka się z poezją zachodnią, zachwyca się między innymi Puszkinem, Nerudą, Pazem. W 1986 roku zdobywa główną nagrodę poetycką, przyzawaną przez Związek Pisarzy Chińskich, czym potwierdza swoje miejsce na poetyckiej scenie Chin. Obecnie należy do grona najbardziej znanych i popularnych poetów Państwa Środka.

Nie jest jednak artystą oderwanym od realiów życia codziennego, to równocześnie aktywny polityk piastujący wysokie stanowiska w administracji państwowej. Jest pomysłodawcą i organizatorem Qinghai International Poetry Festival-organizowanych od 2007 roku spotkań poetów z całego świata. Tworzy w języku wyuczonym-chińskim, ale jego poetyckim credo stało się przekazywanie światu dziedzictwa kultury, wierzeń i zwyczajów Czarnych Ludzi. Jidi wyznaczył sobie cel i obwieścił: "Wierzę, że przeznaczono mi, bym gorzkie cierpienia narodu / Przemieniał w wierszach w jego wspólną pamięć". I robi to doskonale. Został donośnym głosem Nuosu, ich pilnym skrybą, czułym kronikarzem, żywą pamięcią dawnych zwyczajów. Bezszelestnie porusza się po ziemi szamanów, myśliwych i rolników. W jego wierszach kobiety tkają, w tle grają drumle, myśliwi wyruszają w góry-czytelnik ma wrażenie oglądania zdjęć w sepii, zastygłych klatek z życia pradziadów. Poeta zdaje sobie jednak sprawę, że jest strażnikiem pamięci i przywołuje świat już nieistniejący. W wierszu Ostatnie Wezwanie przejmująco opisuje wyprawę starego myśliwego. Świetny łowca, doskonały tropiciel ginący od strzały z własnej pułapki był ostatnim, który "polował na lamparty i wzniosłą chwałę przodków". Jego śmierć symbolizuje zanik tradycji, zmianę stylu życia, zerwanie odwiecznej więzi ludu Yi z dziką naturą. Nie ma już myśliwych, strzelby rdzewieją na ścianach, zarastają ścieżki do chat w górach...

U Jidi Majia przyroda to nie blade tło, lecz pełnoprawny, a czasem wręcz główny bohater. To właśnie stosunek do natury-roślin, zwierząt, głazów, miejsc, krajobrazów jest charakterystyczną cechą jego poezji. Tłumaczka tomu, sinolożka Małgorzata Religa, zwraca uwgę na ekologiczną wrażliwość twórcy. Miłość do przyrody, współczucie wobec dewastacji natury łączą się z głębokim przekonaniem o wzajemnej zależności i o wspólnocie wszystkich żywych istot. W poemacie Ja, śnieżny lampart... pojawia się dramatyczny apel lamparta: "Nie polujcie już na mnie, na tym świecie / Ja jestem krwią z waszej krwi, kością z kości / Waszym rodzonym bratem." Jidi uważa, że człowiek nie zajmuje wyjątkowej pozycji wśród innych gatunków istot żyjących, nie jest panem i władcą, który powodowany kaprysem może ścierać słabszych od siebie z powierzchni ziemi. Jest odwrotnie-nasza gatunkowa wyższość narzuca wyjątkową odpowiedzialność-musimy dbać o naturę i zachowanie w niej równowagi, również we własnym interesie. "Razem z życiem dostałem / Skalne kozice, rude lisy i świstaki / Nasze istnienie jest powiązane tysiącem zależności (…) Żadne z nas nie może się obyć bez istnienia drugich".

Tomik wierszy Jidi Majia pod tytułem Słowa i płomienie pozwala na prześledzenie etapów rozwoju artysty, aktywnego życia i bogactwa lektur. Jednak zanurzony w przeszłości poeta nie do końca odnajduje się w obecnym, pozbawionym duchowości stylu życia i nieśmiało się usprawiedliwia: "Nie zrozum mnie źle / To nie tak, że brakuje mi wiary / W dzisiejszą rzeczywistość / Ja tylko mam nadzieję, że mogą istnieć więzi / Między życiem a światem".

（波兰语）

序吉狄马加《我，雪豹……》

[美] 巴里·洛佩兹

我从小就对家养动物的习性感兴趣。我那些狗伙伴眼中都有一种神情，那种神情告诉我，它们不仅仅是我眼里看到的犬科动物。我当时并不懂得这其中的道理，而是后来才明白，狗就是这样展示其精神内在，展示它们的非物质部分。小时候的我坚信，与我一道在原野上奔跑的狗有一种独特的感知方式。它们夜里睡在我床脚边，能注意到四周黑暗中我感觉不到的动静。

随着年龄增长，我对学校教育越发认真，但我仍然相信某些家养狗有其精神世界。不过，作为一名勤勉的学生，一名研究历史、自然界和人类社会的学生，我开始修正自己的想法。我还开始热心于动物行为学，研究野生动物的行为。我从书中了解的野生动物似乎在其生理构造方面都有异乎寻常的独特之处，就其生物种群和生存环境而言，每种动物几乎都无与伦比。然而，虽然我用精确的分析和严密的逻辑研究这些动物，但似乎始终都没能探明它们生存的全部意义。

我第一次在其栖息地遇见野生动物是在南加州的圣莫尼卡山区，就在我儿时的住家附近。它们使我再次意识到动物内心生活的特性，那种我曾偶尔在我忠实的狗伙伴眼中发现过的特性。随着我更加成熟，随着我更加广泛地从书中了解有关野生动物的历史和习性，了解不同文化背景的人对野生动物的态度，我终于遇到了两个问题。首先，我直觉所认为的所有野生动物都有精神内在的看法，既没从书中得到印证，也没从我与老师们的交谈中得到支持。我发现，要体验野生动物的精神世界，最终只能合上书本，居于能见到野生动物的野外，到野生动物还是自由生灵的地方去探访它们。

我遇到的第二个问题既是实际问题又是哲学问题。例如，把所有狼的习性都简单地归于一种其学名为灰狼的习性，这让狼所具有的全部意义丧失了多少？这种被普化为灰狼的狼可以在世界上任何地方发现吗？达尔文认为，一种漫长的进化状态会在一个物种的典型种属与其生存的环境之间长久地持续，如果达尔文是正确的，那这个特殊物种要花多长时间才能悄悄进化成别的物种呢？简而言之，我在其栖息地看见的那些动物，是进化成功的证明还是正在进化的形式呢？它们就是我去野外时必带的旅行指南中用文字和图片所描绘的那些造物吗？

当时我还年轻，对野生动物的习性和意义还没有一种清晰的感觉。一方面，对生物学家根据在野生动物栖息地的实地研究而公布的发现、见解和结论，我开始感到敬佩。另一方面，我又继续被一种感觉所困扰，总觉得这些简要的结论中缺少某种东西，某种超越生物化学或数学领域的东西。还有一个问题我没法解决，也许这个问题比其他问题都更深奥。我受的正规西方教育使我相信，科学进步可以消除人们对某些事物所抱有但又未经证明的想法，比如要真正了解野生动物的习性，只有凭借严谨的实验科学。由此，在关于野生动物的思考中，可以得出两个推论。其一，音乐、绘画、文学、戏剧和舞蹈等艺术形式对揭示动物之谜不可能有真正的帮助。其二，不讲科学的文化群落对动物的感知和看法也基本无用，最终只会使研究误入歧途，只会娱乐孩子和无知的人。

我早年的生活范围很少超出过北美。十几岁的时候，在离家上大学之前，我跟几个朋友和我们的辅导老师曾有过一次穿越西欧的长途旅行，去看我的祖辈看过的风景。我30岁后才开始频繁旅行，见识了许多不同的文化和风光。那时候我有一种强烈的渴望，渴望走出去，渴望避免雷同，渴望自己能摆脱这样的观念——我的文化是世界上一种非凡的文化。我渴望见识我所能见识到的别样文化，即使它被证明与我所认为的真正的文化截然不同。

自那之后，我已经去过将近80个国家。陆路旅行使我曾有机会与各地传统的居民为伴，在他们的祖先和野生动物的祖先生活过的地方，我同他们一道遇见过野生动物，而数百年来（如果不是数千年来的话），人类与野生动物一直在那些地方相遇并互相观察。较之我那些旅伴，我在这些旅行中的观察力一直都很业余，甚至肤浅而幼稚。他们能很快地把注意到的好几种情况加以归纳，并说出其意义，而与此同时，对他们注意到的情况我只能觉察到十之一二，其余十之八九往往都被我忽略。于是我学会了沉默，学会了聆听，学会了不匆忙做出仅凭绞尽脑汁而形成的结论。以一种笨拙的方式，我设法与他们一道居于那些山水之中，而非置身其外，像盯着电脑屏幕那样对其进行观察。

我尤其认识到：我不可能像他们那样真切地感知那片土地，他们那种西式科学——即认真收集大量数据——比我自认为用自己的西式科学能做到的更为完善，更为精细。我自年轻时就感到的那种在我所读书籍和文章中所缺失的东西——对神秘动物的了解——对他们来说就像藏域雪原上雪豹留下的足迹那样真实，那样存在。

从根本上说，他们眼中的动物比我所认识的动物更为精确。他们看见的动物更具有历史的真实，更少有人类的主观臆测，是生态环境的一部分，而且远比我们西方文化所能表述的生态环境更为深刻，尽管二者的相似之处常为人称道。

经过这么多年，关于权威们对野生动物的谈论意味着什么，上述经历已改变了我的想法。我渐渐相信，就像复杂的事物也可被觉察并领会一样，了解野生动物更为神秘的习性也并非完全不能解决的问题。

我已在北美生活了70年。作为一名欧裔美国人，甚至是一名其家族早在17世纪50年代就从石勒苏益格——荷尔斯泰因移民到美洲的欧裔美国人，我清楚地知道，我不能说我可以告诉你纳瓦霍人是什么样的人，或拉科塔人是什么样的人。而且，正如我几乎不了解那些我所尊重的人类传统，不了解那些与我的生活方式完全不同的生活方式，我也难以试图去解释黑熊、麋鹿、鲑鱼、飞鸟和无数昆虫的生活，尽管在过去的45年里，我曾在乡间住宅与它们分享那里的风光。

我从它们中间学到的越多，我越觉得我所知道的有限。

在《我，雪豹……》一诗中，诗人吉狄马加邀请我们去听雪豹的声音。

我们从一开始就知道，这种动物并非西方科学所定义的雪豹。它是一种有精神生活的生物，一种具有人格特征的生物。如果要我们设法为这种声音定位，它可以被描述为一名睿智的守护者的声音，一个体现其文化历史和崇高价值的人的声音，一个用超越政治、党派和个人方式说话的人的声音。

我们在这首诗中听到的声音，发自一位生活严肃、淡泊名利的智者。从其知性和感性来看，这声音是传统的，也是现代的。这头雪豹言及一个"充满着虚妄、伪善和杀戮的"世界，一个它在其中看见"地狱的颜色"抹过天空的世界。

那声音听起来急迫，但并不惊慌。那声音在恳求，但不是乞求。那声音中既无多愁善感，也没有冷嘲热讽。那声音向我们呼唤，从一个睽违已久的时代，从一个世人更博雅的时代，从一个头顶天空未被地狱的颜色映红的时代。

在我所知的人类传统文明中——这个故事能如此广为流传，证明我们有理由认为它具有普遍性——从非洲迁徙至各个大陆时，人类祖先尚智能低下，技能更贫乏。他们像一种尚未完成的设计，降到造物主创造的这个世界。要开始真正的生活，必须得有导师教导他们。比如，得有导师教他们如何为自己提供食物（包括演示哪些食物不能食用），得有导师教他们如何搭棚遮风避雨，得有导师教他们相互间的行为规范，以及如何对待生活在其周围的生灵。在大多数情况下，他们的导师就是动物，有些动物似乎比人类更懂得如何过一种体面的生活，族群内之个体需服务于其他个体，以确保这种生活能够继续。

吉狄马加是一位彝族诗人。他自己就诞生于一种传统文化，一种在历史的长河中形成于青藏高原东侧边缘地区的文化。他选择要我们去聆听一头雪豹，这本身就具有非凡的意义。诗中有种令人印象深刻的存在："燃烧如白雪的皮毛"、"玫瑰流淌在空气中的颜色"、"花斑长尾，平衡生与死的界限"、"在峭壁上舞蹈"、"幽蓝的目光"。一种既有隐喻分量又有生物凭证的动物，一个濒于灭绝的物种，被心怀恶意的天空遮暗。显而易见，吉狄马加是从一个特殊的地理位置给我们讲他的预言，但那不是一个限定的位置，不是一个有疆界的地区。我们不难想象我们自己就在那个地方，我们也能感觉到那头雪豹想告诉我们的超凡智慧，以及它对全世界的呼吁。

从青藏高原的山顶居所，俯瞰远方山谷中淡蓝色的积雪，然后仰望它领地上方的无垠星空，我们终于明白，实际上，那头雪豹所告诉我们的，我们几乎都早已了然于胸。然而，它的意图并非要带给我们超凡的智慧。凭它对悠远时间的理解，凭它对浩渺空间的领悟，它的目的是要延续人类习俗礼仪复兴的使命。它要让我们记住我们每个人都倾向于遗忘的东西。我们总习惯性地忘却我们想要我们的生命体现出的意义。毋庸置疑，借重述根植于世界上各种文化中的原始故事，这首诗提醒我们别忘了人类意识的致命弱点——记忆的衰减甚至湮灭。我们屡屡忽略我们想要我们的生命象征的意义。为了保护我们，年长者必须持续不断地让我们重新熟悉我们的理想。

寓言是人类最古老的文学体裁，可以追溯到旧石器时代，虽至简至朴，却谈言微中。在我们迷途之时，某个特殊的寓言故事能让我们重新想到我们到底要去何方，并且在灾难袭来之前就动身前往。

吉狄马加的雪豹是一名"高山地的水手"，是偏远地区的一尊"保护神"，那些偏远地区远离人人都脸戴面具、满口谎言的都市。与我们多数人不同，那头雪豹眼中的时间呈"液态"。它能听见飘到它跟前的"微尘的声音"，它是"雷鸣后的寂静"，它是一场"地震"和一股"离心力"。最重要的是，它发现其天然位置在一个玄幻之境，在黑暗与光明间穿梭，在生命与死亡间游离，在每一对二元对立的事物间交错。它是朦胧之境的智慧，它也是所有那些设法体面地生活在中间地带的人们的保护神，那些人生活在暴政与革命之间，生活在绝望与欢乐之间，生活在失败与胜利之间，生活在政治上的左右之间。

那头雪豹说，它正试图在我们心中唤醒另一种语言，另一种解决我们所面临的全球困境的方式。它念出的"祈祷词"是"为这一片大地上的所有生灵祈福"。面对"危机四伏的世界"，它说"我们大家都已无路可逃"——而无路可逃者包括濒临灭绝的雪豹和它们猎食的旱獭，包括任何贬低其他部族的部族，包括那些为了更舒适的生活而盲目毁坏这个星球的世人，包括压迫者和被压迫者。一个生灵的命运就是另一个生灵的命运。

诗人在此打开了一扇门，一扇我们谁都可以通过的门。那头雪豹和它那位叫吉狄马加的诗人为我们奉献的是一种智慧，一种超越种族划分、超越民族主义、甚至超越文化认识论的智慧。

《我，雪豹……》既是抒情诗又是一曲挽歌。不难想象，这首诗会在其所到的任何国家都受到高声赞扬。因为它问世之时正值这样一个时代，此时世界各地的人们已开始想知道，压抑了几百年后，这样一种声音现在想表达什么，此时那头雪豹的兄弟姐妹已发现，他们正与雪豹并肩站在一起，处于危险之中。

（曹明伦 译）

> 巴里·洛佩兹，散文家、短篇小说家，共著有6部散文作品和10部虚构作品，美国最具代表性的自然文学作家之一，是"当代从伦理角度重估人类生态行为的主要代言人"。迄今获奖无数：美国国家图书奖、美国图书评论协会提名奖、美国文学与艺术学院颁发的文学奖、美国自然文学的最高奖项——约翰·巴勒斯奖章、古根海姆奖、美国国家科学基金会奖、手推车奖等。

Preface by Barry Lopez to Jidi Majia's "I, Snow Leopard"

◎ Barry Lopez

As a boy I became interested in the ways of domestic animals. My companion dogs had a look in their eyes that told me there was more to them than the canid form in which I perceived them. I wasn't aware of the concept at the time but, later, I understood this is how dogs reveal their spiritual interiors, the non-material part of them. I believed fiercely as a boy that the dogs who traveled the fields with me possessed a unique way of knowing. They slept at the foot of my bed at night, alert to sounds and to movements in the surrounding darkness that were beyond my ken.

As I grew older, and became more earnest about my formal schooling, I didn't lose faith in the spiritual dimensions of certain domestic dogs; as a diligent student of history, human society and the natural world, however, I began to refine my thinking. Also, I became very enthusiastic about ethology, the study of the behavior of wild animals. The wild animals I encountered in my reading seemed singularly ingenious in their design, each species all but unparalleled in its biology and ecology. Still, the full meaning of these animals seemed always to remain just out of reach of the part of my mind that approached them with rigor, logic and analysis.

The first wild animals I met on their home grounds lived in Southern California's Santa Monica Mountains, near my boyhood home. With them

I became aware of the same quality of interior life I'd caught a hint of now and then in my faithful dogs. As I matured, and as I continued to read more widely on the nature and history of wild animals — and about what people in different cultures thought of them — I encountered two problems. First, my intuition that all wild animals had a spiritual interior was not confirmed in my reading, nor was it supported in conversations with my teachers. To experience this part of an undomesticated animal, I discovered, one had finally to close the book and sojourn in the country where such animals are found, visit them in places where the wild animal continues to be a free animal.

The second problem was both practical and philosophical. In collapsing the behavior of every wolf, for example, into the one wolf that science has designated "Canis lupus," how much of the fullness of what it meant to be a wolf is lost? Was this generalization, *Canis lupus*, actually to be found anywhere? And if Darwin was correct in thinking that an enduring, evolutionary tension persisted between the representatives of a species and the environment that contained them, over what span of time did this particular species exist before it became, subtly, something else? In short, was the animal I beheld on its native ground a manifestation of being or becoming? And what sort of match was it for the creature pictured and described in the guidebooks I so conscientiously carried with me into the field?

As a young man, then, I had an unresolved sense of the nature and meaning of wild animals. On the one hand, I grew to have feelings of great respect for the discoveries, insights and conclusions provided by field biologists studying wild animals on the animals' home grounds. On the other hand, I continued to be troubled by a feeling that something was missing from these summaries, something beyond the finite reach of biochemistry or mathematics. Nor could I make peace with another question, one that went even deeper, perhaps, than these others. My formal,

Occidental education had encouraged me to believe that scientific progress made it possible to set aside certain cherished but unproven ideas about reality, that a reliable understanding about, for example, the behavior of wild animals could only be produced by rigorous, empirical science. The inferences to be drawn here, in contemplating wild animals, were two. First, the arts — music, painting, literature, drama, dance — could be of no real help in unraveling their mystery. And second, the perceptions and insights of non-scientific cultures were of limited use, were finally only distractions, being merely entertainment for children and the uneducated.

In the early years of my life I didn't travel much outside of North America. Then, as a teenager, before going away to university, I made a long journey with several friends and our tutors through western Europe, the landscape of my ancestors. It was not until I was in my thirties that I began to travel extensively, encountering many other cultures and landscapes. I felt a deep urge at that time to reach out, to avoid the familiar, to divest myself of the notion that mine was one of the world's exceptional cultures. I wanted to see what else I might learn, even if it proved to be radically different from what I felt to be the truth.

In my sojourns since then, to nearly eighty countries now, I've had the opportunity to accompany traditional people on overland journeys and, with them, to meet up with wild animals in places where their ancestors and the ancestors of the animals we encountered have been observing each other for centuries, if not millennia. My powers of observation on these journeys, compared with those of my companions, have been amateurish — superficial and childlike. In a moment where they might be quickly assembling eight or ten things observed into meaning, I would be oblivious to all but perhaps one thing in the eight or ten they had noticed. I learned to be quiet, to listen carefully and not to jump to conclusions arrived at by too much thinking. In a clumsy and inept way, I tried to inhabit the landscape with them, not stand apart from it, observing it as one might stare at a computer screen.

I learned this, especially: I could not physically sense the land as well as they could, so their own, Western-style science — the careful gathering of great swaths of data — was more complete, more nuanced than I thought mine could ever be. And what, since my youth, I'd felt was missing in the books and scientific papers I'd read — an awareness of the numinous animal — was as real for them, as present to them, as the pug mark of a snow leopard in a Tibetan snow field.

The animal they saw was, essentially, more refined than the creature I perceived. The animal they saw was more historical, less burdened with human projections, and part of an ecology far deeper than the one my own culture was capable of conveying, glorious as that likeness often was.

These experiences changed my mind over the years about what it meant to speak with authority about wild animals. I came to believe that the nature of their more mysterious dimensions was not so much a problem to be solved as a complexity to be embraced and appreciated.

I have lived for seven decades in North America. I know enough not to say, as a EuroAmerican, even as a EuroAmerican whose family came to the Americas from Schleswig-Holstein in the 1650s, that I can tell you who the Navajo are or who the Lakota are. And, just as I feel largely uninformed about these human traditions I respect, these ways of life fundamentally different from my own, so, too, am I reluctant to attempt to define the lives of the black bears, elk and salmon, the birds and myriad insects I have shared my rural home landscape with for the past 45 years.

The more I've learned among them, the more I've sensed the limit to my knowing.

In his poem "I, Snow Leopard," Jidi Majia asks us to listen to the voice of the snow leopard, an animal we know right from the start is not the *Panthera unica* of Western science. It is a being with an interior life, with the attributes of personhood. Its voice, were we to try to place it, could be described as that of a wisdom keeper, a person who embodies his or her culture's history and its high values, someone who converses in a way that transcends politics, partisanship and the personal.

The voice we hear in the poem is the expression of someone who takes life seriously but who has no cloying desire to be known or accepted. The voice is traditional, but also modern in its awareness and sensibility. The snow leopard speaks of a world "rife with pretense and slaughter," one in which he sees "the colors of hell" smeared across the sky.

The voice is urgent but not panicked. It is imploring but not begging. It is without sentimentality or irony. And it calls to us from an unremembered time, an era when people knew better, when the sky above was not inflamed with the colors of Hell.

In the traditional human cultures of which I am aware — and this story might be so widespread as to justify our calling it universal — humans arrived on the continents with few capacities and even fewer skills. They fell into the created world like an unfinished idea. To come fully to life, someone had to tutor them. For example, they needed to be taught how to feed themselves (meaning, also, shown which foods not to eat). They needed to be taught how to build shelters against inclement weather. They needed to be instructed about how to behave toward each other and toward those living around them. Their teachers, in most instances, were animals, some of whom seemed to know more than any human about leading a respectable life, one that served others, and so ensured that life all around would go on.

It makes eminent sense that the Nuosu (Yi) poet Jidi Majia, himself born into a traditional culture, one that came to life over time on the northeastern edge of the Tibetan plateau, would choose to have us listen to a snow leopard. Here is a dramatic presence: the smoke-gray fur, chased with a pattern of dark rosettes "spun from the void," the long, heavy tail, its balance pole as it bounds across a cliff face, the pale green stare. An animal possessing both metaphorical weight and biological authority, an *endangered* species, shadowed by a malevolent sky. Majia's oracle speaks to us from a specific, local geography, clearly; but it isn't a restrictive geography, a circumscribed country. We can quite easily imagine ourselves in this place; we also feel the transcendence of the wisdom the snow leopard wishes to impart to us, its universal appeal.

From an eyrie on the Tibetan plateau, gazing down at blue-tinged snow in a mountain-girt valley far below, then up at unbounded star fields in his domain's night canopy, the snow leopard, it turns out, actually tells us little that we do not already know. His purpose, however, is not to bring us unprecedented wisdom. With his awareness of deep time and his appreciation of the vastness of earthly spaces, his intention is to continue the revitalizing work of human ceremony. He is reminding us of what every one of us is prone to forget. We regularly forget what we want our lives to mean. Indeed, the poem, in imitation of origin stories embedded in cultures the world over, is a reminder of the Achilles heel of human consciousness, the lapse and disintegration of memory. We repeatedly lose touch with what we intend our lives to stand for. To protect us, the elders must constantly reacquaint us with our ideals.

The genius behind this Paleolithic invention — story — is this: when we lose our way, a particular story can remind us once again of where we intended to go, and do it before disaster overtakes us.

Majia's Snow Leopard is a "sailor of high terrain," a "guardian deity" of remote places far from the crowded precincts in which humans wear masks and where their conversation is disingenuous. Unlike most of us, the Snow Leopard sees time "in a liquid state." He can hear "the sound of a dust mote" drifting before him. He is "the stillness after lightning." He is "an earthquake tremor" and a "decentering force." Above all, he finds his natural place in the hazy ecotones between darkness and light, between death and birth, in the in-between of every opposing dyad. His is the wisdom of the borderland, and so he is the patron of all who try to live honorably in the middle ground between tyranny and revolution, between despair and euphoria, between defeat and victory, between the political right and the political left.

The Snow Leopard says that he is trying to awaken in us another language, another way to address our now universal predicament. The "prayer" he prays is "for all creatures of this land." In acknowledging the "lurking dangers of our world," he says that "there is no escape route for any of us" — for endangered snow leopards or the marmots they hunt, for any tribe seeking to diminish another, for people mindlessly destroying the planet to make the world more comfortable for humans, for either the oppressors or the oppressed. The destiny of one is the destiny of the other.

The poet has opened a door here that any one of us can walk though. What the Snow Leopard and his amanuensis, Jidi Majia, offer is an intelligence that transcends ethnicity, nationalism, even cultural epistemology.

"I, Snow Leopard" is both a lyric and an elegy. It is easy to imagine its lines being loudly hailed in whatever country the poem finds itself in. Its publication comes at a time when people everywhere have begun to wonder what a voice like this, suppressed for centuries, wishes to say now, in this moment when the Snow Leopard's brothers and sisters have found themselves side by side with him. Imperiled.

（英语）

永恒的仪式

[波兰] 达留什·托马斯·莱比奥达

　　吉狄马加，中国当代最杰出的诗人之一。他创作了深深植根于诺苏传统的"文化诗歌"。在诺苏人的传统文化中，毕摩（一种巫师）与祖先的灵魂共同创造了一个古老而充满魔力的精神世界，大山的居民们正是通过他们与那个世界进行交流。而这种持续的交流使山民们得以更好地定义自身，并且在他们内心升华成为一种人类对净化和圆满的渴望。每天生活在壮美的山河间，他们从未停止在自身的命运之中探寻宇宙运行和存在的基本规律。这是一种对永恒的知觉，超越了时间和肉身的病痛，以饱受强大的时间和自然因子所伤害的人之形而存在。很少有诗歌能将横跨巨大时间和空间的人类意识及其一切形式与转变描绘得如此清晰。吉狄马加的诗歌像蜻蜓振翅般细腻，展现出一幅广阔的全景画，将时代之精神以及山民与自然万物和谐共处的风气描绘出来。他的每一句诗既是整个彝族部落故事的延续，又是为颂唱民族辉煌而生的特殊的个体。诗人意识到自己被选中了，他要努力完成属于他的使命。他本可以永远住在他的大凉山，每日扛着猎枪去打猎，领导着和睦的家族，在篝火边舞蹈，眺望远处的山峰——但他成了一名诗人，从此便开始歌颂这片处在星球角落的土地，以及居住于此的人民。他本可以在遗世独立的山中小屋里吟唱诗篇，聆听长者和萨满诉说的故事，但他的命运迫使他面对全世界，一遍遍重复关于他存在的基本真相："我是诺苏！"这是他的伟大使命，是世世代代凉山人的祷告，是不断的回忆与歌颂，是历史和未来的回响。

　　传统仪式习俗是他的诗歌中一个重要的元素。在这些仪式中最重要的，当数从肉体到精神的转化，即穿越生命边界的仪式。仪式中，遗体被火化，经过火的洗礼重归宇宙，化为组成山川湖海、无穷世界的微小物质。火化这个意向在他的诗歌中反复出现，这个词使读者联想到遗体在火堆上燃烧的古老仪式，它象征着转世的信仰，象征着灵魂回归童年与最初之爱的疆界，象征着自由之灵徜徉在高山峭壁之间，象征着一个瞬息的意识消散在宏大的宇宙中。对于结束的生命而言，火化是极其关键的一个时刻，它是灵魂进入精神境界的开端，它推动灵魂来到源头，令其在宇宙中不断扩张。火能净化躯体，使复杂的有机物质解体，并将它们带到变幻无穷的浩大疆域，使之加入超新星、行星、小行星等组成的星系之中——人的生命由此完成了宇宙化。诗人明显痴迷于这个时刻，此刻肉体被毁灭，重回物质本来模样，归于岩石、尘土，变成飞舞在空中的沙粒。火也代表永恒。永恒本就暂存于人的躯体之中，而伴随着人类轰轰烈烈的出生与死亡，这种永恒被瞬间释放出来。火葬作为彝族人最重要的仪式，代表着人与世界的妥协，对肉身注定毁灭的妥协，并且不断地印证着一个真相，那就是不论皇帝、萨满还是领袖，都无法逃脱宇宙的规律，不管他们曾经做过什么，都无法阻止时间的流动，无法改变他们最终的归宿。

火化是一种清洗罪孽的方式，而葬礼则是为了宣布，与我们告别的这个生灵曾经是世界上重要的一个人，他是延续了亿万年的链条中的一个环节，这个链条暂时以DNA的形态呈现着。现在经过火的洗礼，他最终化为单一种类的元素。母亲因悲恸而大哭，毕摩为他祈祷，兄弟姐妹和部族成员为他哀号，组成一首永恒的哀歌，越唱越响，伴随着肉身解体，告别人形，灵魂诞生的全过程。哀歌连绵不绝，在群山之间回荡，就好像整个自然都在为他的转化而哭泣，他也在这个过程中永远地走入了永恒的世界。诺苏人非常重视葬礼，把它视作整个部族的节日和对生者的祝福——葬礼预示着生者也将殊途同归，在火焰之中成为世界的基本元素。这里的一切都具有象征意义，从服装上蓝色、黄色和黑色的刺绣，到仪式的歌曲，再到对家庭宗族血脉相连的强调。在诗中，火化意味着一切的终止，由此也生出对于永恒的敬畏，因为它永不复返，它高于生命。这是一个悲痛与狂喜交织的时刻，是开头也是结束，是毁灭也是重塑，是死亡也是重生，是超越凡俗的转化仪式。不论逝去的人是谁，不论他做过怎样的事情，他个人的力量于此终结，受过疾病之苦，最终死去，送葬者为他举行火化的仪式。死亡体现了变化的不变性，飞禽走兽、草木山石都难逃腐朽和死亡的结局，即使是家庭部族这种高层次的牵连，也终会化为宇宙间的能量。这时，需要有一位向导带领死去之人的意识进入精神世界，在那儿向他做最后的告别，再独自返回生者的世界。这人就是毕摩，也就是诺苏的巫师、萨满，千百年来他们受人类的焦虑之托，用故事安抚失去的痛苦。毫无疑问，吉狄马加的诗歌就有这种神力，他就像是彝族人最重要的毕摩，在依山傍水之地，注视着鹿、鹰和鱼的眼睛，道出睿智的真理。他直击心灵的诗句诉说着大山的朴素生活里所蕴藏的智慧，也试图告诉我们那发生在家乡——同时也发生在浩瀚宇宙空间中的古老仪式的内涵。

他的诗歌虽然强调了家庭宗族不可割舍的纽带，记录了诺苏这个小而封闭的社会，却也是面向全世界的。他的诗歌让人们知道，在遥远的东方有一群神奇的人，他们实行着历史久远的转化仪式，创造了本民族的神话，为存在赋予了神圣和永恒的光辉。除了毕摩，诗人最重要的人便是父母和家族其他成员，其中排第一位的自然是母亲。诗人描写了母亲老去的容颜，也将她比作大山和河流，甚至在她身上添加了一些神奇的魔力。她怀胎九月生下诗人，在他童年时悉心照料他，看着他一步步成长，成为一个男人。她最终变成了诗人意识里母亲形象的化身——她是诺苏人的母亲山，她给予万物以生命，也创造了诗、力量、爱，最初与最后的创伤。我们可以想象，母亲对于诗人来说是多么重要。在大山里的一间偏僻的小屋中，她亲切地陪伴着他，哺乳他，拥抱他，对他微笑，呵护着摇篮中的他，将甜蜜的吻和温柔的关怀深深地刻在他幼时的记忆中。她为诗人的未来定下了基调，正是她第一次教诗人认识天空的蓝，树木的绿，还有远处的湖泊上飘浮的雾霭。是她教诗人说话，教他如何使用诗的语言，教他认识飞翔的天鹅，从山坡上滚下的黑色巨砾，远处奔跑而来的雪豹，还有那守护在高高峭壁上的山羊。从诗人生命之初起，他与母亲就从未分开过，无论是在山峰的阴影下，在大河的分流处，还是在严峻的自然条件下——母亲正如一位看不见的创造者，创造了整个宇宙并掌管着它的运行，把握着生与死的节律。吉狄马加在他的诗歌中所塑造的母亲形象成了歌颂母爱的范本，诗中不仅体现了对母亲养育之情的感恩，还饱含着对母亲的反哺之情，以及对这种生命与经验的传递的感恩。没有人像母亲一样了解诗人心中所怀有的渴望和憧憬，像她一样忍受着巨大的痛苦孕育他，生下他，并为他付出无私的爱，像她一样在具有毁灭性力量的大自然面前保护他，像她一样在他去往远方城市之时泪湿衣襟。这就是为什么，吉狄马加关于母亲的诗歌会成为关于思念、奉献和爱的伟大赞美诗，这种爱如溪流般清澈。母亲给人的感觉就像一幅画，画上是蓝色的天空映衬着白雪覆盖的山峰。人与自然的和谐之声源于母体，后又在诗人的每一行诗句里回响——山川与河流的形态，斗兽场上的牛，在原野上奔跑的麂子，还有追逐着它们的雪豹和猞猁，在他笔下无不是这种和谐的体现。这和谐的旋律在诺苏的歌谣里世代传唱，在诗人母亲的身体里第一次被奏响，又在诗人的诗歌里回荡。

吉狄马加诗歌中的狩猎主题也十分有趣。他告诉我们，在中国生活着一群从中亚和西亚迁徙而来的游牧民族的后裔。对诺苏人来说，猎人有着非常重要的地位，自古以来，正是他们为部族不断提供新鲜的肉类。猎人是一支固定的成年男性队伍，为了打猎，他们穿越一个个山隘，爬上陡峭的山坡，在群山之间的小屋或洞穴中休憩。年轻的姑娘为他们唱着思恋的歌，母亲在他们外出打猎时日夜盼望。在吉狄马加的诗歌中，猎人的形象与孩童的梦想与幻想紧紧相连。他把自己童年时对跟随猎人进山打猎的向往投射在诗中的儿童形象上。猎人们总是会在狩猎归来后，用带着神话色彩的语言讲述自己神勇的狩猎经历，诉说自己战胜强大对手的故事。有时他们也会谈及一些关于鬼魂的奇闻，关于他们在长江或黄河岸边某个独居者的小屋里的奇遇。在孩子和妇女们的想象里，猎人们由真实世界跨进了英雄神话，进入到与宇宙相连的超现实的世界，行在山崖边缘，深入湖水之底。猎人们死后，遗体在大凉山的某处偏僻之地被火化，成为大地之盐，而灵魂则去往另一个世界打猎。轮回转世在他的诗中被视作尘世生命的自然延续，也意味着民族的传承与归属。成为一名独自穿行在山中的猎人的梦想也总是伴随着艰难和危险——在极寒和酷热的极端环境中生存和战斗，直面被灿烂星辰和冷寂月光照亮的宇宙，直面随时可能降临的灾难。

吉狄马加的诗中没有艰涩难懂的隐喻，他不用华丽的辞藻来吸引读者，而是致力于提供一种单纯的叙事诗的范式。他能敏锐地捕捉到那些细腻的情感和瞬间的思维状态，也能感知到灵魂在另一个世界的存在形式。他的诗歌一直在强调家族纽带和民族归属，这个民族世世代代保留着自己的传统，形成了一个完整的文化。这种文化催生出许多伟大的艺术作品，其中就包括彝族史诗《勒俄特依》——它通过毕摩口口相传。而吉狄马加作为他们中的一员，创造了被中国和世界读者广泛阅读的现代彝族诗歌，他的诗作被翻译成越来越多的语言。由于他的诗歌话题具有普遍性，语言较为轻松，有些诗还具有祈祷词、哀歌、颂歌和即兴诗等诗歌形式的特点，因此能够比较容易地被不同语境下的读者所理解。中国自古以来就是一个诗的国度，伟大的诗人和思想家辈出，在现代诗领域也涌现了很多优秀的作家和作品，因此在中国要获得成功是非常困难的，特别是在模仿欧美诗歌的潮流盛行的当下。吉狄马加为全世界树立了一个很好的榜样，他儿时在云南和四川交界处的小村庄中习得的文化一直影响着他观察世界的方法，同时也影响着他的"文化诗歌"的创作。他聆听毕摩、长者、母亲和猎人们所诉说的故事，感知着自然界的每一个元素和来自遥远宇宙的声音。他聆听创世之初的回响，那时天地间山川河流初现，颜色被命名，动物有了雏形。诗人既是造物者，又是古老部族的最后一名成员，他怀着忧伤回忆起那已永远逝去的世界。即使这个世界可以在新的诗歌和后代人的思想中重生，祖先所生活的世界里的一切却不可能重现了。成为一名诺苏诗人，就意味着成为一名记忆的守护者，一名过去的见证者，不断寻找着昔日美好的风俗、美丽的笑容和闪烁的眼眸，在有限的生命里，讲述着关于时间和空间的故事，关于人们不可抗拒地走向死亡和永恒的故事。

（赵玮婷　译）

达留什·托马斯·莱比奥达，波兰当代著名诗人、学者和文学批评家。

RYTUAŁY WIECZNOŚCI

©Dariusz Tomasz Lieboda

Jidi Majia-jeden z najwybitniejszych, współczesnych poetów chińskich-tworzy poezję kulturową, głęboko zakorzenioną w tradycji narodu Nuosu, w pradawnej świadomości magicznej, moderowanej przez kapłanów *bimo* i duchy przodków. To oni tworzą niewidzialną przestrzeń spirytualną, z którą ludzie gór pozostają w nieustającej interakcji, która ich dookreśla i staje się z wiekiem wielką ludzką tęsknotą za czystością i pełnią. Żyjąc w obliczu ogromów i piękna naturalnego, dążą oni nieustannie do odzwierciedlenia w swoich losach głębi, nad którymi się pochylają, a które łączą się z wielkimi systemami kosmogonicznymi i elementarnymi mechanizmami trwania. To jest przeczuwanie bytu eternalnego, a zarazem dopełnianie dni i nocy, trwanie przy ludzkim ciele, z jego chorowitością i bólem, to jest czuwanie w kształcie ludzkim, narażonym na działanie czynników atmosferycznych, poddawanym destrukcyjnej sile czasu. Rzadko się zdarza by w poezji pojawiała się tak wyraziście świadomość człowieka, migotliwa i przybierająca kształt jasnego promienia, przenikająca ogromne przedziały czasu, skanująca przestrzeń we wszelkich jej kształtach i metamorfozach. Majia potrafi napisać wiersz delikatny jak ruch skrzydeł ważki, a zarazem tworzyć szerokie panoramy, w których odzwierciedla się duch całej epoki, etos wolnej egzystencji pośród gór i jezior, w harmonii ze zwierzętami, ptakami i wszelkimi istotami żywymi. Każda kolejna odsłona liryczna staje się tutaj dalszym ciągiem opowiadanej historii plemienia i jednego, wyodrębnionego z niego bytu, jakby specjalnie powołanego by głosić jego chwałę. Poeta ma świadomość tego, że został wybrany z wielu i stara się wypełnić to, co wyznaczyło mu przeznaczenie-mógł przecież żyć stale pośród gór Liangshanu, mógł ze strzelbą wychodzić na polowania i wieść senną, spokojną egzystencję pośród klanu rodzinnego. Mógł tańczyć przy ogniskach i spoglądać w dal ze szczytów górskich, ale jego losy tak się potoczyły, że znalazł się w gronie poetów świata, zaczął głosić chwałę ziemi i narodu w najdalszych zakątkach globu. Mógł śpiewać w małych chatkach, odgrodzony od mroźnych, kosmicznych dali, mógł wsłuchiwać się w opowieści starców i szamanów, ale dane mu było stanąć w obliczu świata i nieustannie powtarzać elementarna prawdę o istnieniu: *Jestem Nuosu!* To jest jego wielkie zadanie, a zarazem rodzaj modlitwy powtarzanej przez pokolenia, to ciąg przypomnień i uwzniośleń, daleki pogłos dziejów, które się dokonały i które nadejdą.

Ważną rolę odgrywają w tej poezji obrzędy kulturowe, a na plan pierwszy wysuwają się ceremonie związane z przejściem bytu cielesnego do duchowego i mijaniem granicy życia. Martwe ciała poddaje się wtedy kremacji i w akcie kosmicznego przeistoczenia, przejścia przez elementarny ogień, stają się one z powrotem materią kosmiczną, mikroskopijną cząstką krainy gór, jezior i niewyobrażalnie wielkiego wszechświata. Wielokrotnie wraca w tej poezji motyw kremacji ciała, który jest nawiązaniem do odwiecznych rytuałów palenia zwłok na stosie, a zarazem staje się elementem wiary w reinkarnację, powrotu powłoki duchowej do krain dzieciństwa i pierwszej miłości, snucia się uwolnionego bytu pośród zboczy i turni, rozprzestrzeniania się jednej, ulotnej świadomości pośród ogromów kosmosu. Kremacja staje się tu momentem centralnym dla skończonej egzystencji, a zarazem wyznacza horyzont istnienia dla ducha, uruchamia go i przydaje mu impetu, prowadzi do miejsc pierwszych inicjacji i nieustannie ekspanduje w kosmos. Ogień oczyszcza, ale też natychmiast kosmizuje, inicjując rozpad złożonych struktur organicznych i wprowadzając je na nowo w obręb wielkości niewyobrażalnych, światów lustrzanych i wiecznie się zmieniających, powołujących do życia galaktyki, gwiazdy supernowe, planety i asteroidy. Poetę wyraźnie fascynuje ów moment zniszczenia powłoki cielesnej i ponownego wejścia w obręb elementarnych struktur materii, ostatecznego połączenia z kamieniem i skałą, z czarną ziemią i gliną, z rzucanym przez wiatr iłem i ziarnem piasku. Ogień staje się też znakiem wieczności, na chwilę uwięzionej w ludzkim ciele, ale natychmiast uruchomionej, z jej ogromami sprzed narodzin i tymi po śmierci człowieka. Kremacja staje się jej najważniejszym rytuałem, a zarazem elementem pogodzenia ze światem, zgody na rozpad cząstek i potwierdzeniem, że cesarz, szaman czy przywódca, tak samo podlegają mechanizmom kosmicznym, a choćby nie wiadomo co robili, nie powstrzymają biegu czasu i jego ostatecznego postanowienia.

Kremacja jest rodzajem oczyszczenia bytu z grzechów, a rytuały żałobne maja potwierdzać, że żegnana właśnie istota była kimś ważnym dla świata i stanowiła niezbędny jego element, jakby cząstkę ciągnącego się od wieków łańcucha, chwilowo przybierającego formę DNA, a po przejściu przez ogień, wracającego w obręb jednorodnych pierwiastków. Lament płaczącej matki, modlitwa czarownika *bimo*, szloch sióstr i braci, zawodzenie innych członków wspólnoty rodowej, są jak odwieczna żałobna pieśń, potęgująca się w chwili rozpadu ciała, pożegnania ludzkiego kształtu i narodzin wolnego ducha. Echo powtarzające dźwięki, rozprzestrzenia je pośród dalekich gór i zdaje się wtedy, że cała natura płacze nad tym, który właśnie przeistoczył się i wszedł na zawsze w obręb wieczności. Nuosu przykładają wielką wagę do ceremonii pogrzebowych i stają się one rodzajem święta całej społeczności, a gremialne odprowadzanie prochów do miejsca spoczynku jest jak błogosławieństwo tych którzy jeszcze żyją, ale niebawem podążą tym samym szlakiem i połączą się ze zmarłym w komunii elementarnej materii. Wszystko tutaj ma swoje znaczenie, począwszy od kolorów stroju i haftów odzienia-niebieskiego, czarnego i żółtego-a skończywszy na rytualnych śpiewach i podkreślaniu integralnej, plemiennej więzi. Kremacja jest w tej poezji kresem wszystkiego i rodzi też lęk przed wiecznością, otwierającą się bezpowrotnie i triumfującą nad życiem. To jest chwila bolesna i euforyczna zarazem, to wielki smutek i wielka radość, alfa i omega, rozpad i kształtowanie, niebyt i narodziny nowej formy, to eternalny ryt przejścia. Kimkolwiek człowiek by nie był i cokolwiek by nie zrobił, dojdzie do kresu sił, zostanie zdruzgotany przez choroby i ból i wreszcie umrze, a żałobnicy przygotują ceremonię kremacji i wezmą udział w obrzędach funeralnych. Ta śmierć będzie potwierdzeniem odwiecznej metamorfozy i powszechnego umierania bytów, roślin i zwierząt, erozji skał i kamieni, a nade wszystko rozpadu więzi rodzinnych i plemiennych, zanikania miłości ziemskiej i pojawiania się energii kosmicznej. W takim momencie potrzebni są przewodnicy, którzy odprowadzą świadomość do bram istnienia i wraz z nią wnikną na chwilę do świata duchowego, by wypowiedzieć tam ostatnie słowo pożegnania i wrócić z powrotem do żywych. Takimi kapłanami są dla ludu Nuosu *bimo*, czyli czarownicy i szamani, odwieczni powiernicy ludzkich trosk i ci, którzy swoimi opowieściami łagodzą ból przemijania. Nie ulega wątpliwości, że poezja Jidiego Majii staje się rodzajem takiego zaklęcia, a poeta zyskuje rangę jednego z najważniejszych *bimo* swojego ludu. Stając na wyniosłej skale, pochylając się nad taflą górskiego jeziora, patrząc w gasnące oczy jelenia i orła, pstrąga, wypowiada prawdy elementarne i generuje liryczne treści, które chwytają za serce i stają się intelektualnym kontekstem dla prostego, zgodnego z naturą życia i odwiecznych ceremonii, rozgrywających się pośród rodzinnej ziemi i w dalekich rewirach wszechświata.

Wiersze te podkreślają nierozerwalność więzi rodzinnych i rodowych, dokumentują trwanie w obrębie niewielkiej, zamkniętej społeczności, ale też otwierają się na cały świat. Tak stają się czymś na kształt lirycznego obwieszczenia i potwierdzenia, że w dalekich wschodnich krainach żyją wspaniali ludzie, od dawien dawna praktykujący kulturowe obrzędy przejścia, tworzący mity kalendarzowe i agrarne, a nade wszystko przyoblekający kształt istnienia w świętość i chwałę wieczności. Obok kapłanów *bimo* najważniejsi tutaj są rodzice i najbliżsi członkowie rodzinnego klanu poety, choć na plan pierwszy wysuwa się ta która go urodziła. Dostrzega on jej starość i jej wizualne elementy, ale jednocześnie nie waha się porównywać ją do gór i rzek, przydając jej mocy nieomal magicznej. To ona nosiła go przez dziewięć miesięcy w swoim ciele i ona pielęgnowała go w dzieciństwie, bacznie przyglądając się mu w latach dorastania i wchodzenia w męskość-to ona wreszcie stała się w jego świadomości poetyckiej multiplikacją wszystkich matek i zyskała wymiar przeogromny Matki Gór, stworzycielki wszystkiego, kreatorki bytu i poezji, siły i energii miłości, ran pierwszych i ostatnich. Łatwo możemy sobie wyobrazić jak ważną istotą była matka dla poety, gdy w niewielkim domostwie, zagubionym pośród przeogromnych gór, otaczała go czułością, jak ważne dla niego było mleko z jej piersi, uśmiech na twarzy i ciepło tulących go ramion, jak głęboko wryła się w pamięć słodycz ust całujących go nieustanie i jej czułe czuwanie u kołyski. To ona stała się fundamentem przyszłych dni, to ona pierwsza pokazała mu błękit nieba, zieleń drzew i dalekie mgły nad górskimi jeziorami, to ona nauczyła go mówić i stała się rękojmią poetyckiego języka, wskazując lecącego łabędzia, czarne głazy osuwające się ze zboczy, śnieżną panterę podążającą w dal i górskiego kozła chroniącego się na wysokiej półce skalnej. To ona była w nim od początku i on od początku był w niej, potwierdzając odwieczność trwania, w cieniu szczytów, w rozwidleniu wielkich rzek i w obliczu groźnych żywiołów-to ona go stworzyła, tak jak niewidzialny kreator stworzył cały wszechświat i uruchomił bieg rzeczy, nadał impetu narodzinom i umieraniu. Bez wątpienia wiersze o matce, stworzone przez Jidiego Maję, weszły do światowej skarbnicy motywów macierzyńskich w liryce, stały się potwierdzeniem miłości i synowskiego oddania, wdzięczności za przekazane życie i za to, co miało się przydarzyć po cudzie narodzin. Nikt tak jak matka nie rozumiał tęsknot i pragnień przyszłego poety, nikt nie dał mu tego, co ona mu dała, pozwalając kształtować się w swoim ciele, a potem w bólach wydając go na świat i natychmiast obdarzając kosmiczna miłością-nikt nie otoczył go taką opieką i nie zapewnił mu bezpieczeństwa pośród groźnych sił natury, nikt-wreszcie-nie odprowadzał go pełnym łez okiem, gdy odchodził ku dalekim miastom. To dlatego wiersze o matce Majii stają się wspaniałym hymnem tęsknoty i oddania, miłości czystej jak woda w strumieniu, uczucia klarownego jak widok dalekich, ośnieżonych szczytów, rysujących się w dali, pośród błękitnego nieba. To w ciele matki zainicjowana została harmonia, która wracała jak echo w kolejnych lirykach, w wierszach o rzekach i łańcuchach górskich, o starym byku na arenie, o jeleniach i podążających w głuszy mundżakach, o tropiących ich śnieżnych panterach i rysiach, to w niej zabrzmiał po raz pierwszy ton, który pojawiać miał się w pieśniach Nuosu i w jego późniejszych poematach.

Niezwykle interesujące są też w tej poezji motywy myśliwskie, będące przypomnieniem, że w Chinach żyją potomkowie ludów pasterskich, plemion tubylczych, licznych szczepów, które przywędrowały z centralnej i zachodniej Azji. Szczególną wagę mają łowcy dla Nuosu, bo od dawien dawna zapewniali oni dostawy świeżego mięsa, a nade wszystko stanowili zamknięty klan dojrzałych mężczyzn, wędrujących od przełęczy do przełęczy, wspinających się na wielkie zbocza, śpiących w chatkach i jaskiniach pośród wysokich gór. To o nich od dawien dawna śpiewały młode dziewczyny tęskniące za wielką miłości, to ich wyczekiwały matki, gdy ruszali tropić niedźwiedzia, koziorożca, jelenia lub panterę. W poezji Majii myśliwi pojawiają się jako wspomnienie marzeń dziecinnych, jako nawiązanie do wielkiej młodzieńczej fascynacji. Dziecko z tych wierszy, to najpewniej sam poeta, który pragnął ich naśladować, wraz z nimi podążać górskimi ścieżkami i polować na zwierzęta. Myśliwi zawsze snuli opowieści o wyprawach do niedostępnych miejsc, opowiadali po powrocie do domu o nadludzkich czynach, relacjonowali walki z potężnymi przeciwnikami. Ale zdarzało się też, że snuli opowieść o duchach ziemi, o mistycznych doświadczeniach w jakiejś samotni, na brzegu rzeki Jangcy albo Huang Ho, nabierających impetu i potężniejących w górach. Wtedy w wyobraźni dzieci i kobiet stawali się mitycznymi herosami, wkraczającymi z realnego świata w przestrzenie mitów bohaterskich, w rewiry surrealne, łączące się z kosmosem, na krawędzi skalnej grani i w krystalicznie czystej toni jeziora. A gdy umierali i ich ciała kremowano w jakimś odosobnionym zakątku Wielkiego Liangshanu, stawali się solą ziemi i ruszali natychmiast na łowy w zaświaty. Transmigracja pojawia się w tej poezji jako naturalna kontynuacja życia ziemskiego, jako przedłużenie istnienia rodu i potwierdzenie przynależności do wielkiej rodziny Nuosu. Marzenie by być myśliwym, by samotnie snuć się pośród dolin, przeplata się tutaj z tragizmem istnienia w ekstremalnych warunkach, pośród mrozu i żaru lejącego się z nieba; w obliczu nadchodzących znienacka kataklizmów i grozy nicującego byty wszechświata, wciąż opalizującego gwiazdami i połyskującego martwym blaskiem księżyca.

Poezja Jidiego Majii nie szuka skomplikowanych metafor, nie uwodzi czytelnika zawiłościami języka, raczej proponuje model poezji czystej, narracyjnej, zaskakującej celną pointą i umiejętnością nazywania ulotnych stanów umysłu, nastrojów, przeczuciem form egzystencji duchów w zaświatach. To jest nieustanne podkreślanie wagi więzi rodzinnych i przynależności do określonej grupy etnicznej, która zachowała swoje obyczaje i wytworzyła integralną kulturę. W jej obrębie powstawały arcydzieła sztuki i kolejne partie narodowego eposu *Hnewo Tepyy*, przekazywanego i modyfikowanego w każdym pokoleniu przez kolejnych *bimo*. Majia-stając w ich szeregu-tworzy zarazem nowoczesna poezję, która dociera do szerokich rzesz odbiorców w Chinach i na całym świecie. Zaczyna pojawiać się coraz więcej przekładów wierszy wybranych tego poety i za każdym razem okazuje się, że udanie przechodzą one próbę zaistnienia w nowym brzmieniu narodowym. Dzieje się tak za sprawą uniwersalizmu podejmowanych tematów i lekkości języka, udanie naśladującego modlitwę i lament żałobny, rozbudowaną odę i ulotny liryk. Chiny to od tysiącleci kraina prawdziwej poezji, wielkich myślicieli i poetów, to kraj znakomicie zorientowany w trendach poezji współczesnej. Osiągnięcie sukcesu literackiego jest tam bardzo trudne, tym bardziej, że pojawia się tendencja snobistycznego naśladowania wzorów europejskich czy amerykańskich. Majia nawiązuje do znakomitych wzorców, cytuje wielkich poetów światowych, ale ani przez chwilę nie traci z oczy perspektywy poezji kulturowej, której nauczył się pośród małych wiosek na pograniczu Sichuanu i Yunnanu. Słuchając opowieści *bimo*, starych ludzi i matek, myśliwych wracających z polowań, wytworzył w sobie niezwykłą wrażliwość na elementarne cząstki natury i wołanie dochodzące z dalekich otchłani kosmosu. Słysząc echo pierwszych chwil stworzenia, ustalania proporcji i nazywania barw, wyodrębniania z mroku zwierząt, pasm górskich, najwyższych szczytów i dolin, poeta jest tyleż kreatorem, co ostatnim członkiem klanu, ze smutkiem wracającym wspomnieniem do świata, który przepadł na zawsze. A choć odradza się w nowych wierszach i w umysłach ludzi następnych generacji, nic nie przywróci do życia prochów przodków. Być poetą z ludu Nuosu, to znaczy być strażnikiem pamięci, wpatrzonym w przeszłość świadkiem pięknych czynów, uśmiechniętych twarzy i lśniących oczu-to znaczy przemijać, jak wszystko wokół, wciąż tworzyć opowieść o czasie i przestrzeni, o nieuchronnym wnikaniu bytu w śmierć i w wieczność.

（波兰语）

金色口弦与永恒的激情

[俄罗斯] 阿·奥·菲利莫诺夫

> 或许意识的边缘
> 确有一片阳光
> 像鸟的翅膀
> ——《消隐的片断》

吉狄马加是当代中国诗人，于他的诗作而言，面对先辈灵魂借助"金色口弦"和呼唤宇宙间本族与生俱有的生气勃勃的基因的旋律，萨满的形象具有至关重要的意义。萨满或者祭司不是抒情作品中简单的神话人物，而是作者的共同创造者，是诅咒罪恶、摆脱困境、治愈伤病、预见未来的言辞的传播者。在《自画像》一诗中，作者重墨着力以个性为根基的氏族起源：

> 其实我是千百年来
> 一切背叛
> 一切忠诚
> 一切生
> 一切死
> 啊，世界，请听我回答
> 我——是——彝——人

古老口弦的语言助人，也助哲学家帕斯卡"会思想的苇笔"去克服精神与自然界的不协调。人和媒介物（乐器）的语言服从于永恒的音符，朝着和谐发展，逐渐形成完整和统一。

但是——兄弟啊——在漆黑的夜半
如果你感受到了
这块土地的悲哀
那就是我还在思念

——《口弦的自白》

守望毕摩
是对一个时代的回望
那里有多少神秘、温情和泪水啊！

——《守望毕摩》

吉狄马加代表着中国人。作为民族的信使，在创作中他把民族的过去和未来连接起来。俄文中表示彝族的字母И象征着理解和空间的统一，同时象征着位于逝者和来者之间那个惊人的黑洞，以及跨越深渊的无声摇摆的小桥。彝（И），就是某种对真实的见证："他的确生存过，但确实死了。"

俄罗斯读者确实不了解当代中国诗歌，尽管它同中国文化一样早已吸引着俄罗斯人。当年，亚历山大·普希金对中国产生过浓厚兴趣，并且熟悉关于世界的研究成果。在白银时代面向"欧洲"传统的文化氛围下，卓尔不群的俄罗斯诗人维里米尔·赫列博尼科夫就感触到亚洲的精神。我以为，俄罗斯的诗歌鉴赏家必定有兴趣从阅读中发现中国诗人作品同俄罗斯经典诗歌之间的独特呼应和内在联系。

除去汉语，吉狄马加的诗集还有英文、俄文、保加利亚文、波兰文、捷克文、意大利文、西班牙文、马其顿文等译本，这绝非偶然。他的创作并没有被民族情调所束缚，恰恰相反，它连接起文化空间。比如，《彝人之歌》就以不同时代和不同民族的文学、宗教和知识的全球性对话，串联起文化空间。

我们的老人已经制造了一千颗太阳

看那些蜻蜓金黄的翅膀

正飞向每个族群的故乡

赐予我们生命和炽热之心的太阳——这一古希腊双重性质的形象，其实就是护送逝者前往天国和迎接新生者的满帆大船，山岩深处的火焰就是太阳的孪生兄弟。

无论贫穷，还是富有，

你都会为我们的灵魂

穿上永恒的衣裳

　　　　　　　　　——《彝人谈火》

吉狄马加描绘着悲剧性的、在俄罗斯亦熟知不过的——当年谢尔盖·叶赛宁的抒情作品里就有——城市同乡村的隔离，文明同自然的对立，呼唤遵循先辈的路径回归民族的根。

你的马

迈着疲惫的四蹄

文明的阴影

已将它

彻底地笼罩

　　　　　　　　　——《吉卜赛人》

技术主宰的现代社会带来孤独和隔膜，蔓延至天边，然而，纵向上，面对人类精神的庇护——山岩，却一筹莫展。旋律面向群山呼唤，只有它们能够以自己的严峻为人类精神而担当。

那是自由的灵魂

彝人的护身符

躺在它宁静的怀中

可以梦见黄昏的星辰

淡忘钢铁的声音

——《群山的影子》

如果没有大凉山和我的人民

就不会有我这个诗人

——《致自己》

　　谁知道，或许，正是类似的缘由令俄罗斯的诗人们同样强烈地向往命运不祥的高加索？

　　感受和认识整个自然界，既是有生命的，又相对是死亡的，犹如一个完整的机体，那就要全身心地同情、怜悯它。"人可以被消灭，但不可以被战胜。"海明威《老人与海》中的格言被引用于诗歌《老去的斗牛》。

它站立在那里

站在夕阳下

有时会睁开那一只独眼

望着昔日的斗牛场

发出一声悲哀的吼叫

于是那一身

枯黄的毛皮

便像一团火

在那里疯狂地燃烧

——《老去的斗牛》

　　以诗歌的同一神韵对生者的痛苦、逝者的痛苦和未来者的痛苦感同身受是一种必然，吉狄马加在《献给痛苦的颂歌》中这样写道：

痛苦，既然已经找到了你

我就不会去计较

最后是荆棘还是鲜花落在自己的头顶

痛苦，我需要你，这不是你的过错

是我独自选择的

——《献给痛苦的颂歌》

被惊吓的痛苦跨越肉体的痛苦，获得了永生。这不是抽象的形而上学。追求幸福与和谐，这是人的理想。我们把当代诗人吉狄马加的诗句同普希金的诗剧《莫扎特与萨利里》的句式做比对：

你们仇视这个人

仅仅因为他

对生活和未来没有失去过信心

在最黑暗的年代，歌唱过自由

仅仅因为他

写下了一些用眼泪灼热的诗

而他又把这些诗

献给了他的祖国和人民

——《萨瓦尔多·夸西莫多的敌人》

吉狄马加的诗歌以陀思妥耶夫斯基式的语言倾诉，普世的敏感和同情心与生俱有，"我要为所有的人打抱不平，为所有的人"，这是苏联诗人弗拉基米尔·马雅可夫斯基的手笔。中国诗人的激动情绪透过稿纸，留在了排列匀称犹如中国传统山水画卷中群山和密林的象形文的字里行间。

吉狄马加熟谙本民族的独特性，这给予他深入了解不同文化的机会。吉狄马加使我们知晓了何为隆重的送葬仪式，那里显现出一种世代相传永不衰弱的智慧。

彝人的母亲死了，在火葬的时候，她的身子永远是侧向右睡
的，听人说那是因为，她还要用自己的左手，到神灵世界去纺线。

——《母亲们的手》

吉狄马加的诗具有鲜明的阳刚之气，也颂扬忠贞不渝的女性，以隐喻手
法使现实改观，把世界的另一幅景致呈现给读者，而它常常被一时的激情遮
挡于人们视线之外。

诗歌《题纪念册》回忆一位女性，她不屈不挠、致力于创新：

她的名字：
吉克金斯嫫
她的最后一句话：
孩子，要热爱人

——《题纪念册》

这是怀念汉族保姆的一段颂歌：

诚然大地并没有因为失去这样一个平凡的
女人
感到过真正的战栗和悲哀
但在大凉山，一个没有音乐的黄昏
她的彝人孩子将为她哭泣
整个世界都会听见这忧伤的声音

——《献给我的汉族保姆》

这种对童年的执着回忆亦是弗拉基米尔·纳博科夫所特有。他自诩善
于"祈求和唤醒往事"（《彼岸》）。记忆的灵感充满这位当代中国诗人的
创作，他待诗如待友，他召唤民族诗歌的灵魂，而其源头滋养着当代的诗
人——琴手：

四邻的乡亲都安睡了

可是我的诗没有归来

一个人坐在门前等待

这样的夜晚谁能忘怀

——《民歌》

时间的海洋啊

你能否告诉我

如今死者的影子在何处？

——《信》

以我们理解但尚未辨识的隐于原生缄默后的声音祈求大自然的灵魂，对此，"为图腾的最高境界而生"的人类和野兽永恒地一致。

把自己的脚步放轻

穿过自由的森林

让我们同野兽一道行进

让我们陷入最初的神秘

不要惊动它们

那些岩羊、獐子和花豹

它们是白雾忠实的儿子

伴着微光悄悄地隐去

不要打扰永恒的平静

在这里到处都是神灵的气息

死了的前辈正从四面走来

他们惧怕一切不熟悉的阴影

把脚步放轻，还要放轻

尽管命运的目光已经爬满了绿叶

往往在这样异常沉寂的时候

我们会听见来自另一个世界的声音

——《故乡的神灵》

隐身彼岸的主题在中国诗人这里与先辈和动物的灵魂密不可分。"那个世界没有不同的灵魂，也不存在时间"，伊万·普宁在自己的诗作里这么写到。"在这里我不死，因为另一个也是我"（《反差》），吉狄马加这么说。他的非拟人化的神的抒情诗有"隐身人"出现，为灵魂蒙上童话色彩：

迷离的影子，

渐渐消失

傍晚时分

打开沉重的木门

望着寂静的天空

我想说句什么

然而我说不出

——《感受》

在此可以发现吉狄马加的诗与费多尔·丘特切夫的诗有异曲同工之处，"灰影混合在一起，光线暗淡下来，声音沉寂了……"这里充分表达出泛神论的世界观，难道不是吗？不过，当代诗人为什么突然间把自己的生存称为几乎是无出路的，把源自外界的声音称为"黑色狂想曲"？或许，因为意识到声音不能赎回世界的美和世界的悲剧？深入观察，纷乱嘈杂中他充满感情的人物不仅分辨出前人留下的神圣遗产，还有某种令人惊悚的东西，努力地再次铭记人类的名字，在"陌生、费解和黑夜里，他辨认出命中注定要继承的"（费多尔·丘特切夫），而此前是失语的：

啊，黑色的梦想，你快覆盖我，笼罩我

让我在你情人般的抚摸中消失吧

让我成为空气，成为阳光

成为岩石，成为水银，成为女贞子

让我成为铁，成为铜

成为云母，成为石棉，成为磷火

啊，黑色的梦想，你快吞没我，溶化我

让我在你仁慈的保护下消失吧

让我成为草原，成为牛羊

成为獐子，成为云雀，成为细鳞鱼

让我成为火镰，成为马鞍

成为口弦，成为马市，成为卡谢着尔，

啊，黑色的梦想，就在我消失的时候

请为我弹响悲哀和死亡之琴吧

吉狄马加这个痛苦而以又沉重的名字

——《黑色狂想曲》

译者德米特里·捷列帕追随诗人挖掘某种"被埋葬的词语"以使译文达到准确和生动。我认为，仰仗译者的劳动，我们在很大程度上了解到诗人的思想和原本的韵律。隐语令人物形象更加鲜明，创造出动感的戏剧性画面：

寡妇爬上木床

呼吸像一只冷静的猫

——《夜》

我要寻找的词

是夜空宝石般的星星

在它的身后

占卜者的双眸

含有飞鸟的影子

我要寻找的词

是祭司梦幻的火

它能召唤逝去的先辈

它能感应万物的灵魂

我要寻找

被埋葬的词

它是一个山地民族

通过母语，传授给子孙的

那些最隐秘的符号

      ——《被埋葬的词》

  吉狄马加的诗怀有真正的人文和博爱情怀，因为对于无法轻松回答的时代的棘手问题，他首先在自己的内心世界寻觅，借助别人的行为来拷问自己的灵魂。

是啊，二十世纪

当我真的回望你的时候

我才发现你是如此的神秘

你是必然，又是偶然

你仿佛证明的是过去

似乎预示着的又是未来

你好像是上帝在无意间

遗失的一把锋利无比的双刃剑

      ——《回望二十世纪》

  吉狄马加的艺术世界呈现为把口弦演奏者的遗产代代相传的萨满形象。文化遗产提高了大自然、先辈和当代人的呼声，这乃是诗人独特的召唤，亦是世界诗歌传统中富有魅力的奇葩。

  为了生命的延续，自然界与和平的旋律呼唤着记忆。

这个世界的最后消失
秋天的眼睛预言着某种暗示
它让瞩望者相信
一切生命都因为爱而美好！

——《秋天的眼睛》

（刘宪平　译）

阿·奥·菲利莫诺夫，1965年出生，毕业于莫斯科大学新闻系和高尔基文学院高级文学研修班，俄罗斯作家协会会员，圣彼得堡诗歌丛刊《阿芙乐尔》编辑部主任。诗人，并从事文学翻译和文学评论。

Золотой варган и вечное пламя

©Алексей Филимонов, член Союза писателей России

Санкт-Петербург

быть может есть солнце

за играми смыслов

свет солнца как крылья

Для поэзии современного китайского поэта Цзиди Мацзя важен образ шамана, обращающегося к духам предков посредством «золотого варгана», мелодией, выкликающей из космоса «животворящий ген» рода. Шаман или жрец-бимо-не только мифологизированный персонаж лирического произведения, но соавтор поэта, проводник слова заклинательного, пророческого, исцеляющего. В стихотворении «Автопортрет» поэт подчёркивает родовое начало, питающее корни личности:

весь я измена

и верность

жизнь я

и смерть

Мир! прими же ответ мой

я — муж — ийского — рода

Язык, «язычок» древнего варгана помогает человеку, «мыслящему тростнику» философа Блеза Паскаля, преодолеть разлад души с природой. Глагол человека и посредника-музыкального инструмента-становится единым, внимая нотам вечности и простирая гармонию.

мир состоит из живых сущностей:
если тебя одолеет тоска мировая
горе земли ощутишь
наверняка знай-то я еще мыслю

«Исповедь варгана»

наследовать бимо!
туда воротиться к высокому духу
где плакать способны от нежности только

«Наследовать бимо»

Цзиди Мацзя, представитель китайского народаи, объединяет в своем творчестве прошлое и будущее своего этноса, являясь его вестником. Буква «и»-символизируя в русском языке объединение понятий и пространств, в то же время-ослепительно зияние между миром ушедших и еще не рожденных, шаткий мостик перехода над пропастью без звуков. И-некое свидетельствование об истине: «он точно жил и правда умер».

Российскому читателю практически неизвестна современная китайская поэзия, которая, как и китайская культура, издавна притягивает русского человека. Известно, что А. Пушкин живо интересовался Китаем и знакомился с исследованиями о Поднебесной. Поэтом в России, чувствовавшим душу Азии-вопреки культурной среде Серебряного века, ориентированной на «европейскую» традицию-был Велимир Хлебников. Думается, отечественному ценителю поэзии было бы интересно отметить своеобразную перекличку стихов русской классики с поэзией китайского автора.

Сборник Цзиди Мацзя выходит на трёх языках-китайском, русском и английском-что не случайно. Творчество поэта объединяет культурные пространства, не замыкаясь на национальном колорите, напротив, «песней ийца» объединившись во всемирном диалоге с литературой, религиями и знаниями времён и народов.

> *предки до нас сотворили нам тысячи солнц*
> *глядя на золото крыльев стрекоз невесомых*
> *что поднялись над прародиной каждой из рас*

Солнце, дарующее жизнь и испепеляющее души-этот античный амбивалентный образ, оно же ладья, провожающая в царство мёртвых и встречающая новорожденных, его двойник-пламя в глубине скал.

> *неважно богач или бедный-любого*
> *готов ты во имя нетленной души*
> *облечь в одеяния вечности*
>
> **«Разговор ийца с огнём»**

Поэт описывает трагическое и столь знакомое нам в России-ещё по лирике Сергея Есенина-разобщение города и деревни, Природы и цивилизации, призывая «вернуться дорогою предков» к истокам.

> *твой конь*
> *устало топчется*
> *в тени цивилизации*

которая вот-вот

совсем его проглотит

«Цыган»

Технократическая современность приносит одиночество и разобщение, захватывает горизонтальные просторы, однако ничего не может поделать с вертикалью-скалами, хранительницами духа. Мелодия зовёт в горы-только они одни служат духу в своей строгости.

то дух свободы

хранитель народа

ийцы в объятьях его

грезят о звёздной пыли

забывают о лязге железном

«Силуэт в скалах»

не будь гор Ляншаня не будь моего народа

меня как поэта и не было бы никогда

«Моё желание»

Кто знает, возможно, по сходной причине русских поэтов всегда столь тянуло на роковой для них Кавказ?

Чувствовать всю природу, и живую и условно мёртвую, как единый организм-значит в полной мере сострадать ей. «Человека можно уничтожить, но его нельзя победить», -этот эпиграф из «Старика и моря» Э. Хемингуэя взят поэтом для стихотворения «Бойцовый бык».

стоит он вон там

все стоит и стоит на закате

приоткрывает оставшийся глаз иногда

видит землю-арену былого

и горестным рёвом ревёт

оттого его тело

и шкура иссохли

стали огненным шаром

и бешено там пламенеют

Необходимость ощущать боль мёртвых, живых и не рождённых в едином нерве стиха-вот о чем проговаривается поэт в «Оде боли»:

боль, наконец тебя нашёл

отныне я не замечаю

цветы у ног и боль шипов

боль, для меня ты не случайна

тебя я избираю сам

Перешагнувший через боль физическую боль от страха обретает бессмертие. Это не умозрительная метафизика. Стремление к счастью и гармонии-вот идеал для человека. Мы соотносим проблематику строк современного автора с драматическим повествованием в пушкинском «Моцарте и Сальери»:

его возненавидели

за то лишь

что в жизни разувериться не смог

и в черную годину волю славил

лишь в том винили

что писал навзрыд

и яростными строчками платил

дань родине и своему народу

«Противникам Сальваторе Квазимодо»

Поэзии Цзиди Мацзя, говоря словами Ф. Достоевского, в полной мере свойственна всемирная отзывчивость, «За всех расплачусь, за всех расплачусь», -писал советский поэт Владимир Маяковский. Нервные окончания стихов китайского поэта проходят сквозь бумагу, оставаясь в стройных знаках иероглифов, похожих и на лес и горы в традиционных картинах китайских мастеров живописи.

Ощущение уникальности собственного народа даёт поэту и человеку возможность проникать в иные культуры. Цзиди Мацзя знакомит нас с церемониальным погребальными обрядом, где явлена мудрость не истончаемой связи поколений:

По обычаю ийцев, если умирает мать семейства, её

кремируют лежащей на правом боку. Считается, что в мире

духов левая рука ей ещё понадобится, чтобы прясть.

«Руки матерей»

Поэзия Цзиди Мадзя несет яркое мужское начало, воспевая верную женственность, метафорически преображая действительность и преподнося то виденье мира, которое зачастую сокрыто от живущих сиюминутными страстями.

Стихотворение «Надпись в альбом» обращено к памяти о женщине, стремящейся к созиданию и не сломленной:

её имя-

Цзикэ Цзинсымо

и в последних словах её было:
Милый, нужно любить...

И вот строки из оды, посвящённой няне-китаянке:

осиротел этот свет не утратой обычной простой женщины
подлинно знавшей страданье и горе и скорби
но в Даляншане щемяще беззвучной зарей
истинный сын её иец заплачет о ней
пусть в целом мире услышать рыдания горечь

Подобное настойчивое обращение к воспоминаниям детства, прапамяти рода было свойственно Владимиру Набокову, умевшему, по его словам, «заклинать и оживлять былое» («Другие берега»). Муза Памяти осеняет творчество современного китайского поэта. Обращаясь к стиху как к близкому другу, он выкликает душу народной поэзии, чьи корни питают современного поэта-«варганиста»:

соседи в округе затихли-уснули
только мой стих не вернётся
ночь напролёт жду его у ворот

«Народная песня»

о, море времени!
откроешь ли ты мне
где тени смертных обрели забвенье?

«Письмо»

Люди и звери вечно едины-«для эмпирей тотемы рождены»-в

заклинании духов стихий звуком осмысляемым и ещё нами не разгаданным, скрывающимся за первозданной немотой:

> *давай идти со зверем диким*
>
> *участвовать в мистерии предвечной*
>
> *не бойся ты ни голубых баранов*
>
> *косуль не бойся ты и леопардов*
>
> *они все только сыновья тумана*
>
> *что исчезают тихо на закате*
>
> *не разрушай той вечной тишины*
>
> *что всюду здесь дыханьем духов полна*
>
> *здесь предки мёртвые со всех сторон сойдутся*
>
> *пугаясь тени каждой невесомой*
>
> *замедли ты шаги и осторожней*
>
> *по зелени ступай-то взор судьбы*
>
> *в секунды эти в полной тишине*
>
> *услышать можно тон иного мира*

«Боги моей родины»

Мотив не проявленного, потустороннего мира у китайского поэта тесно связан с темой предков и духов животных. «Нет в мире разных душ и времени в нём нет», -писал в стихах Иван Бунин. «Здесь не я умирал-тот иной тоже я» («Наизнанку»), -говорит Цзиди Мацзя. Неперсонифицированные божества лирики поэта, где присутствует «Человек-невидимка», обволакивают душу сказочным миром:

> *тени длинные сплелись*
>
> *потеряв друг друга*
>
> *когда ночь опустится*

отворяю я двери

в небо тихое гляжу

на устах трепещет

что-то несказа́нное

«Несказанное»

Не правда ли, здесь можно разглядеть схожесть со стихотворением Фёдора Тютчева «Тени сизые смесились, цвет поблекнул, звук уснул…», где в полной мере выражено пантеистическое мировоззрение? Но отчего поэт вдруг современный поэт называет своё существование едва ли не безысходным, а приходящие извне звуки- «Чёрной рапсодией»? Быть может, от осознания того, что трагедию и красоту мира невозможно искупить звуками? Вглядываясь в бездну, его лирический герой различает в хаосе не только светлое наследие прошлого-но и пугающее иное, стремясь ещё раз запечатлеть человеческое имя, когда вдруг «… в чуждом, неразгаданном, ночном. Он узнает наследье роковое» (Фёдор Тютчев), пред чем немеют уста:

о черный сон, укрой и защити

позволь пропасть в любви тебя ласкавших

дай превратиться в воздух или луч

позволь стать камнем, ртутью, бирючиной

пускай железом стану или медью

слюдой или асбестом или в светлый фосфор

я превращусь-о черный сон!

глотай меня скорее раствори

дай сгинуть в милости твоей защиты

вели мне стать и лугом и скотиной

косулей или жаворонком или быть рыбиной

огнивом или всадником

варганом стать, мабу и касечжуром

о, черный сон, как стану пропадать

прошу сыграй на цине грусть со смертью

Цзиди Мацзя-мне горестное имя

«Чёрная рапсодия»

Переводчик Дмитрием Дерепа вослед поэту взыскует «потаённого слова» для точного, полнокровного перевода, и мне кажется, что благодаря его труду первозданные мелодия и мысль поэта во многом доходят до нас. Метафора делает образы зримыми, создаёт динамичные драматические картины:

в кровати замерла

вдова притихшей кошкой

«Ночи»

искомое слово моё

как камень мерцает в звездном убранстве

и прямо за ним

пророка глаза

замкнули летучие тени

искомое слово моё

огнем сон жреца опаляет

под силу ему будить мёртвых

провидеть всех тварей начало

мне нужно сыскать

потаённое слово

у горцев оно

в родной речи младенцу

сияет как символ надежды

Поэзия Цзиди Мацзя несёт подлинный гуманизм, потому что нелёгкие ответы на проклятые вопросы времени поэт ищет прежде всего внутри себя, пытая душу за поступки, совершённые другими.

да, век двадцатый

лишь честно тебя оглядев

я понимаю как много загадок

в твоей неизбежности

все же вчера прояснил ты

что будет завтра и кажешься схожим

с оброненным богом с небес

обоюдоострым мечом

Художественный мир Цзиди Мацзя олицетворяется образом шамана, передающего наследие певца-варганиста из рода в род. Голоса природы, предков и современников, преумноженные культурным наследием-всё это составляет неповторимый голос поэта, его пленительное своеобразие в мировой поэтической традиции.

Мелодия природы и мира призывает Память ради продолжения жизни.

звук мира исчезает навсегда

пророчат глаза осени нам жажду

искать найти и верить в то что жизнь

любовью лишь и красотой спасётся

«Глаза осени»

(俄语)

狂想曲：生存，声音，延续。一种尊崇。

[美国] 西蒙·欧迪斯

  近期，我曾回到我的故乡，它位于美国西南部地区。那里，群山，山峪，峡谷，以及高高低低的荒芜平地，混合而成一幅生动的高原景致。那是我的阿科马原住民社群同其他普厄布洛原住民社群一道生活的地方。共同的文化世界观将它们紧紧连接在了一起。那是我和我的兄弟姐妹以及众多亲人从小到大被哺育成长的地方。我们都是一种文化生活方式的一部分，那种方式，我们称之为阿科马方式。

  这是一种由古老的记事描述的文化和世俗景致：uubeh–taa–neeh我们说。故事和更多的故事。那些故事全都在讲述作为阿科马人我们是谁。那就是我们：拥有自己土地的阿科马人民。那片土地就是我们的家。那些故事包含着一种口述传统，那是一种已然运用于阿科马记事或故事的美国英语术语。

  当我阅读《黑色狂想曲：诗篇》时，我即刻想起了这些。这奇特的书让我极为亲密地想起了吉狄马加，写出书中这些诗篇的彝族诗人。因为他的彝族故乡位于中国西南山区。不仅他的诗歌所唤起的景致相似，而且还有那些故事——我在前面提及的口述传统——它们是文化和世俗景致的一部分，是蕴含这些诗篇的语言的基础部分。"是的，就像阿科马人的uubeh–taa–neeh."我对自己说。也对吉狄马加说。此时此刻，他并不在我身边，但我在去年的青海湖国际诗歌节上结识了他。

  而当我读到吉狄马加诗作《彝人谈火》中的几句诗行：

258

给我们血液，给我们土地

你比人类古老的历史还要漫长

给我们启示，给我们慰藉

我就寻思：这是一种富有激情的声音，它在讲述，为了土地，关于土地。

在我们阿科马语中，haatse意为我们的土地。我们的家园。那是我们声音的源头。事实上，在某种关键意义上，那声音——吉狄马加和我作为诗人和作家发出的声音——绝对由我们作为文化人类在其中不断进化的景致组成。进而言之，我们的生存就是一种平衡，由被我视作过去二十五年左右岁月的曼特罗构成：土地、文化和社群。

没有土地，文化和社群，我们也就没有自己的声音。因此，吉狄马加与他的故乡合著的诗篇，对于彝人和他们的土地至关重要。这一点我还将在此序中反复重申。

近期，我回到阿科马，因为一场传统的宗教仪式正在发生。每年中的这段时日，宇宙万物的神灵Kah–tzinah会同阿科马土地、文化和社群共度四日。神灵Kah–tzinah带来歌曲、舞蹈、祈祷、文化知识（沉思）和诸如食品、面包、水果、坚果、陶器、篮子、衣裳和纺织品，以及其他传统物品等物质馈赠，它们来自慷慨而自然的土地资源，来自我们人类依赖的持久恒力。

他们还带来他们自己，宇宙万物的神圣精灵。他们同民众相互交往，正如文化时代开启后他们一直做的那样。显然，那仪式是持久恒力的一种经验：土地，文化，在歌曲、舞蹈、祈祷和文化知识（沉思）语境里相互交往的社群。我的孙子孙女们，年龄大小不等，也在现场，因为这一仪式或活动，在真正意义上，主要为作为年轻部落成员的他们而举行。如此，他们就能永远懂得在相互交往和持久恒力中生活。

的确，当我读到吉狄马加的诗篇《土地》时，这一切进入了我的脑海。我想象着他的词语：

我深深地爱着这片土地

在一诗节中，接着，他又重复

我深深地爱着这片土地

在下一诗节中，接着，他再一次重复

我深深地爱着这片土地

在最后的诗节中！

由于吉狄马加的声音表达出他对土地的爱，纵然此时此刻他不在我身边，我也不得不对他说："Hah-uh, ehmee-eh heh-yah tse dah-aah eh kah-aititah naatah dai Aacqu dzeh-she.是的，那就是这些仪式在阿科马这一地方发生的缘由。"

对土地的爱，对人民的爱。对他们的土地、他们的文化和他们的社群的爱。没有歌曲、舞蹈、祈祷、沉思、食品、水果、坚果、陶器和篮子以及传统物品馈赠，没有延续所需的持久恒力，我们就不会懂得我们所负有责任的生存。

没有土地、文化和社群，我们就没有生存。我们的声音就由那些至为重要和基本的资源组成。我们能够延续，全都因了我们的土地、文化和社群；我们能够延续，全都因了持久恒力，我们，作为人类，和土地、文化、社群一道履行的相互责任使之成为可能。

依据阿科马人的世界观，光临阿科马的神灵kah-tzinah是那些自创世伊始就和我们一起的宇宙造物的力量。它们同样是闪电、霹雳和地球，以及地球支撑的生命万物所需要的雨的力量。神灵Kah-tzinah将它们从天空以及那些唯有它们才能抵达的宇宙点带来。而我们依赖于此。神灵Kah-tzinh以它们神圣和纯洁的生命，带来滋养地球和我们的雨。这就是我在前面想反复重申的话语：诗歌滋养着我们，比我们意识和承认的都要多得多。想着这，想着非凡的彝族诗人吉狄马加的《黑色狂想曲：诗篇》，在崇敬中，我想以数年前写下的这段话作为此序的结束语：

当我们对其滋养力怀着崇敬和爱的感恩，凝聚起雨的馈赠，当我们饮水，用水清洗、浇灌我们的果林和花园，我们也就成为那份馈赠的一部分。雨同样在一个包蕴一切的时刻凝聚起我们。那一时刻我们常常注意不到，但它始终存在。而对那般凝聚，我们心存感激。

同样，我也极为感激吉狄马加那充满幻想的声音。

（高兴　译）

> 西蒙·欧迪斯，是一位来自美国西南地区阿科马普韦布洛的美国原住民诗人和作家。他出版了众多诗集，小说和儿童文学。他是亚利桑那州立大学的董事教授（Regents Professor）以及该校原住民讲座系列的主持人。欧迪斯是当今最受人尊重以及被最广泛阅读的美国原住民诗人之一。

◊

Rhapsody: Existence, Voice, Continuance.
An Honoring.

©Simon J. Ortiz

Recently, I was in my homeland in the southwestern region of the United States of America where the plateau landscape is a vivid mix of mountains, valleys, canyons, and high-low desert flatlands. That's where my Indigenous community of *Aacqu* is located along with other Indigenous Pueblo communities that are bound together by a common cultural world view. With my sisters and brothers and many relatives, that's where I was raised from infancy to adulthood. We are all part of a cultural way of life that we call the *Aacqumeh* way.

It is a cultural and terrestrial landscape storied by an ancient narrative: *uubeh-taa-neeh* we say. Stories and more stories. The stories are everything about who we are as an *Aacqumeh hanoh*. That is who we are as an Acoma people with our own *haatse*. That is the land that is our home. And the stories comprise an oral tradition which is an American English term that has been applied to the narrative or stories of *Aacquh*.

That's what comes to mind instantly when I read *Rhapsody in Black: Poems*. The wondrous book makes me think very closely of Jidi Majia, the Nuosu poet who composed the poems in the book. Because his Nuosu homelands are in the mountainous southwest region of China. But it's not only the similar landscape terrain his poems evoke, but also the

262

stories—oral tradition like I explain above--that are part of the cultural and terrestrial landscape that are an essential part of the language that comprise the poems. "Yes, like the *uubeh-taa-neeh of the Aacqumeh*," I say to myself. And to Jidi Majia who is not with me at the moment, but who I have met before at last year's Qinghai Lake International Poetry Festival.

And when I read several poetry lines from Majia's "A Nuoso Speaks of Fire":

> *Give us blood, give us land*
> *O power stretching beyond antiquity*
> *Give us revelations, give us solace,*

I think to myself this is a passionate voice that speaks for and about the *haatse*.

Haatse is our *Aacqumeh* word for our land. Our homeland. That is the source of our voice. In fact, in a crucial sense, the voice—spoken by Jidi Majia and spoken by me as a poet and writer—is vitally composed of the landscape within which we evolve as human cultural beings. And, in further fact, our Existence is an equation that is comprised of what I have considered a mantra for the past twenty-five years or so: land, culture, and community.

Without land, culture, and community, we do not have a voice. So the poems composed by Jidi Majia in collaboration with his homeland is essentially and ultimately vital for the continuing Existence of the Nuosu and their land as I will reiterate later in this Preface.

I was at *Aacqu* recently because a traditional religious ceremony was happening. This is the seasonal time of the year when the *kah-tzinah* who are the spirit beings of all creation are with the land, culture, and community of *Aacqu* for four days. The *kah-tzinah* bring songs, dances,

263

prayers, cultural knowledge (meditation), and material gifts of food, bread, fruit, nuts, pottery, baskets, cloth and fabric items, and other traditional items that come from the bounty and natural resources of the *haatse* and the sustainability we human beings depend upon.

And they bring themselves as the *kah-tzinah* who are the sacred and holy beings of all Creation, and they interact with the people as they have done since cultural time began. And, obviously, the ceremony is an experience of sustainability: land, culture, community interacting with each other within the context of songs, dances, prayers, cultural knowledge (meditation). My grandchildren, ranging in age from infancy to young adulthood, were there too, because this ceremonial happening or occasion is, in a real sense, for them as young tribal people especially, so they will always know to live within the interactivity of sustainability.

Indeed, all this is what comes to mind when I read Jidi Majia's poem "Land" and I envision his words:

I deeply love the land around me

in one stanza, and he repeats

I deeply love the land around me

in the next stanza, and then he repeats it one more time

I love this land around me deeply

in the last stanza!

And because of Jidi Majia's voice expressing his love of the land, I have to say to him even though he is not with me in the immediate moment:

"Hah-uh, ehmee-eh heh-yah tse dah-aah eh kah-aititah naatah dai Aacqu dzeh-she. Yes, that is the reason why these ceremonies happen the way they do at this place of Acoma."

Love of the land and the people. Love of their land, their culture, and their community. Without ceremony of songs, dances, prayers, meditations, gifts of food, fruit, nuts, and pottery and baskets and traditional items, without the sustainability needed for continuance, we will not know the Existence we are responsible for.

We have no Existence without land, culture, and community. Our voice is composed of those vital elemental and basic resources. We can continue only because of our land, culture, and community; we can continue only because of the sustainability made possible by the interactive responsibility we, as human beings, accomplish with land, culture, community.

According to the world view of the *Aacqumeh hanoh*, the *kah-tzinah* that come to Aacquh are those powers of creation that have been with us since the dawn of creation. They are also the powers of the lightning, thunder, and the rain needed by the Earth and countless items of life it supports. The *kah-tzinah* bring them from the sky and those points in the universe only they have access to and that we depend upon. With their sacred and holy beings, the kah-tzinah bring the rain that sustains Earth and us. This is the reiteration I referred to above: poetry sustains us more than we realize and admit. So with that in mind, in contemplation and honoring of *Rhapsody in Black: Poems* by Jidi Majai, Nuosu poet extraordinaire, I will close this Preface with words I wrote some years ago:

As we gather the gift of rain, with respectful and loving gratitude for its sustaining power, and as we drink water and wash with it and irrigate our orchards and gardens with it, we become part of that gift. The rain gathers us in an all-encompassing moment that we too often don't notice but is there all the time. And for that gathering, we are grateful.

And I am extremely grateful for the visionary voice of Jidi Majia.

（英语）

人类生存的基本要求：培养神话和自由精神

[肯尼亚] 菲罗·伊科尼亚

吉狄马加的写作主要包括诗歌和演讲两个部分，这两个方面的主题相互交织，其思维在诗人和政治家的双重精神天空遨游，使得他的文字充满活力与深度。

吉狄马加对于诗歌是虔诚的，从他的演讲集《为了土地和生命而写作》中可见一斑。2009年10月，在一次题为《一个彝人的梦想》的演讲中，谈及中国诗歌和他个人的诗歌写作时，吉狄马加说："诗歌是最古老和最年轻的艺术形式。……诗歌过去是、现在是、将来依然是人类精神世界中最美丽的花朵。只要人类存在，诗歌就会抚慰一代又一代人类的心灵。诗歌作为人类精神财富中永远不可分割的重要部分，它将永远与人类的思想和情感联系在一起。诗歌永远不会死亡！对我个人来说，创作诗歌是我对这个世界最深情的倾诉，作为一个彝族诗人，写诗是我一生必须坚持的事业。"

吉狄马加以诗歌的形式印证了他作为族群文化的传承者和人类少数种群文化保护者的社会角色。他的信仰和对于诗歌的虔诚让他的每一首诗都闪耀着人性和理想主义的光芒；其词语，无论书面的还是口语的，都具有滋养灵魂的力量，从而在不同文化背景、不同种族或族群的人们之间建立起一座相互沟通的桥梁。在他的《星回节的祝福》一诗里，他敞开心扉，歌颂他所热爱的那片土地和精神领地，并称其为母亲。这首诗也是诗人对于全人类的祝福。

我祝愿蜜蜂
我祝愿金竹，我祝愿大山

我祝愿活着的人们

避开不幸的灾难

长眠的祖先

到另一个世界平安

我祝愿这片土地

它是母亲的身躯

　　2005年，吉狄马加在中国著名高等学府清华大学做了一次演讲，在演讲中，吉狄马加对于20世纪最后30年的中国文学做了概括性评估，他说，20世纪最后30年是国内生产总值的快速增长和改革开放并走向富裕的一个历史时期，来自物质方面的纪念碑比来自精神层面的多。

　　不言而喻，矛盾是很明显的，人类文化成就方面的累积显然是不完整的。没有通过不同文化背景的人群的对话与交流培育起来的文化不属于全人类。同时，我注意到，在当时的中国，诗歌作品的总产量与强制性的国内生产总值差距甚远。这不能不说是文化的悲哀。对此，吉狄马加认为，"历史进入一个悖论阶段。这个悖论是随着经济的快速发展而出现的。"这种悖论必然导致人类陷入一种前所未有的精神困境。

　　吉狄马加总是站在人类和人类文化的高度看待问题、审视社会和世界，2005年在贝尔格莱德第42届国际作家会议开幕式上所做的题为《为消除人类所面临的精神困境而共同努力》的演讲中，吉狄马加指出："在经济全球化的背景下，人类虽然在物质文明和科学技术方面取得了从未有过的进步，但在全世界却普遍性地存在着这样一个事实，就是人类的精神缺失已经到了一个令人吃惊的严重地步，人类在所谓现代文明的泥沼中，精神的困境日益加剧，许多民族伟大的文化传统遭到冷落和无端轻视，特别是不少民族的原生文化，在工业化和所谓现代化的过程中，开始经受着多重的严峻考验。正因为此，人类心灵的日趋荒漠化，已经让全世界许多对人类前途担忧、充满着责任感的有识之士开始行动起来了，大家以超越国界、种族、区域、意识形态和不同宗教的全球眼光，形成了这样一种共识，那就是要在地球上，在任何一个生活着族群的地方，为消除今天人类所面临的精神困境而共同努力。"

这是21世纪人类必须面对或者承受的一种由于人道主义缺失带来的具有挑战性的文化和生存环境退化的危机，问题的关键在于人类对于地球资源的过度开发影响了宇宙的本质，我们所能看到的诸如各类疾病的蔓延以及土地的萎缩与各类生物的死亡或者灭绝充分印证了这个问题。譬如2013年在世界的一些地方发生的大规模蜜蜂死亡就是一个迹象，此外，不少文字或种群社区的消失也是一个明证。作为具有诗人和政治家双重身份的吉狄马加对这些都给予了充分的关注。

吉狄马加认为，要消除今天人类所面临的精神困境，"必须更加尊重世界各民族文化的多样性，这个地球上多元文化的共存以及不同民族文化的平等原则。"

对于文学的本质意义，吉狄马加指出："真正意义上的文学，从来就是人类精神世界中不可分割的组成部分，它为净化人类的灵魂，为构建人类崇高的精神生活发挥着最为积极的重要作用。文学的真实性和作家、诗人所应该具备的人道主义良知，必然要求我们今天的作家和诗人，必须更多地关注人类的命运，关注今天人类所遭遇的生存危机。作家和诗人在面对并描写自己内心冲突的时候，无论从道德伦理的角度，还是从哲学思想的层面，都应该时刻把关注他人的命运和人民大众的命运放在第一位。因为只有这样，我们作为作家和诗人才能为继承、纯洁和重构人类伟大的精神生活传统选择到一条正确的道路。"

吉狄马加的诗歌和诗意盎然的演讲里，还充满了对于山川河流的崇拜与敬畏，对于自然的热爱与敬畏，充满了对于人类生存环境的关注。即使在一篇介绍非洲人文主义作家埃斯基亚·姆法莱勒的文字中，吉狄马加也对于自然和生态予以关注——"……这里是动物的王国，山脉、河流和植物弥漫着勃勃生机。非洲的诗歌和小说也见证这些力量，见证了这里人类、动物、植物与自然和谐共处的生命的环境。"这种人与自然的"和谐"与"互联"，甚至包括活着的人和死去的灵魂之间的交流，是吉狄马加诗歌写作的一个主题，这种人与自然、灵魂与灵魂之间的交流可以跨越国界和海洋，让人类共享一种思想成果，让全世界都听到彝族的声音。吉狄马加认为，一个诗人最重要的是能不能从他们的生存环境和自身所处的环境中捕捉到人类心灵中最值得感动的、一碰即碎的、最柔软的部分。他说，"对一个诗人来说，忠实于你的内心世界，从某种角度而言，比忠实于这个喧嚣的外部世界更为重要。诗人需要良知，诗人是这个世界道德法庭上的最高法官。"

　　大诗人从不向读者提供催眠类的儿歌，他们总是用诗将读者引入一种记忆或者思考境界，对于读者来说，有时候这种记忆或思考境界甚至是痛苦的。吉狄马加就是这样的诗人。吉狄马加非常关注人类文化的多样性，关注自由和民族间的平等，反对种族歧视。吉狄马加说："在多元文化共存的世界，我们多么希望不同宗教、不同信仰、不同国籍、不同种族的人们都能和平共处。我在写作中，一直把表现和张扬人道主义精神作为自己神圣的职责。"2013年12月5日，曾经遭受长达27年监禁的南非反种族隔离运动领袖、有"南非国父"之称的南非首位黑人总统纳尔逊·曼德拉逝世，正在上海开会的吉狄马加闻讯后，有感而发，立即动笔写了《我们的父亲》一诗，悼念这位为民族独立和自由奋斗了一生的伟人。

我们的父亲
——献给纳尔逊·曼德拉

我仰着头——想念他！
只能长久地望着无尽的夜空
我为那永恒的黑色再没有回声
而感到隐隐的不安，风已经停止了吹拂
只有大海的呼吸，在远方的云层中
闪烁着悲戚的光芒
是在一个片刻，还是在某一个瞬间
在我们不经意的时候
他已经站在通往天堂的路口
似乎刚刚转过身，在向我们招手
脸上露出微笑，这是属于他的微笑
他的身影开始渐渐地远去

其实，我们每一个人都知道

他要去的那个地方，就是灵魂的安息之地

那个叫古努的村落，正准备迎接他的回归

纳尔逊·曼德拉——我们的父亲

当他最初离开这里的时候，在那金色的阳光下

一个黑色的孩子，开始了漫长的奔跑

那个孩子不是别人——

那是他童年的岁月被时间分割成的幻影

一双明亮的眼睛，注视着无法预知的未来

谁会知道？一个酋长的儿子

将从这里选择一条道路，从那一天开始

就是这样一个人，已经注定改变了二十世纪的历史

是的，从这里出发，尽管这条路上

陪伴他的将是监禁、酷刑、迫害以及随时的死亡

但是他从未放弃，当他从那

牢狱的窗户外听见大海的涛声

他曾为人类为追求自由和平等的梦想而哭泣

谁会知道？一个有着羊毛一样鬈发的黑孩子

曾经从这里出发，然而他始终只有一个目标

那就是带领大家，去打开那一扇——

名字叫自由的沉重的大门！

为了这个目标，他九死一生从未改变

谁会知道？就是这个黑色民族的骄子

不，他当然绝不仅仅属于一个种族

是他让我们明白了一个真理，那就是爱和宽恕

能将一切仇恨的坚冰融化

而这一切，只有他，因为他曾经被另一个

自认为优越的种族国家长时期地监禁

而他的民族更是被奴役和被压迫的奴隶

只有他，才有这样的资格——
用平静而温暖的语言告诉人类
——"忘记仇恨！"
我仰着头——泪水已经模糊了双眼
我长时间注视的方向，在地球的另一边
我知道——我们的父亲——你就快要入土了
你将被永远地安葬在那个名字叫古努的村落
我相信，因为你——从此以后
人们会从这个地球的四面八方来到这里
而这个村落也将会因此名扬四海！

在我看来，这首诗既是为曼德拉树立的一座纪念碑，也是诗人吉狄马加心底里对于自由、信仰、民族平等的渴盼的诗化宣泄。

吉狄马加的诗充满了对于包括弱小动物之内的弱势群体的人文关怀，如《鹿回头》。

鹿回头

——传说一只鹿子被猎人追杀，无路可逃站在悬崖上，正当猎人要射杀时，鹿猛然回头变成了一个美丽的姑娘，最终猎人和姑娘结成了夫妻。

这是一个启示
对于这个世界，对于所有的种族

这是一个美丽的故事
但愿这个故事，发生在非洲，发生在波黑，发生在车臣
但愿这个故事发生在以色列，发生在巴勒斯坦，发生在
任何一个有着阴谋和屠杀的地方

但愿人类不要在最绝望的时候

　　才出现生命和爱情的奇迹

　　乍看起来，这首基于中国神话传说的短诗似乎显得有些幼稚，但细细品味，我们会发现，这正是诗人心目中乌托邦式的理想社会的一个缩影，充满了诗人的良知，我认为，这首诗是诗人为人类创建的一隅精神家园。

　　如同任何一位大诗人一样，吉狄马加在坚守民族文化和本土文化的同时，也注重吸收外国文化和外来文化的精髓。少年时代，他就开始读俄国大诗人普希金的诗，从中汲取养分，用于自己的诗歌写作，进入大学和大学毕业以后，他的文化视野更加开阔，几乎阅读了古今中外所有大诗人的作品，从而使得他的诗歌写作得以升华，为他的诗歌走向世界奠定了基础。

　　无论如何，吉狄马加的诗是当今世界诗文化的一个独特而优秀的典范，应该被当作一种文化现象加以关注和研究。

　　（这篇文章的原文太长，在翻译的过程中，译者对部分内容予以删减，对段落进行了较大的调整，文章题目的翻译也做了很大改动，已经超出了一般意义的翻译，所以加上"编译"二字。——译者）

（杨宗泽　编译）

　　菲罗·伊科尼亚，肯尼亚当代著名女诗人，小说家和记者。作为记者，她撰写了大量关于社会和国家治理、群体性贫困和反对暴力方面的文章，以反对严重的社会不公和抨击官场腐败而闻名肯尼亚；作为作家，其文学作品主要涉及公民权利、言论自由、女性等方面的话题。已经出版的主要作品有：《引领黑夜》（随笔、评论集；2010年出版）、《肯尼亚，你愿意嫁给我吗？》（小说；2011年出版）、《出狱》（情诗，电子书，在亚马逊网销售）、《和平的面包》（诗集，英国田凫出版公司出版）。

The GDP of the connectedness of the human condition requires: nurtured myth and free spirits

◎ Philo Ikonya

Jidi Majia's poetic themes and those of his literary speeches are interwoven. Moving freely between the two genres one engages the spirit of this poet-politician, his energetic thoughts.

Jidi Majia places his faith in poetry. From his book In the Name of Land and Life, in a speech titled "A Poet-politician talks about himself at the nucleus of the burgeoning provincial creativity industry agendas," delivered on Oct. 2009, I quote:

> *"Poetry is both the oldest and the youngest form of art. Oldest in that it has been in the companionship of mankind from sheer geological beginnings... Some doomsayers worry about the fate of poetry. I tell them, inspite of all the cynicism, poetry will continue to grow in our lives, charged with the office of administering the much-thirsted vitamin and dewdrops to nourish parched and hungry souls. The letter and form may vary but the spirit will remain to sustain us in extolling the virtues of endurance and strength in the struggle of life."*

Words, written and spoken, have power to nourish. The longings that

Jidi Majia expresses in poetic form below are weighty. They lie at the root of his commitment as a human culture protector. He administers the implementation of faith and trust in words lending all he has. His leadership builds bridges of connectedness and weaves in people of different backgrounds and races: ancestors. In his poem, *Wishes for the Festival of Returning* stars he opens his heart and mind to the visible and spiritual realms of a land he loves, calling it mother, and two worlds. He wants the best for humanity.

> *I offer wishes for honeybees*
> *For golden bamboo and the great mountains*
> *I offer wishes that we the living*
> *Can be spared any terrible disasters*
> *And that ancestors who have gone to eternal rest*
> *Will arrive at peace in the other world*
> *I offer wishes for this expanse of land*
> *Which is our mother's body...*
> *From The Book of Fire*

At the dawn of the 21st Century in the year 2005, In a speech to an audience at Tsinghua University, Jidi Majia assessed the last third of the previous century: "The last three decades of the 20th Century is a period of fast GDP growth and affluence brought up by the reform and opening up, the great monuments being more of the material than the spiritual."

The contradiction is bared. The totality of cumulative human achievements, culture, is incomplete. Without spiritual development fostered by cultural dialogues with people from different backgrounds it is not for humanity. I observe that the gross domestic poetry is a mandatory Gross Domestic Product, and is required for progress.

It includes openness to humanity that lives under the same sky, that borrows the cosmos from those to come, as it was bequeathed by those already gone so that the human condition is improved. This is not just a good thing to say, it needs to provoke action.

Jidi Majia's judgement on the previous century alerts one to anticipate insights for the way forward. It is not easy. But a leader who was gripped by the spirit of poetry from his roots in the Daliangshan Highlands grapples, locks horns with this.

"The trend towards spiritual desertification must be arrested. Caring people, awakened to the perilous condition of man, united by beliefs, which transcend tribal, national, racial and religious loyalties, embark upon a massive crusade to counter the spiritual decline that afflicts and plagues humans races and people wherever they happen to be," he said in a speech titled: *Striving to reverse the global trend of spiritual decline*, at the Opening Ceremony of the 42nd International Writers' Conference at Belgrade, 2005.

Clear in his writings is that there is no need of opening up our countries for others to tour, to view if through words of writers guiding us, and experts translating cultural sharing we cannot share our visions. We are not trees although we are related with everything. We speak for them and for ourselves. Jidi Majia is keen to protect and promote poetic tourism throughout the world.

This is one way of challenging cultural and environmental degradation and other crises that human beings will be steeped in the 21st Century due to lack of humanism. Key problems affect the universe intrinsically. Can we learn to address the symptoms of deaths of lands from big and seemingly small symptoms of encroaching lifelessness?

In 2013, massive deaths of bees in some parts of the world are a sign that we all have to, like Jidi Majia 'offer wishes to the honeybee' and to our motherlands wisely. No bee dies alone. Marine and land animals so important in the literary and literal life of many communities vanish too.

In his *Notes Towards an Introduction to African Humanism*, Es'kia Mphahlele (1919-2008) writes that there exists: "...an all pervading vital force in the mountains, rivers, valleys and the plant and animal kingdom. African poetry is also witness to these forces, to this interconnectedness of human, animal and plant and inanimate environments and the cosmos... " People must exchange words and work.

According to Jidi Majia's essays and poems, this 'interconnectedness', this communion has to be fostered across borders, seas and countries. One way of doing this is sharing translations of our way of seeing reality, philosophy and exchanging the resources we have created with our minds, the monuments we build, for the sake of the human condition. Sharing thoughts, building on ideas.

Poets and ancestors are gathered around the Table Mountain and around every pronouncement made to share words in the realm of humanity. We move to the mountains, journeying to the world with rivers singing the words of poets so that we stand free together.

I think of the Kunlun Mountain most revered in China, Kilimanjaro, the highest peak in Africa in dialogue at the Table Mountain, in South Africa discussing Jidi Majia's poems in The Book of Fire, and his collection of speeches, In the Name of Land and Life. Many peaks come to mind. The grasslands are not excluded.

Jidi Majia's poems and literary speeches are lyrical, rich in ideas and beautiful to read. His speeches read like maps of the world, and the road map to the spiritual development missing in the last decades as human beings mark great progress in technology.

His poems enjoy the ethnic wealth of the spirit of the Nuosu or Yi people of whom he is born. These poems take one to the soul of a scenic and peaceful world, the small rural paths covered with songs and thoughts. But that is not all.

The writings of Jidi Majia help us to soul search, to ask questions about our own languages, our beings both as persons and societies. We too contribute our connectedness, our words to different corners of earth and the universe. The cosmos listens. We aim to improve our world for years to come and this cannot be if we are disconnected from our own roots. We learn.

Even when Jidi Majia's poems are about his local ecosystems and culture they provoke thoughts about one's own identity, one's language and its role in improving the world. Everyone is involved. Everything has its place. Jidi Majia's poems bear the wholeness of his environment, always in communion and on a journey, a pilgrimage. The poems are packed with metaphors that speak to readers about his vision, his origin and roots and how they lead to his love for the world, but how did he get there? A person is a person because of other persons. African Ubuntu philosophy even when challenged wins anywhere.

Poet - politician, Jidi Majia, starts with an encounter with poetry from his people the Yi at the domestic level and later in life, reads poets from different countries. In his case the well-known Russian poet Alexander Pushkin touched him deeply.

As a teenager he read Pushkin ardently, and his yearning for writing poetry led to his first publication in a college magazine. He advanced but he did not abandon his roots, he continues to sing about his people to the world. He always sees them even when he is far. He sees the spinning of yarn, the loom at the waist of women that you can still among the Nousu making woolen fabrics for wintry times, making exquisite ornaments in other places.

He hears the chant of the *bimo*, priest, in his verse. He sees them escort souls with scriptures and the faith that is found with the Yi from the beginning and is recorded in their The Book of Origins. He hears the children cry and the youth's desire to see the rest of the world, to assess it. He brings voices from the rest of the world back to the Yi people, to China. It is a constant exchange.

The economy of a poet

I try to count poets' gross contribution to our lives, how they enrich humanity. They love and conserve language, dancing new ways with it. Thoughts are shared through language. Different languages do not destroy the unity of the human condition. Humans can meet in meaning beyond millions of sound patterns. Diversity should create wealth, not poverty or war. It should have been this way for the human condition to be enriched.

If all languages would still be virgin, translating healthy meaning in words, revealing the connection between things. If languages would not be shunned for being old or too grown up, too young, rural and far removed, justice would be easier to achieve.

If growth that does not leave us spiritually bankrupt is to occur, one needs to think of languages, lands as persons who should never die. Individuals do so only to return and improve the situation of the human condition, a new heritage.

Jidi Majia's poems are admirable for their depth and simplicity. The gentle tone that leaves his pen matches the soulful affection he harbors for his people and their ways, his attitude to all humans and the earth. He turns environments, animals and other things into thought provoking artworks.

Poets use language for unique and exemplary production of meaning, connectedness in crisp poems. Jidi Majia's poems are packed with images, metaphors that reveal a succinct vision. This is real currency, each poem being like a newly pressed note that will never be repeated and that is only 'banked' in the souls of those who read it and let it live to impact their own souls first before letting it move to others in new poems or by itself. Such beauty cannot be hoarded.

Poets travel to see more than others can see. The journey of a poet, the return or visit of a poet causes rivers to flow and mountains to sing. Hills clap.

I think of the Yellow River, Yangtze and the Langcan from their source in Qinghai flowing to and almost through peoples of different cultures. Flowing through our minds. Humans meet in many ways and forms so easily through nature.

Jidi Majia addresses diverse audiences at universities, poets gathered in international festivals, documentary makers and is often invited to speak during anniversaries of poets. He speaks constantly about what nature offers us, how we have to nourish it for human survival, our attitude towards it and its destruction in many places.

His speeches relate closely to poetry not just in style but also because they include some in commemoration of poets. He addresses an audience on the bicentenary of Italian Giacomo Leopardi, and that of Pushkin. He has a speech on Ai Qings centenary of birth and one for Lu Xun's memorial which he delivers at the *21st Poetry Festival of Medellin & the World Meeting of International Poetry Festival of Directors*. There are many that he pronounces at the *Qinghai Literary Festivals*.

In all ways, he is a proud voice of the Yi and is delighted to hear about other ethnic groups. His admiration for Chinua Achebe of Nigeria for writing about the tragic losses of the traditional connection of Igbo, and obviously others colonised in Africa, stands out. The power of the spoken and the written word is such that he ends up challenging time and space with an intensity of words everywhere. From a *hutong* in Peking to a street in Soweto, Johannesburg, a common song can be sang. It is free.

The meeting of different cultures must enrich humanity and not bring mainly negative influences. The doors of no return and open doors of pain, shame and trade that robs us of values must close. Humanism on both sides must be recognized through poets bearing our old torches of wisdom and blazing trails. Jidi Majia has a persistent faith in humanity. At the inauguration of the Qinghai Lake International Poetry Festival Square, 2012, he gave a speech titled *'Poetry Can Anticipate a Bigger Influence in Human Society'*.

A nation that is not afraid of its voices is admired. That poets can speak to the heart of the economy of humanity through an unflinching call for freedom is clear. They go further. They bridge isolation which is one of mankind's greatest fear. They can speak through prison walls. Real prisons and the prison that is isolation of thoughts between ethnic groups, due to lack of means and often because of dominance of the world by the literature; of those who are seen to be more advanced in the literacy of democracy as well as powers that fear the free word.

In some countries in Africa where diversity of languages is spectacular, some languages are ailing. At the national level some are left out because they are not officially recognised. Internationally the Euro-American dominance which Jidi Majia challenges oppresses minority groups already invisible in their countries even further. When this happens humanity loses out. Freedom of expression must run deeper and longer like rivers.

Jidi Majia writes about his sense of the advent of more freedom of expression by poets in China. He wants to foster its growth. This will only be guaranteed if the need for freedom is seen as one for a common heritage of humanity. He welcomes the borrowing of thoughts that is done through translations as a necessary boon for China.

"Necessary in that a civilization like China grows in isolation from the West. Millennia of self-sufficiency tend to breed a dormant state of mind. Boon because human history is full of examples of a rich person of translation spurring domestic flourishing of culture. Chinese politics in the chaotic decade is by any measure abnormal. Foreign literary works have been crucial to bringing about the cultural thaw and flowering in the post-1970 years," we read in the speech '*A Yi Poet's Dream, By way of a personal testimony to contemporary Chinese Poetry*', 2005.

Contemporary poets share the problems which affect the world today. They share the legacy of those who came before and those who have engaged these issues and so often suffered for freedom and justice in the past. They take action. That poets can blaze the trail so that people from different backgrounds rise and meet, keep rising in honor of heritage and ancestry is evident in many places. This takes great dimensions where freedom has been more threatened demanding a greater struggle against oppression. And there are many strong voices.

Dennis Brutus, South Afrika (1929-2009) was full of commitment and imbued with a writer's sense of humanity. He humbly honored this life, so difficult for him, and other poets as we read in his poem "If this life is all we have". He calls all to live it to the full. That is a rare and precious thing spoken by a person of his fate.

Brutus was sentenced to Robben Island Prison for 16 months, and five of them in solitary confinement for his work against Apartheid. He was held in a cell next to prisoner 46664, Nelson Mandela. When at 16.15 Hrs. 11 February 1990, Mandela walked to power after 27 years of imprisonment, Brutus hailed the dawn of freedom:

For Mandela

Yes, Mandela, some of us
we admit embarrassedly

wept to see you step free

so erectly, so elegantly

shrug off the prisoned years

a blanket cobwebbed of pain and grime;

behind, the island's seasand,

harsh, white and treacherous

ahead, jagged rocks

bladed crevices of racism and deceit

in the salt island air

you swung your hammer grimly stoic

facing the dim path of interminable years,

now, vision blurred with tears

we see you step out to our salutes

bearing our burden of hopes and fears

and impress your radiance

on the grey morning air

Poetry is often the crown of great achievement. In some lines the poet gives it own air, world, own time and timing, words and ways. It gives us a life that jumps from our own lives and embraces all humanity. In a way we cannot help but interconnect.

Mphahlele is known as the "Father of Afrikan humanism" and also called the "Dean of Afrikan letters" underlines the value of this capacity to open up to others. Mphahlele is the authored many books, five of which were banned in South Africa's Apartheid years under the Security Act. He wrote many essays, among them Poetry and Humanism.

Poets do not confine themselves to the borders, races, barriers that we know and those of time. Their mission higher than the mountain of mountains, it outlives them. Their words burn in to heal. They are related to *sangoma*. If you examine their words you will find that they are related in so many ways.

I have met Mphahlele and in Jidi Majia's poems and speeches. The spirit and work of Mazisi Kunene (1930-2006) celebrated as Africa's and South Africa's poet laureate, I have met in the thoughts of Jidi Majia who offers his words on Africa and its liberating people and thinkers with ease.

Jidi Majia in Mandela's last days with us. Jidi Majia hails Mandela's return, even when this is written as Mandela is leaving this world, he sees him return and with him he opens the doors to freedom for all races, thus the title:

OUR FATHER

> *I raise my head——missing him!*

…… …

He seems to have turned about, his arm is waving at us
A smile shows on his face, a smile that is his alone
His figure begins to recede into the distance
In fact, as each of us knows in our own way
He has headed toward the resting place of souls
Now Qunu village prepares to receive the returnee
Nelson Mandela—our father
When he first left that place, a black child
Under golden sunlight, to begin his long and hurried travels
…… …… …
To a million lives among the black crowd
He did not live for himself, was always ready
For the self-offering that would liberate a race
Setting forth from here, he had to make choices

To choose death—because survival was just a random chance

To choose parting—because togetherness belonged to the past

To choose exile—because the hounding was far from over

To choose brick walls—because a bird could fly only in dreams

To choose outcry—because silence was slaughtered in the streets

To choose handcuffs—because other arms needed to be set free

To choose captivity—for countless others who needed a breath of air

To embrace such a choice there could be no turning back

This choice he had to make would take time

...

Was prison time, torture, persecution and nearness of death

But he never gave up; he always listened for

...

Who would have known? A black child growing a fleece of curly

hair Would depart from such a place, keeping a single goal in mind

Which was to rally everyone behind him

And help them open the heavy door of freedom

...

Would help us understand the truth of love and forgiveness

...

That he could tell mankind in his quiet, gentle voice

——"Forget about hatred!"

I raise my head—by now my eyes swim with tears

Where I direct my gaze, on the other size of the globe

I know that he—our father—will soon be lowered into earth

He will rest in peace forever under the soil of Qunu village

He gives me good reason to believe—from now on

People from all corners of the earth will visit that village

Henceforth its name will be known across the four seas!

Search for lost love and universal freedom from the'roof of the earth'

The poem, is a monument for Mandela made of precious insights for the world. Its words are like thirsty gourds waiting to be filled with the sweet traditional drink of humanity's consciousness which as Steve Biko said is not limited to any one race or group. Freedom is and has to be a creed, a concept embraced with the heart like the credos of our faiths, melted into one. This poem is an open acceptance and realisation of the fact that freedom cannot be divided. It is one.

That is why we cannot stop. It is easy to lose freedom, love and hope. Poets enkindle these values no matter the level of despair. Jidi Majia has a quest for this perpetual search. He writes about the lost love, the search for the embroidery needle. He is always searching, walking in spirit. The small paths of the Jjilu Bute come to life under the reader's feet. For he walks them even as he flies poetry.

This takes a universal mind of detail and the word 'catholic' in a minor letter is frequent in Jidi Majia's speeches. He understand nature as a work of the holy spirit expressed as if creation were the virgin before whom an annunciation is made and creatures take shape and life flows. This cognition must pain a poet who points out the shock of hearing and seeing that the Yellow River ranks today as one of the most silted rivers of the world. Nature is sacred, it demands our humility and deference, he writes. It is a shrine.

Jidi Majia's words exceed in genuine originality when he opens the temple and voices of the purest nature he sees at the Qinghai lake, other water bodies, the grasslands, the plateau, the yak and the voices of the flowers in the typical songs of the Hau'er or flower poems. Then, the faith and vision of Ai Qing who mentors Jidi Majia, all come together in thought and feed the soul to unity and greater search.

Qinghai area is rich in culture in a diverse way and embracing way. The people there do not, when they sing the Hau'er, distinguish age, gender and class. These are the songs of all. This is ecology teaching acceptance of diversity.

The hugging sky that supports one standing on 'the rooftop of the earth' holds all peoples as nature is beyond anything a human construction can achieve. All people have seen mountains and rivers, lakes and hills and known that we share the sky which embraces the earth. In 'the roof of the earth' one is at home in a mysterious way even if they be in exile for life is a journey.

All of us with our moon, stars and 'roof of the earth', are on this journey. A journey in Jidi Majia's mind is a journey into cosmology, physical and mythological the way of the troubadour of the soul.

Jidi Majia writes in a speech titled Memories of *Our earliest Beginnings trickle all the way Down the Mountains* delivered in Qinghai in 2010: "This is a root-seeking journey as it ignites our passion and respect for Mother Nature, reawakens our dormant ultimate concern and kindles the fire in our hearts to document alive the instant history that unfolds at our feet."

He melts in poetic form:

Mountains are now beckoning us.

We're back to your fold, our dear mountains
We come from the East African savanna, with shuka wrapped around the body.
We are the Yuanmou Branch in the heartland of the Yunling mountain of China's Yunnan, red clay still on our bare feet.
We are descended from Kunlun, steering our chariot across the vastness of space.

We have set off to Machu Pichu nestled in the Urubamba Valley singing a paean of our deities

Ultimately summoned from the deep recesses of historical memory, we have embarked upon this pilgrimage all the way to pay our tribute to the mountains.

"Mountains the most imposing emblem of the earth, reverberate deep in my souls...self-discovery which takes place..."

Distance between persons and places including that which lies outside of earth is crushed. In practical terms, this means no one is so far from the next one, not to say the other, because thirst has no other definition than that, just thirst. Hunger is hunger and so with so many human values and issues even when taken from a purely biological perspective.

The Poets beat is heard on lonely paths. It is not easy to bring spiritual and material change to the same levels. The lack of spirituality Jidi Majia decries surges into the next century. "The massive change and upheaval even make their repercussions felt in the new 21st Century. The whole world is in a plight undeniably in that the spiritual crisis that agonizes and torments us is also unprecedented in magnitude." Without spiritual connections, isolation torments humanity.

Great poets do not provide soporific comfort. They are charged with keeping readers feeling and thinking even when that is painful. Human beings easily miss the mark when engaged in competition and corruption does not stop gnawing. Beautiful languages, people, animals are endangered. Thousands of plants vanish. The herbs of the *inyanga* and the *sangoma*, traditional healers and the scientists, go missing.

Nature from the bee to the lion is stung by the shot of the possibility that a 'clicking' automated community of humans, a society that shuns its myths, could burden generations to come horribly if not annihilate their possibilities. Jidi Majia's words remind that poets do not just watch but bleed with words and long for the reversal of this situation.

Turning centuries

And the turns of centuries for change and circumstances can be dreamt before they become true. Jidi Majia writes about the 'about turn' which causes ritual and unions so that more may become. It sounds so simple, until you see the other turns the poet is inviting, using the movement of an animal similar to the *mvundla* or *klipspringer*.

Let the deer turn about

There is a tale about a deer pursued by a hunter which
stood at a cliff' edge with nowhere to run. The deer
suddenly turned about and changed into a beautiful maiden.
In the end the hunter and the maiden became man and wife.
This story is a revelation

*It is an epiphany beca*use blindness, the constant shunning of whoever is seen as 'the other', narrow vision is what a poet cannot have. The irreversible call of the poet is to go beyond the possible and come back with something that feeds and makes the people ask necessary questions. To catch the contrary which wants to give birth to a new world, in this poem, taking the gracious turn of a deer, the description of change, Jidi Majia continues:

For our world, and for all races
This is a beautiful story
If only it could happen in Africa

or in Bosnia-Herzegovina, or in Chechnya
If only this story could happen in Israel,
or in Palestine, or anywhere
That conspiracies and massacres occur
If only humans did not need to plumb
depths of despair
For miracles of love and life to appear

Yet humans do fall into despair because of the complexity of situations. But the poet's faith is childlike and does not fail, believing that yes, words, visions, can move the centre of things in the world for justice and peace to prevail.

Clarity of soul and mind have to be so deep and genuine to revere all peoples, lakes and rivers, sands of the desert with hope and expectation. To click a myth at once and to turn it into food for all for myths are never far from human beings of all ages is the work of wisdom.

A century of gadgets and change

And 'to click' here is not referred to outside of the scope of modern technology. Jidi Majia continues preoccupied with the materialization of development as is evident in his speech: *'The Contemporary Culture of Plurality and a Writer's Sense of Humanity'* in a lecture to a team of ethnic writers at Lu Xun Institute of Literature in 2009.

"The change is indeed exponential because we interconnect ourselves through the Internet and TV to the extent the catchword "the flattening of the earth used by American writer Freeman to describe our world has gained immediate currency." And all that cannot make us forget that connecting is deeper than switching on new hard and soft ware. It is human.

That the mountain peaks are in the palms of our hands in gadgets is a relevant discussion for the poets. We have to be alert, the ones who reject stereotypes. The ones that see definitions of wars and prisons as different terrains change. For the hungry, war has never ended. For the insecure, war is always beginning. We cannot hang our history between two World Wars, no matter how major their repercussions were.

Jidi Majia addresses nuclear war, the terror machinery that faces the world today. The call he makes is to constant questioning. We cannot be satisfied and are not meant to be. Where there have been walls against the sharing of cultures we must open up. Where people silenced poetic visionaries, or where reading is only of chosen headlines, where eyes and hearts are usurped by stereotypes we must remind. Poet's words surprise us into a deep awakening.

Walls fall for one and for all. Poets open the spaces and insert in them deep faith in being, in humanity. Poets dare do it for everyone, discrimination is shunned. In his speech of June 2002, *"Commonality in the Literature of Various Nationalities in the Context of Globalisation*, Jidi Majia quotes Derek Walcott, "Either I am nothing, or I am the whole race." I hear the whole, human, the whole human race.

This turns and comes round again. Jidi Majia is referred to as spiritual leader of his people. Poets are the peoples' voices and either humanity is in them, is them or it is not. The courage to look inside our soils, our hills, our mountains and rivers leads us to great soul courage. In our myths and traditional beliefs most often and almost always there are keys to this. Yet to see the need for all others and a common purpose we have to reach out. There is a Chinese saying to the effect that 'there are stones in other hills that are good for working our jade.'

The call to look further is stirred by mystics with such an arresting beauty that differences of origin, roots of which Jidi Majia proudly sings eight generations of his ancestry, do not become barriers but books of eternity, books of destiny, books of infinity, books of achievement. A poem flaps its wings out of nowhere and in a few words takes us to the infinite whilst falling at our feet.

Vision is related to height and leadership, at any level, to the lowest, to the grassroots, the practical sense. And here low may mean the highest in the sense of achievement of the intimate knowledge of life as is the case with many minority groups the Yi not excluded. The compatibility of mountain high vision and wisdom of the roots cracks all rocks, myths and makes them speak of change and progress.

All the beings in the environment turn themselves and others into something. This includes: the sun, the moon, births, paths, mountains, pains, mist, deaths, birds, trees and poets.

The songs of the people are alive to their questions regarding life on earth, time and eternity. Above all, light is as important as darkness when we throw out our stereotypes. The light of words in mythical and mystical form in story have to come out of some form of search, some darkness or pain in life. A struggle.

Jidi Majia is constantly focused on the tendency we have "to identify progress with modernization," something we cannot afford to entertain as it always finds ways of leaving some out.

Mines of spirituality must indeed have all of us become miners and deep in the shafts, safe ones, dig with words. A poet anywhere whether writing from Kyrgyzstan or Alaska finds that not ice or mountains are soulless. Indeed, all these things are the people. We are the precious minerals of our land, our soil.

Jidi Majia's poetry is elegiac in style, reflective and gifted with subtle hues that move the metaphysical terrain from what is in one's own eyes. He draws the larger picture of humanity, the spiritual one, not alone but with others.

His memory is studded with poets whom he sees as stars. He honors them: Giuseppe Ungarretti, Marina Tsvetaeva, Anna Akhmatova, Aimé Cesaire and Cesar Valejo.

He reveres poetic engagement. He writes: "I have driven home the point that poets and their poetic works are bound to be mouthpieces of the civic society of the age in which they live, despite the fact that the each generation produces its unique, distinctive poets. Such a spiritual reference point is the connective skein that runs through the totality of the human aesthetic experience."

Somewhere and far from militaristic poetry, The Book of Fire reflects a people whose world although torn by natural pains of death and birth obeys an order. A life in which questions are answered by those whose work is to keep quiet and listen to the spirits speak to them, and even escort the spirits well fed after death.The poet stays more with death than with birth. He is fascinated by death and its meaning.

The land, on the other hand is a mother, a cradle and is amazing and beautiful. The concept of her death almost not possible and from here a preservation of life and environment, the necessary depth is recognized.

Beyond poetic justice and licence, is there profit or loss?

"A poet, unless he asserts command both of a humanist tradition and a humanitarian vision, he is not in a position to penetrate the the bottom of history and spirituality and to come out with worked that assure his the tangible expression of the nation's genius," Jidi Majia says speaking of Lu Xun. What a poet profits, a poet gives.

So that each in their own time, as Jidi Majia says about generations will speak their tongue. For the kind of war which ended in your world is just beginning somewhere else. What the world has always needed are apt, proactive minds and reflective ones. Minds of action too. And we have evidence across continents and years. Christopher Okigbo (1932 -67), Nigeria waves us in our eyes.

Not typical of most, Okigbo is a poet who mocked by his own sword in his pen, went out to fight in the Nigerian war of Biafra. Before that he found and bade farewell to Chinua Achebe without talking about his vocation to join the frontline. He did not return in his body. He lives in the ecosystem of the Labyrinths of his word in his poem, An Elegy to the Wind

...Light, receive me your sojourner; O milky way,
let me clasp you to my waist;
And may my muted tones of twilight
Break your iron gate, the burden of several centuries,
into the twin tremulous cotyledons

"Jidi Majia in *Poetry as access to Myth and Utopia*, written in 2013 for the 23rd International Poetry Festival of Medellin "writes that : "The responsibility of the poet today, as ever, is to be available for action in the light of his awakened conscience predicated upon a vigilant knowledge of the decisive transformations of our age and society."

It is a dream for the real and so irreversible it is, once embraced, that reverence cannot be shunned for the poet is both prophet and diviner. Both of these are not always popular.

The same desires and challenges for Ai Qing and the last born poet who touches the universal almost without knowing it, eat at the heart and mind of a poet. It is what we all share when poetry is soul and home around The Table Mountain, the Kunlun Mountain, everywhere, Poetry is never old. Poets contribute freshness of vision.

Where is our deference for one another? Can we declare that around the Table Mountain, Kilimanjaro and Mt. Kenya and other peaks of world that we shall not destroy the water bodies and the lakeside treasures. That mountain people will sing the praises of the lakeside ones, that the Legend of Gor Mahia of the Luo will be read in Kiswahili, Kamba or Kikuyu? But many are the people there who would shun own languages and take their children to new tongues naked. Can fear of what one is lead one to greater heights?

"Imagine the mist rise and fall between Daliangshan Highlands in China before sunrise. You can hear Achebe's words, in ' It is morning yet, on creation Day," We can meet many levels for renewal. The Zulu, through Emperor Shaka, mainly, by Mazisi Kunene, Nguni, Tswana, Swazi, Ndebele and a set of other languages are heard of in the world and official in South Africa. Language is protected relatively well even if some have died out. More power to the people in languages is possible. Our tongues were not meant to eat us but to heal us. *Amandla Awethu!*

Where are the poems of the Khoisan and their heroes? Khilobedu, Tsotsitaal and Fanagalo too have their poetry and music. All languages express the meeting points of humanity and triumph, real or imagined of beating crime through wisdom.

In Jidi Majia's speeches and poetry, the connectedness of nature to nature and of persons and persons is stark. Consciousness is key. Jidi Majia, Christopher Okigbo, Es'kia Mphahlele and all the giants whose steps mark our paths continuously walk in these words. The fire brand bearers of the Yi and of Africa have lit the paths. Carefully read and tread and to find the thread of embroidery between cultures the GDP of the human condition, the treasures in The Book of Fire with hunger In the Name of Land and Life with Jidi Majia. Take the challenge.

（英语）

295

《火焰与词语》序言

[肯尼亚] 菲罗·伊科尼亚

吉狄马加的诗之所以能够大放异彩，是因为他将"诺苏人"文化与精神融进了诗中。"诺苏人"也就是我们通常所说的"彝族人"。吉狄马加以诺苏人的身份在诗歌和演讲方面取得了不凡的成就，他的作品对他的民族乃至整个中国都影响深远。他，是一个当之无愧的文学家。

在他的诗中他始终将他对中国的热爱放在首位。我曾听过有人朗诵他的诗。即使我无法听懂这陌生的言语，但诗中的情感已将我深深吸引。

中国的诗人都因能感知生活的不易，并在自己生活的环境中不畏艰难地探寻生命的意义而受到广泛赞誉。除了花与河流，山峰也是他们诗中常见的寄情之物。还有很多歌颂爱情的诗篇也令人爱不释手。

诗人总是身处在必须做抉择的交叉路口，即使在梦中，他也无法合上心灵的眼睛。无论白天黑夜，他都要注视着这个世界。他与祭司对话，他守卫所有的文化与传统，他与神明创造的世间万物紧紧地结合在一起，从渺小的蠹虫至群山之巅。

我初读《火焰与词语》这本诗集便深深地爱上了它，当时看的是英译版，因此，我决定将它翻译为斯瓦希里语。最初，我对诺苏人的了解还不够深入，因为以前在我们眼中，中国只有一个民族、一种文化和一种历史。后来我才知晓，在中国，除了大多数的汉族人和其他少数民族之外，还有一群被称为诺苏人的少数民族。

吉狄马加的诗之所以吸引我，是因为它让我想起了我们在非洲农村里的熟悉生活。对爱情的踟蹰，追寻爱情与探求生命的意义的孤独都深深地吸引着我，那些有关"追求"与"爱情"的诗句是不朽的。

你还记得

那条通向吉勒布特的小路吗？

一个流蜜的黄昏

——《回答》

他将两人之间的爱情与对大自然的喜爱融合在一起，就像诺苏女人手中穿梭的针线一样。诺苏人居住在偏远的山区，那里交通不便，从一家到另一家的路十分遥远。在我心中，那穿梭的针线就是他们为了靠近彼此所作的努力。

从诗人的眼中，我看到了诺苏人用自己独特的方式依靠双手和大自然生活：

她对我说：

我的绣花针丢了

快来帮我寻找

（我找遍了那条小路）

从这首诗中就能够体会到针线与爱情的关系，它连接着彼此相爱的两个人。如同脐带，就是连接初生的孩子与母亲的那条线。读完诗集中的第一首诗——《自画像》，我就已经无法自拔地爱上了它。

虽然吉狄马加是少数民族，但他仍为自己身为诺苏人而自豪。他热爱他的民族。他将本民族的传统和他的国家、他的生活结合在了一起。众所周知，抚养孩子并不只是将它生下来而已，而生活也不仅仅在于出生、成长和死亡。生命让人类团结在一起，并告诫我们生活的真谛。正如《自画像》中所写的：

我是这片土地上用彝文写下的历史

是一个剪不断脐带的女人的婴儿

诗人向我们展示了诺苏人的传统与文化，他将这片土地比作自己的母亲，以此歌颂在他心中尤为重要的家乡。他书写了诺苏人的一生，从出生到死亡直至被埋葬之时；祭司为他诵经送魂。

母亲手中的传统与文化

在诗中，彝人的母亲象征着彝族的传统与文化。彝人的母亲死去的时候，她的身体会被放在道路中间，她沉睡的方式提醒着人们，母亲就像大地一样永远不会消失，她会一直在这里守护着这片土地和她的孩子。其实生活永远是随着物质的发展而继续，因为如果连基本的生活都无法满足，爱情也就无从谈起了。

在与生活的斗争中，诺苏人从未忘记自己的精神需求。毕摩，诺苏人的祭司，他为诺苏人的生活而祈祷，祈求他们能平安长寿。他帮助那些受苦受难的人们，按照风俗将死者的魂灵送至山巅，让他们可以永远在天堂安息。

诺苏人相信神明和永生，马加在他的诗《彝人谈火》中写道：

给我们血液，给我们土地

你比人类古老的历史还要漫长

给我们启示，给我们慰藉

让子孙在冥冥中，看见祖先的模样

你施以温情，你抚爱生命

让我们感受仁慈，理解善良

你保护着我们的自尊

免遭他人的伤害

你是禁忌，你是召唤，你是梦想

给我们无限的欢乐

让我们尽情地歌唱

当我们离开这个人世

你不会流露出丝毫的悲伤

然而无论贫穷，还是富有

　　你都会为我们的灵魂

　　穿上永恒的衣裳

　　马加的作品不仅仅是诗歌，还有他在全世界各个城市所作演讲的讲稿。诺苏人绝不放弃自己的传统。他们感恩那些外来者，决不会去伤害他们，听他们传布福音，但他们的父辈坚定地信奉传统的神明，他们相信是神明创造并给予他们知识的。

　　吉狄马加在演讲上的成就丝毫不逊色于他的诗作。在他谈到两种写作方式之时，我们能够被他的感情和激励人心的思想所感染。他既是一位诗人，也是一位政治家。

　　马加将他的信仰融入了诗中，正如他在第21届麦德林诗歌节主席会议的书面演讲的主题——诗人的个体写作与人类今天所面临的共同责任。

　　他的话里饱含深意，他以一个诗人的身份挺身而出，想要成为人类文明的守护者。他督促着人们坚定自己的信仰，加深彼此之间的信任，他也为人性的美好而欢呼。

　　即使身负如此重任，他也从未忘却诺苏人的先辈。他为自己诺苏人的身份而自豪。在《星回节的祝愿》一诗中，他将自己对这片土地的热爱描写得淋漓尽致，他亲切地称故土为"妈妈"，希望她能永远守护世上所有的人。他渴望去观察身边发生的一切。他在诗中这样写道：

　　我祝愿蜜蜂

　　我祝愿金竹，我祝愿大山

　　我祝愿活着的人们

　　避开不幸的灾难

　　长眠的祖先

　　到另一个世界平安

　　我祝愿这片土地

　　它是母亲的身躯

2005年初，吉狄马加在清华大学的演讲中提到了他对现代世界生活的忧虑：20世纪最后30年是国家收入猛增的时期，但物质财富带来的变化使得人类的精神困境加剧了。

如果没有世界各族人民对文学的贡献，精神世界得不到发展，也就无法实现全人类的发展。所以，文化方面的成就应该成为整个国家所得的重要组成部分。他不断强调纯净的人心对于生活在同一片天空下的人们来说是无比重要的。要做到这一点并不简单。但他的从大凉山深处迸发而出的诗意与精神做到了这一点。

他在2005年第42届贝尔格莱德国际作家会议开幕式上所做的题为《为消除人类所面临的精神困境而共同努力》的演讲中说，提倡精神反叛的风气应该被制止，

"人类心灵的日趋荒漠化，已经让全世界许多对人类的前途担忧、充满着责任感的有识之士开始行动了起来，大家以超越国界、种族、区域、意识形态和不同宗教的全球眼光，形成了这样一种共识，那就是要在地球上，在任何一个生活着族群的地方，为消除今天人类所面临的精神困境而共同努力。"

吉狄马加的诗，是与整个世界有关的，而不仅仅是关于中国，关于诺苏人。他曾写过一首献给曼德拉的诗，诗中，他将曼德拉称为"我们的父亲"。从曼德拉出狱之时他便关注并喜爱着这位伟大的领袖。2013年12月5日，在得知曼德拉逝世的消息时，他含着泪写下了这首致敬曼德拉的诗篇：

我们的父亲
——献给纳尔逊·曼德拉

我仰着头——想念他！
只能长久地望着无尽的夜空
我为那永恒的黑色再没有回声
而感到隐隐的不安，风已经停止了吹拂
只有大海的呼吸，在远方的云层中

闪烁着悲戚的光芒

是在一个片刻，还是在某一个瞬间

在我们不经意的时候

他已经站在通往天堂的路口

似乎刚刚转过身，在向我们招手

脸上露出微笑，这是属于他的微笑

他的身影开始渐渐地远去

其实，我们每一个人都知道

他要去的那个地方，就是灵魂的安息之地

那个叫古努的村落，正准备迎接他的回归

纳尔逊·曼德拉——我们的父亲

吉狄马加的诗作与演讲都有着浓重的情感和发人深省的思考，是非常值得一读的。他的演讲就像一张世界地图，为我们在精神世界中的追求指引方向，以弥补在过去几十年中我们追求科技而对精神世界的忽略。

他的诗将我们带入如画的风景中，让我们置身于一个和平的世界。那些绿树环绕，充满欢歌笑语的小路都充盈着他的思想。尽管这并不是全部。

吉狄马加的作品让我们不禁扪心自问，我们的语言，我们的个性以及我们的社会又是怎样的呢？我们也应该为团结贡献自己的力量，把自己的思想传播到世界每一个角落。我们有责任去改善未来的世界，但如果我们不注重自己的传统，我们将无法做到。

虽然吉狄马加的诗写的是他的家乡，但我们也能感同身受，去思考如何对待我们的民族语言以及如何让世界变得更美好。我们每个人都是参与者，每件事物都有自己应有的位置。读吉狄马加的诗，在他家乡的美景之中徜徉，仿佛进行了一次心灵的朝圣之旅。

他向读者展示了许多关于秩序、传统与根基的生动的诗句，以及由此传递出的他对世界的热爱。但是，他是如何做到这一切的呢？世间人人平等，非洲人充满创造性的哲学丝毫不逊于世界上任何地方。

诗人政治家吉狄马加从小就对诺苏人的传统诗歌耳濡目染，在青年时期，他开始接触许多国外的诗人，其中，俄国伟大的诗人普希金对他的影响最为深刻。

青年时期的吉狄马加在普希金的影响下第一次在省文学杂志上发表了自己的作品。他继续在文学的道路上前进，但他并没有忘记自己的初心，依然在世界各地歌颂他的族人。虽然相隔甚远，他仍然能看到他们。他能看见那木制的织布机，看见诺苏妇人为了御寒的衣物在织布机上劳作，看见妇人腰间的裙饰。

他能听到诺苏祭司毕摩的声音，他看到了诺苏人史诗所记载的画面。他听见小孩在哭泣，他看到青年想要走遍世界的决心。他为诺苏人民带来了外来的声音，让不同的文明能够不断交流。

吉狄马加的诗简洁而内涵丰富。他用手中的笔流畅地书写着他对世人的爱，对人类与世界的期望。他将景物、动物和其他一切能激发诗意的事物都变作他笔下的意象。

诗人总是用独特的语言和形象的比喻给自己的作品赋予深刻的内涵。

吉狄马加的诗就是这样，充满了形象的比喻而蕴含了深刻的道理。

（魏媛媛　吴艾伶　译）

菲罗·伊科尼亚，肯尼亚当代著名女诗人，小说家和记者。作为记者，她撰写了大量关于社会和国家治理、群体性贫困和反对暴力方面的文章，以反对严重的社会不公和抨击官场腐败而闻名肯尼亚；作为作家，其文学作品主要涉及公民权利、言论自由、女性等方面的话题。已经出版的主要作品有：《引领黑夜》（随笔、评论集；2010年出版）、《肯尼亚，你愿意嫁给我吗？》（小说；2011年出版）、《出狱》（情诗，电子书，在亚马逊网销售）、《和平的面包》（诗集，英国田兔出版公司出版）。

DIBAJI

◎ Maneno ya Moto

Mashairi ya Jidi Majia yamenawirishwa na ukwasi wa kitamaduni na wa kiroho wa Wanuosu, ambao pia huitwa Yi. Jidi Majia akiwa Mnuosu huchukuliwa kama kitindamimba kwa kazi yake njema kuhusu jamii yake na ya Uchina kwa jumla, na kwa huduma inayoambatana na usanii wa ushairi na utoaji wa hotuba. Yeye ni Ustaadh.

Neno la kwanza linahusu upendezaji wa mashairi yake miongoni mwa mengi yaliyoandikwa kuhusu Uchina kwa jumla. Nimewahi kusikiliza wakati yakighaniwa. Mashairi haya yanavutia sana na yanayeyusha roho hata kabla ya kuyaelewa.

Washairi wa Uchina wanasifiwa sana kama waandishi wanaoelewa kuvumilia sana na kutafuta maana ya maisha katika mazingira yao. Milima inawavutia vile vile kama mito na maua. Hadithi zao za mapenzi pia ni nyingi na za kupendeza.

Paa apitia karibu. Njia panda iko mbele ya mshairi milele na yeye hawezi kufunga macho ya moyo hata ndotoni. Anaona usiku na mchana. Anaongea na makasisi, analinda mila na tamaduni zote. Yeye anajihusisha na mambo yote yatokayo kwa Mungu na viumbe vyote kuanzia wadudu hadi vilele vya milima.

Kitabu Cha Maneno ya Moto nilikisoma kwa lugha ya Kiingereza na kikanivutia sana. Ndio maana nikapenda kitafsiriwe kwa lugha ya

Kiswahili. Mwanzoni sikufahamu mengi kuhusu Wanuosu wa Uchina kwa maana aghalabu tunasikia habari ya Uchina kama nchi ya watu wa aina moja, utamaduni mmoja na historia moja. Wachina wengi ni Wahan na kati yao kuna wengine wengi na kundi moja dogo ndilo linaloitwa Nuosu.

Mashairi niliyoyasoma yalinivutia kwa sababu yalinikumbusha maisha ya kawaida kijijini kwetu Afrika. Hofu ya upendo yavutia, upweke wa aina ya ushairi unaotafuta mapenzi au maana ya uhai. Maneno juu ya 'njia' na 'mapenzi' hayachoshi.

JIBU

Bado unakumbuka kijia kidogo
hadi Jjile Bute?
Saa bora ya machweo

Mapenzi baina ya watu wawili, mapenzi ya mazingira na ya ardhi yanaundwa pamoja kama vile wanawake wa Wanuosu wanavyosokota nyuzi. Sindano niliielewa kuwa ni bidii ya kufikia wenzao. Wanuosu wanaishi milimani na katika mabonde ya nchi ngumu. Sio ngumu kwa ajili ya ukavu lakini kwa sababu ya umbali wa kutoka nyumba moja hadi nyingine.

Kulingana na maono ya mshairi, ninaelewa kwamba Wanuosu ni watu wanaotumia mazingira yao na mikono yao kwa namna ya kipekee.

Yeye aliniambia:
Nimepoteza sindano yangu yenye nakshi
Fanya hima na unisaidie kuisaka
Nimeitafuta kila mahali kwenye kijia kile cha udongo

Na hapo hapo uhusiano wa nyuzi na mapenzi unaeleweka kama aina ya sanaa ya kiroho. Kwani hata mbeleko, ni uzi pia unaounganisha mama na mwanawe wakati mtoto anapohitaji mama sana ili akue na aendelee kuwa na uhai. Lakini katika shairi la kwanza katika kitabu hiki nilikuwa tayari nimelipenda shairi la Twasira.

Kweli hata awe ni wa kabila la tabaka la chini, hakuacha kujivunia kuwa Mnuosu. Anapenda mila zake. Anaunganisha mila na nchi yake na maisha ya kawaida. Ni dhahiri kuwa uzazi si kuzaliwa tu, na maisha sio kuzaliwa na kukua na kufa. Kuwa na uhai kunashikamana na kumpa binadamu maana ya kuishi. Ninalinukuu shairi la Taswira.

"Ndimi historia iliyoandikiwa nchi hii kwa ulimi wa Kinuosu
Nilizaliwa na mwanamke ambaye hakuthubutu kukukata umbeleko"

Mshairi ana nia ya kutuelezea mila na historia ya Wanuosu ili tujionee wenyewe umuhimu wa nchi ya Wanuosu ambayo anailinganisha na mama mzazi. Anatuelezea maisha ya Mnuosu kutoka kuzaliwa hadi kifo na kuzikwa; akiimbiwa na makasisi wa kitamaduni.

Mila na tamaduni zi mkononi mwa mama

Mamake Mnuosu ni mila na utamaduni katika shairi. Ni kweli hata mama Mnuosu akifa analazwa kwa njia ambayo inawakumbusha watu wote ya kwamba mama kama ardhi hafi milele na anaendelea kutunza nchi na maisha ya watoto wake. Kwa kweli maisha ni milele pamoja na kuukuza uchumi kwa maana bila riziki hata mapenzi yenyewe hayawezekani.

Katika kumenyana na changamoto za maisha Mnuosu kwa kawaida hasahau mahitaji yake ya kiroho. Bimo, au kasisi wa Wanuosu, huwa kila siku anatakasa maisha ya Wanuosu huku wakiwaombea maisha marefu yasiyo na shida nyingi. Husaidia wanaoteseka na kusindikiza mioyo ya wafu kulingana na mila zao hadi milimani huko ikapumzike milele upeponi.

Wanuosu wanaamini Mungu pamoja na maisha ya milele lakini kulingana na Majia akiongea na Mungu katika shairi linaloitwa "Mnuosu anena kuhusu moto" ameandika:

Tupe damu, tupe sisi nchi

Ewe nguvu ilotambaa mbali kuliko siku

Umetuhifadhi dhidi ya waliotaka kutudhuru

Wewe ni utamu uliokatazwa, unatuita, wewe ni ndoto

Unatupa furaha isiyo na kikomo

Hutuacha tuimbe bure bilashi

tutakapouacha ulimwengu wa watu

hautaonyesha chembe ya huzuni

Iwe tuliishi kwa utajiri au umaskini

Utavika nyoyo zetu

Libasi za mwako wa moto

Majia ameandika mengi sio tu kwa mashairi lakini pia kwa hotuba alizozitoa katika miji mingi ulimwenguni. Wanuosu hawakuacha mila zao na kufuata dini za kigeni. La. Walishukuru wageni; hawakuwadhuru, wakasikiliza injili zao lakini wakaendelea na maisha yao huku wazee wao wakikariri Mungu ni yule yule aliyewaumba na kuwapa ujuzi wao wenyewe.

Hotuba za kifasihi za Jidi Majia zina uwiano na mashairi yake. Akijieleza kindakindaki kati ya mbinu hizi mbili kuu, waweza kuhusisha hisia zake na mawazo yake makakamavu. Yeye ni mshairi na mwanasiasa.

Majia anaweka imani yake kwenye ushairi. Haya yanabainika katika hotuba yake yenye mada: *Uandishi wa kipekee wa mshairi na majukumu yanayomkumba binadamu,* iliyoandikiwa kikao cha ishirini na moja cha tamasha la kimataifa la ushairi.

Kina cha maneno yake katika hotuba hii ni kujitolea kwake kama mshairi kuwa mlinzi wa utamaduni wa mwanadamu. Anasimamia utekelezaji wa imani na uaminifu katika hali ya kusherehekea ubinadamu.

Na katika wajibu huo wake, hakuna vile anaweza kusahau au kuacha nyuma babu Wanuosu. Yeye anajivunia kuwa na asili hii isiyo ya kawaida nchini Uchina. Katika shairi lake, *Matamanio ya tamasha la urejeo wa nyota*, anaueleza kinaganaga upendeleo wa kiroho katika ardhi anayoipenda, huku akiita ardhi yao "mama" na kutumaini ardhi itamlinda milele pamoja na watu wote ulimenguni. Anajifunza kutumaini kwa kuangalia yanayotendeka katika mazingira. Katika shairi la *Matamanio ya Tamasha ya Nyota Zirejeazo* anaandika:

> *Ninatoa matamanio kwa nyuki wa asali,*
> *Kwa mianzi ya kidhahabu na milima mikuu,*
> *Ninatoa matamanio kwamba sisi tunaoishi,*
> *Tunaweza kuepushwa na majanga mabaya*
> *Na mababu walioenda kupumzika milele,*
> *Watawasili kwa amani kwenye dunia nyingine,*
> *Ninatoa matamanio kwa hii anga ya dunia,*
> *Ambayo ni mwili wa mama yetu.*

Katika macheo ya karne ya ishirini na moja mwaka wa 2005, kwenye hotuba kwa hadhira ya chuo kikuu cha Tsinghua, Majia alitaja shaka zake kwa maisha ya mbeleni ulimwenguni akisema:

"Katika miongo mitatu ya mwisho wa karne ya ishirini ulikuwa wakati wa ukuaji haraka wa kipato jumla cha nchi, na ukwasi ulioletwa na mabadiliko na uwazi wa minara mikuu ikiwa kama nyenzo kuliko kiroho."

Bila maendeleo ya kiroho yanayokuzwa kwa ulumbi wa kisanii na watu wa tabaka tofauti, basi maendeleo hayatakuwa ya kibinadamu. Ni wazi kuwa basi, kipato jumla cha nchi cha ushairi ni lazima kiwe katika kipato jumla cha bidhaa muhimu na kinahitajika kujiendeleza. Anakariri umuhimu wa uwazi kwa binadamu wanaoishi chini ya mbingu moja. Si rahisi. Lakini kiongozi aliyenaswa na roho ya ushairi kutoka kina cha vilima vya Daliangshan anashinikiza haya.

"Mtindo wa kueneza uhaini wa kiroho lazima usitishwe. Watu wanaojali, kuzinguliwa kwa madhara ya hali ya binadamu yakiunganishwa na imani ambayo inaendeleza ukabila, utaifa, urangi na uhalali wa kidini, hurejelea uhamasisho mkuu wa kukabiliana na upungufu wa madhara yanayosababisha taabu katika jamii za binadamu na watu popote walipo."

Alisema hasa katika hotuba yenye mada: *Jitihada za kurejesha mwelekeo wa upungufu wa kiroho*, Katika ufunguzi wa kikao cha arobaini na mbili cha waandishi wa kimataifa kule Belgrade, 2005.

Jidi Majia yupo makini kulinda na kueneza utalii wa kishairi kote duniani. Hahusiki tu na Uchina na Wanuosu. Ameandika shairi kumhusu Mandela ambaye anamuona kuwa babu wa ulimwengu na baba yake. Anamtazama akitoka jela akimpenda na akilia kumpa mkono wa buriani dakika ya mwisho, Disemba 5, 2013, Mandela alipoaga dunia.

Kwa Mandela
Ndio, Mandela, baadhi yetu,
Twakubali kifedheha,
Kulia kukuona huru
Imara na mwenye ujasiri
Ukitupilia mbali kifungo cha miaka
Blanketi la tandabui la uchungu na masizi
Nyuma, kisiwa cha mchanga wa ziwa,
Ukatili, weupe na usaliti

Mbele, miamba iliyovunjikavunjika

Makali ya mianya ya ubaguzi wa rangi na udanganyifu

Katika hewa ya kisiwa cha chumvi

Ukatingiza kijasiri nyundo yako ya kifilosofia

Ukikabili njia ya mwanga finyu ya miaka mingi

Saa hii,maono yalozibwa kwa machozi

Tunakuona ukikanyaga nje kwa saluti zetu

Ukibeba mizigo yetu ya matumaini na woga,

Na kuvutia mng'ao wako

Wa hewa ya asubuhi ya kijivu.

Mashairi na hotuba za kifasihi za Jidi Majia zina hisia tamu, ukwasi wa mawazo na ni nzuri kusoma. Hotuba zake zinasomeka kama ramani ya dunia, na ramani ya maendeleo ya kiroho yanayokosekana katika miongo iliyopita huku binadamu wakijiendeleza kwenye teknolojia.

Mashairi yake yanaelekeza kwenye nafsi ya mandhari na dunia ya amani. Vijia vidogo vya mashinani vilivyojaa nyimbo na fikira. Japo hayo si yote.

Uandishi wa Jidi Majia unatusaidia kujihoji kinafsi, kujiuliza maswali kuhusu lugha zetu, tulivyo kiutu na kijamii. Nasi pia tunachangia mshikamano wetu, maneno yetu katika kila pembe ya dunia na ulimwengu. Tuna jukumu la kuboresha dunia yetu miaka ijayo na hili haliwezi kutimia iwapo hatutatangamana na asili yetu.

Ingawa mashairi ya Jidi yanahusu mazingira yake na sanaa, yanatusababishia fikra kujihusu, lugha zetu na jukumu la kuboresha dunia. Kila mtu ni mhusika. Kila kitu kina nafasi yake. Mashairi ya Jidi Majia yanatupa taswira ya mazingira yake, yakishiriki safari ya hija.

Mashairi haya yamejaa mifano inayozungumzia msomaji kuhusu ruwaza, asili na mizizi na jinsi yanavyotuongoza kujua upendo wake wa dunia. Lakini alifikaje hapo? Mja ni mja kwa ajili ya waja wengine. Filosofia ya Afrika ya ubunifu hata ikiwa na changamoto hushinda popote.

Mshairi-Mwanasiasa Jidi Majia alianza kwa kukumbana na ushairi kutoka kwa Wanuosu na baadaye katika ujana wake alisoma malenga wa nchi zingine. Kulingana naye, mshairi mtajika wa Urusi, Alexander Pushkin, alimgusa sana.

Ujanani, alisoma kazi za Pushkin kwa makini na hamu yake ya kuandika ushairi ilimwelekeza kuchapishwa kwenye jalada la kifasihi la kimkoa kwa mara ya kwanza. Alijiendeleza lakini hakuwacha asili yake, aliendelea kughani kuhusu watu wake kote duniani. Aliwaona hata ingawa alikuwa mbali. Aliona kufumwa kwa vitambaa, vishono kwenye viuno vya wanawake wa Nousu wakitengeza vitambaa vya nyusi ili kujisitiri nyakati za baridi. Wakitengeneza vilimbwende kwa makini katika maeneo mengine.

Anasikia ukariri wa Bimo, padri, katika aya yake. Anawaona wakisindikiza nafsi na Bibilia kwa imani inayopatikana baina ya watu wa Yi kuanzia mwanzo na yaliyorekodiwa kwenye kitabu chao,"*kitabu cha asili*". Anawasikia watoto wakilia, na hamu ya vijana kuzuru na kukagua dunia nzima. Anawaletea Wanuosu sauti za kutoka nchi zingine. Ni mabadilishano ya mara kwa mara.

Mashairi ya Jidi Majia yanavutia kwa undani na wepesi wake. Sauti nyororo inayoifanya kalamu yake kuwiana na upendo wake wa kinafsi anaouhifadhi watu wake na mielekeo yao. Mtazamo wake kwa binadamu na dunia. Anabadilisha mazingira, wanyama na vitu vingine kwa mawazo ya sanaa yanayochochea.

Washairi hutumia lugha ya kipekee na kupigiwa mifano kuleta maana na uwiano katika mashairi.

Mashairi ya Jidi Majia yamejaa taswira na tashbihi zinazotoa ruwaza kinaganaga.

（斯瓦西里语）

像空气又像水晶

——吉狄马加诗选《时间》阿根廷版序言

[阿根廷] 罗伯特·阿利法诺

　　诗歌产生于感动之后，诗人掌控其抒情的脉搏。他放声歌唱，却又十分清楚自己的能力和局限。他梳理自己的意象，其视野总具有揭示性。在诗人及其话语之间，有一个空白地带。该如何照亮这片黑暗？如何面对这空白、表现这在浮云、鸟儿或女人之间游弋的事物？只有歌唱，用话语表达，这话语第一次命名了那多次被命名过的事物。只有大写的诗人能以纯净的美照亮每一节诗歌，召唤所有的梦想。吉狄马加在歌唱，而一切便都获得了生命：

> 我的歌
> 是多情的风
> 是缠绵的雨
> 是故乡山冈上
> 一只会唱歌的百灵
> 是献给这育养了我的土地的
> 最深切的思念

　　他的精神领域是广阔的，犹如一片霞光。他的礼赞使我们想起了我们的卢贡内斯，写作《里奥·塞科谣曲》的最后的卢贡内斯，去掉了华丽辞藻，重又面向自己的故土和根源，面向照亮世界伟大即经典诗歌的生活。真正的诗人好像在自己的世界上飞翔。他周围繁茂的枝叶是神秘地注视我们的眼

311

睛：发现事物也发现我们。鸟儿在飞，并变成云朵或灵魂，整个宇宙是一片在想象中长满树木的天空。诗人的演奏消散并在话语中重现。现实是另一种遥远的幻想，总是遥远，我们抓不着，就连命名它的词语所揭示的意象也几乎摸不着。诗人的声音从来不是其全部，嘴唇从来不是真的嘴唇。在意象与真实之间有一段空白，一段忧伤的思念。一切都游弋在梦想与黑暗之间。诗人又在歌唱，一切又都获得了生命：

> 我看见另一个我
> 穿过夜色和时间的头顶
> 吮吸苦荞的阴凉
> 我看见我的手不在这里
> 它在大地黑色的深处
> 高举着骨质的花朵
> 让仪式的部族
> 召唤先祖们的灵魂

创作——发自诗人内心之物——立足于自身并提供另一个空间，另一个维度，另一种声音和另一种寂静。当一切都是这样、那样、都是"一切"的源泉，当这一切自然地在东方人的眼前浮动时，用我们西方人的眼光来观察是何等的困难！

> 我看见人的河流，汇聚成海洋，
> 在死亡的身边喧响，祖先的图腾被幻想在天上。
> 我看见送葬的人，灵魂像梦一样，
> 在那火枪的召唤声里，幻化出原始美的衣裳。
> 我看见死去的人，像大山那样安详，
> 在一千双手的爱抚下，听友情歌唱忧伤。

为什么当前的诗歌似乎惧怕美？为什么会像西班牙女诗人比拉尔·贡萨

莱斯·埃斯帕尼亚精彩的诉说那样：当阳光碰到眼睛，我们会流泪，而鸟儿面对着阳光，却在歌唱，持久地歌唱！

像空气或像水晶，吉狄马加的风格是透明的。他的精神领域是拥抱一切的，有着令人折服的慷慨颂扬：音乐和色彩，自然与鲜花，青春和爱情，先人和家人的灵魂。他的诉说是和谐的话语，总是有创意的，是通向读者的一座可爱的桥，向他们讲述一个想象中的故事，谁也无法不相信它。一种在我们西方诗歌中不常见的品德。

我是在青藏地区举行的第三届青海湖国际诗歌节上发现马加的，我无法放弃对他的阅读。他的作品是慷慨的，又是有节制的。让我们觉得是那么自然、那么亲近。从他东方的土地，我们的诗人向我们奉献了一个已经消失而又令人怀念的世界；在那里，抒情、叙事和哀叹又令人惊讶地融为一体。

我庆贺诗集的阿根廷版本问世，其中增添了胡丽亚·加尔松·弗内斯新译的诗篇。作为享受阅读的我而言，重读吉狄马加是一种最愉悦的体验。我建议您也不妨一试以分享我的快乐。

（赵振江　译）

罗伯特·阿利法诺，诗人、散文家、记者。阿根廷诗歌学会副会长。曾获阿根廷诗歌学会大奖（1997）、智利艺术批评奖（2003）、智利聂鲁达诗歌创作奖（2003）。自1974-1985年，作为博尔赫斯的助手，并和他一起从事翻译工作，博尔赫斯许多口述作品都是他记录和整理的。

COMO EL AIRE O COMO EL CRISTAL
(Prólogo a la edición argentina de *Tiempo*)

© Roberto Alifano

La poesía opera a través de la emoción y el poeta controla sus impulsos líricos. Canta hasta donde le alcanza la voz y posee una conciencia muy clara de sus poderes y limitaciones. Administra sus imágenes y sus visiones son siempre reveladoras. Entre el poeta y su palabra hay una zona de ausencia. ¿Qué hacer, cómo iluminar esa tiniebla? ¿De qué manera enfrentar la nada y dar la forma a lo que todavía oscila entre ser nube, pájaro o mujer? Sólo resta cantar, decir con palabras que nombran por primera vez lo que ha sido nombrar tantas veces. Sólo el Poeta puede iluminar de pura belleza cada estrofa, convocar los sueños. Y Chiti Matjia canta y todo empieza a cobrar vida:

> *Mi canto*
> *es una brisa tierna y afectuosa*
> *es una llovizna interminable*
> *es una alondra*
> *cantando en las colinas de mi pueblo natal*
> *es la nostalgia más profunda...*

El campo que abarca su espíritu es vasto y extendido como un crepúsculo. Las exaltaciones nos recuerdan a nuestro Lugones, el último Lugones de los *Romances del Río Seco*, despojado de suntuosidad verbal, vuelto hacia su tierra y sus orígenes, y a la esencia de la vida que ilumina la gran poesía universal, es decir, clásica. El Poeta parece sobrevolar su mundo. El follaje que lo rodea son ojos que nos miran desde el misterio: descubren y nos descubren. Las aves vuelan y se transforman en nubes o en almas, todo el Universo es un cielo imaginariamente arbolado. Lo que toca el Poeta se desvanece y resurge en su palabra. La realidad es otra ilusión que está más allá, siempre más allá y nos resulta inaprehensible, apenas alcanzada por las imágenes que revelan las palabras que la nombran. Nunca la voz del Poeta es completamente suya, nunca los labios son en verdad los labios. Entre la imagen y la realidad hay una zona de ausencia, de melancólica nostalgia. Todo oscila entre ensueño y tiniebla. El Poeta canta otra vez y todo empieza a cobrar vida:

> *Veo otro yo*
> *atravesando la escena nocturna*
> *y el tiempo bebiendo la sombra de amargo trigo sarraceno*
> *veo que mis manos no están aquí*
> *sino en las negras profundidades de la tierra*
> *levantando hacia lo alto una flor de hueso*
> *dejando que la tribu en la ceremonia*
> *invoque el alma de los ancestros...*

La Creación-aquella que nace del corazón del Poeta-está en pie y propone otro espacio, otra dimensión, otra voz y otro silencio. ¡Qué difícil mirar con nuestros ojos occidentales cuando todo fluye naturalmente ante ojos orientales, cuando todo es esto y es aquello y es la fuente de Todo!

Veo un río de hombres, pasando en silencio por un valle.

Veo un río de hombres, levantando olas suaves y tristes.

Está pasando por este mundo indiferente,

está pasando por este mundo mágico…

¿Por qué la poesía actual parece temerle a la belleza? "¿Por qué lloramos cuando nos roza los ojos?", como dice bellamente la poeta Pilar González España. Delante de la luz cantan los pájaros…y seguirán cantando.

Como el aire o como el cristal, el estilo de Chiti Matjia es invisible. El campo que abarca su espíritu es abrazador y es prodiga con una generosidad arrolladora: la música y el color, la naturaleza y las flores, el alma de sus mayores y la familia, la juventud y el amor. Su decir son palabras armoniosas, siempre fundacionales, son un puente amable que se tiende hacia el lector para contarle una historia que la imaginación agradece y de la que no se puede descreer. Una virtud no tan común en nuestra poesía occidental.

Descubrí a Matjia en el T*ercer Festival Internacional de la Poesía* que se celebró en Qinghai, en la región Tibetana de China, y no he dejado de leerlo. Su obra es parca y generosa. Todo nos parece espontáneo, familiar y cercano. Desde su suelo oriental nuestro poeta nos ofrece un perdido mundo de nostalgia donde lo lírico, lo épico y lo elegíaco se aúnan asombrosamente.

Celebro esta nueva edición que hace en la Argentina la *Editorial Proa*, a la que se agregan nuevos poemas traducidos por Julia Garzón Funes. Una de las experiencias más gratas de mi aventura de lector hedonista es releer al poeta Chiti Matjia. Le propongo hacerlo y compartir mi placer.

Roberto Alifano

En Buenos Aires, primavera de 2011

（西班牙语）

当代中国的一个特殊的声音：
吉狄马加写给他的民族的诗

[爱沙尼亚] 尤里·塔尔维特

　　随着中国的对外开放，中国当代诗歌也发生了显著的变化。然而，由于语言鸿沟和文化篱绊的阻隔，作品被介绍到国外特别是西方社会并被西方读者认可的中国当代诗人寥若晨星，吉狄马加便是这为数不多的诗人中的一位。

　　吉狄马加于1961年出身在四川省凉山彝族自治州一个显赫的彝族家庭。1982年从西南民族大学中文系毕业后，吉狄马加先后担任文学刊物编辑、凉山彝族自治州文联副主席、主席、四川省作家协会秘书长、副主席、中国作家协会书记处书记、中国诗歌学会常务副会长、青海省副省长、青海省委常委、宣传部部长等职，吉狄马加现任中国作家协会副主席，书记处书记，鲁迅文学院院长和中国少数民族作家学会会长。

　　吉狄马加自幼喜欢文学，大学读书期间就阅读了大量的中外文学名著。1985年，年仅24岁的他就出版了第一部个人诗集《初恋的歌》，并获得国家级大奖，开始在中国诗界崭露头角。到今天他已经在国内外出版了《一个彝人的梦》《时间》《从雪豹到马雅可夫斯基》等数十种诗选，他的诗歌作品已被翻译成英语、韩语、塞尔维亚语、俄语、法语、西班牙语、保加利亚语、波兰语、匈牙利语、斯瓦希里语、孟加拉语、土耳其语、阿拉伯语、希伯来语等近二十种语言。他的诗多次在国内外获得国家级重要奖项，如1985年中国作家协会评选的第三届中国少数民族文学创作"骏马奖"，2006年俄罗斯作家协会颁发的"肖洛霍夫文学纪念奖章"等，是一位具有重大国际影响力的中国当代诗人。

吉狄马加的诗歌是一个奇妙的组合体，这种组合不仅体现在人与自然的融会上，也体现在作为有充分个性的诗人和他所从属的民族的集体意识的重叠上。诗人在一首题为《自画像》的诗里写道：我是这片土地上用彝文写下的历史/是一个剪不断脐带的女人的婴儿……

　　彝族的独特文化为诗人提供了有别于他人的丰富性。对于吉狄马加来说，他的骄傲和灵感都来自大凉山。可以说，特殊而浓郁的文化背景以及个人的独特气质构成了吉狄马加诗歌的风格和魅力。

　　吉狄马加是一个坚定的民族主义者，其诗歌的根深深地扎在彝族的历史、文化、传统和价值观上。正如杨宗泽先生所言："他的诗蕴藏着一个古老而神秘的梦，这个梦就是：一个民族的未来。对于彝族这个古老民族而言，吉狄马加是一个符号，一个具有诗歌精神和民族精神双重内涵的文化符号。他的诗使人们领略到这个古老民族的楚楚风采，触摸到这个民族以'红、黄、黑'三种颜色为情感基础的内心世界，并在当下多元并存的诗歌格局里找到了属于诗人自己的位置。"然而，从吉狄马加的诗里我们也可以发现这样一个事实：他的思维受到近现代东西方哲学和思潮的深刻影响，他用诗歌和各种各样的精神世界对话。向世界宣示：民族无论大小，无论强弱，民族和民族文化之间应该是平等的，应该是和谐共存的。从这个意义上讲，吉狄马加不仅是一位彝族诗人和中国诗人，更是一位具有前瞻眼光的国际诗人。他的诗不仅属于彝族，属于中国，也属于全人类。

　　吉狄马加十分崇拜中国古代伟大的爱国诗人屈原、苏联的肖洛霍夫、智利的聂鲁达、哥伦比亚的马尔克斯、墨西哥的奥克塔维奥、塞内加尔的桑戈尔等大诗人大作家。他也曾为西班牙的加西亚·洛尔迦、意大利的朱塞培·翁加雷蒂以及俄罗斯的茨维塔耶娃等著名诗人写诗，感叹他们不幸的遭遇，并借此抒发个人胸中的块垒。这些诗中，吉狄马加善于从人性关怀入笔，彰显了"平等、对话、理解、友谊和爱"这些带有普世救世的观念。

　　读吉狄马加的诗，让我不由想起杰出的爱沙尼亚诗人尤汉·利夫。尤汉·利夫与吉狄马加都是少数民族。少数民族或弱小民族都具有特殊的脆弱性，在强大民族的主流话语面前，他们往往是"缺席"的。他们担心自己的语言和传统被边缘化，最终从这个世界上消失，变成虚无的记忆，这种担心与忧虑折磨着他们的精神世界，成为他们"才下眉头，却上心头"的文化乡愁。这两位诗人尽管不是生活在同一个时代，人生际遇也各有不同，但他们在捍卫民族文化以及人类尊严方面却十分相似。

在结束这篇文字之前，我想特别提及的是吉狄马加先生发起和创办的青海湖国际诗歌节，这是吉狄马加的一大杰作，是他对于人类诗歌文化所做出的重要贡献。自2007年8月至今，青海湖国际诗歌节已经成功举办了五届，共有来自80多个国家和地区的260余位外国诗人和400余名中国诗人及海外华语诗人出席了诗歌节，其规模之宏大、活动之丰富、文化品位之高雅，为出席诗歌节的中外诗人所盛赞。2015年8月我有幸受邀出席了第五届青海湖国际诗歌节，其间，认识了吉狄马加先生并为他的诗歌所折服，于是便有了这本诗选在爱沙尼亚的出版。

这本诗选的翻译依据两个版本——2006年云南人民出版社出版的由中国诗人、翻译家杨宗泽先生英译的《时间》和2014年在南非开普敦出版的由美国著名诗人、汉学家梅丹理先生英译的《群山的影子》；这两个版本的英文翻译都很优秀。在这本诗选翻译的过程中，杨宗泽先生多次发来电子邮件解答我所提出的有关彝族文化和民俗方面的一些疑问，对于我理解吉狄马加的诗歌助益颇大；爱沙尼亚东方学学者、泰米·帕韦斯夫人在这本诗选的内容选择和译文校订方面对我帮助多多。没有这两位诗人和学者的无私帮助，这本诗选的翻译几乎是不可能的。在此，我向杨宗泽先生和泰米·帕韦斯夫人深表谢忱。

（杨宗泽　译）

尤里·塔尔维特，爱沙尼亚当代著名诗人、翻译家、学者。1981年获圣彼得堡大学哲学博士学位，1992年以来，一直在爱沙尼亚塔尔图大学任世界文学教授，系国际比较文学协会执委会委员。其诗歌、散文和哲学著述被翻译为英语、西班牙语、法语、加泰罗尼亚语、罗马尼亚和意大利等十多种语言。已有诗集、散文集、哲学论述集和翻译著作三十余部在国内外出版，其代表著作有《西班牙精神》（散文随笔集）、《呼唤文化共生》（文化随笔集）、《醒》（诗集）等。

A Special Voice from Contemporary China: Jidi Majia's Poetic Dedication to His Yi Nationality

◎Jüri Talvet

In the conditions of China's opening to the world, Chinese contemporary poetry has also notably changed. However, due to the language gap and the fence of cultural differences, till today only a few Chinese contemporary poets have been recognized by the world. Jidi Majia is one of the few poets whose poetry has been introduced to overseas and loved by foreign readers, especially in the Western society.

Jidi Majia was born in a noble family of Yi nationality in 1961 in Liangshan Yi Autonomous Prefecture, Sichuan Province. Since graduated from Chinese language and literature department of China Southwest University for Nationalities (Chengdu; Sichuan) in 1982, he has successively served as editor of a literary magazine, vice-chairman and later chairman of the Federation of Literary and Art Circles of Liangshan Yi Autonomous Prefecture, vice-chairman and secretary-general of Sichuan Writers Association, secretary of secretariat of China Writers Association, executive vice president of China Poetry Institute, vice-governor of Qinghai Provincial Government, member of the standing committee of Qinghai Provincial Party Committee and director of the Propaganda Department of Qinghai Provincial Party Committee, at present he serves as vice-chairman of China Writers Association, secretary of secretariat of

China Writers Association, president of Lu Xun Literature Institute and chairman of Chinese Minority Writers, Society.

Jidi Majia was fond of literature since childhood. He read lots of Chinese and foreign famous literary works during his college years. In 1985 he published his first personal poetry anthology titled *The Song of My First Love*. This poetry anthology which won the top prize in the nation's poetry contest made Jidi Majia well-known in China's poetry circles. Until today he has published dozens of poetry anthologies both at home and abroad such as *The Dream of a Yi Native, Time, For Vladimir Mayakovsky* and etc. His poetry has been translated into English, Korean, Serbian, Russian, French, Spanish, Bulgarian, Polish, Hungarian, Swahili, Bengal, Turkish, Arabic, etc. It has won quite a few important awards such as The 3rd China Minority Literary Prize for Poetry (awarded by China Writers Association, Sholokhov Memorial Medal for Literature(awarded by Russian Writers Association; 2006).

Jidi Majia's poetry has a marvelously impressive integrity. It does not only describe native mountains and rivers but also manifests the poet's strong personality and the collective consciousness of the Yi nationality represented by the poet. Thus in the poem entitled "Self-portrait", the poet says, "I am the history of this land written in Yi language /And also a woman's baby whose umbilical cord cannot be cut off ...

The unique culture of the Yi nationality imbues Jidi Majia's poetry with a kind of richness that is different from any other. For Jidi Majia, the source of his pride and inspiration is Mt. Daliang. It forms the background for the special style and artistic charm of his poetry.

Jidi Majia is a convinced nationalist-his poetry always roots deeply in the history, culture, tradition and spiritual values of the Yi people. Just as Jidi Majia's friend, a poet and translator Yang Zongze has once said: "An ancient and mysterious dream can be found in his poetry, and this dream is: The fate and future of a nationality. For the ancient Yi nationality, Jidi Majia means a representative symbol with a double intention of poetic culture and national spirit. His poetry makes readers around the world realize his ancient nationality's elegant charm and inner world of feeling based on three colors: red, yellow and black. At the same time, Jidi Majia, with his poetry, has established his own position in the pluralistic structure of contemporary poetry".

It is also a fact that Jidi Majia has formed his philosophy under the influence of the Western way of thinking and of a great variety of the most influential spiritual discourses that can be found in world poetry, in East and West. One of Jidi's most fundamental messages is openness to the world: equality and a fully recognized right of existence of all peoples and cultures, big and small. In this sense, Jidi Majia is not only a poet of Yi, a Chinese poet, but also an international poet with forward-looking vision. His poetry does not only belong to Yi nationality but to the entire humankind.

Jidi Majia admires the ancient Chinese patriotic poet and politician Qu Yuan, the Russian Mikhail Sholokhov, the Chilean Pablo Neruda, the Colombian García Márquez, the Mexican Octavio paz, the Senegalese poet, politician and cultural activist L. S. Senghor. Jidi Majia has dedicated poems to the Peruvian César Vallejo, the Spanish-Andalusian García Lorca, the Italian Giuseppe Ungaretti and the Russian Marina Tsvetayeva. Jidi's poetry excels by its amply universal grasp, which is in harmony with his conviction that all peoples and nations are equal and that all of them can and should say to each other words of understanding, friendship and love.

Reading Jidi Maji, it reminds me of Juhan Liiv (1864-1913), an outstanding Estonian poets and writer whose works have had an ever growing transcendence in Estonia, but in the recent years have also attracted international attention. Both Liiv and Jidi come from a minority nation or minor nationality. Small nations have always been characterized by their special vulnerability, something that is overwhelmingly absent in the poetical topics of bigger or "leading" nations. The latter would seldom sincerely understand the spiritual torments of minor nationalities, their fear of losing their language, mentality, the anguish of being absorbed by big nations and turned into nothingness in the world's memory. This kind of spiritual torment can be regarded as cultural nostalgia that haunts in the mind of the people of the minor nationality from day to day. Although these two outstanding poets belong to different epochs and have different turns in life, they are quite similar in their defense of nationality culture and human dignity. I would have liked to introduce Juhan Liiv and compare his works with Jidi Majia's. Yet considering the limited space of the present essay, I will just mention his name in this essay.

Before ending this introductory essay, I would like to mention particularly the Qinghai Lake International Poetry Festival, initiated and founded by Jidi Majia. It can be regarded as another great masterpiece of Jidi Majia and his contribution to humanity's poetic culture. Since August 2007, Qinghai Lake International Poetry Festival has been successfully held for five times. According to incomplete statistics, there are 260 foreign poets from 70 countries and regions and over 400 Chinese poets or overseas Chinese poets who have attended the Qinghai Lake International Poetry Festival. Its magnificent scale and elegant cultural taste have been highly praised by the participants from China and abroad. In August 2015, I had the honor to be invited to attend the Fifth Qinghai Lake International Poetry Festival. During the Poetry Fesitval, I met Mr. Jidi Majia and was deeply impressed by his poetry. Hence, the poetry selection's publication in Estonian started to take shape.

The present selection of Jidi Majia's poetry in Estonian relies basically on two English versions-the first is *TIME* (China Yunnan Publishing House,

2006) translated by Yang Zongze, the second is *Shade of Our Mountain Range* (Cape Town, 2014), translated by Denis Mair, an American poet and sinologist. Both of these two English versions are excellent. In translating Jidi Majia's poetry into Estonian, first-hand advice provided from China by Yang Zongze proved to be invaluable in many ways. Mrs Taimi Paves, an Estonian Orientalist, spent much of her time revising my translation text. Without their dedication and expert help, my translation would hardly have become reality. I would like to express my heartfelt thanks both to Mr. Yang Zongze and Mrs Taimi Paves.

(Published in Estonian under the title "Üks eriline häälelaad tänapäeva Hiinast-Jidi Majia ülemlaul yi rahvale". In the book: Jidi Majia. *Aeg*. Edited and translated by Jüri Talvet, revised by Taimi Paves. Tallinn: Ars Orientalis; 2016.)

（英语）

吉狄马加：诗人，文化活动家

[南非] 佐拉尼·姆基瓦

　　吉狄马加的诗歌建立在诺苏彝族世代相传的文化传承和口语传统的基础上，他的诗是这个民族的一幅幅老照片。尽管他也渴望改变，但从未忘记其民族文化、文化遗产和根。它让人联想到的是：一个人对于他的本土文化、本土知识和智慧的爱。尽管马加和他的诗歌已经具有很高的国际地位和声望，但是他对于自己的文化依旧深怀敬畏与热爱，他的诗眼总是离不开他的故土和那些先人以及先人们的理想与追寻；尽管他几乎已经成为中外诗界的偶像，但他依旧那样谦逊、温和而儒雅。

　　吉狄马加于1961年出生在四川大凉山，他早已走出了那片大山，并成为彝族特别是诺苏彝族文化遗产的传承者。无论在中国还是在非洲，吉狄马加都是一个偶像，一个文化符号。像吉狄马加一样，我们非洲人自己创造的文化虽然是独特的，但我们所创造的文化不仅仅属于我们非洲人，也属于世界上所有的人群或种群。

　　如果放在非洲背景下考量，吉狄马加的诗歌对于中国来说，是一份独有的文化遗产。吉狄马加用诗歌创建一种语境，一种文化归属感、一种文化意义上的所有与分享；就像我们好多人一样，在受到西方思想和文化的灌输与影响的同时，却能够自觉地寻求自己的文化传统与文化利益。

　　吉狄马加坦率而虔诚地承认他对于非洲的爱——对于非洲诗歌的爱，对于非洲文化和非洲人民的爱。通过他的作品，马加探索了20世纪60年代末非殖民文化在非洲的崛起、非洲本土文学发生的可喜变化以及由此引发的充满活力的非洲文化和诗歌前景。吉狄马加认为，这种发展也会导致一种内省，使我们和许多取得解放或独立的国家一样，真正发现我们作为非洲人的身份。在这方面，吉狄马加，这位多产的作家，诗人和文化领袖，对于我们来说无疑是一个光辉的典范。

吉狄马加用诗歌替固有的非洲说话，表达非洲原住民的诉求，就像在他自己的祖国——处于增长和繁荣的中国那样；他谴责那些强盗一样的掠夺者肆无忌惮地强加给非洲人民的种种不公与贪婪，渴盼非洲的发展与未来。显然，吉狄马加在其作品中所倡导的，不仅是我们非洲人民也是全世界人民应该为之奋斗终生的目标。

吉狄马加还是一位了不起的演说家和思想者，在各种不同的文化场合下发表了很多演讲，引起听众和读者的极大反响，无数的听众被他的演讲所打动，被他的思想、灵感与激情所折服。

吉狄马加的这些演讲提供了一个非常进步、非常积极的理由和想法，用他的社会记忆和本土知识系统来加强社会凝聚力，用他独特的创意和独立思考去接近问题的本质并传播他的观点。正是因为这个原因，我们决定将2014南非"姆基瓦人道主义奖"授予吉狄马加，这是第一位获此奖项的中国人。所以，我敢说，吉狄马加不仅是一位著名诗人、作家，也是一位世界性的文化领袖和人类思想的领跑者。

（杨宗泽　译）

佐拉尼·姆基瓦，南非当代著名诗人、音乐人、演说家和非洲口头赞美诗最年轻的传承人。1974年出身于南非东开普省杜蒂瓦镇一个有着皇室血统的家庭里，其父辈和先祖都是有名的说唱诗人。佐拉尼于1994年被曼德拉授予"南非民族桂冠诗人"称号，1995年在津巴布韦诗歌节上被公认为"非洲诗歌之王"，是国际知名的文化遗产传承人和文化活动家，在南非本土文化知识系统政策的制定与执行中担任着重要的角色。

A poet and Cultural Activist

©Zolani Mkiva

The works of Jidi Majia is grounded in the tapestry of his heritage and oral traditions passed down by his native Nuosu clan of the Yi people. It creates a picture of yesteryear, a yearning for improvement and self-improvement but never forgetting its heritage, roots and culture. It conjures up images of a man grounded by his love for indigenous knowledge and wisdom, despite Majia international status and prominence. He is a man who always holds firm onto his tradition yet he remains humble and modest in spite of the fact that he is regarded by many as an icon. His works resonate the experience of those who have gone before him bringing about change and opening eyes. Much like the African context, Majiia¡¯s works echoes that which is unique to his Chinese heritage. It creates a context of belonging, sharing, of ownership, of trust in a people who have much like ourselves been indoctrinated by Western influences, but have been able to make an about turn for their own benefit.

Born in Daliangshan, Sichuan, in 1961, Majia has risen above his circumstances and created a movement which improved the conditions for the people through culture and heritage. He is an icon and cultural father to his people, but also to the African people. Like Majia, we as Africans have created content which is uniquely African for our people, by our people, but for the education of the world and its masses.

Majia has unashamedly admitted his love for Africa, its writing techniques and styles, which fed his deep love of African cultures and its people. Through his work, Majia explores the rise of the decolonised Africa in the late 1960s, where a gratifying development of African literature took place and in so doing led to the creation of a vibrant cultural and poetic future.

Majia believes that this development also led to introspection, a true discovery of our identity as Africans, as is the case with many nations after liberation. This prolific writer, poet, historian and leader is a shining example of what can be achieved when struggle and strife is overcome, conquered and turned into accord and calm.

Through his works, Majia speaks to the inherent African wanting, much like in his native China, to prosper and grow, and overcome that which has been thrust upon us by unscrupulous rogues, disguised as victors for the sole purpose of their own greed. The need to overcome, to grow and to foster a positive future is evident in his works, but serves as a life lesson to us all in the world.

Majia may speak in a different tongue, but that which is spoken bears testament to the struggle we have all felt, been subjected to, and overcome. He is truly a struggle hero in his own right, a man who has championed the improvement of the lives of those who are touched by his work, led by his thoughts, and inspired by his passion.

These speeches provide a very progressive account and idea that consolidate social cohesion powered by his sense of social memory and indigenous knowledge systems. I am inspired with his essence of originality and independent thinking in approaching issues and the airing of his views. It is for that reason, among others, that the Mkhiva Humanitarian Foundation took a decision to declare Jidi Majia as the 2014 Champion of People¡⁻s Culture making him the first Chinese recipient of a Mkhiva

Humanitarian Award. To me, Jidi Majia is not only the hero of the Chinese people but a man of good philosophies and a leader of all of the people of the world.

His Royal Heritage
Zolani Mkiva
（英语）

彝人的歌者：吉狄马加诗集《时间》

[秘鲁] 安赫尔·拉瓦耶·迪奥斯

《时间》是中国彝族诗人吉狄马加的诗集。西班牙文版在布宜诺斯艾利斯面世，美洲船头出版社于2011年10月出版，全书107页，由102首题材各异、长短不一的诗作组成。书前有阿根廷诗人罗伯特·阿利法诺的序言和委内瑞拉诗人何塞·曼努埃尔·布利塞尼奥·格雷罗的评论。作者本人于2012年4月15日在秘鲁特鲁希略赠予笔者。

1. 路　径

诗集启示我们通过多重路径接近时间的广阔内容：（1）诗人出生之青藏高原的游牧族群——彝人灵魂的符号体系；（2）相关的文化传统；（3）自画肖像和家庭活力；（4）对国内外诗人的怀念；（5）对人类和大自然的承诺。

2. 时间的多姿多彩

时间在其辩证的多姿多彩中流淌不息，时而平行，时而交错，或环形，或同步：（1）感官的（声音，听觉，歌唱）；（2）心理的（回忆，记忆，思念，烦恼，痛苦，郁闷，憧憬，潜意识，梦幻，幻觉）；家庭的（祖先，父母，子女，兄弟，情侣，夫妻）；历史的（传统/文明；古老/当代；旧/新；过去/现在/未来；社会的（战争，和平，人群，承诺）；地球的（月亮，昼夜更替，岩石，河流，山脉，植物，动物）；星座的（太阳，火，季节，星空，银河）；文学的（大师，同龄者）。

3. 含 义

"听觉"是时间的门槛，列车通过它的轨道接近并远离，每次寂静的产生，都会使它的喇叭受到控制；听觉又是空气的车站，庇护着声音充满活力的柔情，破解金色悦耳的乐音；听觉用颂歌以及河流、雨水、鸟类和谐的喜庆令我们愉悦，无论在正午或晨夕，大地和整个大自然的喃喃自语使我们以无法形容的精力奔向那些崇高的领域。听觉使我们能够驾驭来自外部的经验，能使我们自身经历的财富成倍地增长。

诗人在"时间"中生活并向我们传达了与家庭和自然环境口头秘密交流的神奇感受，在对彝族歌者及其歌唱以及感人肺腑的乐器的不断反复的回忆中，达到了最高的表现力。音乐艺术是人类精神从时间中取得的最崇高的收获，通过我们在戏曲中的琴弦调出的深切情感化为绚丽。

然而我们的存在不是一种静止的状态，而是一种不确定且令人充满期待的变动。对诗人而言，生活是憧憬和苦闷的源泉，包括怀念和居主导地位的日常活动，并依据祖先和传承的风格，沉浸在浓浓的亲情、爱的陪伴、蜜的甘甜和天空闪烁的光明之中。

对诗人而言，再有就是时间的含义了：过去是青春，是永恒的记忆；未来是福、爱和美的具有预见性的启迪；现在（连接过去与未来之桥）是生命的充实，镶嵌着古老的歌声、心灵的宁静、谅解以及对和平与希望的渴求。

同时，时间又是无情的和宝贵的；是裙裾又是裹尸布，它源于自身之火（人类不仅用火建构并改变了自然元素，而且也建构并改变了人的灵魂）；对诗人来说，这是兴奋的动因，不过更多的是受伤害的悲哀，因为心灵的痛苦不会缓解更不会消失，相反，会变本加厉，因为面临着疾病、大规模杀伤武器、剥夺自由的镣铐和不公引起的恐惧和危险；这是进步带来的悖论性的后果。

4. 意 义

在"时间"中，诗歌要振兴，诗人要当先，如同凯旋的使者，高擎诞生与更新的神话的火炬，他的脐带依然和本源连在一起，人们不应也不能使其分离。这就是使他心痛的剧作：当他觉得自己分成了两派或伸展在两岸之间时就已如此：在目前大工业中国的祖先的传统和新文明中凝结。然而，诗人自身和人类的品格不是在时间而是在永恒中锻造并维系的，因为"人类没有最终的归宿"，这体现在他自己的声音和他对伟大祖国新生的光辉象征的自豪地歌唱，他的作为善良、正义、富有爱心的品德在其中得到了巩固，但这并非为了他个人的享受和幸福，而是他的天性面对人类的苦难和与日俱增的环境污染的最好体现。

诗人将自己的风格自定义为"魔幻的超现实主义"。诗人征服了读者，并将他引向自己，在反对我们的无动于衷和维护我们自身品格的思考的旋涡中，他召唤我们运用祖先传统的智慧和无限的大爱，去实现自由与和谐的共同梦想。

（赵振江　译）

安赫尔·拉瓦耶·迪奥斯，大学人文学科教授、秘鲁国立彤贝斯大学荣誉教授、特鲁希略大学巴略霍研究院成员、秘鲁-利贝尔塔地区作家阵线主席。诗作有《太阳的语言》（1989）、《风的道路》（1990）、《穆优斯》（1993）等。

EL CANTOR YI[1]
"TIEMPO" POEMARIO DE CHITI MATYA

©Por: Ángel Lavalle Dios

"*Tiempo*" es el poemario de Chiti Matya (Jidi Majia), poeta chino de la nacionalidad minoría Yi. Publicado en idioma español, en Buenos Aires, por los Editores Proa American en octubre del 2011, "*Tiempo*", de 170 páginas, contiene 102 poemas de diferente temática y extensión y viene con prólogo de Roberto Alifano poeta bonaerense y comentario de J. M. Briceño Guerrero poeta venezolano. Llegó a nosotros de manos de su propio autor el 15 abril de 2012, en Trujillo-Perú.

Rutas

La vastedad del contenido de "*Tiempo*", nos sugiere un acercamiento por varias de sus rutas: a) La simbología del alma Yi, etnia nómada del Tibet, originaria del poeta; b) tradición versus civilización; c) autorretrato y savia familiar; d) homenajes a poetas nacionales y extranjeros y; e) compromiso con la humanidad y con la naturaleza.

---

[1] Ponencia ante la ***MESA REDONDA INTERNACIONAL DE POETAS ABORÍGENES DE QINGHAI DE CHINA POPULAR- (AGOSTO 2012)***.

Policromía del tiempo

El tiempo aparece en su dialéctica polícroma discurriendo ora en paralelo, ora en inter e intraniveles, en círculo, en simultáneo; a) *sensorial* (la voz, el canto, el oído); b) *síquico* (la vigilia: los recuerdos, la memoria, la nostalgia, las tribulaciones, el dolor, la angustia, las ilusiones; el subconsciente: los sueños, las alucinaciones); *familiar* (los ancestros; padres, hijos, hermanos; novios: matrimonio); *histórico* (tradición/ civilización; antiguo/contemporáneo; viejo/nuevo; pasado/presente/futuro); *social* (guerra, paz, las muchedumbres, los compromisos); *terrestre* (la luna, la sucesión del día y la noche, las piedras, los ríos, las montañas, las plantas, los animales); *estelar* (el sol, el fuego, las estaciones, el cielo estrellado, las galaxias); *literario* (los maestros, los coetáneos).

Significados

La *audición* es el umbral del *tiempo*, por sus carriles se acercan y se alejan sus trenes, embridados sus bocinazos al trepidar de cada silencio; la *audición* es también la estación del aire que cobija la enérgica ternura de la voz y descifra sus dorados arpegios encantados; la *audición* nos entretiene con las odas y canciones del río, de la lluvia y la armónica fiesta de las aves en la hora cenital o en la crepuscular, en que el murmullo de la tierra y la naturaleza toda nos transporta hacia sublimes regiones con su energía indescriptible. El *oído* nos habilita para las experiencias exteroceptivas que multiplican la riqueza de las vivencias propioceptivas.

El poeta vive y nos transmite en "*Tiempo*" el deslumbramiento de esa secreta comunicación oral con su entorno natural y familiar, que alcanza su máxima expresión en los reiterados y recurrentes recuerdos de los cantores de su etnia Yi, de sus canciones y de sus entrañados instrumentos musicales. El arte musical es de las conquistas más elevadas y sublimes que el espíritu humano ha logrado del tiempo, magnificada a través del más íntimo sentimiento que modulan nuestras propias cuerdas en la ópera.

Mas nuestra existencia no es un estático estar sino un incierto pero expectante devenir. Para el poeta la vida es fuente de ilusión a la vez que de angustia, de nostalgia y predominantemente de ritual celebración, al estilo de sus ancestros, de su heredad, mullidos de mucho afecto, de amorosa compañía, de dulzura como la miel y de titilante y celeste claridad.

Otros son, así, para el poeta los significados del tiempo: el *pasado* es juventud, inmortal memoria; el *futuro* es la profética sugerencia de felicidad, de amor y de belleza; el *presente,* (puente que une pasado y futuro), es plenitud de vida, orlado de antiguas canciones, de bondadoso bienestar, de perdón, sed de paz y de esperanzas.

Es el *tiempo*, asimismo, inexorable y lapidario; regazo y mortaja, a la vez, del propio fuego (huso con el que el hombre forma y transforma no sólo los elementos sino también el alma humana); y eso es motivo de gozo para el poeta, pero más de tristeza lacerante, pues, los sufrimientos del corazón ni se mitigan ni se extinguen, al contrario se magnifican por los temores y los riesgos frente a las enfermedades, a las armas de exterminio masivo y total, a las cadenas contra la libertad y a las injusticias; paradójicas consecuencias del progreso.

El sentido

La poesía debe reivindicarse y el poeta la enarbola, en *"Tiempo"*, cual heraldo triunfante en la antorcha de los mitos del nacimiento y la regeneración, cuyo cordón umbilical continúa unido a sus orígenes, de los que no se puede, ni se debe separar. Este es su drama lacerante: aún cuando se siente como partido en dos o tendido entre dos orillas: su ancestral tradición y la nueva civilización que cristaliza en la China actual megaindustrial. Sin embargo, la identidad personal y humana del poeta se forjó y se mantiene no a prueba de *tiempo* sino de *eternidad*, porque "*la humanidad no tiene destino final*", y transita en su propia voz y su orgulloso canto hacia el seno y los símbolos rutilantes de lo nuevo de su patria grande, que lo acogió y consolidó en él sus virtudes de hombre bueno, justo y amoroso, mas no solo para su personal disfrute y felicidad, sino como los mejores de sus dones ante el drama mundial del sufrimiento humano y de la polución ambiental, que no terminan de aumentar.

Autodefinido su estilo de "*superrealismo mágico*", el poeta captura al lector y lo retrae sobre sí mismo, en un comprometedor torbellino reflexivo que inquiere contra nuestra indiferencia y sobre nuestras propias identidades y laceraciones y nos convoca sobre los comunes sueños de armonía y libertad, siempre a la sabia usanza de nuestros ancestros y ubérrima querencia.

（西班牙语）

译者序

[埃及] 赛义德·顾德

2013年8月的第四届青海湖国际诗歌节上，曾有中国记者在青海电视台的访谈中问我，吉狄马加的诗什么地方最令我眼前一亮？我的回答是：吉狄马加的诗里使用最多的词是"祖国"，这足以证明这位诗人对他的祖国，尤其是他的民族深怀爱恋。他的诗歌是一面真实的明镜，映照出他民族的文化、历史和文明。

吉狄马加在他的诗歌里提到的祖国与土地，远胜此部诗集中出现的数量，在此略举数例便可证明。例如他在诗作《土地》的篇首写道：

> 我深深地爱着这片土地
> 不只因为我们在这土地生
> 不只因为我们在这土地死

（《土地》）

在本诗集的开篇诗里，他写道：

> 我是这片土地上用彝文写下的历史

（《自画像》）

在另一首诗里，他写道：

让我的每一句话，每一支歌

都是这土地灵魂里最真实的回音

让我的每一句诗，每一个标点

都是从这土地蓝色的血管里流出

（《黑色狂想曲》）

由此，吉狄马加要让他的诗歌成为他民族的传记，记录下民族的历史、神话、人物、祖先与哲学。吉狄马加的诗歌几乎都会以某种方式提到彝族，这使得他具有了一种其他诗人或不具有的风格。

吉狄马加不遗余力地表达对民族、对祖国——中国的热爱，并将他的爱不断延展，延展至整个地球和地球上的多元文明。他所宣告的，更是一种对生命本身的爱。这一点显现于吉狄马加为不同国家和文化背景的诗人写下的诗篇。吉狄马加在多首诗作中，与其他诗人或是为其献诗之人对话，将对方称为"我的兄弟"。例如，他与印第安人对话道：

这时我想起印第安人

想起了我亲爱的兄弟

（《致印第安人》）

在另一首诗里，他与马哈茂德·达尔维什对话道：

是的，每当这样的时候

达尔维什，我亲爱的兄弟

我就会陷入一种从未有过的悲伤

我为失去家园的人们

祈求过公平和正义

这绝不仅仅是因为

他们失去了赖以生存的土地

还因为，那些失落了身份的漂泊者

他们为之守望的精神故乡

已经遭到了毁灭！

（《身份》）

当然，马哈茂德·达尔维什以及其他巴勒斯坦人从未丧失身份，也绝不会丧失身份。吉狄马加在此所指的，是限定了国籍和携带者身份的护照。吉狄马加这种潜意识的感同身受，他诗中体现的兄弟情义和人道主义，使他成为一个普世的诗人。他逾越了民族主义之局限，融入了更宽广的世界视野。他的爱囊括了世界，囊括了不同文明的人们。他在一首书写彝族女子的诗作中写道：

她的最后一句话：

孩子，要热爱人

（《题纪念册》）

在诗作《这个世界的欢迎词》末尾，他以忠告的口吻重复了这行诗句，一再强调其中的内涵，而这句诗似乎也已成为诗人秉承的生活哲学。他还在另一首诗里写道：

为此，我们热爱这个地球上的

每一个生命

就如同我们尊重

这个世界万物的差异

因为我始终相信

一滴晨露的晶莹和光辉

并不比一条大河的美丽逊色！

（《致他们》）

无疑，吉狄马加是一位值得解读和翻译的诗人，他的诗歌值得研究和探析。由此，我向阿拉伯读者们奉上这部译自中文的诗选集，希望吉狄马加以及其他中国诗人的诗作能够陆续得以翻译。这样一来，我们阿拉伯人便可更加贴近中国，更好地了解中国文化。

翻译策略

翻译理论不止一种，例如尤金·奈达的"动态对等理论"，即译者应更为侧重于目的语而不是源语，他应给予自身一定的权限，不拘泥于原意来创作译文，使之看上去形同原文。自然，译者创作译文时的语言，应让读者感到文章是以其母语创作而成，而非仅是对外文的搬运，这点无疑相当重要。但对于译者而言，尤其是在翻译诗歌之时，他时常被迫放弃原意的精确性，只为给读者带去其他的美感，例如韵律之美。过去我在翻译一些中文、英文诗作时也曾这样做，那时的我偏重于诗句的押韵，译成的诗作也成了阿拉伯语的押韵诗。但这样的做法时常使我无法达到翻译文章时讲求的精确度，有些时候，我使用的一些近义词在意义上差别甚微。

在翻译这部诗集时，我则注重保留诗人的叙事手法，尽可能遵照中文词语的含义，不试图增加任何原词中没有的含义，也不使用那些看似与汉语近义，实则在内涵上略有差别的阿拉伯词汇。例如，我在翻译诗集题目时保留了原文的形式，尽管换一个题目或许在阿语里更具吸引力。我保留了"火焰与词语"，而没有将之替换为"火焰的词语"。总而言之，我宁愿在翻译中做一个忠实的译者，而不愿逾越这一角色，成为违背原文去增加、删减或混淆词意的原创者。也就是说，我在翻译这部诗集时遵照了奈达的"动态对等理论"，即译者的作用在于展现源语的文化与形态。我采取这一策略还因为，吉狄马加的诗本身就是他的民族最好的表达，我们应当像它的人民一样去认知和理解。因此，保留诗人的手法，保留他的中式灵魂，保留他在词汇、语言和诗风中无处不现的民族特色十分必要。我想阿拉伯读者在读吉狄马加的诗作时，更应当读的是翻译成阿拉伯语的中国诗，而不是关于中国文化的阿拉伯诗。

我遵循这一翻译策略的另一个例子表现为，我尽可能地按照原文排列诗句，依照诗人的原样使用标点符号。在诗句的排列、标点符号上基本未做改动，除非我感到译文的意思显得混乱。中文诗歌较少使用标点符号，这会使读者猜测句子从哪里开始、在哪里结束，或是一行诗句是接着上一句的意思，还是已重新开始。但从另一角度来看，这样的手法也会增加诗歌的内涵，为读者打开不止一扇大门，让他在解读内涵的时候获得更为宽广的空间，这对于不愿局限于单层含义的好诗而言，是意义的丰富化。

我希望这部译自中文的诗集，能够令阿拉伯读者发现为之倾心的东西，也能够满足他的好奇心，去了解一个对于阿拉伯世界而言尚属模糊的国度，去发现这个国家的诗歌。要知道，诗歌是映照一个国家文化与文明最好的明镜。

（唐珺　译）

赛义德·顾德，埃及诗人、作家。1968年生于开罗。先后在埃及和中国学习汉语专业。已出版阿拉伯文诗集三部、英文小说一部。其诗作已被译为英、汉、西班牙、马其顿、乌兹别克斯坦、蒙古等多种语言。现于香港城市大学攻读比较文学博士学位，研究方向为现代诗的古体回归——以中国、阿拉伯、西方诗歌为例，中、阿、西诗歌韵律学的比较研究等。

٥

مقدمة المترجم

أثناء مشاركتي في مهرجان بحيرة تشينجهاي الدولي للشعر في دورته الرابعة أغسطس ٢٠١٣ سألني صحفي صيني في حوار مع تليفزيون تشينجهاي عن أكثر ما لفت نظري في شعر تشيدي ماتشيا. قلت له إن أكثر كلمة يستخدمها تشيدي ماتشيا في شعره هي كلمة "وطن"، وهذا يدلُّ على عمق حبِّ هذا الشاعر لوطنه ولقوميته بشكل خاص وكيف أنَّ شعره مرآة صادقة تعكس ثقافة قوميته وتاريخها وحضارتها.

إنَّ قصائد تشيدي ماتشيا التي تشير إلى الوطن والأرض أكثر من أن نحصرها هنا، لكن يكفي الاستشهاد ببعض الأمثلة مثل مطلع قصيدته "أرض" التي يقول في بدايتها:

أحب هذه الأرض حبًّا شديدًا

ليس فقط لأننا ولدنا على هذه الأرض

ليس فقط لأننا نموت على هذه الأرض

(من قصيدة "الأرض")

ويقول في أولى قصائد هذا الديوان:

أنا تاريخ تكتبه هذه الأرض بلغة "يي"

342

(من قصيدة "صورة ذاتية")

كما يقول في قصيدة أخرى:
اجعلي كل كلمة لي، كل أغنية
أصدق صدىً لروح هذه الأرض
اجعلي كل قصائدي، كل علامات الترقيم
تجري في العروق الزرقاء لهذه الأرض
(من قصيدة "افتتان أسود")

هكذا يريد تشيدي ماتشيا قصائده أن تكون، أن تكون تسجيلاً لتاريخ قوميته وأساطيرها وأبطالها وأجدادها وفلسفتها. لا تكاد تخلو قصيدة من إشارة لقومية "يي" بشكلٍ أو بآخر مما يجعلُ تشيدي ماتشيا شاعرًا ذا نكهةٍ خاصةٍ قد لا يشاركه فيها شاعرٌ آخر.

لا يكتفي تشيدي ماتشيا بحبه لقوميته ولوطنه الأكبر الصين بل يمتدُّ حبُّه ليشمل هذا الكوكب الأرضيَّ وكلَّ ما عليه من حضارات مختلفة معلنًا حبَّه للحياة ذاتها. يتجلَّى هذا في كم القصائد التي كتبها تشيدي ماتشيا إهداءًا إلى شعراء من جنسيات وثقافات مختلفة. يخاطب تشيدي ماتشيا في أكثر من قصيدة الشاعر أو الشخص الذي يهدي إليه قصيدته بكلمة "أخي" فيقول مخاطبًا أحد الهنود الحمر:
تذكرتُ حينها الهنديَّ
تذكرتُ أخي العزيزَ

(من قصيدة "إلى الهنديّ")

كما يقول في قصيدة أخرى مخاطبًا محمود درويش:
نعم، كل مرة
يا درويش، يا أخي العزيز
يغمرني حزنٌ لم أعرفْهُ من قبل
صليتُ لهؤلاء الذين فقدوا أوطانَهم
من أجل المساواة والعدالة
ليس فقط لأنهم
فقدوا الأرض التي تحفظ وجودهم
بل أيضًا لأنَّ هؤلاء الهائمين الذين فقدوا هويتهم
وموطنهم الروحاني الذي يحرسونه
قد تدمر!

(من قصيدة "هوية")

بالطبع لم يفقدْ محمود درويش ولا أيُّ فلسطيني هويته، ولا مجال لفقدها، غير أنَّ تشيدي ماتشيا يقصد بالهوية هنا بطاقة السفر التي تحدد جنسية وهوية حاملها. هذه المشاركة الوجدانية من تشيدي ماتشيا وهذه الأخوة في الشعر والإنسانية تجعل منه شاعرًا كونيًّا وتخرج به من نطاق القومية إلى رحاب الكونية الأفسح حيث يشمل حبه الكون والناس على اختلافهم. يقول في قصيدة عن سيدة من قوميته:
كانت آخرُ كلماتِها:

يا بُنَيَّ، أَحِبَّ الناسَ بشدّة
(من قصيدة "نقش في ألبوم الذكريات")

كما يكرر نفس البيت كنصيحةٍ في ختام قصيدة
"كلمة ترحيب من هذا العالم" مما يؤكد هذا المعنى
الذي يبدو فلسفة حياة ينتهجها ويعيشها الشاعر
حيث يقول في قصيدة أخرى:
لهذا، نحب بشدة كلَّ ما على هذا الكوكب
من حياة
كما نحترم
الفروق بين جميع أشياء هذا العالم
لأنني دائمًا مؤمنٌ
أنَّ وضوح ولمعان قطرة ندى الصباح
ليسا أقلَّ جمالاً من نهرٍ كبيرٍ!
(من قصيدة "إليهم")

بلا شك، إن تشيدي ماتشيا شاعرٌ يستحق القراءة
والترجمة، كما تستحق قصائده الدراسة والتحليل،
وإنني إذْ أضعُ بين يدَي القارئ العربي هذه
المختارات الشعرية المترجمة من اللغة الصينية،
آملُ أنْ تتبعها ترجماتٌ أخرى لقصائد أخرى
لتشيدي ماتشيا ولشعراء آخرين من الصين التي
نحتاج، نحن العرب، أن نقترب منها أكثر، وأنْ
نطلع على ثقافتها بشكل أفضل.

منهجية الترجمة

هناك أكثر من منهجية في الترجمة، على سبيل المثال ما يسميه يوجين نايدا "التكافؤ الديناميكي" (Dynamic Equivalence) وهو أنْ يهتم المترجم بالنص الهدف أكثر من النص المصدر، أي يعطي لنفسه الحق في البعد قليلاً أو كثيرًا عن المعنى الحرفي لكتابة نص مترجم يبدو كأنه نصٌّ أصليٌّ. لا شك بالطبع أنه من الأهمية بمكان أن يكتب المترجم الترجمة بلغة سلسلة تُشْعِرُ القارئ أنها كُتِبَتْ بلغته الأم لا نقلاً عن لغة أجنبية، إلا أنه عند ترجمة الشعر بشكل خاص يُضَّطْرُ المترجمُ أحيانًا للتخلي عن الدقة في نقل المعنى الحرفي من أجل أن يجلب متعة أخرى للقارئ كمتعة الإيقاع مثلاً. فعلتُ هذا في ترجمات عديدة سابقة لقصائد من اللغة الصينية والإنجليزية حين اعتمدتُ على التفعيلة لوزن إيقاع البيت فكانت الترجمة قصيدة تفعيلية عربية. غير أن هذا كان أحيانًا يضطرني أن أبتعد عن الدقة المطلوبة في الترجمة النثرية حيث استخدمت أحيانًا مرادفات لا تخلو من فروق طفيفة في المعنى اللغوي.

عند ترجمتي لهذه المختارات حرصتُ أن أحتفظ بأسلوب الشاعر السردي ملتزمًا بالمعنى الحرفي للكلمة الصينية قدر الإمكان دون محاولة منِّي لإضافة معنى لا تضمنه الكلمة الصينية، أو لاستخدام كلمة عربية قد تبدو ظاهريًا مرادفة

للكلمة الصينية دون مراعاة للتباين الطفيف في جوهر المعنى بين المرادفات نفسها. على سبيل المثال، آثرت أن أحتفظ بترجمة عنوان الديوان كما هو في اللغة الصينية دون أن أعطيه عنوانًا آخر قد يبدو أكثر جاذبية في اللغة العربية، فاحتفظت بالعنوان "لهيبُ نارٍ وكلمات" بدلاً من "كلماتٌ من نارٍ" مثلاً. مجمل القول هو أنني آثرت في الترجمة أنْ أظلَّ مترجمًا دون أن أتعدَّى هذا الدور لأكون كاتبًا يضيف للمعنى أو ينتقص منه أو يحوِّره بشكل يخالف النص المصدر، أي أنْ منهجيتي في ترجمة هذه المختارات هي "التكافؤ الشكلي" (Formal Equivalence) بتعبير يوجين نايدا، أي أنْ إظهار ثقافة وأسلوب النص المصدر هو غاية المترجم. وتفضيلي لهذه المنهجية لترجمة هذه المختارات يرجع إلى أن شعر تشيدي ماتشيا خير معبِّر عن ثقافة قوميته التي يجب أن نتعرف عليها ونفهمها كما يفهمها أهلها، لذا كان من الواجب الاحتفاظ بأسلوب الشاعر وبروحه الصينية وبخصائص قوميته المتفردة التي تظهر في مفردات الشاعر ولغته وأسلوبه الشعري. ظني هنا أنَّ القارئ العربي يحتاج عند قراءة هذه المختارات من شعر تشيدي ماتشيا لأن يقرأ قصيدة صينية مترجمة للغة العربية أكثر من حاجته لأن يقرأ قصيدة عربية عن ثقافة صينية.

مثالٌ آخر لالتزامي بهذه المنهجية هو التزامي بقدر

المستطاع بترتيب الأبيات في الترجمة، وكذلك بعدم استخدام علامات ترقيم من فاصلة ونقطة إلا بالشكل الذي استخدمه الشاعر. لم أغيّرْ في ترتيب الأبيات أو أستخدم علامات ترقيم غير موجودة في النص المصدر إلا حين شعرت أنَّ المعنى سيبدو مضطربًا في النص الهدف. عدم استخدام الكثير من علامات الترقيم في الشعر الصيني بوجهٍ عامٍ يجعل القارئ أحيانًا يخمن أين تبدأ وتنتهي الجملة، وما إذا كان البيتُ يكملُ معنى البيت الذي سبقه أم يبدأ معنىً جديدًا. من ناحيةٍ أخرى، قد يكون هذا إضافة للمعنى في الشعر حين يفتح للقارئ أكثر من بابٍ ويتيح له آفاقًا أرحب لتأويل المعني، وهذا كله إثراء للشعر الجيد الذي يأبى أنْ يظل حبيس معنىً وحيد.

آملُ أن يجد القارئ العربي في هذه المختارات المترجمة من اللغة الصينية ما يروق له، وما يرضي نهمه المعرفي للاطلاع على بلدٍ يعدُّ غامضًا لعالمنا العربي، واستكشاف شعره الذي هو أفضل مرآة تعكس ثقافته وحضارته.

سيد جودة
هونج كونج
٧ يناير ٢٠١٤

（阿拉伯语）

为了土地和生命：
吉狄马加诗歌中的独特性和普遍性

[意大利] 罗莎·龙巴蒂

该诗集选自1981年以来出版的吉狄马加众多诗集。吉狄马加，中国著名作家，其诗歌被翻译成英语、德语、法语、西班牙语、韩语、捷克语、保加利亚语和意大利语，在国内外都受到极高的赞誉。

吉狄马加，出生于1961年，四川凉山彝族人。年轻时接受传统教育：早期阅读诺苏彝文古典史诗，包括《勒俄特依》、当地神话、民谣和歌曲。大学专业为汉语言文学专业，在求学期间阅读中国古典诗歌《诗经》和《楚辞》，唐朝大诗人李白、杜甫、王维和李商隐的诗歌及其他古典作品。同时他也拜读郭沫若、闻一多等近现代作家的作品，深受艾青的影响。此外，吉狄马加还涉猎外国诗歌和叙事文学。他研习各国文学，阅读俄国作家（普希金、托尔斯泰、阿赫玛托娃、曼德施塔姆）、拉美作家（马尔克斯、瓦列霍、博尔赫斯、帕斯、聂鲁达）、欧美作家（塞林格、艾萨克·辛格，索尔·贝娄）和非洲作家的作品。

毕业后，吉狄马加在《星星》诗刊上发表了他的第一首中文诗歌。1985年加入中国共产党，并在接下来几年里担任重要职务：中国作家协会书记处书记（1995）、青海省人民政府副省长、青海省委常委、宣传部部长等职务（2006-2014），并从2015年起担任中国作家协会副主席。此外，吉狄马加也是青海湖国际诗歌节的发起者和组织者。诗歌节旨在提供国际对话的机会，创办第一年（2007年）有来自34个国家大约200名诗人参加。

1985年吉狄马加的第一部诗集《初恋的歌》出版，确立了他在凉山彝族

（诺苏）新兴诗人代表的地位。凉山彝族诗派诞生于20世纪50年代，之后在汉语区广为流行。80年代初，中国掀起文化、文学复兴热，在一些年轻新声音的推动下，凉山彝族诗派再一次被人所知。尽管在80年代诺苏彝族诗人没有积极参与到诗歌先锋运动中，但大部分人还是受到新诗派的推动和启发，尤其受诞生于70年代末的朦胧诗派和一些新的文学流派的影响。这些文学流派重新对传统文化进行批判性评估，探索、实践新的表达形式。

而凉山诺苏彝族诗歌的主题之一就是呼吁当地传统、习俗和仪式。

诺苏人与他们自身文化紧密相连，在语言、信仰和习俗上都与汉人不同。诺苏人有着悠久的历史，在神话史诗《勒俄特依》中就有记载。该典籍成文于公元8世纪左右，但作为其依据的口传故事的历史则更为古老。作为研究彝族文化最主要的资料，《勒俄特依》记载了地球生命诞生、传奇英雄故事、宗教仪式和动植物知识。祭师毕摩在祭祀死者和祖先时诵念《勒俄特依》，所以这部作品也被认为是圣书。彝族诺苏人祭礼的核心是祭祀祖先，这个仪式只能由毕摩来完成，因为诺苏人相信祖先不仅保护他们的下一代，还影响、决定着他们的命运。毕摩是书面文化的掌握者和维护者，他们的职责包括驱鬼、避邪、治病。此外，萨满巫师苏尼也是非常重要的人物，他们在神圣的鼓声中跳舞，达到通神的境界，与自然世界和神灵共融。彝族诺苏宗教建立在泛灵论的基础上，也就是说万物（有生命的和没有生命的）都有灵魂。将自己视为文化的保护者、古老典籍的继承者，如今这个有着八百万人口的民族已建立起他们自身的荣誉感和凝聚力。

凉山彝族诺苏诗歌除了用彝文书写外，还用汉文书写。彝文属西藏—缅甸语系，如汉文一样，彝文也是表意文字，包含大约一万个符号。诺苏彝族诗人在《凉山文学》等地方性期刊和《民族文学》等全国期刊上刊登个人或集体作品。凉山诗派虽参与国际交流，但仍然只是一种地方现象，其中吉狄马加的诗歌尤为出众。

阿库乌雾①认为，随着近几十年来经济的迅速增长，多样的民族文化正

---

① 阿库乌雾（汉名罗庆春，1964年生），诺苏彝族诗人，著有彝文、中文文集，西南民族大学少数民族研究学教授。

经历巨大的转变，少数民族文化和占主导地位的汉语和谐并存，在这样的文化大背景下，诺苏彝族诗人在他们的作品中也展现出多元文化融合的特点。他们的诗歌有一些共同的主题，主要体现在对自身传统的自豪感；对传说、历史和民谣的热爱；对传统祭礼和典礼的呼吁；对土地和自然环境的紧密联系以及日常生活的抒情描写。

在吉狄马加的诗歌中也能找到这些主题，诗人在自己的写作和很多场合中都强调自己的身份，如在本诗集的第一首诗歌《自画像》中的最后一句，诗人用饱满的声音宣布："我—是—彝—人！"这毋庸置疑的声音让人想到同时代诗人北岛的宣言："我—不—相—信！"。在吉狄马加的诗歌（《毕摩的声音》《部落的节奏》《朵洛荷舞》《河流》《群山的影子》）中，诺苏人的传统文化、创世史诗《勒俄特依》、万物有灵的信仰、当地神话、宗教仪式、祭师毕摩、巫师苏尼是永恒的主题，但其中也夹杂着一种失落和思念感，因为近几十年中国经济发展所导致的"人类学"的变化（让人想起帕索里尼对"同化"问题的辩论），使得诺苏文化也在逐渐消失。

在吉狄马加的诗歌中，我们感受到一种迷茫和失落感。比如诗人曾写道：作为彝族传统文化代表的乐器"口弦"在新兴的"城市喧嚣的舞厅"中消逝（《一种声音——我的创作谈》）。

在歌颂传统、神人支呷阿鲁①般的英雄人物、悠久的生命、沙洛河畔的同时，吉狄马加还为文化传统注入新的清泉，给年轻一代留下新的记忆。比如，作者在诗歌《岩石》中写道：凉山的岩石有着"彝族人的脸形"。这让人记起诺苏族和这片土地长久的联系，在这一片土地上的每个事物都打有这种联系的印记。

在吉狄马加的诗歌中能听到以《诗经》为代表的中国古典文化的回声。在描绘家庭生活（《"睡"的和弦》）、孩子的成长（《孩子与森林》）、当地打猎和舞蹈（《朵洛荷舞》）的诗歌和求爱歌曲（《回答》）中尤其能够感受到《诗经》对诗人的影响。此外诗人还借鉴了唐朝大诗人李白描写醉酒的

---

① 支呷阿鲁是诺苏彝族史诗中的传奇英雄，龙和鹰的后代，具有神奇的力量，能驱赶妖魔鬼怪。他用弓箭射日，挽救一切生命。在诺苏，支呷阿鲁的形象往往和他的两个助手（孔雀和蟒蛇）一起出现。

诗篇（《民歌》《酒的怀念》），这是中国古典诗歌中非常受欢迎的主题。

　　大自然是吉狄马加诗歌中另一个重要主题：广袤的高原、高耸的凉山、积雪的山峰……"繁星点点的夜空"，"野性的风，吹动峡谷的号角"（《我，雪豹……》）；"那是疯狂的芍药 / 跳荡在大地生殖力最强的部位 / 那是云彩的倒影，把水的词语 / 抒写在紫色的疆域"（《雪的反光和天堂的颜色》）。在作者的笔下，这是一片充满生气的土地，参与着人类发生的一切；这是诗人重新找回力量和勇气的庇护所（《而我，又怎能不回这里！》）。吉狄马加的诗歌中充斥着一种因环境破坏、自然资源掠夺式开采而产生的焦虑、悲痛与不安。此时，诗歌并不局限于凉山地区，它更是将关注点放在我们生活的星球上："钢铁的声音，以及摩天大楼的倒影 / 在这个地球绿色的肺叶上 / 留下了血淋淋的伤口，我们还能看见 / 就在每一分钟的时空里 / 都有着动物和植物的灭绝在发生 / 我们知道，时间已经不多 / 无论是对于人类，还是对于我们自己或许这已经就是最后的机会"（《我，雪豹……》）。作为精神庇护所，诗歌传达生命信息、表达诗人公民义务，是一种唤醒良知的工具。

　　诗歌中的公民参与意识（即人人都参与世界之事）和神秘色彩将中国传统文人（达官贵人、中国文人、政府官员）的形象和诺苏彝族的形象结合在一起。彝族文化中，诗人是上天选派的，从上天那里获得思想和非凡的语言艺术。所以，彝族诗歌十分神圣。如很多现代中国诗歌一样，它也承担着社会责任："我写诗，是因为我们生活在一个有核原子的时代，我们更加渴望的是人类的和平 / ……我写诗，是因为我天生就有一种使命感，可是我从来没有为这一点而感到不幸……"（《一种声音——我的创作谈》）。在全球化的今天，吉狄马加用诗人庄严的笔调预示未来，意识到人类对地球命运的自我拷问，发出保护生物物种的和平呼声，旨在维护不同民族文化的独特性和多样性。

　　对彝族诺苏传统的描写、中国古典诗歌的赞美只是吉狄马加诗歌特征中的一方面，另一方面则是他对外国诗歌和不同文化所怀有的好奇心和开放的态度。对吉狄马加而言，诗歌如音乐一样，能开启国际对话的大门，克服语言障碍而没有国界。这一主题在吉狄马加献给诸如纳尔逊·曼德拉这样伟大的政治历史人物或如拉美诗人胡安·赫尔曼和塞萨尔·瓦列霍，俄国诗人安娜·阿赫玛托娃和茨维塔耶娃，意大利诗人但丁、莱奥帕尔迪和翁加雷蒂以及同时代诗人弗朗切斯·科伦蒂尼等外国伟大诗人的诗文中都有体现。

翻译的过程中最大程度保留了吉狄马加作品中的韵律和风格的多样性。人们能够强烈感受到我们参考了《诗经》中的一些诗句（比如在诗歌《回答》中），在保持民谣自身的轻巧性下，又保持吉狄马加诗歌中"古典"的风格和"古典"的语言。这种古典而又明快的风格在弘扬诺苏彝族宗教传统的诗歌（《自画像》《群山的影子》《毕摩的声音》），尤其是当地民间抒情诗中得到充分体现（《民歌》《朵洛荷舞》）。在献给其他国家诗人的诗歌和献给西方近现代诗歌的作品中，吉狄马加非常重视诗歌形式上的多样性。所以当我们在阅读《我们的父亲——献给纳尔逊·曼德拉》时很难不想起马雅可夫斯基的颂歌，抑或是在阅读《我，雪豹……》情不自禁记起惠特曼的长诗或是庞德的诗章。总而言之，在吉狄马加多样的诗歌中，除了公民参与意识、生命的神秘和让人动容的致敬外，我们也能找到娱乐元素，如在《访但丁》中，诗人这样写道："或许这是天堂的门？／或许这是地狱的门？／索性去按门铃／我等待着，开门／迟迟没有回响。／谁知道今夜／但丁到哪里去了？！"

（赵毅　译）

罗莎·龙巴蒂，意大利人，现为罗马第三大学外国语言文学文化学院的中国文学副教授。她先后于罗马中远东学院、南京大学、罗马第一大学、香港科技大学接受本科及硕士教育，并在罗马第一大学获中国文学博士学位。研究领域主要为当代现代中国文学、意大利报告文学当中的中国印象、文学翻译以及中国20世纪的文学翻译思想。她出版了多部关于意大利的中国印象的书籍，并翻译了莫言、苏童、吉狄马加等人的多部著作。

ᕈ

Per la terra e la vita:
identità e universalità nella poesia di Jidi Majia

◎Rosa Lombardi

Questa antologia presenta una scelta di poesie di Jidi Majia, tratte dalle numerose raccolte che l'autore ha pubblicato a partire dal 1985[1]. Jidi Majia è autore molto noto in Cina, le sue poesie sono state tradotte in inglese, tedesco, francese, spagnolo, coreano, ceco, bulgaro e italiano[2], ricevendo prestigiosi riconoscimenti sia in Cina che all'estero.

Jidi Majia (Jidi Lueqie Majialage, nato nel 1961) proviene dal clan Gulou dell'etnia Yi, detta anche nuosu o lolo, stanziata nella zona montuosa del Liangshan, nella parte meridionale della regione del Sichuan (Cina occidentale) e scrive in lingua cinese. Da giovane riceve una formazione di tipo tradizionale: le sue prime letture sono gli antichi poemi in lingua nuosu yi, tra cui il *Libro delle Origini*, le leggende, le ballate e le canzoni della sua gente. All'università si laurea in letteratura cinese,

---

[1] Jidi Majia, *Chulian de shige* ("Primo amore"), Sichuan chubanshe, 1985; *Yige yiren de mengxiang* ("Il sogno di un Yi"), Minzu chubanshe, 1990; *Luoma de taiyang* ("Il sole di Roma"), Sichuan chubanshe, 1991; *Jidi Majia shixuan* ("Antologia poetica di Jidi Majia"), Sichuan chubanshe, 1992; *Yiwang de ci* ("Parole dimenticate"), Guizhou Renmin chubanshe, 1998; *Jidi Majia duanshixuan* ("Poesie brevi di Jidi Majia"), Hong Kong Yinhe chubanshe, 2003; *Jidi Majia de shi* ("Poesie di Jidi Majia"), Sichuan Wenyi chubanshe; *Shijian* ("Tempo"), Yunnan renmin chubanshe, 2006, 2012; *Yingchi yu taiyang* ("Ali d'aquila e sole"), Zuojia chubanshe, 2009.

[2] Jidi Majia, *Dove finisce la terra*, (trad. di Vilma Costantini), Le impronte degli uccelli, Roma 2005.

legge la poesia classica cinese, il *Libro delle Odi*[①], i *Canti di Chu*[②], i grandi poeti del periodo Tang (618-907)—Li Bai (701-762), Du Fu (712-770), Wang Wei (701-761) e Li Shangyin (813-853), e altri autori classici e moderni tra cui Ai Qing (1910-1996), dalla cui opera afferma di essere stato molto influenzato, Guo Moruo (1892-1978) e Wen Yiduo (1889-1946). Contemporaneamente si avvicina alla narrativa e alla poesia straniera, di cui in quegli anni si riprende la traduzione e la pubblicazione dopo il drammatico periodo di chiusura e censura della Rivoluzione Culturale (1966-1976). Gli anni dell'Università lo vedono impegnato in letture eterogenee che spaziano dai russi (tra cui Puškin, Tolstoj, Achmatova, Mandel´štam), ai latino-americani (Marquez, Vallejo, Borges, Paz, Neruda), alle opere di autori europei, statunitensi (Salinger, Isaac Singer, Saul Bellow) e africani.

Dopo la laurea, pubblica la sua prima poesia in cinese sul periodico *Xingxing* ("Stelle"). Seguirà un'intensa attività di scrittura in lingua cinese, a cui si affiancheranno ben presto l'impegno e le responsabilità in ambito istituzionale e politico. Entra nel Partito nel 1985, e nel corso degli anni ricoprirà importanti incarichi, tra cui quello di segretario nazionale dell'Associazione degli scrittori (1995), di vicegovernatore della regione del Qinghai (2006-2014) e, a partire dal 2015, di vicepresidente dell'Associazione Nazionale degli scrittori cinesi. Ricordiamo che Jidi Majia è anche l'ispiratore e l'organizzatore di un importante festival internazionale di poesia che ha cadenza biennale e si tiene nella cornice naturale del lago del Qinghai, nella Cina nord occidentale. Il festival vuole rappresentare un'occasione di dialogo a livello internazionale, e alla prima edizione del 2007 hanno partecipato circa duecento poeti provenienti da 34 paesi

---

① *Libro delle Odi* (*Shijing*), la prima raccolta di poesia della Cina del Nord, risale a un periodo compreso tra i secoli XI e VII a.C.

② *Canti di Chu* (*Chuci*), raccolta di poesia della Cina meridionale, risale al I sec. della nostra era, è attribuita al poeta Qu Yuan (c. 340-278 a.C.), ministro del re Huai di Chu.

diversi.

Con la pubblicazione nel 1985 della sua prima raccolta, *Primo amore*, Jidi Majia si afferma come una delle voci più rappre-sentative dei nuovi poeti Nuosu (yi) del Liangshan, un gruppo nato negli anni Cinquanta in seguito alla diffusione capillare nel paese della lingua cinese e riemerso grazie a nuove e giovani voci all'inizio degli anni Ottanta, nel fervido clima di rinascita culturale e letteraria che la Cina stava allora vivendo. Pur non avendo mai aderito attivamente ai movimenti poetici d'avanguardia degli anni Ottanta, la maggior parte dei poeti Nuosu (yi) ha tratto stimolo e ispirazione dalle nuove correnti, in particolar modo dalla Poesia oscura (*Menglong*)[1], comparsa alla fine degli anni Settanta, e dalle nuove tendenze letterarie, che focalizzavano la propria ricerca sulla rivalutazione critica della cultura tradizionale e, contemporaneamente, sull'esplorazione e la sperimentazione di nuove forme espressive[2].

Ed è proprio il richiamo alla tradizione, ai costumi e ai riti della propria gente uno dei temi centrali della poesia dei poeti Nuosu (yi) del Liangshan.

I Nuosu (yi) hanno sempre conservato un forte legame con la propria cultura, che differisce sensibilmente per lingua, credenze e costumi da quella cinese. Essi vantano una storia antichissima attestata dal *Libro delle Origini* (Hnewo Teyy), un poema epico-mitologico che, in forma scritta, risale probabilmente al secolo VIII, ma è basato su una tradizione orale molto più antica[3]. Il *Libro delle Origini* è il principale testo di studio della cultura Nuosu (yi): in esso vengono narrate le fasi della creazione della vita sulla Terra, celebrate figure di eroi leggendari, descritti i rituali religiosi

---

[1] Le nuove correnti poetiche e le opere dei poeti degli anni Ottanta sono presentate da Claudia Pozzana e Alessandro Russo in *Nuovi Poeti cinesi*, Einaudi, Torino 1996.

[2] Mark Bender, "Cry of the Silver Pheasant: Contemporary Ethnic Poetry in Sichuan and Yunnan", *Chinese Literature Today*, 2012, n. 2, pp. 68-74.

[3] Stevan Harrell, *Perspectives on the Yi of Southwest China*, University of California Press, Los Angeles 2001, p. 36.

e le conoscenze relative al mondo animale e vegetale. I suoi versi sono declamati dai sacerdoti Bimo nel corso delle cerimonie per i morti e per gli antenati, e l'opera è considerata testo sacro. Le cerimonie per gli antenati, che solo i Bimo possono officiare, hanno un ruolo centrale nei culti Nuosu (yi), in quanto gli antenati forniscono non solo protezione ai loro discendenti ma possono anche influenzare o decidere il loro destino. I Bimo sono anche per tradizione i detentori e conservatori della cultura scritta e tra i loro compiti vi sono anche i riti per allontanare fantasmi e spiriti malvagi e curare malattie. Figure altrettanto importanti sono gli sciamani Sunyi che, danzando al suono del tamburo sacro, raggiungono uno stato di trance che permette loro di entrare in comunione con il mondo naturale e gli spiriti. La religione dei Nuosu (yi) si basa su credenze animistiche, secondo le quali tutti gli esseri (viventi e non viventi) possiedono un'anima[1]. La consapevolezza di essere i depositari di una cultura antica e l'esistenza di testi trasmessi da tempi lontani sino ai giorni nostri ha sempre costituito un elemento di orgoglio e coesione per questo gruppo etnico che conta oggi circa otto milioni di persone.

I poeti Nuosu (yi) del Liangshan scrivono principalmente in cinese oltre che in lingua Nuosu (yi), una lingua del gruppo tibeto-birmano dotata, come il cinese, di un sistema di scrittura logografico costituito da circa diecimila segni[2]. Le loro opere compaiono in antologie personali e collettive o su periodici regionali, tra cui la *Letteratura del Liangshan* (*Liangshan wenxue*), e a diffusione nazionale, come *Letteratura dei*

---

① Bamo Qubumo, "Traditional Nuosu Origin Narratives: A Case Study of Ri-tualized Epos in Bimo Incantation Scriptures", Oral Tradition, 16/2 (2001): 453-479.

② Anwei Feng, Bob Adamson, *Trilingualism in Education in China: Models and Challenges*, Springer 2014, pp. 144-155.

gruppi etnici (Minzu wenxue)[1]. Malgrado la partecipazione a incontri internazionali, la scuola poetica del Liangshan resta però un fenomeno regionale, con l'eccezione rappresentata dall'opera di Jidi Majia.

Secondo Aku Wuwu[2], i poeti Nuosu (yi), attivi in un contesto etnico e culturale complesso, che sta subendo un rapido processo di trasformazione in seguito alla frenetica crescita economica degli ultimi decenni, presentano una formazione di tipo ibrido, perché operano in un ambiente culturale di confine caratterizzato dalla coesistenza di una cultura tradizionale minoritaria e di quella cinese dominante, situazione che li porta a produrre una letteratura di contaminazione. Nelle loro poesie è possibile ritrovare alcuni temi comuni, primo tra tutti l'orgoglio per la propria tradizione, l'amore per le leggende, le storie e le canzoni popolari, il richiamo ai culti e ai riti tradizionali, il forte legame con la terra e l'ambiente naturale, la rappresentazione lirica di momenti della vita quotidiana[3].

Molti di questi temi sono presenti anche nella poesia di Jidi Majia, che in più occasioni e in molti dei suoi scritti[4] ha rivendicato con forza la sua identità, come nel verso finale della poesia *Autoritratto*—che apre questa raccolta—dove dichiara a piena voce: *Io-sono-un-Nuosu!* Affermazione che

---

① Shichang Rihei, "Dangdai yiwen wenxue fazhan de yuandi"当代彝文文学发展的园地 ("Il terreno di sviluppo della letteratura contemporanea in lingua Yi"), *Liangshan wenxue*, 2011, n. 4, pp. 63-64; Mao Yan, "Shixin xushi de hanyu zhuanhua—yi Wuqi Lada, Jidi Majia, Aku Wuwu wei li" 诗性叙事的汉语转化-以吴琪拉达、吉狄马加、阿库乌雾为例("La trasformazione in lingua cinese della narrazione poetica—in Wuqi Lada, Jidi Majia, Aku Wuwu"), *Bijie Xueyuan xuebao*, 2008, n. 3 (versione elettronica).

② Aku Wuwu (Luo Qingchun, n. 1964), poeta Nuosu, autore di diverse antologie in lingua Nuosu e cinese, e professore di Studi sulle minoranze etniche all'Università delle Minoranze di Chengdu nel Sichuan.

③ Mark Bender, "Dying Hunters, Poison Plants, and Mute Slaves: Nature and Tradition in Contemporary Nuosu (yi) Poetry", *Asian Highlands Perspectives*, 2009, n.1, pp. 117-158.

④ Jidi Majia, *In the Name of Land and Life-Selected Speeches of Jidi Majia*, Beijing, Foreign language Teaching and Research Press, Beijing, 2013 (con testo a fronte in cinese). Del volume è stata pubblicata di recente una traduzione non integrale in italiano, *Scritti per la terra e per la vita-Discorsi scelti*, Editrice Orientalia, Roma 2014.

nella sua perentorietà ricorda la contemporanea dichiarazione di poetica di Bei Dao: *Io-non-credo!*[1]. La cultura tradizionale Nuosu, il poema epico *Libro delle Origini*, le credenze animistiche, i miti locali, i rituali religiosi, i sacerdoti *Bimo*, e gli sciamani *Sunyi* sono presenze costanti nella poesia di Jidi Majia (*La voce del Bimo, Il ritmo della tribù, La danza Duoluohe, Fiume, L'ombra dei monti*), insieme a un senso di perdita, di nostalgia per quanto sta scomparendo a causa dei mutamenti "antropologici" (e vengono in mente le polemiche pasoliniane sull'omologazione) prodotti negli ultimi decenni in Cina dallo sviluppo economico.

Il senso di disorientamento e di perdita si ritrova ad esempio nelle poesie in cui l'autore parla dello *scacciapensieri*, strumento musicale Nuosu (yi) eletto a simbolo della cultura e delle tradizioni locali, e del suo smarrimento *nel frastuono delle sale da ballo di città*, immagine del nuovo che avanza (*Una voce: sulla mia poesia*).

Celebrare la tradizione, le figure di eroi leggendari come Zhyge Alu[2], la vita di un tempo lungo le sponde del fiume Shalo, può allora portare nuova linfa alle radici culturali e lasciare un segno nuovo nella memoria delle giovani generazioni. Nella poesia *Macigni*, ad esempio, le rocce dei monti Liangshan sembrano assumere *la forma dei volti dei nuosu* e ricordano agli uomini di oggi che il rapporto fra i Nuosu (yi) e questa terra è così antico da aver impresso il proprio marchio su ogni cosa.

Nella poesia di Jidi Majia sono forti anche gli echi della cultura classica cinese, in particolare del *Libro delle Odi*. Lo sentiamo soprattutto nelle ballate e canzoni che raccontano momenti di vita familiare (*La musica del*

---

[1] Bei Dao, *Risposta* (*Huida*), *Nuovi poeti cinesi, op. cit.*, pp. 2-3.

[2] Zhyge Alu è l'eroe leggendario dei poemi epici Nuosu, procreato da un drago e da un'aquila, dotato di poteri magici e capace di scacciare gli spiriti maligni. Viene cantato per aver abbattuto con arco e frecce i soli che rischiavano di bruciare la terra. Nell'iconografia Nuosu è rappresentato con i suoi aiutanti: un pavone e un pitone.

sonno), la crescita di un bambino (*Il bambino e la foresta*), le canzoni di corteggiamento (*Risposta*), la caccia e le danze locali (*La danza Duoluohe*). Non manca il riferimento al grande poeta Li Bai del periodo Tang nelle poesie che celebrano l'ebbrezza (*Canzone Popolare, Pensando al vino*), tema caro a tanta poesia classica cinese.

La natura è una presenza costante nelle poesie di Jidi Majia, gli ampi spazi degli altipiani, gli orizzonti sconfinati del Liangshan, i picchi innevati, *...il cielo di notte trapunto di stelle, il vento ribelle che soffia la sua tromba nella gola dei monti...* (*Io, Leopardo delle nevi*); *...che frenesia di peonie / palpitano là dove la terra è più feconda / quello è il riflesso delle nuvole, che esprime le parole dell'acqua / su una purpurea terra di confine...* (*Il riflesso della neve e il colore del Paradiso*). È una natura viva in tutte le sue forme e presenze, che pulsa e partecipa delle vicende umane, il rifugio dove il poeta torna per ritrovare energia e ispirazione (*Ed io... come potrei non ritornare*). Spesso si avverte tuttavia una forte inquietudine, un senso di apprensione e desolazione per il degrado e la distruzione dell'ambiente, per lo sfruttamento e il saccheggio delle risorse naturali, un dramma che non interessa solo la zona dei monti Liangshan, ma l'intero pianeta: *il suono del ferro e dell'acciaio, e le ombre dei grattacieli / sui polmoni verdi del mondo / hanno lasciato ferite sanguinanti, e possiamo anche vedere / ad ogni momento che passa / l'estinzione di piante ed animali / sappiamo che non rimane più molto tempo al genere umano e a noi stessi* (*Io, Leopardo delle nevi*). Da rifugio dello spirito la poesia diventa allora messaggio di vita, espressione dell'impegno civile del poeta, un mezzo per risvegliare le coscienze[1].

Questo senso di *engagement* civile (cioè tutto calato nelle cose del mondo) e mistico allo stesso tempo unisce la visione della figura

---

[1] Jidi Majia, *In the Name of Land and Life, op. cit.*, p. 167.

tradizionale del letterato cinese (il mandarino, letterato e uomo di cultura ma anche funzionario governativo) a quella Nuosu (yi), secondo cui i poeti sarebbero prescelti dagli dèi, dai quali ricevono i pensieri e l'arte magica delle parole[1]. La poesia assume allora un significato sacrale mentre si fa carico, come tanta altra poesia moderna cinese, di responsabilità sociali: *Scrivo poesia perché viviamo nell'era atomica, ma ciò che più desideriamo è la pace tra gli uomini / ...scrivo poesia perché sento di avere una missione e non l'ho mai considerata una sventura... (Una voce: sulla mia poesia)*. Jidi Majia assume il tono solenne e vaticinante del bardo, di coscienza dell'umanità che si interroga sul destino del mondo, che lancia un messaggio di pace per la difesa—nell'era della globalizzazione—di tutte le specie viventi, per salvaguardare l'identità e la diversità delle culture e dei popoli (*Una voce: sulla mia poesia*).

Ma nella personalità poetica di Jidi Majia, il lavoro nel solco della tradizione Nuosu (yi) e i richiami alla poesia classica cinese rappresentano solo una faccia della medaglia. L'altra mostra invece la sua vorace curiosità e l'apertura alle letterature e alla poesia di paesi e culture lontane e diverse. Come la musica, la poesia è per Jidi Majia un linguaggio che spalanca le porte al dialogo con il mondo intero, superando i confini imposti dalle lingue, tema che si ritrova nelle numerose liriche dedicate a grandi poeti stranieri come i latino-americani Juan Gelman e Cesar Vallejo, le russe Anna Achmatova e Marina Cvetaeva e gli italiani Dante, Leopardi, Ungaretti fino al contemporaneo Francesco Lentini o a grandi personalità della Storia e della politica come Nelson Mandela.

Nella traduzione si è cercato, per quanto è stato possibile, di conservare

---

① Jidi Majia, "Shiren de geti xiezuo yu renlei jintian suo mianlin de gongtong zeren" 诗人个体的写作与人类今天所面临的共同责任 ("Creazione poeti-ca e responsabilità comuni che il genere umano oggi si trova ad affrontare"), *Shigeji* 诗歌集 (*Antologia poetica*), 2013, *op. cit.*, pp. 396-397.

e rendere la grande diversità d'intonazione e ritmo che caratterizza l'opera di Jidi Majia. Laddove, ad esempio, si sentono forti il modello e l'influenza di certe liriche del *Libro delle Odi* (come in *Risposta*), abbiamo impiegato un tono e un linguaggio che suggerisse una patina di "classicità" pur mantenendo una leggerezza da ballata. Il tono si alza nei componimenti che si richiamano alla tradizione religiosa Nuosu (yi) (*Autoritratto, L'om-bra dei monti, La voce del Bimo*) fino a farsi quasi oracolare, per alleggerirsi e schiarire nuovamente nelle poesie che rimandano alla lirica popolare della sua gente (*Canzone popolare, La danza Duoluohe*). Altrove invece, specie negli omaggi a poeti di altri paesi e nella sua produzione più recente, si manifesta una maggiore attenzione alla sperimentazione formale che riporta, nella sua estrema varietà, a tanta poesia moderna e contemporanea occidentale. Così ci risulta difficile leggere *Nostro padre* (dedicata a Nelson Mandela) e non pensare ad alcune odi celebrative di Majakovskij; oppure *Io, Leopardo delle nevi* e non sentire echi dei lunghi "elenchi" di Whitman o la commistione di materiali eterogenei dei *Cantos* di Pound. Ma nella variegata poesia di Jidi Majia, oltre all'impegno civile, al senso di mistero della vita e al commosso omaggio, trova anche posto il gioco, il *divertissement*, come in *Visita a Dante*: È forse *questa la porta del Paradiso? / È forse questa la porta dell'Inferno? / Bene, allora suono il campanello / e attendo che si apra / Passa il tempo, non un rumore. / Chissà dove è finito Dante / questa notte?!* -Rosa Lombardi

（意大利语）

黑色狂想曲

［以色列］阿米尔·奥尔

1. 诺苏文化

吉狄马加与他的诗歌都诞生于四川西部的凉山山区，那里散布着广大的彝族自治区。彝族是中国官方认可的56个民族中人口较多的少数民族之一，但他们才刚刚开始进入西方人的视线，身上仍然充满着神秘色彩。彝族人口约800万，吉狄马加的部族诺苏是彝族中最大的部族分支。数以百万的彝族人仍旧使用其本民族语言。彝语隶属于藏缅语系，但随着汉语在学校教育中成为主导教学用语，双语教学便在聚居区被广泛开展，政府力图避免这种语言被逐渐边缘化。

诺苏人的主要聚居地位于凉山海拔2000到3000米处。当地的自然条件并不适合农业生产，大部分土地面积用作牧场。种植的主要农作物是荞麦和土豆，也饲养牛、羊、猪和鸡。村庄中的房屋大多由泥土和稻草建成，内部建筑为木制结构，配备有圆形灶台，烹饪用的柴火，自制的床铺和几个凳子。到访诺苏聚居地的访客仍然能在布拖和昭觉地区偏僻的村庄里看到诺苏妇女在家门口围成小圈坐着用纺锤织布。男人们身着染成深蓝色的羊毛针织斗篷。时至今日，诺苏人依然坚持着传统的生活方式：尽管城市化建设中修建的石板房已取代传统的泥灰棚子和木质房屋，但诺苏的建筑形式仍频频映入眼帘，房屋群落散布在花园和牧场之间。

诺苏人与其父系氏族的关系是完全独立的，在过去社会中的从属关系封闭且等级分明。诺苏人划分为两个互不通婚的阶层：极少数的贵族阶层"黑彝"（约占诺苏人7%）和占大多数人口的低等阶层"白彝"及其他社会阶层。直到1950年，新中国成立后，近半数的"白彝"及其他社会阶层的人才拥有了自由身。

诺苏人以他们的文字、宗教和纪年历为傲，这些是所有先进文化的特征。诺苏文字是一种独特的象形文字，与同语系的汉语、藏语的书写方式并不相同。诺苏人的纪年历，不同于汉人的太阴历，是一种太阳历，每年十个月，再加上五天，补足一个整年。他们的宗教属于万物有灵论，将大自然神圣化，包括火、土、动物、水、风、山川和森林。

诺苏人从来没有接受过任何外界的宗教，尽管他们的宗教当中有某些观念在一定程度上与汉人、藏人的思维方式很相近，但他们信仰的中心原则在形式和内容上仍然有别于其他，他们相信万物有灵并崇拜祖先。直到1956年实行民主改革之后，政府一直将原始宗教视为"人民的鸦片"，1980年以后，诺苏人的原始宗教信仰更为自由，祭祀仪式活动在日常生活中随处可见。

诺苏人有其自身的神圣书写字体，其主要目的在于送往生者的灵魂上路。这些文字被誊写在竹简或薄羊皮上，交到被称为毕摩的祭司手中保管。毕摩实际上类似于古代高卢地区的德鲁伊，负责履行诺苏文化中各式各样的灵性职责：他是当地的祭司、预言师和智者。毕摩保持着礼仪传统，负责祭礼，在诺苏人的生活中极其重要：他主持生育、婚嫁仪式，以及各种时令节庆的典礼。毕摩在诺苏人日常生活中的作用无处不在，驱邪治病，防御恶灵，念经求雨，祈福禳安，诅咒仇敌，持续不断地保持着祖先和大自然与诺苏人的联系。正因为毕摩在诺苏人精神世界中具有重要地位，获得无上尊崇，诺苏人的宗教也常被称为"毕摩教"。

到举行祭礼的时刻，毕摩会点燃火焰，在烟雾弥漫之间摇动祈祷权杖和铃铛，同时高声唱诵神圣经文。诺苏人的祈祷权杖象征着吞云吐雾的飞鸟，要预知未来则通过投掷纤细的竹棍或焚烧羊的腿骨。毕摩检查竹棍落下的方式或是骨头上烧灼熏黑的痕迹，从而帮助求告者为不同的活动挑选吉日，寻找失物，或是预防各类伤害。

诺苏人的宗教祭祀活动，有时在田间户外，有时也在房屋中的火塘边进行，毕摩是所有仪式的中心人物，他们需吟诵经文，呼唤天地日月，赞颂被祭祀者家族的荣耀，并用咒语为其驱鬼避灾。若你在诺苏人的村庄里待了一段时间，不可能见不到这种头上戴着蘑菇形状黑色毛毡帽子的祭司。事实上，你永远不知道会在何处撞见一个毕摩。当毕摩不主持祭礼仪式时，他隐居在村庄角落的僻静处，读着他的神圣经文，有时身边伴随一个学徒，在他一旁生起一小团篝火，添柴加火。毕摩的任期结束后，后人经过适当的训练可得以继承。

另一种类型的祭司是苏尼，其作用仅仅类似于萨满巫师。苏尼的头发长而蓬松，垂至腰下；他敲击一面扁平的鼓，与西伯利亚萨满的鼓非常相似，当指定的灵魂"阿萨"抓住他时，苏尼便会进入痴迷癫狂的状态，歌唱舞蹈长达数小时。苏尼主要负责主持驱邪治病的仪式。无论男女都可能成为苏尼，但其职务不可继承。苏尼与毕摩的功能有部分重叠，但通常认为苏尼在神圣性和权威性上低于毕摩，其服务费用也较为便宜。

由于彝族分为不同的支系，其信仰从未按照统一的教义系统进行过整合。不过，他们所有的信仰总是饱含一种清晰的感觉，即对大自然的归属感，并且对于人的状态有着丰富多样的见解。

诺苏人的传统文学亦作为其宗教的一部分得以留存。它建立在神话和独特民间风俗的基础之上，包含了关于神祇祖先的史诗和自然界中各种灵鬼传说。诺苏人的这些作品，如"祖先之书"和"支呷阿鲁"的传说，世代之间口口相传，在吉狄马加的诗歌当中亦被提及。

诺苏文化从始至终都与汉藏文化有着密切的联系，但从未被其同化，它一方面受到汉藏文化的影响，同时也在语言、文字、习惯、神话、音乐和民间艺术方面为中国整体文化提供了独创性的贡献。

2. 吉狄马加

吉狄马加，诗人，画家和书法家，1961年出身于一个诺苏贵族家庭。他描述自己早期对中文版的普希金作品爱不释手，正是读普希金时下定决心要用诗歌来表达诺苏人的身份认同和精神观念。吉狄马加在学习期间深入研究了诺苏人的民间创作和传说诗歌，同时阅读了大量中外文学名著。他的诗以汉语在四川《星星》诗刊上发表，并于1986年荣获全国诗歌奖，成为著名诗人艾青的后继之人，在中国当代诗坛占有重要的地位，是被当下世界翻译得最多的诗人之一。2000年初他曾受邀以中国青年政治代表团的身份参加美国两党组织的"国际青年领袖"计划活动。曾以作家和诗人的身份访问过世界近50个国家。他曾担任多场音乐经典演出的艺术总监，尔后又组织了亚洲最大的青海湖国际诗歌节。

尽管以汉语写作，吉狄马加一直将自己视为诺苏独特传统的诗歌代言人。就像使用英语写作的爱尔兰作家萧伯纳、叶芝或奥斯卡·王尔德等人对19-20世纪的英国文学影响卓著，诗人吉狄马加对于中国文化的贡献也是独一无二的。

吉狄马加的诗大量涉及诺苏人的宗教与死亡传统，也关注其历史，直面过去的痛苦和当今面对的挑战。"我写诗，"他说，"是因为我相信，忧郁的色彩是一个内向深沉民族的灵魂显像。它很早很早以前就潜藏在这个民族心灵的深处"（《一种声音》）。

在过去，诺苏人因与汉人和藏人比邻而居时有冲突发生，即使到了新的时代，随着大量移民到该地区，他们的文化传统也正经历着现代化进程的考验。现代化割裂了木材工业与森林之间的清晰分界，生态环境遭受破坏的同时大自然的和谐也被破坏，而这种和谐在诺苏人看来有着宗教价值。他们信仰自然万物皆有其灵，对自然的破坏也是对灵魂的破坏。吉狄马加对这一现实深感痛心，并多次表达在其诗歌和绘画当中。

题名《黑色狂想曲》集合了吉狄马加生活的两种文化世界：一方面这个题名改写自格什温的《蓝色狂想曲》，继而将他的书与现代文明的词汇捆绑在一起。而另一方面，将蓝色改为黑色，反映了他的出生和他民族的地方传统："诺苏"的含义即"黑色的部族"，黑色在他们的文化当中是属于高贵、庄严和神圣的颜色。对诺苏人而言，黑色象征着灵魂深处和从中源源不断的新生。"它在大地黑色的深处，"马加写道，"高举着骨质的花朵/让仪式中的部族／召唤先祖们的灵魂"（《反差》）。作为诗歌集题名的这首诗《黑色狂想曲》，是一首充满祈祷、预言和神圣的诗歌。诗中，诗人进入到随着夜晚降临于故乡风景之上的黑暗当中，似带来重生的"黑色的梦想"

之神。

这种多重世界和语境的叠加构成了他所有作品的特色。

读者也许会惊讶，为何像吉狄马加这样熟读世界文学并与众多重要的世界文学作家相知的诗人，会有意识地执着于"原生"的视角；然而通过更用心地阅读，不难发现这种视角所具有的独特性，它还在创造着人与其周遭自然的亘古联系。在现代社会，疏离既存在于社会自身也存在于人与自然之间，而"原生"观念当中有着某种精神解药，它是打开我们信仰体系的钥匙，为在地球上过更为和谐的生活重新做好准备。因此，吉狄马加虽面向现代社会打开视窗，却仍然坚守"原生"观念，将其作为精神资源。

与此同时，诺苏传统中也存在着一些不太进步的方面，但在吉狄马加的诗作中未有涉及，我问了他关于这方面的问题。

阿米尔："你的诗作中对诺苏传统有一些理想化情结，你在诗中悲痛哀号的传统在世界性的现代化进程中正逐渐消亡，却没有涉及这些传统当中有问题的方面。比如说，你对黑彝和白彝以及其他社会阶层分隔持什么态度？"

吉狄马加："其实我是在传统和现代两种生活方式中长大的。我童年以后这种情况开始有所改变。所谓外来的现代文明对本土的诺苏文化形成了影响。这种情况不仅仅在中国，在世界别的地方也都一样，强势文化必然会挤压弱势文化的空间，这是不可避免的。在高原山地中的诺苏人生活依然还很艰苦，毒品走私和艾滋病问题依然严重，发生这样的事情是因为传统价值观念消失了。我知道我的记忆和写作有一些理想化的东西，其中在我们的传统中也存在糟粕，需要我们去进行反思。尽管从传统而言，我来自高等阶层'黑彝'，但从20世纪50年代开展的民主改革之后，所有的人都是平等的，当然现在在一些人的意识中还存在这样的问题，但我一直认为所有的彝族人都是一样的。我知道在诺苏的风俗当中曾有不公平的地方，我历来是支持发展进步的。我对传统的态度与泰戈尔所表达的并无二致，他对现代文明的影响也有相似看法，并致力于保护其文化中好的东西。"

吉狄马加解释说他不在自己的诗里评论传统中消极的方面，是由于传统现处于弱势，信仰的价值观体系正遭受现代化和外来文化的侵蚀。本着这种精神，可以说他的诗作不仅仅是以诗歌形式表达出一种意见或感情，而更多带有其目的性，希望能在世界范围内有所作为，即保护诺苏的民族文化记忆，增强他们的归属感和身份认同，散播他们的传统和民族精神。在这种背景下，连他写的爱情诗或给他父母的诗歌也不应仅仅解读成对他们本人的情感表达，吉狄马加更想表达的是他们的原生世界，诺苏人的固有习俗、民族特性、精神观念和命运等种种独特之处。

另一方面，他写给世界上其他诗人的诗也可以有双重解读：除了抒情，我认为这些诗的题材也是民族性的，有时是政治性的。他献给阿米亥的诗和献给达尔维什的诗都出于此种精神，他为民族间的暴力痛苦感到伤心，并与无依无靠被驱逐出家园者产生共鸣。2010年，吉狄马加作为"尼桑"诗歌节的客人访问了以色列，在那儿我们第一次相遇。他到访海法、耶路撒冷和特拉维夫，我问了他对以色列的印象。

吉狄马加："我对这个国家的创造性和威力印象深刻，但以色列是一个矛盾体。在耶路撒冷，我看一切都是古老和神圣的。它是三大宗教的重要中心，整个世界的命运都与之相连，但这些宗教的信徒们却没能达成共识。我行走在街道上，思考这里的每一块石头如何被鲜血遮盖又自鲜血中洗濯干净，继而又被遮盖，又被清洗，周而复始。假如上帝——耶和华，安拉——果真爱人类，为何他会允许人们一次又一次相互厮杀？也许阿米亥和达尔维什应该见个面，一起寻找解决之道。"

从凉山到耶路撒冷，相似的是吉狄马加的诗人身份中总带有一些使命感，不仅对于他的民族，也对于与普世价值相关的东西。在他看来，诗人有着义不容辞的责任，而诗歌是延伸向大众的号召。一方面他在诗歌中立场坚定，就像站在门口的谴责者，对地球上每个地方的暴力、物质主义和生态破坏感到痛心，对其批判。另一方面，他为自己的民族付诸行动，就像一种文学上的萨满，创作诺苏人的故事、根源、信仰和他们精神上的身份证。但是说到底，具有特殊性的东西也是具有普世性的：吉狄马加诗歌的这两种倾向都力求放眼于世界，连接过去和未来。

吉狄马加坚持把自己放在传统价值观代言人的位置上，并非只为了坚守裂痕。原生态民族之所以紧紧抓住回忆，不仅是对他们在肉体上和文化上被驱逐做出的回应，也是由于他们自己面临着如何将价值观世代延续的问题。在他看来，当传统开始消失，逝去的祖先们有力量帮助活着的人们保留生命的价值。他在《火塘闪着微暗的火》一诗中写道："我的怀念，是光明和黑暗的隐喻／在河流消失的地方，时间的光芒始终照耀着过去／当威武的马队从梦的边缘走过，那闪动白银般光辉的／马鞍终于消失在词语的深处。此时我看见了他们／那些我们没有理由遗忘的先辈和智者……／我怀念，那是因为我的忧伤，绝不仅仅是忧伤本身／那是因为作为一个人／我时常把逝去的一切美好怀念！"

吉狄马加看待起源和过往的观点，以及他关于死亡和轮回的观点，大多数产生于对风景或艺术的观察。这种出于自然的观点穿越审美的道路，或者像极具启发性的诗歌《雪的反光和天堂的颜色》当中那样，他的道路也出现了。据此不难发现他诗歌当中的信息是独树一帜的：诗人从神圣和美丽的经历中，也从毁灭的灰烬中，拯救出一些清澈美景的片段，靠它们照亮生活，为每个人和每种文化留下一条小径，让每一个想走上这条小路的人能够通往天人合一的灵性境界。

（林婧　译）

阿米尔·奥尔，以色列当代著名诗人、翻译家。1956年出生在特拉维夫。其诗作已被翻译成四十多种文字在欧美国家的报刊发表，并被收进15部欧美诗选。其诗歌多次在国内外获得重要奖项，如：普勒阿得斯世界现代诗歌重大贡献奖，美国富布赖特文学奖，美国伯恩斯坦文学奖，以色列总理列维·埃西科尔诗歌奖，泰托沃诗歌奖，斯特鲁加诗歌节葡萄酒诗歌奖等。

ג'ידי מַאג'יָה

רפסודיה בשחור

(מבחר שירים)

בתרגום אמיר אור

פתח דבר / אמיר אור

1. תרבות הנוֹסוּ

מולדתו ומולדת שירתו של ג'ידי מאג'יה היא הרי לְיָנְגְשׁאן שבמערב סיצ'וּאן, שם משתרע הפלך האוטונומי של עממי ה־יי. בני ה־ה־יי הם מיעוט לאומי גדול מבין חמישים וששה המיעוטים הרשמיים של סין , אך הם עדיין בבחינת מסתורין שרק מתחיל להיחשף לעינו של המערב: הם מונים כתשעה מיליון נפש , וחיים במספר כיסים אתניים בדרום מערב סין , במחוזות יונאן (יותר מ־ 5 מיליון) סיצ'וּאן (יותר מ־ 3 מיליון), גְוֵיִגְ'וֹ (יותר ממיליון), וכן בגְוַנְגְשִׁי, בוייטנאם ובתאילנד. הנוֹסוּ, בני עמו של מאג'יה, הם הענף האתני הגדול ביותר של ה־יי . מיליונים מבני ה־יי עדיין דוברים את שפתם , השייכת למשפחת הלשונות הטיבטו־בורמזית . למרות שהסינית הונהגה כשפה הלימוד בבתי ספר ברחבי המדינה , באזורים בהם הם מתגוררים, מונהג חינוך דו־לשוני מכיוון שהממשלה לא רוצה כי שפתם (של הנוֹסוּ) תהפוך לשולית.

אזורי הנוֹסוּ המרכזיים בלְיָנְגְשׁאן הם בגובה של 3000־2000 ק"מ. התנאים בהם אינם טובים לחקלאות, ורוב השטח משמש למרעה. הגידולים העיקריים הם כוסמת ותפוחי אדמה , וכן גידול צאן ובקר , חזירים ותרנגולות. הבתים בכפרים עשויים לרוב מבניין וקש שנדחסו לתוך תבניות עץ , ומכילים אח עגולה, עצים לבישול , מיטה תוצרת בית , וכמה שרפרפים. המבקר באזורי הנוֹסוּ עדיין יראה בכפרים המבודדים של נפות בוּטוֹ וז'וֹגְזֵ'ה את נשות הנוֹסוּ יושבות בחצרות קטנות לפני בתיהן , טווות בדים בכישור. הגברים לובשים שכמיית צמר סרוגה צבועה כחול כהה . גם כיום בני הנוֹסוּ עודם דבקים בדרך החיים המסורתית: בקתות העפר כמו גם בתי העץ המסורתיים שלהם מוחלפים בבתי לבנים דלים הבנויים בבנייה עירונית , אך לא פעם תבנית הבנייה נותרה בעינה – קבוצות בתים מפוזרות בין גינות וכרי מרעה.

הקשר של בני הנוֹסוּ לבית האב ולשבט הוא קשר של ערבות הדדית מוחלטת , וההשתייכות החברתית היא סגורה ומעמדית. הנוֹסוּ מתחלקים לשני מעמדות שאינם מתחתנים ב יניהם: מעמד אצולה מצומצם של "ה־יי השחורים" (כ־7% מהנוֹסוּ) והמעמדות הנמוכים של "ה־יי הלבנים" ושכבות חברתיות אחרות, המהווים את הרוב. עד 1950, עם השתלטותה של סין הקומוניסטית על האזור , רווחה ביניהם גם העבדות , ורק כמחצית מ"הלבנים" ואנשים בשכבות חברתיות אחרות היו אנשים חופשיים.

בני הנוֹסוּ מתגאים בכתב, בדת, ובלוח השנה שלהם, כמאפיינים של כל תרבות מפותחת. כתב הנוֹסוּ הוא כתב תמונות ייחודי, השונה משיטות הכתב של שכניהם , הסינים והטיבטים . לוח השנה של הנוֹסוּ, בשונה מהלוח הירחי של הסינים, הוא לוח שמשי של עשרה חודשי ים שעליו נוספים עוד חמישה ימים להשלמת השנה . דתם היא דת אנימיסטית, שמקדשת את הטבע: האש, האדמה, החיות, המים, הרוח, ההרים והיערות.

בני הנוֹסוּ מעולם לא קיבלו עליה שום דת חיצונית , ואף כי היבטים מסויימים בדתם קרובים במידת מה לדרכי חשיבה טיבטיות וסיניות , היא ב ב דלת מהן בעיקרי אמונותיה , בתוכנה ובאופיה. הם האמינו באנימיסם ו סגדו את אבותיהם. עד רפורמה דמוקרטיתבשנת 1956, הממשל הסיני ראה בדת "אופיום להמונים", ודיכא אותה, אך מאז שנת 1980 דת הנוֹסוּ משגשגת ופעילות פולחנית הפכו מקובלים בחיי היומיום.

לנוסו יש כתבי קודש משלהם , שנועדו בעיקר לשליחת נשמות המתים לדרכן . הם מועתקים על מגילות חזרן או עור כבש דק ונתנים למשמרת בידי הכוהן , הקרוי בימו ("מורה הכתובים"). למעשה, בדומה לדרואידים הקדומים של גאליה, הבימו ממלא מגוון שלם של תפקידים רוחניים בתרבות הנוסו: הוא משמש ככוהן , כחוזה עתידות וכחכם השבט. הבימו הוא המשמר את מסורת הטקסים והמיתוס, הוא האחראי על הפולחן , וחשיבותו בחיי הנוסו עצומה: הוא עורך את טקס המעבר של הלידות וההלוויות , החתונות והטקסים העונתיים של החגים ; והוא מלווה גם את חיי היום -יום של בני הנוסו בגירוש שדים , ריפוי והגנה מרוחות רעות , בלחשים להורדת גשם , בברכות, בקללות לאויביהם, ובשמירה שוטפת על יחסיהם עם כוחות הטבע והאבות . בגלל מקומו המרכזי של הבימו בעולמם הרוחני של הנוסו והכבוד הרב שהם רוחשים לו, דתם מכונה לא פעם "דת הבימו".

בשעת פולחן הבימו מבעיר אש , ובמבער לעשנה הוא מטלטל שרביט תפילה ופעמון בעודו מזמר את הטקסט המקודש . שרביט התפילה של הנוסו הוא דמוי ציפור בולעת עשן. חיזוי העתידות נעשה באמצעות הטלת מקלות חזרן דקים , או חריקת עצם ירך של כבש . הבימו בוחן את אופן נפילת המקלות או את צורת הצריחה והפיח בעצם , ומסייע לפונים בבחירת מועדים טובים לפעולות שונות, בחיפוש אבדות או בהגנה מפני פגעים שונים.

פולחן מתרחש בשדה או ליד תנור בחדר. הבימו הוא המרכז של הטקס. הם קוראים בכתבי הקודש, מתפללים לכוחות הטבע (שמים, אדמה, שמש, ירח), שרים תפילות בשבחם של המשפחות, ומשתמשים בכישופים על מנת לגרש שדים ואסונות. אם שוהים זמן מה בכפרי הנוסו אי אפשר שלא לראות את הכוהנים האלה , שלראשם כובעי לבד שחורים דמויי פטרייה. למעשה לעולם אין לדעת היכן יתקיל טקס פולחני בבימו : כשהבימו אינו עורך טקסי פולחן הוא פורש למקום שקט בקצה הכפר לקרוא בכתבי הקודש שלו , לעיתים קרובות בלווויית מתלמד שמבעיר לצדו מדורה קטנה ומכלכל את האש. כהונת הבימו עוברת, לאחר אימון מתאים, בירושה.

סוג אחר של כוהן הוא א הסוני, הפועל אך ורק כשמאן. שערו הארוך והסבוך יורד עד למטה ממותניו ; הוא מתופף על תוף שטוח שמזכיר מאוד תוף שמאנים סיבירי , וכשרוח המכונה "אנשה" אוחזת בו, הוא רוקד ושר בטראנס במשך שעות. הוא עורך בעיקר טקסי ריפוי וגירוש שדים . גם גברים וגם נשים עשויים לקבל את הכשרה של הסוני , אך כהונתם אינה עוברת בירושה . תפקידיו של הסוני חופפים לחלק מתפקידי הבימו , אך הוא נחשב נחות ממנו בקדושתו ובכוחותיו, וזול יותר לשכור את שירותיו.

מכיוון שבני ה"יי מתחלקים לעממים אתניים שונים, אמונותיהם מעולם לא התלכדו לכדי מערכת דוגמטית אחידה. עם זאת, מכלל אמונותיהם עולה תמיד אותה תחושה ברורה של שייכות לטבע , והן כוללות מגוון עשיר של נקודות מבט על מצב האדם.

הספרות המסורתית של הנוסו נשמרה גם היא כחלק מן הדת . היא מיוסדת על המיתוס והפולקלור המיוחדים להם , וכוללת אפוסים על אבות אלוהיים ואגדות על רוחות טבע. חיבורים אלה של הנוסו, כמו "ספר האבות" או עלילות ה"זי-גֶה-אלו" הנזכרים גם בשיריו של מאג'יה, עברו במשך דורות במסורת שבעל פה . להנוסו מאז ומעולם יש קשר חזק עם התרבות הסינו-טיבטית, אבל מעולם לא נטמעו בה, ובעוד ההשפעות שספגו ממנה, גם תרמו לתרבות הסינית בכללותה באופן מקורי בתחומים מגוונים, כמו שפה, כתיבה, משפט מנהגי, מיתוס, מוזיקה ואמנות עממית.

2. ג'ידי מאג'יה

ג'ידי מאג'יה, משורר, צייר וקליגרף, נולד ב־1961 למשפחת אצולה של הנוסו, ואביו שימש בעמדה בכירה במערכת המשפט של נפת בוטו במרכז המחוז האוטונומי של הנוסו בלינֶגשׁאן. הוא מספר שבשנות העשרה המוקדמות שלו התגלגל לידיו תרגום סיני ליצירות פושקין , וכשקרא אותו, גמלה בליבו החלטה לבטא בשירתו את זהותם והשקפתם הרוחנית של הנוסו. בזמן לימודיו בקולג ' מאג'יה למד לעומק את היצירות העממית ושירית של העילית של הנוסו, ובמקביל קרא את יצירות המופת של הספרות הסינית וספרות העולם. שירתו התפרסמה בסינית בכתב העת "כוכבים" של סיצ'ואן, וב־1986 זכה בפרס השירה הלאומי , והפך לבן חסותו של המשורר הנודע אי צ'ינג. הוא בעל מעמד חשוב ונחשב במעגל המשוררים הסינים, והינו אחד המשוררים הסינים המתורגמים ביותר בעולם. בשנת 2012, הוא הוזמן לקחת חלק בתוכנית למנהיגות צעירה בין לאומית של שתי המפלגות האמריקאית , והוא ביקר בכמעט 50 מדינות בתור סופר ומשורר .בשנים אלה הוא כיהן כמנכ"ל אמנותי של הפקות מוזיקליות קלאסיות ומאוחר יותר גם ניהל את פסטיבל השירה הבינלאומי של אגם צ'ינגהאי, הפסטיבל הגדול ביותר באסיה.

אף שכתב בסינית, מאג'יה המשיך לראות את עצמו כדובר פואטי למסורת הייחודית של הנוסו. בדומה ליוצרים אירים כברנרד שו, ייטס או אוסקר ווייילד שכתבו אנגלית והשפיעו על הספרות הבריטית במאות ה־ 20-19, תרומתו של מאג'יה כמשורר היא ייחודית גם בתרבות הסינית.

מאג'יה מרבה להתייחס למסורות המיתיות והדתיות של הנוסו, אך גם לתול דותיהם, לסבל שעברו, ולאתגרים הנוכחים העומדים בפניהם . "אני כותב שירים", הוא אומר, "כִּי נְרָאָה לִי שֶׁרוּחַ עַמְנוּ מְתַּבּוֹנֶנֶת וּמְהַרְהֶרֶת מִתַּצַּלָּה כְּלַפֵּי חוּץ בְּגַּן מְלַנְכּוֹלִי , גַּנן זֶה הַטָּבַע זֶה מְךַ בָּר עָמֹק בְּנֶשְׁמוֹתֵינוּ " ('קול' עמ' X). בעבר מכיוון שהאזורים בהם מתגוררים בני הנוסו קרובים גיאוגרפית לאזורים של בני האן ושל טיבטים, בעבר פרצו מדי פעם סכסוכים בינם לבין שני האתניות האחרונות . בעידן המודרני , יחד עם הגעתם המאסיבית של מהגרים לאזור , תרבותם המסורתית מתמודדת עם אתגר המודרניזציה . עם המודרניזציה נכרת חלק ניכר מן היערות לתעשיית ה עץ, ובצד המפגע

האקולוגי נפגעה גם ההרמוניה עם הטבע , שהנוסו רואים בה ערך דתי . על פי אמונתם לטבע יש נשמה , והפגיעה בו היא גם פגיעה בנשמתם שלהם. מאג'יה כואב מציאות זו ומרבה לתת לכך ביטוי הן בשיריו והן בציוריו.
הכותרת "רפסודיה בשחור " מאחדת שנים מהעולמות התר בותיים שמאג'יה חי בהם : מצד אחד זו מעין פרפרזה ל"רפסודיה בכחול" של גרשווין , ובכך קושרת הכותרת את ספרו אל מילון התרבות המודרני. מצד שני בשינוי מכחול לשחור היא מייצגת את מולדתו ואת המסורות השבטיות של בני עמו : פירוש שמם – "נוסו" – הוא "השבט השחור", ובתרבותם, הצבע השחור מסמל אלגנטיות, רצינות וקדושה.. בשביל הנוסו הצבע השחור מורה על עומק רוחני , ועל ההגנה וההתחדשות השופעים ממנו . "בְּמַעֲמַקֵּי הָאָרֶץ הַשְּׁחֹרִים", כותב מאג'יה, "הִיא / מַצִּיגָה פְּרָחֵי עֵץ צָמוּד / לְמַעַן שֶׁבֶּט, לְמַעַן יָחוּשׁ / בְּנִשְׁמוֹת אֲבוֹתָיו נוֹכְחוּת כָּאן בַּטֶּקֶס" ('הדרך האחרת, עמ' X). ברוח זו השיר "רפסודיה בשחור", שעל שמו קרוי הקובץ (עמ' X) הוא שיר של תפילה , חזון והתחדשות, שבו המשורר נכנס אל החשכה היורדת עם ערב על נופי מולדתו כאל "חלום שחור" של לידה מחדש.
כפל העולמות וההקשרים הזה אופייני ליצירתו כולה.
הקורא אולי יתמה איך משורר כמאג 'יה, המכיר היטב את ספרות העולם והתודע לרבים מיוצריה החשובים , דבק במודע בנקודת המבט "הילידית"; אך בקריאה קשובה יותר מתגלה ייחודה של נקודת מבט זו, הנוצרת עדיין את החיבור העתיק של האדם עם הטבע הסובב אותו   לחברה המודרנית, המנוכרת הן בתוך עצמה והן מהטבע. יש בנקודת המבט הזה משום תרופה רוחנית : מפתח לפירוק מערכת האמנות שלנו ולהתכוונונת מחדש לחיים הרמוניים יותר על פני כדור הארץ . משום כך ג 'ידי מאג'יה, שחלונותיו פתוחים לרווחים אל התרבות המודרנית , דבק עדיין בנקודת מבט זו כבאוצר רוחני.
בו בזמן, במסורת הנוסו קיימים גם צדדים פחות נאורים שאינם זוכים להתייחסות בשיריו . שאלתי את ג'ידי מאג'יה על כך.

א.א.: "יש בשירך אידיאליזציה של מסורת הנוסו, ואתה מבכה בהם את היעלמותה ההדרגתית בזמן החדש עם תהליך המודרניזציה, אך אין בהם התייחסות להיבטים בעייתיים של המסורת . מהי למשל עמדתך ביחס לחלוקה החברתית בין ה-יִי השחורים וה-יִי הלבנים וש כבות חברתיות אחרות?"

ג'.מ.: " למעשה, גדלתי בו בזמני באורח חיים מסורתי ומודרני. אבל, לאחר ילדותי המצב השתנה. התרבות המודרנית החיצונית השפיעה על תרבות הנוסו המקומית . התהליך הזה לא קרה רק בסין , אלא בכל העולם. תרבות חזקה תמיד תדחק תרבות חלשה יותר לשוליים . זה בלתי נמנע . כיום, בני הנוסו המתגוררים באזורים ההרריים חיים חיים קשים , וישנם שם בעיות של הברחות סמים והתפשטות מחלת האיידס. הסיבה לכך הינן היעלמות הערכים המסורתיים. אני יודע כי בזכרונותי ובכתבי ישנם אלמנטים אידיאליסטיים, אבל אני מודה כי במציאות קיימים גם פנים שליליים ועלינו להרהר על כך . אחרי הרפורמה הדמוקרטית שהונהגה בשנות ה- 50 של המאה ה- 20 כולם הפכו לשווים ולמרות שאני בא מהמעמד העליון של ה-יִי השחורים, אני תומך בשיוויון זה . לעומת זאת ישנם אנשים אשר עדיין רואים ב-יִי השחורים מעמד עליון."

מאג'יה מסביר שאינו מבקר בשיריו את הצדדים השליליים של המסורת בגלל חולשתה הנוכחית והכרסום של המודרניזציה ותרבותיות חיצוניות והסיני   ציצה במערכות הערכים והאמנות שלה. ברוח זו יש לומר ששיריו בנושא אינם רק מבע רעיוני או רגשי בניסוח פואטי, אלא שירים שבאים עם אג'נדה, שירים שבאים לעשות מעשה בעולם: לשמר את הזיכרון האתני והתרבותי של הנוסו, להעצים בהם את תחושת השייכות והזהות, ולהפיק ברבים את המסורת והאתוס שלהם. על רקע זה אף שירי האהבה שלו או השירים להוריו נקראים לא   רק כהבעות הרגש שהינם , אלא לא פחות כהבעה של עולמם הילידי, המעוגן במנהגים, בקוד האתני ובתפיסת הנשמעה וגורלה, המיוחדים לבני הנוסו.
באופן אחר גם שירים המוקדשים למשוררי העולם השונים נקראים בקריאה כפולה: בצד המבע הלירי הם נושאים אני מאמין אתי ולעיתים פוליטי . ברוח זו, בשירים המוקדשים לעמיחי מזה ולדרוויש מזה , הוא כואב את כאבה של האלימות בין העמים, ומזדהה עם המנושלים. ב-2010 מאג'יה ביקר בישראל כאורח של פסטיבל "ניסן" ושם נפגשנו לראשונה. הוא ביקר בחיפה, ירושלים ותל אביב. שאלתי אותו על רשמיו.

ג'.מ.: "התרשמתי מאוד מהיצירתיות והעוצמה של המדינה. בירושלים הכול נראה לי עתיק ומקודש – מרכז חשוב לשלוש דתות גדולות , שגורל העולם כולו קשור בו , אבל מאמיניהן לא מצליחים להגיע להסכמה. הלכתי ברחובות וחשבתי איך כל אבן כאן כוסתה בדם ונשטפה מדם   , ושוב כוסתה ושוב נשטפ ה וחוזר חלילה. אם אלוהים – יהוה, אללה – באמת אוהב את בני האדם , מדוע הוא מרשה להם להילחם זה בזה שוב ושוב ? אולי עמיחי ודרוויש היו צריכים להיפגש ולמצוא יחד פתרון".

מלינגשאן ועד ירושלים, דומה שתחושת השליחות היא חלק מהוויתו המשוררית של מאג 'יה לא רק ביחס לב ני עמו אלא גם כשהדברים נוגעים לערכים אוניברסליים: לדידי תפקיד המשורר הוא ייעוד מחייב, ושיר הוא קריאה השלוחה אל הרבים. מצד אחד הוא מתייצב בשיריו כמוכיח בשער שכואב ומוקיע את האלימות   , החומרנות וההרס האקולוגי בכל מקום על פני הארץ . ומצד שני הוא פועל למען עמו כמו כ ין שמאן בני הנוסו, הנוצר את סיפורם של בני הנוסו, את מקורותיהם, אמונותיהם ותעודת הזהות הרוחנית שלהם . אולם בסופו של דבר הפרטיקולרי הוא גם האוניברסלי :

372

בשני פניה אלה שירתו של מאג'יה מבקשת לפקוח את עין התודעה אל העולם שמעבר למציאות היומיום , ולגשר בין העבר לעתיד.

הוא מעמיד את עצמו במודע כדובר לערכים אלה, אך לא רק כדי לעמוד בפרץ; עמים ילידיים נאחזים בזיכרון, לא רק בתגובה לנישולם הפיזי והתרבותי , אלא גם משום שהמשך החיים לאורך הדורות מגלם עבורם ערך בפני עצמו לדידו, כשהמסורת מתחילה להיעלם, האבות המיתיים הם הכוח המסייע לשמור על ערכי החיים של האנשים החיים . בשירו 'גחלים זוהרות באח ' (עמ' X) הוא כותב : "...זִכָּרוֹן הוּא מִשְׂחָק שֶׁל אוֹר וְחֹשֶׁךְ ; / קַרְנֵי הַזְּמַן מְאִירוֹת נָהָר שֶׁנֶּעֱלַם,/ כְּמוֹ טוּר רוֹכְבִים שֶׁקָּרֵב אֶל קְצֵה הַחֲלוֹם – / בֹּהַק אֲכַפִּים כָּסוּף נָגוֹז / עֹמֶק לְתוֹךְ שַׁרְשֶׁרֶת הַמִּלִּים. / אֲנִי רוֹאֶה אֶת חַכְמֵי שֶׁבְּטֶנוּ , הַזְּקֵנִים – / אֵין הַצְּדָקָה לְשִׁכְחָתֵנוּ ; הֵם הַמְגַלְּמִים / אֶת הָאֱמֶת וְהַכָּבוֹד עַל פְּנֵי הָאָרֶץ הַזֹּאת . / ...אֲנִי מְהַרְהֵר בָּעָבָר, אַךְ לֹא כְדֵי לְדַבֵּק בְּצַעַר אָבְדָנוֹ. / מָה אֱנוֹשִׁי מִזֶּה? אֲנִי נִמְשָׁךְ לִחְיוֹת שׁוּב / אֶת הַיֹּפִי שֶׁחָלַף."

מבטו של מאג'יה אל המקורות ואל העבר כמו גם אל המוות ואל הטרנסצנדנטי נוצר דרך תוך צפייה בתמונות הנוף או האמנות. המבט במטפיזי עובר דרך האסתטי , או כמו בשיר רב ההשראה 'שלג באור שמש , צֶבַע שְׁמֵי הָעֵדֶן' (עמ' X) – גם מתעורר דרכו. בכך מתמצה אולי המסר של שירתו יוצאת הדופן : הן מתוך חוויית היופי והקדושה והן מתוך האפר של האובדן המשורר מציל רגעים של חזון צלול להאיר בהם את החיים ולהשאיר אחריו שביל לכל אדם וכל תרבות, לכל מי שרוצה ללכת בשביל זה אל מחוזות הנפש של החיבור לטבע ולזולת.

（希伯来语）

373

《从雪豹到马雅可夫斯基》序

[美国] 杰克·赫希曼

这本书里收录的是杰出的中国当代诗人吉狄马加的一些重要的诗作和部分他在不同场合所做的有关诗歌和文学方面的演讲或致辞，这些作品充满了吉狄马加对于人类和人类文化的敬意。

如果你想深刻地理解《从雪豹到马雅可夫斯基》这本书的内蕴并到诗人的内心世界做一番冒险之旅的话，那么首先请你记住：吉狄马加是一位彻底的国际主义者。

吉狄马加的这些诗是他用汉语写成的，由美国著名诗人、汉学家梅丹理翻译成英语，无论原作还是译文无疑都是十分精彩的。

吉狄马加是中国56个少数民族之一的彝族的一员，是这个有着800万人口的少数民族的灵魂人物之一。吉狄马加现任中国作家协会副主席，不仅在彝族而且在全中国当下的文学界特别是诗界，他都是当之无愧的领军人物。作为一个彝族的子孙，吉狄马加为自己的民族和部落感到自豪，他的很多诗歌都是在这种民族和部落的精神维度上写出来的，譬如，本书中所收录的两首长诗之一的《我，雪豹……》，其意象组合里充满了诗人的中国心和中国魂，更洋溢着作者对于居住在中国西南部的彝族同胞的情和爱。

彝族有很多支系，吉狄马加属于彝族中的诺苏，又称诺苏彝族，吉狄马加的诗歌之河就源自中国西南地区的"这条黑色的河流"，他是带着"这条黑色河流"走上诗坛的。

黑彝在这里固然并不意味着种族色彩，但一个看似矛盾其实却颇有关联的事实我不得不予以提及——在吉狄马加的青少年时代受到了毛泽东反殖民主义文化政策的影响，加之他自身渴望阅读非洲和加勒比诗人的作品的缘故，非洲对他有着非同寻常的意义，在他的随笔《一个中国诗人的非洲情结》里可见一斑；此外，他对于非洲的情感是如此之深，以至于他在一首悼念纳尔逊·曼德拉的诗里，采取移情方式，将纳尔逊·曼德拉称颂为"我们的父亲"。

吉狄马加用诗赞美南非的传奇人物曼德拉，是因为曼德拉的胸怀抵达到能够原谅那些囚禁他多年的人的境界，此外，在这本诗集里，受到吉狄马加赞美的人物还有匈牙利诗人阿提拉·约瑟夫，西班牙诗人费德里戈·加西亚·洛尔卡，德国著名摄影师安德里亚·古尔斯基等。

这本诗集里的另一首长诗是《给弗拉基米尔·马雅可夫斯基》，经过跨越世纪的等待，这首具有划时代意义的诗作终于横空问世。

当绝大多数的美国人、欧洲人、非洲人还有亚洲人提及中国的时候，一个亚洲人的影子就会即刻浮现，这也是我为什么要从诗人和文化工作者、官员和彝族的双重维度来写吉狄马加的缘由之所在。

毫无疑问，在中国，56个少数民族并不是微小的，他们都有成千上万的人，构成了中国社会的多样性。这一点，凡是访问过中国的人都会明显地感受到。彝族都会说汉语，同时也说彝族的语言；他们有自己的历史和史诗，他们亲近自然，敬畏自然，这些在马加的这本诗选里都有呈现。正如我们一直用狭隘的民族维度看待中国的少数民族一样，我们对于当下中国现代诗歌的看法也是狭隘的。

这些日子一直萦绕在我脑海的是"中国"式的中国诗歌写作。中文：这是中国诗歌的方式，它看起来像这像那，听起来如何如何，而吉狄马加的诗歌在这方面与之有很大的不同，他的抒情感觉根植于自然的东西：河流和山脉。这些自然对象是他认定人类生存环境和英雄存在的核心条件。他的诗在中国诗歌传统的叙事风格的基础上融入了西方诗歌的国际主义维度，在吉狄马加诗歌里出现的这些现象源于如下两个理由：

一方面，诗歌统治着吉狄马加的生命，共产主义和宇宙意识同时存在于他的思想意识中，构成了他的世界观。他的诗歌、演讲、散文以及有关诗歌的宣言或主张扎根在自然中：山、树木和河流。吉狄马加崇尚自然，认为万物有灵，他借助山地、树木和河流这些自然之物抒发他的内心世界。这方面的诗作表现了他丰富的想象力和自然崇拜的思想意识，这也是彝族的精神本质。彝族在很多方面是很优秀的，譬如他们有关自然和起源方面的探求（在他们有关人类和彝族起源方面的史诗中可见一斑）甚至可以与中国的老子和庄子相提并论。总之，吉狄马加的诗歌精神源自彝族的萨满教，也源于自朦胧诗以来中国当下的各种诗歌思潮。

另一方面，吉狄马加不仅是一位伟大的诗人，还是一位杰出的文化活动家——他发起并创建了青海湖国际诗歌节、西昌邛海丝绸之路国际诗歌周等。在这本诗选里收录了吉狄马加包括《青海湖诗歌宣言》在内的有关诗歌方面的宣言或主张——这些文字曾被黄少政翻译成英文，被克劳迪娅·科特翻译成德语，被拉斐尔·帕迪诺翻译成西班牙语，被弗朗索瓦丝·罗伊翻译成法语，被罗莎·隆巴尔迪翻译成意大利语——这些都充分印证了吉狄马加是中国一位具有国际主义观念的文化工作者。

这里，我想顺便提及一下费尔南多·伦登，他是麦德林国际诗歌节的长期主舵者，也是一位杰出的哥伦比亚诗人，曾因为组织这个举世闻名、一年一度的国际诗歌节以及该诗歌节所引发的社会功能（如铲除泛滥麦德林的毒品犯罪和在20世纪末结束长达50年的内战等主题）在数年前被授予另类诺贝尔奖。

2011年的麦德林国际诗歌节期间，我有两件幸事：一是我有幸读了吉狄马加赞颂费尔南多·伦登的文字（那届麦德林国际诗歌节，露天朗诵会那天，倾盆大雨下个不停，然而，包括观众在内的5000多位到场者，无一人因暴雨而中途退席）；二是我有幸和其他来自世界各地的35位诗人和文化工作者一起发起和组织了世界诗歌运动。自从世界诗歌运动发起及相关机构成立以来，在费尔南多·伦登的主持下，我们的会员每三周在网络上举办一次有关诗歌和诗歌运动的对话，一直坚持至今。

2015年8月我和妻子阿格妮塔·福尔克（一位瑞典出生的诗人）一起应邀出席第五届青海湖国际诗歌节，这是吉狄马加和他的同志们在2007年创办的一个国际性诗歌活动。诗歌节期间，我和妻子以及各国诗人朗诵了我们各自的诗作，进行了一些交流活动。让我感到最为惊讶的是摆放在青海湖诗歌墙上的聂鲁达、兰斯顿·休斯、杜甫、内莉·萨克斯、惠特曼、保罗·策兰等几位古今中外著名诗人的雕刻在玛尼石块上的画像，还有耸立着包括吉尔伽美什、贝奥武夫、但丁的《神曲》以及中国藏族的《格萨尔王》、彝族的《勒俄特依》等24部人类英雄史诗或创世史诗及史诗作者的铜塑雕像。诗歌墙和诗歌广场上的这些雕像以及诗歌节的一些文化活动让我确信：吉狄马加不仅是一位杰出而奇特的诗人，他还是一位用诗歌为转型期的世界注入文化力量的社会活动家。在我所走过的国家，中国是当今世界最具诗歌辐射力的国度，这与吉狄马加为诗歌所注入的能量密不可分。我认为，吉狄马加和他的诗是值得用诺贝尔文学奖来予以褒奖的。

马加的长诗《写给弗拉基米尔·马雅可夫斯基》为马雅可夫斯基这位一百多年前第一位竭诚接受共产主义革命思想的伟大诗人勾画了一幅完美的肖像。这首诗是对于马雅可夫斯基百年一回的纪念，让已故的马雅可夫斯基得以复活；而我们已经等了超过两代人的时间才读到这样一首诗。我敢肯定：诗里面庄严的形象、节奏和气氛肯定会给读者带来无限的想象空间，并给人们一种伟大的力量去继续抵抗困扰人类社会的法西斯主义和社团主义。

在我们需要马雅可夫斯基的时候，吉狄马加用诗给我们送来了马雅可夫斯基。无论马雅可夫斯基还是吉狄马加，他们都用诗歌给人类的未来注入了动力！

（杨宗泽　译）

杰克·赫希曼，美国当代杰出诗人，1933年出生在纽约，已出版诗集一百多本，其中多半被翻译成法语、西班牙语、意大利语等十几种语言，其主要著作《神秘》出版于2006年；连续数年被评为旧金山市桂冠诗人。他是旧金山革命诗人旅的创始人，同时也是20世纪五六十年代以来美国最具有代表性的诗人之一。

PREFACE

◎Jack Hirschman

This book is really an anthology of some major poems of the great Chinese poet, Jidi Majia, as well as texts of some of the cultural manifestoes and speeches he has given upon receiving awards himself, or paying homage to others in the realm of planetary culture.

To better understand the adventure you are undertaking in reading *From The Snow, Leopard To Mayakovsky*, it's important to know that: Jidi Majia is an internationalist to the core.

His poems here are written in Chinese and brilliantly translated by the American poet Denis Mair. Both of Jidi Majia's works and Denis Mair's translation are wondeful.

Jidi Majia is also a member and leading figure in one of 56 minorities in China, the Yi people, which numbers 9 million. It's very important to keep that ethnic fact in mind because Majia, though a deputy in the high office of the China Writers Association, is also the cultural director of the 56 minority peoples within the ethnic dynamic of China. He is devotedly proud of his own origin as a child of the Yi people, so much so that their particular dimensionality figures deeply in many of the poems here. Indeed, in the *I, Snow Leopard* poem---one of two major long poems in this book---the images are imbued with the spirit and heart of all of China and particularly the southwest mountainous territory of the Yi people.

Its important also to know that the Yi people have many diverse strands. Majia belongs to the *Nuoso* or Black strain (*Nuo* means Black in the Yi language) and Majia's *River* poem is a deeply evoked homage to that Deep Black River in the southwest of China from which he emerged as a poet as a young man.

And though Black here is not meant as a racial color, the paradoxical fact is also true that, from a youthful time—under the influence of Maoist anti-colonial cultural politics as well as his own avid reading of African and Caribbean poets—Africa came to have a powerful meaning in Majia's heart, so much so that he spells that meaning out in his essay, «The African Complex of a Chinese Poet », which is included here; and his empathetic attachment to Africa is so profound, he entitles his great ode to Nelson Mandela *Our Father*.

That wondrous South African whom Majia apostrophizes because Mandela was able to arrive at a level of consciousness wherein he could forgive even those who imprisoned him, is not the only figure that receives Jidi's honors : the great Hungarian poet, Joszef Attila, Spain's Federico Garcia Lorca, Germany's photographer Andrea Guersky, —all are homaged in poems in this volume.

And of course the other long poem in this book, the epochal *For Vladimir Mayakovsky*, is a poem that two generations of contemporary poetry have been waiting to be written. Now, with a grand lo-and-behold, it's finally, miraculously here!

For most Americans, and Europeans and Africans and Asians too, when China is mentioned, an image of an Asian people emerges all of a piece. That's why I've written about Jidi Majia's two fold dimension as a poet and cultural worker, as a man both within the government of China, and as a member of the Yi people.

There's no contradiction here. 56 minorities aren't a piddling. They constitute millions upon millions of people, and they contribute to the overwhelming diversity of Chinese society, which becomes evident to anyone who visits China for more than a quickstop. The Yi people all speak Chinese but they also speak the Yi language and indeed a lot of Yi history and its proximity to nature is evoked in poems in this book. And just as we've been narrow-minded when it comes to the ethnic dimensions of contemporary China, so too do we have a myopic view of Chinese poetry.

For example, imbedded in most minds these days is that there is a «Chinese» way of writing Chinese poetry. It looks like such and such, sounds like this and that, ie., it's Chinese: that's the way Chinese poetry is. Jidi Majia's poetry is very different in that respect. His lyrical feelings, as translated by Mair, come with roots in the naming of the things of nature, from rivers and mountains, and these natural objects are central to his affirmations of the human conditions and the heroes thereof. In an epical style which engages both traditional Chinese poetry but evokes as well an internationalist dimension of western poetry. There are two major reasons for these phenomena in Majia's work:

On the one hand, poetry is the ruler of Jidi Majia's life. It is the existential—yes, in the both communist and cosmic sense—root of his affirmations in both poetry and his ever solidaritous manifestoes and speeches in prose : trees are trees and mountains, mountains; but the naming of them in a poem with heartfeltness and imaginative spirit is in Jidi Majia's mind the apotheosis of spirit itself. And since the Yi people are noted, among other aspects, as being obsessed with the origin of everything in nature (expressed in their *Book of Origins*), just as are China's Lao-Tse and Chuang-Tse, one should understand Majia's poetry as coming from the shamanic tradition of the Yi people, as well as from modern Chinese poetry, one of the great sophistications of this age.

The other reason is not only because Jidi Majia is a writing poet, and a great one at that. There are poets whose lives are dedicated not simply to writing poems but to actively organizing international poetry festivals— for example at Qinghai Lake or Chengdu, as well as in other places around China. Majia's Manifesto For the Qinghai Lake International Poetry Festival, which is here translated into English, —as are all the prose works in English in this book, —by Huang Shaozheng, also is translated into German by Claudia Kotte, into Spanish by Rafael Patiño Góez, into French by Françoise Roy and into Italian by Rosa Lombardi, as a brilliant multiple example of Majia's profoundly internationalist perspective as a cultural worker.

Indeed his speech in honor of the Colombian poet and fellow cultural worker, Fernando Rendon, the longtime organizer of one of the grandest Festivals in the world in Medellin, Colombia, who was awarded the alternative Nobel Prize in Sweden some years ago for having—with that Festival, an annual event—erased the stain of «drugs» re Medellin, as well as helping bring the 50 year civil war in that country to an end.

I was overjoyed to read Majia's luminous apostrophization of Rendon because I've read at the Medellin Festival (5,000 people in attendance and not a single one leaves, even if there is a downpour of rain). With Fernando and 35 other poet/cultural workers from around the world, I was among those who in 2011 founded the World Poetry Movement (WPM), whose members every three weeks or so have a planetary chat with each other on computers, with Fernando at the helm.

And I'm proud to say that, since Aug. 2015 we met at the Qinghai Lake Festival, which Jidi Majia and comrades organized a couple of years ago, at which I and my wife, the Swedish-born poet Agneta Falk, were asked to read our poetry, I became convinced, through the Great Poetry Wall (including images of the likes of Pablo Neruda, Langston Hughes, Tu Fu. Nelly Sachs, Paul Celan and many others, and the Poetry Square with 24 statues of the heroes or the authors of the greatest Epic poems of the world, including Gilgamesh, Beowolf, Roland, Dante Alighieri, Walt Whitman and others)—all convinced me that Jidi Majia was not only a wondrous poet but, as a cultural force for the transformation of the world through the infusions of the art of poetry, he was deserving of the Nobel Prize for Literature, if ever any writer was deserving of it. In all the countries I've visited to read my works, I've never seen a more radiant homage to Poetry than what China has manifested through the energy of Jidi Majia.

His poem for Vladimir Mayakovsky is the finest portrait of the first street poet of the 20th century and the first poet to wholeheartedly embrace the communist revolution a hundred years ago. It is a centennially redemptive and resurrective poem that I've been waiting to read for more

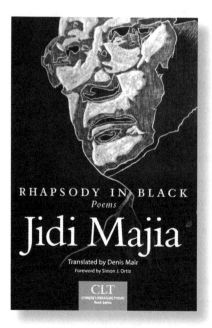

than two generations, and it's here with a majesty of image, rhythm and breath that will I'm certain fill the reader's imagination with a great strength to continue resisting the fascism and corporatism that beset all truly human beings these days.

Majia brings Mayakovsky to life just when we need him. The *Slava* on the lips of Mayakovsky is the *Glory* of Poetry and Revolution on the lips of Jidi Majia, giving us new lyric strength for the future!

（英语）

382

吉狄马加的天空

[阿根廷] 胡安·赫尔曼

声音依靠在三块岩石上

他将话语抛向火，为了让火继续燃烧。

一堵墙的心脏在颤抖

月亮和太阳

将光明和阴影洒在寒冷的山梁。

当语言将祖先歌唱

酒的节日在牦牛的角上

去了何方？

他们来自雪域

出现的轮回从未中断

因为他在往火里抛掷语言。

多少人在忍受

时间的酷刑

缺席并沉默的爱抚

在天的口上留下了伤痛。

于是最古老的土地

复活在一个蓝色语汇的皱褶里。

恐惧的栏杆巍然屹立

什么也不会在死亡中死去。

吉狄马加

生活在赤裸的语言之家里
为了让燃烧继续
每每将话语向火中抛去。

（赵振江　译）

胡安·赫尔曼（1930.5—2014.1），阿根廷当代著名诗人，同时也是拉丁美洲最伟大的诗人之一，2007年塞万提斯文学奖获得者。

El firmamento de Jidi Majia

◎Ciudad de México

Hay voces apoyadas en tres piedras

y él arroja palabras al fuego para que siga ardiendo.

El corazón de una pared tirita

con luna y sol que esparcen

luz y sombra por las montañas frías.

¿A dónde se fue la fiesta del

vino en astas de yak

cuando la lengua canta antepasados?

Ellos vinieron de la nieve y

no se rompe el círculo de las

apariciones porque él

arroja palabras al fuego.

Muchos sufren

los suplicios del tiempo y la

caricia ausente y muda

abre heridas en la boca del cielo.

Así renace la tierra más antigua

en los pliegues de una palabra azul.

Se alzan las barreras del miedo

y nada muere en la muerte.

Jidi Majia vive en una casa
de palabras desnudas
y la arroja cada vez al fuego
para que el fuego siga ardiendo.

（西班牙语）

Tiempo

Poesía

Chiti Matya

PROA

鲸歌

我们拥有同样的音频和心跳

JIDI MAJIA

POETRY AND THE WORLD

吉狄马加的诗歌与世界

（下）

〔叙利亚〕阿多尼斯等◎著

主 编 耿占春 高 兴 副主编 盛一杰

四川人民出版社

波兰文版诗集　序言

［波兰］马乌戈热塔·莱丽嘉

在中国官方承认的56个民族中，有一个民族叫彝族，由多个具有亲缘关系且语言相近的族群组合而成。现今彝族总人口约为800多万，主要聚居在中国西南地区。彝族各支系使用的语言都属于藏缅语族的一个分支（但是支系语言之间差异较大，相互交流有一定困难），并且他们还形成了同一文字的不同书写，但这些文字相互关联，与汉字和藏文完全不同。在彝族支系中，人数最多的，文字描述最多的，特别具有强烈民族认同感的就是诺苏族群——名字直译过来是"黑色的人"。正是这个民族孕育出了诗人吉狄马加。

诺苏人口大约为250万，大多聚集在位于四川省南部和云南省北部的大小凉山地区，属于凉山彝族自治州。传统诺苏人以打猎、放牧还有农耕为生，主要农作物之一是荞麦。诺苏社会由互不通婚的多个父系阶层组成，其中"黑彝"即贵族，"白彝"即奴隶。

诺苏的特殊服饰有带刺绣的长袖上衣，男女剪裁样式差别不大；还有专门为女性设计的百褶裙；装饰繁复的头饰（因年龄而异）以及大量的银饰品：耳环、项链、项圈和手环。在诺苏女性的生命中，"换裙礼"是最重要的仪式之一，在女孩子们15岁的时候举行，意味着女孩已经成年，随时可以准备出嫁。男性的头饰则是一种包头巾，有时候会在头巾的额头部分装饰有角状的"英雄结"。男性也会佩戴耳环，但只在左耳佩戴。无论男性还是女性，他们都会披着黑色或白色的无袖长斗篷，斗篷或以女性纺成的羊毛为材料，或以男人制作的毡为材料。

诺苏的信仰叫作"毕摩信仰"，毕摩是最重要、影响力最大的祭司的名字。一见到带着蘑菇形状黑色毛毡帽的人，大家就知道这是大祭司毕摩，他们是一群熟知传统、知识渊博的人，通读本民族书籍和经文。他们负责主持最重要的仪式，葬礼以及最神圣最虔诚的仪式，如祈福神座，把亡灵送往远祖发祥的上空——祖神界。对祖先的崇拜是诺苏人信仰的核心，而与家族之间的联系以及对家族多代宗谱的了解则是迄今为止诺苏人形成群体及个体认同感的原因之一。在中国南部经常出现一种与祖先崇拜有联系的信仰，相信人有三个灵魂，死后三个灵魂各得其所——其中一个待在骨灰盒里，第二个会去祖神界变成祖先，最后一个留在家人身边。

除了祖先崇拜，诺苏人还相信万物有灵（天神和地神，山神，河神，植物的神还有动物的神等）以及恶魔的存在，恶魔主要包括因种种原因没有到达祖神界的亡魂、不清楚来源但会带来疾病和瘟疫的恶魔，以及充满怨愤的灵魂。第二类祭司叫作苏尼，其作用类似于萨满巫师。与毕摩祭司不同的是，苏尼祭司不识字，因为他们的职责并不是熟知仪式经书，而是直接显灵。毕摩祭司主持的仪式总是安静而肃穆，而苏尼祭司主持的仪式则鼓声阵阵，歌舞癫狂。毕摩祭司的职位只能由男人担当，但是女人能担任萨满巫师，这样的巫师叫作摩尼。

《勒俄特依》——起源之书

《勒俄特依》是一部巨型史诗，描写了天地起源，世间万物在不同时段的开端，各民族、各宗族的出现以及他们第一批祖先的传说。这个史诗没有标准版本。它们或长或短，细节上各有不同，有些通过口头传颂，有些则由毕摩誊写并在重要仪式上吟诵，代代相传。支格阿龙（zhyge Alu）是史诗中最重要且最受欢迎的形象之一，他是所有彝族人民的英雄。支格阿龙的母亲身上溅到了天上飞鹰的血，从而怀上了他。童年的时候支格阿龙和龙待在一起，被龙抚养长大，成年后他做了很多英雄的举动，比如射下了11个日和月，因为它们灼烧了地球上的生命；把巨蜥和巨型两栖动物变小，并把它们赶到至今生活的地方；当最后一对日、月被他的长箭吓得躲起来的时候，他把日、月叫了出来，指定了它们应该出现在天空中的时间，如此便形成了昼和夜的分界线。接下来一个比较有名的情节就是十二"雪族"的诞生：白天毁灭性的灼热过去后，天上开始下起红色的雪，这雪之后变成了六个"无血肉族"——植物和六个"血肉族"——动物、鸟类和人类。

在史诗《勒俄特依》中，地上所有的生物都起源于天，其中植物和动物都被人类改进或者驯化，而人类则被赋予了最高智慧。人类也起源于"雪族"，被认为是复杂世界中的一个有机部分，而世界上所有的元素都会相互作用。

地面上生物之间的联系很多，但要把它们讲明白并非易事，而诗人吉狄马加对这些联系的敏感性是他的创作特色之一。

吉狄马加出生于1961年。17岁时被西南民族学院中文系汉语言文学专业录取（之后为母校作诗《想念青春》）。在那里他接触到博大精深的中国诗词和世界诗歌。毕业不久后他就在《星星》诗刊上陆续刊登了自己创作的几首诗。1982年他开始在四川省凉山州文联工作，1986年凭借诗歌创作获得了中国作家协会的奖项，并且还得到了著名诗人艾青的关注，之后艾青便成为了他的导师（吉狄马加为导师艾青作诗《最后的礁岩》）。从此，他坚持诗歌创作，获奖无数。此外，他还在中国作家协会担任不同的职务，2015年4月成为作协副主席。与此同时，吉狄马加还担任着其他高层职务，其中2006-2010年任青海省副省长，2010-2014年任青海省委宣传部部长。

吉狄马加被认为是中国当代最伟大的少数民族诗人之一。他用中文创作诗歌，但是他的诗中充满了对诺苏的依恋。他不仅直接描写诺苏的文化、风俗和人情，还将认同感和记忆这两大主题贯串诗歌创作。以下诗句就体现了吉狄马加的创作精髓：

> 我相信，一个民族深沉的悲伤
> 注定要让我的诗歌成为人民的记忆
> 因为当所有的岩石还在沉睡
> 是我从源头啜饮了
> 我们种族黑色魂灵的乳汁
> 而我的生命从那一刻开始

就已经奉献给了不朽的神奇

沿着时间的旅途而行

——《想念青春——献给西南民族大学》

　　这种认同感和记忆，作为吉狄马加诗歌的主题，并不局限于诺苏的文化遗产，尽管这种遗产是诗人最亲近的。诗人吉狄马加明显对世界、文化和诗歌传统的多元化很感兴趣。在他以欧洲和南美旅行为灵感，受欧美诗歌启发下的创作中，我们会发现他在尝试捕捉这种认同感并将其融入记忆当中。但是其中一些诗歌则体现了诗人与其家族传承的诗学和精神联系，包括诺苏所特有的宗谱意识和对祖先事业传承的责任感。这种宗谱的自我认知和一直都存在的对于已去到伊始永生之地的死去祖先的责任感，是吉狄马加所作诗歌在沧海桑田的世界中保留回忆、保持永恒的方法之一。

　　在吉狄马加的诗中，我们还能注意到诗人对于大自然特有的洞察力。诗人表达对大自然的热爱及其被破坏的同情，公开谴责人类破坏自然的行为，还一直传达着人类和大自然命运紧密相连，各种形式的存在和生命以及死亡和重生之间的因果关系的主题思想。这种互相依存，世间现象与本质界限已经模糊的感觉，经常出现在通感诗歌中对色彩、声音以及韵律和谐共鸣的敏锐感受。

　　吉狄马加的诗歌从来都不是肤浅的异国情调，尽管这些诗都与他的祖国传统紧密相连。吉狄马加只是在描写自己的世界，那是他诗歌的世界，他的创作中心一直在凉山，但不囿于凉山，还包括中国西南部以及中国以外的世界——欧洲、非洲和南美洲。吉狄马加所触及的外部世界不仅仅是亲眼欣赏到的美景，更重要的还是诗歌。他的创作涉及大量的外国诗人，在此仅列举他们中几个人的名字：艾哈迈托娃、茨维塔耶娃、米沃什、赫尔曼、艾梅·塞泽尔。

　　吉狄马加的诗歌传达当代人的心声。这心声珍视传统，也深知传统转瞬即逝。这心声尊重历史的宏大和世间的沧海桑田。作为当代人，我们值得停下脚步，倾听这一声音。

（赵桢　译）

马乌戈热塔·莱丽嘉，中文名李周。波兰人，博士，华沙大学东方学院汉学系主任、学者、翻译家。著有多部关于中国思想和文化的学术作品，并推出过莫言、吉狄马加、多多等中国作家的多部译作。

Wstęp

©Małgorzata Religa

Wśród 56 grup etnicznych oficjalnie uznawanych w ChRL jako "narodowości" (*minzu*) znajduje się narodowość Yi (uprzednio znana głównie jako Lolo), stanowiąca konglomerat blisko spokrewnionych ze sobą grup etniczno-językowych. Ludy zaliczane obecnie do narodowości Yi liczą razem prawie 8 milionów i zamieszkują południowo-zachodnie prowincje Chin: Yunnan (4,5 mln), Sichuan (2 mln), Guizhou (1 mln) i Guangxi (kilkadziesiąt tysięcy). Posługują się blisko spokrewnionymi (ale na tyle różnymi, że nie są wzajemnie zrozumiałe) językami z rodziny tybeto-birmańskiej i wykształciły własne, także spokrewnione ze sobą pisma, odrębne zarówno od pisma chińskiego, jak i tybetańskiego. Najliczniejszym i najlepiej opisanym z tych ludów, charakteryzującym się szczególnie silnym poczuciem własnej tożsamości są Nuosu-co dosłownie znaczy 'Czarni Ludzie'. Z tej właśnie grupy wywodzi się Jidi Majia.

Nuosu liczą około 2,5 miliona osób i zamieszkują górzyste terytorium na granicy południowego Sichuanu i północnego Yunnanu, znane jako Wielki i Mniejszy Liangshan w Autonomicznej Prefekturze Narodowości Yi w Liangshanie (*Liangshan Yizu zizhi zhou*). Tradycyjnie życie ludu Nuosu opierało się na myślistwie, pasterstwie i rolnictwie, a jedną z podstawowych tutejszych upraw była gryka. Społeczeństwo Nuosu zorganizowane było w patrylinearne, ściśle egzogamiczne klany, dzielące się na "czarne", czyli arystokratyczne, i "białe", czyli wolnych chłopów. Historycznie istniała także grupa niewolnej służby, która z reguły wywodziła się spoza Nuosu-z jeńców zdobytych na wrogach lub porwanych z terenów zamieszkałych przez obcych, głównie Chińczyków Han.

Charakterystyczne stroje Nuosu to haftowane kaftany o zbliżonym kroju dla obu płci, dla kobiet długa, plisowana spódnica i zdobne, skomplikowane nakrycia głowy (różnew zależności od wieku) oraz wielka ilość srebrnej biżuterii: kolczyków, naszyjników, ozdób przy kołnierzu i bransolet. Jedną z ważniejszych ceremonii w życiu kobiety jest ceremonia "zmiany spódnicy", która miała miejsce w wieku kilkunastu lat i oznaczała wejście w dorosłość i gotowość do zamęścia. Męskie nakrycie głowy to rodzaj turbanu, czasami ozdobiony na czole długim, mocno splecionym z materiału "węzłem bohatera" przypominającym nieco róg. Mężczyźni noszą też pojedyncze kolczyki ze srebra, zawsze w lewym uchu. Zarówno mężczyźni, jak i kobiety okrywają się długimi czarnymi lub białymi pelerynami i opończami bez rękawów, wykonanymi z wełny-uprzędzionej i utkanej zawsze przez kobiety-lub z filcu, którego wykonaniem zawsze zajmują się mężczyźni.

Religia Nuosu nazywana bywa "religią *bimo*" od nazwy najważniejszych i najbardziej poważanych kapłanów. Kapłani *bimo*, rozpoznawalni po charakterystycznych czarnych kapeluszach o szerokich rondach, są depozytariuszami tradycji i wiedzy, biegłymi w rodzimym piśmie i księgach. Ich zadaniem jest odprawianie najważniejszych rytuałów, przede wszystkim rozbudowanych rytuałów pogrzebowych, oraz najbardziej złożonych i uważanych za najczcigodniejsze rytuałów przeprowadzenia ducha zmarłego do zaświatów i udzielenia mu pomocy w osiągnięciu statusu przodka. Kult przodków stanowi centrum wierzeń Nuosu, a związek z klanem i znajomość jego genealogii na wiele pokoleń wstecz jest do dziś jednym z najważniejszych czynników kształtujących zbiorową i indywidualną tożsamość Nuosu. Z kultem przodków związana jest także, częsta wśród różnych ludów na południu Chin, wiara w posiadanie przez każdego człowieka trzech dusz, które po śmierci przebywają w różnych miejscach – jedna z nich pozostaje w miejscu przechowywania prochów po skremowaniu ciała, druga przebywa w krainie zmarłych jako przodek, trzecia pozostaje w domu rodziny zmarłego.

Poza kultem przodków, religia Nuosu obejmuje wiarę w istnienie różnych duchów natury (nieba i ziemi, gór, rzek, roślin i zwierząt itd.) oraz demonów-najczęściej są to dusze zmarłych, które z różnych powodów nie uzyskały statusu przodka, demony nieokreślonego pochodzenia, sprowadzające choroby i epidemie, urażone duchy. Drugim typem kapłana, który przeprowadza lub pomaga w przeprowadzeniu rytuałów nieco mniejszej wagi, związanych z mniej ważnymi duchami są *suni*-szamani, którzy w odróżnieniu od *bimo* bywają (lub bywali) niepiśmienni, gdyż ich funkcja nie zależy od znajomości rytualnych tekstów, ale od bezpośredniego nawiedzenia. O ile rytuały odprawiane przez *bimo* są spokojne i ciche, rytuały *suni* obejmują bicie w bębny i gwałtowny taniec. Funkcję *bimo* mogą pełnić tylko mężczyźni, wśród szamanów znajdują się także kobiety, nazywane *moni*.

Hnewo teppy-Księga Początku

Hnewo tepyy to wielki epos opisujący początki nieba i ziemi, różne etapy pojawiania się roślin, zwierząt i ludzi, a także legendy o wyłonieniu się i najstarszych wędrówkach różnych ludów i klanów. Epos ten nie ma wersji standardowej, istnieje w wielu wersjach różniących się długością i szczegółami; funkcjonuje zarówno w przekazie ustnym, jak i w tekstach, kopiowanych i przekazywanych z pokolenia na pokolenie przez *bimo*, którzy deklamują jego odpowiednie fragmenty w rytuałach. Jedną z najważniejszych i najpopularniejszych postaci wymienionych w eposie jest Zhyge Alu-bohater wszystkich ludów Yi. Zhyge Alu narodził się po tym, jak jego matkę zapłodniły krople krwi spadłe z frunących nad nią orłów. Dzieciństwo spędził wśród smoków i został przez nie wychowany, a po osiągnięciu wieku męskiego dokonał wielu bohaterskich czynów: zestrzelił jedenaście słońc i księżyców, które wypalały gorącem życie na ziemi; zmniejszył wielkie gady oraz płazy i zmusił je do życia w miejscach, w których żyją dzisiaj; a kiedy ostatnie słońce i księżyc ukryły się, przerażone jego strzałami, przywołał je ponownie i wyznaczył pory, w których miały pojawiać się na niebie, ustalając ostatecznie granice nocy i dnia. Kolejnym z najbardziej znanych wątków eposu jest pojawienie się dwunastu plemion śniegu: po niszczących upałach z nieba spadł czerwony śnieg, który następnie przekształcił się w sześć "plemion bez krwi"-czyli rośliny i sześć "plemion z krwią"-czyli zwierzęta, ptaki i człowieka.

W eposie *Hnewo Tepyy* wszelkie życie na ziemi wywodzi się z nieba, a rośliny i zwierzęta zostały udoskonalone lub oswojone przez ludzi, którzy obdarzeni są największą inteligencją ze wszystkich istot. Ludzie także pochodzą od "plemion śniegu" i postrzegani są jako organiczna część złożonego świata, którego wszystkie elementy przenikają się wzajemnie.

Ta wrażliwość i wyczulenie na liczne, nie zawsze możliwe do wyrażenia więzi łączące wszelkie formy życia na ziemi jest jedną z najbardziej charakterystycznych cech poezji Jidi Majia.

Jidi Majia urodził się w 1961 roku. W wieku siedemnastu lat został przyjęty na wydział języka i literatury Południowo-Zachodniego Uniwersytetu Narodowości Xinan Minzu Daxue (któremu zadedykował swój wiersz *Wspomnienie młodości*) w Chengdu, stolicy prowincji Sichuan. Tam zetknął się z wielką poezją chińską i światową. Wkrótce po ukończeniu studiów opublikował kilka swoich wierszy w ważnym piśmie literackim "Xingxing" ("Gwiazdy"). W 1982 roku rozpoczął pracę w syczuańskim oddziale Związku Pisarzy, a w 1986 zdobył za swoją poezję nagrodę Chińskiego Związku Pisarzy i zwrócił na siebie uwagę wielkiego poety Ai Qinga (1910–1996), który został jego mentorem (Jidi Majia zadedykował mu wiersz *Ostatnia morska skała*). Od tego czasu obok obfitej i nagradzanej twórczości poetyckiej, pełnił różne funkcje w Chińskim Związku Pisarzy i w kwietniu 2015 roku został jednym z jego wiceprzewodniczących. Zajmował także inne wysokie stanowiska, między innymi od 2006 do 2010 roku pełnił funkcję wicegubernatora prowincji Qinghai, a od 2010 do 2014 roku wicedyrektora departamentu propagandy we władzach Qinghai.

Jidi Majia uważany jest za jednego z najwybitniejszych współczesnych chińskich poetów wywodzących się z mniejszości narodowych. Pisze po chińsku (tzn. w urzędowym języku ogólnonarodowym, *putonghua*), ale jego wiersze przesiąknięte są odwołaniami do rodzimej kultury Nuosu, nie tylko przez bezpośrednie nawiązania do obyczajów, miejsc i postaci. Tożsamość i pamięć-to dwa wielkie tematy przenikające większość wierszy w tym zbiorze i można chyba uznać za poetyckie credo poety takie wersy jak:

> *Wierzę, że przeznaczono mi, bym gorzkie cierpienia narodu*
> *Przemieniał w wierszach w jego wspólną pamięć*
> *Bo kiedy wszystkie kamienie jeszcze mocno spały*
> *Ja spijałem u źródła*
> *Mleko mojego ludu czarnej duszy*
> *I wtedy moje życie się zaczęło*
> *Poświęciłem je nieśmiertelnej, cudownej*
> *Podróży w głąb czasu*
>
> **(fragment wiersza Wspomnienie młodości).**

Ale tożsamość i pamięć, jako tematy poezji Jidi Majia,nie ograniczają się do dziedzictwa Nuosu, nawet jeśli dziedzictwo to jest poecie najbliższe. Jidi Majia jest wyraźnie zafascynowany różnorodnością świata, kultur i tradycji poetyckich. Próba uchwycenia istoty tożsamości i zachowania jej w poetyckiej pamięci jest obecna także w jego wierszach inspirowanych podróżami do Europy i Ameryki Południowej, a także w tych, które inspirowane są poezją europejską i amerykańską. A jednak-i w tym także przejawia się jego duchowa i poetycka więź z rodzimym dziedzictwem-w niektórych z nich pojawia się charakterystyczny dla tradycji Nuosu motyw genealogii, znajomości imion przodków i obowiązku kontynuacji ich dzieła. Ta genealogiczna samowiedza i ciągłe poczucie odpowiedzialności wobec pokoleń minionych, wobec zmarłych-a więc przebywających w najbardziej pierwotnych obszarach wiecznego istnienia-przodków, to w wierszach Jidi Majia jedna z dróg zapewnienia pamięci i wieczności w stale przemijającym świecie.

W poezji Jidi Majia zwraca także uwagę specyficzna wrażliwość, którą można by nazwać ekologiczną. Poza miłością i współczuciem dla natury krzywdzonej przez ludzi i otwarcie wyrażaną grozą wobec zniszczeń zadawanych ziemi przez człowieka, powtarza się w niej także motyw wspólnoty ludzkiego losu i losu natury, a także wzajemnego przenikania się różnych form istnienia, życia i śmierci, reinkarnacji. To poczucie wzajemnych zależności i zatartych granic między zjawiskami i istotami na świecie obecne jest m.in. w często pojawiającej się w wierszach synestezji, w wyczuleniu na współgranie i współbrzmienie barw, dźwięków, rytmu.

Wiersze Jidi Majia, nawet te najsilniej nawiązujące do jego ojczystych tradycji, są bardzo dalekie od powierzchownej egzotyki. Jidi Majia po prostu pisze o swoim świecie, ale świat jego poezji, choć jego centrum znajduje się w Liangshanie, wykracza przecież poza Liangshan i obejmuje też południowo-zachodnie Chiny, a także świat poza Chinami-Europę, Afrykę i Amerykę Południową. Kluczem do tego pozachińskiego świata jest dla Jidi Majia nie tylko bezpośrednie zetknięcie z jego krajobrazami, ale przede wszystkim jego poezja. Uderzająca jest ilość nawiązań i dedykacji dla niechińskich poetów: Achmatowej, Cwietajewej, Miłosza, Gelmana, Aimé Cesaire'a, by wymienić tylko kilka nazwisk.

Poetycki głos Jidi Majia to głos współczesnego człowieka, świadomego własnej tradycji i tego, jak łatwo jest ją utracić, świadomego ogromu historii i zmienności świata. Ten głos wart jest wysłuchania.

Małgorzata Religa

（波兰语）

神性的吉狄马加

[美国] 杰克·赫希曼

1.

吉狄马加，
你我注定是同志，
一生的同志。

其实，诗歌节期间，
在西宁的青海宾馆里，
在徐贞敏女士的陪同下，①

你到我和妻子阿格妮塔住的房间
看望我之前，
我们就早已是同志。

其实，早在三十年前，
我翻译阿尔巴尼亚的一些当代诗歌时，
我看到过一个类似你的名字的单词；

---

① 徐贞敏：一位具有中国血统的美国诗人和翻译家。——译者注

那时候你还很年轻，
三十年后的今天，
我才明白，你我的相遇是注定的。

今天，我才明白，
与你这位中国作家协会副主席的相遇
是注定的。

今天，我才明白，
与你这位中国当代著名诗人的相遇
是注定的。

今天，我才明白，
与你这位中国彝族代表性诗人的相遇
是注定的。

今天，我才明白，
你为什么写了那么多
有关你的民族和部落的诗。

今天，我才明白，
你为什么要写山鹰，写雪豹，写岩羊，
还有生长在高原烈日下的苦荞麦。

今天，我才明白，
你为什么写黄河、长江和澜沧江。
写曼德拉，阿赫玛托娃和耶夫达·阿米亥。

今天，我才明白，

你的诗里为什么反复出现
象征着诺苏彝族民族性格的黑色。

马加啊，我也曾是一位犹太玄学家，
我想你也一定具有超自然的神性，
我们的心是相通的。

2.

马加啊，同志啊，
我感激在招待酒会上
你热情的款待。

你让我坐在你的身边，
频频举杯，向我敬酒，
你的言谈风趣而睿智。

我们来自美洲的共产主义者
也向你频频敬酒，
大家相互敬酒，谈笑风生。

第二天上午，
我们驱车来到青海湖畔，
看到了美丽的草地，雪山和圣湖。

虽然我是第一次来这里，
但我觉得我曾经来过，
这里就是我灵魂的栖息地。

让我感到更为神奇
更为美丽的是
绿草茵茵的青海湖诗歌广场。

偌大的广场上耸立着
二十四座世界著名诗史的铜质雕塑，
分列广场的两边，个个栩栩如生。

从人类的第一部诗史《吉尔伽美什》
到中国少数民族的歌谣式的《苗族古歌》，
如同一座人类诗史的博物馆。

诗歌墙上摆放着古今中外
一些大诗人的头部雕像，
有杜甫，惠特曼，马哈茂德·达尔维什，

有聂鲁达，兰斯顿·休斯，保罗·策兰，
内莉·萨克斯，郭沫若，
有威廉·布雷克……

诗歌墙的正面，
铭刻着用汉英藏三种文字的
《青海湖诗歌宣言》；

诗歌宣言出自你吉狄马加的手笔，
你号召人们回归自然，敬畏自然，
那是你对于人类良知、美和爱的呼唤。

我怀着比万里长城更深的敬意

注视着诗歌墙和诗歌广场，
因为它是文明与和平的象征。

诗歌广场，诗歌墙，
将永远留在这个世界上，
日出日落，岁岁年年！

3.

马加，我的好伙伴，
你曾说过：
　"机器和工具不会开出花朵，

只有诗歌才能引领人类回归自然，
只有诗歌才能引领我们
回归人类精神的伊甸园。"

是啊，来自四十多个国家和地区的
精神贵族们的优秀作品
都是可以获得诺贝尔文学奖的。

因为这些作品涵盖了
世界上几十种语言，
展现了人类的精神内核和文化精华；

因为这些作品像一面面旗帜，
指引着人类走向和平与进步，
亲近爱与善良。

马加，我的诗友，我的同志，

你是一个伟大的灵魂，

我为你喝彩，为你骄傲！

中国啊，我为你喝彩，

为你骄傲，

永远，永远，永远……

（杨宗泽　译）

杰克·赫希曼，美国当代杰出诗人，1933年出生在纽约，已出版诗集一百多本，其中多半被翻译成法语、西班牙语、意大利语等十几种语言，其主要著作《神秘》出版于2006年；连续数年被评为旧金山市桂冠诗人。他是旧金山革命诗人旅的创始人，同时也是20世纪五六十年代以来美国最具有代表性的诗人之一。

THE JIDIMAJIA ARCANE

© Jack Hirschman

1.

You and I were fated
to be comrades for life,
Jidimajia.

Even before we met
for your 5th Qinghai Lake
International

Poetry Festival
in Xining and you visited
Aggie's and my room

with Jami Proctor-Xu
and bottles of baijiu. In fact
30 years ago

when you were a young
man and I was

translating Albanian

poetry and found
I loved best of all the word
Xhuxhimaxhuxha,

I realize now
I was rhythmically destined
to meet you as

not only the Chairman
of the All China Writers
Union, but the major

poet of one of
the 56 minorities
in China, the Yi

people, —you, of
the Nuosu "black" strain in
that tribe, no doubt why

you could pen such a
magnificent ode to Nelson
Mandela and
receive the torrential
applause of the Yellow,
Yangtze, and Lancang

Rivers that Qinghai is the
birthplace of, under fireworks
of bursting buckwheat,

as we spoke of how
I was a kabbalist Jew,
and you might be one too,

and this said with heart
and humor as Jami
translated us from

me to you and you to me,
we laughing all the way to
the bottoms of our glasses.

2.

And so you had me sit
next to you at all the meals,
the American communist,

and I toasted, toasted
with one Chinese poet or
prefecture after another,

and we toasted each other
with those tiny, delicate jiggers
of Moutai baijiu

and that slowly spinning
table flooded with dishes
of all tasty sorts,

and the next day bussed
to Qinghai Lake and there
—if I'd not already

sensed it—we realized
what a great international
revolutionary you are

by seeing the wall that's
even Greater than the Great Wall,
the Wall of poets

with images of Pablo Neruda,
Langston Hughes, Cesar Valleo,
Paul Celan, Nelly Sachs,

Walt Whitman, Du Fu,
Mahmoud Darwish, Guo
Muruo, William Blake

Yongyuan, richu,
riluo, xiantian qiutian
dongtian chuntian!

Forever, sunrise

sunset, summer autumn
winter spring!

And rectangularly
from the Wall out over a
field of grass, 24

hugh statues of figures
in the epic poems of the world,
from *Gilgamesh,* to the *Song*

of Roland, to *Beowulf,*
to the *Kalevala* of Finland,
and the epic of Armenia

in what is without doubt
the greatest homage to the art
of poetry in the world.

3.

My chubby brilliant
friend, you who said, "Robots
don't bloom", and that

poetry "has become
an affirmation of the
deeply held human

longing to return

to where we came from…to our

spiritual Garden of Eden"

certainly with poems

and brilliant essays Festivals

and other projects

have done enough to

earn a Nobel Prize for the

nobility of poetry

as the innate language

of the people of the earth

in its song of raising

the banner of human

Kindness and Beauty over

all and every one

of the more than thirty

countries that China graced with

unforgettable welcome,

with avalanches

of books, red cashmere scarves

and the colorful

costumes of the Yi

into whose minority

of eight million

souls we all were
admitted as honorary
members for life.

Bravo! I shout, who
taught you that word
that now, at the end

of every performance,
you shout out, Bravo!
with glee galore;

and, as always with China,
there wants to be, unendingly,
more. More. MORE!

（英语）

吉狄马加《火焰与词语》

[捷克] 杰罗米·泰派特

吉狄马加是一位用汉语创作的诗人，然而其文化特质来自那个奇特的世界，几个世纪以来因与世隔绝的偏僻地理位置抵御了汉化。彝族人至今保留有自己的语言和文字，为他们的神话、信仰和独立部落的英雄历史感到自豪。文化的承载者是受过教育的萨满巫师，他们是古文字和古典文书的专家，所有的生活大事件尤其涉及生死的问题，由他们给予指点。

在吉狄马加的诗歌创作中，令人称奇地结合了两个不同的时间：他写现代诗，常常以诗句与世界前沿诗人展开内心的对话，然而其核心主题却是古老的，它回避文明，围绕彝族山民、族群图腾甚至萨满文化，因为那是诗人的故乡。

静谧幽谷的世界，猎人、雪豹的世界，美丽少女身穿缤纷摆裙、手执黄阳伞的世界，荞麦、篝火、太阳和萨满教仪式的世界。这个世界，尽管笼罩迷蒙的薄雾，然而在吉狄马加的诗句中生机盎然，活力四射。在现实中，近年来传统的彝族世界不可逆转地在慢慢消失：意识形态的思想革命推翻了传统的种姓社会管理体系和权力制度，自20世纪以来发生了翻天覆地的变化，中央政府加大了在教育、基础设施和地方经济等方面的资金投入。然而，吉狄马加并非仅属于彝族人民的吟游诗人，尽管他备受本民族人的爱戴与景仰，他的诗句被谱写成歌曲到处传唱，尤其受到年轻人组成的流行乐队的青睐，例如"山鹰组合"。

在当代华语诗坛，吉狄马加也被文学评论界公认为独特的个性诗人，他视野的地平线没有囿于自己故乡的边界，而是逾越了中国的国界。他体味到在自己的文化与美洲印第安人的文化以及欧美文学的大家之间存在亲缘关系，他欣喜地靠近他们，与他们产生千丝万缕的联系。

　　无论吉狄马加吟诵血浓于水的故乡抑或讴歌万水千山之外的大洋彼岸，他简洁凝练的诗句以其神奇的魅力迷倒众多读者，吸引他们，让他们痴迷。正如吉狄马加在自己的一首诗中所言：将话语抛向火，为了让火继续燃烧。此捷克语译本的作者由衷希望，通过翻译吉狄马加的诗集来激励和升温捷克文学翻译事业，因为译本可提供窥探世界的视角，彼此的文化遥远，然而情感亲近。可以说，假如没有这些诗，那个世界仍然隐藏在凉山深处，秘不示人。

一种声音
——吉狄马加创作谈

　　我写诗，是因为我本身就是一个偶然。

　　我写诗，是因为我的父亲是彝族，我的母亲也是彝族。

　　他们都是神人支呷阿鲁的子孙。

　　我写诗，是因为我的爷爷长得异常英俊，我的奶奶却有些丑。

　　我写诗，是因为我生活在一个叫昭觉的小城，那里

　　有许多彝人，还有许多汉人。他们好像非常熟悉，又好像非常

陌生。

　　我写诗，是因为我有一个汉族保姆，她常常让我相信，

　　在她的故乡有人可以变成白虎，每到傍晚就要去撞别人家的

门。

　　我写诗，是因为我异想天开。

　　我写诗，是因为我会讲故事。

　　我写诗，是因为我的叔叔来城里告诉我，他的家中要送鬼，

　　说是需要一头羊八只鸡。

　　我写诗，是因为我两次落入水中，但都大难不死。

　　我写诗，是因为我学会了游泳。

　　我写诗，是因为我知道，我的父亲属于诺苏部落，我的母亲

属于曲涅部落。他们都非常神秘。

我写诗，是因为我无法解释自己。

我写诗，是因为我想分清什么是善，什么又是恶。

我崇拜卡夫卡和陀思妥耶夫斯基。

（徐伟珠　译）

杰罗米·泰派特，捷克著名诗人、散文家、随笔作家、艺术馆长、编辑、表演家。1973年出生在捷克共和国新帕卡。毕业于布拉格查理大学，主修捷克语言文学和哲学。1994年，他的诗集《迷失地狱》获得奥腾奖。2000年至2010年，出任艺术馆长。现居布拉格。至今他已出版了多本诗集（包括《迷失地狱》（1994）、《失控》（2003）、《压榨》（2007），几本短篇散文集（《寺庙的门槛会动》（1991）和随笔。

Jidi Majia

◎ Slova v plamenech

Jidi Majia je básníkem píšícím čínsky, kulturně však vychází z osobitého světa, který se také díky geografické izolaci sinizaci po staletí úspěšně bránil. Jidi Majia je Nuosu, příslušník etnika, jejichž totemovým zvířetem je orel, etnika obývajícího rozsáhlé převážně horské území tzv. Chladných hor na jihozápadě Číny, oblast, jež sousedí na severovýchodě s chanskou Říší středu a na jihozápadě s Tibetem. Nuosuové mají dodnes vlastní jazyk a písmo, jsou hrdí na své mýty, víru i hrdinskou minulost nezávislých kmenů. Nositeli kultury jsou takzvaní bimové, vzdělaní šamani, znalci starého jazyka a klasických spisů, rádci ve všech důležitých záležitostech a hlavně v otázkách života a smrti.

V tvorbě básníka Jidi Majia se překvapivě propojují dva různé časy: je to autor moderní poezie, ve které nezřídka vede vnitřní rozhovor s předními světovými básníky, ale jeho ústředním tématem je prastará, civilizaci odolávající a v jádru ještě šamanistická kultura horského národa Nuosuů, ze které pochází.

Svět tichých hlubokých údolí, svět lovců, leopardů, krásných horalek s barevnými širokými sukněmi a žlutými slunečníky, svět pohanky, ohně, slunce a šamanských rituálů, tento svět je v básních Jidi Majia velmi živý, i když zastřený mlhou. V realitě posledních let tradiční nuosuský svět postupně mizí v nenávratnu: ideologické revoluce zničily tradiční kastovní společenský systém správy a moci, od osmdesátých pak přináší změny pekingské investice do školství, infrastruktury i místní ekonomiky.

Jidi Majia však není jen bardem svého lidu, přestože právě proto je mezi "svými" ceněn, jeho zhudebněné básně je slyšet všude, zvlášť v podání mladých popových skupin,např. hudební skupiny Skalní orli.

Jidi Majia je uznáván také literární kritikou jako osobitý básník v kontextu současné čínsky psané poesie, horizont jeho obzoru nekončí na hranici rodného kraje ani na hranici Číny. Jidi Majia cítí spřízněnost s kulturami amerických Indiánů i s osobnostmi evropské či americké literatury, se kterými rozmlouvá a k nimž se také vztahuje.

Ať již píše Jidi Majia o domově nebo o světě za oceánem, jeho jednoduché verše podivnou silou čtenáře uhranou, okouzlí, vtáhnou. Jidi Majiav jedne básni říká, že svá slova hází na oheň, aby nevyhasl. Autoři projektu doufají, že překlad výboru básníkovy tvorby přiživí a zahřeje i českou překladovou literaturu, neboť nabídne pohled do světa kulturně velmi vzdáleného, emocionálně však blízkého, který by nebýt poezie zůstal skryt v nitru Chladných hor.

Jeden hlas
Jidi Majia o vlastní tvorbě

Píši básně, protože sám nejsem nic než náhoda.
Píši básně, protože můj otec byl Nuosu, i má matka byla Nuosu.
Oba jsou potomci božského Zhyge Alu.
Píši básně, protože můj děda byl švihák, jakému široko daleko
nebylo rovno, zato babička byla tak trochu ošklivka.
Píši básně, protože jsem vyrůstal v místě zvaném Juojjo. Žili
tam Nuosuové a taky Hanové. Připadali mi blízcí a nesmírně
vzdálení zároveň.

Píši básně, protože jsem měl hanskou chůvu, která mi často

vyprávěla, že tam, odkud pochází, se někteří umí proměnit v bílé

tygry a za soumraku klepou lidem na vrata, a já tomu věřil.

Píši básně, protože mívám roztodivné představy.

Píši básně, protože rad vypravím.

Píši básně, protože mi strýc přišel do města říct, že doma budou

vyprovázet duši zemřelého a potřebují jednu ovci a osm slepic.

Píši básně, protože jsem se dvakrát topil a neutopil.

Píši básně, protože jsem se naučil plavat.

Píši básně, protože můj otec byl z kmene Gguho a matka

z kmene Qoni, oba kmeny jsou opředeny mnohými tajemstvími.

Píši básně, protože sám sobě nemůžu přijít na kloub.

Píši básně, protože chci rozeznávat dobro od zla.

A že miluji Kafku a Dostojevského.

（捷克语）

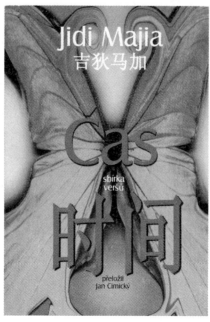

417

当一颗彗星经过的时候……

[罗马尼亚] 欧金·乌里卡鲁

　　当你读到这部书的时候，你会感到自己是一个幸运的人。并不是随便哪个人都有机会能够仔细观望并理解一颗绝无仅有的彗星放射光芒辉映诗歌的燃烧。这是与一位伟大诗人相遇的机会，他是我们的同时代人，属于包括鲁文·达里奥、巴勃罗·聂鲁达、沃尔特·惠特曼，或圣琼·佩斯、翁贝尔托·萨巴，或埃德蒙·雅贝等人的星座家族。这是诗人的家族，他们能够在诗歌之巅稀薄的空气中酣畅地呼吸，善于去微分提取心灵化学中的各种稀有元素。吉狄马加，这部感人至深的诗集作者，就其性格是一位低调的人，他愿意让诗句来讲话，而他的诗句是如此强劲有力，呈现出各种闪光、勇敢、惊人的意象，释放着一股令人信服的解放力量。他的诗歌境界穿越时间与地理，涉及世界的起源，关乎各种力量、情感和景象的宏大展开，正是它们让你相信人的世界是大自然界的一个微小组成，然而却是赋予其色彩和意义的部分。吉狄马加是那些凭借其才华的全部力量，相信诗歌具有改变世界的能量的诗人中的一位。而为了改变世界，你就必须去探究实质，溯其本源。这里的方式之一，或许最为可靠的，就是通过诗歌来探索世界。这并不是说要去做一种对世界的发现，有如古往今来那些无目标的旅行者，而是睁大双眼，调动各种感觉，去穿行生活本身的大师之路。我谈到的这位诗人不仅仅有其独一无二的生命体验，而且还同时成功地穿越了各种树木的世界、高山冰川的世界、雪豹的世界、高原植物的世界，穿越了加西亚·洛尔迦的世界、耶路撒冷和平鸽的世界、天才的图书馆员豪尔赫·路易斯·博尔赫斯的世界。这并非一种单纯的修辞。为了向你们证明事实如此，我要告诉你们，除了在黄河那本是蓝色的发源处附近，在世界的任何其他地方，都找不到一座建造于当今我们这个时代的恢宏的诗歌庙宇，这是一座在建筑群中拔起的真正的高堂圣殿，在那里，诗歌的声音被嘉宾诗人们以各自的文本对世界历史的讲述吟诵相伴，让成百上千的诗歌爱好者得以领略和聆听。这座诗歌庙宇就是诗人吉狄马加倡议并力促建造的。在浩瀚的青海湖附近，在西藏东北部的高原，有一座诗歌纪念墙，它位于花草的海洋，身披厚厚长毛的牦牛以悠缓而不停歇的动作穿行其中。那是镌刻着世界伟大诗人群像的高墙。就在墙的中间我发现了米哈伊·爱明内斯库的头像。对我来说，能够在靠近"世界屋脊"的地方看到罗马尼亚人民的诗人的清晰肖像，并且有从莎士比亚、歌德到茨维塔耶娃这些伟大神灵相伴，实在是一种强烈的震撼。在那里，青海湖畔，3000米以上的海拔，诗歌被那些从世界各地前来参加"金藏羚羊国际诗歌节"的诗人们所敬奉。这是吉狄马加对诗歌的另一虔诚之举。聆听来自五大洲的诗人朗诵世界的诗歌，是非同一般的事情。而作为一个与之呼应的活动，人们听到了交响乐团的演奏和声乐艺术家演唱的意大利歌剧。令人难以置信，无法想象，然而却发生着！

你可以在这部诗集中读到一首献给雪豹的长诗。雪豹是一种珍稀、神奇的动物，它象征着高贵、孤独和纯净冷峻的高度魅力。这是一首壮美且富于启示的诗作，是一首抒写心灵的富有和敏感，触及人类生存之绝境的作品。经阿德里安·鲁贝亚务和康斯坦丁·鲁贝亚务两位著名汉学家、也是诸多中文著作的译者的精准翻译，完美地将一种语言多样而奇妙、意象艺术而高雅的情感进行了转换。通过这首长诗，吉狄马加为中国诗歌通向现代之路树立了一个新的里程碑。

这里也向罗马尼亚读者提供了一种途径，以理解中国当代文学和当今诗歌的多样性，它是几千年古代抒情诗歌经验与世界诗歌的现代实验相交互融的结果。在吉狄马加的另一部有关世界现代诗歌的随笔集中，他以敏锐的洞察力和对20世纪世界诗歌现象的深刻理解，勾勒出一幅诗坛名家的全景图。这是一部具有很大贡献的著作，对于了解现代诗歌重要流派的兴起与衰退有指导意义。我之所以提及，旨在强调现代性不仅仅表现于形式，而也恰恰体现在这位当今伟大的中国诗人的诗作本质。吉狄马加是中国诗歌创作与现代性重大现象同步共时的一支矛尖，同时还完好地保留着一种具有几千年历史的文学的遗风。这是一项令人惊叹的了不起的成就，一件惠赠罗马尼亚读者的无价厚礼。

一颗彗星的经过，预示着一种伟大的内在激情。

（丁超　译）

欧金·乌里卡鲁，罗马尼亚作家。1990年起先后任罗马尼亚作家协会《金星》杂志副主编，罗马尼亚驻希腊使馆文化专员，作家联合会书记、副主席、主席。外交部国务秘书等。出版了16部原创文学书籍，作品曾在圣塔伦（葡萄牙）和圣马力诺获奖。并获罗马尼亚科学院奖、作家协会奖，现为罗马尼亚著作权协会主席。

Când trece o cometă...

©Eugen Uricaru

Când veți citi această carte o să vă considerați un om norocos. Nu oricine are șansa să privească de aproape și să înțeleagă combustia unei comete unice, care iradiază lumină și poezie. Este prilejul întâlnirii cu un mare poet, contemporanul nostru din familia stelară care îi cuprinde pe un Ruben Dario, Pablo Neruda, Walt Whitman ori Saint John Perse, Umberto Saba sau Edmond Jabes. E familia poeților care respiră amplu în atmosfera rarefiată a piscurilor Poeziei, știind să decanteze infinitezimal elementele rare ale chimiei sufletului. Jidi Majia, autorul acestei impresionante cărți de poezie, este, de felul său, o persoană discretă, lasă versurile să vorbească, iar versurile sale sunt puternice, cu imagini fulgurante, îndrăznețe, surprinzătoare, degajând o forță eliberatoare convingătoare. Universul său poetic este acela al unui timp și al unei geografii ce ține de începuturile lumii, mari desfășurări de forțe, de emoții și imagini care te conving că lumea omului este o parte infimă din Marea Lume, dar o parte care îi dă acesteia culoare și sens. Jidi Majia este unul dintre acei poeți care cred cu toată puterea talentului lor că Poezia are capacitatea de a schimba lumea. Iar pentru a o schimba, trebuie să mergi la esențe, la origini. Una dintre căi, poate cea mai sigură, este explorarea lumii prin Poezie. Nu este vorba de o descoperire a lumii, așa cum au făcut-o călătorii fără țintă, dintotdeauna, ci este o parcurgere cu ochii larg deschiși, cu simțurile în alertă, a căii maestre a vieții însăși. Poetul despre care vorbesc nu-și trăiește doar unica sa existență, ci reuşeşte să parcurgă simultan trecerea prin lume a arborilor, a gheţarilor alpini, a panterei zăpezilor, a ierbii din platourile înalte, trecerea prin lume a lui Garcia Lorca, a porumbelului din Jerusalem, a bibliotecarului genial Jorge Luis Borges. Nu este o simplă figură de stil. Pentru a vă dovedi că lucrurile stau aşa, vă voi spune că nicăieri în lume nu mai există un minunat templu al poeziei, construit în apropiata noastră contemporaneitate, un templu adevărat într-un complex arhitectonic ce permite sutelor de iubitori ai Poeziei să vadă şi să asculte vocea Poeziei, îngânată de vocea poeţilor invitaţi să rostească propria versiune a istoriei lumii, nicăieri nu mai există decât în apropiere de izvorul Fluviului Galben care, acolo, e încă albastru. Acest Templu al Poeziei a fost ridicat din iniţiativa, cu strădania poetului Jidi Majia. Lângă uluitorul Lac Qinghai, din platoul nord-estic al Tibetului există un zid. Un zid în marea de ierburi prin care navighează iacii lânoşi cu mişcări încete, dar de neoprit. Este un zid pe care se află efigiile marilor poeţi ai lumii. Chiar în mijlocul său am descoperit imaginea lui Mihai Eminescu. Pentru mine, a fost un moment de mare şi intensă emoţie să văd chipul inconfundabil al Poetului românilor acolo, pe o margine a Acoperişului Lumii, în compania marilor spirite de la Shakespeare şi Goethe la Tzvetaeva. Acolo, pe malul Lacului Qinghai, la peste 3000 de metri altitudine, Poezia este celebrată de poeţii lumii, participanţi la Festivalul Mondial de Poezie, Antilopa tibetană de aur. Este o altă înfăptuire a devoţiunii faţă de Poezie a lui Jidi Majia. Nu este un lucru obişnuit să asculţi poezia lumii recitată de poeţii veniţi de pe toate continentele . Iar ca un corolar s-au auzit acordurile Orchestrei Simfonice şi vocile artiştilor lirici interpretând operă italiană. Era incredibil, inimaginabil şi, totuşi, se întâmpla!

Veţi găsi în acest volum un poem de ample dimensiuni dedicat panterei de zăpadă, un animal rarisim, misterios, un simbol al nobleţei, singurătăţii şi al fascinaţiei înălţimilor pure şi reci. Este un poem magnific, revelator, al bogăţiei sufleteşti, al sensibilităţii şi al impasului condiţiei umane. Excelenta traducere aparţinând domnilor Adrian Daniel Lupeanu şi

Constantin Lupeanu, ambii reputaţi sinologi şi autori a numeroase tălmăciri din limba chineză, reuşeşte pe deplin transpunerea unei emoţii artistice înalte, cu o diversitate lingvistică uimitoare. Prin acest amplu poem, Jidi Majia aşază o nouă piatră miliară a drumului spre modernitate a liricii chineze.

Cititorului român i se oferă o cale de înţelegere a complexităţii literaturii contemporane chineze, a poeziei de astăzi, care este o rezultantă a experienţei poetice milenare a liricii clasice cu experimentele moderne ale poeziei universale. Într-o altă carte a sa, o carte de eseuri privind lirica universală modernă, Jidi Majia alcătuieşte o panoramă a marilor poeţi cu un acut spirit de observaţie şi o profundă înţelegere a fenomenului poetic universal din secolul al XX-lea. Este o carte cu un mare merit de îndrumător în fluxul şi refluxul marilor curente ale poeziei moderne, Am menţionat acest fapt pentru a sublinia modernitatea nu doar în formă, ci chiar în substanţa poeziei acestui mare poet chinez din zilele noastre.

Jidi Majia este un vârf de lance al sincronizării creaţiei poetice chineze la marile fenomene ale modernităţii păstrând, totodată, nealterată moştenirea unei literaturi care îşi numără istoria în milenii. Este o mare surpriză, o mare realizare şi un inestimabil dar făcut cititorului român.

Este trecerea unei comete care prevesteşte o mare emoţie interioară.

Eugen Uricaru

(罗马尼亚语)

青海对话①

——吉狄马加与西蒙·欧迪斯

[中国] 吉狄马加　　[美国] 西蒙·欧迪斯

2012年8月，吉狄马加与西蒙·欧迪斯共同出席"青海国际土著民族诗人帐篷圆桌会议"。吉狄马加，彝族，中国当代著名少数民族代表性诗人，同时也是一位具有广泛影响的国际性诗人。已在国内外出版诗集近二十种，多次荣获中国国家文学奖和国际文学组织机构的奖励，其作品被翻译成英文、法文、西班牙文等多国文字。2007年创办青海湖国际诗歌节，担任该国际诗歌节组委会主席和"金藏羚羊"国际诗歌奖评委会主席。西蒙·欧迪斯，来自美国西南地区普厄布洛的阿科马部落，是当今最受人尊重以及最被广泛阅读的美国原住民诗人、作家之一。太多的共同点让吉狄马加和西蒙·欧迪斯一见如故。于是，两位诗人便自然而然地有了以下的对话。对话全程由美国康涅迪克州大学麦芒教授、清华大学外文系余石屹教授提供翻译，《青海日报》社的马钧先生和青海师范大学黄少政教授参与整理，在此一并致谢。

编　者

吉狄马加：西蒙·欧迪斯先生，您作为在美国印第安社会非常有影响的诗人和文化学者，您的到来让我们感到非常高兴。从对您的介绍里我们知

---

① 原载《世界文学》2013年第一期。

道，您是阿科马部落的成员，作为我自己，我的故乡在四川的大凉山，我们这个部族也是一个历史非常悠久的民族。那天跟您见面的时候我就说过，以前我们虽未见过面，但我们是精神上的兄弟。这次您从遥远的美国来，对我们来说也是弥足珍贵。我也想利用这个机会和您就有关土著民族的生存、保护、发展问题，包括我们的文化保护，我们对未来的看法交换一些意见。我希望我们在非常轻松、自由的环境下进行对话。您有什么问题可以随便问我，我也有一些想问您的问题，希望您不介意。

西蒙：我也很高兴出席此次国际土著诗人圆桌会议。一开始，我不知道会议地点就在青海，而青海是藏族聚居地。来到青海，意识到这次会议对藏族及其他土著民族的重要性。我觉得我们之间确实有许多共同点。最重要的一点，对于世界上的所有原住居民而言，诗歌首先是一种知识，一种有关世界的基本看法。在这样一个场合，大家交换这种知识，确实是很有意义的。

吉狄马加：我完全赞成西蒙·欧迪斯先生的看法，因为现在全世界都在一个全面的现代化过程中。而现代化对我们人类来说，到底起到多大的进步作用，以及实际上存在的很多问题，也让我们对它提出了质疑。在全球化过程中，我们越来越感觉到这些土著民族，尤其是很多少数族裔的民族，他们的文化延续，在某种意义上对于未来的人类社会，现在看起来更为重要，因为我们从大量的历史典籍和一些实证科学里可以看到，很多原住民的智慧、思想，实际上是人类最重要的文明源头。

西蒙：我同意您的看法。有关这些问题，我写过三本书。今天正好我的汉语译者余石屹先生也在场。我的基本观点都写在这三本书中。我希望三本书出版之后中国读者能够读到，同时，也能够被本地的藏族读者读到。在我们阿科马传说中，原初的知识对于种族生活和延续至关重要。而阿科马的传说知识就体现在我们的诗歌之中。对于阿科马人，诗歌不仅仅是诗歌，而是一种世界知识。诗歌同时还是阿科马人的精神生活中心。因为我们意识到诗歌对于文化的传递、延续至关重要。

吉狄马加：我完全与您有同感。因为我们彝族，可以说在中国各个民族里面是史诗最多的一个民族，创世史诗接近十部，而我们彝族人现在遗存下来的重要典籍，包括我们的一些哲学著作，基本上是用诗的形式来写。实际上它不仅仅是艺术的一种形式，更重要的，它确实是一种知识。另外它还是我们哲学和生活观念的很重要的精神表述方式。在此我想问西蒙·欧迪斯先生一个问题：美国从现象上看是一个移民国家，似乎更强调人在国家概念中的公民身份，而不太关注个人的民族身份，您如何看待这一问题？作为民族诗人，您是不是更强调个人的族群身份？

西蒙：您这个问题问得好。一谈到这个被人称作"美利坚合众国"的国度时，我更愿意强调我们是这块土地上的原住民。为什么？因为我们和土地的关系非常密切。根据我们部族的口头传说，太阳教诲我们的祖先，说"你们并不是这块土地的主人。你们仅只是一群使用者。所以你们有义务照管好地球"。太阳也没有说这片土地是我们的私产。太阳唯一告诫我们的就是土地是众生万物的家园，为我们提供衣食之利，赋予各种生命。因之，我们有责任照管好土地。

我要强调一句：我们土生土长，是这里的原初住民。我们并不是什么印第安人之类。这种称谓是外来的，不是内生的。印第安人，这个称谓对我们而言，听上去空洞，毫无意义。

这个称谓最初源于哥伦布，所谓的美洲大陆的"发现者"。其实，哥伦布初来乍到，见到美洲的原住民，最初称他们"神子"。后来，莫名其妙，"神子"变成了"印第安人"。就我们而言，我们从未以"印第安人"相称或自称。我们原住民都有自己的称呼。比如，居住在阿科马地区的人，就被称作阿科马人。

吉狄马加：其实，在中国有很多少数民族，他们都有自己的自称，比如说我们彝族称自己为"诺苏"，什么意思呢？就是黑色的民族的意思。在我们彝族的原始崇拜里面，崇拜火。很多中国西部的少数民族都有火的崇拜，彝族尤其为甚。这两天刚刚在我的故乡举行盛大的火把节。实际上就是对太阳的赞颂，对火的赞颂，因为人类的一切光明都来源于太阳。就像刚才西蒙·欧迪斯先生说的，太阳啊，土地啊，河流啊，这样一些土著民族生活里赖以生存的元素或者带着一些象征的东西，其实对我们来说都非常重要，它已经成为我们精神象征中、原始思维中集体无意识的一个部分。现在我们和土地的关系，和我们生活环境的关系，跟西蒙·欧迪斯先生刚才说到的对土地的理解，我感觉我们都有一种同感。从文字介绍中知道，您属于亚利桑那州的阿科马部落，您在文章中说，认同自己生活的土地就是认同自己的身份，是这样的吗？你们阿科马部落到今天还有多少人口？他们是集中居住，还是分散居住？

西蒙：阿科马人人数稀少，不过区区四千五百人。其中，近四千人居住在新墨西哥州，而非亚利桑那州。大部分阿科马人都居住在联邦政府划定的所谓保留地。其他少数阿科马人迁徙到外地，受教育，从事各种职业谋生。我本人就在亚利桑那州立大学执教，而我儿子则在美国东部地区工作生活。

实际上，阿科马人属于普厄布洛部族的一支。整个普厄布洛由二十支小部落组成。阿科马人和其他部落语言有亲缘关系，但也有很多不同点。全美人口现在接近3.5亿，全"印第安人"占了全美人口不到1.1%。所以，阿科马人在美国发出的声音微乎其微，分享到的权利同样可以忽略不计。这些权利多被联邦各级政府、各种商业组织垄断了。阿科马人原来的居住地幅员极为辽阔。现如今生活在极为狭小的保留地。

吉狄马加：您曾经说过，对于我们土著民族来说，我们必须确定对水以及其他自然资源的神圣权利，我想问的是现在在美国，如果政府和企业想在原住民的居住地开发资源，原住民是用何种方法和方式来维护自身的合法利益的？另外从国家的法律层面上有严格规定吗？

西蒙：您的问题问得很好。我回到前面谈到的一个关键论题。我们来到世上，对土地，对土地之上赖以为生的各种植物、动物都要尽到一份责任。而当今美国政府及各种商业组织要利用和开发原住民的土地资源。

他们这样做有一个理论前提：他们是把人和土地分开来看。就是说，土地归土地，人归人。土地和原住民没有什么关系。事实并非如此。当政府及各种商业组织闯入原住民的土地，大肆进行商业开发，他们其实侵犯了原住民的权利。我们认为我们的生命和土地休戚相关，可悲的是，我们的观点并不被美国宪法以及各种法律条文认可。美国立法的根本原则就是把人和土地分离开来。因此，当原住民的权利、资源遭到侵蚀时，我们无从获得法律援助。

面临这类纠纷，我们也做过一些努力，但收效甚微。比如，我们就曾来到联合国声索我们的权利。2007年联合国回应我们的诉求，发布了一个土著权利方面的宣言。然而，一旦具体落实到美国的法律层面，问题就很多。主要原因是，美国的法律是因所谓国家利益所设，而不是用来保护原住民的。其实，美国政府特别害怕原住民声索自己的权利。

吉狄马加：现在因为全世界资本的自由流动，这种跨国的大公司可以说到了全世界的任何一个角落。很多原住民，特别是土著居民，他们生活的地方，水啊，包括其他一些相关的资源，都在不断地被开发过程中。怎么能让这样一些土著居民有更大的空间来获得他们应有的利益，我想这不仅仅是一个生存权的问题，也是人权的很重要的范畴。目前，在全世界进行着超过任何时候的资源开发和经济发展，而原住民的权益如何保障，已经成为一个世界性的问题。

西蒙：委实如此。跨国公司在世界各地原住民居住地，从中东到非洲，从南美到太平洋诸岛，都极为活跃。他们所到之处，资源过度开发，环境遭到破坏，危害极大，威胁原住民的生存权利。

吉狄马加：土著民族和土地的关系，实际上有一个共同的传统，就是我们和土地的联系是我们生命的一个部分。在我们彝族人的古老传说里面，我们彝族人认为人类创世的时候，有血的动物有六种，无血的植物也有六种，在我们过去的传说里，人和六种动物是兄弟，和六种植物也是兄弟，这在我们彝族人的传说里称为"雪族十二子"。实际上，这种观念本身就说明我们人类与所有的动物、植物都是平等的。

西蒙：文学，尤其是诗歌，具有一种内在的潜质和能力，把人类、众生与大地联系在一起。诗歌作为一种精神方式，表现了人和土地根本的关联。诗歌非常重要。

诗歌不是一种纯描写符号，写在纸上的东西。从更深层意义上，诗歌表现了人和土地在本原意义上的联系。因此，我们写诗必须承担一种责任。必须在诗歌中表现这种人和土地的精神关联。欠缺了这种表现，人生就失缺意义，诗歌就会变得空洞无聊。

吉狄马加：我今年年初去了一趟南美的秘鲁，在此之前我也看了一些很重要的南美土著作家的作品，像阿格达斯的小说，塞萨尔·巴列霍的诗歌，

428

我总的有一个感觉，就是土著民族今天的生活，包括他们对未来发展的期盼，从某种意义上说，在他们身上都具有某种宿命的东西。我认为今后人类的发展，是不是要更多地关注一下土著民族的生存，解决一下他们生存的危机，帮助他们未来的发展，这不仅仅是人类社会发展的责任，还应该把它放在更高的道德高度来认识。

西蒙：你刚才谈到拉美文学中土著诗人们的写作中弥漫着一种宿命的情绪，这个观察是真实的。欧美白人对美洲大陆实行了五百年的殖民主义统治，带来了极为可怕的后果，几乎摧毁了原住民的心灵世界，扭曲了他们的思维方式。所以，美洲土著文学骨子里总有一种挥之不去的宿命论的阴影。很多人屈从白人的殖民主义，放弃了反抗，放弃了希望。我以为我们不能这么轻易坐以待毙。我写过一本书，其中一章就叫作"反抗"。当然，白种人肯定不愿意看到这样一种远景：即这片大陆终究应该掌握在对土地、众生更有责任心的人手中。

吉狄马加：您在写作时，更多的时候是用阿科马部落的方言进行思维，还是用日常的英文？您常常会陷入一种分裂的状态吗？

西蒙：我认为文化认同与写作应该是一致的。当我自称我是一个阿科马人时，我的意思是来自一个叫作阿科马的部落。这就是我的身份。对此，我毫不怀疑。这个身份赋予我一份坚实的自信，使我毫无愧色立身于天地之间。我们每个人动笔写作时，确实会纠结一些困惑。但这种困惑并不至于使人产生自卑感，以至分裂感。

16世纪上半叶，西班牙人弗朗西斯科来到我们的居住地，他冠之以普厄布洛这个名称。再比如，我叫西蒙·欧迪斯。欧迪斯是西班牙语，不是阿科马语言。如此一来，是不是会有人质疑我们的心理是有分裂之虞？还不至于。我只是把这些外来语称谓视为我们部族历史的一部分而已。其实，在阿科马语言中，我压根儿就不叫"欧迪斯"，我另有所称。

所以，此刻在你面前，接受你访谈的这位先生既是"欧迪斯"，又是一个另有所称的阿科马人。

吉狄马加：您这次来中国，到青藏高原参加这样一个非常有意义的活动。既然我们是一次对话，您有什么感兴趣的问题，想了解的问题，可以坦率地说出来。

西蒙：我有一个问题要问你，即身份认同。您本人是一个原住民诗人，您的身份与一般政治意义上的中国人有什么不同，您如何看待这两者之间的联系或是冲突？

在美国，对原住民来说，自主权自治权非常重要。虽然人们常说美国是个移民国家，但原住民的权利并没有得到保障。原住民维护自己的权利，只有一个途径：坚持自治自主的主张。比方涉及原住民地区土地和资源的使用、开发，原住民必须有话语权和主导权。这不仅仅在法律上是正义的，在精神层面上也有重要意义。因此，美国虽说是个以基督教为主的国家，但在很多情形下，这些基督教徒未必都会严格恪守教义行事。

吉狄马加：中国是一个多民族的国家，中国现在有56个民族，这56个民族都有比较悠久的历史，他们中的大部分都是原住民，都生活在中国这片土地上。当然也有一些外来的民族，但他们的数量不大。像我就生活在中国的西南部，我们这个民族是西南部最大的两个民族之一，这两个民族一个是藏族，一个是彝族，我们这个民族的文化、历史非常悠久，我刚才介绍过，我们这个民族在古代有近十部创世史诗，这在全世界也是少有的。另外，我们这个民族像印第安人一样，有自己的历法——太阳历，有自己古老的文字，我们使用文字的时间跟汉字一样悠久，有两三千年的历史，我为我们民族的文化感到骄傲。彝族人创造了灿烂的古代文化，有自己的历法，自己的文字，有自己的生活哲学，有完整的价值体系，这对彝族人来说，尤其是对我个人来说，意义非常重要。作为一个中国人，作为中国这片土地上的一个多民族成员之一，我们要明确一点：中国灿烂的文化是56个民族共同创造的，在这一点上，我历来坚持民族不分大小，每一种贡献都是不可忽视的。中国现在所形成的民族版图，有一个很大的特点，就是多元共存。多元共存这是中国一个很重要的社会学家、人类学家费孝通先生提出来的，他的提法反映了一种客观现状，中国今天的民族现状就是不同民族有自己的特点，自己的传统，代表着那个民族的历史，同时在中国这样一个多民族的家庭里，又形成了一种文化共同体。所以，我认为从更广泛的意义上，它是一种互相包容的关系。因为中国的传统文化、主流文化，历来强调的是包容而不是排斥。

实际上，维护原住民、土著民族的权益，重要的是在精神层面，因为一个民族它很重要的一点就是其精神存在。精神存在都没有了，这个民族也就失去了灵魂。所有的民族都有一个生存、发展的问题，对他们的资源怎么能更好地加以保护、利用这个生存与发展的问题，我想全世界任何一个政府包括相关的组织，都是要正视的。如果是在一种理性的状态下，尊重他们的文化传统，尊重他们的历史，尊重他们的现实存在，在今天要用一种道德的高度来要求它。对人类未来自身的发展来说，离开了原住民的伟大贡献，离开了他们的智慧、他们的生存哲学，包括他们对这个世界的贡献，前景是堪忧的。只有在多元文化并存的时代，更多地关注土著民族的生存状态，关注他们的生存与发展，这个世界才会变得更加美好。

西蒙：我非常同意您这一点。所有地球上的民族都同等重要。原住民的权利并不能凌驾于其他民族的权利之上。不过另一方面，我们原住民必须坚持我们的自主权，要不懈地声索自己的权利，否则，某些方面的势力可能会乘虚而入，从而危及人类的共同命运。当然，正如阿科马人的先祖反复告诫的，部落之间，人之间，永远应该学会守望相助，彼此之间以兄弟姊妹之谊相待。

马加先生今天发起组织如此重要的世界土著诗人会议，唤起了我们各土著民族之间的手足之情，我们每一位与会的土著诗人都应该携起手来，保护世界土著民族的共同权益。

吉狄马加：非常感谢西蒙·欧迪斯先生，让我们有了这次长达两小时的对话。我们涉及的问题，对人类未来命运的关注，意义深远。我相信，正如您刚才说的，我们生活在地球上，我们所有的人都应该相互帮助，只有这样，才能共建一个更加理想的社会，才能在沟通中共同去憧憬美好的未来，共同去奋斗。谢谢您！我还想说，青藏高原是结缘之地，现在我们已经成为朋友，希望将来有更多的机会，在您时间、身体条件允许的情况下再来青海。您是青藏高原的朋友，是我们伟大的兄弟。

（麦芒　余石屹　译）

西蒙·欧迪斯，1941年5月27日出生于新墨西哥州阿尔伯克基市，是当今健在的美国最著名的印第安诗人，被称为印第安文艺复兴运动中的旗手。70年代初开始发表诗歌和小说，成长为职业作家。在四十多年的创作生涯中，出版过数十部诗歌、小说、儿童文学作品，获得过许多奖励。其中，1981年，作为唯一一位原住民诗人，在白宫受到总统接见，1993年，获得原住民作家社团颁发的终身成就奖。

ᕔ

A Dialogue in Qinghai^①
——Jidi Majia and Simon Ortiz

◎Jidi Majia / Simon Ortiz

(Recorded in Xi'ning, August 13, 2012; Chinese translation by Mai Mang and Yu Shiyi; Chinese to English version by Yu Shiyi)

Editor's note: In August 2012, Jidi Majia and Simon Ortiz attended the Qinghai International Tent Roundtable Forum of Aboriginal Poets. Jidi Majia, of the Yi ethnic group, is a leading poet in contemporary China, with wide international influence. He has published up to twenty collections of poems at home and abroad, and has won numerous national and international awards. His poems are translated into English, French, Spanish, and many other languages. In 2007, he initiated the Qinghai Lake International Poetry Festival, and served as the chairperson of the organization committee and the committee on the Golden Tibetan Antelope International Poetry Prize. Simon Ortiz, of the Acoma Pueblo people in the southwest of the US, is the most respected and widely read American indigenous poet and writer. They share so much in common that they became friends the moment they met with each other. They naturally decided to have a dialogue on topics of their common concern. Professor

① *World Literature*, No. 1, 2013.

MaiMangfrom Connecticut College, US, and Professor Yu Shiyi from Tsinghua University interpreted for them throughout the dialogue. Mr. Ma Jun from Qinghai Daily and Professor Huang Shaozheng from Qinghai Normal University participated in recording and translating the dialogue. We express our thanks to them all.

Jidi Majia: Mr. Simon Ortiz, you are a leading poet and cultural scholar in the United States of America, and we are much delighted to have you here. From the introduction about you, we know that you are of the Acoma Pueblo people, and I am from Daliangshan, Sichuan, and the people I belong to also have a very long history. The other day when I first met with you I said, although we had never met before, we were brothers in soul. You have traveled a long distance from the US to participate in the conference, and we appreciate it very much. I want to take the opportunity to exchange our views on some issues of our common concern, such as the survival, protection and development of the indigenous people, including the conservation of our culture and the future. I hope that we'll carry out the dialogue in a lighthearted and open manner. Have you any questions, please ask me at any time you want, and I also have quite a few questions to ask you, so I hope you will not mind.

Simon: I am also very happy to be present at the Qinghai International Tent Roundtable Forum of Aboriginal Poets. At first I didn't know the Forum was held at Qinghai, a major habitation of the Tibetan people. Once I came here, I began to be aware of the importance of this conference to the Tibetans and other indigenous peoples. Indeed we share a lot in common, and the most important point is that, to all the indigenous peoples around the world, poetry first and foremost is a type of knowledge, a basic view of the world, and to exchange this knowledge in such a milieu is indeed full of meaning.

Jidi Majia: I completely agree to what you said, and it is true that the entire world has been thrown into the throes of overall modernization, but it remains a question as to how much positive function it carries to us humans, and as a matter of reality, it has caused a lot of problems in the past, and we have questioned its validity on this account. In the process of modernization, we have become increasingly conscious that the continuity of the culture of the indigenous people, many of whom are minorities, is quintessential to the future of human society. For we are told by piles of historical documents and some branches of social sciences that the wisdom and thought of many indigenous peoples are actually the most important origins of human civilization.

Simon: I agree with you. To discuss these issues, I have written three books. Today my Chinese translator Mr. Yu Shiyi is present. I have put down the core of all my views in the three books, which I hope will reach the Chinese readership, including Tibetans in this place, after the books are published in China. According to our Acoma legend, the first knowledge is essential to the life of the ethnic group and its continuity, and this knowledge of the Acoma people is embodied in our poetry. For the Acoma, poetry is more than poetry, and is a knowledge about the world. In the meantime, poetry is the center of the spiritual life of the Acoma, because we know how important poetry is to the transmission and continuation of our culture.

Jidi Majia: I have the same feeling. Our Yi people have produced more epics than any other ethnic groups in China, amounting to 10 epics on the creation of the world, and the key classics that are handed down to us including some philosophical works are all written in form of poetry. As a matter of fact, poetry is not only a form of art, and what's more important, it is also a type of knowledge. In addition, it is a very important way of expressing our philosophy and view of life. I have a question for you,

Mr. Simon Ortiz, one gets the impression that as a country of immigrants the US seems to put more emphasis on the citizenship of a person in its conception of the nation than on his ethnic identity, How do you look at the issue? As an ethnic poet, do you give more emphasis to the ethnic identity of a person?

Simon: This is a good question. Whenever what is called the United States of America is mentioned, I am more willing to say we are the indigenous people of this land. Why? Because we have a very close relationship with the land. According to the oral literature of our tribe, the sun instructed our ancestors, saying, "You are not the owners of the land, but merely a group of users. So you are obligated to take good care of the earth." The sun didn't say the land is our private property, and what it instructed us is the land is the home of the myriad things, and it provides us with food and clothes, and nurture all lives. So, we have the responsibility to take good care of the land.

I want to say again, we are born and grow up on this land, and we are the indigenous people of the land. We are not so-called Indians, and this label was forced upon us from outside, it is not our own name. Indians, this name sounds empty and meaningless to us.

This name originated with Columbus, the so-called discoverer of the American continent. As a matter of fact, when Columbus first arrived and saw the indigenous people of America, he called them sons of God, and later on, somehow, the sons of God became Indians. We have never called ourselves Indians, and we indigenous people have our own names, for instance, the people living in the Acoma region are called Aacqumeh-dzah.

Jidi Majia: As a matter of fact, there are many ethnic groups in China, and they all have their own names. For instance, we Yi people call ourselves Nuosu, which means black people. We worship fire, and many ethnic groups in Southwest China worship fire too, but we surpass them all in this worship. Currently the Fire Festival is going on in my hometown, it's an exaltation of the sun and the fire. It's true that all light is from the sun, and as Mr. Ortiz just said, the sun, the land, the river, these elements that the indigenous people rely on in their lives or are highly symbolic in their culture, are vital to us all, and they have become one part of the collective unconscious in our spiritual symbols and primordial mind. Now I feel we have a lot in common about our connection with the land and the environment, as well as on your understanding of the land. From your introduction I know you belong to the Acoma tribe in Arizona, and in your article you said, to identify with the land one lives on is to accept his identity, Is this what you meant? How large is the Acoma population today? Do they live in one place or scatter in different places?

Simon: The size is very small, amounting to about 4,500. Among them about 4,000 live in New Mexico, not in Arizona. The majority live on the so-called reservation designated by the Federal Government. A few Acoma people have migrated to other places to receive education or work in different professions to make a living. I myself am a professor at the State University of Arizona, while my son works and lives on the East Coast.

Actually, Acoma belongs to one branch of the Pueblo people. All the Pueblo people consist of twenty small tribes. The language Acoma use is related to those of the other tribes, but there are many differences. At present, the population of the US is close to 350,000,000, and the "Indian" population is less than 1.1%. So, Acoma's voice is hardly heard in the US, and the rights they enjoy add up to nothing. Most of the rights are monopolized by federal governments and business organizations. Acoma's habitation was originally very vast, but now they live on a very narrow and small reservation.

Jidi Majia: You once said, to us indigenous people, we must assert our holy rights to water and other natural resources. What I want to ask is that now in the US, if the government or a company wants to employ resources in the habitation of the indigenous people, how could the indigenous people defend their own lawful rights? Are there strict regulations at the legal level of the state?

Simon: This is a good question. Let's return to a critical topic I talked on a moment ago. We came to this world with a responsibility for the land and all the plants and animals that rely on the land for a living. But now the American government and all kinds of business organizations scramble to take the land resources that belong to the indigenous people for development.

They have a premise for what they are doing: they separated people from the land. This is to say, land is land, while people are people. There are no relations between land and the indigenous people. But the fact is not so. When the government and all kinds of business organizations break into the land of the indigenous people and engage themselves in business development with avarice, they have actually encroached upon the rights of the indigenous people. We think that our life and the land are interdependent, but unfortunately, this view of ours is not recognized by the US constitution and other laws. The fundamental principle of American legislation is to separate people from the land. Because of this, when the rights of the indigenous people are violated and their resources intruded upon, we have nowhere to seek legal assistance.

When this kind of dispute arises, we have tried to solve it, but to little avail. For instance, we once took it to the United Nations to petition for our rights. In response to our petition, the United Nations adopted a declaration on the rights of indigenous peoples in 2007 (The United Nations Declaration on the Rights of Indigenous Peoples). In spite of that, once it comes to American legislation, there remain many problems. The main reason is that the law of the US is written to protect American interests, not the indigenous peoples, and as a matter of fact, the American government is very afraid of indigenous peoples requesting for their rights.

Jidi Majia: Now this kind of transnational corporations, we may say, have reached every corner of the world, due to the free flow of global capital. For many indigenous peoples, especially those living on their land, their land and water and many other natural resources as well have been open to an unceasing process of exploitation. How could we let these indigenous peoples to have a wider space and gain the rights they are entitled to? I think this is not merely a question of survival, but also it belongs to a central category of human rights. Currently, exploitation of natural resources and economic expansion in the whole world have surpassed any time in history, and how to protect the rights of indigenous peoples has become a global issue.

Simon: Indeed it is so. The transnational corporations are very active in every habitation of indigenous peoples around the world, from Middle East to Africa, from South America to the Pacific islands. Wherever they go, they would excessively exploit resources, damage the environment, and jeopardize the rights of survival of the indigenous people.

Jidi Majia: Actually as for the close relationship between the indigenous people and the land there is a common tradition that our relationship with the land is part of our life. In the ancient legend of our Yi people, we think that in the beginning of human beings there were six blood animals and six bloodless plants, and we humans and the six animals are brothers and we are brothers with the six plants too. We call them twelve descendants of the Snow Race. As a matter of fact, this view itself tells us that we humans are equals with all the animals and plants.

Simon: Literature, especially poetry, possesses an intrinsic potential and potency to link humanity and all sentient beings with the land. Poetry, as a mode of spirituality, expresses the essential connection between humanity and the land. Poetry is of great importance.

Poetry is not a bunch of purely descriptive signs written on paper. On a deeper level, poetry expresses an initial connection between humanity and the land. Therefore, we write poetry to shoulder a responsibility. We have the obligation to express this spiritual connection between humanity and the land. Without this expression, life is meaningless, and poetry will become empty and dry.

Jidi Majia: Early this year I visited Peru in South America, and before the visit I had read some literary works by a number of very important indigenous writers in South America, such as novels by Jose Maria Arguedas, and poetry by Cesar Vallejo. I have an impression that the life of the indigenous people today, including their wishes for future development, to some extent, is destined. I think that when we think of the future of mankind, we need to pay more attention to the survival issue of the indigenous people, helping them solve dire survival problems, and providing assistance for their development in the future. This is not only the duty we should be aware of when we talk about the development of human society, but also we need to place the awareness on a higher moral ground.

Simon: You just mentioned that in the works of indigenous poets in Latin America is a pervading mood of destiny, and this observation is true. The white people from Europe practiced colonialism on American continent in the past five hundred years, which has led to a horrendous aftermath, almost having the mental world of the indigenous people completely destroyed, and their way of thinking distorted. So there is always a shadow of destiny deep in Latin American indigenous literature that can hardly be erased. Many people have submitted to the white colonialism, and have thus given up resistance, together with hope. I don't think we should be sitting here waiting for death so easily. I wrote a book, and one chapter of it is called Resistance. Of course, the white people are not willing to see this vision, that is, this continent should be in the hands of the people who are more responsible for the land and all sentient beings on it.

Jidi Majia: When you write, do you think more in the Acoma language or in everyday English? Did you often find yourself fall into a splitting state of mind?

Simon: I think that the cultural identity should be consistent with writing. When I call myself an Aacqumeh-dzah, I mean I am from a tribe called Acoma. This is my identity. About this I have little doubt. This identity has invested me with a solid self-confidence, and allowed me to stand upright in this world without any regret. When each of us begins to write, we feel somewhat confused. But this confusion will not result in a sense of inferiority, or even schizophrenia.

Jidi Majia: This time you come to China to participate in such a very important conference. Since we are having a dialogue, you can ask me any questions you are interested in and want to know.

Simon: I have one question to ask you, it's about identity. You yourself are an indigenous poet, and is there any difference between this identity and you as a Chinese in a general political sense? How do you look at the connection or conflict between the two identities?

In the US, for the indigenous people, self-determination and self-governance are a cardinal principle. Although people often say that the US is a country of immigrants, the rights of the indigenous people have not received good protection. There is only one way for the indigenous people to defend their own rights, that is, to insist on self-determination and self-governance. Take for example how to use the land and natural resources in the region of the indigenous people, the indigenous people must have a voice and make their own decision. This is not only legally right, but also spiritually significant. So although the US is dominantly a Christian country, in many cases the Christians will not necessarily act strictly according to the Bible.

Jidi Majia: China is a multi-ethnic country, and it has 56 ethnic groups and each of them has a long history. Most of them are indigenous, living on this part of the continent. There are of course some ethnic groups who migrated here, but the size of their population is not big. For instance, I came from the southwest part of China, and my ethnic group is one of the two most populous groups in Southwest China, and the other one is the Tibetan group. The Yi people have a long history and their culture is very old. As I just introduced, the Yi people created close to ten epics about the creation of the world in ancient times, and this is very rare in the whole world. The Yi people like the indigenous peoples in Americas have their own calendar, the so-called solar calendar, and have their ancient script. We started to use characters as long ago as the Han people, about two or three thousand years ago. I am proud of the culture of my people. The Yi people created a glorious ancient culture, they have their own calendar, writing, philosophy of life and a complete system of values. All these are quintessential to the Yi people, and particularly, to me. As a Chinese, and a member of an ethnic group living on the Chinese land, we must be clear that the glorious culture of China was created by all the fifty-six ethnic groups, and I insist as always that no contribution should be belittled no matter how big or small the ethnic group is. The ethnic atlas China now has is co-existence of all the ethnic groups, and this is its salient characteristic. Co-existence of a multi-ethnic people is a theory put forth by Mr. Fei Xiaotong, a prominent Chinese sociologist and anthropologist. His theory is an objective reflection of the reality in China. The ethnic reality of China today is that different ethnic groups have their own characteristics, their own traditions and histories, and in the meantime, as a huge family of many ethnic groups China has formed a cultural community. So I think that in a broader sense, this is a matter of inclusion and tolerance. For traditional Chinese culture and mainstream culture of China has always emphasized tolerance instead of exclusion.

As a matter of reality, the more important aspect of protecting the rights and interests of the indigenous people is on the spiritual level, because what is essential for an ethnic group is its spiritual substance. When this does not exist, the ethnic group would lose its soul. Every ethnic group is now facing the issue of survival and development, and I don't think any government in the world including the related governmental organizations would skip the issue. It is a reasonable choice and moral requirement to respect their cultural traditions, their histories and the reality of their existence. Without their great contribution, their wisdom, and their philosophy of life, the future of mankind would be a matter of serious concern. Only when we are willing to pay more attention to the living conditions of the indigenous people, to their survival and development, would the world become better.

Simon: I can't agree with you more. All the peoples on the earth are equally important. The rights of the indigenous people should not be placed above the rights of the rest. But on the other hand, we indigenous people must insist on our right to self-governance, and must not stop demanding for our rights, or otherwise, some other groups would sneak in and harm the common fate of mankind. Of course, as instructed repeatedly by the ancestors of Acoma, among the tribes and peoples, we should always learn to help each other and treat each other as brothers and sisters.

Mr. Majia initiated and organized such an important forum of poets across the world, and has aroused the brotherly affection among indigenous peoples. Every poet present at the forum should join hands to protect the common rights and interests of the indigenous people in the world.

Jidi Majia: Thank you Mr. Simon Ortiz for this dialogue of over two hours. The issues we have discussed, and the concerns we have expressed for the future of mankind are profound and meaningful. I believe, as you said, living on this earth all of us should help each other, and only by so doing, can we build a better society and envisage a more beautiful future and work together for that future. Thank you. I want to add, the Qinghai-Tibetan Plateau is where we met with each other, and now we have become friends. I wish you would have more opportunities to visit Qinghai in the future. You are friend of the Qinghai-Tibetan Plateau, and are our great brother.

（英语）

来自远山的民间唱诗

[土耳其] 阿陶尔·柏赫拉姆奥鲁

　　吉狄马加的诗歌如同从遥远的群山，从西藏，从希腊，从彝族人民所生活的高原吹来的一阵微风，轻拂过我的脸庞，回荡在我的发际。

　　这些诗歌让我感觉如同坠入一个遥远的梦乡，梦中的我漫步在泸沽湖畔。

　　沉睡在沙洛河畔的我被弹奏竖琴的老歌手的吟唱唤醒。

　　我再次迷失在了童年时光的山林之中。

　　向我讲述诺苏人与火的故事。

　　像母亲的手温柔且慈爱地抚摩我的额头。

　　当我亲吻古里拉达岩羊的眼睛之时，山岩映落在了一个族人的面容之上。

　　心上人遗失在通向我出生的村庄小路上的那枚缝衣针，仿佛深深刺入了我的心脏，多年之后我在威尼斯漫不经心地等待过她。

　　这曾是一种永不停息的思念。是一种存在于天空与大地之间，在绝望与希望之间，在生与死之间的思念；是一种对爱情，对自由，对宁静，对将我们的摇篮轻轻晃动的祖国，对秋天斑斓的色彩，对这个世界上所有河流的思念。

　　吉狄马加的诗歌让我了解了一个部落的生活节奏，从死亡到永生的宗教仪式，相互拥抱的公母山山峦，布托女郎，从一只母羊腹下吹过的夏风，四月里孕育生命的河流，一声獐哨，一只太阳鸟带来的书信，我们记忆中的那列小火车，被认为其死去也意味着一个部落死去的罗萨老奶奶……

445

从去年至今，我将其诗歌通过英语，偶尔也通过法语翻译成土耳其语。我不知道我是否成功地借助来自其诗歌的一些灵感和摘引，对这位诗歌巨匠进行了些许解读。

幅员辽阔的中国是全世界人口最多的国家。作为生活在中国的800万彝族人民之一的诗人，在全球诗歌海洋中达到了一个独特和杰出的位置。他通过其自身所处的人文和地理环境向全世界呼喊，向我们证明着诗歌将怎样拥抱人，生活，树木，鸟，土地，过去，现在，将来以及与我们生存有关的一切。

其重要性和独特性在创造出了一个与自己族人和生活相关的巨大诗歌世界的同时，这一诗歌世界的界限给全世界以及其他所有民族的生活也开创了一个极其广阔的开放领域。

像"诺苏人谈火"一样，诗人吉狄马加拥有一颗慷慨且充满热爱的心；因对自然，对世界，对人生所触发的各种担忧而备受煎熬。通过其诗歌，对这个不公正的、残酷无情的世界发出了和平，公正，自由，优雅，怜悯和关爱的呼喊。

吉狄马加诗歌的英文翻译是由我们在"青海湖国际诗歌节"上相识的中国语言文学专家德尼斯-马易尔完成的。"青海湖国际诗歌节"是由诗人吉狄马加发起和推动的。

我在德尼斯-马易尔可信度极高的译作的指引下，间或也根据我的加拿大朋友——身为诗人和翻译家的弗朗乔伊斯-罗伊完成的而且同样具备极高可信度的法文译作，将吉狄马加的诗歌翻译成了土耳其语。我相信这位伟大、独特的诗人的诗歌通过土耳其语也将会得到相当好的诠释。

我毫不怀疑，我们国家的诗歌爱好者们也期待着一场诗歌的盛会。

（陈艺磊　译）

阿陶尔·柏赫拉姆奥鲁，土耳其当代杰出诗人和翻译家，土耳其作家协会创始人、荣誉主席。1970年毕业于安卡拉大学俄罗斯语言与文学专业。同年出版了他的第二本诗集《绝对一天》，该诗集是象征主义和超现实主义诗歌传统的综合体。1980年土耳其发生政变，他流亡到法国巴黎，在巴黎大学东方语言和文化学院的比较诗学研究中心工作。1989年，阿陶尔被判无罪，回到土耳其，继续从事文学创作和文学翻译工作。

UZAK DAĞLARIN OZANI

© Atolb Behramgolu

Jidi Majia'nın şiirleri çok uzaktaki dağlardan, Tibet'ten, Yunnan'dan, Yi halkının yaşadığı yaylalardan esip gelen bir rüzgâr gibi dolaştı yüzümde, saçlarımda...

Bu şiirler bana, bir uzak düşteymişim gibi, Lugu Göl'ünün kıyılarını adımlattı.

Shalo Irmağı kıyısında derin bir uykuya dalıp yaşlı arp ustasının ezgileriyle uyandım.

Bir kez daha kayboldum çocukluğumun ormanlarında.

Bir Nuosu (Yi halkından biri) ateşi anlattı bana.

Bir anne eli, sevecen, güzel, okşadı alnımı.

Kayalar bir halkın çehresine dönüştü, öperken ben Gunyila'da dağ keçilerinin gözlerinden.

Doğduğum köye giden küçük yolda yitirdiği dikiş iğnesinin kalbime battığını duyumsadığım sevgiliyi nice zaman sonra Venedik'te bekledim umarsızca.

Gökle yer arasında, ümitsizlikle ümit arasında, ölümle yaşam arasında, dinmeyen bir özlemdi bu aşka, özgürlüğe, dinginliğe, bizi beşiğinde hafifçe sallayan ülkeye, güz renklerine, bu dünyanın bütün nehirlerine...

Jidi Majia'nın şiirleri bir halkın yaşam ritmiyle tanıştırdı beni, ölümü ölümsüzlüğe dönüştüren ritüeliyle, kucaklaşan eril ve dişil dağ dizileriyle,

Butuo'lu hizmetçi kızla, bir dişi koyunun karnının altından geçen yaz meltemiyle, Nisan'da gebe kalan bir ırmakla, bir geyik ıslığıyla, bir güneş kuşunun getirdiği mektupla, anılarımızdaki o küçük trenle, ölümü bir halkın da ölümü demek olan Rossa nineyle...

Geçen yıldan bugünlere şiirlerini İngilizce ve zaman zaman da Fransızca üzerinden dilimize çevirmeye çalıştığım büyük bir şairi, onun şiirlerinden esintiler ve alıntılarla bir nebze de olsa anlatmayı başarabildim mi, bilmem...

Dünyanın en çok sayıda insanını barındıran uçsuz bucaksız Çin coğrafyasındaki sekiz milyonluk Yi halkının içinden çıkarak şiirin evrensel okyanusunda özgün ve seçkin bir konuma ulaşan bu şair, ait olduğu coğrafyadan ve kültürden dünyaya seslenirken, şiirin, insanı, yaşamı, ağacı, kuşu, toprağı, geçmişi, şimdiyi, geleceği, varoluşumuza ilişkin her şeyi nasıl kucaklayabileceğini kanıtlıyor...

Onun önemi ve benzersiz özgünlüğü, kendi halkına ve yaşama ilişkin bir büyük şiir dünyası yaratırken, bu şiir dünyasının ufuklarının evrensele, başka halkların yaşamlarına da olanca genişliğiyle açık oluşundadır.

"Bir Nuosu'nun anlattığı ateş" gibi kalbi cömert, sımsıcak sevgilerle dolup taşan; doğa, dünya, bütün bir yaşam için duyduğu kaygılarla yanıp tutuşan Jidi Majia'nın şiirleri, adaletsiz ve acımasız bir dünyaya, barış, adalet, özgürlük, incelik, merhamet ve sevgi çağrısıdır...

Şiirlerini İngilizceye, onun başlatıp sürdürdüğü Quinghai Gölü Uluslararası Şiir Festivali sırasında geçen yıl tanıştığımız, Çin dili ve edebiyatı uzmanı Denis Mair çevirmiş.

Denis Mair çevirilerinin güvenilir yol göstericiliğinde, zaman zaman Kanadalı sevgili arkadaşım, şair ve çevirmen Françoise Roy'un yine aynı güvenilirlikteki Fransızca çevirilerinden de yararlanarak dilimize çevirdiğim Jidi Majia şiirlerinin, bu büyük ve özgün şairi, Türkçede de önemli ölçüde temsil edeceğine inanıyorum…

Ülkemiz şiir severlerini bir şiir şöleninin beklediğinden kuşkum yok…

Ataol Behramoğlu İstanbul, Şubat 2015

（土耳其语）

给注视的目光插上想象的翅膀

吉狄马加的诗

［乌拉圭］爱德华多·爱思比纳

"诗是如此的普遍，但很少有人能找到它。"美国诗人爱丽丝·诺特里曾这样睿智地说过。出版商说，人们很少阅读诗歌，但几乎每个人都认识几个写诗的诗人。在《一个彝人的梦想》中，吉狄马加通过真诚和智慧来分析当下中国的文化现实，他说道："因为现在，关注诗的人，严格意义上不是很多。大家知道，目前整个诗歌创作的情况还是不错的。……真正关注诗或者阅读诗的人不是太多。"也许正如吉狄马加所说，读诗是一种"少数人的主要活动"，但写诗却绝非如此。诗人无处不在，数不胜数。关于"诗歌"这个词，在买书的时候读者也许并没有很好地思索过，但诗歌在日常用语中，无处不在。

人们在描述某样东西非常好时，经常说："它就像诗一样。"当女人或男人受到恭维时，经常回答："你的话很有诗意。"浪漫主义诗人古斯塔沃·阿道夫·巴凯尔，在这方面走得更远。面对无法言喻的诗歌和美丽的爱人，这位西班牙诗人说道："诗就是你。"在现代社会，一切都可以是诗：男人，女人，或任何物品。做工精致、充满未来感设计的汽车，是"诗"；漂亮的房子，是"诗"；挑战建筑史记录的摩天大楼，如弗兰克·盖里设计的建筑，是"诗"；足球比赛里一个伟大的进球，也是"诗"，等等，等等。我们生活在被诗歌和诗意包围的世界。然而，在一首诗中并不是总有诗意的元素。相反，诗歌中常常缺乏诗意。因此，我们可以改写诗人诺特里的那句名言："诗是如此的普遍，但很少人可以让它出现在一首诗歌里。"

吉狄马加是一位抒情诗人。在每首诗的开篇语里，他都写道：诗歌是诗和诗意的故乡。在我们现在所处的时代里，诗人们写诗，但不会唱诗。吉狄马加会唱诗，在他看来，诗歌似乎就是为了吟唱而生的：那是动情时思想的声音。关于诗的音韵效果，华莱士·史蒂文斯说道："诗人必须以某种方式知道哪种音韵是准确的音韵。这完全是出于本能，根本无须加以思索。"俗话说："目光所及，子弹所至。"吉狄马加就做到了这一点，诗句所及，音韵所至。我们可以把吉狄马加归纳在20世纪30年代之后伟大的现代诗歌流派里。这个流派的早期代表人物有斯蒂文斯和雷内·夏尔，随后是艾利奥特和蒙塔乐；诗的核心在于听觉，构成"诗意"的先决条件是叙述的方式和声音的"观点"。诗就是音乐，要通过吟唱才能被人们感知和理解。

吉狄马加的诗是燃烧的语言，是现代抒情方式和改良后的传统抒情方式的结合，打破了对于诗歌刻板的预设条件。它淡化了细节，挑战诗歌领域的既定规则，挑战比喻和叙述的方式，挑战将文字放在韵律的框架中加以重复的语言游戏。所有在诗歌中出现的元素，都是为了能被听见。历史是有声的，而人类是历史的听众。

杜甫在一首诗中说道："诗和文字坚持着静默和孤独。"吉狄马加的诗在孤独中提炼出静默，通过静默改变诗的主题和节奏，改变传统意义上的中国诗歌。中国诗歌主题明确，通常以大自然作为描述对象。吉狄马加的很多诗歌尽管也把大自然作为描述对象，但是他笔下的大自然是从句法过渡到语义的向导。大自然一旦被书写，就被赋予了意象。但书写和口头表达的意象之间，显然存在着矛盾，而正是这一矛盾，将吉狄马加的诗变成了一个转换词语和句子的空间。诗歌通过它的叙述方式创建着诗歌的现实，创建着那只有通过吟诵才存在的现实：

是火焰照亮了所有的生命
同样是火焰
让我们看见了死去的亲人

吉狄马加的诗有一个重要特点，他善于从古老的传统中获取新的写作方式，这一特点贯串于他的所有诗歌中。读者通过深情的想象，感受到与作者紧密相连。这种想象抽离了紧张的情绪，在诗歌的一开始就得以确认：在吉狄马加的诗歌里，读者可以和作者对话，达到共鸣。在1970年4月6日致伊拉娜·苏梅里的信中，保罗·策兰写道："当我阅读自己的诗时，我感受到存在和永生的可能。"吉狄马加的诗歌是语言展现出存在感的最新例证，他的诗歌语言是独一无二的，因为无法通过其他的叙述方式表达出来。通过这种方式，诗歌实现了它最主要也是最基本的使命：通过语言及其只可意会不可言传的效果，创造、体现出不对称、重复和犹豫，同时也创造出一个叙述的声音，让诗歌可以被倾听。

通过使用警示性的语言，吉狄马加的诗歌传达出了对于"注视"的思考。诗意（通过萨满的声音），以突然的方式闯入了诗歌的舞台。最开始试图符合常规，随后又突破常规。在不停的变换中，"注视"变成了"表演"，仿佛能在明亮的镜子中看到自己，看到自己努力得到关注的渴望。通过独有的口语风格，"注视"观察着句法的演变，随后曲折前行。它的观察具有持续性，因为无须表达完整的意象或传达既定的意思，一切都是出于随性。眼睛在现实中有一种富有成效的干预效果："我的眼睛里面流出了河流。"

"注视"是一种综合性的行为。"注视"产生知识和语言，"看见"产生意象和现实："人性的眼睛闪着黄金的光"；"这绝不是虚幻的家园/因为我们看见"。但是，不同于其他浅显易懂、色彩缤纷的诗歌，吉狄马加的诗歌不是平铺直叙地表达某些情绪，"注视"需要通过想象才能到达。这是因为直白的情绪总是老生常谈，其实并不清楚到底想要表达什么，也不知如何表达。相反，在吉狄马加的诗歌中，"注视"装点着情绪的表达方式，传达出细腻的情感，并不断地重复：看到，并点亮盲区。"注视"就是诉说，就是为了让语言能被看见："望着太阳，大声说话"。如果"注视"拥有自我意识，那么它将会是发问者，因"注视"产生了对于诗歌的不同理解。

吉狄马加的诗歌反对单调和可预见性，通过主动"注视"的方式，让语言脱离它的舒适区，迫使读者逐字逐句、逐个音节地阅读诗歌。这原本也是读诗的正确方式，尤其是阅读吉狄马加笔下的韵律诗。它着眼于营造效果、惊喜和共鸣，不断地跳出常规，努力不走寻常路。由于不断地变化（正如生活本身一样），"注视"也给每首诗带来了盘根错节的不同方向，它影响着语言，转化为自我活动的背景，成为文本的状态，强调成长着的新颖性。诗是错综复杂的。这是常识，更是一种证实：

> 我想写，当我重返大地的子宫，
>
> 我看见我的诗，如同黄金和白银的饰带

"注视"的行为总是犹抱琵琶半遮面，为了更好地阐释它，吉狄马加的诗歌考虑到了时间的层次感，用以保持新意：他没有解释如何保持，为什么要保持，也没有放弃诗歌的个人主义特质，但是每一首诗歌都彼此相通，这种无法打破的团结，通过音韵变得更加一致。我们把吉狄马加诗歌的这个特点称为："追随诱惑"。读者追随着"注视"的目光，看到了诗歌想要表达的意象。就像在一条汹涌的河流里，读者在诗句中顺流而下，跟随着句法率性游走，最终到达诗歌的高潮。结果也是无可比拟的：诗来自于诗意，换句话说，诗意铸就了诗歌，在诗歌的身上留下了和自己相似的印记，给予了诗歌其身份特质。通过将诗意变为现实的过程，我们在诗歌中感受到了美妙的场景、静默和各种情感状态。

为获得一个结果，吉狄马加的诗歌中常常出现对几个不同细节的记载，因此，他的诗歌也存在着困惑。这困惑是有原因的。写诗，作为情感的表达，总是行进在一个主方向的道路上（诗人很清楚想要表达什么以及如何表达），从开始到每一个分支，需要满足所有的情感表达。在这个过程中，诗人把预先设定好的线索和实际的思绪结合起来，捕捉诗歌各部分的特殊性和现实性（将两者完美结合），在不同的方向上扩展语言。

诗歌的各个部分之间存在着内在的联系，它们总是符合诗歌的特性，并且与"注视"变化着的视野相关联，而现实的偏好则被消除。作为一个片段化的"采访"，"注视"的行为是复杂的。在某些特定的情况下，每首诗都是过去和将来互相交融的空间。在这个独特的空间里，语言最大限度地减少了它的现实损失，以此来调整影射和逃避。那么诗歌到底在"注视"什么呢？到底是什么？这个问题，同时也是问题的答案本身：它是文本的托词，通过"注视"和期待"注视"的欲望，利用类比和句法描述瞬时性。就像罗伯特·奥特曼电影中，所有的角色都在同一时间说话，叠加动机，分散吸引力，暗示生活发生在现实和内心世界的每一个细节里：

> 针叶松的天空，将恐惧
> 投向视网膜的深处

随着活动的深入，"注视"变得去程序化，承担起了自我的身份（通过沉默的方式显形，它是杰基尔博士，也是海德先生①），更多的叙说着自我身份特质，接纳差异。这种接纳并不总是即时的，因为差异一直存在。"注视"在叙说，在书写。它带来即时的消息，似乎知道关于其他人的一切。"注视"有着它自身的智慧，它反映和表达着思想的速度，也就是"注视"时思绪的速度。在不偏离的情况下，"注视"充满着假设和复杂的共鸣，甚至可以接受那些不被认为是诗歌的视觉感观，接受在其他地方不被认为是诗歌的东西。在这里，它们都是诗歌。诗歌不是你（因为如果这样的话，诗歌就太局限了）。已经发生的过往，是诗歌，是隐喻的面具，有着丰富的层次（就像俄罗斯套娃一样）。诗歌是独白，但不总是一一对应那些相应的情形，因为为了流传下去，诗歌描述的具体情形总是可以被替换。地图、拼贴画和诗歌，并不是没有意义，它们永远是崭新的，它们拒绝被完成。

为了强调活动的稳定性，诗人使用了和眼睛的行为相关的动词：观察、注视、欣赏、看、盯着（"我的眼睛被钉在"），使用的范围也很广："望着流血的山冈"；"我看见另一个我/穿过……"；"守望过天空"。"注视"，是诗意的发动机，它在触碰、摩擦、延展。它总在前行。这是一种与时俱进的方式。诗歌，将句法的特质和它想要传达的核心意象相结合，通过独特的方式表达出来。要做到这一点，语言也不再服从于常规表达，而被用来表现所有隐藏在将至未至背后的内容。写作，在"注视"消散前将灵感具

---

① 译者注：《化身博士》出自英国著名作家史蒂文森笔下的一本哥特风格的科幻小说，因书中人物杰基尔和海德（Jekyll and Hyde）善恶截然不同的性格让人印象深刻，后来"杰基尔和海德"一词成为心理学"双重人格"的代称。

象化，阐释不可能，将灵感表达到极致。这时，文字进入了共鸣的隧道，每个词语都找到了自己的非惯用语主导权，及其可替换的定位。

显然，无后果的模拟危机状态拓宽了比喻性语言那些不必要的限制，使得文字一旦摆脱了表义的责任，处于不可驯服的状态时，就成为一种独特的现实。在这样的厚度下，语言和"注视"达到了共鸣。这并非白费空想，这是诗歌的过渡，随性而漫无目的，所有的一切都发生在瞬时，而且没有解决的方案："诗歌，睁大着眼睛，站在广场的中心"；"那是我的目光——充满着幻想"。这个强调缺乏解决方案的计划并不会导致"注视"的暂停，反而使得"注视"成为可能。快速地表达动机，剥离精确的方向（因为"注视"本身也没有精确的方向），语言就仿佛在死胡同里加速，而在后视镜中，景观还在不停地向前移动。

偶然是继续"注视"的欲望，通过转移偶然性的亲和力，诗句与其不连续的隐喻不断形成对比，使得认知和期望不停地被推迟或被打断，一遍又一遍。直到读者感到策略和动机的分歧把诗歌放在了"剩下没什么好说的了"关键时刻，有一个低沉的声音说道：世界不是静止的，诗歌"是语言的失重"。

吉狄马加的诗歌，就像约翰·凯奇的音乐，充满着宁静的力量。在这里，沉默是预言的声音，在"注视"中预言着历史的进程。他的诗歌通常很短，在若隐若现中，代表一个宁静的时刻。此时，诗歌在不断重复地强调静止。而静止的意义并不仅限于表面，更表现在对同时发生的事件的困惑和焦虑中，因此吉狄马加的诗歌用到了很多多义词，掩藏着秘密的出现。

这样一来，诗歌就限定了区分，建起了不同的高墙，把谜题揭晓的时刻掩藏在了预感的悖论里。而在这个悖论里，充满着意象和语义，甚至包括那些语言尚未表达出来的意境。诗歌将那些尚未发生的事物，留给了未来。它界定了语言的表达方式，而且与事实相协调。何时、何地、何种意愿，成了诗歌要考虑的主要问题。它起源于常识，自己本身也变成了常识。诗人在诗歌中融入了富有远见的中国诗人的传统，他们不惧注视的目光，粉碎了的恐惧，不惧怕这目光转向那没有预计在内的视野。

吉狄马加的诗使诗歌本身不同的起源变得不可调和，正是这种对天性的挑战，让语言成为对语言性干预的自我批评，让诗歌成为思想的历史（那即将发生的历史），也就是对尚未发生的历史的"注视"。这代表着衰落的可能性，而在最关键的时刻，诗歌影射着在废墟上重建秩序。正如诗歌里写到的那样，他的诗代表着在不能完成认知行为的事实面前，诗人感受到的认知性不安。因此写诗是为了知晓未知，因为诗歌，服务于某一预先设定的写作目的，在未知的情况中，可以通过简单的定义，带来最大的惊喜。

让我们回到诗歌的后续步骤，诗歌通过隐秘的方式，改造本身既定的自我定义，将期待转为空想，转为蒙太奇式的剪辑，突出某些已通过事实验证的效果。这种验证，首先是视觉验证，随后是其他方式的验证。而普遍多样性，是诗歌所拥有的，或者计划达到的。灵感的光芒，在于只可意会不可言传；这也是诗歌的成就。语言，不再是平铺直叙地告知："我要去那里"，而是急剧地更换路线，改变目的地。作为欲望本身，语言游走在各个方向，产生充足的欢乐，只在影射中才能被感知。在特定气氛中，通过重复营造出某种眩晕的效果，这也是通往自我认知的另一种方式：

　　　　我曾一千次
　　　　守望过天空，
　　　　那是因为我在等待
　　　　雄鹰的出现。
　　　　我曾一千次
　　　　守望过群山，
　　　　那是因为我知道
　　　　我是鹰的后代。
　　　　……

　　　　我曾一千次
　　　　守望过群山，
　　　　那是因为我还保存着
　　　　我无法忘记的爱。

吉狄马加的诗歌想成为独一无二的自我，它改变外来语①，并通过外来语来谈论传统。这也是一种"注视"的方式："有时会睁开那一只独眼。"从这里，也就产生了对这种并非万无一失的安全感的欣赏。这种感觉以一种痉挛般的方式呈现出来，来自于不可避免的紧张，来自于诗歌本身的韵律。除此之外，别无他法。由此产生的诗意效果是时间上的遥远的形象，但却将持续到未来。在诗歌开始的最后时刻，营造出脱离常规的效果。

保罗·瓦列里说，一切新鲜事物都会在更加新鲜的事物中迷失。但吉狄马加的诗歌营造出了原创性的幻觉，仿佛是第一次看到新鲜的事物，因此可以得到戏剧性的反馈。句法沉浸在诗歌创作的持续动力中，凸显出隐秘的信息。这是诗歌的主要目的，是创作的主要愿景，保证了诗歌创作动力的持久性，也保证了它天然的动荡状态：通过这种方式，避免了平铺直叙，同时也避免了过于贴近现实。在吉狄马加的诗歌中，过去和现在同时发生。诗歌沉浸在充满活力的永恒中，扩大了思想的边界，将它们变得不可取代。吉狄马加在自传体诗歌《一种声音——我的创作谈》中写道："我写诗，是因为我无法解释自己"；"我写诗，是因为对人类的理解不是一句空洞无物的话，它需要我们去拥抱和爱"；"我写诗，是因为我在意大利的罗马，看见一个人的眼里充满了绝望；于是我相信人在这个世界的痛苦并没有什么两样。"

由来已久的传统将现时的确定性抹平，也将一切变得不那么显而易见。诗歌计划将存在于时间之内和时间之外的一切变为可能，目的是营造无序的效果，或者说通过杂乱无章的效果远离显而易见的事实，这并非逃避现实，而是让诗歌变得不那么循规蹈矩。时间和"注视"之间构建起的空间无法辨识，同时也无可避免。最好的例子是诗歌《史诗和人》，这首诗穿梭于真实所见及似见非见的事物之间；我们能看见什么与知识紧密相连，而我们看到了什么则会生成试验性的知识；在阐释"我好像看见……"时，"注视"开启了确定性，随后很快上升为肯定："这时我看见……/站着一个人。"诗人写作，随后"注视"，最后思考。诗歌将语言由唯我论转化为积极的神学论，并将它付诸实施。没有自相矛盾的感觉，或无缘无故的感觉，它们扩展了现实

---

① 译者注：外来语，又称为外来词或借词，是一种语言从别的语言借来的词汇。

的舞台，而为了表现诗意，除保持连续性之外别无选择。除了那些和现实生活本身过于相似的情况（但不是生活本身），这些感觉毫无保留地属于所有事物，它可以是声音，可以是视觉，可以是所有那些有知识的无知。①

　　无须刻意，正如瓦特·本雅明·瓦莱里所说的那样，思想"就像是语音海洋中的岛屿，脱颖而出"。诗歌在诉说，在自我思考的有限空间里，诗歌的声音触碰到时间的渴望，完成自身的使命，并摆脱了对句法的依赖。吉狄马加的诗歌满足了严格的要求，全面地阐释了智慧，与诗歌的本质达到共鸣。在他的诗歌中，语言是一种自我认识，在外部现实中找到了隐秘的答案。诗歌是一种信念的见证：

　　　　当我独自站在山巅
　　　　在目光所及之地
　　　　白雪一片清澈

　　作为"注视"和随性的结果，吉狄马加的诗丢弃了诗歌既定的传统义务，纯粹地为了自我而存在，相应相通，从不在意去满足某些特定目标。他的诗是一个过程，自由地成长，直到成为（或似乎成为）一个完美的篇章，这一过程优先于诗歌想要诉说的内容。结果是显而易见的。在时间的流水里，诗歌率性而为，追随着"注视"的目光（和它低沉的声音），最终通过这种方式获得诗意的效果。

（牛玲　译）

　　　　爱德华多·爱思比纳，乌拉圭人，华盛顿大学博士，德州农工大学拉丁语文学教授，出版过多本诗集、散文集，获得过两次乌拉圭全国文学奖，一次蒙得维的亚城市诗歌奖。

---

　　① 译者注：有知识的无知，拉丁语原为De docta ignorantia，来源于德国中世纪著名哲学家及神学家尼古拉斯·库萨的著作。意味着由于人类不能通过理性知识来把握那无限的神，因此科学的界线需要通过推测的方法来获得。换句话说，不管是人类理性还是超理性的认识都需要把握理解上帝。

CUANDO IMAGINA, LA MIRADA CONOCE
LA POESIA DE JIDI MAJIA

© Eduardo Espina

"La poesía es tan común, que poca gente puede encontrarla", dice con buen criterio la poeta estadounidense Alice Notley. Afirman las casas editoriales que la gente lee poca poesía, sin embargo, cada persona conoce a alguien que escribe poesía. En "A Yi Poet's Dream. Personal testimony about contemporary Chinese poetry (9 de November 2005)", ensayo luminoso por la sincera inteligencia utilizada para analizar la realidad cultural china de la actualidad, Jidi Majia afirma que "interest in poetry is rather scant in China. Although there is a high level of performance in terms of poetic creation, its importance in society is declining. [...] Reading poetry can become a major activity only for minority".[1] Quizá la lectura de poesía sea una "actividad mayor solo para minorías", como Majia dice, pero no así la escritura. Hay poetas por todas partes. Hagan la cuenta cuántos. La palabra *poesía*, tal vez no muy considerada por los lectores a la hora de comprar un libro, tiene prestigio en el habla diaria.

Solemos escuchar que cuando algo es muy bueno, "es poesía". Cuando una mujer o un hombre reciben un halago suelen responder, "es muy

---

[1] Jidi Majia. *Poetry- Tool and Witness to China's Cultural Renaissance* (translated by Huang Shaozheng). Cape Town: Uhuru Design Studio/His Royal Heritage Publications, 2014, p. 47.

poético lo que me dijiste". Gustavo Adolfo Bécquer, un romántico de casta, fue incluso más lejos. Ante la imposibilidad de definir a la poesía, y a la belleza de su amada, el poeta español sentenció: "Poesía eres tú". A partir de la época moderna, todo puede ser poesía: un hombre, una mujer, o cualquier cosa con funcionalidad. Un auto bien hecho y con diseño futurista es considerado "poesía"; una casa hermosa es "poesía"; un rascacielos que desafía la visualidad arquitectónica anterior, como las construcciones de Frank Gehry, es "poesía"; un gran gol en un partido de fútbol es "poesía", etc. etc. Vivimos en un mundo rodeados por todas partes de poesía, y de seres y elementos con condición poética. Y sin embargo, en un poema no siempre hay elementos poéticos. Mejor dicho, es lo que más suele faltar. Por lo tanto, adaptando la paráfrasis de Notley podría afirmarse: "La poesía es tan común, que poca gente puede hacerla aparecer en un poema".

Jidi Majia es un poeta lírico. Desde el comienzo de cada poema advierte que el poema es la casa de la poesía y de lo poético. Hoy, en tiempos cuando los poetas cuentan porque no saben cantar, Majia canta, como si supiera que la poesía no puede ser otra cosa que eso: sonido de un pensamiento en el momento cuando se emociona. Advirtió Wallace Stevens refiriéndose a la acústica del poema: "Uno tiene que saber de alguna manera que tal sonido es el sonido exacto: y de hecho ya lo sabe, sin saber cómo". Dice la expresión popular; "donde pone el ojo, pone la bala". Majia pone el sonido donde pone la palabra. A Majia podemos situarlo en la corriente de la gran poesía moderna a partir de la tercera década del siglo XX, de Stevens a René Char en adelante, pasando por Eliot y Montale; poesia que construye el núcleo de su quehacer en una zona auditiva donde "lo poético" funda su condición inaugural a través del cómo se dice, de la "opinión" de los sonidos; de una música que habla para que la entiendan.

La poesía de Majia es una escritura hecha de idioma en combustión y de combinaciones líricas nuevas y tradicionales transformadas, que cancelan la idea de que algo fijo y predeterminado condiciona al poema. Las pequeñas acciones del lenguaje desperdigan detalles, desafiando las convenciones de un supuesto orden de perspectiva, de metapoética, de metanarrativa, y de juegos lingüísticos que colocan a las palabras en una estructura de repetición metódica; acelera y se detiene, vuelve a repetir. Todo lo que se afirma es para que pueda oírse. La historia es sonora, el ser, auditivo.

Los dos últimos versos de un poema de Du Fu (712-770) dicen: "La poesía y las/letras persisten en silencio y soledad". La poesía de Majia saca al silencio de su soledad, y con ello cambia el rumbo, y el ritmo, de una poesía, como la china, cuya raigambre es temática y tiene a la naturaleza como objetivo y destino. Si bien muchos poemas de Majia tienen también la mirada puesta en la naturaleza, esta es una naturaleza que guía hacia una semántica de la sintaxis, según la cual las cosas dicen recién después de haber impuesto su tono visual, una prosodia en apariencia confrontada por la oralidad, pero que mantiene a esta a tiro, cerca, para que pueda ser, pues precisamente, la conflagración de lo escrito y lo oral es lo que convierte a la poesía de Majia en un espacio de transformación, de las palabras y de las cláusulas. Los versos crean su realidad a partir de cómo lo dicen; existen recién después de haber sido oídos:

La llama ilumina las cosas vivas
así como nos deja ver
los miembros fallecidos de nuestra parentela[1]

En la poesía de Majia hay algo inquietante y similar al hallazgo que

---

[1] Todas las citas de los poemas provienen de la antología de la poesia de Jidi Majia, *Palabras de fuego* (Granada; Valparaíso ediciones, 2015, traducción de Françoise Roy). Se indica la página entre paréntesis.

va más allá del acto iniciático asociado a toda obra que incluye el acceso a una escritura nueva dentro de una vieja tradición. El lector siente la cercanía de una imaginación portentosa coronada por anticipado, cuya voz, desarraigada de nerviosismos y tanteos que no vienen al caso, ha hecho de su momento inaugural una confirmación: aquí hay una presencia con la cual dialogar y darle preponderancia en el entendimiento. En carta a Ilana Shmueli, fechada el 6 de abril de 1970, Paul Celan escribió: "Cuando leo mis poemas estos me dan momentáneamente, la posibilidad de existir, de perdurar". Los poemas de Majia dan al lenguaje la posibilidad de manifestarse en su existencia como ejemplo de último momento, en tanto traen noticias de una dicción hablando sobre aquello que de otra manera sería impronunciable. De esta forma la poesía acepta su principal y nada simple cometido: construir una necesidad y hacerla existir con sus propios códigos y efectos encriptantes, en los cuales coinciden asimetrías, frecuencias, indecisiones, pero también las exigencias de una voz que habla, principalmente para oírse.

Escrita en el lenguaje de un presente advertido que trasciende la familiaridad de sentidos asociados a estrategias de decibilidad construidas a partir del pensamiento cuando se dispone a pensar sobre el acto de la mirada, esta poética (con voz de chamán) irrumpe en el escenario donde la visualidad interviene en forma interruptiva, pero congruente, siendo esta acción de corte con lo racional la que viene a simular, y luego a disimularla. Por ser todo el tiempo de distintas maneras, la mirada se transforma en *performer*, a la cual puede verse mientras mira, pues así quiere que la vean (cuando puede ser vista), leyéndose en el espejo transparente de sus aspiraciones como fuerza centrípeta que orna y decora su accesible influencia. A partir de un estilo de coloquialidad en posesión de un fraseo propio, la mirada observa desde las derivas de su sintaxis, de ese zigzagueo posterior al anonimato, porque observa desde una continuidad mucho menos perturbada por la necesidad de decir lo incompleto y decisivo, que por las ganas de estar presente todo el tiempo posible. Los ojos tiene una intervención productiva en la realidad: "de mis ojos fluyen las aguas de un río" (84).

La mirada es anticipada por su participación en el conglomerado. El conocimiento, y la posibilidad de un lenguaje existen a partir de la mirada, del acto de ver para que nazcan apariencias, realidades confirmadas: "La luz dorada vista desde el ojo de la naturaleza humana" (196); y "Esta patria no es una ilusión, /ya que podemos ver" (198). Pero, a diferencia de tanta poesía cromática y fácilmente asequible que abunda en todos los idiomas, aquí la mirada se hace especifica mediante sus ficciones, por estas y no por los símiles de identidad sobre determinadas emociones que son siempre las mismas y que giran en torno a una forma de ver que desconoce lo que quiere ver y por eso no sabe cómo representarlo. En dirección contraria a cualquier tipo de acto canonizante de su forma de actuar, la mirada en la poesia de Majia establece sentidos de ornamentación que son a su vez los sitios donde la intimidad-su disolución- sucede y retrocede: para ver, para advertir sobre todo aquello que no vio. Mirar es hablar es hacer que las palabra vean: "Mirando el sol, hablo en voz alta" (190). "Mirando" y hablando sobre aquello que ve, la mirada se pregunta, dice si tiene ganas, es la interrogante de su actividad, por lo que su intermediación genera lecturas alternativas.

Puesto que su decir sincopado es así, encaminado en recta opuesta a la monotonía y a la previsibilidad, la mirada activa arranca al lenguaje de la zona de confort donde estaba, obligando a leer los poemas palabra por palabra, sílaba a sílaba, de la forma como debe leerse la poesía, sobre todo una poesía de prosodia elaborada como esta, comprometida con efectos, sorpresas y resonancias. Se trata de leer en su continuidad los saltos de la interpretación, los cuales impiden a las frases ser la paráfrasis de las demás. Por ser cambiante en sus aspiraciones, igual a la vida misma, la mirada agrega a cada poema, a lo que no dijo aun del todo, desvíos nada sucintos que no han sido ignorados por el resto de los componentes. Auto convirtiéndose en contexto de su actividad, al actuar en el lenguaje la mirada adquiere estatus de texto y este emerge como pretexto, como perspectiva preliminar de algo nuevo-que como novedad dice- en ciernes. El poema es el intrincado lugar del despojamiento. Conocimiento pero también confirmación:

> *Quiero escribir mis poemas, y después de regresar*
> *a las entrañas de la tierra,*
> *verlos como hebillas de oro y plata, (202)*

Por ser resolución de la mirada manifestándose a medias, esto es, dejándose ver únicamente como traza, la poesía de Majia da cuenta del pasado que viene posteriormente, porque de esa manera lo nuevo puede permanecer nuevo: sin decir cómo, ni por qué, y sin abandonarse al solipsismo enlentecedor de la página, pues cada poema está comunicado con los demás, y esa imagen de unidad irrompible, que la poesía de Majia tiene-la hilvana una voz- la dota de lo que podemos llamar "seducción del seguimiento". El lector es invitado a seguir mirando con la mirada que ya comenzó a mirar y que ve aquello de lo cual da cuenta por escrito. Hay un ritmo de río torrentoso que lleva a su fluir en frases influyentes, a una sintaxis que, librada de toda coartada teleológica, instala la lectura en un punto culminante. El resultado no es nada menor ni disimulable: la poesía deviene poética o, dicho de otra manera, la poética origina poemas con similares marcas de nacimiento; es la identidad de una entidad. Por ella, al cambiar de proceso a la realidad, presenciamos una admirable continuidad de escenas, silencios y estados de ánimo.

Consecuencia de un propósito con varios registros de elaboración, la poesía de Majia tiene una perpleja unidad, una que no ha llegado gratis. La escritura, en tanto resultado de sus encomios, va siempre en la misma dirección (sabe lo que quiere decir y cómo), actualizando su origen en cada tramo donde cumple con todos sus acontecimientos. En su desplazamiento hacia un destino itinerante, el poema deja pistas que coincidirán con las que ya fueron anticipada y hechas parte de un trabajo que pudo capturar su realidad en la particularidad de cada una de las partes (sin estar entre sí ni aparte), en el motivo de un todo verbal expandiéndose en varias direcciones y versiones.

Pertenecientes a sus partes en conversación interior, los poemas resultan siempre aptos a las peculiaridades que los definen y que están afiliadas a las posiciones cambiantes de la mirada, desdramatizada por sus predilecciones en la vida real. Siendo algo así como una *interview* de la fragmentación, pues la mirada actúa en forma eclosiva, y en ocasiones oclusiva, diciendo a partir del esparcimiento y la expansión sucesiva, cada poema es un espacio de momentos previos y posteriores que han llegado a un mismo tiempo, a ese único tiempo en donde el lenguaje minimiza sus pérdidas de realidad, para redimensionar con esto la importancia de las alusiones y elusividades. ¿Qué es lo que mira la mirada, qué? La pregunta, nada gratuita, es la propia respuesta: es el pretexto del texto para decidirse a responder con analogías y mediante una sintaxis al servicio de la simultaneidad, a través de la cual la mirada, el deseo de mirar, igual que esas películas de Robert Altman donde todos los personajes hablan al mismo tiempo, canoniza la superposición de sus motivos, distrayéndose en sus atracciones, sugiriendo que la vida sucede en un mínimo de mundo posible, y mundo interior también:

El cielo enmarcado por ramas

de pino proyectaba imágenes

temerosas,

retina adentro. (216)

Al profundizar su actividad, la mirada se desgramaticaliza, toma la identidad de sí misma (hace visible la forma como no habla, es su Jekyll y su Hyde), moviéndose sin mencionar que más dice de su propio ser, incorporando diferencias que no siempre son inmediatas porque de esa manera detenida deben ser todo el tiempo: para no dejarse domesticar. La mirada habla y se escribe para traer noticias muy de su momento, particularidades que parecen saber todo sobre las demás. La mirada tiene inteligencia propia, reflexiona, se expresa a la velocidad del pensamiento, que es la de las ideas cuando miran. Sin apartarse de nada, la mirada se llena de suposiciones, de resonancias intrincadas, aceptando incluso aquello visual que no se consideraba parte de la poesía, o que no sería poesía en otra parte, pero aquí sí. Poesía no eres tú (porque sería demasiado poco). Lo que sucede, eso es poesía, máscara de una metáfora con muchas más por dentro (poesía con fisonomía de *matrushka*), monólogo de no siempre correspondidas situaciones que para preservarse se sustituyen. Mapa y collage, los poemas, no en vano, son siempre nuevos, y lo son por negarse a quedar completos.

Para enfatizar la constancia de su actividad, el poeta recurre a verbos relacionados al acto de conocer con los ojos: *observar, mirar, atisbar, contemplar, ver, clavar* ("mis ojos estaban clavados" 84). La gama es amplia: "Mirando a la derecha" (17); "Contemplaba las colinas que sangraban" (25); "veo mi otro yo pasando a través" (26); "mire hacia el cielo vacío" (41); hasta un medio ver: "entrecerrar los ojos" (134). La mirada, tractor de esta poética, toca, raspa y continúa. Va siempre por más. Es una forma permanecer en las cosas recientes. El poema, a su instancia, pauta la adecuación de una idiosincrasia sintáctica al plan de alternativas y seducciones que la tienen como eje y encrucijada. Cuanto debe ser dicho, debe decirse solo de irrepetible manera. Y para que eso ocurra, el lenguaje deja de depender de lo que debería decir y que es lo que viene después de todo aquello que todavía no está ni ha llegado a ser. La escritura entonces, el trabajo de hacer visibles los indicios de la mirada antes de su disolución, es la advertencia de una imposibilidad estimulada, aun más, llevada al límite de sus proposiciones. Y cuando esto ocurre, cuando la palabra entra en el túnel de la resonancia, cada frase descubre su autoría no idiomática, su lugar intercambiable en el vestigio.

Por lo visto, el estado de crisis de una simulación sin consecuencias expande los límites innecesarios del lenguaje figurativo para que la palabra, una vez liberada de responsabilidades de significación, cuando ha sido desdomesticada, se convierta en hecho inimitable, en estado de su espesura, en resonancia del primer sonido sintáctico de la mirada. No en vano, el verso se apoya en el tránsito hacia ningún objetivo, en todo aquello que sucede como instancia transitoria y carente de resolución: "la poesia está de pie con los ojos muy abiertos" (210); "La mirada en mis ojos, ¡que jamás carece de fantasías!" (230). Y el plan para destacar la ausencia de resolución prescinde de pausas que pudieran imponer una detención donde la mirada aún es posible. Yendo a la rapidez de sus motivos, despojado de rumbos precisos (porque la mirada tampoco los tiene) el lenguaje aprieta el acelerador en un callejón sin salida. Y en el espejo retrovisor el paisaje se mueve hacia delante.

Desplazándose por afinidades casuales-la causalidad del azar es el zar del deseo de seguir mirando-, el poema contrasta sus discontinuas intrigas en movimiento, haciendo que el conocimiento-hacia el cual van las expectativas- se postergue interrumpido, una y otra vez. Y se posterga hasta sentirse cómplice de una disimilitud de estrategias y motivos que colocan al poema dentro de un momento crítico de "nada queda por decir", salvo lo que está allí y argumenta, en voz baja, para decir que las cosas en el mundo no están quietas: la poesia es "lenguaje en caída libre" (209).

Especie de ataraxia de los sentidos, la poesia de Majia, como la música de John Cage, se carga de estados callados, porque aquí el silencio es la voz de una profecía que adquiere en la mirada la aureola de un historial en vías de acontecer. Los versos por lo general son cortos, al borde de la desaparición, representan un instante quieto, porque en el instante de su mínimo decir expresan el constante acto de una disciplina de contención. El significado de ese intrincado método de preguntarle al deseo no viene a la superficie porque sí, sino más bien por saber mostrarse en la ansiedad perpleja de acontecimientos simultáneos, en los cuales la polisemia prospera, dejándole al secreto la obligación de postergar todas sus apariencias.

De esta manera, el poema impone una distinción, dota a sus apariciones de fachadas diferentes para encriptar el triunfo momentáneo de sus enigmas, esto es, se sostiene-y por ahí avanza- en la paradoja de una premonición en retrospectiva, la cual acepta la validez de sus reverberaciones y sentidos, incluso de aquellos que el lenguaje aún no ha verificado. La poesía deja para después todo aquello que todavía no es ahora. Periodiza el modo de una expresión, reconciliada con las evidencias que no fueron tenidas en cuenta. Cuando-donde- el deseo se transforma en problema, el poema deviene conocimiento, traza suficiente de sus vericuetos. Y esto inserta al poeta en la tradición de los grandes poetas chinos visionarios, quienes no tienen temor de mirar, que pulverizan el miedo a que la mirada invente visiones que la visión no había considerado.

El poema consigue que sus varios orígenes se hagan irreconciliables y es precisamente en esa fuerza contra su propia naturaleza es que el lenguaje se convierte en crítica de sus intervenciones, en historia (por ocurrir) de una seguidilla de ideas, mejor dicho, en la idea de una mirada que instruye sobre su inexistente historia, una en veremos, la cual es asimismo seudónimo de una posibilidad en decadencia, en tanto el poema, en el más crucial de sus momentos, profetiza sobre ciertas ruinas ordenadas por la insinuación. Esta, como el poema lo reconoce, es una poesía de la inquietud del conocimiento ante el hecho de no poder completar el acto cognitivo. El poema entonces se escribe para saber que no se sabe, porque la poesía, desconociendo, sirve al mejor asombro, a mantener a este preservado de fáciles definiciones al servicio de una finalidad.

Regresando a los pasos posteriores de sus huellas, desde la posesión de un sentido autorreferente, el poema no informa, deforma, convierte a sus expectativas en vacío, y a estas en fotomontaje, privilegiando ciertas secuencias por donde la verdad ha sido constatada, primero visualmente y después de otra manera. Es la variedad de todos los sitios donde está, o planea llegar. El esplendor de la elusividad, lo que se dice pero mejor no; ahí está el logro de esta poesía. El lenguaje, en vez de advertir y decir, "voy para allá", cambia bruscamente de itinerario, alterando el destino de su procedencia. Va, como el propio deseo, en todas las direcciones, generando un surplus de goce y realización que solo puede ser advertido en sus insinuaciones, en la atmosfera restringida de ciertas estrategias que por repetirse crean el vértigo de un estilo; otra forma de acceder al conocimiento de sí mismo:

Miré hacia el cielo vacío porque estaba esperando
que apareciera el águila macho.
un millar de veces
y miré una ristra de montañas
porque sé que soy descendiente del águila.

[...]

Miré las montañas de la sierra
porque estaba almacenando
amor que no se puede olvidar. (41)

La poesía de Majia quiere ser por sí misma, alterando los préstamos, haciéndolos la preferencia alterada de una voz que hablando es todas las que ha sido antes, tradición. Es todo lo que es, y una forma de mirar: "Y por un tiempo abre grande su único ojo" (28). Por esto la contemplación de una seguridad que no promete ser segura acontece, como no podría ser de otra manera, de forma espasmódica, sufriendo la tensión de apariencias poco menos que inevitables, esas que el deseo genera a la manera de prosodia propia. El efecto poético producido es de imagen remota en el tiempo y que, sin embargo, permanece hasta pasado mañana, en las postrimerías de su inicio pero sucediendo fuera, como muy lejos de lo acostumbrado.

Todo lo nuevo se pierde en algo más nuevo, lo dijo Paul Valéry, pero aquí esa ilusión de originalidad, de la cual vive la mirada al sentir que está viendo cosas por primera vez, se retroalimenta en el contrapunto drástico que lleva a la sintaxis a regodearse con los desfiles sucesivos de su pulsión, porque de esa manera se desplaza, privilegiando aquello dedicado a encriptarse-siendo ese el objetivo principal, si lo hay, del deseo- para garantizar de esa manera su perdurabilidad, su estado de natural desasosiego: evita decir para que así nunca lo eviten del todo. En su actuación un pasado y un presente ocurren al mismo tiempo, pues en su vibrante atemporalidad el poema se carga de asociaciones sin fechar, esas que extienden los límites del pensamiento hasta hacerlos irremplazables, tal como se ve en el poema "Un tipo de voz (Acerca de mi escritura poética)", en el cual la escritura se mira de forma autobiográfica: "Escribo poemas, porque soy incapaz de explicarme/a mí mismo" (242); "Escribo poemas, porque creo que la inteligencia humana/merece más que palabras" (245); "Escribo poemas, porque un día en Roma vi a un hombre/con los ojos llenos de/desesperación; por eso creo que toda la gente alrededor/del mundo es igual cuando se trata de aflicción" (247).

Las certezas transitorias del presente-si las había- han sido arrasadas por cuanto sigue de largo, esto es, por el deseo haciéndose de todo, menos evidente. En este plan por hacer posible todo lo que existe en el tiempo, pero también fuera de él, el poema ejerce como propósito el desconcierto, mejor dicho, mediante el desconcierto se aleja de sus evidencias, no evitándolas sino haciéndolas menos asimilables a un determinado punto de vista. El espacio construido entre el tiempo y la mirada resulta irreconocible, pero asimismo inevitable. Un buen ejemplo al respecto es el poema "La epopeya y el hombre", el cual transcurre entre lo que se ve y lo que parece verse; el conocimiento está sujeto a lo que podamos ver y aquello que al ser visto genera un conocimiento tentativo; la mirada es el principio de una certeza por confirmar "Me parece ver…", da pronto origen a la certeza: "veo a un ser humano que está de pie" (119). El poeta escribe, luego mira, piensa después. Es en la guarida del lenguaje donde el habla convierte su solipsismo en una teología positiva a la cual seguir. Ningún sentimiento es contradicho ni contra la dicha va la razón excéntrica, aproximándose a las escenas de la realidad para expandirlas, porque la continuidad es el método sin alternativas de esta poética y de su particular resolución. Las ideas pertenecen a todo para no tener la necesidad de contener algo, salvo aquello que puede parecerse a la realidad, o a la vida misma (nunca la misma), y que también es sonido, resolución, todo eso que resulta ignorancia aprendida.

Sin necesidad de terminar en algo, o en todo, porque aquí, como dijo Walter Benjamin de Valery, las ideas "emergen como islas en el océano de la voz", la poesia habla y su voz lo que toca es al deseo en el tiempo, en el espacio admitido por la introspección, a través de la cual se cumplen ciertos cometidos que solo de la sintaxis en acción pasan a depender. En esto, el poema cumple con sus estrictos requisitos, los de ser a *full* desempeño de la inteligencia, sitio de una forma comunicándose con su contenido. Con su trabajo la palabra construye una epistemología de posiciones interiores que encontraron en el exterior real su intimidad. La poesía es el testimonio de una fe en observación:

> *Encaramado solito en el pico de una montaña,*
> *No veo más que nieve inmaculada*
> *Hasta donde alcanza mi vista. (270)*

Por ser conocimiento de miradas y contemplaciones sin solicitar, la poesía de Jidi Majia deja de tener obligaciones con la espontaneidad. Existe para asumir la simultaneidad de sus peculiaridades, las que todas unidas son un comienzo, pero nunca la necesidad de responder a determinados objetivos. El poema es proceso y como tal progresa hacia su arquitectura

en ciernes, hasta ser-o parecerlo- el mérito de un sistema riguroso que precede incluso a aquello que planea decir. Los resultados están a la vista y no podrían ser más precisos. En el tiempo, actuando como se le antoja, la mirada-su voz adónica-deviene resultado y por tanto solución a la cual se vuelve, porque también allí el efecto- su eficacia- es de exactitud.

（西班牙语）

雄鹰由诺苏山村腾飞

[西班牙] 龙兰达·卡斯塔诺

在中国西南山区的环抱中，在大凉山的心脏地带，从很久之前就居住着诺苏人。雄鹰飞翔，在河流旁，生活按照古老的轨迹朴素地进行着。如果我们的视线再靠近一些，我们将感受到微风拂面，倾听口拨琴的声音。有土坯墙和木质屋顶的小房子中，炊烟和时光顺着烟囱飘远。

诗　人

1961年，在一个古老的诺苏部落首领家庭中，吉狄马加诞生了。青年时代在成都就读于西南民族大学的他就已是一位诗人——早熟的才智使得他热情而敏感地早早明确他的使命：将他的少数民族认同感由个人带到世界，而这要通过一部用汉语写就的、在世界文学界获得反响的著作。

总结他作为文学杂志编辑的经验，紧接着，这个年轻人由于活力与才华被中国作家协会的地方部门聘用，开始时在州一级，后又到了省级，最终被派往首都北京任职。几年后出任中国作家协会书记处书记，兼《民族文学》主编。目前，他是这一全国性组织的党组成员，以及中国少数民族作家学会会长。

他在中国的文化政策部门的工作是连贯的。尤当注意的是他曾被派往青海——该省位于青藏高原，也是中国面积最大的省份之一，并且与吉狄马加的故乡有着相似的文化——他在那里出任青海省委常委、青海省互联网信息办公室主任，并主管文化遗产、教育、书籍、音像等事务。2007年，他在

474

那里创办了青海湖国际诗歌节，这一活动在全国范围内是同类型规模最盛大的，每两年举办一次。在这一大型活动上，还会发放"金藏羚羊国际诗歌奖"，这一奖项曾授予胡安·赫尔曼或阿多尼斯这样级别的作者。还是在青海省——这一省份有着中国最小的人口密度，并且在之前文化活动并不多见——他同样推进了其他富有创造性的领域的国际性年度活动，例如音乐，或是纪录片。

他忙碌的文化经营活动，将在最近几年，走出中国最大的咸水湖——青海湖，走出其影响范围，尝试到达诗人故乡所在的省份，四川。这样，几乎是个人梦想的实现，2015年，诺苏当代艺术暨诗人之家博物馆在他的故乡揭幕，致力于向世界推进此类文化，同时促进全球背景下的诗歌艺术。

回到吉狄马加最为单纯地富有创造性的一面，1982年从汉语言与世界文学专业本科毕业后，年仅24岁的他的诗歌开始获得一系列奖项，令他声名鹊起。他的作品开始获得承认，曾获得中国少数民族文学奖，之后被授予四川省政府文学一等奖。2011年，当选为《诗歌月刊》"年度诗人"，并在北京举行了全协会向他致意的庆典仪式。更近一些的2014年，吉狄马加因终身致力于彝族诗歌而获奖，他的长篇诗歌《我，雪豹……》获得知名文学刊物《人民文学》年度诗歌奖，还被授予第十六届国际诗人笔会金奖"诗魂奖"。

他在国际上所获得的一些奖项总结如下：2006年俄罗斯作家协会颁发的肖洛霍夫文学纪念奖章；2012年由保加利亚作家协会颁发的为表彰其诗歌领域的成就特别颁发的证书；2014年因其诗歌领域的成就，获秘鲁国立特鲁希略大学荣誉头衔；2015年获得南非姆基瓦国际人道主义大奖。

他已出版超过四十部诗歌和散文，翻译至中国内外大约二十种不同的语言。吉狄马加是一位来自彝族的杰出的文化人物（全中国由56个不同的民族构成，少数民族人口约九千万），也是国际上代表当代中国诗歌写作的声音之一。具体来说，他的著作《火焰与词语》，曾被美国汉学家梅丹理翻译为英文，后来更是先后翻译出版了德语、法语、阿拉伯语、罗马尼亚语、塞尔维亚语、孟加拉语、斯瓦西里语、土耳其语、越南语、希腊语、捷克语、意大利语、波兰语、西班牙语、希伯来语和亚美尼亚语等多种版本。至于散文集，则汇集了他关于文化与文学的演讲（原书题为《为土地和生命而写作——吉狄马加演讲集》），在哥伦比亚、意大利、奥地利、加拿大、波黑、罗马尼亚和南非面世。此外，他有约十种不同语言的诗歌集、散文集、演讲集在这个东方大国先后付梓。

然而，十分有可能的是，吉狄马加的力量和功绩在于他见证诺苏人的特别实际的方式，以及几乎仍然是传说式的现状，使诺苏人的特别现实与外部世界相连，使它进入国际文学格局中。于是，这位文人兼实干家不仅加强了一个少数民族与它所在的共和国之间的联系，也加强了由56个不同的民族构成的整体之中的联系。

诺苏人

为对诗人的身份结构有些许理解，我们要讲一下，诺苏人是彝族内部人口最多的一个分支，他们的居住地主要分布在中国西南部的四川、贵州和云南等省份中。此外，他们仍然使用他们自己的语言，这种语言属于语言学上划分的藏缅语系。他们保留着本民族的民俗和神话，并受到西藏一定程度的影响。在口头和书面流传下的史诗中，有当地自己的宇宙起源论，当地的祭司和萨满以及丰富多彩的季节性仪式，有关神圣的祖先的史诗以及有关自然神灵的古老故事。诺苏人从不信仰外来宗教，他们的信仰情况比较复杂；尽管如此，其宗教也并不是个教义系统，而是一种强烈的对自然环境的归属感。这也是为什么我们说，吉狄马加的诗歌忠实地反映了诺苏人原本的精神面貌，也展现了诺苏人所处的生态系统以及他们之间的和谐关系。

尽管诺苏文化一直与汉族文化相互交织，前者却从未被后者所同化。彝族人接受了汉族文化的影响，在音乐、民俗、艺术和神话方面做出了巨大贡献。有鉴于此，且吉狄马加是一位使用汉语的诺苏诗人，人们说，正是他的背景，使他接近汉族而又保持本来的新鲜之感和雄辩的活力，而不仅仅是处于这一种热情赋予他的文学表达边缘地位。

诺苏，在当地语言中是"黑色的部落"的意思。祭司头戴黑帽、身着礼仪性袍服，这是诺苏人的传统服饰，黑色的底色上往往会绣以红色、黄色，而黑色是属于特定情感氛围的颜色，与伤痛、与死亡相关，神秘而又深邃。不管这种氛围是神秘或是固执，并不与对于生活的巨大热情相抵触。

诗　歌

吉狄马加的诗歌是一首献给他的民族的伟大的情歌，涵盖了当地史诗，具有真正史诗的抒情风格，饱含柔情的壮丽气概以及整个宇宙起源的亲切感受。

但在他的世界中，不仅仅有乡村生活的人物和祖先的传统。他是一位当代作家，他有能力热情地与他喜爱的作者写就的文章共处，将其作为与个人生活经历一样的东西。因而他的著作就像思想家、诗人、艺术家、知识分子的集锦，例如在题为圣异教徒的作品中。关于这些作者，他在他的诗中谈论了一些，其他一些则直接是他文章所指向的对象，还有一些在标题致敬。很明显，这些人像诗人的同伴般，十分亲密地陪伴了他的生命与前行。

纲领性演讲与小册子之间的距离，带有强烈的政治性，如吉狄马加的最新作品所示。为伟大的人类梦想所感动，如咒语般重复着乌托邦，如同用言语给予他们躯壳，使之更为接近现实。皮毛中是它的价值，是唯一的拥有物，与这个星球上所有的少数派相一致，同情所有形式的人类伤痛，而巧妙地培养起希望的种子。

在其他情况下，他也展示给我们他的漫长旅途带来的发现，由遥远边境到来的他对于漫长旅途的观点。他深植于心的诺苏认同与他对身为中国人的认同感之间并未发生冲突，而且借助于一个短语来说，也与作为"世界公民"的认同感未发生冲突。他不是那种仿佛将心封锁起来的人。

他对乡村生活、古老民间智慧以及传统遗产意象的敏感，令人感动。对于世界与祖先深深的敬畏，以及对于痴迷大型建设深切的怀疑态度，是既对他的社群又对中国的整体状况而言。我们惊奇地观赏着这一切：忙碌的祭祀庆典，成群的羊，作为定情信物的头饰，猎人的号角声，鹰爪制成的杯子，雪豹，传统的舞蹈，华丽的旧马鞍以及金色的口拨琴。

这样，在更为确切的布景中，这敏感心灵的主人展开的意象是丰富的。大胆的评定，多彩又惊人的隐喻性的气场，装饰了这一雄辩的洪流。他不仅仅是大量使用沉默，我们为他的长句所吸引。他对于"有待以后"说出的并不后悔。

吉狄马加的目光对于我们来说是来自远方清新的风。这样的视线总是带给我们新鲜事物、不同的视角以及我们之前从未能予以关注的理解方式。与此同时，我们很高兴与他一同乘船顺流而下，这一旅程是可信赖而惊人的，充满熠熠生辉的发现，但却没有危及航行的风险。

彝族文化因其作为大国上层建筑的边缘的乡土文化，很有可能作为面向加利西亚读者的主要桥梁。穿越这桥梁到达海岸不是非常困难。我们知道他在说什么，我们理解他的怒与爱。充满激情的对自身特征的保卫与新的特色一道，显示在每个角落。但是，毯子总是同一个，其下的席子总是共通的。

翻　译

阿尔贝托·彭博是一位年轻的语言学家，专业是诗歌，对语言十分有天赋，具有高超的品位。作为读者他有敏锐的观察力，也是一位研究我们民族最近时期诗歌的学者，十分懂得我们语言的奥义以及我们的文学传统。我们几乎可以说，事实上是他与生俱来的强大的创造性反过来选择了这条道路，使得言语得以维护。这一技能具体表现在摄影和音乐领域。他拥有的敏锐的听力与必要的敏感使得他足以胜任诗歌翻译这样一丝不苟的精细工作。当然，他拥有的理想素质，足以让他有力量承担将诗人吉狄马加迄今为止的作品合集翻译为加利西亚语这一艰巨挑战。

这位裁缝之子为这些诺苏诗歌所做的加利西亚服装并不是如同将黑色刺绣加诸亚洲织锦之上，而更像是用一件蓑衣代替另一件蓑衣。也许干燥的芦苇来自于不同类型的作物，但是它们已被调整至完美状态，以至于使人忘记之前是有其他衣物的。

这是翻译面临的主要挑战之一。要使作品看起来好像不是由其他语言写就的。就我个人来说，我并不十分信任将优秀成果的所有功绩归于从原文直译的纯粹主义。当务之急是对目的语言拥有紧密的、深刻的、细致的了解；在技术时代，克服语言障碍有无数种方式。今天，理解一门语言不难，真正的困难是理解一首诗歌。

因此，我相信吉狄马加诗歌的该版本最重要的几点之一是其加利西亚外衣的制作质量。他流畅轻快的音色，某种传统而不失新鲜的趣味，一些没有过多减轻的流行痕迹。十分生动的纯粹词汇，各种语言上的发现或是获得，证明力量和胆量的记录，带着高超见地的温和声音，一个诗意的丰富多样的词汇表。一件无疑是经过精心制作的服装。

面对目前当代中国诗歌向我们的语言翻译的空白，让我们为这一伟大的作品欢呼，它将丰富加里西亚语写作的世界宝库。在诗歌写作和为我们做译介工作的人身上都肩负着重担。这是对一种良好经历的保证。因此让我们经由他们的手，登上这艘小舟，行进在凉山山间的河流上。让我们享受雏鸟展翅飞翔下的行程，让我们认识一位令人尊敬的英雄的发髻，或是学习从羊骨里阅读征兆。旅程会是惊心动魄的，但毫无疑问，我们将是幸运的。

（薛晓涵　译）

尤兰达·卡斯塔诺，诗人、艺术家、文化产业人，1977年出生于西班牙，她已出版了六本诗集，获得了多个诗歌奖项。此外，她还是一位文化活动家，负责组织"国际诗歌翻译工作室"，同时兼任"加利西亚语作家协会"秘书长，并参与协调书展、艺术展以及诗歌展。她的诗歌已经被翻译成十五国语言。2011年，她分别荣获希腊罗德和德国慕尼黑两项学术基金。

UNHA AGUIA ALZA O VOO DESDE
UNHA ALDEA NUOSU NA MONTAÑA

◎ Yolanda Castaño

Acubillado entre as montañas do suroeste da China, no corazón do Gran Liangshan, habita desde tempos ben remotos o pobo nuosu. Baixo o voo da aguia e ao carón do curso dos ríos, a vida desenvólvese cunha antiga parsimonia. Se achegamos un bocadiño máis o plano da nosa ollada, daremos sentido a brisa e escoitado o son do berimbau. Casiñas con muros de adobe e tellados de madeira deixan escapar o fume e o tempo polas chemineas.

O POETA

No seo da familia dun antigo xefe dunha tribo nuosu, en 1961 naceu Jidi Majia. Poeta xa desde a adolescencia, durante a súa educación na Universidade das Nacións do Suroeste —en Chengdú— o seu talento precoz acadaría unha atención temperá ao abordar con tanto ímpeto e sensibilidade a súa misión clara: articular a identidade da súa minoría étnica levándoa do particular ao universal, a través dunha obra escrita en mandarín e con ecos da literatura do mundo.

Sumando a súa experiencia como editor en revistas literarias, axiña a enerxía e o talento do mozo serían recrutados polas seccións locais da

Unión de Escritores de China, primeiro a nivel comarcal e logo provincial, para acabar sendo enviado a se desempeñar desde a capital, Beijing. Poucos anos máis tarde ocuparía o cargo de Secretario Xeral desta organización, así como o de editor xefe dos Escritores e Poetas Étnicos da China. Na actualidade é primeiro vogal do organismo estatal e presidente da Asociación de Escritores Étnicos do xigante asiático. O paso daquelas frontes a departamentos de política cultural do goberno chinés relacionados co Partido Comunista fíxose sen solución de continuidade. Nomeadamente na provincia á que foi destinado, Qinghai —situada na meseta tibetana e unha das máis grandes do país en extensión, ademais de culturalmente veciña da terra natal de Jidi Majia, onde exercería como alto comisionado de Patrimonio Cultural, Educación, Libro, Audiovisual e Información. Alí creou, en 2007, o Festival Internacional de Poesía do Lago Qinghai, o maior do seu xénero en todo o país e que se segue a celebrar bianualmente. No marco deste evento de grande formato, entrégase ademais o Premio Internacional de Poesía Antílope Dourado do Tíbet, que se ten concedido a autores da talla de Juan Gelman ou Adonis. Nesa mesma provincia de Qinghai —cunha das máis baixas densidades de poboación na China e, antes, unha menos activa escena cultural— promoveu de igual xeito eventos anuais internacionais dedicados a outros campos creativos coma a música ou o documental.

Esta actividade como inquedo xestor cultural vaise estender, nos últimos anos, alén da circunscrición do maior lago de auga salgada da China — o Qinghai— e da súa área de influencia, tendendo a achegarse á provincia da que o poeta é natural, Sichuan. Así, e case coma un soño persoal feito legado, en 2015 inaugurou na súa bisbarra natal o Museo Nuosu de Arte Contemporánea e mais a Casa Internacional Nuosu dos Poetas, dedicada a promover estas culturas polo mundo á vez que se impulsa a arte poética no contexto global.

Pero volvendo á faceta máis puramente creativa de Jidi Majia, após a súa licenciatura en Filoloxía Chinesa e Literatura Universal en 1982, con só vinte e catro anos os seus textos líricos comezaron a acadar unha serie de galardóns que lle valerían un prestixio crecente. Eses recoñecementos iniciáronse sinalando obras súas nos Premios Literarios das Minorías da China, máis tarde outorgándolle o Primeiro Premio do Goberno da Provincia de Sichuan na categoría de Literatura. Continuaron co nomeamento como "Poeta do Ano" 2011 pola revista poética anual *Poesía* e seguiron, en 2011, coa celebración en Beijing de todo un simposio dedicado á súa figura. Máis recentemente, en 2014, Jidi Majia acadou o galardón pola traxectoria de toda unha vida na poesía yi, o seu poema longo "Eu, leopardo das neves" gañou o premio ao Poema do Ano por parte do prestixioso xornal literario *A Literatura do Pobo* e foille concedida a Medalla de Ouro "Alma da Poesía" no XVI Certame Nacional correspondente.

Algúns merecementos de ámbito internacional súmanse a este palmarés: a Medalla do Memorial Sholokhov da Asociación de Escritores Rusos en 2006; unha acreditación especial en poesía por parte da Asociación de Escritores Búlgaros en 2012; un título de honra pola Universidade Nacional de Trujillo (Perú) polos seus logros poéticos, en 2014; e o Premio Humanitario Mkiva en Sudáfrica, en 2015.

E é que máis de corenta publicacións de poesía e prosa, e traducións a arredor de vinte linguas distintas de dentro e fóra da China, distinguen a Jidi Majia coma unha moi salientable figura cultural desde a súa tribo (e, con ela, a enteira comunidade étnica chinesa composta en total por 56 minorías distintas e preto de 90 millóns de persoas) así como unha das voces poéticas prominentes a nivel internacional da escrita china contemporánea. En concreto, o seu libro *Palabras de lume*, traducido orixinariamente ao inglés polo sinólogo americano Denis Mair, ten sido ademais vertido e publicado en alemán, francés, árabe, romanés, serbio, bengalí, suahili, turco, vietnamita, grego, checo, italiano, polaco, español, hebreo e armenio. Canto ao volume ensaístico asinado polo autor, compilando os seus discursos sobre cultura e literatura (co título orixinal de *No nome da terra e da vida- Discursos escollidos de Jidi Majia*), ten visto a luz en Colombia, Italia, Austria, Canadá, Bosnia-Hercegovina, Romanía e Sudáfrica. Alén diso, volumes seus de poemas, ensaios e discursos saíron de até dez distintos prelos chineses, en diferentes linguas deste mastodóntico país.

Porén, moi probablemente a forza e mérito de Jidi Majia resida na súa maneira de testemuñar a realidade específica nuosu conferíndolle un status de seu e aínda case mítico, para logo conectala co mundo exterior e inserila nunha configuración literaria internacional. Nese sentido, este intelectual e home de acción non só ten reforzado os lazos dunha minoría étnica coma a súa coa República Popular, senón os do conxunto formado polas cincuenta e seis variedades presentes na China, así representadas. E así e todo, a súa fonda motivación nunca tornou nun obxectivo programático capaz de embazar a súa orixinalidade, ambición creativa e calidade literaria.

O POBO NUOSU

Pero tratando de debullar só un pedaciño máis a estrutura identitaria do poeta, comezaremos por dicir que os nuosus representan a rama máis populosa dentro da minoría yi, que acada hoxe por volta dos oito millóns de individuos. Esta poboación repártese maiormente nas provincias suroccidentais chinesas de Sichuan, Guizhou e Yunnan. Ademais, varios millóns falan aínda a súa propia lingua, pertencente á familia lingüística tibeto-birmana. Conservan o seu propio folclore e mitoloxía, cunha certa influencia tibetana pero atestadas de trazos diferenciais. Epopeas transmitidas de xeito oral e escrito, unha cosmogonía autóctona, os seus propios sacerdotes rituais ('bimos') e xamáns ('sunis')... e todo un rico tapiz de ritos estacionais, textos épicos sobre devanceiros divinos e vellas historias de espíritos da natureza. Os nuosus xamais abrazaron relixións foráneas, e as súas crenzas son dunha considerable complexidade; así e todo, tampouco supoñen un sistema dogmático e si un forte sentido de pertenza ao medio natural. É por iso polo que a poesía de Jidi Majia vai ser un fiel reflexo tanto da mirada espiritual orixinal do pobo nuosu como do ecosistema que o acolle e a estreita, fluída relación con el.

Se ben a cultura nuosu sempre discorreu entrelazada coa chinesa, nunca tivo que verse absorbida por ela. E así como recibiu as súas influencias, tamén o pobo yi ten feito significativas achegas na música, folclore, arte e mito. En relación con iso e sendo Jidi Majia un poeta nuosu en idioma mandarín, adóitase dicir que é precisamente o seu contexto o que lle fai achegarse ao chinés cunha orixinal frescura e unha elocuente vitalidade, que non é senón a súa posición marxinal a que confire esa efervescencia á súa expresión literaria.

Nuosu significa na súa lingua "tribo negra". Os sacerdotes visten negros chapeus e capas cerimoniais, as vestimentas tradicionais desta minoría estampan en xeral bordados vermellos e amarelos sobre un fondo negro, o negro non deixa de ser a cor dunha certa atmosfera emocional relacionada coa dor e a morte, co coñecemento esotérico e co profundo. Mais ese aire quer místico quer teimudo, non colide cun definitivo pulo por vivir.

OS POEMAS

A poesía de Jidi Majia é un gran canto de amor á súa nación propia, pequena e inmensa. É quen de conter a épica do doméstico e o lirismo dunha auténtica epopea, a escintilante grandilocuencia da tenrura e toda a intimidade dunha cosmogonía enteira.

Mais polo seu mundo non só desfilan os seres da vida rural e das tradicións dos devanceiros. É un escritor contemporáneo, capaz de vivir con tanta paixón os textos escritos polas autoras e autores amados coma a pasaxe de calquera vivencia persoal. Así é como desfila polo libro todo un florilexio de pensadores, poetas, artistas e intelectuais capaces de figurarnos o *pagán santoral* de cabeceira do poeta. Falan algúns entre os seus versos, outras son directas destinatarias de composicións dedicadas, cítanse no encabezamento outros. Queda claro que son presenzas que acompañan a vida e andaina do autor tan de preto coma o faría calquera compañeiro.

A boa distancia dos discursos programáticos e os panfletos, é vigorosamente política até a última coma do último verso de Jidi Majia. Emociónase cos grandes soños humanos, repite as utopías coma se fosen un mantra, coma se darlles corpo con palabras fose achegalas un chisquiño máis á beira do real. Deixa en coiros os seus valores coma o único posuído, identifícase con canta minoría asoballada no planeta hai, compadécese de todas as formas de dor humana e cultiva con esmero a semente da esperanza.

Tamén noutras ocasións nos amosa as súas descubertas traídas de longas viaxes, a visión que deita sobre elas chegado desde o seu remoto confín. A súa enraizada identidade nuosu non entra para el en conflito co sentirse chinés e tamén —recorrendo a un tópico— 'cidadán do mundo'. Coma quen leva o corazón encerrado no interior dunha matrioska.

É conmovedora a súa vulnerabilidade ante as estampas da vida da aldea, dos saberes antigos e populares, do acervo tradicional. Un profundo respecto por todo ese mundo como polos devanceiros, a carón dun duro escepticismo cara á obsesión megaconstrutora, seguro que resulta san tanto para a súa comunidade como para o lectorado xeral chinés. Pola nosa banda, asistimos marabillados a todo ese trasfego de *bimos* cerimoniais, rabaños de ovellas, toucas que son prendas en relacións amorosas, sons de chifres dos cazadores, copas feitas en garras de aguia, leopardos das neves, danzas típicas, ornamentadas selas gastadas polo uso e dourados berimbaus.

Así, no plano máis formal, é exuberante a imaxinería que desprega o dono dunha sensibilidade tan rica en maxín. Unha adxectivación afouta e un aparato metafórico colorista e sorprendente tinguen esta elocuente riada. Non acaba de verlle demasiada utilidade ao silencio. Envólvenos coa seducción dos seus períodos longos. Prefire non chegar a arrepentirse daquilo que quedou por dicir.

A ollada de Jidi Majia non pode deixar de ter para nós ese vento refrescante de quen chega dun lugar tan afastado. É imposible que unha mirada así non nos traia sempre algo de novo, unha perspectiva diferente, un xeito de percibir que nunca antes foramos capaces de enfocar. Pero á vez resulta suave embarcarnos con el nesa barcaza por ese río montés abaixo, da súa man a travesía faise á vez confiada e sorprendente, chea de resplandecentes descubertas pero sen riscos que fagan perigar a navegación.

É moi probable que a condición marxinal do pobo yi e nuosu como culturas vernáculas dentro dunha superestrutura estatal maior sexa a ponte principal de entrada para unha lectora ou lector galego. Fáisenos doado cruzar até esa beira. Sabemos de que fala, comprendemos a súa rabia e o seu amor. A apaixonada defensa do propio píntase loxicamente en cada recanto do mundo cun novo matiz. Pero o tapiz é sempre o mesmo e, a esteira que lle fai de base, común.

A TRADUCIÓN

Alberto Pombo é un xove filólogo especializado en poesía, moi dotado para as linguas e sempre tocado polo bo gusto. Representa ademais o fino ollo do lector ávido e sagaz, é un estudoso de certo período da nosa lírica máis ou menos recente e un bo coñecedor tanto dos secretos do noso idioma como da nosa literaria tradición. Case poderiamos dicir que resulta san o feito de que a súa innata e potente creatividade escollese discorrer camiños, en cambio, a salvo das palabras. Esa habilidade exprésase en concreto no campo da fotografía e mais na música. Pero desde logo dótao do ouvido agudo e da sensibilidade necesaria para un labor de tan meticulosa delicadeza coma o da tradución de poesía. Abofé que resultan calidades ideais para emprender un reto da magnitude de trasladar para o galego a obra reunida, practicamente e até o día de hoxe, do poeta Jidi Majia.

O traxe galego co que este fillo de costureira viste estes versos nuosus non é como sería colocar un bordado en acibeche sobre un brocado asiático. Máis ben é como poñer unha coroza no canto doutra coroza. Se cadra as canas secas proveñen de distintos tipos de cereal, pero axústanse á perfección e chegamos a esquecer que houbo antes outras roupaxes.

Ese é un dos retos principais da tradución. Facer que aquilo soe coma se non nacese noutro idioma. Persoalmente desconfío moito dos purismos que fan residir todo o mérito dun resultado brillante nunha tradución directa do orixinal. O que si é imperioso é ter un coñecemento íntimo, profundo e minucioso do idioma de destino; para salvar as barreiras da linguaxe existen centos de recursos na era das tecnoloxías. E hoxe é doado entender un idioma, o verdadeiramente difícil é comprender un poema.

Por iso, creo que un dos puntos máis fortes desta versión de Jidi Majia é a calidade das roupas galegas que se lle veñen de confeccionar. A súa sonoridade fluída e cantarina, un certo gusto tradicional pero que xamais perde a súa frescura, algún toque popular sen alixeirar de máis. Léxico enxebre ben vivaz nos seus matices, algunha que outra descuberta ou *rescate* lingüístico, un rexistro atestado de forza e oufanía, un ton temperado con brillante acerto e un vocabulario poético dunha diversidade fecunda. Un vestiario en definitiva confeccionado con mestría, delicadeza e corazón.

Ante o aínda escaso rexistro de traducións de poesía chinesa contemporánea para a nosa lingua, saudemos esta grande obra que vén enriquecer o patrimonio de escrita universal en galego. Hai unha fonda entrega tanto no labor do poeta como no de quen o interpretou para nós. E eses si son garantes para unha boa experiencia. Subamos pois das súas mans a esa barcaza que singra un río de montaña no Liangshan. Gocemos da travesía mentres pasa maxestosa un ave rapaz, aprendemos a identificar un honorable moño de heroe ou a ler os presaxios nuns ósos de ovella. Será trepidante a viaxe. Ficaremos, sen dúbida, afortunadas.

YOLANDA CASTAÑO

Castelo de Hawthornden (Escocia), setembro 2016

（加利西亚语）

假若没有激情，就万般全无

[罗马尼亚] 阿列克斯·斯特凡内斯库

初识康斯坦丁·鲁贝亚努的时候，我开了一个语词玩笑，现在仍然记得：

> "我是康斯坦丁·鲁贝亚努，汉学家。"
>
> "我是阿克斯·斯特凡内斯库，也是汉学家。"
>
> "是吗？！"
>
> "对，我为米哈伊·辛的书写过评论。"

我们两人都不禁笑了。当他热情地握着我的手的时候，我感到一见如故。

后来我还（无邪地）喜欢上了我这位朋友的妻子，已经不幸过世的米拉·鲁贝亚努，一位优雅的女性和诗人。我欣赏他们夫妇的合作方式，那种以一种永不疲倦的热情探究中国文化和文明，同时乐在其中的状态，这是只有聪明绝顶的人们才会玩的游戏。

康斯坦丁·鲁贝亚努让我相信，值得乘飞机飞到我们星球的另一处，去看看中国。我应了他的盛情邀请，用了两个星期时间在这个广袤的国家尽我所能地多走多看。不过后来回国之后，仍需要他为我讲解我的所见。

康斯坦丁·鲁贝亚努是一位富有才华的作家和学者（还曾是一位出色的外交官，在中国代表罗马尼亚的利益，同时促进情况迥异的两国开展更好的交流）。

现在，读着（慧眼识珠的专家）奥拉·克利斯蒂通过电邮发给我的这部"译稿"，我看到这位享有盛名的汉学家在翻译方面又有了一位新的合作者，难免让人心生感慨。

这一次康斯坦丁·鲁贝亚努同他的合作者又为我们带来了什么呢？这是一位中国当代诗人吉狄马加的罗马尼亚文版诗集，在这之前他的作品还没有被翻译成罗马尼亚文。尽管我不懂中文（更确切说，中文的某种方言），但对"诗歌语言"还是相当熟悉的，这是从尼基塔·斯特内斯库和其他罗马尼亚大诗人那里学到的。因此，我可以说，用罗马尼亚语重写的吉狄马加的这些诗歌，充满了魅力和韵致（按照埃米尔·布鲁马鲁的话说，是"无穷的韵致"）。如同任何一位真正的诗人，吉狄马加并不掩饰真情实感的表露："一个流蜜的黄昏/她对我说：/我的绣花针丢了/快来帮我寻找/（我找遍了那条小路）/……/一个沉重的黄昏/我对她说：那深深插在我心上的/不就是你的绣花针吗？"

我们再次得到了证实，在世界上，激情并未（像一些没有能力产生激情的作者所声称的）过时。因为最终，诗歌在本质上是激情，正因如此，才使它获得了普遍意义。即便我们不懂中文，也仍能理解一个中国人远离他的爱人时候，流淌在他面颊上的泪水。

让我们感谢两位译者，是他们让我们有机会读到如此美好的诗篇！

（本文为罗马尼亚著名文学评论家阿列克斯·斯特凡内斯库为2014年欧洲思想出版社推出的罗马尼亚文版吉狄马加诗集《火焰与词语》撰写的序言）

（丁超 译）

阿列克斯·斯特凡内斯库（1947- ），罗马尼亚文学批评家和小说家。1970年毕业于布加勒斯特大学文学院，从1965年开始发表作品，70年代以后陆续就职于罗马尼亚多种重要的文学报刊，著有《罗马尼亚当代文学史（1941-2000）》。

Dacă emoție nu e, nimic nu e

©Alex. Ştefănescu

Când l-am cunoscut pe Constantin Lupeanu, am făcut un joc de cuvinte pe care mi-l aduc aminte şi acum:

—Constantin Lupeanu, sinolog.

—Alex. Ştefănescu, tot sinolog.

—Da?!

—Da, am scris despre cărţile lui Mihai Sin!

Am râs amândoi şi, când mi-a strâns mâna cu căldură, mi s-a părut că suntem prieteni dintotdeauna.

Am îndrăgit-o apoi (inocent) şi pe soţia prietenului meu, regretata Mira Lupeanu, o femeie şi o poetă fermecătoare. I-am admirat pentru modul cum colaborau, explorând cu o pasiune niciodată epuizată cultura şi civilizaţia chineză şi, în acelaşi timp, jucându-se, cum numai oamenii inteligenţi ştiu s-o facă.

Constantin Lupeanu m-a convins că merită să zbor cu avionul până pe partea cealaltă a planetei, ca să văd China. Am dat curs îndemnului său şi am văzut tot ce se poate vedea în imensa ţară timp de două săptămâni. Apoi însă, întors acasă, a trebuit ca tot el să-mi explice ceea ce am văzut.

Constantin Lupeanu este un talentat scriitor şi un învăţat (şi a fost şi un diplomat strălucit, reprezentând interesele României în China şi contribuind, totodată, la o mai bună comunicare între două ţări atât de diferite).

Constat acum, citind "manuscrisul" pe care mi l-a trimis prin e-mail Aura Christi (expertă în identificarea oamenilor de valoare), că reputatul sinolog are, în materie de traducere, un nou colaborator, propriul său fiu (pe care nu l-am mai văzut de când era un copil). Ce înduioşător!

Ce ne oferă de data aceasta Constantin Lupeanu şi colaboratorul său? Versiunea românească a unui volum de versuri semnat de un poet chinez contemporan, Jidi Majia, nemaitradus până acum în limba română. Chiar dacă nu ştiu limba chineză (mai exact, vreunul din dialectele ei), ştiu destul de bine "limba poezească", pe care am învăţat-o de la Nichita Stănescu şi de la alţi mari poeţi români. Pot spune, deci, în cunoştinţă de cauză că textele rezultate din rescrierea în limba română a poeziilor lui Jidi Majia sunt pline de graţie şi delicateţe (de o "infinită delicateţe", cum s-ar exprima Emil Brumaru). Ca oricărui poet adevărat, lui Jidi Majia nu i se pare compromiţător să fie sentimental: "Într-o seară fermecată/ Ea mi-a spus:/ Am pierdut acul de brodat/ Vino repede. / Ajută-mă să-l găsesc. (Am căutat cărarea toată)/.../ Într-un amurg greu/ I-am spus:/ Ceea ce mi s-a înfipt adânc în inimă/ Nu este chiar acul tău de brodat?"

JIDI MAJIA

FLACĂRĂ ŞI CUVÂNT

Avem o dovadă în plus că, în lume, emoţia nu s-a demodat (aşa cum pretind unii autori incapabili să producă emoţie). Că, până la urmă, poezia este emoţie în esenţa ei, ceea ce, de altfel, îi asigură universalitatea. Chiar dacă nu înţelegem scrierea chineză, înţelegem lacrima care se prelinge pe obrazul unui chinez, când se află departe de iubita lui.

Să le mulţumim traducătorilor pentru că ne-au înlesnit accesul la ceva atât de frumos!

（罗马尼亚语）

鲁博安采访记录

［罗马尼亚］鲁博安

鲁博安：吉狄马加先生，您当过政治家，当过一个省的省长，在欧洲相当于一个国家的总统，然后，为了艺术，您又放弃了那一切。目前，您是中国作家协会副主席。作为杰出的诗人，您的作品发行了数万册，并被译成世界上的主要语言。在罗马尼亚，在2014年，您的诗集《火焰与词语》以及您的随笔集先后出版。请您告诉罗马尼亚读者，在您看来，诗是什么？

吉狄马加：非常乐意接受你的采访，因为你作为研究和翻译中国文学的专家，多年来一直致力于中国和罗马尼亚两国的文学交流，你做出的贡献是有目共睹的，谢谢你卓有成效的工作。正如你所言，我的诗歌已经被翻译成世界许多不同的语种，作为诗人来讲，这当然是一件十分令人高兴的事。因为当一个诗人的诗从一种语言变成另一种语言，这无疑是一个创造性的过程，我以为这是翻译家为我们又提供了一个第三空间，从广义上来讲，真正的诗是不可翻译的。难怪有人说，诗就是我们在翻译过程中失去的那部分，但是同时也有人讲，当诗被翻译成另一种语言的时候，它又会呈现出那一种语言中的更特别的诗性，所以尽管诗歌翻译是一门遗憾的艺术，但人类对诗歌的翻译却一天也从未有过停止，正因为这样，任何一种对诗的高水平的翻译，毫无疑问都将是创造性的翻译。我特别高兴我的诗能被翻译成罗马尼亚文，因为罗马尼亚是一个诗的国度，有着悠久而伟大的诗歌传统，无论是在古代还是在现当代，都出现过许多伟大的诗人。我过去就曾经阅读过爱明内斯库的诗歌，他诗歌的抒情性以及对故土刻骨铭心的爱，都给我留下了十分深刻的印象。还有一些罗马尼亚现当代诗人的诗歌，对社会和现实的关注都很突出，诗人没有丧失作为社会生活参与者的主体立场，有些诗既见证了人类在历史转折时所遭遇的精神困境，同时也写出了诗人对明天和未来的憧憬，所以从这个意义上来讲，诗歌依然会在我们通向明天的道路上发挥着谁也无法替代的作用。这个世界仍然需要诗歌，是因为诗歌精神必然会在一个极端拜物的时代复活，这就是所谓的"物极必反"，否则，当人类的精神生活真的完全死亡，那么人类离自己毁灭的时间就不会太远了。请你放心，人类之所以能区别于其他动物，就在于人类任何时候都不可缺少自己对精神价值的追求，精神创造以及精神需求无疑是人类构建现实和未来最重要的一个方面。诗歌作为语言的艺术，它已经伴随人类有数千年的历史，如果不是我武断地认为，它也可以说是一种最古老的艺术，因为人类最初的口头诗歌，就是和音乐、舞蹈、祭祀等紧密联系在一起的，原始时期诗人的身份其实就是部族首领和祭师的统一。在今天虽然是一个消费主义至上的时代，但人类依然渴望着健康、美好的精神生活，诗歌虽然历尽了岁月的沧桑和时间的考验，但是直到今天它仍然是抚慰人类心灵世界最清凉的甘露。有人说，今天的跨国资本实际上已经建立起了，一个覆盖全世界的隐形权力体系，它们从不同的角度支配着人类的生活，一个本身极为多样性的人类将在全球化的背景下，变得越来越同质化。可以肯定，这种倾向和发展方式是毫无可取之处的，甚至是极其危险的，我坚信人类只有保护了自己的多样性和丰富性才可能穿越"全球化"设置的陷阱，从而更好地去促进人的全面发展，去建设一个更加和谐的人类社会。为此，全世界的诗人应该团结起来，只有这样，我们的诗歌才会成为精神的化身，才会成为反对任何一种对人的异化的武器。

鲁博安：请您简略扫描一下中国当今诗歌。据中国诗人以及中国编辑说，近两三年来，人们利用手机微信平台，成立了许多诗歌朗诵团体，出现了不少诗歌微信公众号。

吉狄马加：中国是一个诗歌的大国，同样有着悠久的伟大的诗歌传统，唐代是中国诗歌的黄金时代，也可以这样说，它同样是世界诗歌的黄金时代。李白、杜甫等诗人创作的作品，毫无争议已经成为中国和世界诗歌宝库中的重要遗产。从东方美学思想的构成来看，中国是一个充满了诗性的国度，甚至许多哲学和思想著述，都是用诗歌的方式来表达的，就是到了今天也不例外，中国的诗歌仍然处在一个十分繁荣的时期。但在这里，我想说的是，中国今天的诗歌创作，特别是在形式上，已经和古代诗歌有了很大的区别，中国新诗的发展实际上有两个重要的源流，一是对中国古典诗歌的继承和发展，另一个是向西方，当然也包括其他外来诗歌的学习和借鉴，这其中也有向罗马尼亚诗歌的学习。需要更清楚地说明的是，中国新诗的创作，在语言的使用上，已经完全与过去的古典诗歌有了很大的变化，这种变化甚至是断层式的，我不知道在罗马尼亚的古典诗歌和现代诗歌中是否也存在这样的断层，当然，对诗歌传统和诗歌精神的继承和弘扬，在中国诗歌发展中是从未被中断过的。中国新诗的创作和实践还不到一百年的时间，但中国的诗歌史却已经有了数千年。不言而喻，当下的中国诗人众多，诗歌流派众多，有不少杰出的诗人，无论在民众还是在国际上都产生了较为广泛的影响。特别是中国作家协会和各省市自治区的作家协会，都一直致力于推动中国当代诗歌的发展和繁荣，每年都有数以万计的诗集出版，同时还举办了不同级别的诗歌奖项，颁发给许多不同年龄段的优秀诗人。随着网络时代的来临，正如你所提到的那样，今天的诗歌生活已经进入了网络，而网络诗歌的传播又深刻地影响着诗歌受众的生活，手机微信平台、诗歌微信公众号已经成为网络时代诗歌传播的重要手段。特别令人欣喜的是，许多诗歌的读者和朗诵爱好者，都积极参与到诗歌微信公众平台的积极互动，参与人数的极速增加远远超过了我们的预计，这说明诗歌并没有走到社会的边缘，读者并没有抛弃他们心爱的诗歌。同时随着人们对高品质精神生活质量提高的要求，许多文化机构开始在电视台、剧场有组织地开展诗歌朗诵，许多诗歌朗诵团体也应运而生，近几年，诗歌的普及率和社会影响面越来越大，诗歌在与大众建立更有效的关系方面，发挥出了别的艺术形式不可能发挥的作用。

鲁博安：当今诗歌的社会作用是什么？

吉狄马加：你问我当今诗歌的社会作用，这是一个很大的题目，我以为用几句话是很难说清楚的，在这里请允许我用我在第五届青海湖国际诗歌节开幕式上的一段话来回答这个问题：这个世界直到今天还需要诗歌，因为物质和技术，永远不可能在人类精神的疆域里，真正盛开出馨香扑鼻的花朵……正如捷克伟大诗人雅罗斯拉夫·塞弗尔特在诗中写的那样："要知道摇篮的吱嘎声和朴素的催眠曲，还有蜜蜂和蜂房，要远远胜过刺刀和枪弹"，他这两句朴实得近似于真理的诗句，实际上说出了这个世界上所有诗人的心声。这个世界还需要诗歌，是因为作为人，也可以说作为人类，我们要重返到那个我们最初出发时的地方，也只有诗歌——那古老通灵的语言的火炬，才能让我们辨别出正确的方向，找到通往人类精神故乡的回归之路。尽管我们仍然面临着许多困难，但我们从未丧失过对明天的希望。让我们为生活在今天的人类庆幸吧，因为诗歌直到现在还和我们在一起，因此我有理由坚定地相信，诗歌只要存在一天，人类对美好的未来就充满着期待。

　　原谅我，因为时间关系，我只能简短地回答这几个问题，谢谢你热情的采访，请通过这篇采访转达我对罗马尼亚这个伟大国家的热爱之情，并向罗马尼亚诗人同行致敬！

（高兴　鲁博安　译）

鲁博安，罗马尼亚诗人、汉学家、翻译家。1941年8月出生在罗马尼亚多尔日县穆尔加什乡，曾用罗马尼亚文翻译10余部中国古典文学作品和现当代作家的作品。

România este un simbol al poeziei

◎ Întrebare

Întrebare: Domnule Jidi Majia, ați fost om politic, guvernatorul ales al unei provincii, funcție echivalentă în Europa cu aceea a unui președinte de stat, apoi ați renunțat pentru a vă dedica artei, iar în prezent sunteți vicepreședintele Asociației Scriitorilor din China, poet apreciat. Cărțile dvs. de poezie sunt editate în zeci de mii de exemplare și ați fost publicat în principalele limbi (și țări) ale lumii. În România, în anul 2014 v-a apărut cartea de poezie Flacără și cuvânt, iar în urmă cu câteva luni un volum de eseuri literare. Vă rugăm să spuneți cititorilor români ce este poezia în viziunea Domniei Voastre.

Răspuns: Accept cu bucurie acest interviu, deoarce Dvs, expert fiind în studierea și traducerea literaturii chineze, ați fost ani de zile implicat în schimburile chino-romăne în domeniul literaturii, iar contribuția dumneavoastră est evidentă pentru toată lumea. Vă mulțumim pentru eficacitatea remarcabilă!

Așa cum ați spus, poeziile mele au fost traduse în numeroase limbi. Mie, ca poet, acest lucru îmi conferă cu siguranță multă bucurie, pentru că transpunerea poeziilor unui poet dintr-o limbă în altă limbă presupune fără îndoială un proces de creație. Eu cred că, în felul acesta, traducătorii ne oferă cel de-al treilea spațiu. Discutând la modul general, o poezie bună nu poate fi tradusă. Nu e de mirare de ce unii spun că în procesul traducerii poezia pierde o parte a ei, dar totodată alții spun că atunci când o poezie este tradusă într-o altă limbă ea poate evidenția caracteristici poetice proprii acelei limbi. Prin urmare, cu toate că traducerea poeziei este o artă discutabilă, oamenii nu au încetat nici măcar o zi această activitate și de aceea orice traducere de înalt nivel este fără îndoială o operă de creație.

Într-o țară cu tradiții mărețe și îndelungate, fie în vechime fie astăzi, au apărut destui poeți de valoare. Eu am citit cândva poeziile lui Mihai Eminescu. Poeziile sale lirice, poemele de dragoste nețărmurită pentru pământul natal mi-au lăsat o impresie profundă. Iată de ce, sunt deosebit de bucuros că poeziile mele au putut fi traduse în limba română. România este un simbol al poeziei.

De asemenea, sunt poezii ale unor poeți români contemporani foarte ancorate în social și în realitate. Poeții n-au pierdut poziția subiectivă de participanți la viața socială, unele poezii fiind mărturii ale piedicilor de ordin spiritual trăite în perioade de cotitură istorică, altele exprimă teama cu privire la mâine și la viitor, de aceea, dacă discutăm despre acest aspect, poezia continuă să aibă rolul de a evidenția că nimeni nu poate fi înlocuit pe calea noastră spre ziua de mâine.

Această lume are încă nevoie de poezie, pentru că spiritul poeziei trebuie să învie într-o epocă a venerării extreme a bunurilor. Aceasta este așa-numita „opoziție a extemelor", în caz contrar, viața spirituală a omenirii ar dispărea definitiv, iar oamenii nu s-ar afla prea depete de timpul auto-distrugerii. Dar te rog să fii liniștit, dragă prietene, oamenii se deosebesc de animale, prin aceea că omul nu s-a lipsit niciodată de urmărirea valorii spiritului. Spiritul creator și cerințele spirituale reprezintă cele mai importante domenii ale construcției realității și viitorului.

Drept artă a limbii, poezia l-a însoțit pe om timp de mii de ani, iar dacă nu este cumva o aserțiune arbitrară, aș spune că poezia este arta cea mai străveche, pentru că de la bun început versurile orale ale omului au fost în strânsă legătură cu muzica, cu dansul şi cu ritualul, încât poeţii din timpurile dintâi se identificau cu şeful tribului, cu maestrul de ceremonii.

În zilele noastre, cu toate că trăim într-o epocă orientată către consum, oamenii tânjesc după o viaţă spirituală sănătoasă, frumoasă; cu toate că poezia a cunoscut atâtea vicisitudini şi a trecut prin testul timpului, ea până astăzi continuă să fie roua cea mai limpede a lumii, roua care înseninează sufletele oamenilor.

Unii spun că astăzi a fost deja instituit capitalul transnaţional, un sistem al puterii invizibile care acoperă lumea întreagă şi care distribuie viaţa omenirii din toate punctele de vedere; o omenire extrem de diversă pe fundalul globalizării va ajunge din ce în ce mai omogenă şi putem fi siguri că această tendinţă şi această dezvoltare nu au nici un merit, nu duc nicăieri, ba chiar sunt extrem de periculoase. Eu sunt ferm convins că numai protejând propria diversitate şi bogăţie omenirea va putea evita capcana „globalizării"; în felul acesta, va putea şi mai bine să stimuleze dezvoltarea plenară a omului, să construiască o societate umană mai armonioasă.

Pentru aceasta, poeţii din lumea întreagă ar trebui să fie laolaltă, fiindcă numai astfel poezia poate să fie personificarea sufletului, poate să devină o armă care se opune oricărui fel de alienare umană.

Întrebare: Vă rugăm un tur de orizont asupra poeziei chineze de astăzi. Poeţii, dar şi editorii chinezi spun că de vreo doi-trei ani se citeşte (şi se vinde) mai multă poezie, graţie în primul rând reţelelor de socializare pe telefoanele mobile, înfiinţării de multe societăţi de lectură şi recitare de poezie, cu înregistrări ad-hoc şi transmiterea pe internet, wechat etc.

Răspuns: China este o ţară mare şi totodată are o tradiţie poetică bogată şi străveche. Dinastia Tang a fost epoca de aur a poeziei chineze, aş putea spune că ea a constituit şi epoca de aur a poeziei lumii. Operele create de poeţi ca Li Bai, Du Fu şi alţii au devenit fără îndoială moşteniri de seamă ale tezaurului poetic chinez și mondial. Din unghiul de vedere al esteticii orientale, China este un teritoriu plin de poezie, și chiar numeroase scrieri de filozofie și gândire s-au folosit de exprimarea poetică. Astăzi este la fel, poezia Chinei cunoaște o perioadă de extremă înflorire. La acest capitol aș vrea să spun că poezia chineză de astăzi, mai ales formal, prin urmare din punctul de vedere al formei de exprimare se deosebește foarte mult de poezia chineză veche.

Dezvoltarea poeziei chineze noi are în realitate două origini: una ar fi moștenirea și dezvoltarea poeziei clasice chineze, alta ar fi studierea și preluarea tehnicii poeziei apusene, desigur și a altor exprimări poetice străine, iar aici este inclusă și învățarea de la poezia română. O prezentare și mai clară ar fi: în folosirea limbii, poezia chineză nouă cunoaște o foarte mare și completă transformare față de poezia clasică, această schimbare este chiar rupere de fond, cu totul. Nu știu dacă și între poezia română clasică și modernă există o asemenea rupere de fond. Desigur, în dezvoltarea poeziei chineze nu a existat o întrerupere în ceea ce privește continuarea și promovarea tradiției poetice și a spiritului poetic. Crearea și practicarea poeziei noi în China încă nu a împlinit o sută de ani, însă istoria poeziei chineze are câteva mii de ani.

Evident, sunt mulți poeți chinezi, multe grupări poetice, există destui poeți remarcabili care în țară sau în lume au generat o influență relativ largă. Asociația Scriitorilor din China și asociațiile de scriitori din provincii, municipii și regiuni autonome sunt permanent angajate să promoveze dezvoltarea, prosperitatea poeziei contemporane chineze; anual se publică câteva zeci de mii de cărți de poezie și totodată există numeroase premii de poezie la diferite nivele care sunt oferite poeților de valoare de diferite vârste.

După cum ați menționat și dvs., viața poeziei din zilele noastre a intrat deja pe internet, iar răspândirea pe rețele a poeziei influențează profund receptarea acesteia de către public. Platforma wechat de pe telefonul mobil, prezența publică pe wechat a poezei au devenit principalul mijloc de răspândire a poeziei, iar ceea ce face deliciul este că numeroși cititori de poezie și iubitori de poezie recitată participă activ la această activitate de răspândire a poeziei pe platformele micro. Participanții la acest fel de activitate depășesc cu mult estimările noastre, iar acest lucru dovedește că poezia nu a ajuns la periferia societății și că cititorii n-au renunțat la a gusta poezia.

Totodată, pe măsura cerinței de creștere a calității vieții spirituale și materiale, numeroase organisme culturale au început să organizeze recitări de poezie la televiziune și în teatre, s-au născut numeroase cercuri de recitare de poezie. În anii aceștia, răspândirea poeziei și influența socială sunt din ce în ce mai mari, poezia a stabilit cu mulțimea o relație tot mai efectivă și exercită un rol pe care alte arte nu-l pot avea.

Întrebare: Care este rolul poeziei sociale astăzi?

Răspuns: Mă întrebați care este astăzi rolul social al poeziei. Aceasta este o temă extrem de largă. Cred că în câteva cuvinte îmi va fi greu să mă exprim limpede și de aceea vă rog să-mi permiteți să folosesc o parte a cuvântului meu la ceremonia de deschidere al Celui de-al cincilea Festival internațional de poezie Lacul Qinghai, August 2015:

Până în zilele noastre, lumea aceasta are nevoie de poezie, pentru că materia și tehnica nu vor putea niciodată să devină domenii ale spiritului omenirii, flori pline de miresme ... la fel cum a scris într-un poem marele poet ceh Iaroslav Seifert: „trebuie să știm scârțăitul leagănului și simplul cântec de leagăn, să știm albinele și stupii și să ne îndepărtăm de baionete și gloanțe"; aceste două versuri simple ale sale sunt atât de aproape de adevăr și în realitate exprimă glasul inimii fiecărui poet al lumii.

Lumea are nevoie de poezie, deoarece, ca oameni, am putea spune ca omenire, noi trebuie să ne întoarcem la locul de unde am pornit odinioară, fiindcă numai poezia este --- acea torţă a limbii spiritului antic. Numai astfel vom putea desluşi direcţia corectă, vom putea găsi drumul întoarcerii în satul natal al spiritului omenirii, şi cu toate că ne confruntăm cu destule greutăţi, nu n-am pierdut niciodată speranţa în ziua de mâine.

Haidem să serbăm fericirea vieţii omului astăzi, fiindcă până în zilele noastre poezia este încă cu noi, iar noi avem motive să credem cu tărie că, dacă poezia există o zi, omenirea aşteaptă cu nerăbdare un viitor mai bun.

Cer iertare, din pricina timpului, nu am putut decât să ofer un răspuns scurt. Vă mulţumesc pentru interviul acesta cald şi vă rog să transmiteţi sentimentele mele de dragoste fierbinte pentru România, această măreaţă ţară, precum şi salutul meu colegial poeţilor români!

Vă mulţumim pentru acceptarea acestui dialog şi vă cerem permisiunea de a prezenta în traducere românească câteva dintre poeziile dvs. recent scrise.

Constantin Lupeanu

Beijing, 14 Decembrie 2015

（罗马尼亚语）

孟加拉语诗集序

[印度] 阿希斯·萨纳尔

　　诗歌是诗人进入心灵世界的路径。可观的物质世界的光影，时刻弹响诗人的心弦，所以，印度文学中把诗人喻为观察真实世界的圣哲。吉狄马加就是这样一位诗人，在他的诗作中，回荡着他对祖国、社会和时代的丰沛情感。正是他的这个特点，使他超越时空，留下与众不同的印记。

　　我接触他诗歌的时间并不太长。起初品尝他诗歌的情味，诗作的丰美和深邃，令我大为惊讶。我在他的诗中听到了人和泥土絮语的清晰回声。我在翻译他的诗集《火的字母》的过程中，越来越感到惊奇。我面前浮现起一个民族的整体形象。

　　吉狄马加本人曾阐述他的特点，他告诉读者：

> 我是这片土地上用彝文写下的历史
> 是一个剪不断脐带的女人的婴儿
> 我痛苦的名字
> 我美丽的名字
> 我希望的名字
> 那是一个纺线女人
> 千百年来孕育着的
> 一首属于男人的诗。

　　在吉狄马加这首诗里的自我介绍中，可以发现他的鲜明特色。他毫不犹豫地骄傲地宣告：他是一位彝族诗人。他写道：

> 我写诗，
> 是因为我的父亲是彝族
> 我的母亲也是彝族
> 他们都是神人支呷阿鲁的子孙。

吉狄马加就这样一步步展示诺苏彝族的往昔、今时和未来的历史轨迹。"诺苏"这个单词的意思是黝黑。他们的游牧人戴黑帽子，他们的黑布衣服上缀有黄色和红色丝线。吉狄马加的诗中写道：

> 我写诗，
> 是因为我相信，
> 忧郁的色彩是
> 一个内向深沉民族的灵魂显像。
> 它很早很早以前就潜藏在
> 这个民族心灵的深处。

他对死亡和灵魂的思考，有一种寻根趋向。在他多首作品中，可以看到他表达这样的思想。他写道：

> 死亡像一只狼
> 狼的皮毛是灰色的
> 它跑到我木门前
> 对着我嗥叫

然而，

……那是因为，我的诞生就是诞生，

而我的死亡却不是死亡。

那是因为，我从遥远的未来返回……

　　透过这样的缜密思索，可看到他的诗歌中融合着普世情怀。他认识到痛苦不属于某个国家和时代。他全身心地领悟到全世界民众的痛苦本质是一样的。另一个主题，也显示出他别具一格的诗歌特色，这就是对自然的悲悯。他相信，当今的机器时代，正在破坏自然环境，可能招来文明的危险。他写道：

站在钢筋和水泥的阴影之间

我被分割成两半。

　　在反对带来毁灭的核战争和维护世界和平方面，他的认知确实也令我们深思。他作品中另一个打动我的特点，是他与享誉世界文坛的众多诗人的密切交往。

　　能把风格迥然不同的这位诗人的作品译成孟加拉语出版，我感到非常高兴。孟加拉读者通过阅读这个译本，将看到中国诗界的一条灿亮地平线，内心世界将更加充实，这是毋庸置疑的。感谢外语教学与研究出版社支持我实现这项翻译计划。在此，对"新行动"出版社也表达我的感激之情，是这家出版社帮助孟加拉读者认识了吉狄马加。最后，感谢戴尼斯·玛亚尔，是他高质量的英语译本，为我把吉狄马加的诗歌译成孟加拉语铺平了道路。

（白开元　译）

　　　　阿希斯·萨纳尔，印度当代重要作家、诗人，通晓英语、印地语、孟加拉语、古杰拉地语。1938年出生在原属印度的迈门辛（今属孟加拉国），曾为加尔各答学院讲师。在担任印度作家协会秘书长期间，在加尔各答组织了首届南亚区域联盟国家作家研讨会，系印度当代新视角文学运动的领军人物之一。1988年，诗集《如来佛桑亚尔先生》荣获巴拉蒂文学奖。

কিছু কথা

© Ashis Swanyal

কবিতা হচ্ছে কবির আত্মগত হবার মাধ্যম। দৃশ্যমান বস্তুজগতের আলো-অন্ধকার সর্বদাই কবির মনের বীণায় ঝঙ্কার তোলে। ভারতীয় সাহিত্যে কবিকে তাই সত্যদ্রষ্টা ঋষির সঙ্গে তুলনা করা হয়ে থাকে। জিদি মাজিয়া ঠিক এই ধরনেরই একজন কবি, যাঁর কবিতায় ধ্বনিত হয়েছে তাঁর দেশ, সমাজ ও কালের সার্বিক অনুভূতি। এখানেই তাঁর বৈশিষ্ট্য, যা তাঁকে দেশ ও কালের গণ্ডি পেরিয়ে স্বাতন্ত্র্য চিহ্নিত করেছে।

তাঁর কবিতার সঙ্গে আমার পরিচয় খুব দীর্ঘদিনের নয়। প্রথম আস্বাদনেই তাঁর কবিতার বৈচিত্র্য এবং গভীরতায় আমি বিস্মিত হয়েছিলাম। মাটি ও মানুষের এক জীবন্ত প্রতিধ্বনি শুনতে পেয়েছিলাম তাঁর কবিতায়। তাঁর 'আগুনের অক্ষর' কাব্যগ্রন্থটির অনুবাদ করতে করতে আমি যেন ক্রমশ গভীর থেকে গভীরতর বিস্ময়ে অভিভূত হয়ে পড়েছিলাম। একটি জাতির সামগ্রিক পরিচয় ফুটে উঠেছিলো আমার সামনে।

জিদি মাজিয়া নিজেই তাঁর এই বৈশিষ্ট্যের স্বীকৃতি দিতে গিয়ে তাঁর পাঠকদের জানিয়েছেন—

> 'নউসু ভাষায় রচিত
> আমি সেই ইতিহাস
> আমার জন্ম সেই রমণীর গর্ভে
> যিনি জন্মগ্রন্থি কাটতে অপারগ ছিলেন।
> আমার যন্ত্রণা-জর্জর নাম
> আমার পরিশীলিত নাম
> আশায় পরিপূর্ণ আমার নাম হল
> পুরুষত্বের কবিতা।'

এই আত্মপরিচয়ের মধ্যেই জিদি মাজিয়ার উজ্জ্বল বৈশিষ্ট্যকে খুঁজে পাওয়া যায়। তিনি যে একজন নউসু উপজাতীয় কবি, তা সগর্বে ঘোষণা করতে কোনও দ্বিধা করেননি তিনি। তিনি লিখেছেন—

'আমি কবিতা লিখি

কারণ, আমার মাতা-পিতা দু'জনেই

নউসু জাতিভুক্ত;

তাঁরা চাইগা আলুর বংশধর

নউসুদের পবিত্র নায়ক।'

এভাবেই এগিয়ে গেছেন নউসুদের অতীত, বর্তমান ও ভবিষ্যতের ইতিহাসকে প্রকাশ করতে কবি জিদি মাজিয়া। 'নউসু' শব্দটির অর্থ 'কালো উপজাতি'। তাঁদের যাজকরা কালো টুপি পরেন। তাঁদের পরিধানে থাকে কালোর ওপরে হলুদ ও লালের ছোঁয়া। জিদি মাজিয়ার ভাষায়—

'আমি কবিতা লিখি

কারণ, আমার মনে হয়—

আমাদের আত্মবিশ্লেষণী শক্তি

যা চিন্তাপ্রবণ উপজাতীয়দের

বাইরে থেকে বিষণ্ণতার রংয়ে প্রতিভাত করেছে,

দীর্ঘ সময় ধরে

এই রং আমাদের হৃদয়ে আন্দোলিত।'

মৃত্যু ও আত্মা সম্পর্কিত ভাবনার ক্ষেত্রেও তাঁর মধ্যে এসেছে শেকড়ের অনুসন্ধান। তাঁর বহু কবিতাতেই এই সম্পর্কিত ভাবনার প্রকাশ লক্ষ্য করা যায়। তিনি লিখেছেন—

'মৃত্যু হল নেকড়ের মতো

যে নেকড়ের কেশর ধূসর

যা আমার কাঠের দরজা পর্যন্ত বিস্তৃত।

অথবা—

'... আমার জন্ম শুধুই জন্ম

কিন্তু আমার মৃত্যু— মৃত্যু হবে না

কারণ, আমি ভবিষ্যৎ থেকে ঠিকড়ে এসেছি।'

এই সব ভাবনা-চিন্তার মধ্যেই একটা আন্তর্জাতিক অনুভূতি তাঁর কবিতায় সঞ্চারিত হয়েছে। যন্ত্রণার যে দেশ-কাল নেই, তা তিনি উপলব্ধি করেছেন। সারা পৃথিবীর মানুষের যন্ত্রণার স্বরূপ যে একই রকম, তা তিনি মনে-প্রাণে

উপলব্ধি করেন। আর একটি দিক যা তাঁর কবিতার অন্যতম বৈশিষ্ট্য, তা হল প্রকৃতির প্রতি সমবেদনা। আধুনিক যন্ত্রযুগ যেভাবে প্রকৃতিকে ধ্বংস করছে, তা একদিন সভ্যতার বিপদ ঘটাতে পারে বলে তিনি বিশ্বাস করেন। তাঁর ভাষায়—

'যন্ত্র আর জড় ইস্পাতের মধ্যে
মনে হয় জীবনের বিশ্বাস থেমে গেছে।'

আণবিক যুদ্ধের ধ্বংসলীলার বিরুদ্ধে, বিশ্বশান্তির পক্ষে তাঁর অনুভূতি সত্যই আমাদের ভাবিত করে। আরও একটা বৈশিষ্ট্য, যা আমাকে মুগ্ধ করেছে, তা হোলো তাঁর বিশ্বকবিদের সঙ্গে নিবিড় সান্নিধ্য।

সম্পূর্ণ স্বাতন্ত্র্য চিহ্নিত এই কবির কবিতা বাংলা তর্জমায় প্রকাশ করতে পেরে আমি আনন্দিত। চিনা কবিতার একটি উজ্জ্বল দিগন্তের সঙ্গে পরিচিত হতে পেরে বাঙালি পাঠক যে সমৃদ্ধ হবেন, তাতে কোনও সন্দেহ নেই। এই পরিকল্পনাকে বাস্তবায়িত করার জন্য FLTRP কে ধন্যবাদ জানাই। কৃতজ্ঞতা প্রকাশ করছি 'নয়া উদ্যোগ' সংস্থার কর্তৃপক্ষের কাছেও বাঙালি পাঠকের কাছে জিদি মাজিয়াকে পৌঁছে দেবার জন্য। সবশেষে ধন্যবাদ জানাই ডেনিস মেয়ারকে যাঁর সুন্দর ইংরেজি অনুবাদ আমাকে সাহায্য করেছে বাংলা অনুবাদে।

আশিস সান্যাল

(孟加拉语)

কলকাতা
জুলাই ২৪, ২০১৪

意大利语版诗集《天涯海角》序言

[意大利] 维尔马·康斯坦蒂尼

吉狄马加，1961年出生于中国四川省一个古老的彝族家庭。彝族是中国55个少数民族之一，与汉族一起组成了中华民族。

彝族地处偏远但景色秀美的山区，总人口约八百万，在过去的几十个世纪里，他们保留了本民族特有的服饰和丰富的文化传统，比如民族语言、民间诗歌和民族音乐等。

吉狄马加，全名吉狄·略且·马加拉格。根据彝族人的习俗，全名由父子的名字组合而成。吉狄马加是在诗歌潜移默化的熏陶下长大的，这些诗歌都由他的母语写成。有趣的是，他对汉语文字的驾驭能力其实是在后天涉猎了大量的中国文学作品后获得的，又在大学校园中得以增强。

正如作者本人所述，他身上拥有源于中华文化的彝族基因，还蕴涵着欧洲尤其是俄罗斯传统文化的影子。在他的内心深处，也可追寻到意大利诗歌的印记。这些意大利诗歌的印记是由吕同六先生精湛的诗歌翻译带到中国的。

作者丰富的阅历融入了自身的创作之中，使读者能够领略到文笔中的大气磅礴，也使读者惊讶于这位年轻作家的能力。他能够通过简洁的语言，使遥远的国度跃然纸上，十分真切，令读者久久不能忘怀。

也许正因为他的母语并非汉语，他才能更好地体悟到李白、杜甫，尤其是"现代派的"白居易的精妙之处。他能把八九世纪中华诗词的精妙之处运用在自己的诗歌之中，使自己的诗歌变得更具有魅力。如今，吉狄马加的诗作已被翻译成很多语言，在中国文坛上也颇有地位。他是中国少数民族文化的传承者，也从社会角度和政治角度支持和保护少数民族文化。同时，他也参加了很多组织和协会，比如中国作家协会。如今他是中国作家协会副主席，继续为传播本民族文化做着贡献。

（张雪梅　译）

维尔马·康斯坦蒂尼，意大利女诗人、汉学家、翻译家、记者。中文名字为康薇玛。1939年出生于佛罗伦萨。毕业于罗马大学东方学系，翻译并发表多篇当代中国诗人的作品，也用俄语和波兰语翻译小说和诗歌作品。曾出版诗集《以词汇的形式》《异物》《会晤之书》《逆行》《利文斯通的伞》。

La fine del modo

◎ Vilma Costantini

Jidi Majia è nato nel 1961 nella provincia cinese di Sichuan, da un'antica famiglia di etnia Yi, una delle 55 minoranze che costituiscono, insieme alla maggioranza Han, la popolazione della Cina.

Isolati in zone montuose impervie, ma di struggente bellezza, gli Yi, che contano oggi circa sei milioni di persone, hanno mantenuto nei secoli i propri costumi e una ricca tradizione culturale, tra cui una lingua propria, e un cospicuo patrimonio di poemi popolari e canti epici.

Jidi Majia, il cui nome completo è Jidi Luoqie Majialage—secondo l'usanza Yi di unire insieme il nome del padre e del figlio—ha trascorso la propria giovinezza nutrendosi della poesia "spontanea" nella lingua materna, ma attratto anche, con i primi studi della lingua cinese, dalla raffinata letteratura millenaria della più grande Madre, e più tardi, durante gli studi universitari, dalla cultura esterna.

In lui, coesistono, come ha scritto di se stesso, i geni degli Yi, l'impronta della cultura cinese e le ombre della grande tradizione europea, in particolare quella russa. Ma nel suo vasto bagaglio di letture trovano posto anche i poeti italiani, giunti in Cina attraverso le eccellenti traduzioni dell'italianista Lü Tongliu

Le composite esperienze consentono alla sua scrittura un ampio respiro che si coglie anche nella immediatezza della lettura dei suoi testi. Ma il lettore che ha già assaggiato le delizie della poesia cinese classica è sorpreso dalla capacità di questo giovane poeta di fare suo quel mondo remoto e di portare in superficie, nel linguaggio attuale, echi di una stagione poetica troppo a lungo dimenticata.

Forse solo uno "straniero" per la lingua di Li Bai, di Du Fu e soprattutto del "modernisimo" Bai Juyi, può riappropriarsi di quella ricchezza linguistica che la poesia cinese dei secoli VIII-IX ci ha dato, rielaborandone le suggestioni universali.

Oggi Jidi Majia, poeta tradotto in molte lingue, occupa un posto di rilievo nel suo paese, come letterato e come sostenitore delle culture minoritarie, anche dal punto di vista sociale e politico, rappresentandole in parlamento e nelle grandi organizzazioni, come l'Associazione degli scrittori cinesi. Ma il suo sentirsi "diverso", appartenente cioè a una di quelle minoranze che hanno sofferto per il fatto di essere tali, istintivamente lo porta a un affiatamento con gruppi di individui e categorie sociali che da sempre costituiscono i "perdenti" della terra.

Vilma Costantini

（意大利语）

拥抱一切的诗歌[①]

[俄] 叶夫盖尼·叶夫图申科

"人有三死，而非其命也。"

——孔子[②]

只有一位非凡的作家方能写得如此明晰和朴实[③]。

甚或，只有一位背靠汉语格言警句之长城的中国作家方能如此写作，这道城墙并未使汉语格言警句与人类的其他区域相隔绝，反而将中国哲学与整个世界的哲学峰峦完满地连接为一个整体。我为之作序的这些格言警句的作者，就是无所畏惧的吉狄马加。孔子在《论语》中所说的一句话完全适用于他："温故而知新，可以为师矣。"

他的诗歌将世界历史的所有时代、将世界诗歌的各种语言连接为一个整体，犹如一道人类智慧的彩虹。吉卜林说过一句名言："东方即东方，西方即西方，它们都无法挪动地方。"可是，这句话对于马加来说却是陈腐之词。俄国与中国已完全恢复兄弟般的关系，我因此对中国充满感激。中国有许多可供学习之处，其中就包括其政治克制。中国的经济比许多欧洲中等国家都更文明，更强大。美国负债于中国。一切都在相互交替，一切都在相互交结。阿拉伯国家的大量移民涌入欧洲，这使得之前的所有预言皆成虚妄，

---

① 此文为俄国著名诗人叶夫盖尼·叶夫图申科为吉狄马加俄文诗集《从雪豹到马雅可夫斯基》所作序言，写作时间为2017年2月。

② 孔子此语之俄译与原文有出入，俄译为"每一种死亡皆为投向生活的谴责"。

③ "明晰和朴实"是俄国人对普希金诗歌风格的著名归纳。

513

他们完全不愿心悦诚服地被欧化，反而对好客的接纳者展开恐怖活动……圣诞节期间，650辆法国汽车被焚毁，一位突尼斯裔司机驾驶大卡车碾压那些给了他工作机会的法国人。是世界末日？一切归根结底都取决于我们自身的随机应变。孔子曾嘲笑那些只会因为"怎么办"而伤透脑筋的人，他认为重要的是去做。去做自己，则更好。请你们想一想美国哲学家爱默生，他有一句格言常能让我步出困境："每一堵墙都是门。"伟大的阿尔及利亚人加缪①在为一部法文书籍作序时引用过这句话，当时，即便在最可怕的噩梦中也很难预见如今的局面。

出路总是有的。应当将世上的所有智慧融为一体，所有的宗教无论如何都不该相互争吵，所有的"主义"亦当如此。应当淡忘所有的相互猜疑，以拯救人类。在马加看来，世界哲学的所有峰峦上均留有先人遗迹的神奇一环，那些人的确视人类为一个大家庭，他们在这个家庭中寻求共同出路，那里有他们留给我们的召唤的遗迹，以使我们大家不再无动于衷，共同加入这样的追寻。马加是一位实践的理想主义者，当下需要这类理想主义者。我与马加仅有过一个晚上的交往，但他令人难忘。他身上充盈着对人类的爱，足够与我们大家分享。这是一位中国的惠特曼。他的身材并不魁梧，他的手也不算大，可他的身体与手臂却足以使他拥抱整个地球。他的诗歌也是这样，是拥抱一切的。马加呼应着当年还相当年轻的叶夫图申科：

> 我喜爱一切都相互交替，
> 一切都在我身上相互交结，
> 从西方到东方，
> 从嫉妒到喜悦。
> 边界妨碍我……我会不好意思，
> 如果不知布宜诺斯艾利斯和纽约……②

---

① 法国作家加缪生于阿尔及利亚的蒙多维，成长于阿尔及利亚贝尔库的平民区，后在阿尔及尔读中学和大学，当过阿尔及利亚竞技大学队足球队门将，曾在阿尔及尔大学攻读哲学和古典文学。

② 这是叶夫图申科《序言》（1955）一诗中的诗句。

又如：

> 当边界尚在，我们只是史前人。
> 历史开始时，便再无边界。[①]

马加拥有的这种智慧和胸怀，在任何一种边界之内都会感觉逼仄，因为对他而言，这些边界只是战争在我们地球母亲身上划出的道道伤痕。真正的边界实际上不存在于国与国之间，而存在于人与人之间。

马加的诗歌是一幅由世界上许多优秀诗人的创作构成的镶嵌画，这里有匈牙利的自由歌手尤诺夫，有俄国未来派首领马雅可夫斯基，有西班牙反法西斯主义者洛尔迦，有土耳其诗人希克梅特，有智利诗人聂鲁达，有被苏联时期的刽子手活埋的格鲁吉亚诗人塔比泽。马加是由所有这些诗人构成的。

他甚至是由那种注定能使人不朽的死亡构成的。

并非每个人都敢于与死亡结盟，以便谴责生活对于人所持的犯罪性的无人性态度，当生活允许人们在童年、甚至婴儿时就被战争、疾病、经常性的营养不良和饥饿所杀害，他们无论如何也不该遭受这些不幸。我记得，很多人曾感觉萨哈罗夫院士很天真，当他作为氢弹的发明人试图征集签名，认为一切战争均属非法，因为战争的大多数牺牲者都是无辜的。他和许多核物理学家一样都成了和平主义者，因为他们最早意识到在核战争中没有赢家，尽管直到如今，他们仍无法说服世界上的当权者宣布一切战争非法，因为若停止一切武器生产和武器改进，数百万人便会失去工作。不应忘记，同样不愿看到又一次世界大战爆发的许多美国人在其潜意识中既无关于美国境内战争的深刻记忆，也不像欧洲人那样对外国占领者建立的集中营刻骨铭心，可他们记得，正是世界大战和军事工业的发展帮助他们走出了经济大萧条。因此，"战争"一词对于他们而言并不像对于欧洲人那样令人恐怖。于是，一种悖论便持续下来，即被送上法庭的只有被抓获的个人杀人犯，而参与大规模屠杀、即战争的罪犯却不承担任何责任，甚至还不时获奖受勋。在战后

[①] 这是叶夫图申科的长诗《禁忌》（1963-1985）中的诗句。

的美国曾涌现出一批经历战争的杰出的反法西斯作家与和平主义者，如海明威、冯内古特、斯泰伦、金斯堡、鲍勃·迪伦等，他们勇敢地谴责越战。这些作家中的许多人都成了我的生活导师，他们长眠在如今对我而言已不陌生的美国土地上。谢天谢地，如今许多美国人前往越南和广岛旅游，他们会在留言簿上写道："永不再战！"可遗憾的是，在电影课上观看我那部描述我这一代人在二战期间经历的影片《幼儿园》之后，一位可爱的美国农场主之女却在作业中写道："尽管俄国在二战期间曾与希特勒狼狈为奸，我仍对叶夫图申科先生充满感激，因为他向我们展示，某些俄国人也很善良可爱。"呜呼，某些美国中小学教师正是这样教授历史的，他们甚至不会提及，如果俄国人没有在斯大林格勒打败希特勒，我们的美国盟友就无法于1944年在诺曼底登陆。我感到幸运的是，中国的大学生们拥有吉狄马加这样的老师，他汲取了整个地球及其众多杰出人物的历史经验。在政治家中间，他选中了我最亲近的人之一——纳尔逊·曼德拉，这个坐牢近30年的人只需一声召唤，便可让占南非人口大多数的黑人消灭占人口少数的白人，可他却对反向的种族主义坚定地说"不"，并向他的白人政敌德克勒克伸出手去。众人心怀感激地拥向他，全世界最好看的衬衫拥抱着他，因为他有一颗诗人的心灵。曼德拉在阅读孔子和甘地的著作之后，以他不愿为旧冤而复仇的胸襟，把一个没有人性的种族主义国家变成了人道的国度，用这位中国先哲的比喻来说就是："子曰：里仁为美。择不处仁，焉得知？"

1972年，我应美国27所大学邀请为大学生读诗，也在麦迪逊花园为人数甚多的听众朗诵。在此之后，美国总统尼克松邀我前往他位于白宫的椭圆形办公室，说他想了解我的看法，即他如果为修复中美关系而先去北京，俄国人是否会感到不悦。遗憾的是，当时中苏之间爆发了珍宝岛冲突，但我回答说，这对于国际局势而言将非常有益，如果之后能对中苏关系产生正面影响则更加有益。结果果然如此，我也因此而十分高兴。顺便提一句，当时我写过一首关于珍宝岛冲突的诗，"文革"结束后不久我访问了中国，我很快意识到我那首诗是错误的，置身于那些冲突，最正确的事情就是避免做出单方面的结论。在这之后，我曾在越南见到一位中国水兵，他正在船舷旁洗涤海魂衫，他知道我是俄国人，他有些担心地环顾四周，见无一人，便兄弟般地冲我挤了挤眼，我也冲他挤了挤眼。于是，我写下这样一首诗：

> 谢谢你，瘦小的水兵，
> 谢你提心吊胆的挤眼，
> 谢你用睫毛抛弃谎言，
> 即便有些担心，即便一瞬之间。
> 无人能消灭人民。
> 人民终将醒来，
> 只要有人依然能够
> 富有人情味地挤眼。

1985年，我作为威尼斯电影节的评委在威尼斯与当时担任主席的一位中国著名女影星结下友谊，她允诺完成一项友谊的使命，即把我的一首新诗转交给中国的翻译家们，该诗就是献给他们的。后来我得知，我的这首诗由中国俄语学者刘文飞译成汉语，我和译者也因此成了朋友。

我一直存有一个希望，希望我的预见能够实现，即北京将建造一座中国无名翻译家纪念碑，它的基座上或可刻上我诗句的译文：

> 伟大的译文就像是预言。
> 被翻译的细语也会成为喊声。
> 要为中国无名翻译家立一座纪念碑，
> 可敬的基座就用译著垒成！

这些勇敢的人们在最为艰难的流放中翻译我的诗句，我也成了第一个获得中国文学奖的俄国人，我因此而充满感激，我希望我能完成在全中国的诗歌朗诵之旅。

吉狄马加教导我们：不要忘记，人类就是一个大家庭，该为全世界诗歌的共同荣光竖立一座座共同的纪念碑了。

（刘文飞　译）

517

叶夫盖尼·叶夫图申科（1933-2017）苏联俄罗斯诗人。他是苏联20世纪50-60年代"大声疾呼"派诗人的代表人物，也是20世纪最具影响力的诗人之一。他的诗题材广泛，以政论性和抒情性著称，既写国内现实生活，也干预国际政治，以"大胆"触及"尖锐"的社会问题而闻名。

ВСЕОБНИМАЮЩАЯ ПОЭЗИЯ

«КАЖДАЯ СМЕРТЬ—ЭТО ОБВИНЕНИЕ, БРОШЕННОЕ ЖИЗНИ.» КОНФУЦИЙ

◎Евгений Евтушенко

Так ясно и просто мог написать только очень непростой писатель.

Даже может быть, только китайский, за которым стоит великая стена афоризмов, не отделяющая их от остального человечества, а целительно соединяющая их китайскуюфилософию с вершинами философии всего мира. Автор этого афоризма, вынесенное в заглавие моего предисловия к его стихам—Джиди Мадзя бесстрашный человек. К нему полностью относится афоризм Конфуция из ЛуньЮя

Кто постигает новое, лелея старое,
Тот может быть учителем.

Его поэзия соединяет все времена мировой истории, и все разноязыкие поэзии, как радугу общечеловеческой мудрости. Киплинговский афоризм: «Да Запад есть Запад. Восток есть Восток, и с места они не сойдут». Для Мадзи—это анахронизм. Я благодарен Китаю за то,что у России с Китаем полностью восстановились братские отношения. У КИТАЯ есть чему учиться в частности и политической выдержке. Экономика КИТАЯ цивилизованней и мощней многих среднеевропейских стран. США задолжала

Китаю. Все сдвинулось, все перемешалось. Массовая эмиграция из арабских стран в Европу угрожающе спутала все предсказания и отнюдь не желает смирно европеизироваться и терроризирует гостеприимно пригласившую их сторону... 650 французских автомобилей подожженных во Франции во время Кристмаса, грузовик с тунисским шофером, давящий давших ему работу французов. Апокалипсис? Все зависит в конце концов от нашей собственной находчивости. Конфуций насмехался над людьми, которые только и хватаются за головы—как быть? Как быть? Надо–Быть. Самими собой, и еще лучше. Вспомните американского философа Эмерсона его часто выручающий меня афоризм: «Любая стена-это дверь.» Его процитировал когда-то великий алжирец Камю в предисловии к французскому изданию, когда то,что происходит сегодня, трудно было было представить даже в самом страшном сне.

Выход всегда есть. Надо просто сложить все мудрости мира в одну, всем религиям не надо ни в коем случае ссориться, и всем «измам» тоже. Надо спасать человечество, забыв всеобщую взаимоподозрительность. На всех вершинах философии по Мадзе есть волшебная цепочка чьих-то следов людей, всерьез озабоченных тем, что человечество это одна семья, и ищущих в этой семейности общий выход, и там есть и его приглашающие нас следы, к тому, чтобы мы все тоже не остались равнодушными и присоединились к этим поискам. Мадзя—один из практических идеалистов, которые так сейчас нужны. Я провел с ним всего один вечер, но этот человек был незабываем. Сколько в нем одном любви к человечеству—что на нас всех вполне хватит. Это своего рода китайский Уолт Уитман. Он вовсе не гигант по физическому росту и у него маленькие руки, но их ему хватает чтобы обнять весь земной шар. Такова и его поэзия—она всеобнимающая. Мадзя перекликается с когда-то еще совсем юным

Евтушенко:

Я так люблю,чтоб все перемежалось,

И столько всякого во мне перемешалось–

От Запада и до Востока

От зависти и до восторга.

Границы мне мешают...Мне неловко

Не знать Буэнос-Айреса,Нью Йорка..

Или–

Пока еще есть границы, мы все еще доисторические.

Настоящая история начнется, когда не будет границ.

Такому уму и сердцу, какое есть у Мадзи, тесно в любых границах, ибо для него эти границы лишь шрамы от войн израненной ими нашей Матери-земли. Настоящие границы на самом деле проходят не между странами,а между людьми.

Поэзия Джили Мадзя—это мозаика из стольких лучших поэтов мира, которых обьединяет певца свободы венгра Атиллы Йожефа, русского футуриста-главаря Маяковского, антифашиста-испанца Гарсии Лорки, турка Назыма Хикмета, чилийца Пабло Неруды, из грузинского поэта Тициана Табидзе, которого заживо втоптали в землю сталинские палачи. Он состоит из всех них вместе.

Он даже состоит из смерти,но только той,которая дарует бессмертие.

Не каждый осмелится взять в соратницу смерть, чтобы обвинить жизнь в преступной безнравственности по отношению к людям, когда она позволяет убивать их еще детском возрасте,а иногда даже в младенчестве войнами, и болезнями, да и постоянным недоеданием, а то и просто и голодом, чего они не заслужили ни за какие за какие грехи. Помню,что академик Сахаров казался многим наивным человеком, когда он, изобретатель водородной бомбы, пытался собирать подписи о преступности любой войны, ибо большинство ее жертв-невинны. Но он превратился в пацифиста, как многие ядерщики, потому что они первыми поняли, что в атомной войне победителей не будет, и несмотря на это, до сих пор даже им не удалось уговорить сильных мира сего обьявить любую войну незаконной, ибо если остановить производство и совершенствование оружия миллионы людей останутся без работы. Не надо забывать о том, что в подсознании многих американцев, конечно же тоже не хотящих новой мировой войны, нет глубокой памяти ни о бомбежках на их территории, ни о концлагерях, как в Европе, построенных иностранными оккупантами, но есть памтять, что именно мировая война и развитие военной промышленности помогли им когда-то выбраться из депрессии. Поэтому слово «война» лишено для них такого зловещего смысла, как для многих европейцев.Таким образом парадокс продолжается—под суд попадают только индидуальные убийцы, если, конечно, их находят, а те, кто участвуют в массовых убийствах, называемых войнами, каким-то образом не несут ответственности, и даже иногда получают ордена. После войны в США была блестяшая плеяда писателей-антифашистов и пацифистов, прошедших войну—Эрнест Хемингуей, Курт Воннегут, Вильям Стайрон, и Аллен Гинсберг, Боб Дилан, нашедших в себе мужество осудить войну во Вьетнаме. Многие из этих писателей стали для меня учителями жизни и похоронены в земле Америки, которая для меня теперь не чужая, а родственная. Слава Богу, что многие американцы сейчас ездят туристами во Вьетнам, и Хиросиму, оставляя свои

записи в книгах отзывов: «Neveragain!» К сожалению, смотря в моем
киноклассе мой фильм «Детский сад» о роли нашего поколения
во Второй Мировой войне однажды одна симпатичная фермерская
дочь написала в своей студенческой работе: «Несмотря на то, что
во Второй Мировой Войне Россия воевала на стороне Гитлера, я
благодарна мистеру Евтушенко за то, что он показал, что и некоторые
русские люди были очень добрые и хорошие люди.» Увы, и менно
так некоторые учителя школ в США преподают историю, даже не
упоминая, что если бы русские не нанесли Гитлеру поражение под
Сталинградом, наши американские союзники не смогли бы высадиться
в 1944 году в Нормандии. Я счастлив тому, что у китайских студентов
учителем был Джиди Мадзя, вобравший в себя опыт истории всего
земного шара вместе с его многими лучшими людьми. Из политиков
он выбралодного из самых близких мне людейНельсона Манделу—
человека, одного призывного слова которого было бы достаточно
после долгих лет тюрьмы, чтобы черное большинство Южной
Африки в крови уничтожило бы белое меньшинство. Однако, он
сказал решительное нет!-расизму наоборот и протянул руку своему
белому оппоненту Кларку. На него с благодарностью прыгали все;
самые красивые рубашки мира, обнимая его, ибо у него была душа
поэта. Страну бесчеловечности расизма Мандела, читая Конфуция, и
Ганди превратил своей немстительностью за прежние обиды в край
человечности, по метафоре этого китайского философа: Учитель
сказал; Прекрасно там, где человечность. Как может умный человек,
имея выбор, в ее краях не поселиться!

В 1972 году я был по приглашению 27 университетов США с
чтением стихов перед их студентами, а так же в Мэдисон Сквер
Гардене, крупнейшей аудитории. После этого президент США Никсон
пригласил меня в свой Овальный Офис в Белый Дом, сказав,что он

хотел бы знать мое мнение не обидится ли русский народ, если он сначала поедет в Пекин, чтобы наладить взаимоотношения с Китаем. Тогда у нас к сожалению был конфликт на острове Даманском и я ответил, что это будет очень хорошо для международной обстановки, особенно если это положительно затем скажется и на отношениях Китая и СССР. Так оно и произошло, и я очень рад этому. Кстати, я тогда написал стихи об этом конфликте, и приехав в Китай сразу после культурной революции признал, что эти стихи были ошибочны— в таких конфликтах самое правильное—избегать односторонних выводов. После этого, увидев во Вьетнаме китайского матроса, стиравшего тельняшку на борту своего суденышка, который немножко опасливо оглянулся, но поняв, что я русский, и вокруг никого нет, он по братски мне подмигнул, а я ему. Стихотворение кончалось так —

Спасибо, худенький матросик,
За твой опасливый подмиг,
За то, что ложь ресницей сбросил
Пусть боязливо, пусть на миг.
Народ никто не уничтожит.
Проснется он когда-нибудь,
Пока еще хоть кто-то может
По человечьи подмигнуть.

А в 1985 году будучи в Венеции членом жюри ВенецианскогоКинофестиваля я подружился с его тогдашней председательницейкитайской знаменитой кинозвездой. Она взялась исполнить дружескуюмиссию— передать переводчикам Китая мое новое стихотворение,посвященное им за их мужество, несмотря на хуньвэньбинскую попыткубойкотировать их работу, переводившую все литературы мира на китайский. Потом узнал, что мое стихотворение перевел китайский русист, мой друг Лю Вэньфэй.

Таю надежду, что мое предвиденье осуществится и в Пекине будет поставлен памятник Китайскому Неизвестному Переводчику, может быть с моей переведенной цитатой:

Великие переводы они подобны пророчеству.
Переведенный шопот может будить, как крик.
Встань Памятник славы Китайскому Неизвестному
Переводчику
На пьедестале честнейшем—из переведенных книг!

Я благодарен за то, что и мои стихи были переведены этими героическими людьми в тяжелейших условиях ссылок и что я был первым русским поэтом получившим китайскую литературную премию. и надеюсь что мне удастся совершить поездку с чтением стихов по всему Китаю.

Джиди Мадзя нас учит—не забывайте, что человечество это одна семья, и пора ставить общие памятники общей славы поэзий всего мира.

（俄语）

The All-Embracing Poesy

Ⓒ Yevgeny Yevtushenko

(Translation from the Russian by Jacob Kohav)

"EACH DEATH-IT'S AN ACCUSATION AGAINST LIFE."

CONFUCIUS

Only a very complicated writer could write so clearly and simply..

It could even perhaps be only a specifically Chinese writer, behind whom stands a grand wall of adages, one that is not separating them from the rest of humanity but holistically connecting their Chinese philosophy with the high peaks of philosophy of the entire world. The author of the aphorism in the title of my foreword to his poems-Jidi Majia-is an intrepid human being. To him a maxim by Confucius (from *Lun Yu (The Analects of Confucius)* fully applies:

He who perceives the new, while cherishing the old,
He can be a teacher.

His poetry connects all the ages of world history, and all the different-tongued poetries, as a rainbow of human wisdom. The Kipling aphorism: "Yes the West is the West. The East is the East, and they won't be moved from their places," for Majia, is an anachronism. I am grateful to China for the fact that Russia and China have fully reestablished their fraternal relationship. And one can learn from China, in particular, political self-restraint. Chinese economy is more civilized and more potent than the economies of many central European countries. The U.S.A. is now a debtor country to China. Everything has shifted; everything became intermingled. Mass emigration from Arabic countries into Europe has menacingly jumbled all predictions and not the least bit wishes to quietly Europeanize, terrorizing the hospitable place that invited them in... 650 French cars torched in France at Christmas, a truck with a Tunisian driver crushing the very French people who gave him employment. The apocalypse? In the end, everything depends upon our personal ability to find solutions. Confucius made fun of people who keep only clutching their heads and moan, "What should one to do?" "How to be?" One ought to... just *be*. Be yourselves, and try being even better. Recall the American philosopher Emerson's adage that has often rescued me, "Any wall is a door." He was once quoted by the great Algerian, Camus, in the foreword to a French edition, at a time when what is happening today one couldn't have imagined even in a most horrifying dream.

A way out always exists. All the world's wisdoms just need to be submerged into one; all religions mustn't quarrel under any circumstances, and all the "isms" should do the same. It is the time for rescuing humanity itself, forgoing our customary distrust of each other. According to Majia, on all the summits of philosophy there is a fairylike chain of tracks left by people seriously apprehensive about humankind's being one single family, and searching a common solution within this communality. And there are there also his own beckoning tracks that urge us not to remain indifferent and join these searches. Majia is one of the practical idealists, who are so sorely needed now. I have spent just one evening with him but this man is unforgettable. There is so much within him of sheer love toward humanity-

it is ample enough to cover for all of us. In his own way, this is a Chinese Walt Whitman. He is not at all a giant in terms of his physical height, and he has diminutive hands, but they are large enough for him to embrace the entire earthly globe. Such is his poetry, too-it is all-embracing. Majia echoes with a once youthful Yevtushenko:

> *I love, hence all is entwined*
> *And so much of all's tangled up in me*
> *From the West to the East*
> *From envy to delight.*
> *Borders are bothering me... I feel awkward*
> *To know not Buenos-Aires or New York...*

Or:

> *Until there'll be borders, we'll be prehistorical.*
> *Real history starts when borders will be no more.*

A mind and heart such as those that Majia has feel tight within any boundaries, since for him borders are simply the scars from wars that have wounded our Mother Earth. True boundaries separate not countries but people.

The poetry of Jidi Majia is a mosaic from so many of the world's best poets, that amalgamates the Hungarian singer of freedom Attila Joseph; the Russian futurist chieftain Mayakovsky; the antifascist Spaniard Garcia Lorca; the Turk Nazim Hikmet; the Chilean Pablo Neruda; and includes the Georgian poet Titian Tabidze, who was trampled into the earth while still alive, by Stalin's executioners. He comprises all of them, together.

He even consists of death, but of death that grants immortality.

Not everyone will have the courage to take death for a collaborator, in order to accuse life of criminal depravity in its treatment of people. Not if it permits the murder of those who are still young, and sometimes even while infants, at wars, and through illnesses, and by means of constant undernourishment or simply by starvation-which they did not earn by virtue of some, or any, sin. I remember how the academician Sakharov seemed to many a naïve person when he, the inventor of hydrogen bomb, attempted to collect signatures concerning the criminality of any war, since the majority of a war's victims are innocent. He was transformed into a pacifist, as were many other nuclear scientists, because they were the first to grasp that a nuclear war will not have any winners. Yet despite this, so far even they didn't succeed in convincing the powers that be to render any war illegal, because stopping the production and development of weapons would leave millions of people without jobs. One mustn't forget that in the subconscious of many Americans, who of course likewise do not desire a new world war, there is no deep memory of either bombing of their territory or of concentration camps as in Europe, built by foreign invaders. Instead, there is a call to mind that it is precisely the world war and the development of weapon industry that once aided them in ending the Great Depression. Because of that, the word "war" lacks for them such a sinister meaning, as it does for many Europeans. Thus, the paradox continues: only individual murderers are prosecuted, if of course they can be found, yet those who take part in mass murders-known as wars-somehow end up not being responsible and even at times receive medals. After the Second World War, there was in the United States a magnificent array of writers-antifascists and pacifists who lived through wars-Ernest Hemingway, Kurt Vonnegut, William Styron, Allen Ginsberg and Bob Dylan: they found within themselves the mature strength to oppose the war in Vietnam. Many of these writers became for me the teachers of life, and they are buried in America, a land that is no longer alien but became kindred to me. Thank God that many Americans now go as tourists to Vietnam, and to Hiroshima, leaving their comments there in books of commiserations: "Never again!" Sadly, after watching, in a film class that I've taught, my own film "Kindergarten," about the role of our generation it the Second World War, one farm girl wrote in her student assignment: "Notwithstanding that in the Second World War Russia fought on the side of Hitler, I am grateful to Mr. Yevtushenko that he demonstrated that some Russian people were very kind and good people." Alas, this is how some teachers of schools in the US teach history, without even mentioning that had the Russians failed to crush Hitler at Stalingrad, our American allies would not have been able to land in 1944 in Normandy. I am delighted that Chinese students have Jidi Majia as their teacher, for he absorbed the experience of history of the entire planet, with many of its best people. From among the politicians he chose one of the people closest to me, Nelson Mandela-a person whose one incendiary word would have been enough, after his long years of incarceration, for the black majority of South Africa to annihilate, in blood, its white minority. Instead, he spoke the unequivocal "no!" to the racism-in-reverse, and extended his hand to his white opponent, Clark. Everyone has leaped on him, with gratitude; the most beautiful shirts of the world hugging him, for he had the soul of a poet. A country of inhumanity, of racism,--- Mandela, reading Confucius and Gandhi, has transformed South Africa into a region of humanness, thanks to his unvengefulness vis-à-vis former offenses; it was in accordance with the metaphor of a Chinese philosopher: The teacher said, "It's wonderful there, where there is humanness. How can a smart person, having a choice, not settle in such a land?"

In 1972 I was invited by 27 American universities to read my poetry for their students, and also at Madison Square Garden, an immense auditorium.

After that the U.S. president, Nixon, invited me to the Oval Office at the White House, saying that he would like to know my opinion on whether the Russian people would be offended if he went to Beijing first, to mend the relationship with China. At that time, unfortunately, we had a conflict over Damansky Island and I responded that this would be very good for the international situation, especially if then this might positively affect the relationship of China with the U.S.S.R. And that's how it indeed has turned out, and I am delighted about it. By the way, I wrote just then some poems about this conflict, and when I came to China right after the Cultural Revolution I realized that these poems were misguided-in such conflicts the right thing to do is to steer clear of one-sided conclusions. After that, seeing once in Vietnam a Chinese sailor washing his shirt aboard his little vessel and who, a little apprehensively, glanced at me-but realizing that I was a Russian and that no one was around, he winked to me in a brotherly way, and I did the same to him. The poem ended as follows-

Thank you, skinny little sailor,
For your timid wink
For throwing away lies with your eyebrow
Even if anxiously even if for a twinkling of an eye.
A whole people no one can annihilate.
It'll wake up some day
As long as there is someone who can wink,
Wink, as a human being can.

And in 1985, being in Venice as a member of the panel of judges at the Venetian Film Festival, I befriended its then-chairperson, a famous Chinese film star. She agreed to perform a mission of friendship -to forward to Chinese translators my new poem, dedicated to them for their courage in translating the literature of the world into Chinese, in spite the Red Guards' attempt to boycott their work. Later I found out that this poem was translated by a Chinese authority on Russia, my friend Liu Wenfei.

I nurture a hope that my foresight will come into existence and there will be erected in Beijing a monument to the Unknown Chinese Translator, perhaps accompanied by my words in translation:

> *Grand translations may be likened to prophecies.*
> *A translated whisper is able to rouse as a scream.*
> *Arise, Memorial of Glory to the Unknown Chinese Translator*
> *Upon a pedestal of utmost honesty-of translated books!*

I am grateful both for the fact that my poems were translated by these heroic individuals under the most difficult circumstances of deportations, and that I was the first Russian poet to receive a Chinese literary prize. My hope is that I'll travel someday across entire China with readings of my poetry.

Jidi Majia teaches us not to forget that humankind is one family-and it is high time for creating combined monuments of collective glory to all of the world's poesy.

（英语）

全球化语境下土著民族诗人的语言策略

以吉狄马加为例

［中国］吴思敬

诗歌创作的核心因素是语言。诗人与世界的关系，体现在诗人和语言的关系中。海德格尔说："诗是一种创建，这种创建通过词语并在词语中实现。"他还指出："诗乃是一个历史性民族的原语言。"可见诗歌正是源于一个民族的历史深处，而一个民族诗人的心灵，也正是在该民族语言的滋润与培育之下，才逐渐丰富与完美起来的。

民族的语言对于一个诗人的成长及其作品的面貌起着决定性的作用。民族的血源是奇妙的，在诗人出生之际就已铭刻在诗人的基因之中，此后在漫长的创作生涯中，它又时时在召唤着诗人。黑格尔指出："艺术和它的一定的创造方式是与某一民族的民族性密切相关的。"对于一个民族群体来说，共同的自然条件和社会生活，使他们在世代繁衍过程中，能够自觉地根据有利于群体生存发展的原则来行动，形成在观察处理问题时的特殊的视点、思路和心理定式，表现出共同的心理素质。这种共同的心理素质通过一代一代的实践积淀于心理结构之中，又会作用于民族成员的一切活动，包括诗歌创作活动。

一个国家或地区的主流民族诗人与土著民族诗人，都是在本民族语言的环境下成长起来的，也都面临着运用哪种语言写作的问题。对于主流民族诗人来说，问题比较简单，只要按照自己从小习得的并在后来的创作实践中得心应手的语言去写就是了。土著民族诗人的情况要复杂一些。有些诗人从小生活于土著民族地区，精熟本民族的语言，他们终生都用本民族的语言写作。随着全球化的进展，各民族地域经济的快速发展，各民族文化的交流与融合，完全使用土著民族语言写作的诗人越来越少，而采用当地主流民族语言写作的土著民族诗人则越来越多。这是由于在全球化的今天，一成不变地维持传统的生产方式与生活方式的土著民族越来越少，在一个开放的社会当中，土著民族已融入到现代化的浪潮之中，现代化的生产方式与生活内容，使土著民族诗人的写作不再同于他们的前辈，而呈现了开放性。这种开放，一方面表现为在全球化背景下土著民族诗人所涉及的题材、所选取的意象、所表现的情感，与不同种族、不同肤色的人们所共同关切问题的贴近，另一方面则表现在他们的语言策略上，那就是相当多的土著民族诗人不再坚持用土著民族的语言写作，而采用主流民族的语言写作。

土著民族诗人使用主流民族的语言写作，并不意味着其民族特点的丧失。一个土著民族诗人的民族性，主要表现在长期的民族生产方式和生活方式下形成的观察世界、处理问题的特殊的心理定式和思维方式，那种烙印在心灵深处的民族潜意识，那种融合在血液中的民族根性，并不会因说话方式的不同而改变。相反，借助于主流民族语言的宽阔的平台，土著民族特殊的民族心理和民族性格反而能更充分地表现。在这方面取得成功的土著民族诗人很多，吉狄马加就是一个杰出的范例。

吉狄马加是一位彝族诗人，他熟悉本民族的语言，但是在诗歌创作中却采用了中国的主流民族语言——汉语。这是一个彝人的后代在世界进入全球化时代，在彝人社会已随着整个中国现代化的步伐而发生了重大变化的今天，所做出的重要选择。

作为用汉语写作的彝族诗人，吉狄马加既不同于用汉语写作的汉族诗人，又不同于用彝语写作的彝族诗人。作为彝族诗人要用并非自己母语的汉语写作，平添了写作的难度，他承受的语言痛苦，要远远大于一般汉族诗人承受的语言痛苦。然而诗歌创作带给诗人的快感之一，就是在征服语言痛苦中诗情的迸发与诗意的精进。吉狄马加对于少数民族诗人采用汉语写作，是有着自己的深切理解的，他认为阅读少数民族诗人用汉语写作的诗歌，"使人置身于一种相互交织的语境之中。少数民族作家的作品不能只在现代主义的修辞风格框架内解读，因为他们既置身于汉语写作的场域，又显然植根于本民族经书、神话、民间故事的地方传统。这似乎是一种考验，因为他既要在很高的层面上把握汉语的真谛，又要驾驭两种语言、两种思维方式的碰撞和交融。"

当然，运用非母语写作，不仅是增大了写作难度，增添了诗人的语言痛苦，同时又给诗人运用语言开辟了新的天地。把彝人的体貌、性格、心理用汉语传达出来，为当代诗歌带来新的场域、新的气息，这是一个方面；另一方面，吉狄马加用汉语写作，又直接激发了他对汉语深层次的学习与把握。吉狄马加说："我的思维常常在彝语与汉语之间交汇，就像两条河流，时刻在穿越我的思想。我非常庆幸的是，如果说我的诗歌是一条小船，这两种伟大的语言，都为这条小船带来过无穷的乐趣和避风的港湾。作为诗人，我要感谢这两种伟大的语言。是因为它们，才给我提供这无限的创造的空间。"

吉狄马加是语言天赋很强的诗人。彝语与汉语这两种各有其独特的文化内涵与不同的语言构造的语言，竟能在他的头脑中自由地融汇在一起，互相渗透，互相交融。当然，由于吉狄马加最后是用汉语把诗写出来的，我们不太可能窥见他头脑中两种语言方式的冲撞与融合，但是就他的作品而言，尽管是汉语写出的，其格调、韵味却又不同于一般的汉语，而是彝人化的汉语。这是他笔下的岩石：

它们有着彝族人的脸形
生活在群山最孤独的地域
这些似乎没有生命的物体
黝黑的前额爬满了鹰爪的痕迹

这不只是孤独的群山中的岩石，更是彝族人民精神的写照。尽管是用汉语写出来，但透露出的生命气息绝对是彝族人的。如果对比一下艾青的名篇《礁石》，两个民族优秀诗人的不同胸怀与境界立刻就显示出来了。此外，在《往事》《彝人梦见的颜色——关于一个民族最常使用的三种颜色的印象》《故乡的火葬地》《史诗和人》《告别大凉山》《色素》等诗作中，均能发现在汉语写作后面的一位彝族诗人的民族性与独特的灵魂。

吉狄马加是彝族人民的优秀儿子，但不是仅仅龟缩于古老的彝族文化传统中的守成者，他意识到，每一种文化都是一条河流，它们可以平行，也可以交汇。因此，他在自觉地开掘民族文化传统的同时，又敞开胸怀，去学习与吸收汉族文化，拥抱世界文化，从而为他创建的诗国投射进几缕明丽的阳光，更显得雄奇瑰丽。

（黄少政　译）

吴思敬（1942－　　），北京人。首都师范大学教授、博士生导师，首都师范大学中国诗歌研究中心副主任，《诗探索》主编。中国当代文学研究会副会长兼秘书长、中国诗歌学会副会长。1978年开始诗学研究，著有《诗歌基本原理》《诗歌鉴赏心理》《心理诗学》《冲撞中的精灵》《诗学沉思录》《走向哲学的诗》等。

ê

The Linguistic Strategy Adopted by an Indigenous Poet in a Context of Globalization

Take Jidi Majia for Example

◎Wu Sijing

The core factor of poetic expression is language. What a given poet is to his world is exemplified in the way a poet manipulates his language. Heidegger writes: "Poetry is creation, one attained through the medium of words." He further points out: "Poetry is the primordial language of a historical nationality." This German philosopher is trying to drive home a point that poetry is embedded in the earth's core in the history of a nation. A major poet of any nation, to flourish and prosper, must be fed with the nectars of his own language.

Language is central to the spiritual growth of any poet who attempts to emerge from among his indigenous people. The mysterious blood of a nation, usually presculptured into his genes before his birth, will exert a lasting influence on all his mature output. That's why Hegel says: "Art and its mode of production is closely bound to the national characteristics." For the members of a given nation, common natural circumstances and collective communal existence, necessitate them, in the protracted process of self-propagation, to act for common good, to form special perspective and viewpoints, and to demonstrate some mentalistic qualities unique of all the members of the same group. These mental qualities will surely precipitate in the deep recesses of the psyche of the nation which will in turn make their subtle influence in the way the members of the same group act, behave, and compose poems.

Poets, mainstream or indigenous, growing and emerging from their own linguistic milieu, are confronted with the same fundamental dilemma: which language am I using for poetic creation? For mainstream national poets, the question is simple: set to pen in the language acquired at birth, and continually refine it to the point of perfection. For an indigenous poet like Jidi Majia, his fate is a bit more difficult and challenging. Some indigenous poets, acculturated in their own language and their own way of life, stick to them all the way through. Yet the forces of industrialization and globalization in particular, are at cross purposes, pressurizing them to shift to or alternate between their mother tongue and the mainstream language. Indigenous people, as a rule, are increasingly drawn into the grand project of modernization. In its wake, new mode of existence inclines new generation of aboriginal poets to display a large degree of openness in their writing. Such openness involves, in a globalized context, the choosing of theme, leitmotif, plot, imagery, and emotional response, easily accessible to many regardless of color and race. On the other hand, in terms of linguistic means of poetic creation, some ethnic poets simply forgo their mother tongue in favor of the mainstream language.

The downright shifting to the mainstream language in the hands of an ethnic poet does not necessarily entail the erosion of his national characteristics. An ethnic poet's nationality, which is reflected in his mentality and viewpoint, formed in the long process of particularist mode of communal existence and production, and in his national root already melted down in his veins, will not alter as his mode of speech varies. On the contrary, what he loses he makes up on a grander and broader plane of the mainstream linguistic means by which his communal characteristics and mental processes are revealed into sharper relief. Jidi Majia is one of the exemplary examples among many who develop dexterity in and craftsmanship with the language of the Chinese.

A Yi poet, Jidi Majia is quite familiar with his mother tongue. Yet in his major poetic work, he opts the Chinese, a vital option he takes in the present-day context of globalization, and more pertinently, his Nuosu societies are basically incorporated into China's drive for modernization.

A Yi poet, Jidi Majia alternates between Chinese and the Yi language, caught in the crossfire understandably, a fate compounded exponentially. The linguistic pains he suffers is definitely greater than those of a mainstream poet. Yet, as Emerson says, "Nature, when she adds difficulties, adds brain." In battling with a natural paucity of the mainstream linguistic resources, syntactical, verbal or rhetoric in nature, Jidi Majia prevails and flourishes with both refinement of Chinese and an usual outburst of poetic genius. Jidi Majia has this to say, with full assurance and justice, for a poet in his position: "Thrust into an intertextual context, the works of an ethnic writer cannot be approached simply within the framework of modernist rhetoric. To be placed in both a field of the Chinese writing and an ethnic tradition embedded in a different communal existence, set of canonical works, myths, storytelling, and folklore is definitely a moment to try one's soul. I must strike the balance between a true grasp of the ropes of using Chinese admirably and managing the impact borne as two languages and two cultures collide beautifully."

Of course, handling a language other than the one acquired at birth adds difficulties and opens new possibilities. To display Yi's mentality and personality in Chinese brings new field of discourse and ethos to contemporary poetry. Further crops harvested include a Yi poet inspired to new dimensions and heights of comprehending Chinese and the Chinese culture. Jidi Majia writes: "My thinking often converges at the crossing of the Chinese language and the Yi, just like two rivers, to rush through my thought. I look on with joy as my small boat of poetry, made of these two great languages, glides through many storms to be anchored in the safe harbor. Thanks to Chinese and my mother tongue, I begin to evince increasingly greater possibilities in poetry."

Obviously a promising poet, Jidi Majia evinces the prospect of one with two languages opposed in syntax and cultural connotation merged in his soul. We read him in his Chinese poems. Though in a language not his mother tongue, its ethos, spirit and tone set them apart from other Chinese poetry, a mark of genius and success. He writes about rocks:

These rocks are featured like Yi faces,
Living amongst the most solitary peaks.
These objects, seemingly without being given life,
Dark foreheads filled with traces of eagles' talons.

These are not certainly common rocks in the solitary mountains, but a personification of the Yi spirituality. Written in Chinese, the ethos and the spirit are unmistakably Yi's. Jidi Majia's rocks compare supremely to Ai Qing's rocks in his "Reef," both masterpieces in praise of perseverance and hardiness of both nationalities two major poets belong to respectively. In Jidi Majia's famous poems like "Recollections of the Past," "The Colors a Yi Dreamed," "Hometown Cremation Ground," "The Epic and the Man," "Adieu to Daliangshan," and "Pigment," one reads the soul and unique genius behind his brilliant writing.

A worthy son of the Yi, Jidi Majia is not confined to the time-honored Yi traditions. Fully aware every culture is a river which either runs parallel to another or converges to become a mightier one, he takes the initiative to plunge into his own heritage and embrace Chinese culture and world cultures unflinchingly, which lends to his own poetic experience some rays of alien sunshine, making him the pride of his Yi people and of the mainstream Chinese poetry.

（英语）

重读《献给土著民族的颂歌》

[中国] 李鸿然

　　中国著名彝族诗人吉狄马加20世纪80年代初期步入诗坛，至今已走过30年的创作历程。他30年间大约出版20部诗集，其中不少诗作分别由十几个国家以英、法、德、韩、波兰、意大利、西班牙语出版，在国内外产生了广泛的影响。这些诗大致分两类：一类是民族元素的诗歌，常从民族写到人类，既有强烈的民族色彩，又有普遍的世界意义；另一类是关注现实社会问题，特别是关注当下国际社会问题的诗歌。后一类诗作因为大多写国内外读者的共同关注，又表现了深刻的思想和精湛的诗艺，所以也像前类作品一样，受到国内外读者的共同喜爱。

　　值得注意的是，吉狄马加从步入诗坛之日起，就非常重视对世界土著民族的书写，他于1985年出版的第一部诗集，即获国家级诗歌大奖的《初恋的歌》，就有直接或间接书写世界土著民族的作品，有的现在已成为国内外普遍认可的名篇。自那时到现在，吉狄马加的土著书写一以贯之，新世纪以来涉及土著民族的创作数量倍增，艺术质量也节节攀升。这中间，有许多是当下国内外读者耳熟能详的佳作，不少篇什有可能进入世界土著文学经典的行列。总的看来，在近30年来的中国诗坛，吉狄马加对世界土著民族的书写数量最多，质量最高，在国内外诗坛影响最大。而作为今日中国顶级的土著诗人，他的书写堪与当今世界大师级土著诗人媲美，其成就将成为世界土著文学史上的新篇章，进入人类的永久性记忆。笔者认为，只有在这样的背景和高度上，才可能对吉狄马加《献给土著民族的颂歌》做出较为准确与深入的解读。

《献给土著民族的颂歌》写于1993年，副题是《为联合国世界土著人年而作》。国际社会一贯重视世界土著人问题。20世纪90年代初，联合国宣布1993年是联合国"世界土著人年"，当年联合国土著居民工作组通过了《关于土著人权利的联合国宣言草案》，同年9月"土著人问题国际会议"在莫斯科召开，11月吉隆坡举行了"土著人民前进之路"国际研讨会。这一年土著人代表要求通过有效的行政和立法手段承认和保障土著人民的权利，并要求联合国宣布1995年至2004年为"联合国土著人十年"。《献给土著民族的颂歌》在这样的世界情境中问世，充分体现了吉狄马加的世界公民意识和历史担当精神。作品所蕴藉的观念、情愫和内在精神，是与世界土著人的诉求和全世界人民的共同愿望完全一致的。全诗5节24行。

　　　　歌颂你

　　　　就是歌颂土地

　　　　就是歌颂土地上的河流

　　　　以及那些数不清的属于人类的居所

　　　　理解你

　　　　就是理解生命

　　　　就是理解生殖和繁衍的缘由

　　　　谁知道有多少不知名的种族

　　　　曾在这个大地上生活

　　　　怜悯你

　　　　就是怜悯我们自己

　　　　怜悯我们共同的痛苦和悲伤

　　　　有人看见我们骑着马

　　　　最后消失在所谓文明的城市中

　　　　抚摩你

　　　　就是抚摩人类的良心

　　　　就是抚摩人类美好和罪恶的天平

　　　　多少个世纪以来，历史已经证明

土著民族所遭受的迫害是最为残暴的

祝福你

就是祝福玉米，祝福荞麦，祝福土豆

就是祝福那些世界上最古老的粮食

为此我们没有理由不把母亲所给予的生命和梦想

毫无保留地献给人类的和平、自由与公正

    诗的第一、第二节，关键词是"歌颂土地"和"理解生命"。"土地"和"生命"，不论在实际生活中还是诗歌里，都是吉狄马加最关注的问题。他去年出版的一本访谈随笔集，书名就是《为土地和生命而写作》。世界不同种族和民族的文学，都歌颂或曾经歌颂土地，而且经常把土地作为隐喻或象征。然而，不同种族和民族的土地隐喻，其喻义和运用的差别也普遍存在。在我的阅读印象中，把土地隐喻使用得最深刻最给力的文学，是弱势民族的文学与土著民族的文学。读吉狄马加的"歌颂你/就是歌颂土地"，让人立刻联想到印第安人两篇现已名满天下的口述文学经典，即《西雅图宣言》和《黑麋鹿如是说》。

    1854年，美国总统皮尔斯要求"购买"夸美什部落的土地，部落酋长西雅图有理有据地予以回绝，于是有了流传至今的《西雅图宣言》。"大地母亲"、"生命之网"等笼罩天地万物的超级意象，"我们是大地的一部分，大地也是我们的一部分"等现在被频繁称引的至理名言，在今日的物化世界形成了巨大的思想冲击波，给人们很多启示。《黑麋鹿如是说》是奥格拉拉苏族人"黑麋鹿"的回忆录，由美国诗人奈哈特转述，被推崇为印第安人的"圣经"，它讲述的不是一个人的故事，而是大地上"所有生命神圣而美好的故事"。"难道苍天不是父亲，大地不是母亲，所有长腿的或带翅的或生根的生命不都是他俩的孩子吗？"这一感天动地的设问，道出了一个绝对真理式的宇宙秘密，是我们考察人与自然、人与人、人与社会关系的黄金通道。

    从这样的土著文学经典中，我们进一步加深了对土著民族和土地关系的认识，深感吉狄马加的许多观念与它们血脉相通，也懂得了吉狄马加"歌颂你/就是歌颂土地"和"理解你/就是理解生命"所包含的诗性逻辑和深层意义。吉狄马加关于土著民族的诗歌中，有大量关于土地和生命的篇什，几乎都可以作为上述诗行的注脚。如吉狄马加大约三十年前创作的《古老的土地》，诗人在歌颂"埋下祖先头颅"的凉山土地时，很自然地联想到印第安人"在南美草原上追逐鹿群"，黑人兄弟"踏响非洲鼓一般的土地"，还有埃塞俄比亚大地上"远古金黄的光"，顿河岸边哥萨克人在"黄昏举行婚礼"。诗人写道，"到处是这样古老的土地/婴儿在这土地上降生/老人在这土地上死去……"诗中歌颂了世界各地土著民族的生命活力、创造精神和历史贡献，而诗人对"生命"的理解，也没有局限在个体生命的生存与死亡，他特意暗示了土著民族生命系统从远古到现在的无限延展，即《献给土著民族的颂歌》中说的"理解生殖与繁衍"。这种蕴藉深邃悠远、极具艺术张力的话语，对读者思索世界土著民族的生命价值和生存意义，以及他们世世代代编结的生命生存长线对人类历史发展的贡献，都有启示作用。

法国著名诗人雅克·达拉斯在《在吉狄马加的"神奇土地"上》一文中写道："我们这些欧洲人，早已把古老的土地抛到一边；但在我们面前，我们惊异地看到了吉狄马加：一位把祖先的自然话语和当下的现实洞察成功地融为一体的榜样诗人。"这段话对我们解读吉狄马加《献给土著民族的颂歌》，特别是以上两节诗，颇有参考价值。

诗的第三节表达对所有土著人痛苦和悲伤的"怜悯"，以及对土著人"最后消失"的焦虑。第四节"抚摩人类的良心"，诉说土著民族在漫长历史上遭受的"最为残暴的"迫害。两节有一个共同的思想指向，即歌唱人道主义精神。诗人的情思徘徊在历史剧痛和现实焦虑之间，其悲悯横跨几大洲，纵贯几世纪，令人想到那些大师级诗人的"世界太息"和"世纪太息"。"有人看见我们骑着马/最后消失在所谓文明的城市中"，是20世纪汉语世界最好的文学意象之一；而20世纪中国文学中有关土著消失的意象，无出其右者。可以说，现代文明对传统文明的吞噬，强势族群对弱势族群的挤压，确保土著文明在现代社会中生存与发展的重要性和紧迫性，维护人类文化多样性对人类自身的救赎性意义，即庞德讲的"各种不同的观念的联合"，都在这个视觉的、如画的和动态的意象中呈现，真与幻、虚与实、意与象在这里达到了完美的交汇融合。这一意象，让人想到1915年在美国旧金山世界博览会上荣获金奖的关于印第安人的雕塑——詹姆斯·E·弗雷泽的名作《路尽头》。

《路尽头》刻画了一个无名印第安人身陷在一匹累垮的战马的脚蹬上，以隐喻暗示印第安人受殖民者压迫走投无路而濒临灭亡。应当说，吉狄马加关于土著文明在现代城市文明中"最后消失"的意象，与弗雷泽的雕塑异曲同工。从人类社会生活层面看，世界土著文化和土著民族的消失，是近几个世纪世界各地一直发生的历史事实。当今世界，不仅动植物种群面临灭绝，许多土著民族也面临灭绝。

据联合国不久前统计，1900年巴西亚马孙河流域有270个土著族群，可现在不到180个，已经消失90多个。事实告诉我们，吉狄马加所营造的这一意象，有充分的历史和现实依据，不是凭空臆造的。正因为这样，它才有那么强大的思想冲击力和灵魂震撼力。第四节"多少个世纪以来……土著民族所遭受的迫害是最为残暴的"与第三节诗意相接，指的是几百年来世界各地土著民族惨遭杀戮、被迫迁徙、面对歧视、濒临灭绝的历史境遇。"抚摩你／就是抚摩人类的良心／就是抚摩人类美好和罪恶的天平"，是诗人灵魂深处的话语，字里行间流溢着真挚的人情、善良的人性、美好的人类友爱，当然也涌动着对当年殖民主义者滔天罪行的义愤。不过我们也可以感受到，吉狄马加的诗行里拥有一般诗人缺乏的深度的历史意识和高度的道德理性。美国诗人、翻译家梅丹理说吉狄马加是"中国西南部少数民族的伟大灵魂"，"在他的一些描述现代社会危机的诗作里……对暴力进行了强烈抨击，但他从不提倡'以暴易暴'的做法或观念。"这一评价是合乎实际的。在第四节中，即使控诉当年"最为残暴"的罪恶行径，也没有"以暴易暴"的意味，却有当今少见的节制和理性。诗句最能打动我们心灵的，正是这种高尚而又成熟的人道主义精神。

最后一节诗的开头"祝福你／就是祝福玉米，祝福荞麦，祝福土豆"，乍读让人纳闷，怎么把人的日常食品作祝福词，还把这些最普通的食品与土著民族等同起来？然而读了第三句"就是祝福那些世界上最古老的粮食"，我们逐渐明白了，因为这三句话组合在一起，给读者提供了一个广阔的思维空间。

诗人以语言点金术点亮了前两句，又机智地停止言说，让读者自己思索许多历史学、人类学、民族学和文化学问题，与他一道完成作品的文本建构。

我们从英国伟大历史学家汤因比的名著《人类与大地母亲》中知道，美洲土著居民大约公元前3000年开始栽培玉米，后来玉米成了他们的主要粮食，"美洲文化也发展为一种与旧大陆不相上下的文明"。再后，欧洲人把玉米运回欧洲，玉米也成为欧洲的粮食。我们还从印第安人神话和文学作品中知道，玉米是印第安人的谷物母神，被称为"玉米妈妈"。1967年获诺贝尔文学奖的印第安人作家阿斯图里亚斯的一部重要代表作就取名《玉米人》。"玉米人即玛雅人"，"神用玉米创造了人类"，就是书中引用的印第安人经典话语。知道这些以后，吉狄马加为什么"祝福玉米"，我们就一清二楚了。土豆也是很早以前由美洲土著居民栽培，后来被欧洲和其他国家引进，成为人类主要粮食的。在全球性饥荒时期，土豆曾拯救过世界，当然也包括欧洲。史载，17世纪末彼得大帝从西欧带土豆回俄罗斯，到19世纪中期土豆已是俄罗斯的重要食品。不久前中国取代俄罗斯成为世界土豆生产第一大国，美洲先民培育的土豆对我国经济发展、社会稳定和保障人民生活的作用相当重要。想到此处，我们也要和吉狄马加一道"祝福土豆"了。饶有趣味的是，吉狄马加"祝福土豆"是1993年，15年之后，即2008年，土豆竟成为联合国"国际土豆年"的主角，是全人类的焦点热点话题。难道诗人吉狄马加也是彝族毕摩，有先知先觉的特异功能吗？关于荞麦，吉狄马加早有《苦荞麦》诗，赞美她是"大地的容器"，"高原滚动不安的太阳"，还说"我们歌唱你/就如同歌唱母亲一样。"其深沉和真挚，与《献给土著民族的颂歌》相同。

这一节的结语，"为此我们没有理由不把母亲所给予的生命和梦想/毫无保留地献给人类的和平、自由与公正"，也是全诗的结语。"母亲"指地球母亲，"我们"指所有生活在地球村的人们。诗人希望所有人都为保护地球母亲及人类的和平、自由、公正而献身。吉狄马加这里表现的使命感和担当精神非常感人，当今诗坛非常需要具有这种精神的诗人。

重读吉狄马加《献给土著民族的颂歌》，感触很深。到明年，这首诗就已发表20年，但它的意义没有消减，反在增添。前面说到诗人"祝福玉米，祝福荞麦，祝福土豆"，不是赞美他"先知先觉"，而是说他的诗具有持续的意义生成性和持久的艺术生命力。1993年歌颂土著民族和大地母亲，19年后重读，仍能感到新颖、鲜活、丰富、博大，还有流沙河赞扬《初恋的歌》所说的那种"灵魂的深邃"。这是为什么？中国诗歌大师绿原说："吉狄马加不仅属于彝族，也属于中华民族，还属于世界。可以说，他是用汉语写诗的人类代言人之一，他是一位真正的诗人。"波兰当代著名诗人、波兰文学家协会主席玛莱克·瓦夫日凯维奇也说："吉狄马加在自己的诗歌里证实了他是世界公民，这不只是他到过许多国家，认识了当地人民……他没有在那些地方刻意寻找差异，而是寻觅到能够使人们更加亲近的因素，因为他是一位人道主义者。"（均见2012年版《吉狄马加的诗》）深广的世界意识，愿做人类的代言人，表达高尚的人道主义精神，正是吉狄马加的诗歌博大深邃，具有持续的意义生成性和持久的艺术生命力最重要的原因。《献给土著民族的颂歌》，就是有力的证明。与此同时，为了使自己的诗歌更具思想底蕴和艺术独创性，吉狄马加30年来一直在努力建构属于自己的诗学体系。笔者以为，"吉狄马加诗学"已经于20世纪90年代初期基本成熟，可是近20年来他从未间断相关探索与建构。进行追踪研究，可以看到"吉狄马加诗学"的升级与完善。他对世界土著民族的书写，30年来有两次转型，又如前面说的，同时具有一以贯之的基质。他作诗历来注重探索与创新，几乎每写一首新诗，都会在内容和形式上出现新元素。

《献给土著民族的颂歌》也是这样。这首诗不但注意感性和理性的结合，而且注意知性因素的融入。诗中"祝福玉米"、"祝福荞麦"、"祝福土豆"等，把感性、理性、知性、诗性统一起来，使诗、思、史、智合为一体，是一种难能可贵的探索和创新。前面说到的法国诗人达拉斯，对吉狄马加在诗中讲故事很感兴趣，举了许多例证，说吉狄马加"是一位伟大的讲故事的人"，这是很有见地的评论，道出了他说的"吉狄马加诗歌的独特性"。让人感到奇妙的是，吉狄马加在《献给土著民族的颂歌》中，还引而不发，用不讲故事的话语组合为召唤结构，引导接受者联想许许多多故事。对于世界土著民族来说，玉米、荞麦、土豆的"故事"实在太多太重要了。这些"故事"连接着世界土著民族千万年的生死存亡，世世代代的酸甜苦辣,是他们对世界对人类发展做出伟大贡献的见证。吉狄马加以它们来引导相关的故事,可见其诗思的丰厚和诗艺的圆熟。

最后想说吉狄马加诗歌的语言艺术问题。对吉狄马加诗歌的语言艺术,可谓好评如潮,当今拉丁美洲最伟大的诗人之一、阿根廷著名诗人胡安·赫尔曼还专门写诗,盛赞吉狄马加诗歌的语言:

> 吉狄马加,
> 生活在赤裸的语言之家里,
> 为了让燃烧继续,
> 每每将话语向火中抛去。

不过,中国也有几位评论家对吉狄马加的诗爱用"大词"提出过批评。对"大词"的批评,是当今西方诗坛不时可见的一种倾向,中国诗坛现在甚至有人对"大词"完全否定。笔者很敬重上面说的几位中国评论家,但对他们的批评却不很赞同。吉狄马加诗中的确常有"人民""国家""世界""人类"这类"大词"。《献给土著民族的颂歌》里,"大词"也不少,但是用得很好。因此我觉得不应该笼统地否定"大词",而要看"大词"该不该用,用得怎么样。我们称赞吉狄马加有世界意识,关心人类命运,写了不少涉及世界和人类的大诗和好诗,却又让他不用"世界""人类"之类的"大词",这不是自相矛盾吗?而且,古今中外,哪一位大诗人不用"大词"?歌德、雨果、普希金、惠特曼、李白、杜甫等,谁不喜欢用"大词"?以最后一位而论,他的诗中经常有"天地""宇宙""乾坤""古今""万里""百年"等,人们都很佩服,古人舒章甚至说:"'大'字是工部家畜。"试问,倘若"工部"不用"大词",他还是杜甫吗?所以我认为,在吉狄马加用"大词"的问题上,我们应当再思量,不能把长处看成短处。要不,我们可能难以读到《献给土著民族的颂歌》这种好诗大诗,看不到吉狄马加抛话语让火焰"继续燃烧"了。

(黄少政 译)

李鸿然，原海南大学教授，中文系主任，中国少数民族文学研究会副理事长。近著《中国当代少数民族文学史论》上下卷，被张炯称之为"巨著""硕果"，杨义誉之为民族文学的"准百科全书"，"表现了敢于面对学理难度的出色的学理深度"。

Jidi Majia's A Eulogy of World Indigenous Peoples Revisited

©Li Hongran

It has been already thirty years since Jidi Majia, China's most renowned Yi poet, set upon his poetic career in the 1980s, with about 20 books of verse published to his credit in a span of 30 years, of which a considerable proportion has been made available in English, French, German, Korean, Polish, Italian, Spanish, etc. Indeed, this Yi poet has understood the great things in the literature of our time and all time, the poems of Pushkin, Li Bai, Neruda, Paz, the novels of Asturias and Sholokhov, thus establishing his popularity with readers home and abroad. Jidi's prodigious poetic output centers around the ethnic elements, ranging from his Yi identity to humanity. A major variant concerns the social issues in present-day China and the world, both practiced with intelligence and skill, earning him a lasting niche with the passing years.

What is more pertinent to our topic today is Jidi's preoccupation with the fate of world indigenous peoples, a focus that is his trademark since his poetic debut, attested by the ethnic themes running through his first award-winning book of verse *My First Love*, many poems of which have since been canonized. Since the 1980s, Jidi has continued to produce poems in similar vein with a craftsmanship increasingly refined and matured, which ultimately conspires to push him to the peak of his poetic career as the top ethnic poet in China in terms of output, dexterity and renown. It must be conceded his poetic supremacy compares no less admirably with his distinguished peers outside of China, to the extent he is on the threshold ofhaving his name carved on a stone in the Hall of Fame of world poets.

This topic brings me to a critical reappraisal of his opus "A Eulogy of World Indigenous Peoples" published in 1993, subtitled "Dedicated to the 1993 International Year for World Indigenous Peoples." The UN and other world bodies have always attached great importance to the problems confronted by indigenous peoples. The 1993 International Year for World Indigenous Peoples was proclaimed by the United Nations General Assembly "to strengthen international cooperation for the solution of problems faced by indigenous communities in areas such as human rights, the environment, development, education and health."

"The Year was requested by indigenous organizations and was the result of their efforts to secure their cultural integrity and status into the twenty-first century. It aims above all to encourage a new relationship between States and indigenous peoples, and between the international community and indigenous peoples—a new partnership based on mutual respect and understanding." In the same year, an international forum was called in Moscow followed by another convened at the end of the that year in Kuala Lumpur urging the UN to proclaim ten years from 1995 to 2004 dedicated for indigenous peoples in succession. Jidi's "Eulogy" appears to match the new attitude and activism in favor of the cultural values of the indigenous peoples rediscovered.

> *To praise you*
> *Is to praise the land*
> *The rivers overflowing the land*
> *The innumerable human habitations*

To understand you

Is to understand life

The reasons for progeny and propagation

Who knows how many races, of unknown names

Inhabit the earth?

To take a pity upon you

Is for our own sake

For the common lot befalling us

Some witness our people ride a horse through the streets of the
civilized cities

But lost mysteriously

To stroke you

Is to stroke the human conscience

The price of human suffering and cultural displacement in the
balance

Histo ry stands witness to the most unspeakable decimation and
slaughtering

Ever committed against the indigenous people

To bless you

Is to bless corn, potatoes, buckwheat

To bless the world's most ancient staple foods

In no way should we be justified in not leaving life and dream to
our children left by Mother

For the sake of world peace, justice and liberty

The two key words of the first stanza of the poem are "land" and
"life," a twin preoccupation with Jidi in both real life and his poems. A
book of interviews and essays he published last year took the title of *In
the Name of Land and Life.* In fact, eulogizing the land and the life are

two red threads cutting across the world ethnic literature. Invariably the arch metaphors for all indigenous peoples, the connotations of the land differ to varying degrees from race to race, but basically in the literature of the most marginalized ethnic groups, the metaphors have received the most exuberant poetic expression. The beginning line "to praise you is to praise the land" instantly reminds us of the two Indian masterpieces—the "Alternate Statement" of Chief Seattle and *Black Elk Speaks*.

The story dates from 1854, when American President Pierce offered to purchase the land of the Suquamish tribe. Seattle, chief of the Suquamish and other Indian tribes around Washington's Puget Sound, delivered what is considered to be "one of the most beautiful and profound environmental statements ever made" in reply to Pierce's pleadings. The city of Seattle is named after the chief. Two super metaphors "Mother Land" and the "Net of Life" have since found their way into modern idiom of various peoples around the world. *Black Elk Speaks*, hailed as "a religious classic, a North American bible of all tribes, one of the best spiritual books of the modern era and the bestselling book of all time by an American Indian," is a 1932 book by John G. Neihardt, an American poet and writer, who relates the story and spirituality of Black Elk, an Oglala Sioux medicine man or shaman. *Black Elk Speaks*, however, is more than the epic story of a super Indian. It is famed as a spiritual classic because of John Neihardt's sensitivity to Black Elk's resounding vision of the wholeness of earth, her creatures, and all of humanity. "Is the sky not Father, the Land not Mother, all the creatures with legs, their descendants?" A striking rhetorical question like this paves the way to illumination and enlightenment.

Such ethnic classics speak to us with lyrical and compelling language about the tenacious clinging of indigenous peoples to the land and encourage us to empathize with their age-old view of the land's indispensability to their inner and outer being. Indigenous peoples are descendants of the original inhabitants of many lands, strikingly varied in their cultures, religions and patterns of social and economic organization. At present at least 5000 indigenous groups can be distinguished by linguistic and cultural differences and by geographical separation. Some are hunters and gatherers, while others live in cities and participate fully in the culture of their national society. But all indigenous peoples retain a strong sense of their distinct cultures, the most salient feature of which is a special relationship to the land. Jidi Majia alerts us to this vital aspect of human experience to make us much more informed of the inner logic and rhetoric underlying his poetic outburst: "To praise you is to praise the land," "To understand you is to understand life." In all his ethnic output, poems extolling the virtues of the land are in plenty, easily identified as the footnotes to the abovemanifesto-like slogan. His "Age-old Land," composed 30 years ago, is frankly a paean in celebration of his home district, the Daliangshan in the west of Sichuan, his ancestral land, reminiscent of the North Americans hunting deer and buffaloes, the dark continent where black brothers dance to the rhythmical beats of sonorous African drums and the mighty Don river banks where the fiercely brave Cossacks briskly revel in the middle of a wedding ceremony. The poet sings out:

Here is the age-old land
Babies are born while old men in their death throe

He sings the praises of the vigor, vitality, creativity and historical contribution of indigenous peoples. Death in his dictionary necessarily encompasses the individual mortality and the infinite collective continuity, enriching our understanding of cross-cultural interrelatedness and the interconnection of us human beings with all creatures.

Jacque Darras, a French poet, wrote in one of his reviews of Jidi Majia ("In the Miraculous Land of Jidi Majia"), "We Europeans have long dumped our age-old land as worthless, yet Jidi Majia has amazed us by performing a feat, in front of us, in that he is an exemplary poet practiced in the language of his ancestors to probe beyond the immediate reality."

Coming to the third stanza of the eulogy, we learn to empathize with the poet's indignation at the suffering and pathos borne by all the indigenous peoples and the anxiety he expresses at the "lost way of life." In the fourth stanza, the poet urges us to awaken in our conscience, "to stroke our conscience" in his words, for the sadness and injustice of the atrocities sustained by indigenous peoples. Both stanzas, of powerful humanitarian import, point to the greater truth of compassion as the poet's great sadness at the cosmic historical injustice and the immense anxieties in the immediacy are movingly conveyed. Here we come upon the epic metaphor, arguably the best metaphor about the indigenous cultures in decline in the 20th-century Chinese literature.

Some witness our people ride a horse through the streets of the civilized cities
But lost mysteriously.

Under the march of modernization, the spread of non-indigenous religions and the relentless encroachment of GDP mania, indigenous groups have seen their traditions eroded. More generally, indigenous peoples who are integrated into a national society face discrimination and marginalization in housing, education and in matters having to do with language and religion.

But the growing awareness about human rights in the post-war era of the past 60 years or so has delivered impetus to campaigns for enhancing the rights of indigenous groups and given rise to a new activism, charged with a sense of utmost urgency, to conserve the cultural diversity as an act of self-redemption. Jidi's originality at coining this fantastic metaphor is best understood in a world enthusiazed with this new ethos.

An arch imagery like this also calls to mind the doleful "End of the Trail," James Earle Fraser's most prized Gold Medal sculpture produced for the Panama-Pacific International Exposition held in San Francisco in 1915. This lone figure on his weary horse is one of the most recognized icons of the American West. By many it is viewed as a moving elegy to mourn the passing of a great and valiant people cornered to the point of defeat and subjugation. It must be conceded Jidi Majia's imagery of "indigenous riders lost in the city" exerts a similar powerful emotional impact as Fraser's doleful Indian knight did. It is no exaggeration to say that some indigenous peoples live under the threat of extinction encroached by the menaces of mainstream civilization and lifestyles everywhere together with the perishing of many rare fauna and flora. As the indigenous peoples are on the frontlines of environmental degradation, they have the largest interest at stake when it comes to sustainable land management and land-use in the areas where they live.

The world's estimated 300 million indigenous people are spread across the world in more than 70 countries. Among them, one recent UN census indicates, 90 indigenous tribes out of 270 who lived in the Amazon forests in 1900 now vanish. These alarming facts are behind Jidi's impulse to create his heartbreaking image, in the two lines that follow, i.e.

History stands witness to the most unspeakable decimation and slaughtering

Ever committed against the indigenous people

The poet speaks in vehement denunciation of all the atrocities committed by mainstream human communities in the name of civilization against the aboriginal societies by various agencies, for example, the spread of non-indigenous religions and the secular ideologies, the reckless trumpeting of development and industrialization. The result: indigenous people have fallen a helpless prey with their cultures maimed and marginalized, their landholdings confiscated or signed away as part of the economic coercion to which they were subjected. Such legacy has been accountable for the deplorable fact that everywhere, indigenous peoples emerge invariably the most disadvantaged groups on Earth. This historical sense, combined with the profound reason as one perceives in his poems, brings American poet Denis Mair to declare: "Jidi Majia has never stopped being what he always was—a great soul who emerged from among an indigenous group in southwestern China and undertook to bridge his people's ethos with realities of the outside world." "Jidi Majia accepts suffering as part of the human condition: it is the underlying melancholy color on which the hopeful patterns of creative expression appear by contrast. In his poems about crises of the modern world, he denounces violence but does not seek to attak blame or exact retribution." Hereby I believe Denis Mair scores a very important point about the high moral tone in Jidi's poems.

The last stanza begins with:

To bless you
Is to bless corn, potatoes, buckwheat
To bless the world's most ancient staple foods

Some readers might be baffled about this point: why use solemn blessings for such a mundane daily kitchen situation? The enumeration of such an array of staple foods mixed with so lofty a topic as cultural diversity in decline? We are illuminated eventually at the sentence: "To bless the world's most ancient staple foods," a piece of common sense in cultural anthropology.

In his masterpiece *Mankind and Mother Earth*, British historian Arnold Toynbee tells us the unforgettable story of how Indians in America first cultivated corn about 5000 years ago and corn became their staple food ever since. After Columbus discovered the New World, corn was taken back to Europe to become Europeans' staple food accordingly. From other literary and mythical sources we are told corn for Indians represents more than something to keep them alive daily.

Corn is their farming Goddess, alias Mother Corn. Asturias, the Nobel Prize winning novelist from Guatemala, even titled one of his novels "Men of Maize."

"The deities created man out of corn" is a famous lead at the beginning of many an Indian canonical works. Besides, potatoes were again domesticated by Indians. A knowledge of cultural anthology helps us in decoding Jidi Majia's playful congratulation upon these most ancient staple foods tamed by Indians which in several major famines that stalked the globe saved millions upon millions of human lives on all the main continents. In the latter part of the 17th century, Peter the Great introduced potatoes to Russia and by the middle of the 19th century, potatoes became the lifeblood of Russians. Readers might be intrigued to know just recently China has replaced Russia to become the largest producer of potatoes in the world. Potato's significance in safeguarding China's food security being realized, Jidi Majia's readers will happily join him in celebrating potatoes. One more digression: while Jidi Majia blessed potatoes in 1993, potatoes were billed as the host for 2008 as the Year for Potatoes.

The eulogy concludes by these two lines:

In no way should we be justified in not leaving life and dream to
our children left by Mother
For the sake of world peace, justice and liberty.

"Mother" refers to Earth, whereas "we," obviously us human beings inhabiting it. The ardent poet urges us to take charge and shoulder our responsibility for our Mother Earth, deadly serious in the furtherance of his causes.

A rereading of Jidi Majia's "Eulogy" affords a soul searching moment. The year 2013 will mark its 20th anniversary. While it is difficult to gain any just perspective in estimating a great, and still a contemporary figure, and despite the vagaries of literary taste, we feel quite assured of the increasing immortality of this poem. Its dazzling freshness and enduring spiritual message have not been lost to me when I come back to it 19 years later. There is a "depth of soul" in it which has insured its survival value. Lu Yuan, a major veteran, tries to decode this Yi poet's success: "Jidi Majia is a poet whose name and fame both the Yi and the Han claim. He belongs to the world also. His is the example of an ethnic poet writing in Chinese ended up lending strength to both the Yi and the Chinese languages." "Only a great-souled poet could have succeeded in the project that Langston Hughes attempted: to revive a people's identity, from the roots up, in a modern setting of cultural dislocation and anomie." writes Denis Mair in his preface to Jidi Majia's book of poems in English edition done by him. The combination of wide social enthusiasms, profound sense of global cultural identity, temperament to speak to the world and for the world, plus a genuine artistic gift for form, helps to forge a poetic legend China's republic of poets long awaits.

In the meanwhile, Jidi Majia has never stopped in his pursuit of constructing his own poetics. To my view, Jidi Majia's own aesthetic system took shape initially in the early years of the 1990s. Following in his footsteps, researchers will discern two shifts in his poetics in the expanse of 30 years. He is impatient of clumsy workmanship in poetry. To compare his early writings with those of his latest poems is to realize at once his advance in construction and his management of verbal art. The "Eulogy" under discussion is a perfect specimen of his more matured writing, a blend of sensuality and intellectuality, too many things, i.e. poetic enthusiasm, metaphysical insight, intellectual argument and lyrical narrative all crowding up for admission into his "Eulogy." One of his originalities lies in his knack at storytelling, so impressive that the French poet Ladas credits him as "a great storyteller," a comment that is peculiarly to the point. For in the "Eulogy," he has developed this trait with great boldness in language, and more important, with a capacity for revealing highly complicated thoughts in verse. It is a miraculous feat he performs in the "Eulogy" that he would allow the mundane staple foods such as corn and buckwheat to hint at and call forth implicitly a string of stories as these staple foods have long sustained the world peoples, the importance of which could have never been overly estimated. He has succeeded in making an intricate mosaic of his favorite Hispanic writers and poets, particularly those who affect the grand and mythical manner.

Lastly, a word for his verbal art. Jidi started as a lyric poet, remains so and draws the critical attention for it, with an ear as keen as Ai Qing's (his patron and mentor, the late most reputed lyrical bard of modern China) for what is subtle in Chinese.

Juan Herman, one of the most prestigious contemporary poets in the Hispanic world, rates him highly for his verbal facility:

> *Jidi Majia, residing in the stark house of language,*
> *To keep the flames,*

Hurling words into the stove.

This tendency to use big words in poems has understandably invited criticism from some quarters, indeed, a phenomenon, disparaged widely in various parts of the world as a weakness. Excellent though his poems, they have been sometimes found by a few critics as too ornate, too high sounding, arguably a penalty exacted by his crusade against cultural and economic deprivation for his indigenous fellow human beings. I, for one, take leave to agree to disagree. Big words like "people," "country," "world," "humanity" do crop up occasionally in his poems, but there is a matter of necessity and appropriateness to be pondered, to begin with. While we deem his interest in the common fate of mankind and his social attack at the declining cultural diversity and his wide moral enthusiasms as a definite plus, indeed, one of his major inspirations, how could we reconcile our disparaging comments on big words with our lauding of his lofty themes? These poems, I believe, will remain the most durable element in his achievement. It seems an invariable rule that big poets tend to use big words. Delete all the big words in Pushkin, Gothe, Hugo, Du Fu, Whitman and how much is left of the best poetic legacy of world literature? In the case of Du Fu, his anthology throngs with big words like "sky and earth," "universe," "ancient and modern," "ten thousand miles," "a hundred years." Do a surgery on them and Du Fu is dead on the spot. My argument is simple: Jidi Majia is one of the rarest cases in which he has erected such a poetic monument on a pedestal made of his poetic exuberance and profound sense of cultural interrelatedness with all creatures, and his poems should be best read with the majestic themes and uplifting purpose for a redeemed world for all the people in mind. Let us keep cheering him up for a new surge of his poetic brilliance and grandeur.

（英语）

吉狄马加，史诗英雄民族的后裔

[匈牙利] 芭尔涛·艾丽卡

"经过神秘的路，来自遥远的山/蓝线淌着汤汤的多瑙，绿绒展开青青的草原/锐利的龙齿是凉山的脊梁，金黄的螺旋是火把的烈焰/细碎的春花，即使在冬季也遍野满山……"

两年前，当我在布达佩斯接到一个从大凉山寄来的神秘包裹，当我看到黑布彩绣的婴儿背兜，情不自禁地写下这几行关于想象中彝人的诗。这个图案异常复杂、色彩格外炫美、做工非常细致的"背扇"，虽然对诺苏人来说只是背婴孩的日常用品，但对我来说却极其特别；不久之后，当我翻开吉狄马加的诗集，心里也是同样的感觉。这位被视为当代最优秀的中国诗人之一的彝族人，引领他的读者们走进一个独特的世界。通过诗行，让我们了解了一个中国的少数民族——彝族。

彝族并不是小民族，按人口排位，在中国56个民族中居第七位，总共约有八百多万，主要居住在四川的西南部，在以西昌为首府的凉山彝族自治州，另一部分住在云南、贵州。凉山是大雪山的支脉，又分大、小凉山，各居西东，是吉狄马加诗歌灵感的源泉，用诗人自己的话说，"如果没有大凉山和我的民族，就不会有我这个诗人"。在古代，丝绸之路南段曾从这个地区穿过，许多历史名人都留下过足迹，忽必烈、司马迁、诸葛亮和来自威尼斯的马可·波罗。对彝族人的叫法很多，除了诺苏，还有倮倮、阿细、撒尼、聂祖等，凉山的彝族人称自己诺苏，是彝族中最大的一支。

彝族是中国最古老的少数民族之一，历史可追溯到地皇时代，少说也在4500年前。诺苏人生活在西南部与世隔绝的大山里，许多世纪都未与周边居民混杂，是一个血缘相对纯粹的族群。彝族是历史上神秘的民族，他们的族源众说纷纭，有人说来自西南或云南的土著，有人说跟7000年前生活在青海的羌人有关。

彝族是能歌善舞的民族，从许多角度看，诺苏文化都是独一无二的，他们至今都坚守自己的传统和信仰，传承自己传统的音乐和舞蹈，他们围火起舞如祭天拜地。传统情歌的优美曲调和山歌对唱的表演形式都令人动容，男女声调刚柔相济，歌词多是即兴填唱。彝人有许多神话般的乐器：葫芦笙，马布，巴乌，口弦、月琴、笛、三弦、编钟、铜鼓、大扁鼓，自成体系，不仅用于伴奏，更用来独奏与合奏。在日常生活中，口弦和月琴最流行。用竹片或铜片制成的口弦，常挂在女人的脖子上，少则两片，多则六片，美如项链；闲暇的时候放到唇边，一边吹一边拨动，乐声虽弱，但飘得甚远。男子们则喜欢演奏月琴，伴歌伴舞或入神弹奏。世界上大凡都是如此，乐感和性感是同义语。当然，在我看来，最浪漫的乐器是吹木叶，诺苏人将树叶夹在两掌间，如大自然中的仙子吟唱。

彝族是爱美的民族，女人佩戴美得夸张的银项链和银头饰，男人也爱穿彩绣的布衣。彝族还是缠头的民族，男女都缠，女人的缠头美如凤冠，男人的缠头有"英雄结"，雄悍如鹫。诺苏人的服饰设计精细独特，色彩搭配也烂漫出奇。

彝族是崇拜自然的民族。毕摩，像萨满教里巫师，但在彝人中担负着更广泛的使命，歌唱，跳舞，治病，占卜，传唱史诗，主持祭祀，是彝族文化的传承者，是彝人中的知识分子。在吉狄马加的诗歌里，也颂咏了传承诺苏人古老文化的毕摩，"守望毕摩/就是守望一种文化，就是守望一个启示"，他这样写道。

彝人敬火。他们最重要的节日是火把节。在农历六月二十四至二十六日晚上，人们成群结队手擎火把，长长的火龙绕村串寨，翻山过田，景色壮观。夜深后，人们将火把堆在广场中央，围着篝火唱歌跳舞，直到黎明。

彝人是大山的孩子。"我是雪山真正的儿子"，"雪山十二子的兄弟"，吉狄马加在抒情长诗《我，雪豹》中自白道。每年农历三月三，都是彝人的祭山节，他们在这天停止劳作，聚宴痛饮，燃炮祭山。

彝族更是史诗的民族。这些史诗要么通过口耳传承，要么用彝文录在纸上。相对完整留下、传咏至今的彝族史诗有二十多部，其中最重要的莫过于《勒俄特依》，这部史诗记录了宇宙形成和人类诞生的历史。另一部篇幅较长、8000多行的英雄史诗《铜鼓王》，讲述了彝族先民世世代代为生存而战、艰难迁徙的历史传说。

《勒俄特依》大概最早是在明朝记到纸上的，后来用各种彝文方言抄录流传。由于它先是靠口授流传，后在不同时间和不同地区抄录下来，因此不同的版本有很大差异。我读的是冯元蔚翻译、1986年出版的汉语版，说在天地形成前宇宙一片混沌。"上面没有天，有天不结星；下面没有地，有地不生草……起云不成云，散又散不了……说黑又不黑，说亮又不亮。"它是这样叙述天地变化史的："天地还未分明时，洪水还未消退时，一日反面变，变化极无常；一日正面变，变化似正常。"接着又说，"混沌演出水是一，浑水满盈盈是二，水色变金黄是三，星光闪闪亮是四，亮中偶发声是五，发声后一段是六，停顿后又变是七，变化来势猛是八，下方全毁灭是九，万物全殒尽是十，此为天地变化史"。由此可见，彝人认为天地万物始于混沌，演化是一步步完成的，这跟我们欧洲人的认知十分相像，创世纪前"空虚混沌"，"渊面无光"。

不过，与我们信奉的一神教不同，彝人是信多神的。于是出现了这样的情节，东西南北四方诞生了四位神人，他们各司一方。神也有师徒，一位被称作"阿尔师傅"的大神交给四位神人四把铜叉，他们在四方各辟一个豁口，"让风从东方的裂缝进，西方的裂缝出；水从北方的口子进，南方的口子出"。在造化出空气和水之后，他们"把天撬上去，把地掀下来。"四神人完成了第一个任务，阿尔师傅又做了九把铜铁帚，"交给九个女神人，拿去扫天地。以帚扫天上，天成蓝茵茵，以帚扫大地，地成红艳艳。四根撑天柱，撑在地四方……四根拉天梁，拉扣在天地的四方，东西两方相交叉，北南两相交叉，四个压地石，压在大地的四方。"就这样，天地造好了，阿尔师傅又打制了九把铜铁斧，分别递给九个年轻神人，"遇高山就劈，遇深谷就打。一处成山，做放羊的地方。一处成坝，做放牛的地方。一处打成平原，做栽秧的地方。一处打成坡，做种荞的地方。一处打成垭口，做打仗的地方。一处打成沟，做流水的地方。一处打成山凹，做人居住的地方。"

《勒俄特依》的开篇气势恢宏，很像《圣经·旧约》描写的创世纪（阿尔师傅，就像是彝族人的上帝）。不过，《勒俄特依》对人类起源的描述，要比《圣经》中描述的上帝造人更加复杂和戏剧性，不仅精细地描写了人类祖先的腰、鼻、腋窝、肚脐和脚掌，还刻画了骨头、肌肉、眼珠、血液的生成，最有趣的是，还描写了从猿到人的变化过程……总之，这篇彝族史诗讲述了宇宙演变、万物起源、英雄神话、祖先迁徙、部落战争和人类支系的繁衍，不仅能帮助我们了解彝族人，还能帮助我们了解我们自己。以后如果有机会，我很想将这首彝族史诗翻译成匈牙利文，可以想象，匈牙利读者肯定会惊叹于这笔古代文化遗产。

接下来谈谈这部诗集的主人——吉狄马加。根据他的自述，他的原名是吉狄·略且·马加拉格，这个长长的名字就让人嗅到史诗的气息。他的作品有很大一部分可被视为这些史诗的延展。他在题为《身份》的诗作里，不仅写了神鹰和童谣，还提到了《勒俄特依》。诗人就像一个时空中的礁岛，许多条河流都在那里汇聚。在《自画像》中他郑重地宣告："啊，世界，请听我回答/我一是一彝一人。"他所有的作品都生长于这个独一仅有的文化，娓娓道来地勾勒出诺苏人的文化、历史、生活方式和内心世界。毫无疑问，他是诺苏文化的代表，甚至可以说是"化身"，这特殊的土壤给了他特殊的视角，他不仅回望传统，而且眺望世界。诗人流沙河说，吉狄马加的诗让他看见了"灵魂在跳舞"。我很赞同女作家铁凝对吉狄马加的评价，她说"吉狄马加既以他对于自己民族的历史文化与民族风俗的描写见长，同时他又不断拓展自己创作的疆界，使他的笔触穿越了狭小的地理空间，而获得更为广大的祖国与世界的视域。"正由于他有这样的视域，他创作的诗歌扎根于传统，同时具有世界性，他不仅把自己浸透彝文化的诗歌献给了世界。在一次采访中吉狄马加说，诗歌的出发点永远应该是人的心灵。诗人必须忠于自己的内心和灵魂，否则他的诗歌无法感动他人。正是这种创作观点，决定了他的诗歌特质，既有高尚的品德，又有深邃的思想，《我，雪豹……》则是代表作。

1961年，吉狄马加出生在大凉山，家乡山高水远，风景秀美，自小哺育了他对原始土地的天然审美情趣与浪漫情怀，很早就爱读彝族的史诗。十六岁时，他偶然读到普希金的诗歌，无论写自由、爱情，还是自然，每行诗句都令他震撼，于是他决心要当诗人，要用诗歌传承诺苏人的传统，印证自己彝人的身份。他的诗歌生涯就是从那一年开始的，从那之后，诗歌成了他的一种存在方式，他在生活中再也离不开诗歌。十七岁那年，吉狄马加考进西南民族学院中文系攻读汉语言文学专业，那段时期，他阅读了大量的中国古典和现代诗歌，从屈原、杜甫到郭沫若，同时接触到世界文学，从肖洛霍夫、陀思妥耶夫斯基、聂鲁达、帕兹到洛尔迦，甚至对美洲、非洲的诗人也充满兴趣，泰戈尔的诗歌也令他沉醉，朦胧诗也曾熏染过他，但是对他影响最大的还是诗人艾青。吉狄马加说："他对于人民与历史的深切关怀，直到现在都影响着我的诗歌创作。"经过饥渴的阅读和自觉的写作，吉狄马加很快找到了自己的风格，成了第一个、也是最有影响力的大凉山诗人。1986年，中国作家协会授予了吉狄马加"青年文学奖"，三十岁就被选为四川省作家协会副主席。

无论从题材还是风格上，吉狄马加都为大凉山诗人们充当了样板，这个诗歌群体逐渐壮大，其中包括另一位重要的彝族诗人——倮伍拉且。我很喜欢倮伍拉且"抚慰灵魂"的诗歌，特别是2011年出版的那部题为《大凉山——我只能在你的怀抱里欢笑哭泣和歌唱》的诗集。从倮伍拉且的诗作里，也可以感受到他与吉狄马加一脉相承的、对大凉山传统的尊重和对古老土地的热爱。他的诗歌语言既平易坦诚，又不乏奇险的修辞，题材更贴近诗人的个体内心，总体风格既传统又现代，情感丰富而深沉，即使在温柔抒情的时候，也透着大山之子的雄性气质。在西昌，我见到了这位魁梧、寡言但很温暖的男人，我在舞台上用匈牙利语朗诵了一首他的诗歌，那是我动身去中国前翻译的，作为给他的惊喜。我最喜欢的是他那首《我把我的心雕成你的模样》。从这首诗里，我进一步感受到诺苏人旺盛的生命力。带着锋刃的爱，沉默如山的情，这就是倮伍拉且诗歌给我的印象。诗歌，可以传递感情，甚至能在陌生人之间。与吉狄马加一起，倮伍拉且、巴莫曲布嫫、阿库乌雾和阿苏越尔等大凉山诗人自觉承担起用诗歌衔接古今的使命。

吉狄马加的诗歌并不是很容易阅读，尤其当他用史诗的韵调表述自己的思想或隐喻时。在《自画像》中，诗人喃喃自语，"我痛苦的名字/我美丽的名字/我希望的名字"，"这一切虽然都包含了我"，在这些诗句里浸透了诺苏人的氏族精神——让人联想起神话中的射日英雄支呷阿鲁，还有传说中的美人呷玛阿妞。他将这两个史诗中的角色分别唤作自己的"父亲"和"母亲"。在《太阳》一诗中，他也含蓄地暗指了自己的祖先。吉狄马加的诗歌有着丰富的图像世界、独特的诗歌想象、跃动的节奏、细腻的讲述和强烈抵心的情感表达；寻找自己的身份是他诗歌的主题，通过对诺苏文化价值的传承和与祖先亲缘的维系来确定自己灵魂的归属，他诗中的自己，是他背后的民族。（他甚至在《太阳》中唤醒了自己的祖先。）吉狄马加总是努力采用既能被读者理解的自然表述，同时又想象丰富、寓意稠密、修辞考究的诗性语言，他诗歌的空间接近宇宙，天空、土地、太阳、母亲、群山、河流、神鹰和灵魂，是他诗歌的关键词。在《分裂的我》里，记录了一个内心矛盾挣扎、精神痛苦分裂的诺苏人的自白，徘徊在幸存的与丧失的传统之间，站在过去与未来的岔路口。这首诗里充满了内在的紧张、困惑与冲突，用复杂重叠的意象和层次丰富的语调完美地刻画了诗人自己切实感受到的分裂状态。在《彝人》里，他则用更加无奈、忧郁的语调，"去寻找那种沉重的和谐"，努力揣着诺苏人的心，去适应当代的繁华。在《诗歌的起源》里，他则调换了一种完全不同的语汇和更加柔和的音色，用神秘、唯美的画面描绘了诗歌的存在，"诗歌是无意识的窗纸上，一缕羽毛般的烟"，"诗歌是星星和露珠，微风和曙光，在某个灵魂里反射的颤动与光辉，是永恒的消亡，持续的瞬间的可能性"，"是蟋蟀撕碎的秋天，是斑鸠的羽毛上洒落的黄金的雨滴。是花朵和恋人的呓语……"《母亲的手》和《布拖女郎》，前一首深切、柔情、充满了眷恋；后一首欢快、生动，从一个初恋中的男孩的敏感视角，细腻地再现了女郎的面孔、眼睛、额头和倩影，最后怅然若失地目送她消失在远方。《黑色的河流》，诗句也黑色、沉滞，如同黑色的岩浆缓缓流淌，情感细腻地展开了一幅诺苏人葬礼的画卷。

在这部诗集里，诗人还令人动容地为匈牙利大诗人写了一首诗——《致尤若夫·阿蒂拉》，写了这样那样的饥饿，通过饥饿走近这位孤独的诗人。"真正的诗人，他在写作时，灵魂和心灵都是寂寞的。我也是。"吉狄马加说。《我，雪豹》是一首独白体的长诗，通过一只生长在高原峭壁之巅的野兽之口，以无可仿效的节奏、韵律、笔触和意蕴，讲述了诺苏人古老的情感、愿望、信念和思想，为生命与自然的和谐理想唱了一曲颂歌。这只雪豹——他是一个"保护神"，是"雷鸣后的寂静"，是"离心力"，是"能听见微尘的声音/在它的核心，有巨石碎裂"的"山地的水手"——"为这一片大地上的所有生灵祈福"，因为他知道"我们大家都已无路可逃"。吉狄马加这首已被翻译成多种语言的长诗，含带着强烈的哲学信息："……我却相信，宇宙的秩序并非来自于偶然和混乱。"这首诗不仅是写给环境的，更是写给人类的。

吉狄马加是当代中国诗人中作品被译成外语种类最多的诗人，大约有三十多个国家出版了他的诗集。作家余玮对吉狄马加的这段评价是准确和中肯的："吉狄马加是一位身在传统和现代之间的诗人，一头在民族，另一头在世界。他不仅以自己的诗歌实践从凉山走向了全国，走向了新时期中国诗坛的前沿，而且在诗歌中实现了与世界的对话；不但通过诗歌表达对于世界的关注，对于全人类的关怀，还以诗人的身份真正走向了世界，让世界都听到了这个彝人的声音，让世界在美学层面感知到了一个伟大的民族。"

十分幸运，我到过诗人生长的家乡，到过西昌，进大凉山，游过美丽的邛海和泸沽湖，留下了许多难忘的记忆，亲身感受到那里人的纯朴热情和与大自然共生的亲密，他们的住房几乎与山间的草木长到了一起。吉狄马加亲自创办的西昌邛海国际诗歌节就在西昌，这长达一周的诗歌节，不仅让来自世界各地的诗人们在那里兴会，更为世界提供了一个了解彝族，了解诞生于此并不断传承、生命力顽强、独一无二的诺苏文化的机会。吉狄马加在诗中记录的传统宝藏，在当地人中只是生活的常态，我看到：脚穿运动鞋的毕摩至今都有通灵的魔法，从低矮、简陋的土坯房间传来悦耳、动听的悠扬歌声，在皱纹密布的老婆婆眼里闪烁着好奇的目光，用至少使过几十年的旧茶杯献上的香醇醉人的苦荞酒。通过这些宝藏，我也走近了诺苏人，走近了这个神秘的世界，可以拨动口弦的簧片，并跟雄踞广场中央的神鹰一起合影。

"这就是生我养我的故乡"，吉狄马加在《达基沙洛，我的故乡》一诗中深情地写到。我去了那里，去过他诗歌生长的地方。

对我来说，结识吉狄马加是生活给我的一件厚礼。他是个大诗人，也是一个和蔼、谦逊的朋友。从许多很小的细节里，我能够感受到他对别人的关注和倾听。我见过他多次，既看到他如何跟别人平易地交谈，也看到他在盛典上儒雅、自信地手执奖牌。他说话不多，但言之有物，脸上总带着温和的微笑与细腻的幽默。同时在他的言谈举止中，从骨子里透出诺苏人特有的自信姿态。我不会忘记泸沽湖清凉的润秀，大凉山区直上的水雾，令人心惊的盘山路，夜色下的篝火和被火光映红的笑脸。我不会忘记在西昌的机场，那些迎接我们的热情面孔，彝族的姑娘们和小伙子们穿着漂亮、艳丽的民族服装，弹着月琴，唱着民歌，声音里洋溢出由衷的喜悦，我看到一位女诗人流下了泪。我一直珍藏着那件美丽的"背扇"，那个黑布绣花的婴儿背兜，对我来说，那是一件触手可摸的宝物。现在，我希望能够通过吉狄马加的匈牙利语版诗集，让尽可能多的匈牙利读者了解伟大的中国，了解一个特别的世界，了解独一仅有的诺苏文化的精神宝藏。

（余泽民　译）

芭尔涛·艾丽卡，匈牙利汉学家，文学翻译。1973年出生于匈牙利艾格尔市，2001年毕业于布达佩斯的厄特沃什·罗兰大学文学院中文系，先后曾在北京语言文化大学和北京师范大学留学。翻译过莫言、白先勇、余泽民等作家的中短篇小说、余秋雨的散文和吉狄马加的诗歌选集《我，雪豹……吉狄马加诗集》，以及《山东汉画像石汇编》、《潍坊民间孤本年画》等艺术专著。

Utószó
Jidi Majia, az eposzi hősök utóda

© Yu-Barta Erika

"Ékes hordozóm színes legyező, messzi hegyről, titokzatos úton jő, kék fonala zúgó Dunám, zöld a roppant rónaság, sárga örvény fáklya lángja, sárkányfogak Daliang-hegy gerince, apró virágai télen is sziporkáznak..."

E sorok jutottak eszembe a *nuosuk*ról, mikor megláttam azt a háti babahordozót, amit tőlük kaptam két éve Budapesten. A bonyolult mintázatú, gyönyörű színekkel finoman hímzett nuosu "háti legyező" nagyon különleges volt számomra, csakúgy mint a nem sokkal később kezembe került Jidi Majia-verseskötet. A ma az egyik legnagyobbnak tartott kortárs kínai költő egy sajátos világba kalauzolja olvasóit. Írásain keresztül Kína egyik nemzetiségét, a *yi*-ket, másnéven a nuosukat ismerhetjük meg.

A yi nemzetiség Kína 56 nemzetisége közül a hetedik legnagyobb lélekszámú, összesen körülbelül hétmillióan élnek elsősorban Sichuan tartomány délnyugati részén, a Xichang székhelyű *Liangshan Yi Nemzetiségi Autonóm Prefektúra* területén, illetve Yunnan, Guizhou és Guangxi tartományokban. A Liang-hegy nagy és kis vonulata által körülhatárolt területet *Liangshani régió*nak is hívják. Ezen a vidéken keresztül vezetett a hajdani Selyemút déli része, így a történelem során sokan megfordultak erre: Si Maqian, Zhuge Liang, Kubilaj kán, Marco Polo, stb. A yi-k sokféleképpen nevezik magukat: nisu, nuosu, luowu, sani,

571

axi, lolo. A különböző elnevezések elsősorban a nyelvjárás és a viselet különbözőségéből adódnak. A liangshani yi-k nuosunak hívják magukat.

A nuosuk az egyik legnagyobb múltra visszatekintő kínai nemzetiség. Történelmük egészen a "Föld császár" koráig vezethető vissza[1], tehát legalább 4500 évvel ezelőttre. Mivel az ország délnyugati hegyvidékein, egy teljesen zárt földrajzi környezetben élnek és az évszázadok alatt nem keveredtek a környező népekkel, így egy viszonylag tiszta vérvonallal rendelkező népcsoportról beszélhetünk. Bár történelmükben még sok a homályos pont, például eredetük tekintetében a kutatók máig nem jutottak egyezségre. Némelyek úgy vélik, hogy egy délnyugat-kínai vagy egy yunnani törzsi néptől származnak, mások szerint egy hétezer évvel ezelőtt, az északnyugati Qinghai tartományban élt *qiangdi* nevű néptől.

A nuosu kultúra sok tekintetben egyedülálló, a művészet számos területén kiemelkedőek, hagyományaikhoz, vallási hiedelmeikhez a mai napig nagyon erősen ragaszkodnak. Híres zene- és táncművészetük, sokféle hangszerük és táncuk van. Hagyományaikon, szellemiségükön alapuló dalaik és előadásmódjuk rendkívül lenyűgözőek. Férfi és női szólamban egyaránt írnak dalokat, az előadás során pedig a dalszövegeket gyakran improvizálják is. Hangszereik tárháza nagyon széles: töksíp, mabusíp, bawu-furulya, doromb, koboz, furulya, három húrú hegedű, litofon, rézdob, nagy lapos dob, stb., melyek elsősorban nem kíséretre készülnek, hanem szóló- vagy együttes előadásra. Manapság a doromb és a koboz a legelterjedtebb. A bambuszból vagy rézből készült dorombot lányok és asszonyok nyakba akasztva hordják, így bármikor játszhatnak rajta. A kobozt inkább fiatal és középkorú férfiak használják. Az úgynevezett

---

[1] A "Föld császár" a három legendás ókori kínai császár egyike volt. A Han-dinasztia korában íródott *Történeti feljegyzések* szerint: "Hajdan volt az Ég császára, a Föld császára és a Tai császár, azaz az Ember császár, aki [mindhármuk közül] a legnemesebb volt." A Föld császár időszaka az i.e. 2570-2550 közötti évekre tehető.

falevélfújás szintén egy nuosu jellegzetesség, mikor két tenyerük közé illesztett falevelet "szólaltatnak" meg mesterien.

A nuosuk nagyon szeretik a szépet. A nyaklánc és egyéb díszes kiegészítő nagyon jellemző náluk. Például nők és férfiak egyaránt hordanak valamilyen fejfedőt, a nők tarkán hímzett, bonyolult illesztésű, ezüstgyöngyös-csilingelő csodaszépet. Viseletük külön tanulmányt érdemelne, hiszen a nuosu ruházat gondosan és sajátosan megtervezett, gyönyörű színekkel kombinált. A színeknek óriási jelentősége van számukra, összeállításuk szintén hitvilágukra épül. Táncaik is nagyon különlegesek. A szóló- mellett a csoport tánc a jellemző. Vidám mozdulatokkal és kiváló ritmusérzékkel táncolnak, főleg furulya, koboz vagy három húrú hegedű kíséretében.

A nuosuk természetimádók. *Bimó*: így nevezik azt a személyt, aki hasonló szerepet tölt be, mint például a sámánkultúrában a táltos. A bimó széleskörű ismeretekkel rendelkezik, énekel, táncol, vezeti a szertartást, gyógyítással és jóslással foglalkozik, ő a kultúra áthagyományozója, a tulajdonképpeni értelmiség. Jidi Majia verseiben is fellelhető a nuosu nép ősi kultúráját továbbvivő bimó – hiszen „virrasztani a bimókért, virrasztás egy kultúráért, virrasztás egy megszólalásért" – mondja versében.

A *tűzkultusz* hagyományait ma is ápolják. Legfontosabb ünnepük a látványos, felvonulással egybekötött *fáklyaünnep*, amelyet a kínai naptár szerinti hatodik hónap 24. napjától a 26. nap estéjéig rendeznek meg. Mikor leszáll az éj, az emberek fáklyát ragadnak, és körbejárják a falut, átvágnak a mezőn és a hegyekbe vonulnak. Fenyőgyantával bekenik és meggyújtják egymás fáklyáját. Ekkor olyan látvány tárul elénk, mintha az egész hegy lángolna. Majd egy nagy téren összegyűlnek, egymásra tornyozzák a fákyákat és a tűz körül táncolnak hajnalig.

A nuosuk a *hegyek fiainak* is tartják magukat. "Havas hegycsúcsok hű fia vagyok", a "hóhegyek tizenkét fivérének egyike"– mondja Jidi Majia is az Én, a hópárduc című hosszú lírai költeményében. A *hegyimádás* ünnepét a kínai naptár szerinti harmadik hónap harmadik napján tartják. Ezen a napon senki nem dolgozik, csak lakomáznak és a hegyek isteneinek hódolnak.

Írásos emlékeik közül a nuosuk nagy becsben tartják eposzaikat. Ezek vagy szájhagyomány útján terjedtek, vagy a nuosu írással rögzített formában maradtak ránk. Viszonylag teljes egészében fennmaradt nuosu eposz vagy eposzszerű költemény több mint húsz van. Közülük a legfontosabb *A teremtés történetei*, amely az egész univerzum, illetve az ember kialakulásának történetét írja le. Egy másik hosszabb, nyolcezer soros nuosu hőseposz a *Rézdob királya* címet viseli, amelyben az ősnuosuk generációkon át tartó vándorlásainak és háborúinak történelmi legendái szerepelnek.

A teremtés történetei kínaiul *Lee teyi*, mely cím yi nyelv (Hnewo tepyy) szerinti hangátírás. Először valószínűleg a Ming-dinasztia korában jegyezték le, azóta a yi nyelv különböző nyelvjárásaiban készült másolata. Mivel elsősorban szájhagyomány útján terjedt, a később különböző időben és helyeken rögzített változatok különböznek egymástól. A *Feng Yuanwei* által kínaira fordított és 1986-ban kiadott változat szerint az Ég és a Föld kialakulása előtt a teljes káosz időszaka volt: "Fönt nincs Ég, ha van is, nincsenek csillagok. Lent nincs Föld, ha van is, nem nő fű... [Majd] felemelkedett a felhő, de mégsem lett felhő, szétoszlana, de mégsem oszlik szét... Sötétség van, ami mégsem sötétség, világosság van, ami mégsem világosság." A világ kialakulásáról így fogalmaz: "Mikor Ég és Föld még nem vált szét, mikor az árvíz még nem vonult vissza, egyik nap van az átfordulás, [mert] a változás kiszámíthatatlan, és másnap van a visszafordulás, [mert] a változás normális." Majd így folytatja: "Először a káoszból kivált a víz, majd a víz egyre több és több lett, hogy tele lett a világ, majd a víz aranyszínű lett, majd a csillagok csillogni kezdtek, majd a fényből kivált a hang, és a hang után egy szünet következett, majd a szünet után újra kezdődött a változás, a változás pedig egyre hevesebb lett, és lent minden elpusztult, minden dolog elveszett – ez tehát az Ég és a Föld változásának története." Jól látható ebből, hogy a nuosuk elképzelése szerint a világ és benne minden dolog lépésről-lépésre alakult ki a káoszból.

Ezután a négy égtáj irányából megjelent négy *istenember*, akikben isteni erő lakozott. Mesterük, *Aer mester* egy-egy rézvillát adott nekik, amelyekkel ők mind a négy irányba egy-egy lukat szúrtak, "hogy a szél a keleti résen befújjon, a nyugati résen kifújjon, hogy a víz az északi résen befolyjon, és a déli részen kifolyjon". A levegő és a vizek megteremtése után pedig "az Eget felemelték, a Földet leemelték." Aer mester ezután egy-egy rézseprűt "adott kilenc *istenasszonynak*, hogy Égen és Földön söprögessenek. [...] és az Ég puha kék lett, [...] a Föld élénk vörös lett. Aer mester ezután egy-egy oszlopot állított a Föld négy irányában [...] egy-egy gerendát húzott az Ég négy irányában és egy-egy sziklát nyomott a Föld keleti, nyugati, északi és déli sarkába." Föld és Ég tehát így teremtődött. Majd Aer mester egy-egy rézfejszét adott kilenc *ifjú istenembernek*, hogy "magas hegyet vágjanak és mély völgyet csapjanak. Kialakították hát a hegyeket, ahol kecskét tarthatnak, az alföldeket, ahol marhák legelhetnek, a földeket, ahol magokat, a lejtőket, ahol hajdinát vethetnek, helyeket, ahol háborúzhatnak, a folyómedreket és az ember lakóhelyét."

A teremtés történetei tehát e nagyszerű bevezetéssel indul, amely nagyon sok hasonlóságot mutat a bibliai teremtéstörténettel (hiszen Aer mester a nuosuk istene is lehet). A könyv azonban az emberiség kialakulásának történetét jóval bonyolultabban és drámaibban írja le, mint ahogyan a Biblia fogalmaz az ember Isten általi teremtését illetően. Például részletekbe menően ábrázolja az ember ősének derekát, orrát, hónalját, köldökét és lábát, továbbá azt is, hogy például a csontok, az izom, a szemgolyó és a vér miből keletkeztek. Szívesen lefordítanám magyarra ezt a nagyszerű könyvet. Hiszen talán nem túlzás azt állítani, hogy a hősök mítoszai és a történetek az univerzum kialakulásáról, a dolgok eredetéről, az ősök vándorlásáról, háborúkról, szaporodásról, illetve más nagyszerű ábrázolások – nemcsak a nuosukat és a történelmüket segíthet megismerni, hanem – mint egy még kevéssé ismert ókori kulturális örökség – a világ létrejöttét is.

Jidi Majia – eredetileg Jidi Lüeqie Majia Lage – yi költő nevét és személyét gyakran emlegetik a nuosu eposszal együtt. Versei jó része tulajdonképpen ezeknek az eposzoknak a továbbélése. *Identitás* című versében például magabiztosan említi *A teremtés történeteit*, a "mennybéli sasmadárral" és a balladákkal együtt. A nagy költő önmagát valóban a nuosuk követeként aposztrofálja, ki olyan mint egy zátony ott, ahol a folyók találkoznak. Jelmondata is ez: "Ó, világ, kérlek, halld meg válaszom: Én-egy-nuosu-vagyok."– mondja *Önarckép* című versében. Kortársai hasonlóképpen látják: ő a nuosu nemzetiségi kultúra nagykövete, hiszen egész életműve erre az egyedülálló kultúrára épül, közvetlen elbeszélésmódjával a nuosuk kulturáját és történelmét, életmódját és belső világát ábrázolja. Nevét gyakran kapcsolják össze a yi nemzetiségi irodalom új korszakával is. Ugyanakkor Jidi Majia nem pusztán *egy kínai nemzetiség* költője, hanem egy sajátos világszemléletű nemzetközi rangú poéta is. A híres kortárs költő, Liu Shahe csodálattal olvassa verseit, és a lelkek táncát látja bennük. A Kínai Írószövetség elnöke, Tie Ning írónő találóan összegezte, hogy Jidi Majia nemcsak arról híres, hogy a nuosu történelmi kultúrát és népszokásokat ábrázolja, hanem arról is, hogy minduntalan kitágítja alkotói határait, ezáltal írásai túlmennek a szűkebb földrajzi tereken és szélesebb "nemzeti-" és világszemléletet nyernek. Az írónő különösen kiemeli a költő munkásságának eredményeit, a tekintetben, hogy nagyban hozzájárult a kínai költészet fejlődésének előmozdításához, valamint a kínai és külföldi költők eszmecseréjének ösztönzéséhez. Jidi Majia szerint a költészet kiindulópontja a lélek – ehhez járul a kellő erkölcsi érzék és az elmélyült gondolkodás. E hármasság határozza meg alkotásainak lényegét. Önmaga számára a költészet egyfajta létezési mód, hiszen az ő életéből nem hiányozhat a vers – fogalmazott egy interjúban.

1961-ben született a Daliang-hegyvidéken. Költészetének kiapadhatatlan forrása szülőföldjének lenyűgöző természeti környezete. Szépségéről, illetve az ősi föld és a természet iránti rajongásáról már tizenhat esztendősen fabrikált verseket. Miután a nuosu kultúra bölcsőjéből, Butuóból eljött, fiatal éveinek egy részét Xichangban töltötte. Szellemi fejlődését kezdetben a nuosu eposzok és mondavilág határozták meg. Később, a "kulturális forradalom" végefelé főleg Alekszander Puskin költészete – írásai a szabadságról, a szerelemről, a természetről – hatottak rá. Végülis az ő hatására döntötte el, hogy költő lesz és már ekkor megfogalmazódott benne, hogy költészetével a nuosu szellemiséget és identitást fogja hirdetni.

Tizenhét esztendősen felvételt nyert az egyetemre, Chengduba, a Xinan Nemzetiségi Egyetem kínai szakára, ahol folyamatosan képezte magát. Olvasta klasszikus és modern kínai költők műveit, Qu Yuantől Du Fun át Guo Moruoig, illetve a világirodalom nagy íróinak és költőinek műveit (Solohov, Dosztojevszkij, Neruda, Paz, Lorca) és más közép- és dél-amerikai, valamint afrikai költőket. Nagy hatással volt rá Rabindranath Tagore is. Költői technikáját tekintve, sokat merített az úgynevezett "ködös költőktől". Ai Qing gondolatvilága, népe sorsa iránt érzett törődése is nagyban befolyásolta. Jidi Majia így viszonylag hamar rátalál saját stílusára, s ő lesz az első és legnagyobb hatású úgynevezett *Liangshani költő*. Országos elismerést az 1986-ban a Kínai Írószövetségtől kapott "Ifjúsági Irodalmi Díj" jelentette számára. Kiválóságát és gyors előrehaladását jól tükrözi, hogy már harminc évesen a Sichuani

Írószövetség alelnöke lett.

Később, költészetében kiteljesedve, mind tematikáját, mind stílusát tekintve mintául szolgált más feltörekvő nuosu költőknek, mint gyermekkori barátjának, *Luowu Laqie*nak. Luowu Laqie "léleksimogató" verseit is érdemes olvasgatni, például a 2011-ben megjelent *Daliang-hegy-Csak a te öledben tudok nevetni, sírni és dalolni* című kötetből. E költeményekben szintén jól követhető a liangshani helyi tradíciók és az ősi föld iránti megbecsülés és szeretet. Bár ő tematikájában és stílusában inkább hidat képez hagyomány és modernitás között, hiszen egy modern költői filozófiát próbál kiépíteni. Érzéseit tömören és rendkívül sajátos szóképekkel fejezi ki, gazdag szellemisége azonban hétköznapibb költői nyelvezettel párosul. Még egy lírai versében is fellelhető a hegyek fiainak szilárd, férfias vonzereje. Xichangban találkoztam is ezzel a magas termetű, szűkszavú, de meleg kisugárzású nuosu férfival. A színpadon elszavaltam egyik versét, amit Kínába indulásom előtt fordítottam le magyarra-s ez igazi meglepetés volt számára. Számomra a legszívhezszólóbb verse *A szívemet a te képedre faragom* című verse, melyben nagyon árnyaltan fejezi ki a nuosukra jellemző elfojthatatlan életerőt, a szerelmet, amelynek éle is van és az érzelmet-ez a csend, akár a hegy. Ez a benyomásom Luowu Laqie költészetéről. A verssel érzelmeket lehet közvetíteni, még ismeretlen emberek között is. Így Jidi Majiaval együtt, Luowu Laqie, Bamo Qubumo, Aku Wuwu, Asu Yueer és a többi Liangshani költőtudatosan vállalják azt a hivatást, hogy a költészettel összekössék a maguk ősi és jelenkori világát.

Jidi Majia verseit nem könnyű olvasni, főleg az eposzi motívumokból építkező gondolatmenet vagy utalások miatt. Önarckép című versében például – ahol szinte zakatol "fájdalmas nevem, gyönyörű nevem, reményteli nevem", ahogy "mindezekben benne vagyok", és benne van a nuosu szellemiség – emlékezik meg Zhige Aluról, a nuosuk mítikus hőséről és Gamo Aniu vagy Gamo Anyo asszonyról[①], a nuosuk legendás szépségéről. A két eposzi figurát "apám"-nak és "anyám"-nak szólítja. (A teremtés történeteiből vett legendák amúgy nagyon kedvelt témái a nuosu költőknek, ezeket 1949-től, de inkább az 1980-as évektől kezdték egyre tematikusabban felhasználni a munkájukban.) A Nap című versében már jóval árnyaltabban utal őseire. A Jidi-versek legjellemzőbb vonásai tehát a gazdag képi világ, a sajátos költői fantázia, a lüktető ritmus, a nagyon finom, illetve a nagyon intenzív érzelmi megnyilvánulás, valamint – tartalmilag – az identitáskeresés és –meghatározás, a nuosu kultúra értékeinek őrzése-továbbadása és az elődeihez való erős kötődés, a róluk való megemlékezés. (A Nap című versében fel is ébresztené őseit.) Mindig igyekszik a legérthetőbben, a legtömörebben és a legtermészetesebben fogalmazni, a számára legszebb szavakkal: Nap, hegyek, puszta, föld, szárnyak, lélek, ballada. Meghasadt énem című verse egy küszködő ember megrázó vallomása a nuosu jelen értékeiről (hajdina, lélekbúcsúztató, hagyományok), illetve múltunk, s önmagunk elvesztéséről, a lelket szaggató viszályokról: csupa kontraszt, melyekkel tökéletesen ábrázolja a meghasadt állapotot – itt a sokszínű képi világ és az erőteljes hanghordozás dominál. Nuosu című versében már jóval rezignáltabban és szomorúbban érzékelteti a nuosu lényegiséget: "az önmagába roskadó harmóniát" – már a modern korhoz igazított képekkel. A költészet eredete című költeményében szintén erős képi megformálásokat hoz, de teljesen más

---

① Zhige Alu, az ember és sárkánysas véréből született furcsa fiú a nuosuk igazi nagy kultúrhérosza. Misztikus születésének körülményeiről és nagy tetteiről A teremtés történeteiben olvashatunk. Kultusza egyébként képzőművészeti és építészeti alkotásokra is rányomta bélyegét, Xichangban például számos helyen láthatjuk a szobrát. A teremtés történeteinek egyéb témái és szereplői szintén kedvelt motívumok. Gamo Aniu egy gyönyörű asszony volt, aki valószínűleg a Ming-dinasztia korában élt. Alakját az azonos című eposz örökíti meg. A „szökött menyasszony" élete szerencsétlen véletlenek sorozata volt, tragikus sorsáról lantosok énekeltek évszázadokon át az egész Liang-hegyen.

szövegkörnyezetben és lágyabb tónusú hangvétellel. Csodaszép képekkel ábrázolja a költészet mibenlétét, amely "füstgomolyag a tudattalan papírablakán", "...csillagok és harmatcsepp,/ kis szellő és derengő fénysugár,/ lélekben tükröződő remegés és ragyogás,/ örök eltűnés, a zajló pillanat lehetősége", "a tücsökharapás őszideje, gerlice tollára szitáló arany esőcseppek. Szeretők suttogása, virágok." Anyánk keze című gyönyörű verse szintén lágyabb hangvételű, és a Butuói lányka arcát, szemét, homlokát és karcsú alakját is rendkívül finom képekkel eleveníti fel, szinte érezni a lányka simulékony megjelenését. Fekete folyam című versében szintén erős a képi megformálás, ahogyan a nuosu temetkezési szokásokat tömören, de érzékletesen ábrázolja.

Az egyik legerőteljesebb hangvételű költeménye a József Attilának címet viseli, amelyben szívbemarkolóan ír az éhségről és az éhezésről. Kötetünk címadó verse, az Én, a hópárduc pedig egy az ázsiai hegyekben honos élőlény szokatlan képzeletbeli monológja, egy utánozhatatlan költői lendülettel megírt, a nuosuk ősi gondolatvilágába, mitológiai környezetébe ágyazott óda. Ez a hópárduc – aki egy "őrangyal", "mennydörgés utáni csend", "centrifugális erő", "hegyvidékek tengerésze", aki képes meghallani "a porszem neszezését, magjában irdatlan szikla hasadását" – "a Föld összes lényéért imádkozik, mert tudja, hogy "már senki sem menekülhet". Jidi Majia – jónéhány nyelvre lefordított – hosszú lírai költeménye markáns filozófiai és ökológiai üzenetet hordoz: "... az űrben nem a véletlenből és a káoszból ered a rend". Ez az üzenet nem csak a mi környezetünkért szól, hanem értünk, emberekért is.

Jidi Majia a kortárs kínai költők közül a legtöbbet fordított költő. Közel harminc országban kiadták már a műveit. Az író Yu Wei Jidi Majiaról szóló jellemzése nagyon találó: "Hagyomány és modernitás között él, 'nemzetiségi'-és 'világirodalmár'. Költészete révén a Liang-hegyről indulva bejárta szinte egész Kínát, felfrissítve így a kínai költészetet. Azon túl verseiben a világgal folytat párbeszédet, a világ történéseire reflektál, az emberiség sorsa iránti törődését fejezi ki. Költői minőségében egyben azon is munkálkodik, hogy hallja meg mindenki a nuosuk hangját, s lássa meg mindenki e nemzetiség szépségét és értékeit."

Szerencsém volt eljutni a költő szülőföldjére, Xichangba, a Lianghegyhez és a lenyűgöző Lugu-tóhoz, ahol valóban személyesen tapasztalhattam meg, milyen az ember és a természet közelsége, ahogy házaik szinte belesimulnak a hegyoldalba. A Jidi Majia alapította *Xichang Nemzetközi Költészeti Fesztivál* is ott kerül megrendezésre, amelynek keretében nemcsak a világ minden szegletéből meghívott költők találkozhatnak egymással. Az egy hétig tartó fesztivál jó alkalom arra is, hogy a yi nemzetiség megmutathassa a világnak léte kettősségét, egy régmúltban született, de sajátos vidékükön szinte folyamatában továbbélő csodálatos kultúrát. Azokat a kincseket, amik között ők a mindennapjaikat élik, és amikről Jidi Majia is szól: a sportcipőt viselő bimók ma is élő "varázslatait", az omladozó házak között felhangzó, mesterien képzett finom dallamokat, a cserzett bőrű idős asszonyok szemében megcsillanó kiváncsiságot, a legalább ötven éves apró csészékben kínált, friss hajdinából érlelt pálinkát. E kincsek révén én is közelebb kerülhettem a nuosukhoz, ehhez a titokzatos világhoz, pengethettem dorombot és van fényképem a főtéren álló sasmadárral. Jidi Majia sosem felejti el, hogy hova tartozik, "az engem világra hozó és felnevelő ősi föld"-höz, ahogy írja *Dajishaluo, a szülőfalum* című magával ragadó, sodró lendületű versében. Igen, ott voltam, ahol Jidi Majia költészete született.

Számomra megtiszteltetés, hogy megismerhettem Jidi Majiat. Nagyszerű ember. Emellett végtelenül szerény. Nagyszerűsége költészetében tárul elénk. Szerénysége pedig emberi mivoltában rejlik, a másokra odafigyelni és bölcsen hallgatni tudásából. Többször volt alkalmam találkozni vele, elnéztem, ahogy beszél, bárkivel, közvetlenül, láttam, hogyan veszi kezébe a díjat egy ünnepségen. Keveset szól, mégis érezni szavainak mélységét. Ugyanakkor egész lényén áthat-a tapasztaltak szerint-a nuosukra általában is jellemző büszke tartás. Sosem fogom elfelejteni a Lugu-tó hűvös szépségét, a nagy Liangshan vidékén futó kacskaringós, lélekrázó utakat, a fáklyaünnepen a tűztől, tánctól kipirult mosolygós arcokat. És azt a szívélyes megnyilvánulást sem, ahogyan a költészeti fesztiválon fogadtak bennünket. Álltak félkörben előttünk a reptéri váróban, gyönyőrűen hímzett, varázslatos színű népviseletben, kobzot és dorombot pengetve, és énekeltek nekünk, olyan intenzív hangon és kitörő örömmel, hogy az egyik meghívott költőnő meg is könnyezte. Én azóta is őrzöm a babahordozó "háti legyezőket"-számomra ezek kézzelfogható kincsek. Jidi Majia verseskötetével pedig azt remélem, hogy versein keresztül a magyar olvasók is megismerik a hatalmas Kínában, de egy sajátos világban, nagyon önállóan létező nuosu kultúra és szellemiség kincseit.

(匈牙利语)

现代配器下的古老声音

[匈牙利] 拉茨·彼特

　　准确地说，一切都是从翻译《我，雪豹》——这篇气势恢宏、动人心弦的长诗开始的。但是要想走近吉狄马加的其他诗篇，则需要进一步了解他的国家并结识这个人，结识这位既充满了神秘的色彩、又拥有坦荡的眼光和朋友般真诚的诗人。在他的诗歌里，有着那样多的自白、信念、坦诚、对其先民的热爱和敬献，要想忠实地翻译吉狄马加的诗歌，译者也必须对此感同身受。幸好，他及时向我们提供必不可少的帮助：邀请我们造访了他的家乡，彝族人世世代代生息的地方，对幅员辽阔的中国来说这只是一片小山乡，但在我们匈牙利人看来是广袤的山川，在那里，毕摩口衔着烧得殷红的铧口。

　　当近百人不约而同地齐声唱起吉狄马加作词的一首歌曲时，我亲眼目睹了奇迹的发生，感觉他们唱的是一支已经流传千年的古老民歌。那是令人永远难忘的时刻。我感觉到，吉狄马加拥有他的民众，民众拥有他们的吉狄马加。他们有着共同的呼吸。而我们，匈牙利人也好，欧洲人也罢，都不再具有这样高远的志向。我们以我们自己的名义发声，我们写诗的时候，只会在"本我"中寻找我们的声音，也许，这样也挺好。然而，吉狄马加为民众寻找古老的声音，寻找"一千年前送魂的声音""把遗忘的词根从那冰凉的灰烬中复活"。他的感伤既是必要的，也是恰当的。想来，他在最后的瞬间，还是成功地用他古老的声音，用诺苏的语言回忆起他的父亲、母亲："我不老的母亲，是土地上的歌手，一条深沉的河流，我永恒的情人，是美人中的美人，人们都叫她呷玛阿妞。"他的每个词都是力量与温柔。对译者而言，是考验，激情，炫技和旅行。

（余泽民　译）

拉茨·彼特：匈牙利诗人，文学翻译，匈牙利翻译之家负责人。1972年毕业于德布列森市的科舒特·拉尤什大学。80年代，他是匈牙利重要文学协会"呼吸"和"厄尔莱伊俱乐部"的主要奠基人。"纯文学"作家协会成员。现任布达佩斯的鲍洛希学院教授和维斯普林市的潘诺尼亚大学教授，讲授文学翻译理论。著有诗集《对面而坐》（1984），《呼吸I》（1985），《呼吸II》（1987），《水手们的抵达》（1988）等。

Ősi hang mai hangszerelésben

©Rácz Péter

Tulajdonképpen minden az *Én, a hópárduc* című nagy és lenyűgöző versének fordításával kezdődött. De ahhoz, hogy közel kerüljek Jidi Majia más verseinek a világához, meg kellett ismerkednem országával és személyesen vele. Ezzel az egyszerre rejtőzködő, mégis nyílt tekintetű és őszinte költővel. Verseiben annyi vallomás, hitvallás, kitárulkozás, ősi népe iránti szeretet és odaadás van, amelyet fordítóinak is át kellett élnie, ha hűen akarja tolmácsolni költészetét. Egy viszonozhatatlan gesztussal sietett segítségünkre: meghívott kínai mértékkel kicsi, nekünk, magyaroknak óriási kiterjedésű szülőföldjére, a Ji nemzetség ősi hazájába, ahol a táltos még ráharap az eke vörösen izzó vasára.

A csoda azonban szememben akkor történt, amikor egyik, megzenésített versét, mint népdalt kezdte énekelni spontánul száz ember. Feledhetetlen pillanat volt. Éreztem, Jidi Majiának népe van, és a népnek Jidi Majiája van. Lélegzetvételük egyforma. Nekünk, magyaroknak, európaiaknak már nincsen ilyen becsvágyunk. Mi a magunk nevében szólunk, ha verset írunk, az Énben keressük saját hangunkat, s talán jól is van ez így. Jidi Majia viszont népének ősi hangját keresi, a "lélekbúcsuztató ezer éves dallamát" , "a homályba vesző szavakat a kihűlt hamuból kelti életre". Pátosza szükséges és helyénvaló. Hiszi, hogy az utolsó pillanatban még sikerül ősei hangján, nuosu nyelven apjára és anyjára emlékeznie: "Anyám nem öregszik, ő a Föld dalnoka, hömpölygő folyó, örök szerelmem, szépek között a legszebb, Gamo Aniunak hívják." Erő és szelídség minden szava. Próba a fordítóknak, szenvedély, játék, utazás.

（匈牙利语）

用尽可能贴切的词语捕捉他诗歌的本质

[匈牙利] 苏契·盖佐

　　首先，什么是吉狄马加诗歌的特征？

　　20世纪最伟大的作曲家巴尔托克·贝拉谱写过一首著名的室内乐，曲名为《反差》。首演的时候，巴尔托克本人坐在钢琴前，享有盛誉的艺术家西盖蒂·尤若夫拉小提琴，贝尼·古德曼演奏单簧管。

　　为什么吉狄马加让我们联想到"反差"这个词？

　　因为在他的诗歌里，很古老与很现代相遇。一种久远的民族信念与一种摩登的诗性讲述相遇。

　　在他的诗歌里，很小与很大相遇。一个小民族与世界上最大的民族共生在同一个社会、文化、政治的庞大建筑里，并能保持自己的个性。就像一座宏伟建筑物的一个尖顶、台阶或精心雕刻、风格独具的窗户。

　　在他的诗歌里，很高与很深相遇。

　　出没在喜马拉雅高原上的雪豹与居住在大河流域的人们相遇。

　　野兽的真诚自白与对祖先的象形文字和圣哲思想的忠实追随。

　　自由与祭奠相遇，儿子对母亲的眷恋与诗人对民众的依从。

　　近与远相遇。

　　情感与聪颖相遇。

　　激情与智睿相遇。

　　我们谈到了几样乐器，谈到了钢琴、小提琴和单簧管。

　　我实在不知道该把他诗歌的声音跟哪种乐器相比较。

　　但是我清楚，在他的诗行间鼓声阵阵，透过鼓声中能够听到从喜马拉雅岩石上传来的一只鸟鸣，在言语的背后有一只蟋蟀唧唧独白。

就是这样！听起来就是这样！在我们听来就是这样！仿佛大自然写下了这些诗句。

（余泽民　译）

> 苏契·盖佐，匈牙利诗人，作家，政治家，现任匈牙利笔会主席，匈牙利总理首席文化顾问，匈牙利雅努斯·潘诺尼乌斯国际诗歌节主席。曾获匈牙利科舒特奖、尤若夫·阿蒂拉奖、和平桂冠奖等。著有《瞭望塔与四周》《海鸥皮的鞋子》《门槛下的历史》等。

Közelítő szavak egy költészet megragadásához

© Szőcs Géza

Mindenekelőtt mi jellemzi Jidi Majia költészetét?

A huszadik század talán legnagyobb zeneszerzőjének, Bartók Bélának van egy nevezetes darabja, amelynek címe: Kontrasztok. A bemutatón maga Bartók ült a zongoránál, a kor híres művésze, Szigeti József hegedült és Benny Goodman játszott klarinéton.

Miért a kontraszt szót idézi fel bennünk Jidi Majia?

Mert találkozik benne a nagyon régi a nagyon újjal. Egy archaikus szemlélet egy korszerű poétikai beszéddel.

És találkozik benne a nagyon kicsi a nagyon naggyal. Egy kicsi nép, amely őrzi egyéniségét a világ legnagyobb népével egyazon társadalmi, kulturális és politikai építményben. Olyan ez, mint egy össze nem téveszthető, szépen faragott ablak vagy torony vagy lépcső egy monumentális épületen.

És találkozik Jidi Majia verseiben a nagyon magas és a nagyon mély.

Találkoznak a Himalája fennsíkjain élő hópárduc és a nagy folyók mentén élő emberek.

A vadak őszinte beszéde és az ősök képes nyelvét és a mesterek gondolatait értelmező tanítvány.

A szabadság és a gyász, a fiúi szeretet az anya iránt és a költő alázata népe iránt.

Találkozik a közeli és a távoli.

Találkoznak az érzelmek és az okosság.

A szenvedély és a bölcsesség.

Beszéltünk néhány hangszerről. Zongoráról, hegedűről, klarinétről.

Nem tudnám megmondani, milyen hangszerekhez hasonlítanám költészetének a hangját.

De tudom, hogy szólnának benne dobok, és hallható volna ebben a hangzásban egy madár a Himalája szikláiról, beszéde mögött egy tücsök cirpelő monológjával.

Ilyen volna, így hangzana, ilyennek hallanánk, ha a természet írta volna meg ezeket a verseket.

Budapest, 2017. március 20.

（匈牙利语）

从《诗经》到吉狄马加

——简谈中国诗歌

[匈牙利] 余泽民

在汉语里，"诗歌"这词由两个字组成，"诗"和"歌"，前者能吟，后者能唱。仅从"诗歌"一词，我们就能看出文学创作与民间传统的紧密关联。

中国第一部诗集是《诗经》，编纂于公元前10世纪，总共收入305首，其中《风》的部分是采集的民歌，《雅》的部分以士大夫的创作为主，《颂》的部分是祭祀时唱的诗歌或颂歌。《诗经》的采集最早始于周代，在推翻了商朝统治后，朝廷派人到民间采风，以了解社会与民俗。据说总共采集有三千首，最后经孔子筛选成书，居儒家五经之首，四言句为主，对后来诗歌创作影响甚大。中国第一位大诗人是屈原，他是楚辞创作的核心人物，在整个中国文学史上都举足轻重。楚辞长短句不一，节奏多变，适于咏唱；诗风瑰丽浪漫，情感激越奔放；借神话传说表达内心，充满了高尚的宗教情怀，对中国诗歌后来的发展影响深远。

后来，到了汉朝，汉武帝成立乐府，民歌再次获得发掘，不仅使抒情诗歌再度飞跃，叙事诗更达到了成熟的境界。乐府诗多为五言句，由于首首能唱，所以也被称为"歌诗"，既有原生态民歌，也有乐吏们仿民歌的原创。直到唐代，后者都是中国抒情诗的重要形式。

唐代是抒情诗的黄金时代，诗人李白、杜甫、白居易，即使对匈牙利读者来说也不陌生。那时候，不仅格律诗日臻完美，语言高度凝练达到极致，还生出一种新的诗体——词。举个易懂的例子，词相当于为现成的乐谱填词，无论行数、字数和音韵均有严格规定。到了宋代，词发展到巅峰，代表词人苏轼的作品曾被译为匈牙利语。

中国的古典诗歌传统一直延续到20世纪初。1911年清政府被推翻后，掀起了轰轰烈烈的"新文化运动"，最重要的内容是语言革新，自由体诗歌应运而生，在文学创作中白话文逐渐替代了古文。西方诗歌在中国的影响十分巨大。大文豪鲁迅十分推崇裴多菲的诗歌，将他与雪莱、拜伦、普希金并称为世界四大诗人。裴多菲的名篇《自由与爱情》在中国几乎妇孺皆知，在过去的一个世纪里，裴多菲诗集是出版最多的匈牙利作品。即使在今日中国，裴多菲仍是匈牙利最重要的名片。在民国时期，最重要的自由体诗人有郭沫若、徐志摩、闻一多和艾青（后者为当代著名艺术家艾未未的父亲）。

在20世纪50年代，特别是在"大跃进"期间，杰出的诗人们在"新民歌运动"中纷纷喑哑。新的意识形态将个人情感从诗歌中抽离；"文化大革命"期间，诗歌彻底丧失了诗歌的属性，变成了儿歌、口号和打油诗，沦为了运动的工具。在那些年里，中国现代诗歌只在台湾地区得以幸存和发展，尽管岛上的政治也动荡。当然，诗歌不死，即使在最蹉跎的岁月，也存在"诗歌的秘密奴隶"，比如诗人食指，他的诗歌犹如野天鹅一样，在黑暗中静悄悄地传播。

在80年代，中国从意识形态的高压下喘上一口气，诗歌获得了新生。"朦胧诗"成了当时最引发争议、影响也最深远的诗歌流派，诗人们用意象的手法表达情感和思想，既浪漫抒情，又充满隐喻，思考人的本质，强调个体的价值与尊严，用人道主义的视角评判社会历史。朦胧诗派最重要的代表诗人有北岛、杨炼、顾城和舒婷，对匈牙利读者来说，前两个名字或许并不陌生。

在这本诗集《我，雪豹》里，我们向读者介绍的是一位崛起于"朦胧诗"后的杰出诗人——吉狄马加。单说他的名字，听起来就与匈牙利朋友经常听到的中国名字不同，的确，这不是一个汉族人的名字，而是一个彝族人的名字。欧洲人对这个民族或许少有耳闻，彝族人居住在中国中南部山区，人口大约八百万，拥有自己古老的历史、文化、风俗和语言文字。彝文是能与甲骨文媲美的象形文字，不仅有着数千年历史，而且至今还在使用。彝族人还拥有许多部史诗，有的很早就记录于文字，有的一直靠口耳相传。吉狄马加是彝族人的骄傲，身上流淌着部落头领高贵的血统，记忆里打着祖先英雄的烙印，同时他又是一位现代人，一位具有现代思想和国际视野的当代诗人，他是著名诗人艾青的弟子，也是中国诗坛的一株大树。虽然他也写自由体诗，但他的诗歌与杨炼、北岛等同时代的中国诗人明显不同。虽然他用汉语写诗，但由于自己特殊的出身，他始终恪守本民族的文化传统，在历史中找回自己丢失了的身份。他就像自己笔下高原的雪豹，孤独而勇敢，与自然为伍。

吉狄马加于1961年生于四川大凉山区的昭觉县，大凉山的彝族人称自己为"诺苏"。吉狄马加的家族是一个历史悠久的诺苏贵族，数百年来世袭头领的名衔，直到新中国成立，他的父亲是大凉山"最后的莫希干人"。吉狄马加属于家族里第一代生来就无名衔、无财产的平民，不仅学习汉语，甚至毕业于西南民族学院的中文系。年轻时就表现出对文学的热爱，早在80年代就已成名，如今在诗坛举足轻重，作品被译成英、法、德、俄、西班牙、捷克、波兰和罗马尼亚等十多种文字。吉狄马加爱读欧洲诗歌，匈牙利诗歌也曾对他产生过影响，他最喜欢的匈牙利诗人是尤若夫·阿蒂拉（在中国，人们不仅知道裴多菲，还知道尤若夫·阿蒂拉和奥朗尼·亚诺什），吉狄马加曾写过一首诗献给这位20世纪最伟大的匈牙利诗人，标题就是《致阿蒂拉》。我们特将这首诗收入这部诗集，作为收尾的一首，表达中国诗人对匈牙利诗人的敬意。

我不止一次到过大凉山，到过吉狄马加的故乡，到过他在达基沙洛山巅的祖屋。我不止一次地听过彝族兄弟们声嘶力竭、血脉喷张地齐声高唱他填词的歌曲。"让我们回去吧，回到梦中的故乡；让我们回去吧，从不同的方向……让我们回去吧，让我们回去，我们要在那里，再一次获取生命的力量。"从吉狄马加身上，我不仅看到"诗歌不死"，更看到了诗歌活着，旺盛地活着，活在山林里，活在乡亲间。我想，所有捧着苦荞烈酒，目睹此情此景的人都会相信：吉狄马加跟人，就是一个鲜活的诗歌传说。第一次从大凉山回到布达佩斯，我就跟妻子艾丽卡说，咱们翻译他的诗歌吧！

同为彝族血统的评论家沙辉在谈到吉狄马加时说，彝族"作为一个崇尚英雄的民族，却因为诸多原因，致使'诗歌英雄'的欠缺一直成为这个民族历史的一个'例外'，而吉狄马加在新时期的崛起，填补了彝族没有诗歌英雄的文化心理空白，使其英雄崇拜的主题内容得到了很好的并且是具体的补充，成为连接彝族的诗歌传统和现代，连接起历史、当下和未来的具有大胸襟大情怀的世界诗人。"读他写的诗，可以读懂他这个人，体验诗人如神鹰一般辽阔的俯瞰。

　　吉狄马加的诗歌为他在国内外赢得了声誉，他先后获得：中国的"庄重文文学奖"（1994），俄罗斯作协颁发的"肖洛霍夫文学纪念奖章"（2006），保加利亚作协为表彰他"在诗歌领域取得杰出成绩"而颁发的证书（2006），中国"柔刚诗歌奖"（2012），南非颁发的"姆基瓦人道主义奖"（2014），"中国诗魂奖"（2015），"荷马——诗歌与艺术欧洲奖章"（2016），以及"布加勒斯特作协诗歌奖"（2016）。目前，吉狄马加担任鲁迅文学院院长和中国作家协会副主席，他还是一位诗歌运动者。2007年在他的倡议和组织下，青海湖国际诗歌节成功召开，每两年一届，来自世界各地两百位诗人济济一堂。2015年，匈牙利诗人、翻译家拉茨·彼得参加青海湖的诗歌盛会，带去了中欧诗歌的特殊视角。尽管现在，吉狄马加生活在大都市，但他还是经常渴望回到隐在大山中的家乡。他作品的一大部分，都是在探究自己的血缘和家族历史。因此，在他的诗句中可以真切感受到他与传统之间的紧密联系，他用自豪的音调大声吟唱。在风景秀丽的自然怀抱里，他将自己的祖屋修建成"基沙洛国际诗人创作中心"。2016年，也是在他的倡导和组织下，西昌邛海"丝绸之路"国际诗歌周又拉开大幕；背靠凉山、俯瞰邛海的诺苏文化博物馆和国际诗人创作中心也正式开放，这个建筑群的设计出自艾未未之手。就这样，吉狄马加通过诗歌打开了一扇开向世界的窗。

　　诺苏人的土地，我去过三次。那里的经济相对落后，在郁郁葱葱的大山深处，他们相对封闭地繁衍生息，恪守祖先古老的传统，从某种角度讲，与中国的现代化相隔绝。女人们穿着绣花衣裳在家门前纺线，男人们披着羊毛披风。在大自然里与大自然共生，对话，至今保留着神秘的毕摩文化。打动我心的一个场景是，在丰盛的迎宾晚宴上，毕摩们不仅用彝语唱民歌，唱祭祀曲，而且也唱吉狄马加填词的艺术歌曲。我清楚地看到，诗人总是通过自己的诗作寻找自己的身份，宣告自己民族的身份，保持与其他民族平等的团结，把自然与人类连接到一起。题为《我，雪豹》的长诗是他献给美国动物学家乔治·比尔斯·夏莱恩的，也是献给我们星球上所有寻找幸存之路的人们的。在这篇长诗里，吉狄马加强调了自己民族独一无二的价值和生存的权利，他从诺苏人的古老传说和生命图腾中汲取养分，获取诗人的丰富想象力。

至今为止，已有多位中国古代诗人的作品被译成了匈牙利语，比如李白、杜甫的诗歌，还有《诗经》《楚辞》《乐府》等经典。在现代诗人当中，鲁迅、郭沫若、徐志摩和艾青，以及毛泽东的诗词，很早就曾被译介过，著名的翻译家有米克洛什·帕尔、高拉·安德烈和伊耶什·久拉。鲁迅和毛泽东虽被视为现代诗人，但是他们只写古体诗。对于当代中国诗人的作品，匈牙利人知道得少而又少。或许杨炼是比较幸运的一位，他不仅造访过匈牙利，而且匈牙利诗人盖莱维契·安德拉什曾从英文翻译过几首。现在，吉狄马加诗集匈牙利语版的面世，或许创了一个"第一"，这是第一部译成匈牙利语的当代中国诗人的诗集，让匈牙利朋友朝当代中国诗歌又跨近了一步。

翻译诗歌不是一件容易的事。翻译吉狄马加的诗歌更不容易，因为不仅要懂得汉语，还要了解彝族文化。这部诗集的主要译者是我的妻子芭尔涛·艾丽卡，她毕业于厄特沃什·罗兰大学汉学专业，曾作为留学生在北京进修中文，翻译过一些中国作家的作品。但是即便如此，翻译这部诗集对她来说仍是一个新的里程碑，我不仅帮助校对，还帮她查找相关的背景知识。去年，她跟我一起去了大凉山，接触到诺苏人，在那里亲身感受到吉狄马加诗歌的民族性和原动力，以及为这些诗歌提供种子和养分的大山文化，正是这种文化使诺苏人生生不息地生存至今。

在翻译诗集的过程中，我们对诺苏人的风俗、信仰和生死观有了进一步的理解。这也是一段精神的旅行，想来，通过诗歌翻译，我们透视到诺苏人宽广的内心世界。更让我们高兴的是，我的两位诗人朋友也欣然加入了这部诗集的翻译工作：他们是尤若夫·阿蒂拉奖得主、诗人兼翻译家拉茨·彼得先生，还有科舒特奖得主、诗人、政治家苏契·盖佐先生。毫无疑问，通过他们精心的润色，为匈牙利语译文增添了不少诗的韵味。我想，在诗歌日趋边缘化的今天，我们能够组成一个如此完美的"诗歌翻译小组"，实在是一件幸运、难得的事情。我希望这只是理想的开始，在不久的未来，两国诗歌界能够进行更加密切、深入的交流对话，我们不仅翻译中国诗歌，还希望能把匈牙利的诗歌杰作介绍给中国读者。

去年，我将苏契·盖佐的诗文集《太阳上》翻译成了中文，由作家出版社出版了。不久前我回国讲课，偶然在王府井书店的书架上看到了它，那一刻的安慰，模糊了语言和时空的距离。尽管今天的中国读者对匈牙利当代诗歌了解甚少，但我还是能讲出一个令人开心的小故事。前年，我将拉茨·彼特的七首诗歌翻译成了中文，收入了青海湖诗歌节的诗文集中。同年岁末，其中一首小诗被印成了海报，贴在了北京地铁的车厢内，每天都有百万人阅读。那是国内一位朋友发现的，给我传来了微信照片，彼得看后惊得连连摇头，说若不是看到海报的一角有自己的照片，肯定不相信这会是真的。瞧啊，诗歌不仅是永恒的，或许其中还隐伏着奇迹。

（余泽民　译）

余泽民，旅匈作家，文学翻译。1989年毕业于北京医科大学临床医学系，后在中国音乐学院攻读艺术心理学硕士研究生，1991年移民匈牙利，现居布达佩斯。曾获中山文学奖、台湾开卷好书奖、匈牙利政府颁发的"匈牙利文化贡献奖"。著有《纸鱼缸》《狭窄的天光》《匈牙利舞曲》《咖啡馆里看欧洲》等。译有匈牙利作家凯尔泰斯《船夫日记》《另一个人》《英国旗》《命运无常》等。

Előszó
A kínai költészet áttekintése
A Dalok könyvétől Jidi Majiaig

◎ Yu Zemin

A költészet kínaiul *shige*, melynek két írásjegye közül a *shi* verset, a *ge* dalt jelent. Már az elnevezésből is jól látható a művészi alkotás és a népi hagyomány szoros kapcsolata.

Az első kínai költészeti gyűjtemény a *Shijing*, azaz a *Dalok könyve* az i.e. 10–2. században keletkezett. A versgyűjtemény 305 versből áll, nagyobb részük népdal, a többi népi tárgyú műdal, dicsőítő ének, himnusz, óda, elégia, stb. Keletkezésének előzményeképp a Zhou-dinasztia uralkodója – miután megdöntötte a Shang-dinasztia uralmát – követeket küldött a nép közé népdalokat gyűjteni, hogy megismerje a társadalmat és a népszokásokat. A hagyomány szerint a háromezer darabos gyűjtemény végül Konfuciusz válogatása nyomán lett a konfucianizmus alapkönyveinek számító Öt klasszikus egyike. E versek szinte kivétel nélkül négyszótagos sorokban íródtak, amely forma több évezreden át meghatározta a kínai költészetet. Az első igazi nagy költő *Qu Yuan* volt, aki egyben az egész kínai irodalom legnagyobb költője és a *Chuci (Chu elégiái)* című kötet szerzője volt. Jellemzője a személyes hangvételű líra és a zömében hétszótagos sorokból építkező, dalszerű versforma. A Chuci nagy hatással volt a kínai költészet további fejlődésére.

Később – a kínai történelem egyik legsikeresebb korszakának számító, nagyságában és eredményeiben a Római Birodaloméhoz hasonlítható – Han-korban, amikor az egységes császári birodalom kialakulásával a Selyemút is kiépült, a népköltészet térhódítása új lendületet adott a líra fejlődésének. Ekkor keletkezett a kínai líra egyik korszakalkotó műve, a *Yuefu*, azaz a *Zenepalota* című versgyűjtemény, melynek egyes darabjai kötetlen balladák, illetve ötszótagos sorokból álló versek. A legkorábbi Yuefut *geshi*nek is nevezték, mert énekelhető versekből állt, melyek jórészt a nép köréből való gyűjtésből származtak és népdalt utánzó versek is szerepeltek benne. Ez utóbbi forma egészen a Tang-korig a kínai líra központi jelentőségű versformája lett.

A kínai líra aranykora a Tang-korban jött el. A Tang-dinasztia egyúttal a kínai történelem aranykorát is elhozta, a szárazföldi Selyemút fellendülése mellett a tengeri Selyemúton is elindult a forgalom. E korszak nagy költői a nálunk is népszerű Li Bai , Du Fu és Bai Juyi. Ekkor már szigorú verselési szabályokat dolgoztak ki a líra számára. Ezzel egy időben fejlődött ki a *ci*, azaz a *"dalvers"*, amely abban különbözik a *shi*től, hogy ennél nem a kész versek előadásához improvizáltak dallamokat, hanem adott dallamokhoz költötték a verseket, és énekelni is lehetett őket. E műfaj csúcskora a középkori kínai történelem ezüstkorának is nevezhető Song-korra tehető, melynek legnagyobb és egyben a kínai líra egyik legnagyobb költője Su Shi volt.

A klasszikus kínai vers egészen a 20. század elejéig fennmaradt. 1911 után, a császárkor lezárultával elindult egy mozgalom a kultúra megújítására, melynek legfontosabb mozzanata a nyelvújítás volt. Ennek során jelenik meg a *szabadvers* műfaja, amely a klasszikus nyelv helyett már a beszélt nyelvet alkalmazza. Ebben a nyugati költészetnek óriási hatása volt. A modern kínai irodalom nagy írója, Lu Xun – Puskin, Schiller és Byron mellett – Petőfi Sándort tartotta a világ négy legnagyobb költőjének. Fordítása nyomán Petőfi *Szabadság, szerelem* című költeményét minden iskolázott kínai ismeri, kötete a múlt században a legtöbbször kiadott magyar nyelvű könyv volt. (Petőfi egyébként a mai napig Magyarország legfontosabb névjegye Kínában.) A kor legfontosabb költői Guo Moruo, Xu Zhimo, Wen Yiduo és Ai Qing, a kortárs művész, Ai Weiwei édesapja.

Az 1950-es években, különösen a "nagy ugrás" (1958–1960) idejére tehető "új népdal mozgalomban" sorra hallgattak el a kiváló költők. A szocialista ideológia kivonta a költészetből a személyes érzelmeket, a "kulturális forradalom" (1966–1976) idején pedig teljesen megfosztották eredeti jellegétől, végül pusztán fűzfavers, szlogenek és politikai mozgalmi versek írására redukálódott. Így a kínai költészet, eredeti formájában harminc évig csak Tajvanon volt fellelhető. Persze, ebben a legegyhangúbb időszakban is volt titkos "költőrabszolga", mint például Shi Zhi (食指), akinek költeményei vadhajtásként terjedtek a kor sötétjében.

Az 1980-as években, a "kulturális forradalom" lecsendülésével, Kína fellélegezhetett az ideológiai nyomás alól és a költészet is újjáéledt. "Ködös költészet" – így nevezik az ekkor legvitatottabb, legnagyobb hatású és legmélyebb gondolatvilágú költészeti irányzatot. Képviselői a gondolataik képi megjelenítésével fejezik ki mondanivalójukat és alkotásaikon keresztül a humanizmus jegyében átértékelik a társadalom múltját – Bei Dao, Gu Cheng, Yang Lian és Shu Ting a legjelentősebbek. Közülük Bei Dao és Yang Lian neve lehet ismerős a magyar olvasók számára.

Kötetünkben egy a "ködös költészet" irányzata után kiemelkedő költő kerül bemutatásra: *Jidi Majia*, akinek a költészete egy egész nemzetiség emlékezete. Jidi Majiának a nevéből is látszik, hogy – az előbb említett költőktől eltérően - nem *han* nemzetiségű, hanem egy az európaiak által kevéssé ismert nemzetiséghez, a *yi,* másnéven *nuosu* nemzetiséghez tartozik. Az 56 nemzetiséget összefogó Kínában, az ország középső és déli részén, a Liangshani régióban élő, körülbelül hétmilliós lélekszámú yi-k egy nagyon ősi nemzetiség, akik saját vallásuk, kultúrájuk, viseletük közegében élnek. A hivatalos, mandarin kínai mellett ma is használják saját nyelvüket, a sino-tibeti nyelvcsaládba tartozó yi nyelvet és a több ezer éves múltra visszatekintő képírásukat. Sőt, saját "nemzeti" eposzukat is megalkották. Történelmük egyes pontjait még ma is homály fedi, például pontos származási helyüket nem ismerik. Egyes kutatók nem zárják ki európai származásukat sem. Jidi Majia, a világszerte ismert költő, Ai Qing tanítványa és a kortárs kínai költészet meghatározó alakja az ő büszkeségük. Szabadverseket ír, mégis más, mint a többi kortárs kínai költő, Yang Lian vagy Bei Dao. Kínai nyelven alkot ugyan, de a származása miatt erősen ragaszkodik a saját, yi (nuosu) nemzetiségi hagyományaihoz, történelméhez, így a kínai történelemben is saját identitását keresi.

Jidi Majia 1961-ben született egy sajátos környezetben, a Sichuan tartománybeli Daliang-hegy vidékén, Zhaojue megyében. Családja az egyik legnagyobb múltú nuosu nemesi család, akiknél több évszázadon keresztül generációról generációra öröklődött a törzsi vezér titulusa – egészen az Új Kína kikiáltásáig (1949). Azt is mondhatjuk, hogy a költő édesapja volt az "utolsó mohikán". Így Jidi Majia ahhoz a generációhoz tartozik, akik már rang és vagyon nélkül születtek. Ő már a hivatalos nyelvet, a mandarin kínait tanulta, sőt az egyetemen is kínai nyelvből diplomázott 1982-ben. Az irodalomhoz való vonzódása már fiatalon megmutatkozott s az 1980-as években ismert költő lett. Több műve megjelent angol, orosz, francia, spanyol, cseh, lengyel, román és német nyelven is. A magyar költészet nagy hatással volt rá, különösen József Attila művei. (Kínában Petőfin kívül József Attila és Arany János neve is ismert.) Jidi Majia a magyar költőhöz is írt egy verset, *József Attilának* címmel, melyet – előttük tisztelegve – e kötet záróakkordjaként jelentetünk meg.

Sha Hui, yi nemzetiségű kritikus a *hős költőt* véli felfedezni Jidi Majia személyében. Megfogalmazása szerint, mint egy hőskultuszt tisztelő nemzetiségnek, a nuosuknak a kultúra minden területén fellelhető a maguk *hőse*. A költészetükből azonban mindeddig hiányzott ez, az úgynevezett *hős költő*. Jidi Majia sikeres felemelkedése jelenünkben – szerinte – éppen ezt az űrt tölti be, tehát a hiányzó *hős költőt* jeleníti meg. Tulajdonképpen költészetének konkrét *hősi elemei* jelentik ezt a hiánypótlást. Ezért válhatott Jidi Majia nagy költővé, aki szívén viseli az egyes ember sorsát, és aki összeköti "népének" múltját, jelenét és jövőjét.

Munkásságát több kínai és nemzetközi díjjal ismerték el: a kínai "Zhuang Zhongwen Irodalmi Díjjal" (1994), a "Solohov Irodalmi Emlékéremmel" (2006, Orosz Írószövetség), "A költészet területén nyújtott kiemelkedő teljesítményt elismerő oklevéllel" (2006, Bolgár Írószövetség), a kínai "Rou Gang Költészeti Díjjal" (2012), a dél-afrikai "Mkiva Humanitárius Díjjal" (2014), de elnyerte a kínai "Költői Lélek Díjat" (2015) és a "HOMER – Európai Érem a Költészetért és a Művészetért" nevű díjat (2016), valamint a "Bukaresti Írószövetség Költészeti Díját" is (2016). Jelenleg ő a Kínai Lu Xun Akadémia rektora és a Kínai Írószövetség alelnöke. 2007-ben az ő kezdeményezésére szerveződött a *Qinghai-tó Nemzetközi Költészeti Fesztivál*, ami két évente kerül megrendezésre, a világ különböző országaiból érkező kétszáz költő részvételével. 2015-ben Rácz Péter is részt vett az eseményen, amelyre általa az európai költészet szemszögéből lehet rálátásunk. Jidi Majia bár ma nagyvárosban él, de gyakran visszavágyódik a szülőföldjére. Eddigi életműve részét képezi saját származásának és családtörténetének kutatása, s ezek alapján is jól követhető a hagyományokhoz való erős kötődése, amelyekről büszke hangvétellel szól. Gyönyörű természeti környezetben, a Liang-hegy nagy vonulatának tetején, Dajishaluoban lévő ősei házát a nemzetközi költészet alkotó műhelyévé alakíttatta. 2016-ban ugyancsak az ő kezdeményezésére szerveződött a *Xichang Nemzetközi Költészeti Fesztivál*, és épült meg –

Xichang városában, a Daliang-hegy oldalában – a Qionghai-tóra néző *Nuosu Kulturális Múzeum és Nemzetközi Költészeti Alkotó Központ* – Ai Weiwei tervei alapján. A költészet által Jidi Majia így a szülőföldje számára kinyitott egy titokzatos ablakot a világ felé.

A nuosuk földjén én is jártam, háromszor is. Gazdaságilag elmaradott területen, magas hegyvidéken, zárt környezetben élnek, és valóban erősen ragaszkodnak ősi hagyományaikhoz, bizonyos mértékben elszigetelődve a belső kínai modernizációtól. Az asszonyok a házak előtt szövögetnek, a férfiak poncsót hordanak. A természetben, a természettel együtt élnek, békességben, és még most is őrzik a bimo (sámánféle természeti) kultúrát. Megható volt, amikor az ottani banketten nemcsak népdalokat és sámándalokat énekeltek, hanem a Jidi Majia alkotta műdalokat is. Számomra világossá vált, hogy a költő a saját költészetén keresztül mindig a saját maga identitását keresi, a saját nemzetiségének identitását hirdeti, valamint a más hasonló kis népcsoportokkal való szolidaritást, s a természet és az emberiség összekapcsolódását. Az Én, a hópárduc című hosszú költeményét George Beals Schaller amerikai állatkutatónak címezte, de gondolom, hogy ez az óda egyúttal bolygónk minden, a modern civilizáció agresszív terjeszkedésétől veszélyeztetett, a túlélés útját kereső népcsoportjához is szól. E műben a saját népcsoportjának egyedülálló értékeit hangsúlyozza, nuosu legendákra, totemekre utalva, melyekből gazdag költői fantáziája is táplálkozik.

Magyar nyelven már több klasszikus kínai vers, Li Bai vagy Du Fu versei, illetve versgyűjtemény is megjelent, mint például a Shijing, a Chuci, a Yuefu. A modern kínai költők közül pedig Lu Xun, Guo Moruo, Xu Zhimo és Ai Qing, valamint Mao Zedong költeményeivel találkozhattak a magyar olvasók. Jeles fordítóik voltak többek között Illyés Gyula, Miklós Pál, Galla Endre. Lu Xun és Mao Zedong modern költőnek számítanak ugyan, de ők csak klasszikus versformában írtak, szabadverset nem. A kortárs kínai költészet pedig Magyarországon jóval kevéssé ismert. Talán csak Yang Lian szerencsésebb, aki nemcsak járt Budapesten, hanem verseit a fiatal költő Gerevich András fordítása nyomán is ismerhetik magyarul. Jelen kötetünkkel pedig végre napvilágot látnak Jidi Majia versei is.

A versfordítás nem könnyű feladat. Jidi Majia műveinek fordítása pedig még inkább nehéz, mert nemcsak kínaiul kell tudni, hanem a nuosu kultúrát is ismerni kell. E kötet fő fordítója feleségem, Yu-Barta Erika, aki az Eötvös Loránd Tudományegyetem sinológia szakán végzett, Pekingben is tanult ösztöndíjasként és fordított már kínai nyelvű műveket magyarra. E kötet fordítása azonban mérföldkövet jelent a számára, azzal együtt, hogy a háttérben a munkáját mindenben támogattam. Tavaly együtt utaztunk a daliang-hegyi nuosukhoz, ahol ő is személyesen ismerhette meg Jidi Majia költészetének yi nemzetiségi jellegét és ősi erejét, valamint a költészetének hátterét adó, ősidőktől fogva létező és fennmaradását biztosítani igyekvő kultúrát. A fordítási munka során gyakran kérdeztünk Jidi Majiatól is, főleg a nuosu népszokások, hiedelmek és az életszemlélet kérdéses részeit tekintve. A fordítás egy bensőséges folyamat is, hiszen a verseken keresztül a nuosuk tágas belső világába is betekinthettünk. Örömünkre szolgált, hogy két magyar költő is csatlakozott e verseskötet fordítási munkálataihoz: Rácz Péter, József Attila-díjas költő és műfordító, valamint Szőcs Géza, József Attila- és Kossuth-díjas költő és író, akinek irodalmi munkásságát számos más rangos kitüntetéssel is elismerték. Csiszolgatásaik kétségtelenül hozzájárultak ahhoz, hogy a lefordított versek még költőibb formát öltsenek. Úgy gondolom, hogy manapság, amikor a költészet ennyire perifériára szorult, egy ilyen ideális fordítócsapat megszervezése szerencsés és kiváltságos dolog. Remélem, hogy ez csak a kezdet, s a jövőben még többet tehetünk a két ország költészetének párbeszéde érdekében, és nemcsak kínai verseket fogunk fordítani, hanem a magyar költészet remekműveit is bemutathatjuk a kínai olvasóknak.

Nemrégen a fordításomban ugyan megjelent *Szőcs Géza A Napon* című verseskötete, Kínában azonban mégsem ismerik jelenleg a kortárs magyar költészetet úgy, ahogyan az megérdemelné. De mégis van egy vidám történet a tarsolyomban. Tavaly hét verset lefordítottam Rácz Pétertől, amelyek a Qinghai-tó Költészeti Fesztivál kiadványában jelentek meg. Év végén pedig megtudtam, hogy az egyiket éppen a pekingi metró szerelvényében tették ki, amit így naponta millióan elolvashatnak. Lám, a költészet tényleg örök és talán csodákat is rejt.

Budapest, 2017. március 2.

（匈牙利语）

一位能够走过独木桥的诗人

——在吉狄马加诗集《我，雪豹……》匈牙利语版首发式上的讲话

[匈牙利] 苏契·盖佐

今天我有两项任务：首先，我要向各位介绍一位诗人，他同时也是一位政治家；另外，我还要介绍他的诗集，这部诗集的匈牙利语译本于今日正式出版。在此之前，他的作品已被翻译成39种语言。

也许，我应该从人的角度，或者说从灵魂的角度来介绍他。他是一个什么样的人，这决定了他是一个什么样的政治家，当然也决定了他是一个什么样的诗人，能写出什么样的诗歌。

我认为，分析一部作品应该从作品本身出发，不论是绘画、音乐、电影、雕塑还是文字，创作它们的人并不重要——唯一重要的，是作品本身的质量。即便如此，今晚我还是不想遵循传统，不对作品本身做出评判，而是仅仅介绍这个人，谈这颗灵魂和他的性格。

我之所以这么做，完全是因为我有幸造访了吉狄马加位于都市的远郊、被我们称为"度假小屋"或"创作室"的那个地方，那里是他的精神避难所。或许这部诗集中的诗歌并非诞生于此，或者说，并不是每一首都诞生于此——但是我觉得，这个环境不仅是吉狄马加自身的写照，更体现了他性格中的决定性要素。这栋房子似乎诞生于他笔下——毫无疑问，这栋房子是他想象出来、并建造成的——不过换一个角度看，从某种意义上说，吉狄马加就像这栋房子，它把诗人塑造成它的样子，两者间形成了一种隐秘的关系。此类情况并不少见，比如那部署名为阿纳托尔·法郎士的小说，实际上此作是用匈牙利语创作，原作者也并非阿纳托尔·法郎士本人，究竟是谁，

直到今天我们都不得而知。我要说的是：在这里，人的灵魂与其存在环境的和谐——或不和谐——以及两者之间关系的印记，是以诗歌的形式体现出来的。简言之，这座小屋简单而有生机——从在小巧精致的庭院里投下阴影的树木，到一个少数民族人用来表达自我的物品或纪念品、书籍、花卉乃至精神的瞬间，都能在记忆和回忆中得到体现。

不要误解"和谐"这个词。我们谈论的并不是一处世外桃源，也不是什么心满意足或沉浸式冥想，而是一种平衡，一种智慧，在这个世界中，我们需要它的引领来找寻自己的位置和命运。

从我们出生时起，生活和人的个性，便是由无数细微的矛盾和曲折的故事交织而成，艺术的职责便是阐释生活。我们的出生本来就是一次创伤——一种伴随着疼痛与痛苦的、对新生活充满希望的体验。由此，我们触及了诗人某个重要的诗学命题：对母亲形象的刻画与呼喊。吉狄马加的这种个性特征和作品基调，不禁让人联想起尤诺夫·阿蒂拉，而他的诗作中另一个重要的写作对象便是故乡和那些生息在这片土地上的少数民族人民。他从那里获得了精神和灵魂的盘缠，让自己跟本民族的人民建立了关系。

这位诗人之所以能够成为诗人，是因为他能将所有的经历升华至具有普世价值的高度。他能在生活的碎片和遭遇到的挑战中，识别并指出更强大力量的存在，因而他的诗中没有陈词滥调的追问，也没有故作深沉的含糊其词。他善于感知，但又不沉湎于感性或纤柔；严肃冷静，从不轻易动容。很少有人能成功地走过这座狭窄的独木桥而抵达对岸。吉狄马加是这些少数人中的一个。

（舒苏乐 译）

苏契·盖佐，匈牙利诗人、作家、政治家，现任匈牙利笔会主席，匈牙利总理首席文化顾问，匈牙利雅努斯·潘诺尼乌斯国际诗歌节主席。曾获匈牙利科舒特奖、尤若夫·阿蒂拉奖、和平桂冠奖等。著有《瞭望塔与四周》《海鸥皮的鞋子》《门槛下的历史》等。

Egy költő, aki képes ezen
a keskeny pallón végigmenni

Beszéd a Jidi Majia *Én,A Hópárduc* cimű versgyűjtménye bemutatóján

©Szőcs Géza

Feladatom többszörös: egy költőt kellene bemutatnom, egy politikust, és egy verskötetet, amely éppen most jelent meg magyarul, miután előzőleg már 39 nyelven kiadták.

Talán az a leghelyesebb, ha az ember felől indulnék el, vagyis a lélek felől, amely meghatározza azt is, hogy milyen politikussal van dolgunk, s persze hogy milyen költővel és annak milyen versivel.

Amúgy az a meggyőződésem, hogy a műelemzésnek műközpontúnak kell lennie. nem számít, ki festette, komponálta, filmezte, faragta vagy írta a műalkotást - egyetlen dolog számít, a minősége. Ilyen szempontból tehát ma este rendhagyó leszek, amikor nem a mű felől közelítek, hanem az ember, a lélek, a személyiség felől.

Azért is érzem ezt indokoltnak, mert alkalmam volt megismerni azt a kis vidéki tanyát vagy szellemi menedékhelyet, ahol Jidi Majia írni szokott - nevezzük nyaralónak vagy alkotóháznak. E kötet verseit talán nem ott írta, vagy nem mindeniket - mégis, azt a környezetet nemcsak jellemzőnek, hanem meghatározónak érzem Jidi Majia személyiségét illetően. Olyan az a ház, mintha ő írta volna - és nyilván, olyan, amilyennek ő találta és alakította ki - másfelől meg, Jidi Majia is olyan, mint ez a ház, amely bizonyos értelemben a saját képére alakította a költőt, egyfajta személyes kapcsolatba lépve vele. Láttunk már ilyent, meg olvastunk is hasonlótól, például abban az Anatole France regényben, amelyet nem is Anatole France írt, hanem valaki magyarul, máig sem tudjuk pontosan, hogy ki. A lényeg: az emberi lélek és környezetének a harmóniája - vagy diszharmóniája - és ennek a viszonynak a lenyomatai, jelen esetben költemények formájában.

Röviden tehát a házról: egyszerűség, organikusság - a kis belső udvaron árnyékot vető fáktól a tárgyakig, amelyek egy kis nép önkifejező erejéről beszélnek vagy a trófeákig és a könyvekig meg a virágokig és talán a szellemek jelenlétéig, amelyek az emlékekben s magában az emlékezésben is képesek megmutatni magukat.

A harmónia szó ne vezessen félre bennünket. Nem idillről beszélünk, nem elégedettségről, jóllakott szemlélődésről. hanem egyensúlyról, arról a bölcsességről, amelyre ahhoz van szükségünk, hogy elhelyezzük magunkat és sorsunkat a világ egészében.

Az élet - és maga az emberi személyiség - születésünktől kezdve miniatűr konfliktusokból és drámákból van összeszőve, amelyet értelmezni a művészet feladata. Hiszen már születésünk is egy trauma - fájdalom, szenvedés keveredik egy új élet indulásának reményekkel teli élményével. S ezzel már el is érkeztünk költőnk egyik fontos poétikai témájához: az anya alakjának megidézéséhez és megszólításához. Ennek személyessége és hangneme talán József Attilával rokonítja Jidi Majiát, akinek költészetében egy másik fő kihívás a szülőföld, s az a kis nép, amely ezt a földet lakja. A tőle kapott szellemi és lelki útravaló, és saját maga viszonya népéhez.

A költő attól költő, hogy mindazt, ami vele megesik, képes egyetemes jelentőségűvé emelni. A z apró történésekben és az őt érté kihívásokban úgy felismerni és megmutatni a nagyobb erők jelenlétét, hogy a verset se a banalitás ne kérdőjelezze meg, se a bölcselkedés ne nyomja agyon.

Érzékeny legyen, de ne érzelmes vagy érzelgős, komoly is legyen, de pátosz nélkül legyen az. Nagyon kevesek képesek ezen a keskeny pallón végigmenni. Jidi Majia ezen kevesek közé tartozik.

（匈牙利语）

吉狄马加与拉茨·彼特对话录

[中国] 吉狄马加　　[匈牙利] 拉茨·彼特

1

拉茨·彼特：你的诗歌最重要的元素是强调你的彝族（诺苏人）归属。到底是什么样的经历，使诺苏人传统成为你诗歌最重要的主题之一？

吉狄马加：不仅仅是我个人，今天的现代人似乎都处在一种焦虑的状态中，他们和我们都想在精神上实现一种回归，但我们却离我们的精神源头更远了，回不去是因为我们无法再回去，回去不是一种姿态，更不是在发表激昂的宣言，而是在追寻一片属于自己的神性的天空，它就如同那曾经存在过的英雄时代，是绵延不尽的群山和诸神点燃的火焰，虽然时间已经久远，但它仍然留存在一个民族不可磨灭的记忆深处。我感到幸运的是，我还能找到并保有这种归属感，也就是你所说的对彝族（诺苏人）的归属，特别是像我们这样置身于多种文化冲突中的人，我们祖先曾有过的生活方式正在发生剧烈的改变，我的诗歌其实就是在揭示和呈现一个族群的生存境况，当然作为诗歌它永远不是集体行为，它仍然是我作为诗人最为个体的生命体验。需要强调说明的是，任何一个注重传统的诗人，特别是把书写传统作为重要主题的诗人，这种传统实际上已经成为一种象征，爱尔兰伟大诗人威廉·巴特勒·叶芝就是一位游走在传统和现代之间的诗歌大师，把他与同时代的欧洲别的大诗人进行比较，他背靠的是一种更深厚、唯他独有的文化传统，最让我称道赞赏的是，他在1893年出版的散文集《凯尔特的薄暮》就把这种神秘的元素和精神体现得淋漓尽致。从某种角度而言，把自己族群的传统作为诗歌的重要主题，我与威廉·巴特勒·叶芝是一样的，或者说在很多时候，我们既是个体的诗人，同时在很多时候，我们又是一个族群唯一的喉咙。

2

吉狄马加：我想问一问，在匈牙利诗歌史上，是不是也有不少诗人，他们的写作与自身的民族文化传统有着深刻的联系，这些诗人从更广阔的政治和文化角度来看，毫无疑问他们就是一个民族的精神符号和代言人，我以为大诗人裴多菲就是这样的人。

拉茨·彼特：匈牙利人的祖先1100多年前从亚洲迁徙到今天的匈牙利地区。流传至今的最早的一份用匈牙利文撰写的珍贵历史文献，是蒂哈尼教堂的《创建公文》，距今正好1000年。这座教堂您也参观过，坐落在巴拉顿湖畔最美丽的蒂哈尼半岛的山丘上。另外，还有一篇创作与1195年的匈牙利语祈祷文，标题是《悼辞》，在20世纪有三位匈牙利大诗人，尤哈斯·久拉、科斯托拉尼·德热和马洛伊·山多尔，他们都从中得到了创作灵感，以《悼辞》为题写下了名篇，这很好地表明了诗人与传统的关系，讲述别离或流亡。因此可以看出，即便是近现代诗人，也对祖先的匈牙利传统做出了应答。第一首保存至今的匈牙利语诗歌是《古代匈牙利的马利亚哀歌》，在这篇诗里，耶稣基督的母亲马利亚为被钉死在十字架上的儿子哭泣。虽然匈牙利第一位大诗人雅务斯·帕诺尼乌斯在15世纪还用拉丁文写诗，但鲍洛希·巴林特在100年后已经使用匈牙利语创作。在19世纪，我们前人为匈牙利语的法典、戏剧、图书出版而战，裴多菲·山多尔则成为第一位享誉世界的匈牙利语诗人。在他短暂的一生里，无论是写情诗、童话诗或反映社会生活的作品，还是作为爱国者为匈牙利人民的自由讴歌，全都留下了不朽的诗作。他始终都是自由的象征，没有任何一种文学或政治流派能够把他据为己有。他是真正的天才。归功于学校教育，我们能够背诵他的许多首诗篇，而且会背诵一辈子，可以这么说，裴多菲和我们生活在一起。今年是比他长寿一些的同时代诗人奥朗尼·亚诺什诞辰200周年，他既是用美丽的匈牙利语写诗的大家，还是一位翻译家。

3

拉茨·彼特：这个神话的特征是什么？谁是这个神话的主人公，发生了什么？从中留下了什么——歌曲、童话、祈祷词？与中国其他更小或更大的原始神话有没有相关？彝语和彝族文化现在是否正在重生？

吉狄马加：彝族不仅仅在中国是一个古老的民族，就是放在世界的历史格局中，它也是十分古老的民族之一，彝族人的创世神话是这个世界上为数不多的记录过万物和宇宙诞生的经典，用已经使用了数千年的彝文所记录的《宇宙人文论》《宇宙生化论》等典籍，让我们能从哲学层面和更广阔的认知领域，去认识宇宙源流和万物的诞生，不可想象的是，我们的先人所达到的认知和精神的高度，就是今天看来在人类历史的长河中都是无与伦比的里程碑。但是毋庸讳言，我们的文明史毫无疑问在发展过程中曾出现过断层，至少在很长一个阶段停滞不前。南美印第安人在其文明发展史上，就出现过比我们更严重的情况，好在我们古老的文字一直延续至今，许多重要的哲学和历史典籍被幸运地保存下来。彝族伟大的创世史诗《勒俄特依》《梅葛》和《阿细的先基》等就是这方面的重要经典，直到今天还有许多用古彝文书写的珍贵典籍，需要我们有更多的古文字专家对它进行研究和翻译，可以说这些价值连城的精神和文化遗产，不仅仅属于彝族，还应该属于整个人类。彝族是一个诗性的民族，歌谣、童话、故事以及说唱形式的诗歌浩如烟海，每当有婚礼、丧葬以及部族聚会的场所，都能看见各种艺术形式的表演，所有这一切就如同一个又一个的仪式。从这个意义上讲，我们对待生命的诞生和死亡的来临，秉持的都是一种达观、从容的价值取向，而不是用怀疑论者的态度来对待已经发生和将要发生的事情。我们的先辈相信万物有灵，一代又一代的彝族人都崇拜祖先，我们的歌谣和史诗中的英雄永远处在中心的地位。就是在100多年前的凉山彝族聚居区，我们还能看到古希腊部族时代生活的影子，彝族可以说是20世纪以来在世界各民族中经历历史变革最为剧烈的民族之一，我一直渴望有一部史诗性的长篇小说来记录这一段刻骨铭心的历史。今天的彝族作家和诗人，在一个全球化的背景下，其实都在更为自觉地树立和强化一种意识，那就是从我们的文化源头去吸取力量，从而实现我们民族精神文化的又一次复兴。

4

吉狄马加：据我所知，匈牙利民族一方面承接了欧洲精神文化的影响，另一方面它又融合了许多别的文化，尤其是来自东方的游牧文明，特别是大约833年，马扎尔人生活在顿河和第聂伯河之间的列维底亚，开始了一段被后来的历史学家众说纷纭的迁徙和征战，总之，我个人认为匈牙利的精神气质既是西方的同时又是东方的，这种文化和精神特质是否影响了诗人的写作？

拉茨·彼特：从人类学角度说，匈牙利民族是一个非常混杂的民族，其原因有很多，我们的祖先从亚洲迁徙到现在我们定居的地方。在漫长的迁徙途中，曾跟蒙古人、突厥人、保加利亚人、土耳其人等一起长期生活，相互混杂。最终有八个匈牙利部落抵达喀尔巴阡山盆地，那时候在这里生活了阿瓦尔人、匈奴人、斯拉夫人。我们的先民本来想继续向西迁徙，然而遇到更强悍的已经具有国家雏形的西欧民族的拦击，匈牙利军队屡遭挫败。为了能够在这里留存下来，我们接受了天主教以巩固加强中央集权的王国统治。之后的几个世纪，先是蒙古人入侵，后是土耳其人占领，他们都在匈牙利文化中留下了痕迹：匈牙利文化吸收了多种文化的影响。在民俗方面，特别在民间音乐方面，可以发现许多来自东方、来自亚洲的影响，而且从匈牙利人的体形和面容上也可看出多方面的影响。如果我从西欧或北欧回来，我也会意识到，这里人头发的颜色、头颅的形状、体形和体态、五官分布都是那样的混杂，说不上谁是典型的匈牙利人。当然，匈牙利民族的特征是有的，然而我并不想在这里罗列。在与自己民族有关的问题上，我通常会抱着批评的态度，比如说，"缺少理性的决定"，我经常从外国学生嘴里听到这样的话，他们把这个看作"匈牙利特征"，对他们来说，这显得很特别也很有趣，不管怎么讲，在他们看来是好的特征。毫无疑问，这种"匈牙利思维方式或世界观"也反应在文学里和诗歌里，无论从哪个角度看，都不是西方的，也不是东方的，但总而言之，反应在我们最伟大的诗人身上，是粗犷的特质。

5

拉茨·彼特：你与诺苏人传统的紧密关联，是否影响你对社会、政治的兴趣和观点的形成？在匈牙利，裴多菲和尤诺夫·阿蒂拉都注重于思考严肃的社会、存在的问题，即便是通过爱情的抒情诗。

吉狄马加：任何一个诗人对社会问题的关注和思考，不可能与他的文化传统以及生活经历没有关系，但我认为这种关联往往是间接的，诗人政治观点的形成，更多的还是来自于他所置身的现实社会和人类生存状况的影响，一个真正伟大的诗人不能逍遥于现实之外，他必须时刻去思考严肃的社会、存在问题，但他们毕竟不是职业政治家，虽然他们有时候会站在政治和历史潮流的最前面，比如贵国的诗人裴多菲，在争取民族独立和自由的战场上他就是一面鲜艳的旗帜。尤诺夫·阿蒂拉不仅仅在匈牙利，就是在20世纪的所有革命诗人中，在面对现实困境和个体生命的激烈碰撞、冲突方面，他都是一个巨大的令人激动的存在，最让人万分钦佩的是他的每一首诗，即便是政治性的诗和社会性的诗都充满着生命的质感，从中可以感受到来自心脏的脉搏的律动。最了不起的是尤诺夫·阿蒂拉的诗歌，不管今天被翻译成任何一种民族的文字，他诗歌本身的力量都不会被消解，我无法从匈牙利文读他的诗歌，但从汉语的翻译中他给我带来的冲击依然是强大的。如果说诗人有不同的类型，可以肯定我和尤诺夫·阿蒂拉毫无疑问是一个家族中的成员，我希望我的诗歌所反映的现实，就是我的民族和我个人所经历的现实和生活，在任何时候我都不可能背弃我的民族和人类去写那些无关灵魂和生命痛痒的诗。

6

吉狄马加：这次有幸在你的安排下访问了诗人尤诺夫·阿蒂拉的故居，我个人认为他是20世纪以来人类最伟大的诗人之一，我无法从匈牙利语中去欣赏他的诗歌，我只能通过翻译来阅读，尽管这样他的作品给我的冲击力同样是很强烈的。就此我想问你一个问题，在匈牙利现代诗人中，为什么尤诺夫·阿蒂拉的先锋精神令人瞩目？就是他那些偏重社会性和政治性的诗歌，也看不出有什么概念化的东西。

拉茨·彼特： 尤诺夫·阿蒂拉的诗歌非常独特，唯一，但并不是20世纪匈牙利诗歌中唯一的高峰。特殊的苦难命运，无产者的父母，贫寒，孤独，脆弱的神经，这些别的人也会遇到，然而在阿蒂拉身上，它们与高度的敏感和强大的表达力邂逅了。裴多菲从农民的世界，尤诺夫·阿蒂拉从城市无产者生活中获得了具有决定性的重要体验。他的诗歌很难跻身于当时日益强大的具有西方色彩的布尔乔亚文学里，这一文学潮流恰恰在名为《西方》的杂志中变得羽翼丰满。在匈牙利文学里，包括在20世纪的文学里，始终都有许多种声音，在尤诺夫·阿蒂拉之前，奥狄·安德烈（1877–1919）是具有强大预言能力的诗人大公，以完全另类的敏感处理既有布尔乔亚性和宗教性，但仍然渎神和世俗的城市题材。从地理角度说，他走过更辽阔的世界，尤诺夫·阿蒂拉则能够用更结实的绳索吊着自己潜入到灵魂的更深处——然后迷途其中。但是沉郁、悲剧性的世界观和不朽的敏感，两者都是他的特征。迷失，自我牺牲，这或许是他从裴多菲身上学来的。尤诺夫·阿蒂拉"想要教全体的民众，而且不止于高中水平"的诗人。诗人们的预言家角色只是从上个世纪70年代开始变得边缘，过时。

7

拉茨·彼特： 的确，通过一次诗歌节的机会，我见到了许多中国诗人。诗歌在当下中国的角色和意义是什么？在过去几十年里是否发生了变化，人们是否大量阅读诗歌？抒情诗，散文，还有戏剧在当代中国文学中是"重要"体裁吗？

吉狄马加： 这恐怕是一个世界性的话题，中国诗歌所经历的发展和变化与诗歌在世界其他地方所遭遇的情况十分相似，诗歌在很长一个阶段经历了别的叙述文体对它的挤压，而近几十年来随着电视、网络的出现，人类的阅读方式也正在发生历史性的改变。这当然是不以人的意志为转移的，但是尽管这样，诗歌在中国就如同在别的国家一样，它们从未离开过我们的生活，尤其是在人类正在经历的一个整体的现代化过程中，资本和技术逻辑已经将人类的精神空间挤压得微乎其微，物质对人类的异化已经到了水深火热的程度。然而事物的发展总有它的两面性，或者说就是哲学上所说的物极必反，人类之所以是人，他不可能不需要健康向上的生活，不可能不在一个更高的层面去获取形而上的精神滋养，诗歌作为最古老的艺术形式之一，就是在今天它的魅力也丝毫未减。前不久从一个调查数据中看到，在当下中国读诗的人开始极速地增多，诗集的销售量就是一个重要的标志，一些好的诗集能发行到五千到一万册，许多微信、微博、客户端，当然还有许多网站都在大量地传播诗歌，这说明诗歌的读者已经大大地增多。不过在这样的时候我想说的是，诗歌的存在永远有其自身的规律，我们永远不能像搞大生产那样去对待和生产诗歌，同样我们更不能认为人类没有诗歌也能活下去，如果这样，那将是人类的耻辱。

8

吉狄马加： 在当下匈牙利的诗人生存状况怎么样？在这次访问中，我特别注意了一下诗歌的出版情况，看样子诗歌的出版情况与中国还是比较相像的，中国不同的是人口基数大，已经有一定影响的诗人如果有了新的作品，相对来讲还是比较容易出版的，我不知道今天的匈牙利文学类出版社，给诗集的出版机会多吗？

拉茨·彼特： 大约在20世纪70年代之前，匈牙利诗歌要比小说更受大众欢迎，后来这种情况发生了改变。过去，一本新的尤诺夫·阿蒂拉诗集可以印4-6万册，而且很快卖光。人们注意倾听匈牙利诗人的声音，正如人们所说，诗人们扮演指南针的角色。裴多菲在《致十九世纪的诗人们》一诗中这样写道："在新的时代，上帝把诗人们变成了火柱，让他们率领人民，走向迦南。"然而今天——很幸运——诗人们不再担负这样的使命。但也正因如此，诗集出版也不再是一件那么令人关注的事了。通常来说，一位诗人的诗集如果能印1000册，那就非常高兴了。正因如此，许多诗人在出版了几本诗集之后，开始写小说，马上就能拥有更多的读者。我为此感到遗憾。读者群变小了，但更加挑剔，更加敏感，不管怎么说，即使在今天，写诗也始终不是一件日常的事情。

9

拉茨·彼特：在中国，给我留下印象最深的体验是在场的所有人非常优美、非常动情地齐唱为你诗词谱写的歌曲。你的诗句易于演唱吗？

吉狄马加：作为一个中国的彝族诗人，应该说我是幸运的，因为我的许多诗歌都被许多著名的歌手谱写成了歌曲，许多歌曲不仅仅在800多万彝人中传唱，有的甚至传到了更远的地方，正如你所提问的那样，在许多彝族人生活的聚居区，他们常常把诗歌谱写成歌曲，可以说，因为歌曲的原因诗歌的受众被无数倍地扩大了。但是你知道，能适合被谱写成歌曲的诗歌还是比较少的，就我的作品而言，大部分作品并不适合谱写成歌曲，20世纪西班牙最伟大的诗人之一费德里科·洛尔加不少诗歌就被谱写成了谣曲，他的有一本诗集就叫《吉卜赛谣曲》，还有一本诗集叫《深歌》，其中大部分诗篇都被后来的音乐人谱成了曲，当然同样他的许多别的诗歌也不适合谱曲，比如他晚期的诗集《一个诗人在纽约》就很难谱曲传唱。对于一个真正的诗人而言，他的诗歌用音乐的形式被传播，我认为永远是一个副产品。

10

吉狄马加：在匈牙利是不是也有一些诗人的作品被作曲家谱写成歌曲？在离开布达佩斯时我买了一些匈牙利音乐家的作品，其中也有一两张是现代歌曲，我非常喜欢匈牙利音乐中抒情、辽阔而略带忧伤的情调。

拉茨·彼特：在匈牙利也为诗歌谱曲，尽管这种情况很少。谱曲的诗歌，通常需要押韵的诗歌，但是匈牙利诗歌开始失去了韵脚。为孩子们写的诗是押韵的，至今如此，因为押韵的诗更容易让孩子们记住，如果韵脚便于他们的理解。我们有一位很伟大的诗人，沃洛什·山多尔（1913-1989），他有许多诗歌（童谣）被谱了歌曲，无论成年人还是孩子们都喜欢听，恰恰因为他诗歌语言的丰富、多变，并有游戏性趣味。

11

拉茨·彼特：在中国有没有（是否曾经有过）这样的民歌，其作者并不为人熟悉，而歌词却因这样或那样的歌曲形式存在，由于很长时间没人把它抄写下来，只是通过口口相传的形式，歌词和旋律一起存留下来？

吉狄马加：这样的情况太多了，特别是在中国的西部，有许多经典的民歌，不知道它们已经传唱了多少年，它们没有歌词作者，可以说是每一代的传唱人在不断地经典化歌词的修辞，使之不断完美地无可挑剔。中国西部有一种民歌的形式叫"花儿"，就是这样一种被千百年传唱的民歌，其中有许多精粹的无与伦比的歌词，是今天的诗人挖空心思面壁十年也很难写出来的。特别是这些歌词和旋律的天成绝配更是让人叹为观止，在我们彝族民歌中也有许多这样伟大的经典作品，云南弥渡彝族民歌《小河淌水》以及云南红河的彝族系列民歌"海菜腔"等，当我们今天的诗人面对这些鲜活而富有生命力的经典的时候，我们永远是谦恭的小学生。

12

吉狄马加：恐怕向民间的诗歌经典学习，是我们这个地球上所有诗人都应该做的，可以想象，匈牙利也有许多经典的民歌，作为一个诗人，你能谈谈并让我们分享你向匈牙利经典民歌学习的经历吗？我认为每一个诗人都会有这样的特殊经验。

拉茨·彼特：说老实话，当我读你写的诗歌时，我感到一点点嫉妒，你的诗歌能够那样紧密地与诺苏人的传统相系。在民间诗歌里，最吸引我的是民歌，尤其是那些最具原生态韵味的民歌，在我的诗歌里，许多匈牙利音乐家，比如说大作曲家巴尔托克·贝拉（1881-1945）的作品——连同民歌的歌词——首先是作为背景出现，但民歌已经不能以直接、有力的方式出现在我的诗歌里。但是即便如此，我也从来没有觉得，这一切对我来说已经消失。

13

拉茨·彼特：我的中国之行途中，遇到了许多诗人和杂志编辑，感觉诗歌生活的活跃。不久前我在一份匈牙利杂志上读到了一个关于20世纪与当代中国文学的专辑，里面也涉及中国诗歌。其中提到"文化大革命"、"朦胧诗"、《今天》杂志和之后的"第三代诗人"。你怎么看这些事件、对诗歌接受的变化和你那一代诗人？你们怎么能够让自己置身于今天的诗歌潮流之中？

吉狄马加：是的，正如你在中国亲眼看见并在文章中读到的那样，中国当下的诗歌的确十分繁荣活跃，许多地方都有不同形式的诗歌活动，特别是近年来举办国际性的诗歌活动已经成了一种常态，事实上诗歌正在返回公众的视线，阅读诗歌的人似乎也越来越多。兴起于20世纪70年代末80年代初的中国现代诗歌运动，应该说已经经历了若干个发展阶段，每一个阶段都出现过一些诗歌流派和诗歌主张。"朦胧诗"的出现是中国现代诗歌运动中的重要现象，它曾引起过广泛的关注和争论，但时间过去多年后，今天的中国诗坛以及学术评论界，对其在中国诗歌史上的贡献已经有了比较公允的评价，这其中也包括对那一代一些重要诗人的评价，那一代诗人可以说是反思的一代，他们写作的旺盛期也正处在中国改革开放进行变革的前夜，他们诗歌的主题当然会涉及各种各样的内容，有些诗歌也涉及"文革"。至于被评论界称为的"第三代诗人"，也是现在中国诗坛上比较活跃的中坚力量，如果不狭隘地对这一代诗人划定范围，应该说我这个年龄段的重要诗人，都可以被列入这个名单。生活在每一个历史阶段的中国诗人，都不可能置身于现实之外，许多诗人都是这些重大事件和诗歌运动的参与者、实践者和见证者。令人欣慰的是，现在的一些诗歌评论家和文献研究者，已经开始对我们经历过的这些重大事件和诗歌运动进行客观理性的研究，我相信下一步会有许多重要的学术研究成果会呈现给大家，我历来认为中国现代诗歌的发展，其实就是现代世界性诗歌运动的一个部分，我同样期待着从中外诗歌比较研究的角度，去对中国现代诗歌的发展和流变做出另一种纬度的评价，我以为这会进一步扩大研究者和阅读者的视野。

14

吉狄马加： 在这个对话就要结束时，我想利用这个机会最后再问你一个问题，在巴拉顿湖边的翻译之家，你已经亲自组织了许多成功的翻译活动，我想有许多经验可以跟我们分享，因为从今年下半年开始我兼任院长的鲁迅文学院将举办"国际写作计划"，每一次将邀请十余位外国作家翻译家来该院，每一期的时间大概两个半月，你能给我提一些参考和建议吗？

拉茨·彼特： 的确，在我们的翻译之家，十五年里举办了各种各样的研修班，对象首先是文学翻译。但经常也会有作家和诗人前来参加，与文学翻译们面对面地交谈，帮助他们理解作品的原文。当然，如果他们能有除了匈牙利语之外的共同语言进行交流，无疑是件幸运的事。但即使没有共同的语言，懂得文学的翻译们也可以参加。有必要特别挑选作家或诗人的作品，因为文学翻译是个性而孤独的创作行为，文学翻译和原作者可以一起就文字的理解进行沟通。有必要为文学翻译们分别组织研修班，文学翻译们可以相互讨论所遇到的问题和恰当的译文风格。最好让文学翻译们事先得到将要翻译的文字，在研修班上只讨论问题。在这样的研修班上，我们也经常请来文学家和编辑：他们可以向文学翻译们介绍作家和作品所涉及的文学时期（比如，汉学家为中译匈的学员授课，匈学家为匈译中的学员授课），讲述具体或一般性的文化主题。文学翻译们不仅围绕译文进行研讨，而且还可以在休息时进行无拘束的交流，听主题演讲。这样的交流、讨论和主题演讲会对翻译工作有很大帮助。如果请来出版社或文学杂志的编辑，他们则会通过提出许多实用性建议来帮助文学翻译们的工作。如果有男性和女性作家或翻译们一起进行研讨，会使气氛更加活跃，工作更有成效。假如作家不自以为比翻译"更聪明"，那会是件幸运的事。每次参加活动的人数不能太多，最多6-8人，这样工作起来效果会更加显著。

（余泽民　余艾丽卡　译）

拉茨·彼特：匈牙利诗人，文学翻译，匈牙利翻译之家负责人。1972年毕业于德布列森市的科舒特·拉尤什大学。80年代，他是匈牙利重要文学协会"呼吸"和"厄尔莱伊俱乐部"的主要奠基人。"纯文学"作家协会成员。现任布达佩斯的鲍洛希学院教授和维斯普林市的潘诺尼亚大学教授，讲授文学翻译理论。著有诗集《对面而坐》（1984），《呼吸I》（1985），《呼吸II》（1987），《水手们的抵达》（1988）等。

Jidi Majia és Rácz Péter párbeszéde

Forditotta: Yu Zemin , Yu Erika

©Jidi Majia / Rácz Péter

1

Rácz Péter: Verseid leghangsúlyosabb eleme a yi (más néven nuosu) nemzetiséghez való tartozás. Mi annak a története, hogy a nuosu hagyomány vált költészeted egyik legfontosabb témájává?

Jidi Majia: Nem csak én, hanem mindenki feszült állapotban van a mai világban, mi mindannyian egyfajta lelki visszatérést szeretnénk elérni, de egyre csak messzebb kerülünk a lelki forrásainktól, azért mondom, hogy visszatérés, mert már nem tudunk visszatérni, a visszatérés nem csak egy póz, és pláne nem azt jelenti, hogy szenvedélyesen kinyilatkoztatunk valamit, hanem inkább a hozzánk tartozó, saját isteni légterünk folyamatos keresését jelenti, ez a légtér pedig olyan, mint a valaha létezett hőskorban a végtelenbe nyúló hegység, vagy mint az istenek gyújtotta láng, amelyek, bár már azóta több ezer év eltelt, mégis megmaradtak egy nép kitörölhetetlen emlékei mélyén. Én szerencsésnek tartom magam, hiszen én megtaláltam és őrzöm is ezt a fajta hovatartozás érzést, ez pedig éppen az, amit Te mondtál, a yi (nuosu) nemzetiséghez való tartozás, főleg nálunk, akik többfajta kultúra konfliktusa közegében állunk, a mi őseink egykori életformája jelenleg is gyors és gyökeres változáson megy keresztül, az én költészetem valójában egy nemzetiség jelenlegi élethelyzetének felfedezése és megmutatása, persze a verselés soha nem egy kollektív cselekedet, hanem nekem, mint költőnek a saját személyes élettapasztalata. Azt kell hangsúlyozni, hogy egy hagyományt tisztelő költő főleg olyan költő, aki a hagyomány ábrázolását tekinti fő témájának, ez a hagyomány pedig valójában már egyfajta jelképpé vált, az ír William Butler Yeats éppen egy hagyomány és modernitás között járó nagy mester, akit ha összevetünk az akkori európai nagy költőkkel, ő még gazdagabb, még egyedibb kulturális hagyományra támaszkodik, én legjobban az 1893-ban kiadott "A kelta homály"című prózakötetét kedvelem, amely tökéletesen megmutatja az effajta misztikus elemeket és szellemeket, és abból a szempontból, hogy a saját népcsoport-hagyományainkat tekintjük a versek témájának, Yeats és én hasonlóak vagyunk. Vagy úgy is mondhatjuk, hogy általában magánszemélyként alkotó költők vagyunk, mégis a legtöbbször a saját népcsoportunk egyedüli torka.

2

Jidi Majia: Szeretném megkérdezni, hogy a magyar költészet történetében is biztos volt sok olyan költő, akiknek írásai mély és szoros kapcsolatban voltak a saját nemzeti kulturális hagyományaikkal, vitathatatlan, hogy tágasabb politikai és kulturális szemszögből nézve, ezek a költők egy nemzet szellemi jelképei és szóvivői. Szerintem Petőfi Sándor volt az egyik ilyen nagy költő.

Rácz Péter: A magyarok ősei több mint 1100 éve érkeztek Ázsiából a mai Magyarország területére. Az első magyar nyelvű írásos emlék a - Balatonfüred melletti - Tihany templomának *alapító levele* éppen ezer éves. Összefüggő magyar imádság egy sírbeszéd volt 1195-ből,címe *Halotti* *beszéd*, amely a 20. században három költőt, Juhász Gyulát, Kosztolányi Dezsőt és Márai Sándort is megihletett: *Halotti beszéd* címmel írt verseik a hagyományhoz való viszonyról, az emigrációról szólnak. Látható tehát, hogy az ősi magyar hagyományokra a közelmúlt költői is reflektálnak. Az első fennmaradt magyar nyelvű vers az *Ómagyar Mária-siralom*, amelyben Jézus Krisztus anyja, Mária siratja el a kereszthalált halt fiát. Ennek ellenére Janus Pannonius a 15. században még latinul írta verseit, de Balassi Bálint száz évvel később már magyarul. A 19. században már a magyar nyelvű törvényekért, színházért, könyvkiadásért harcoltak eleink, Petőfi Sándor pedig már az első világviszonylatban ismert, magyar nyelven író költő. Életképekben, szerelmi költészetben és hazafias, a magyar nép szabadságáért küzdő versekben egyaránt maradandót alkotott rövid élete során. Elég régen élt ahhoz, hogy semmilyen irodalmi vagy politikai irányzat ne tudhassa kisajátítani magának. Igazi géniusz. Az iskolai oktatásnak köszönhetően verseiből sokat kívülről megtanulva viszünk magunkkal egy élet során, elmondhatjuk, hogy Petőfi velünk él. Hosszabb életet élt kortársának, Arany Jánosnak most ünnepeljük 200 éves születési évfordulóját, ő a szép magyar nyelv és a műfordítás mestere is volt.

3

Rácz Péter: Mi jellemzi ezt a mítoszt? Kik ennek a mítosznak a fő alakjai, mi a történése? Mi maradt fenn belőle - dalok, mesék, imák? Kapcsolódik-e Kína más, kisebb vagy nagyobb eredetmítoszához? A yi nyelv és kultúra most újjászületőben van-e?

Jidi Majia: A yi nemzetiség nem csak Kínában egy ősi nemzetiség, hanem ha a világtörténelem térképén nézzük, akkor is az egyik legrégibb nemzetiségnek számít, a yi nemzetiség teremtéstörténetről szóló legendája egy a világon ritkaságnak számító klasszikus írás, amely a világmindenség és az univerzum születését meséli el, például "Az univerzum és az ember története", illetve "Az univerzum működése" című klasszikus művek, amelyek a több ezer éves múlttal rendelkező yi nyelven íródtak, ezekből filozófiai és még szélesebb ismereti szinten megismerhetjük az univerzum kialakulását és a dolgok keletkezését, nehéz elképzelni, hogy őseink ilyen magas fokú tudást és szellemi szintet értek el, ha mai szemszögből nézzük, az emberi történelem hosszú útján is óriási mérföldkőnek számít, azonban vitathatatlan, hogy a mi civilázációnk történelmének fejlődési folyamatában voltak szakadások, vagy legalábbis egy viszonylag hosszú ideig tartó stagnálás, a dél-amerikai indián civilizáció történelmében is ugyanúgy történt hasonló, de ott a helyzet még a mienkénél is súlyosabb, szerencsére a mi ősi írásunk egészen mostanáig fennmaradt, ennek köszönhetően sok fontos filozófiai és történelmi mű megőrződött, például a yi nemzetiség nagyszerű teremtéseposza, a "Leie teyi", a "Meige" és az "Axi xianji", ezenkívül van sok más ókori yi nyelven írt nagy értékű klasszikus mű, amelyeket nyelvész szakembereknek kellene tovább kutatni és lefordítani, szóval azt is mondhatjuk, hogy ezek a fontos szellemi és kultúrális örökségek nemcsak a yi nemzetiséghez tartoznak, hanem az egész emberiséghez. A yi nemzetiség egy költészeti hagyományokkal rendelkező nemzetiség, rengeteg mondóka, mese, történet, illetve szavalható és énekelhető versek hagyományozódtak át generációkon keresztül, akár lakodalmon, akár temetésen, akár gyűléseken láthatunk különböző művészi előadásokat, és mindegyik esemény olyan, mint egy szertartás. Ilyen értelemben, mi egyfajta nyitottsággal és nyugalommal tekintünk a születésre és halálra, és nem szkeptikusan szemléljük a már megtörtént és a bekövetkező dolgokat. A mi őseink hittek abban, hogy a dolgoknak lelke van, és mi, nuosuk generációk óta tiszteljük őseinket, a mi népi mondókáinkban és eposzainkban mindig a hősök voltak a központi figurák, a 100 évvel ezelőtti Liangshani hegyvidéken, a hagyományos nuosu lakóterületen még ma is látható a hasonló ókori görög törzsi életforma. Azt mondhatjuk, hogy a 20. század óta a yi nemzetiség az egyik olyan nemzetiség a világon, amelyik a legradikálisabb változásokat élte át, én mindig abban reménykedem, hogy lesz valaha egy eposzszerű regény, amely megörökíti ennek megrendítő történetét. A jelenkori yi nemzetiségű írók és költők a globalizációval a háttérben, tudatosan szeretnének létrehozni és megerősíteni egy olyan tudatosságot, hogy a saját kultúránk forrásaiból merítsenek erőt, ezáltal pedig a nuosu szellemi kultúra újjáéledhet.

4

Jidi Majia: Tudomásom szerint, a magyar nemzet egyrészt befogadta az európai szellemi kultúra örökségeit, másrészt pedig keveredik más kultúrákkal, főleg a keleti nomád kultúrákkal, különösen, hogy 833 körül a magyarok Levédiában éltek a Don és a Dnyeper folyók között, és onnan kezdtek el nyugat felé vándorolni és hódítani, ezekről most is folynak viták. Röviden, úgy gondolom, a magyarok egyszerre rendelkeznek nyugati és keleti szellemi tulajdonságokkal. Ilyen kultúra és szellemi tulajdonság befolyásolta-e a költők alkotásait?

Rácz Péter: A magyar nép etnográfiailag rendkívül kevert nép, aminek egyik oka, hogy Ázsiából vándorolt az ország mai helyére. A hosszú vándorlás során mongol, türk, bolgár, török népekkel élt együtt, keveredett. Végül nyolc magyar törzs jutott el a Kárpátok hegyvidékének medencéjére, ahol szintén éltek avar, hun, szláv népek. Voltak szándékok a további vándorlásra Nyugat felé, ott azonban az erősebb államalakulatok visszaverték a magyar seregeket. A megmaradást a keresztény vallás felvétele és a központi királyi hatalom megerősödése biztosította. Évszázadok során előbb mongol, később két évszázadra török uralom alá került az ország, az első világháborúig pedig Habsburg (osztrák) uralom volt. Ez pedig nyomot hagyott a magyarok kultúrájában: magába olvasztott sokféle hatást. Népszokásokban, és főleg népzenében felfedezhetők keleti, ázsiai hatások, de a testalkat, arcberendezés is sokféle hatás nyomait viseli. Ha Nyugat- vagy Észak-Európából érkezem haza, nekem is feltűnik, hogy az itteni hajszín, koponyaalkat, testtartás, arcberendezés nagyon kevert, nem jellegzetesen magyar. Bizonyára vannak nemzeti karakterjegyeink, ezeknek felsorolására azonban nem vállalkoznék. Gyakran vagyok kritikus saját népemmel kapcsolatban például a racionális döntések hiánya miatt, ugyanakkor a külföldi diákoktól gyakran hallom azokat a "magyar karakterjegyeket" emlegetni, amelyek számukra sajátságosnak tűnnek és érdekesek, mindenképpen pozitívak. Ez a "magyar gondolkodásmód, világ-érzet" bizonyára az irodalomban, költészetben is megjelenik, talán semmiképpen nem nyugatias, de nem is keleties, de mindenképpen markáns a legnagyobb költőinknél.

5

Rácz Péter: A nuosu hagyományhoz kötődésed együtt jár-e társadalmi, politikai érdeklődésed kialakulásával? Magyarországon Petőfi vagy akár József Attila súlyos társadalmi, egzisztenciális kérdéseket is megfogalmaztak, még akár a szerelmi lírán keresztül is.

Jidi Majia: Bármelyik költő, aki a társadalmi kérdéseket szemléli és gondolkodik, nem hagyhatja figyelmen kívül a saját kulturális hagyományait és élettapasztalatait, de úgy vélem, hogy ez a kapcsolat nem közvetlen, egy költő politikai nézeteinek alakulásában leginkább az őt körülvevő társadalom és az emberiség léte helyzetének a befolyása a döntő tényező. Egy igazi költő nem lehet a valóságon kívülálló, neki muszáj komolyan gondolkodni a társadalom és a lét kérdésein, ők azonban végülis nem szakértő politikusok, bár néha politikai és történelmi frontvonalba állnak, mint Petőfi, aki maga is egy kimagasló zászló a nemzeti önállóságért és szabadságért felállított harctéren. József Attila nem csak Magyarországon, hanem az egész világon egy forradalmár a költők között, a valódi társadalom nehézségeivel való összeütközésének szempontjából, egy nagyszerű lelkesítő létezés, és ebben az a legszebb dolog, hogy minden verse, akár a politikai jellegű, akár a társadalmat bíráló verseit nézzük, mind tele van élettel és szenvedéllyel, amelyekből mind érezhető a szívdobbanásának hevessége, a legnagyszerűbb pedig az, hogy mind a mai napig akármelyik nyelvre is fordították le a verseit, a bennük lévő erő cseppet sem foszlott szét, bár nem tudom magyarul olvasni a verseit, de a kínai fordításokból is érezhetem átütő hatásukat. Ha a költőknek több típusairól beszélünk, én József Attila mellett állnék, szeretném, ha az én verseimben tükröződő valóságok az én nemzetiségem és a magam által átélt valóság és élet lenne, én, amikor verset írok, soha nem tudom figyelmen kívül hagyni a nemzetiségünket és az emberiséget, és nem tudok olyan verset írni, amelyik nem érinti a lélek és az élet fájdalmát.

6

Jidi Majia: A szervezésednek köszönhetően sikerült felkeresnem József Attila emlékházát Balatonszárszón. Számomra ő a 20. század egyik legnagyszerűbb költője. Bár nem tudom olvasni a műveit közvetlenül magyarul, de más nyelven keresztül is érezhető az a rá jellemző, szívbe markoló erő. Ezért is kérdeném, hogy a modern magyar költészetben vajon miért olyan figyelemre méltó József Attila úttörő szelleme? Akár társadalomról, akár politikáról szólnak a versei, mindegyik a saját szemléletét tükrözi és mentes minden tömegideológiától.

Rácz Péter: József Attila költészete nagyon sajátságos, egyedi, de nem az egyetlen kimagasló magyar költészet a 20. században. Különös, nehéz sors, proletár szülők, szegénység, árvaság, gyenge idegállapot másnak is kijutott, nála találkozott azonban felfokozott érzékenységgel, erős kifejezőkészséggel. Petőfi a paraszti világból, József Attila a városi proletárságból hozta a meghatározó élményeit. Nehezen illeszkedett be az akkor megerősödő nyugatos, polgári irodalomba, amely éppen a Nyugat nevű folyóirat körül erősödött meg. De a magyar irodalomnak mindig is, a 20. században is, sokféle hangja volt, és József Attila előtt Ady Endre (1877-1919) számított még erős látnoki képességekkel rendelkező költőfejedelemnek, teljesen más érzékenységgel, polgári, vallásos, mégis profán, városi témákkal jelentkezve. Ő földrajzilag tágabb világot járt be, míg József Attila inkább a lélek mélyére tudott erősebb kötelekkel leereszkedni — majd odaveszni. De a borús, tragikus világlátás a hallatlan érzékenység mindkettőjüket jellemezte. Elveszni, önmagukat feláldozni talán Petőfitől tanultak. József Attila "egész népét akarta nem középiskolás fokon tanítani". A költők vátesz-szerepe csak az 1970-es évektől válik túlhaladottá, idejétmúlttá.

7

Rácz Péter: Igaz, hogy egy költői fesztivál alkalmából, de sok kínai költővel találkoztam. Mi a jelenkori Kínában a költészet szerepe, jelentősége? Változott-e ez az elmúlt évtizedekben - olvasnak e sokan verseket? A líra vagy a próza, netán a dráma a "vezető" műfaj ma a kínai irodalomban?

Jidi Majia: Ez talán egy globális téma, amit a kínai költészet átélt, a fejlődés és változás folyamata hasonló, mint a világon máshol, a költészet hosszú ideig a prózai műfaj nyomása alatt igyekezett a saját létezési terét megőrizni, az utóbbi pár tíz év óta, főleg a televízió és az internet megjelenése miatt, az ember olvasási szokásaiban is történelmi változás következett be, persze ez nem a mi akaratunktól függ, de mégis, mint a világon máshol, a költészet Kínában sem tűnt el az életünkből, főleg hogy az emberiség éppen egy minden területen modernizálódó folyamatban van, a tőke és a technikai logika teljesen behatolt a szellemi léttérbe, alig hagyva neki lélegzési teret, az anyagi dolgok annyira megváltoztatták az embereket, hogy már egyre nagyobb veszélybe süllyednek, azonban minden fejlődésnek két oldala van, vagy úgy is mondhatjuk filozófiailag, hogy ha valami túlhalad egy bizonyos pontot, akkor a dolog a visszájára fordulhat, az ember azért ember, mert szüksége van a szellemi életre, nem lehet anélkül létezni, hogy ne mindig magasabb szinteket keressünk, muszáj keresni a szellemi táplálékot, s a költészetnek, mint az egyik legősibb műfajnak, ma is megvan a vonzereje, nemrégen láttam egy kutatási adatot, a mai Kínában egyre többen olvasnak verseket, ez pedig annak a fontos jele, hogy egyre több verseskötetet adnak ki, és a jó kötetek akár öt-tízezer példányban is eladhatók, sok wchat és blog is terjeszt verseket, tehát ez is azt jelenti, hogy a versszerető tábor is egyre nagyobb, de persze, azt is szeretném mondani, hogy a költészetnek is megvan a saját létezési törvénye, hiszen verset soha nem lehet nagytömegben gyártani, mint a tömegárut, számunkra nem elfogadható az a gondolat, hogy az emberek költészet nélkül is tudnak élni, ha tényleg így lenne, az az emberiségnek nagy szégyene lenne.

8

Jidi Majia: Jelenleg milyen a magyar költők élethelyzete? A magyarországi látogatásom alatt megtudtam, hogy a magyarországi költészeti kiadás helyezete hasonló, mint Kínában. Tulajdonképpen csak abban különbözik, hogy a kínai lakosság száma nagyon nagy, így egy jól ismert költőnek viszonylag könnyü kiadni az új versgyűjtményét. Nem tudom, mi a helyzet most Magyarországon, van sok lehetőség verseskötetet kiadni? És milyen az olvasókör?

Rácz Péter: Körülbelül az 1970-es évekig a magyar költészet volt sokkal népszerűbb, mint a próza, később ez megváltozott. korábban egy új József Atila kötett megjelenhetett 40-60 ezer példányban, és hamar el is fogyott. A magyar költő hangjára az emberek odafigyeltek, iránytűként szolgált, amit mondtak. Petőfi "A XIX. század költői" című versében írja, hogy "Újabb időkben isten ilyen / Lángoszlopoknak rendelé / A költőket, hogy ők vezessék / A népet Kánaán felé." Ma már - szerencsére - nincs ilyen feladata. De emiatt a verskötetek megjelenése sem akkora esemény már. Egy költő általában örülhet, ha 1000 példányban megjelenik a verses kötete. Sok költő éppen ezért néhány verskötet után prózát kezd el írni, és rögtön többen olvassák. Ezt én sajnálom. Az olvasókör kisebb, de válogatottabb, érzékenyebb, és még mindig nem mindennapi dolog a versírás, a költészet művelése.

9

Rácz Péter: Egyik legnagyobb élményem Kínában az volt, amikor megzenésített versedet az összes jelenlévő nagyon szépen, átéléssel énekelte. Verseidre a dalszerűség jellemző inkább, könnyű-e énekelni?

Jidi Majia: Én, mint egy kínai nuosu költő szerencsésnek tartom magam, mert sok versemet megzenésítette több zenész, és sok dal nemcsak a kilencmilliós yi nemzetiség körében terjedt el, hanem van olyan is, ami még meszebb is eljutott, mint amit kérdeztél, a nuosuk lakóterületén gyakran előfordul, hogy megzenésítenek verseket, így a versek sokkal nagyobb hallgatóságra találnak. De tudod, kevés verset lehet megzenésíteni, ha csak az én műveimet nézzük, a legtöbbjükből nem lehet dal, a 20. század egyik legnagyobb spanyol költője Federico García Lorca, tőle is van sok megzenésített vers, neki van egy "Cigányrománcok" és egy „A sötét szerelem szonettjei " című versgyűjteménye, amelyből a legtöbb verset később megzenésítettek, persze a legtöbb verse nem alkalmas a megzenésítésre, például van egy kései versekötete, az "Egy költő New Yorkban" című, amelynek verseit szinte lehetetlen dal formába ültetni. Ezért is úgy gondolom, hogy egy igazi költő számára, a versei zenei formában való terjesztése mindig is csak egy melléktermék.

10

Jidi Majia: Magyarországon voltak vagy vannak-e ilyen megzenésített versek? Milyen versek ezek? Mielőtt eljöttem Magyarországról, több magyar szerző verseit megvettem cd-én, közülük van néhány, amin modern műdalok szerepelnek. Én nagyon szeretem a magyar zene lírai, szerteágazó és kicsit melankólikus hangulatát.

Rácz Péter: Magyarországon is megzenésítenek verseket, bár ez ritkább. Többnyire rímes versek kellenek hozzá, és a rímek kezdenek elveszni a magyar költészetből. A gyerekeknek szóló versek ilyenek mindenképpen, hiszen a gyerek jobban megjegyzi a verset, ha a rímek könnyítik a megértést. Egyik legnagyobb költőnk, egy igazi par exellence költő Weöres Sándor (1913-1989), sok megzenésített (gyerek)versét öröm hallgatni felnőttnek, gyereknek, éppen a nyelv gazdagsága, hajlékonysága, játékossága miatt.

11

Rácz Péter: Vannak-e / Voltak-e Kínában népdalok abban az értelemben, hogy szerzőik ismeretlenek, a szöveg éppen ezért különböző variánsokban létezett, mert sokáig nem írták le, csak szájról-szájra járt, és szöveg és dallam egyszerre jött létre?

Jidi Majia: Ilyen nagyon sok van, főleg Kína nyugati részén, ahol nagyon sok klasszikus népdal van, és senki nem tudja, hogy hány éve énekelik őket, és hogy ki a szövegek szerzője, generációkon át öröklődtek, és folyamatosan csiszolták és szépítették, amíg tökéletesek nem lettek. Nyugat-Kínában van egy fajta népdal, amit huaernek neveznek, és aminek már száz vagy ezer éves múltja van, közöttük soknak példátlanul gyönyörű szövege van, ilyet mai költők is nehezen agyalnak ki, főleg, hogy a dallammal együtt csodálatosak, a nuosu dalaink között is léteznek ilyen nagyszerű klasszikusok, például a Yunnan tartományi Miduból származó yi dal, a "Patak csordogál " és a szintén yunnani Hongheből származó dal, a „Haicai dal", stb., ezek előtt az életteli és színes dalok előtt, mi kortárs költők is fejet hajtunk és tanulunk belőlük.

12

Jidi Majia: Úgy gondolom, hogy minden költőnek tanulnia kell a népi költészet klasszikusaitól. El tudom képzelni, hogy a magyar népnek is milyen gazdag a népdalhagyománya. Ön, mint kortárs magyar költő, mesélne valamit ezekről és velük kapcsolatban a saját alkotásairól? Minden költőnek vannak saját speciális tapasztalatai, s valamilyen szinten, valamilyen módon a népi hagyományokból is ihletet merít.

Rácz Péter: Kicsit irigykedve olvastam a verseidet, amelyek szorosan kötődnek a nuosu nép hagyományaihoz. Én elsősorban a népdalokhoz, azokból is a legarchaikusabb motívumokhoz vonzódom a népköltészetből, nem utolsó sorban a nagy magyar zeneszerző, Bartók Béla (1881- 1945) művein keresztül, mindez azonban - a népdalszövegekkel együtt - elsősorban a költészetem hátterét jelentik, már nem tud olyan közvetlen és erős módon megjelnni a verseimben. De sosem éreztem úgy, hogy mindez elveszett volna a számomra.

13

Rácz Péter: Kínai utam során nagyon sok költővel, folyóiratszerkesztővel találkoztam, élénk költészetet tapasztaltam. Nemrégen egy magyar folyóiratban olvastam egy összeállítást a 20. századi és jelenkori kínai irodalomról, közte a kínai költészetről is. Szó volt benne a "kulturális forradalomról", a homályos költészetnek (menglong shiren) nevezett irányzatról, a Ma (Jintian) nevű folyóiratról, az ezeket követő harmadik generációról. Hogyan tekintenek ezekre az eseményekre, a költészet változó fogadtatására a Te generációdhoz tartozó költők? Hogyan lehet eligazodni a mai költészeti irányzatok között?

Jidi Majia: Igen, ahogy láttad Te is Kínában, s ahogy írtad is, jelenleg a kínai költészeti élet nagyon aktív, és sok helyen tartanak különböző, költészettel kapcsolatos színes programokat, főleg az utóbbi években a nemzetközi költészeti események rendezése már szokásossá vált, és a költészet mostanra valóban visszatért az emberek látókörébe, a versolvasók tábora pedig egyre nagyobbnak tűnik. A 1970-es évek végén, a 80-as évek elején indult kortárs kínai költészet már több fejlődési szakaszon áthaladt, minden szakaszban voltak költészeti irányzatok és kezdeményezések, a "homályos költészet" pedig a modern kínai költészetben egy fontos jelenség, ami széles körben figyelmet és heves vitákat keltett, azóta azonban több év eltelt, és a mai kínai költészeti körökben és az irodalomkritikusok körében, a kínai költészet történelmében játszott jelentős szerepe miatt már igazságos megítélést kapott, s ez alatt ezen generáció fontos költőit is értem, e generáció költői a saját múltunkról és nemzetünkről gondolkodó költők, az alkotásaiknak legtermékenyebb szakasza éppen a kínai reform és nyitás előestéjére tehető, a verseik témája különböző tartalmakat érint, egy részük a kulturális forradalmat is érinti, itt szeretném hangsúlyozni, hogy a kínai kormányzó párt az egyik konferencián történelmi fontosságú határozatot hozott, ami teljes mértékben elítélte a kulturális forradalmat. A kritikusok által "harmadik generációsoknak" nevezett költőket a mai költészeti életben is meghatározó erőnek tartják, ha tágas értelemben vesszük, az én korosztályomhoz tartozó költőket is ide sorolhatjuk. A különböző történelmi szakaszokban élő költők nyilván nem helyezhetik magukat a valóságon kívül, számos költő maga is e nagy ügyek és költészeti mozgalmak résztvevői, cselekvői és szemtanúi, s ami megnyugtató, a mostani verskritikusok és filológusok már elkezdték az átélt, nagy események és költészeti mozgalmak objektív kutatását, és bízom benne, hogy egyre több kutatási eredményt tárnak majd a közönség elé, mindig is úgy gondoltam, hogy a kínai költészet fejlődési folyamata maga a modern világköltészeti mozgalom egy része, egyúttal abban reménykedem, hogy a kínai és külföldi költészet összehasonlítása szempontjából újraértékelik a modern kínai költészet fejlődését és az irányzatok váltakozását, szerintem így szélesíthető tovább a kutatók és az olvasók látóköre.

14

Jidi Majia: Jidi Majia: Mielőtt ez a beszélgetés véget ér, egy utolsó kérdést szeretnék feltenni. Balatonfüreden a Műfordítóházban sok nagyszerű programot szerveztek. Biztos nagyon sok jó tapasztalatod van, amiket megoszthatsz velünk. Ez év második felétől a Luxun Irodalmi Akadémia lektori feladait is elvállaltam, és nemsokára egy nemzeközi alkotó programot fogunk indítani. Úgy tervezzük, hogy alkalmanként 10 író és műfordító venne részt ebben, két és fél hónapon keresztül. Ezzel kapcsolatban tudnál valami jó ötletet vagy javaslatot adni?

Rácz Péter: A Fordítóházban valóban legalább tizenöt éve rendezünk különféle szemináriumokat, elsősorban műfordítóknak. De gyakran előfordul, hogy jelen van az író vagy költő is, beszélget a fordítókkal, segít értelmezni a szöveget. Természetesen az a szerencsés, ha van közös nyelvük, vagy a műfordító, vagy az író beszéli a másik nyelvet is. Irodalomhoz értő tolmács is részt vehet ebben, ha nincs közös nyelv. Talán érdemes különválasztani az író/költő alkotó munkáját, mert az egyéni, magányos tevékenység, és a műfordítást, ahol már dolgozhat együtt a műfordító és az író a szöveg értelmezésén. A műfordítóknak érdemes külön szemináriumot is tartani, hogy a műfordítók egymással is megbeszéljék a problémákat, a megfelelő stílust. Jó, ha a műfordítók előre megkapják a lefordítandó szöveget, és a szemináriumon már csak a problémákról beszélnek. Egy-egy ilyen szemináriumra meg szoktunk hívni irodalmárt, szerkesztőt is: ők a műfordítóknak tudnak beszélni az íróról, az adott irodalmi korszakról (pl. magyarra fordítóknak sinológus beszél, kínaira fordítóknak hungarológus), konkrét vagy általános kulturális témákról. Vagyis a műfordítók nem csak a szöveggel dolgoznak, hanem pihenésképpen beszélgetnek, előadást hallgatnak. Így közös beszélgetések, viták, előadások segítik a munkát. Ha meghívtok egy könyvkiadónak vagy irodalmi folyóiratnak a szerkesztőjét, ő is sok gyakorlati tanáccsal tudja segíteni a műfordítók munkáját. Az is jó, ha férfi és női írók és műfordítók együtt vannak jelen, attól is dinamikusabb lesz a munka. Szerencsés, ha az író nem akar "okosabb" lenni, mint a műfordító. Túl nagy csoportlétszám sem jó, mert kis csoportban (maximum 6-8 fő) hatékonyabban lehet dolgozni.

2017.Május.22. Budapest

(匈牙利语)

吉狄马加诗集波斯语版译序

［德黑兰］阿布卡西姆·伊斯梅尔保尔

这部诗选包括长诗《我，雪豹》，以及吉狄马加2013年发表的有影响力的诗歌《火焰与词语》，诗人凭借这首诗歌，赢得了国际声誉和真诚的热爱。

吉狄马加出生于多山的四川西部彝族（诺苏），是凉山彝族自治州的一位中国现代诗人。然而，他也是一位世界诗人，全球化的主题回荡在他最传统和富有同情心的诗歌中。而在非浪漫的世界，他是一位地方主义作家、自然主义者，浪漫的人文主义者。同时，他非常关注现代人类的境况，社会与政治的危机，对目前人类的境况他持批评态度。拒绝暴力、不公正和歧视，在他富有同情和想象的诗歌中比比皆是。

大体上看，诗人的主题是要与自然和解，以纯自然的凉山雪山对比那被损害和受伤的自然。在这一点上，他的许多诗歌与伊朗的重要诗人、艺术家苏赫拉布·塞佩赫里的自然、浪漫诗歌极为相似。显然，在我们极简的时代，长诗《我，雪豹》使我们记起奥克塔维奥·帕斯的长诗，那首20世纪的杰作《太阳石》。像帕斯一样，吉狄马加批判了现代世界缺乏纯爱的现象，借在雪山被残忍男人伤害的雪豹之口，表达了不公正、暴力和正在被破坏的自然法则。

1961年，吉狄马加出生在四川诺苏有贵族血统的家庭。他的父亲有权力和地位。他的儿子对诗歌非常感兴趣，读了中文版的普希金的诗歌。后来，他开始查阅他的身世和智慧之源，诺苏史诗和民间传说引起他极大的兴趣。大学毕业之后，他返回自己的家乡，他的诗歌在省内非常出名，发表在一些著名的期刊上。1986年，他已成为国内名列前茅的诗人，并成为中国伟大的民族诗人艾青的学生。随后，他受到另外一些伟大的诗人，如切扎尔·巴列霍、帕斯、洛尔迦、聂鲁达和其他外国诗人的影响。

吉狄马加多次参加作家和诗人的国际代表会议，他曾是国际青年活动的特邀人物。自2007年以来，他还组织了一些文化活动，例如青海湖国际诗歌节。在两年一次的活动中，每届都有世界各地50多位诗人和作家被邀出席。伊朗方面，沙姆斯·兰格罗迪和我，曾参加了2015年的诗歌节。青海湖诗歌节的奖项被称为"金藏羚羊"奖，2013年，由阿多尼斯和西蒙·J·欧迪斯获得，2015年，则由俄罗斯的著名诗人库什涅尔获得。

2015年，吉狄马加访问了德黑兰。在德黑兰大学社会科学学院的走廊里，我安排了一个四川和西藏的艺术与民族照片的展览。我们也安排了一个文学会议，他会见了本市文化机构的组织者阿里·阿斯加尔·穆罕默德哈尼和一些著名的伊朗诗人，如沙姆斯·兰格罗迪，哈菲兹·穆萨维，马穆德·莫塔盖迪，穆萨·阿斯瓦尔，噶鲁斯·阿卜杜尔马勒奇恩和米尔扎－博士，中国语言和文学的副教授。关于这次会议，本市的文化机构、伊朗的新闻机构、伊朗学生通讯社和其他媒体的网站上均有报道。

吉狄马加赢得了许多奖项，比如第三届中国诗歌奖、郭沫若文学奖、庄重文文学奖、俄罗斯肖霍洛夫文学纪念奖、保加利亚作家奖和柔刚诗歌奖、姆基瓦人道主义奖、国际华人诗人笔会"中国诗魂奖"、2016年欧洲诗歌与艺术荷马奖等。目前，他是中国作家协会副主席和书记处书记。他的诗歌选集被译为20多种文字，在30个国家出版发行。诗歌的英文版本已经在美国（俄克拉荷马大学出版社）、南非（约翰内斯堡出版社）出版。《我，雪豹》被译为英语、法语、西班牙语、德语、韩语和其他多种外语出版。著名的自然主义作家巴里·洛佩兹对这首长诗很感兴趣，为他的英文版诗歌选集写了序言。

在《我，雪豹》这首诗歌中，叙述者像这样介绍他：

我是雪山真正的儿子
守望孤独……

毫无疑问，高贵的血统
已经被祖先的谱系证明

他表示：

我不会选择离开
即便雪山已经死亡

这美丽的意象显示了与自然的根和家乡的深层联系。叙述者说，你永远不会看到我，这地球上充满虚妄和杀戮，传达了一种情感，即现代人类与彼此达成一致的必要性是生死攸关的。

换句话说，《我，雪豹……》是一首赞扬和尊重自然的长诗：

有人说我护卫的神山
没有雪灾和瘟疫

或者，对自然的喜爱之情：

但我还是只喜欢望着天空的星星
忘记了有多长时间，直到它流出了眼泪

同时，我们面对纯自然的屠杀和破坏，受伤的雪豹，"群山的哭泣发出伤口的声音"。在这一点上，"雪豹"与奥克塔维奥·帕斯的长诗《太阳石》有一定的关系，诗人谴责了现代世界的暴利、屠杀、不公正和歧视，说他是太阳的反思。诗人和帕斯一致认为：我们的命运是一场孤独的旅程。在诗歌的中间，马加在形式、结构和内容上与帕斯的《太阳石》都很接近：

追逐离心力失重闪电弧线
欲望的弓切割的宝石分裂的空气

或者：

> 撕咬撕咬血管的磷齿唇的馈赠
>
> 呼吸的波浪急遽地升起强烈如初
>
> 捶打的舞蹈临界死亡的牵引抽空抽空

在诗歌的最后，诗人祝愿所有的人都能包容彼此，认为在这个混乱的世界，包容能使人类达到世界和平：

> 原谅我！这不是道别

《我，雪豹》是一首长诗，描写坐落在青海省南部并与西藏毗邻的昆仑山脉。中国三条重要的河流都在青海：澜沧江、长江和黄河。昆仑山在中国一些创造天地的神话中被提到过。吉狄马加曾为舞剧创作了一首诗歌，基于与昆仑山有关的藏族、汉族和彝族的神话。这部舞剧《秘境青海》在中国国家电视台播出。许多中国的主要神话都根植于中华民族。

毕摩（彝族中的文化人和祭祀）在火的烟雾中，旋转赞美的手杖和铃铛，念着古老的经文。诺苏族的确拥有一个神秘的信仰，它包括一系列的季节性仪式，关于神圣祖先的史诗，关于自然之神的故事。因此诺苏信仰倡导一种对自然环境的归属感，事实上，诗人在这首诗歌和《火焰与词语》里都描写过这种神秘性。

在这本诗集里，我们读到许多有关人道主义、爱与自然的统一，赞美国家、家乡和土生土长的彝族和诺苏人民的诗歌：

> 我是这片土地上用彝文写下的历史
>
> 我希望的名字
>
> 那是一个纺线女人
>
> 千百年来孕育着的
>
> 一首属于男人的诗

或者：

其实我是千百年来
爱情和梦幻的儿孙

　　尽管诺苏人住在高原的村庄里，诗人仍旧试图将当地传统的根与东西方
世界相统一，并促进这种统一。在《做口弦的老人》这首诗歌中，它是此诗
歌选集最好的诗歌之一，这种情感被传达了出来：

蜻蜓金黄色的翅膀将振响
响在太阳的天空上……
响在东方
响在西方

　　此外，人类的灵魂变成蜻蜓，受到佛教的禅宗，道教的口头传说和诺
苏的神话影响，赋予这首诗歌以神秘的色彩。为了让读者熟悉最传统的节日
和当地诺苏族的风俗，诗人自己分享了现存的风俗，如星星返回节或称堵苇
子，彝族火把节和互布吉则（雄鸡斗架）等。
　　吉狄马加的内心困扰，毫无疑问是对自然和纯真山脉的统一。人们在
《黑色狂想曲》这首诗歌中，可以生动地看到这种强烈的感情：

让我的躯体再一次成为你们的胚胎
让我在你腹中发育
让那已经消失的记忆重新膨胀

　　诗人着迷于拂晓公鸡的啼鸣，在诗歌《等待》中表达了这一情感。有
时候，诗人拥有哲学的和海亚姆式的感情，并通过极好的意象表达出来，比
如在《白色世界》中的"死亡的白色世界"，源自本地祖先们的信仰，称为
"毕摩"。这种哲学观念，在《看不见的波动》这首诗歌中能够清楚地看
到：

万物都有灵魂，人死了
安息在土地和天空之间

诺苏人永生的信仰在这首诗歌中也进行了描写。除了上面提到的主题，怀乡的情感贯串吉狄马加的诗歌。这里，对诺苏祖先们古老家乡的怀念，奠定了这首诗歌的基调：

那时我彝人的头颅
将和祖先的头颅靠在一起

他表示：

用最古老的彝语
诉说对往昔的思念

通过这些诗歌，人们能够完全感受到诗人对家乡的热爱，特别是在这首《土地》：

我就会感到土地——这彝人的父亲
在把一个沉重的摇篮轻轻地摇晃

我们也读到赞美爱情的诗歌，如《爱的渴望》，或者赞美母亲的浪漫诗歌，如《唱给母亲的歌》，诗人寄托感情在纯自然，飞翔的野鹅，或者在诗歌《宁静》中，回响着对母亲的爱和对祖国母亲及家乡的爱：

母亲我的母亲
现在抱着我在你温暖的怀里
当黑夜降临

最后，显而易见，吉狄马加的时代来临了，这包括他艺术的浪漫、同情、描写、想象和叙事等层面，他对世界现代和后现代诗歌的其他方面的吸收，比如，新精神分析、新超现实主义、解构和新近一些其他的理论，以便创作出更丰富的中国现代诗歌。在伊朗这个诗歌之国，20世纪的文学运动导致诗歌应用了上面提到的理论。然而，中国在过去几十年，由于其特别的社会和文化状况，没有发生这种诗歌运动。但至少在过去的三十年，在中国诗人的新生代中，吉狄马加和其他一些伟大诗人作为代表，已经促成了中国现代诗的成长和繁荣。

这里，我要感谢美国诗人和汉学家梅丹理，自2004年至2006年在上海期间，通过中国著名诗人和艺术家严力，我们得以认识，他鼓励我阅读他所翻译的吉狄马加诗歌的英文版本，并请我把这些诗歌翻译成波斯语。

（刘红霞　译）

阿布卡西姆·伊斯梅尔保尔（1954-　），生于德黑兰。神话学者和诗人，沙希德贝赫什迪大学公共事务研究副主任，上海外国语大学（SISU）（2004-2006），莫斯科国立大学（MGU）（2013-2015）访问教授。伊朗人类学家协会永久会员；伊朗人类学杂志委员会编委，国际伊朗文化遗产杂志编辑，国际摩尼教研究协会会员（剑桥），欧洲伊朗学协会会员（罗马）。他出版过许多关于伊朗神话和诗歌的书籍，比如《摩尼教真知和创世纪神话》《光之赞歌：伊朗古代和中期诗歌综述》《波斯文学手册》《摩尼教文学》和三本诗集。

Persian Translator's Introduction

◎Abolghasem Esmailpour

The present collection contains the long poem of "I, Snow Leopard"
《我，雪豹…》 and selected influential poems of *Words of Fire*《火焰
与词语》 composed by Jidi Majia published in 2013 for which the poet
gained an international fame and sincerity.

Jidi Majia is a contemporary Chinese poet arisen from the native district
of Lianshan Yi Autonomous Prefecture in mountainous West Sichuan
of Nuosu origin. He is, however, a cosmopolitan poet, and the theme
of globalization waves throughout his most traditional and sympathetic
poems. He is a regionalist, naturalist and a romantic humanist in a non-
romantic world. Meanwhile, he is not negligent of contemporary human
conditions, social and political crises, but he is criticizing the present
human situations. Rejection of violence, injustice and discrimination are
seen through his sympathetic and imaginative poetry.

The poet's message in a general view is approaching and reconciliation
with nature, a nature damaged and injured comparing with the pure nature
of Lianshan snowy mountains. In this respect many of his poems are
similar to the naturalistic and romantic poetry of an Iranian major poet and
artist, Sohrab Sepehri. Obviously the long poem of "I, Snow Leopard"
in our minimalistic age reminds us the long poem and a masterpiece of
20th century poetical event the *Sunstone* composed by Octavio Paz. Like

him, Jidi Majia criticizes the contemporary world lacking pure love, and expresses injustice, violence and breaking laws of nature in the tongue of a leopard who is injured in the snowy mountains by the cruel man.

Jidi Majia was born in an aristocratic Nuosu family in 1961 in Sichuan. His father got an important position and the young son was interested in poetry when he studied the Chinese version of Pushkin's poetry. Then, he was searching his identity and the intellectual approach and he was fascinated with Nuosu epics and folklore. After graduating from his studies, he returned to his hometown and his poems were famous in the province and his writings published in *Stars* magazine. In 1986 he gained a national rank in poetry and was a trained student of China great national poet Ai Qing. Then he was influenced by great poets such as Cezar Vallejo, Paz, Lorca, Neruda and some other figures of world poetry.

Jidi Majia has participated in international congresses of writers and poets and was a guest poet of International young writers in U.S.A. He has also organized some cultural events such as Qinghai International Poetry Festivals since 2007. In these biennial events more than 50 poets and writers from many countries of the world are invited. From Iran, Shams Langeroudi and I participated at the festival in 2015. Qinghai Festival Award called "The Golden Gazelle of Tibet" awarded to Adonis and Simon J. Ortiz in 2013 and to a Russian poet, Alexander Kushner, in 2015.

Jidi Majia had a journey to Tehran in 2015. I arranged an exhibition of artistic and ethnological pictures of Sichuan and Tibet in the corridor of the Faculty of Social Sciences of Tehran University. We also arranged a literary session and meeting with Ali Asghar Mohammadkhani, the manager of Book City Cultural Institution and some Iranian famous poets such as Shams Langeroudi, Hafez Mousavi, Mahmood Motaghedi, Musa Asvar, Garrous Abdolmalekian and Dr. Mirzai, assistant professor of Chinese language and literature. The report of this session has been inserted in the websites of Book City Cultural Institution, IBNA, ISNA and some other media.

Jidi Maja has won prizes such as Third China National Poetry Prize, Guo Moruo Literature Prize, Zhuang Zhongwen Literary Prize, Fourth Literary Prize of China Minorities for Poetry, Sholokhov Memorial Prize, Bulgarian Writers Association Award and Rougang Literary Prize. Outside China he has won the Mkhiva International Humanitarian Award, the China Poetic Spirit Award of International Chinese P.E.N., and the 2016 Homer-European Medal of Poetry and Art. He has also participated in the International Poetry Festival of Medellin. Now he is the President of the Chinese Minority Literary Association and permanent Vice-President of China Poets' Association.

His selected poems have been translated into 20 languages and distributed in 30 countries. English version of his poems has been published in USA (Oklahoma University Press) and in South Africa (Johannesburg Publications). Also "I, Snow Leopard" has been translated into English by my friend, Denis Mair, and into French, Spanish German, Korean and many other languages and published by Foreign Languages Publications. Barry Lopez, the famous naturalist, fascinated with this long poem wrote an introduction to his selected poems in English.

In "I, Snow Leopard", the narrator introduces him like this:
I am the true son of snowy mountains
Watching over solitude…
Surely my blood has been proven noble
By the line of descent from my forefathers

Confessing:
I will never choose to leave here

Even when death claims these snowy peaks

This beautiful image shows the deep connection with the roots of nature and hometown. The narrator says that you will never see me this earthy filled with pretence and slaughter and transmits the feeling that the necessity of the contemporary humans to unanimity with each other is fatal.

In other words, "I, Snow Leopard" is a long poem in praise of and respect to Nature:

Some say the mountain god I serve
Inflicts no plagues or snow disasters

Or, in a loving feeling to Nature:
But I like best to gaze at stars in the sky
Forgetting how long, until tears stream from my eyes

Meanwhile, we face with slaughter and destruction in pure nature, Leopard is injured while "sobbing mountains would sound like a wound." (群山的哭泣发出伤口的声音) Where "Snow Leopard" is related with Octavio Paz' great long poem of *Sunstone,* the poet criticizes violence, slaughter, injustice and discrimination in contemporary world and says that he is a reflection of sun. The poet unanimous with Paz says: our destiny is a journey in solitude. Even in the middle of the poem Majia approaches Paz's *Sunstone* both on the form and structure and on the content as well:

Hot pursuit...decentering force...free-fall...lightning flash...arcing
Desire's bow...well-split gem...air being parted

Or,

Jaws clamping…worrying…phosphor of veins…toothsome gift
Waves of respiration…abrupt ascent…intensity like the start
Hammering dance…deathly tug at the brink…spasm…spasm

At the end of the poem, the poet wishes all the peoples tolerate each other, and thinks that tolerance in this chaotic world leads to a global peace:

Bear with me! This is not a farewell.

"I, Snow Leopard" is a long poem about Kunlun mounts that are located in the south of Qinghai province along Tibetan border. Kunlun is the origin of two main and vital rivers of China: Yangtze, and Yellow Rivers. Kunlun mounts have been referred in some Creation myths in Chinese mythology. Jidi Majia has composed the poem for a dance drama based on the Tibetan, Chinese and Yi myths related with Kunlun mounts. The drama called "Qinghai Mysterious Territory"《秘境青海》 was shown in the China National TV. A lot of Chinese main myths belong to the origin of Chinese people.

Bimo (priest of cults) whirls the praising stick and bell in the fire's smoke reading old texts. Nuosu people have truly a mysterious cult which contains a series of seasonal rituals, epics on the divine ancestors and stories on spirits of nature. That is why Nuoso cult promotes a kind of belonging feeling to natural environment and the poet, in fact, could portray this mysteriousness in this poem and other poems of Words of Fire.

In this collection we read a lot of poems filled with messages of humanitarianism, love, unity with Nature, praise of country, hometown and indigenous people of Yi and Nuosu:

I am history on this land in the Nuosu tongue…
My name full of hope
Is a poem of Manhood

Gestated for a thousand years
By a woman at her spindle

Or,

I am the millennial descendant
Of love and fantasy

Although Nuosu people live in the highland villages, the poet tries to be unified both with local traditional roots and also with eastern and western worlds and to promote this unification. In the poem "The Old Mouth Harp Maker", one of the best poems of the collection, this feeling is transmitted:

Glinting wings of dragonflies will thrum
Sounding up to the sunny vault of sky...
Sounding in the east
Sounding in the west

In addition, human soul metamorphosed in the dragonflies gives a mystical aspect to the poem which is influenced by Zen Buddhism, the lore of Dao and Nuosu mythology. Through familiarizing the readers with the most traditional festivals and indigenous Nuosu customs, the poet himself shares in surviving the customs such as "Kushi" (New Year), "Duzai" (The Torch Festival or 'Stars Returning Festival"), and "Wabuze" (Cockfight), etc.

Jidi Majia's mental disturbance is undoubtedly unifying with nature and pure mountains. One can vividly see this deep feeling in the poem "Rhapsody in Black":

Let my body be your embryo once again

Let me gestate in your abdomen

Let vanished memory swell again

Or even can be fascinated with the rooster's cry at dawn expressed in the poem "Waiting". Sometimes the poet has philosophical and Khayyam-like feeling and shows this feeling with fantastic images such as 'white world of death' in the poem "White World" which is originated from indigenous ancestors' beliefs called "Bimo". This philosophical sense can be clearly seen in the poem "An Invisible Wave":

All living things have souls, and those who die

Go to rest between earth and sky

And the belief that a Nuosu is eternally alive described at the same poem. In addition to above-mentioned motifs, the feeling of nostalgia and missing for the hometown is felt throughout Jidi Majia's poems. Here, nostalgia for the old hometown of Nuosu ancestors has paved the poet spirit:

Whereupon this Nuosu skull of mine

Will rest against my ancestor's skulls

Confessing that:

And use the ancient Nuosu tongue

To tell how much I miss the past

Through these poems one can feel completely the approach to

patriotism and love of hometown, especially in the poem "Land":

We feel this land-father of the Nuosu
Lightly rocking us in its heavy cradle

We also encounter with poems in praise of love, such as the poem "Longing for Love" or beautiful romantic poems in praise of Mother in "A Song for Mother" and knotting this feeling to pure nature, the flight of wild geese, or in the poem "Tranquility" love of Mother is interwoven with love of Motherland and hometown:

Mother my mother
Hold me now in your warm embrace
As dark night approaches

At the end, it is noticeable that now the time came for Jidi Majia including to his romantic, sympathetic, descriptive, imaginative and narrative aspects of his art, he would better also experience other aspects of modern and postmodern poetry of the world such as neo-psychoanalysis, neo-surrealism, deconstruction and other recent structures in order to produce much richness in Chinese modern poetry. In Iran, the country of poetry, a literary movement at 20th century led to use the above-mentioned aspects of poetry. However, China had not paved this poetical movement due to its special social and cultural conditions in past decades. Anyway, new generation of Chinese poets during 30 years ago, among which Jidi Majia and some other great figures are its representatives, caused to growth and heyday of Chinese modern poetry.

Here I thank Denis Mair, American poet and Sinologist whom I was acquainted by Chinese famous poet and artist Yan Li in Shanghai during 2004 to 2006, for encouraging me to read his English version of Jidi Majia's poems and translate them into Persian.

Tehran, February 2017

（英语）

پیش‌گفتار مترجم

مجموعهٔ حاضر شامل منظومهٔ بلند "من، پلنگ برفی" و برگزیدهٔ بهترین اشعار مجموعهٔ *واژگان آتش* سرودهٔ جیدی ماجیا است که در سال 2013 م. منتشر شده و شاعر را از شهرت و محبوبیتی بین‌المللی برخوردار کرده است.

جیدی ماجیا، شاعر معاصر چین، شاعری که از ناحیهٔ خودمختار لیان‌شان یی واقع در کوهستان غرب سچوآن از قوم نوسو برخاسته، اما شاعری است جهان وطن و درون‌مایهٔ جهانی شدگی در سنتی‌ترین و عاطفی‌ترین اشعار او موج می‌زند. شاعری که در عمق خود بومی‌گرا، طبیعت‌گرا و انسان‌گرای رمانتیک در جهانی غیر رمانتیک است و در عین حال، فارغ از شرایط انسان معاصر و بحران‌های اجتماعی و سیاسی نیست، بلکه ناقد وضعیت انسان معاصر است. طرد خشونت، بی‌عدالتی و تبعیض در لابه‌لای اشعار عاطفی، تخیلی او دیده می‌شود.

پیام شاعر در یک بُعد کلی نزدیک شدن و آشتی با طبیعت است، طبیعتی که خدشه‌دار و زخمی شده، مانند طبیعت ناب کوهستان برف خیز لیان شان. از این نظر بسیاری از اشعارش به اشعار طبیعت‌گرا و رمانتیک و شاعر و نقاش بلندپایهٔ سرزمین ما، سهراب سپهری، شباهت دارند. آشکارا می‌توان گفت که منظومهٔ بلند "من، پلنگ برفی" در روزگار مینی‌مالیستی ما یادآور منظومهٔ بلند و شاهکار شعری قرن بیستم، سنگ خورشید، اثر اکتاویو پاز است. شاعر در این منظومه مانند پاز جهان معاصر فاقد عشق راستین را به نقد می‌کشد و بی-عدالتی، خشونت و شکستن قوانین طبیعت را از زبان یک پلنگ که به دست انسان سنگدل زخمی شده بیان می‌کند.

جیدی ماجیا فرزند یکی از بزرگزادگان قوم نوسو، در ســال 1961 م. در

سچوآن زاده شد. پدرش پس از استقلال چین (1949) به منصب مهمی در منطقهٔ نوسو دست یافت. جیدی ماجیا در جوانی به شعر رو آورد و این هنگامی بود که ترجمهٔ چینی یکی از آثار پوشکین به دستش رسیده بود. از آن پس در اشعار خود در پی هویت و دیدگاه معنوی بود و مجذوب حماسه‌ها و فرهنگ عامهٔ قوم نوسو شد. پس از پایان تحصیل به زادگاهش برگشت و اشعار او در سطح استان آوازه یافت و نوشته‌هایش در مجلهٔ ستارگان در سچوآن منتشر شد. در 1986 رتبهٔ ملی را در شعر و شاعری احراز کرد و دست‌پروردهٔ شاعر بزرگ ملی چین، آی چینگ، شد. آنگاه تحت تاثیر آثار شاعران مطرح جهان مثل سزار وایخو، اُکتاویو پاز، پابلو نرودا و دیگر چهره-های برجستهٔ شعر جهان قرار گرفت.

جیدی ماجیا در همایش‌های جهانی نویسندگان و شاعران سراسر دنیا شرکت کرد و یک ماه شاعر مهمان در برنامهٔ گردهمایی بین المللی نویسندگان جوان در ایالات متحده آمریکا بود. او جشنواره‌های بزرگ فرهنگی مانند جشنوارهٔ بین المللی شعر چینگ های را از سال 2007 سازماندهی کرد. هر دو سال بیش از پنجاه شاعر از بسیاری از کشورهای جهان برای شرکت در این جشنواره دعوت می‌شوند. از ایران شمس لنگرودی و نگارنده در جشنوارهٔ 2015 شرکت کرده بودیم. جایزهٔ جشنوارهٔ چینگ‌های با نام "جایزهٔ آهوی زرّین تبّت" در سال 2013 به آدونیس، شاعر پرآوازهٔ سوری و سیمون ج. اُرتیس، شاعر بومی آمریکا، و جایزهٔ سال 2015 به یک شاعر پرآوازهٔ روسی، الکساندر کوشنر، تعلق گرفته است.

جیدی ماجیا در سفری که در 1393 به تهران داشت، به کمک نگارنده نمایشگاه عکس‌های هنری از طبیعت سچوآن و تبت را در سرسرای دانشکدهٔ علوم اجتماعی دانشگاه تهران به نمایش گذاشت. در این سفر با هماهنگی بنده و آقای علی اصغر محمدخانی، مدیر موسسهٔ فرهنگی شهر کتاب، با گروهی از

شاعران ایرانی مانند شمس لنگرودی، حافظ موسوی، محمود معتقدی، موسی اسوار، گروس عبدالملکیان و آقای دکتر میرزایی استاد زبان و ادبیات چینی دیدار و گفت و گو داشته است. گزارش این نشست در وبگاه شهر کتاب، ایبنا، ایسنا و چندین رسانه دیگر آمده است.

جیدی ماجیا برندهٔ جوایزی مانند سومین جایزهٔ ملی شعر چین، جایزهٔ ادبی گوئو مورو، جایزهٔ ادبی جوانگ جونگون، چهارمین جایزهٔ ادبی شعر اقلیت-های چین، جایزهٔیادبود شولوخف و جایزه انجمن نویسندگان بلغارستان و جایزهٔ ادبی روگانگ شده است.بیرون از چین، او جایزهٔ بین المللی انسان دوستانهٔ مخیوا، جایزهٔ روح شاعرانهٔ چین انجمن بین المللی قلم چین و در سال 2016 مدال اروپایی هومر در شعر و هنر را کسب کرد. همچنین در جشنوارهٔبین المللی شعر مدلین شرکت جست. او اکنون رئیس انجمن ادبی اقلیت‌های چین و معاون دائمی انجمن شاعران چین است. برگزیدهٔ آثار او به بیش از بیست زبان ترجمه و در 30 کشور منتشر شده است، از جمله اشعار او به انگلیسی در آمریکا (انتشارات دانشگاه اُکلاهما) و آفریقای جنوبی (انتشارات ژوهانسبورگ) منتشر شده است. همچنین ترجمهٔ منظومهٔ "من، پلنگ برفی" به قلم دوستم دنیس مایر به انگلیسی، و نیز اشعار او به فرانسوی، اسپانیایی، آلمانی، کره‌ای و چندین زبان دیگر انجام شده و از سوی انتشارات زبان‌های خارجی منتشر شده است. بَری لوپس، طبیعت‌گرای مشهور، شیفتهٔ این منظومهٔ بلند شده و بر برگزیدهٔ اشعار او به انگلیسی مقدمه‌ای نوشته است.

در منظومهٔ "من، پلنگ برفی"، راوی خود را این گونه معرفی‌می‌کند:

من فرزند راستین کوه‌های برف‌خیزم

نگرنده بر انزوا

بی گمان خون و تبارم نژاده بود...

با تباری از نیاکانم

و اعتراف می‌کند:

هرگز اینجا را ترک نخواهم کرد
حتی زمانی که مرگ این چکادهای برفی را فرا گیرد

این تصویر زیبا نشان دهندهٔ پیوند عمیق با ریشه‌های طبیعت و زادبوم است. راوی می‌گوید هرگزم نخواهی دید بر این کرهٔ خاکی سرشار از تظاهر و کشتار و این حس را منتقل می‌کند که نیاز انسان معاصر به همدلی یکدیگر امری محتوم است.

به عبارت دیگر، "من، پلنگ برفی" منظومه‌ای بلند در ستایش و پاسداشت طبیعت است:

بعضی گویند خدای کوهستانی که من به او خدمت می‌کنم
هیچ طاعون یا فاجعهٔ برفی به بار نمی‌آورد

یا در یک حس عاشقانه به طبیعت می‌گوید:

اما بیشتر دوست دارم به ستاره‌های آسمان خیره شوم
و فراموش کنم تا چه مدت، جویبار اشک از چشمانم جاری است

درعین حال، در طبیعت ناب، کشتار و ویرانی رخ می‌دهد و پلنگ زخمی می‌شود در حالی که "کوه‌ها هق‌هق کنان صدای زخمی سردادند". آنجا که "من، پلنگ برفی" با منظومه با منظومهٔ سترگ سنگ خورشید خویشاوندی می‌یابد، شاعر منتقد خشونت، کشتار، نادادگری و تبعیض در جهان معاصر است و می‌گوید من انعکاس خورشیدم. در همزبانی با پاز می‌-گوید: سرنوشت ما سفر در انزواست. حتی در سطرهای میانی منظومه، شاعر هم از نظر ساختار و هم از نظر محتوا به سنگ خورشید اکتاویو پاز نزدیک

می‌شود:

پیگردِ داغ...نیروی تمرکززدا...سقوط آزاد...جرقهٔ آتش...تیراندازی
کمانِ شهوت...جواهرِ خوب سُفته... هوای تجزیه شده
یا
آرواره‌های به هم فشرده...نگرانی...فسفر سیاهرگ‌ها...هدیهٔ لذیذ
امواج تنفس...صعود ناگهانی...شدت مثل استارت
رقص کوبنده...تکانهٔ مرگ در ستیغ...تهی شدن...تُهیگی.

در پایان منظومه، شاعر آرزومند است که در جهان آشوب زدهٔ معاصر
همه یکدیگر را تحمل کنند و بر آن است که رواداری در این جهان متلاطم
منجر به صلح جهانی خواهد شد:

مرا تحمل کن! این یک وداع نیست.

"من، پلنگ برفی" منظومه‌ای بلند دربارهٔ کوهستان کونلون واقع در
جنوب استان چینگ های در امتداد مرز تبّت است. کونلون سرچشمهٔ دو رود
اصلی و حیاتی چین، یانگ تسه و رود زرد است. از کوهستان کونلون در
بعضی اسطوره‌های آفرینش در اساطیر چین یاد شده است. جیدی ماجیا این
منظومه را برای یک نمایش رقص بر پایهٔ اسطوره‌های تبتی، چینی و اساطیر
"یی" مربوط به رشته کوه کونلون سروده است. این نمایش با نام «قلمرو
اسرارآمیز چینگ های» در سیمای ملی چین به نمایش درآمد. چندین اسطورهٔ
اصلی چینی به خاستگاه خلق چین دارند.
بیمو (کاهن آیین‌ها) عصای نیایش و زنگ را در دود آتش به چرخش
درمی‌آورد و متون کهن را از بر می‌خواند.مردم نوسو به‌راستی، کیشی رازگونه
دارند که شامل مجموعه‌ای از آیین‌های فصلی، حماسه‌هایی دربارهٔ نیاکان

ایزدی و داستان‌هایی دربارهٔ ارواح طبیعت است. این از آن روست که کیش نوسویی گونه‌ای حس تعلق به محیط طبیعی را ترویج می‌کند و به‌راستی شاعر توانسته این رازگونگی را در این منظومه و در دیگر اشعارش از جمله اشعار مجموعهٔ واژگان آتش به تصویر کشد.

در این مجموعه با انبوهی از شعرهایی روبه‌رو می‌شویم که پیامشان انسانیت، عشق، یگانگی با طبیعت، ستایش وطن و زادبوم و اقوام بومی یی و نوسو است:

من تاریخِ نوشته شده بر این سرزمینم به زبان نوسو...

نامم سرشار از امید

شعر انسانیت است

شکل گرفته هزاران سال

توسط زنی در دوکِ نخ‌ریسی‌اش

یا

من بازماندهٔ هزاره‌ام

از تبار عشق و خیال پردازی

نوسویی‌ها هرچند در روستاهای مرتفع کوهستان می‌زیند، اما شاعر سعی می‌کند با یگانه شدن با ریشه‌های بومی و سنتی، با جهان شرق و غرب نیز یگانه شود و این یگانگی را ترویج می‌کند. در شعر "سازدهنی سازِ پیر"، یکی از بهترین اشعار این مجموعه، این حس را منتقل می‌کند:

بال‌های درخشان یک سنجاقک به صدا درخواهد آمد

در گنبد افتابی آسمان آواز می‌خوانند...

آواز می‌خواند در شرق

آواز می‌خواند در غرب

از این گذشته، روح انسانی مسخ شده در سنجاقک‌ها، سویهٔ عرفانی به شعر می‌بخشد که متاثر از ذن بودیسم، سنت دائویی و اسطوره‌های نوسویی است. شاعر از طریق آشنا کردن مخاطب با سنتی‌ترین جشن‌ها و مراسم بومی نوسو، خود در احیای این سنت‌ها سهیم است، مانند مراسم "کوشی" (سال نو)، "دوزای" (جشن مشعل یا "جشن بازگشت ستاره‌ها") و جشن "وابوزه" (خروس جنگی)، و غیره.

دغدغهٔ اصلی جیدی ماجیا بی‌گمان یگانگی با طبیعت و کوهستان ناب است. این حس عمیق را در شعر "راپسودی به رنگ سیاه" آشکارا می‌بینیم:

بگذار تنم یک بار دیگر جنین‌ات باشد
بگذار در شکمت بارور شوم
بگذار خاطرهٔ محو شده از نو متورم گردد

یا مسحور شنیدن صدای قوقولی‌قوقو در سپیده دم می‌شود، چنان که در شعر "انتظار" وصف می‌کند.

شاعر گاه حس فلسفی و خیاموار دارد و در برخی از اشعار مجموعهٔ واژگان آتش این حس را با تصاویر زیبا، از جمله تصویر سحرآمیز "جهان سفید مرگ" را در شعر "جهان سفید" نشان می‌دهد که سرچشمه گرفته از اعتقادات بومی نیاکان "بیمو" است. این حس فلسفی را در اشعار دیگر از جمله در شعر "موج نامرئی" آشکارا می‌بینیم:

همهٔ زندگان روح دارند و آنان که می‌میرند
می‌روند تا میان زمین و آسمان بیارمند

و این باور که یک نوسو جاودانه زندهاست در همین شعر وصف شده
است. افزون بر بُنمایههای بالا، در سراسر اشعار جیدی ماجیا حس
نوستالژیک و دلتنگی برای میهن احساس میشود. دلتنگی برای زادبوم کهن
نوسویی نیاکان روح شاعر را درنوردیده است:

آنگاه این جمجمهٔ نوسویی من
پیشاروی جمجمههای نیاکانم خواهد آرمید

و اعتراف میکند که:

از زبان کهن نوسویی بهره گیر
تا بگویی چقدر دلت برای گذشته تنگ شده

در خلال این اشعار رویکرد وطن دوستی و عشق به زادبوم کاملا
محسوس است، بهویژه در شعر "زمین":

حس میکنم که پدر-زمین نوسو
ما را در گهوارهٔ سنگیناش میجنباند

همچنین با اشعاری در ستایش عشق مواجه میشویم، مانند شعر "در
اشتیاق عشق" یا اشعاری زیبا و رمانتیک در ستایش مادر در شعر "ترانهای
برای مادر" و گره خوردن این حس با طبیعت ناب . پرواز غازهای وحشی، یا
در شعر "آرامش" عمیقا عشق به مادر با عشق به مام وطن و زادبوم با هم گره
میخورند:

مادر، ای مادرم
اکنون مرا در آغوش گرمت بفشار!

در پایان، باید یادآور شد که دیگر آن وقت آن فرا رسیده که جیدی ماجیا افزون بر بهره‌گیری از سویه‌های رمانتیک و عاطفی، توصیفی و روایی هنر خویش، بهتر است به سویه‌های دیگر شعر مدرن و فرامدرن همچون روانکاوی جدید، نئوسوررئالیسم، شالوده شکنی و به کارگیری ساختارهای جدیدتر رو آورد تا به غنای بیشتری در شعر چین دست یابد، حرکتی که در قرن بیستم در ایران، رخ داده و در چین به دلایل خاص اجتماعی فرهنگی آن تحول لازم را در چکادهای شعر کسب نکرده است. به هر رو، نسل جدید شاعران چین در سی سال گذشته، که جیدی ماجیا و چندین چهرهٔ برجستهٔ دیگر نمایندهٔ آنند، موجب رشد و شکوفایی شعر معاصر چین معاصر شده‌اند.

در مجموعهٔ حاضر، منظومهٔ پرآوازهٔ "من، پلنگ برفی" و اشعار کتاب *واژگان آتش* (دوزبانهٔ چینی–انگلیسی) برگزیده و ترجمه شده است. مترجم انگلیسی این دو مجموعه، دنیس مایر، شاعر آمریکایی و چین‌شناس برجسته‌ای است و نگارنده در طول دو سال زندگی و تدریس در شانگهای به واسطهٔ شاعر و نگارگر پرآوازهٔ چین، ین لی، با او مراوده داشته و برای برگردان فارسی اشعار، که به تشویق او انجام گرفته، از او بهره برده است.

ا. اسماعیل پور

تهران، فروردین 1396

(波斯语)

火焰诗人

[摩洛哥] 杰拉勒·希克马维

在2009年青海湖国际诗歌节上，我接触到中国大诗人吉狄马加的诗作。于我个人和我的诗歌阅读经验而言，他的诗是一个全新的世界，引领我们进入一个既熟悉又陌生的天地。几十年来，我和中国诗歌的联系颇为密切，这要归功于我的好友、法国译者尚德兰女士和中国诗人、译者树才先生。我发现中国现代诗——古代诗另当别论——是有异于我们阿拉伯诗歌的一个全新大陆。中国现代诗的代表不仅有北岛、多多、宋琳，还有成百上千位居住在中国的诗人，他们的作品尚未被译成外语。或许由于意识形态的原因，某种特定的诗歌优先获得翻译。今年，我在北京参加了一场文学活动，与会者有我的好友、诗人赵四女士和其他一些诗人。在活动间歇，我与诗人吉狄马加会面。当他提出希望我把他的作品译成阿拉伯语并在摩洛哥出版时，我毫不犹疑地答应了。吉狄马加的诗是一棵大树，在其背后，是中国诗歌的广袤森林。

吉狄马加的诗从中国多元文化里汲取能量。诗人是彝族人，这是中国一个少数民族，人口超过七百万，大多数居住在中国的四川、云南、贵州、广西等西南省区。彝族在中国56个民族里人口居第6位，只有在中华人民共和国成立后，众多少数民族的身份才得到承认。山区生活，大自然，捕猎，鹰和鹿，对人类和祖国的敬意，构成了彝族人的生活要素，也形成了吉狄马加独特的诗歌气息。他用爱牵上我们的手，为我们展示栖身于彝族人民伟大文化里的"世界童年"。他呈现给我们的诗，有着与拉美、亚洲、阿拉伯等地诗歌颇为不同的诗歌版图，丰富了我们对于概念、边界、文化类型和生命意义的理解。因此，人民、种族、箭与鹰、爱的佩饰、河流与梦想、婚庆、加西亚·洛尔卡，成为新鲜血液，流淌在世界诗歌开放的躯体里，丝毫不显突兀或造作。

我不懂吉狄马加用以创作的中文，但我能从他的诗中读出可以用所有语言表达的诗歌天赋，这对翻译的理论与技巧构成挑战。他的诗让我们聆听生灵本源的歌谣，那些生灵与我们虽然不同，却又亲若比邻，犹如鹰比邻于词语的火焰。诗歌不是罗网，而是历史、想象、大自然，以及大凉山山顶积雪滋养的文化。它既陌生又熟悉，讴歌着人与土地、千年历史和人类文明；更重要的是，它使彝族人民的文化汇入伟大的中国文明的长河之中。

当我将这些诗从加拿大女诗人弗朗索瓦丝·罗伊优秀的法语译本译入阿拉伯语时，我丝毫没有感觉到，那栖身于彝地鹰腹里的诗人之魂离自己很远。作为一个诗人，我在思考：如何才能倾听那奔腾的河流、盘旋的飞鹰和高耸的山巅，并把它们转化为可以表述所有语言的我的母语阿拉伯语？翻译是对无声的原始语言的再创作。我该如何翻译少数族裔、人民、民族和牦牛？这些问题源于创作本身。其答案在于，要在法语和我们摩洛哥人创作所用的阿拉伯语之间作双向旅行。例如，我没有使用常见的"قومية"一词表达民族，因为它并不完全忠实于法语译本里"Ethnie"一词在象征、语言和历史意义上的含义，我使用了"إثنية"一词取而代之。再如，我将彝族人独有的笛子译成"مزمار"，因为它在很大程度上与中国的"笛子"近似，并更容易激发阿拉伯读者的想象。在摩洛哥，我们在从法语译入阿拉伯语时也有自己的传统和规范。我有意减少了注释，只在必要时加注，而吉狄马加的诗歌世界充满了畅销诗歌译本里不常见的动物、器具、仪式和食物。诗人是既独特又亲切的，独特的是他的文化、风格和对世界的认知，亲切的是他诗歌体现的普世性、能量以及亲和力。

何为语言？何为诗？何为祖国？何为人民？何为生活？这些问题以及其他的一些问题，从中国大诗人的这部诗选集中迸发而出。诗人为我们雕琢了一个个奇异世界，阿拉伯世界的我们首次得以窥探其貌。我非常高兴能够将吉狄马加的诗译成阿拉伯语，这次翻译让我了解到人民——尤其是彝族人——的经验和伟大，并在叙事手法、结构的张力、诗人与社会和祖国的熔合等方面，为我尚不丰富的诗歌经历提供了启迪。不仅如此，这还是被译介到摩洛哥的第一位中国重要诗人的诗集。我们都知道，阿拉伯世界的诗歌翻译就像"长了癣的骆驼"一样不受待见。中国诗歌蕴藏丰富，但我们所知甚少。在阿拉伯世界，虽然也能零零星星读到一些从中文直接译入阿拉伯语的诗歌译作，但我认为类似的翻译必须增加，才能加强我们与中国这样伟大的国度的诗歌联系。

最后，吉狄马加的诗是一次独特的文学、文化和象征体验，值得阿拉伯读者、尤其是摩洛哥读者去探索、感受。希望这部诗歌选译本是千里之行的开端，开启我们对"第三条道路"等众多诗歌流派、对更多的中国大诗人和青年诗人的认识，在这片哺育了毛泽东的慷慨的土地上，一代代诗人层出不穷。关于中国文化和文学，我们所知不过凤毛麟角，但在当今这样一个变化莫测、已丧失传统凝聚力的世界，了解中国乃是一种文明的需求。

（薛庆国　译）

杰拉勒·希克马维，摩洛哥诗人，1965年出生在卡萨布兰卡，接受过传统的文学教育。担任摩洛哥教育部巡视员，摩洛哥翻译协会副会长，国际笔会摩洛哥文学翻译分会会长。发表诗集、文学翻译作品、散文作品多部。

شاعر النّار

◎Jalal El Hakmaoui

تعرّفت على شعر الشاعر الصينيّ الكبير جيدي ماجيا خلال مشاركتي في مهرجان بحيرة تشينغهاي العالمي للشعر سنة 2009. كان شعره عالما جديدا بالنسبة لي ولقراءتي الشعرية. عالم يدخلنا إلى أفق أليف وغريب في الآن نفسه. فرغم أن علاقتي بالشعر الصيني وطيدة منذ عقود بفضل الترجمات الرائعة التي تقوم بها صديقتي المترجمة الفرنسيّة شنتال شن-أندرو وصديقي الشاعر والمترجم الصيني شو تساي، فقد اكتشفت أنّ الشعر الصيني الحديث، الشعر القديم قصة أخرى، قارات جديدة تماما على عالمنا العربي. فهذا الشعر لا يمثّله فقط بي ضاو، ديو ديو أو سونغ لينغ، بل ثمّة مئات أو آلاف الشعراء الصينيين الذين يعيشون في الصين ولا تترجم أعمالهم إلى لغات أجنبية، لربّما لاعتبارات إيديولوجية تمنح الأسبقية لشعرية معينة. لذلك لمّا التقيت الشاعر جيدي ماجيا في بكين هذه السنة، على هامش أحد اللقاءات الأدبية رفقة صديقتي الشاعرة زهاو سي وشعراء آخرين، وطُرحت عليّ فكرة ترجمته إلى العربية في المغرب لم أتردّد لحظة واحدة. فشعر جيدي ماجيا ليس سوى الشجرة التي تخفي عنا غابة الشعر الصيني الهائلة.

إنّ خصوصية شعر جيدي ماجيا تمنح قوّتها من ثقافته الصينية المتعدّدة. فالشاعر ينتمي إلى إثنيّة يي، وهي أقليّة يتجاوز عدد سكانها سبعة ملايين نسمة، وتعيش غالبا في الجبال في أقاليم سيشوان، ويونان، وغويزهو، وغواغشي في الجنوب الغربي للصين. وتعتبر هذه الأقليّة السادسة عدديّا في منظومة الأقليات الصينية التي تبلغ ستا وخمسين إثنيّة. وهي أقليّات لم يعترف بها إلاّ في ظلّ جمهورية الصين الشعبية. وتشكل الحياة الجبلية، والطبيعة، والصيد والنسور، والأيائل، والاحتفاء بالإنسان والوطن عصب إثنيّة يي ونفَس شعر جيدي ماجيا المميّز. فالشاعر يأخذنا من يدنا يحبّ ليكشف لنا ((طفولة العالم)) التي تسكن ثقافة شعب يي العظيم. ويقدّم لنا شعرا خرائطه مغايرة تقطع مع

665

شعريات كثيرة في العالم من أمريكا اللاتينية إلى آسيا مرورا بالعالم العربي. خرائط تنسّب رؤيتنا للمفاهيم، والحدود، والأنساق الثقافية ومعنى الحياة. فالشعب، والإثنية، والقدح-النسر، ووشاح الحب، والأنهار-الأحلام، والزواج، وغارسيا لوركا دماء جديدة تسري في جسد الشعر العالمي المفتوح دون غرائبية أو تصنع.

لا أعرف اللغة الصينية التي يكتب بها جيدي ماجيا. بل أعرف هذه العبقرية الشعرية التي تتحدث كل اللغات في شعره، متحدية نظريات الترجمة وحيلها. فالقصيدة عند الشاعر تسمعنا أناشيد جذور الكائن المختلف عنا والقريب منا قرب نسر من نار الكلمات. فالقصيدة ليست فخا، بل تاريخا، وخيالا، وطبيعة، وثقافة ترويها ثلوج قمم الجبال في ليانغشان. وهي غريبة وأليفة في آن واحد. تحتفي بالإنسان، والأرض، والتاريخ الألوفي، والحضارات البشرية، والأهم أنها تصهر ثقافة شعب يي في ثقافات نهر الصين العظيم.

حينما ترجمت هذه القصائد من الفرنسية عن ترجمة جيّدة للشاعر الكندية فرانسواز روا، لم أشعر أبدا أنني ابتعدت كثيرا عن روح الشاعر الساكن في حوصلة نسر شعب يي. كنت أتساءل كشاعر كيف يمكن لي أن أنصت إلى هذه الأنهار الهادرة، والنسور المحلقة، وقمم الجبال العالية وأنقلها إلى لغتي العربية التي تتحدث كل اللغات. لن أدعي السهولة. فالترجمة كتابة أخرى لصمت اللغات الأصلية. وكيف أترجم أقلية، وشعبا، وإثنية، وثور الياك؟ أسئلة من صميم الكتابة نفسها. والجواب عنها هو هذا السفر المزدوج بين اللغة الفرنسية واللغة العربية كما نبدع بها في المغرب. فمثلا، استبعدنا كلمة قومية، لأنها لا تفي بالغرض الرمزي واللغوي والتاريخي لترجمة "Ethnie" واستعملنا عوضها إثنية. وعوّضنا آلة موسيقية نفخية لا توجد إلا عند شعب يي بكلمة مزمار، لأن خصائص هذه الآلة المعروفة تشبه إلى حد كبير خصائص الآلة الصينية، والكلمة أقرب إلى مخيال القارئ العربي. في المغرب العربي لنا أيضا تقاليدنا ومرجعياتنا في الترجمة من الفرنسية. وقد قلصنا من الهوامش التفسيرية إلا عند الضرورة، لأن عوالم دجيدي مادجيا تزخر

بحيوانات، وآلات، وطقوس، ومأكولات لم نألف قراءتها في الترجمات الشعرية الرائجة. فالشاعر مغاير وأليف في الآن نفسه. مغاير بثقافته وأسلوبه ورؤيته للعالم، وأليف بكونيته وقوته وقربه منا.

ما اللغة؟ ما الشعر؟ ما الوطن؟ ما الشعب؟ ما الحياة؟ هذه الأسئلة وغيرها تنبع من هذه المختارات الشعرية لشاعر صيني كبير ينحت لنا عوالم عجيبة نكتشف تضاريسها لأول مرة في العالم العربي. إنني سعيد إذن بترجمة دجيدي مادجيا إلى العربية، ليس فقط لأن هذه الترجمة علمتني درس الشعوب وعظمتها، ولا سيما شعب يي، وأضاءت أخاديد في تجربتي الشعرية المتواضعة على مستوى سردية الكتابة، وقوة البناء الشكلي ولحمة الشاعر بمجتمعه ووطنه، بل لأنني ترجمت، في المغرب، أول شاعر صيني هام. فترجمة الشعر، كما نعرف، هي البعير المعبد في عالمنا العربي والشعر الصيني، رغم غناه الرهيب، لا نعرف عنه الشيء الكثير. ورغم قراءتي لبعض الترجمات الشعرية المتواضعة من اللغة الصينية مباشرة إلى العربية والصادرة هنا وهناك في العالم العربي، فإنني أعتقد أنه من الضروري الزيادة في وتيرة هذه الترجمات لتقوية علاقتنا الشعرية ببلاد عظيمة مثل الصين.

وفي الأخير، إنّ شعر جيدي ماجيا تجربة أدبية وثقافية ورمزية فريدة تستحق أن يكتشفها القارئ العربي عامة، والمغربي على وجه الخصوص. ونتمنى أن تكون هذه الترجمة بداية طريق الألف ميل للتعرف على شعراء صينيين آخرين، كجيل ((الطريق الثالث))، أو شعراء آخرين كبار وشباب ممن تزخر بهم أرض ماو تسي تونغ السخية. فالحاجة إلى الثقافة والأدب الصينيين، ونحن لا نعرف عنهما إلا النزر القليل، ضرورة حضارية اليوم في عالم متحول فقد تقاطبه الأفقي التقليدي منذ زمن بعيد.

جلال الحكماوي

(الرباط، يوليو.2016)

（阿拉伯语）

来自过往的呼唤

［波兰］卡丽娜·伊莎贝拉·吉奥瓦

今年6月，"话题"书库出版社用波兰语出版了大流士·托马什·莱比奥达翻译的中国诗人吉狄马加的诗集。对于波兰读者来说，这是非常有意思的一本书。书的作者目前生活在北京，但他出身于一个古老的民族——彝族。作者与故乡的土地血脉相连，将那片土地看作是世界之母。那片土地上的毕摩们曾经使用的语言，那个少数民族特有的各种庆典和神秘仪式，那里的大自然和他自认为造就了他的各种超自然力，都令他魂牵梦绕，难以割舍。正如他在一首题为《自画像》的诗中写到的那样："我是这片土地上用彝文写下的历史。"他的诗句是绵绵不绝的对故乡的礼赞，赞美那波光粼粼的河流与湖泊，高耸入云的梁山，往来于熟悉的道路的动物和他始终放置于心的那里的人们。他在自己的作品中追寻先辈的足迹：他是猎人，与先辈们一起狩猎野物；是战士，为民族的自由而战；是将死的祭司，是守护在祭司身边的他的众多弟子。他是宇宙的力量和最细小的一粒微尘。他是自己民族的良心和它最狂热的奉献者。山间环绕的灰色云雾，树枝间簌簌作响的山风，怒放的山花，这一切都让他如醉如狂。他倾听裙裾摩擦姑娘双腿的声响，感受喂养婴儿的母亲乳汁的甜美。举凡涉及彝族，涉及彝族生活的那片土地的所有题材，对他来说无一不能入诗。一切的一切都值得反复吟咏，反复回味。

诗人所使用的语言畅达明了，毫无矫饰做作之感。他不使用那些生硬怪诞的比喻，不过分纠缠于叙事的线索，不隐藏想要表达的内容。他所书如所想，在读者面前铺展开一片来自他的梦境和回忆的天地，一片独特的，但又与整个宇宙紧密相连的天地。他感受着过往的灵魂在自己内心的呼唤，自己那片土地的呼唤：

> 我曾一千次
> 守望过天空，
> 那是因为我在等待
> 雄鹰的出现，
> 我曾一千次
> 守望过群山，
> 那是因为我知道
> 我是鹰的后代。
> 啊，从大小凉山
> 到金沙江畔，
> 从乌蒙山脉
> 到红河两岸，
> 妈妈的乳汁像蜂蜜一样甘甜，
> 故乡的炊烟湿润了我的双眼。

——《彝人之歌》

马加总是饱含深情，呼唤母亲。这里的母亲不仅是他的生身之母，更是作为永恒大地繁衍、善良和安全的象征。在他的诗句中，母亲是播撒绿荫的大树，是濯洗伤口的溪流，是温暖冻僵的身体的太阳，是将迷途的旅人带往目的地的北斗星，是永远可以祈求救援的苍天：

> 彝人的孩子生下地
> 母亲就要用江河里纯净的水为孩子洗浴
> 当有一天我就要死去
> 踏着夕阳的影子走向大山
> 啊，妈妈，你在哪里？

纵然用含着奶汁的声音喊你

也不会有你的回音

只有在黄昏

在你的火葬地

才看见你颤颤巍巍的身影

……

啊，妈妈，我的妈妈

你不是暖暖的风

也不是绵绵的雨

你只是一片青青的

无言的草地

——《我愿》

如母亲主题一样，诗人经常触及的还有死亡主题。然而在他的笔下，死亡不是什么可怕的东西，终极的东西，而是向另外一种意识状态和另外一个空间的平缓过渡。在彝族的仪式中，人们特别重视火葬。火不仅能将尸体化为灰烬，而且作为最纯净、最强大的自然力，同样可以净化灵魂，使死者能够有尊严地面对祖先。只有在这样明亮、纯净的状态下，人才能回到自己已经不在人世的母亲的怀抱，在另一个维度里重新享受生命：

啊，妈妈，我的妈妈

我真的就要见到你了吗？

那就请为你的孩子

再作一次神圣的洗浴

让我干干净净的躯体

永远睡在你的怀

——《我愿》

仪式上净化万物的火焰在许多段落里燃烧，照亮山民们日常生活中的艰辛。它是信仰和自由的象征。守护着火焰不令它熄灭的是毕摩和巫师。这既是那真正的、燃起火葬台的火焰，也是彝族人心中的，令他们得以在记忆中延续和传承古老仪轨的思想之火。他是灵魂的建言者，传统的守护者，最高的权威和所有人敬仰的智者。毕摩与星辰、太阳和大树交谈，援引古代的英雄、神明和超自然的力量。他还是联系生者与祖先灵魂的桥梁，使人们得以编织绵延不绝的世代链条。当祭司死去时，整个部族都陷入绝望。人们并非哀痛死者，因为他不过是在另一个世界里再生，人们是哭泣那死去的智慧，哭泣离去的、活着的思想，哭泣神秘和魔力，慢慢消散于虚无之中：

> 毕摩死的时候
>
> 母语像一条路被洪水切断
>
> 所有的词，在瞬间
>
> 变得苍白无力，失去了本身的意义
>
> 曾经感动过我们的故事
>
> 被凝固成石头，沉默不语
>
> 守望毕摩
>
> 就是守望一种文化
>
> 就是守望一个启示
>
> ——《守望毕摩》

除了与彝族文化和传统相关的题材之外，吉狄马加还将周围大自然中的点点滴滴描绘于诗行之间。在那里既可找到浅唱低吟的溪流，也可找到身着山中少女蔚蓝色裙装的泸沽湖，巍峨雄伟的山岭，田野里欢唱的小鸟和鸣虫，婀娜俊雅的白天鹅，在乡间小路上无家可归，兀自逡巡的脏兮兮的小狗，也有沿着山间小径漫步的山羊：

> ……
>
> 蹄子的回声沉默

雄性的弯角

装饰远走的云雾

背后的黑色的深渊

——《古里拉达的岩羊》

可以在极具画面感的段落间，看到银光闪闪的雪地里，一闪而过的灵巧的雪豹的身影，身上披着条纹的老虎蹑足潜行，或者是辽阔天空里翱翔的雄鹰，叫声响彻天宇：

把你放在唇边

我嗅到了鹰的血腥

我感到了鹰的呼吸

把你放在耳边

我听到了风的声响

我听到了云的歌唱

把你放在枕边

我梦见了自由的天空

我梦见了飞翔的翅膀

——《鹰爪杯》

诗人还时常追忆自己的青春，回忆曾经相识的人们、爱过的姑娘、造访过的地方。漫步于被遗忘的城市和街道，漫步于乡间的小径和河边的沙地。敲击早已关闭的大门，尝试激活早已淡漠的情感。他对往昔的深情回忆优美动人，散发着淡淡的忧伤，让人坦然接受时光难以回避的流逝。这些对逝去的青春的追忆，与彝族民间传说中被命运冷酷分开的恋人故事交织在一起，述说着无论时光还是死亡，都无法摧毁的永恒的感情。

吉狄马加作品的结构，使得他的诗时常令人想起歌词或者祈祷词。例如两句诗中的一句多次反复，仿佛是副歌。有时候几行诗的开头重复使用一个词，以此构成独特的连涛。通过这样的手法，使得诗歌拥有了内在的韵律，

672

读起来轻快流畅，也容易记诵。这确实是优美、纯净的诗歌，可以帮助读者理解遥远的彝族文化。

书中的插图与诗歌相得益彰——充满了大流士·托马什·莱比奥达绘画的神秘主义特点。

（赵刚　译）

> 卡丽娜·伊莎贝拉·吉奥瓦，波兰著名诗人和评论家之一。现居波兹南，是波兹南国际诗歌协会副主席、波兰作家协会波兹南地区会员。出版多部诗集与评论集。

WOŁANIE Z PRZESZŁOŚCI

©Kalina Izabela Zioła

W czerwcu tego roku nakładem wydawnictwa Biblioteka „Tematu" ukazał się w języku polskim zbiór wierszy chińskiego poety Jidi Majii, tłumaczony przez Dariusza Tomasza Lebiodę. To dla polskiego czytelnika bardzo interesująca książka. Mieszkający obecnie w Pekinie autor, wywodzący się ze starego ludu Nuosu, jest mocno związany z rodzinną ziemią, uważając ją za pramatkę świata. Związany jest z jej językiem, którym posługiwali się szamani, z obrzędami i tajemnymi rytuałami, charakterystycznymi dla tej mniejszości etnicznej, z przyrodą i siłami nadprzyrodzonymi, których czuje się synem. Jak sam pisze w wierszu „AUTOPORTRET": *Moją historię napisała ziemia i język Nuosu.* Jego wiersze to niekończący się hymn sławiący krainę dzieciństwa, lśniące rzeki i jeziora, wznoszące się wysoko ku niebu góry Liangshanu, zwierzęta przemykające sobie tylko znanymi szlakami i wreszcie ludzi, którzy są najbliżsi jego sercu. Podąża w swych utworach ścieżkami przodków: jest myśliwym, polującym wraz z nimi na dzikiego zwierza, jest wojownikiem, walczącym o wolność ludu, jest umierającym szmanem i czuwającymi przy jego boku uczniami. Jest siłą kosmosu i najdrobniejszym pyłkiem. Jest sumieniem swego ludu i jego najgorliwszym czcicielem. Zachwyca go szarość mgły naj wierzchołkiem góry, szum wiatru w gałęziach drzewa i rozkwitający właśnie kwiat. Słyszy szelest spódnicy, ocierającej się o udo dziewczyny i czuje smak mleka matki, karmiącej piersią niemowlę. Żaden temat, dotykający ludu Nuosu i zamieszkiwanej przez tę ludność ziemi nie jest dla niego błahy, wszystko warte jest kolejnej strofy, kolejnego przypomnienia.

Język, jakim posługuje się poeta, jest bezpretensjonalny i zrozumiały. Nie używa wymyślnych, udziwnionych metafor, nie wikła niepotrzebnie wątków, nie zaciemnia tego, co chce przekazać. Pisze tak, jak myśli, rozwijając przed oczami czytelnika krainę ze swych snów i wspomnień, krainę odrębną, lecz związaną ściśle z całym Kosmosem. Czuje w sobie wołanie ducha przeszłości, wołannie swojej ziemi:

Wpatrywałem się w nie tysiące razy
Patrzyłem na puste niebiosa
Czekałem na pojawienie się orła
Wpatrywałem się w nie tysiące razy
Patrzyłem na ciągnące się góry
Bo wiedziałem
Że jestem potomkiem orła
Ach, z Wielkiego i Małego Liangshanu
Od brzegu rzeki Jinsha
Do grani Wumeng
Po oba brzegi rzeki Hong
Mleko matki jest słodkie jak miód
A dym z kuchni rodzinnego domu
powoduje że wilgotnieją oczy

(PIEŚŃ O NUOSU)

Z wielkim szacunkiem wielokrotnie przywołuje Majia matkę. Nie jest to tylko jego rodzona matka, lecz matka jako symbol wiecznej ziemi, płodności, dobroci i bezpieczeństwa. Matka w jego wierszach jest drzewem dającym cień, rzeką obmywającą rany, słońcem grzejącym zmarznięte ciało, jest gwiazdą przewodnią wiodącą do celu zagubionego wędrowca i niebem, do którego zawsze można się zwrócić po ratunek:

- Gdy dziecko Nuosu przychodzi na świat
matka myje je w czystej wodzie ze strumienia
Pewnego dnia nadejdzie czas mojej śmierci
i przekroczę długie cienie
Kładące się na wysokich górach
Ach matko, gdzie wtedy będziesz?
Choć wołam cię mlecznym głosem
Nie zabrzmi żadnego twój dźwięk
Tylko gdy nadejdzie zmierzch
Na ziemi twojej kremacji
Ujrzę twą chwiejną postać
...
Ach matko, moja matko
Nie jesteś ciepłym wiatrem
Nie jesteś mżącym deszczem
Jesteś łagodną łąką
Zielonym miejscem bujnym i spokojnym

(MOJE ŻYCZENIE)

Również często jak o matce pisze poeta o śmierci. Jednak śmierć nie jest przez niego przedstawiana jako coś przerażającego, ostatecznego, lecz jako łagodne przejście w inny stan świadomości i w inną przestrzeń. W obrzędach ludu Nuosu wielką wagę przywiązuje się do kremacji ciała po śmierci. Ogień ma nie tylko spopielić ciało, ale również, jako najczystszy i najpotężniejszy z żywiołów, ma oczyścić duszę, by zmarły mógł się godnie spotkać ze swoimi przodkami. Taki jasny i czysty może wrócić w objęcia swej nieżyjącej już rodzicielki i znów cieszyć się życiem w innym wymiarze:

Ach matko, moja matko
Czy prawdziwie zobaczę cię wkrótce?
Trzeba poddać twe dziecko
Jeszcze jednemu świętemu oczyszczeniu
Niech moje ciało będzie w pełni czyste
Podczas wiecznego snu w twoim uścisku

(MOJE ŻYCZENIE)

Obrzędowy oczyszczający ogień płonie w wielu strofach, rozjaśniając mroczny trud codziennego życia górskiego ludu. Jest symbolem wiary i wolności. Nad tym, by nie zgasł ogień, zarówno ten prawdziwy, tworzący pośmiertny stos, jak i ten w sercach Nuosu, który pozwala im przechowywać w pamięci i kultywować stare obrzędy czuwa bimo, szaman. Jest on duchowym doradcą, strażnikiem tradycji, najwyższym autorytetem i czczonym przez wszystkich mędrcem. Bimo rozmawia z gwiazdami, słońcem i drzewami, przywołuje starożytnych herosów, bóstwa i nadprzyrodzone moce. Jest też pomostem, łączącym ludzi żyjących z duchami przodków, pozwalającym pleść długi nierozerwalny łańcuch pokoleń. Gdy szaman umiera, cały lud pogrąża się w rozpaczy. Ludzie nie żałują jednak zmarłego człowieka, który odrodzi się przecież w innym świecie, lecz płaczą po umarłej mądrości, po odchodzącym żywym umyśle, po tajemnicy i magii, która rozpływa się w niebycie:

Gdy bimo umiera
Szlak ojczystej mowy odcina powódź

677

W takiej chwili wszystkie jego słowa

Stają się blade, słabe i tracą właściwe znaczenie

Opowieści, czyniące twardym jak kamień, zapadają w

ciszę

Czuwanie przy bimo

Jest czuwaniem przy kulturze

Jest czuwanie przy tym co nas współtworzy

(CZUWANIE PRZY BIMO)

Oprócz tematów związanych z kulturą i tradycją Nuosu Jidi Majia przenosi na kartki książki okruchy otaczającej go przyrody. Można tam znaleźć szemrzące cicho rzeki, jezioro Lugu ubrane w błękitną suknię góralskiej dziewczyny, masywne zbocza gór, wesoło śpiewające na polach ptaszki i świerszcze, piękne w swej dzikości białe łabędzie, snujące się po wiejskich drogach bezdomne brudne psy, a także wędrujące górskimi ścieżynami kozły:

...echa kopyt gasną w ciszy

Półksiężyc rogów samca

Ruszył naprzeciw mknącej chmurze

A za nim czarna otchłań

(GÓRSKIE KOZŁY GUNHILADY)

Można ujrzeć w obrazowo nakreślonych strofach przemykającą po srebrzystym śniegu zwinną sylwetkę śnieżnej pantery, skradającego się cicho pręgowanego tygrysa albo szybującego w przestworzach orła, który swym krzykiem rozdziera kopułę nieba:

Mam cię teraz przy wargach

I czuję woń orlej krwi

Wyczuwam orli oddech

Mam cię przy uchu

I słyszę szmer wiatru

Słyszę śpiew chmury

Mam cię przy poduszce

I marzę o swobodnych niebiosach

Marzę o rosnących skrzydłach

(KIELICH ZE SZPONÓW ORŁA)

Poeta wraca też często do czasów swej młodości, wspomina ludzi, których znał, dziewczyny, które kochał, miejsca, które kiedyś odwiedzał. Chodzi po zapomnianych miastach i ulicach, po polnych drogach i nadrzecznych piaskach. Puka do dawno zamkniętych drzwi i próbuje ożywić uczucia, które prawie zupełnnie wyblakły. Jego liryczne wspomnienia sprzed lat są piękne i wzruszające, tchną cichą nostalgią i przekonują o pogodzeniu się z nieuchronnością przemijania. Te wspomnienia o minionych miłościach wplecione są w ludowe opowieści Nuosu o legendarnych kochankach, rozdzielonych przez okrutny los. Mówią o wiecznym uczuciu, którego nie potrafi zniszczyć ani czas, ani nawet śmierć.

Utwory Jidi Majia często brzmią jak pieśń albo jak modlitwa, co spowodowane jest budową jego wierszy. Powtarza na przykład kilkakrotnie jeden z dwuwierszy, tworząc jakby refren. Czasami powtarza słowa na początku kilku wersów, tworząc swoistą litanię. Przez taki zapis wiersze mają w sobie wewnętrzną melodię, stają się lżejsze w odbiorze, łatwiej zapadają w pamięć. To naprawdę dobra, czysta poezja, która pomoże czytelnikowi zrozumieć odległą kulturę ludu Nuosu.

Z tą poezją bardzo dobrze komponują się zamieszczone w książce ilustracje – pełne mistycyzmu grafiki Dariusza Tomasza Lebiody.

（波兰语）

泸沽湖是山中的少女

[波兰]米奇斯瓦夫·沃伊塔希克

　　吉狄马加是中国当代杰出诗人，许多世界级大奖，例如欧洲诗歌与艺术荷马奖章的获得者。他的作品在几十个国家出版，包括在波兰，具体地说是在比得哥什，由话题书库出版社出版，诗集由大流士·托马什·莱比奥达从英文译出，诗集的题目是《永恒的仪式》。对于诗歌爱好者，特别是诗歌研究者来说，这无疑是一件幸事，因为有多少人，哪怕是粗浅地了解中国文学呢？而这是世界上最古老的文学之一。最早的中国文学作品可以追溯到公元前1000年。而中国文学的面貌在很大程度上又取决于中国哲学的众多流派和学说，例如儒家、道家或者阴阳学说。然而驱动吉狄马加的诗歌的，既非这些著名哲学学说的原理，也非它们的理论基础，而是一些更加基本、更加寻常的困境：面对他人，我应该是谁？我应该模仿谁？为自己的词语划定怎样的目标？

　　　　我要寻找
　　　　被埋葬的词
　　　　它是一个山地民族
　　　　通过母语，传授给子孙的
　　　　那些最隐秘的符号

　　　　　　　　　　　　　　　　　　（《被埋葬的词》）

　　事物的天性是世界延续的保证，在它面前，诗人始终使用谦卑和崇敬的话语。他是一个凉山彝族人民的后代。当地人民使用不同的书写体系，即所谓的"彝文"，其使用者主要是祭司（毕摩），也用于学术文章中。在他的故乡，太阳不会像我们这里，像在库亚维①或者马佐夫舍②一样，落到地平线下面，而是从岩石搁板滑下去。正如D.T.莱比奥达在《永恒的仪式》后记中写道的那样："马加既能写出如蜻蜓翅膀般轻盈的诗句，也可创造映射整个时代灵魂的广阔全景，创作出在湖光山色中、与动物和一切生命和谐相处中自由存在的范式。"在吉狄马加诗歌世界的中心，是一个与大自然、与故土紧密相连、密不可分的人——连接他们的首先是爱和文化传承：

> 让我们把赤着的双脚
> 深深地插进这泥土
> 让我们全身的血液
> 又无声无息地流回到
> 那个给我们血液的地方

（《只因为》）

正如我们的经典作家——玛利亚·科诺普尼茨卡③、杨·卡斯普罗维奇④，还有每年巴尔齐纳生态诗歌比赛（2016年已经是此项比赛的第十七届）的参赛者们一样，吉狄马加与大自然进行生动的对话，而且是以一种极端的、使用完全的万物有灵和大量的动物人格化（牛、鹿、山羊、鹰、豹子等等）的方式进行。独树一帜的是对荞麦的呼唤（对荞麦的呼唤也出现于其他的诗中，例如：我看到我的另一个我如何穿过/苦荞的冷漠守候的/黑暗和延续的王冠）

> 荞麦啊，你充满了灵性

---

① 波兰地名，位于波兰中部。——译注
② 波兰地名，位于波兰中部和东北部。——译注
③ 玛利亚 科诺普尼茨卡（1842-1910），波兰诗人、小说家、文学批评家。——译注
④ 杨·卡斯普罗维奇（1860-1926），波兰诗人、剧作家、文学批评家。——译注

你是我们命运中注定的方向

你是古老的语言

（……）

荞麦啊，你看不见的手臂

温柔而修长，我们

渴望你的抚摸，我们歌唱你

就如同歌唱自己的母亲一样

（《苦荞麦》，第42页）

在那些献给岛屿，特别是献给河流的诗节中，充满了叙事的张力，例如在题为《献给这个世界的河流》（第144页）的诗中，诗人写道：

是你创造了最初的神话

是你用无形的手

在那金色的岸边开始了耕种

相信吧，所有人类的文明

都因为河流的养育

才充满了无限的生机（……）

诗人的祖先，特别是母亲，将河流的无所不能以人的方式注入生命：

我不老的母亲（……）一条深沉的河流（……）我是一千次葬礼高潮时/母亲喉头发颤的辅音——选自《自画像》。在时光流淌的沙漏里，没有母亲不能掌控的事件。她是生命最初和最后一刻的守护者：当有一天我就要死去/踏着夕阳的影子走向大山/啊，妈妈，你在哪里？（《我愿》）接下来在同一首诗中（《我愿》第26-27页），作者回答自己的提问：在你的火葬地。在这本诗集中，火葬的主题被多次提及。这是最重要的仪式，确认肉体存在的终结，同时标明灵魂存在的边际，它渗透每一代人内心的力量与能量的边际。每一粒细小的灰烬，都将参与构建新的生命形式，而火则成为永恒在人体里显现的那一刻的标志。它构成永无终结的变幻更新链条中的一环。

遗产、根脉、传统、习俗和仪式，例如火把节，按照部族的信仰，在火把节期间，先人们的灵魂与生者一起围着火堆翩翩起舞，它们渗透进吉狄马加的诗歌视野里，让它更加多彩，更加充实。凉山的风光引人注目，还因为那里流传的关于勇敢坚毅的猎人的故事，以及隐藏在岩石间、山洞里、石缝中、湖水里和水塘中的秘密：然而它却在真实与虚无中/同时用人和神的口说出了/生命与死亡的赞歌——诗人在题为《毕摩的声音》的诗中如此写道。吉狄马加的诗中反复出现美丽的隐喻绝非偶然，例如在《鹿回头》一诗中，诗人写道：传说一只鹿被猎人追杀，无路可逃站在悬崖上。正当猎人要射杀时，鹿猛然回头变成了一个美丽的姑娘，最终猎人和姑娘结成了夫妻。而本文题目中所援引的隐喻，则来自《泸沽湖》一诗。诗人把这个海拔2700米高的湖泊比喻为山中的少女，化为岩石的狮子山的女儿，而狮子山：千百年来拥抱着姑娘，甚至风都忘却了她多么迷人，一个老姑娘，她的纯洁变成了一个咒语。吉狄马加如此叙述道。然后他接着写道：山姑娘真可怜，她还沉睡着，睡得是那样安然。她裸露着全身，在自己的梦中，在那绸缎般起伏的床上哭泣。

吉狄马加的作品《记忆中的小火车——献给开远的小火车》也与我记忆中的、来自卢布拉涅茨[1]或者东布·库亚夫斯基[2]一带的小火车一模一样。对所有感官来说，它都有着奇妙的"可触碰性"，小火车里装满了麻布口袋的乳猪，发出哼哼的低吟/竹筐里的公鸡，认为他们刚从黑夜/又走到了一个充满希望的黎明。虽然回忆如此温暖，有时莫名的悲伤也让我们的双眼饱含着泪水——它们或是遗留在中国高低起伏的群山间，或是遗留在库亚维、帕乌基或者马佐夫舍鲜花盛开的谷中草地，或是遗留在轻声低吟的小树林中。小火车妨碍了谁？妨碍了什么？

如果读者们希望去读一读《永恒的仪式》，那就再好不过了。无论是出于好奇，还是因为意识到这会是一部凝聚思想的敏锐与轻盈的诗集。

（赵刚　译）

---

① 波兰地名。——译注
② 波兰地名。——译注

米奇斯瓦夫·沃伊塔希克，波兰诗人，卡齐米日大学教授，波兰作家协会副主席。获得多个波兰国内奖项，作品雄辩深沉、富有文采。

Jezioro Lugu jest góralską panną

© Mieczysław Wojtasik

JIDI MAJIA jest wybitnym współczesnym poetą chińskim, laureatem wielu światowej rangi nagród, jak np. Europejski Medal Poezji i Sztuki HOMER, którego utwory drukowane sa w kilkudziesięciu państwach. Również w Polsce, a konkretnie w Bydgoszczy, w bibliotece „Tematu" wydano przetłumaczone przez Dariusza Tomasza Lebiodę z języka angielskiego wiersze tego poety w zbiorze pt. Ryty wieczności. Niewątpliwie jest to gratka dla miłośników, a zwłaszcza badaczy poezji, bo kto zna, choćby pobieżnie, literaturę chińską. A jest to jedna z najstarszych literatur świata. Zabytki jej piśmiennictwa sięgają czasów sprzed 1000 lat p.n.e. I zapewne jest to literatura w niemałej mierze determinowana licznymi kierunkami i doktrynami chińskiej filozofii, takimi jak konfucjanizm, taoizm czy szkoła działania przeciwieństw in i jang. Ale ani tezy, ani rudymenty słynnych filozofii nie napędzają poezji Jidiego Maji, lecz najbardziej elementarne uniwersalne dylematy: kim mam być wobec drugiego człowieka? Kogo naśladować? Jakie cele wyznaczyć swoim słowom? (*Poszukam/Zagrzebanego słowa/ Ukrytego symbolu/Przekazywanego w ojczystym języku/potomstwa ludzi gór – z wiersza pt. Zagrzebane słowo*). Natura rzeczy jest gwarantem trwałości świata i wobec niej poeta kieruje słowa pokory i poważania. Potomek mieszkańców górskiej krainy Liangshan, narodowości Nuosu (*Moją historię napisała ziemia i język Nuosu – Autoportret*), posługującej się odrębnym systemem pisma, tzw. Pismem yi, którego używają szamani (bimo) oraz w tekstach naukowych. Słońce w jego rodzinnej krainie nie zachodzi za horyzont jak u nas, na Kujawach czy Mazowszu, lecz zsuwa się ze skalnej półki. Jak pisze D. T. Lebioda w posłowiu do *Rytów wieczności*: „Majia potrafi napisać wiersz delikatny jak ruch skrzydeł ważki, a zarazem tworzyć szerokie panoramy, w których odzwierciedla się duch całej epoki, etos wolnej egzystencji pośród gór i jezior, w harmonii ze zwierzętami i wszelkim istotami żywymi." W centrum świata poetyckiego Jidiego Maji stoi człowiek związany nierozerwalnymi nićmi z przyrodą, z ziemią ojczystą – związany przede wszystkim miłością i dziedzictwem kulturowym:

Niech obie bose stopy osiądą

Głęboko w ziemi

Niech krew w naszych ciałach

Spokojnie wraca

Do miejsca, które nas zrodziło

(Tylko dlatego, s.63)

Podobnie jak nasi klasycy – Maria Konopnicka, Jan Kasprowicz, a także uczestnicy corocznych konkursów poezji ekologicznej w Barcinie(w bieżącym 2016 roku jest już po raz 17. taki konkurs) J. Majia prowadzi żywy dialog z przyrodą, w dodatku czyni to w tonacji ekstremalnej, aż po w pełni zobrazowany animizm i liczne personifikacje zwierząt (byka, jelenia, kozła górskiego, orła, pantery etc.). Znamienna jest inwokacja do gryki (przywoływanej też w innych wierszach, np. *Inna droga: Widzę jak moje drugie ja przechodzi przez/ Koronę ciemności i trwania/ Pielęgnowane przez chłód gryki*):

Gryko, przepełniona duchem natury

Wyznaczasz kierunek naszego losu

Jesteś starożytnym językiem(...)

Pragniemy twej pieszczoty i opiewamy cię

Tak jak śpiewamy o naszych matkach

(Gorzka gryka, s.42)

Pełne narracyjnego napięcia są spostrofy poety skierowane do wyspy, a zwłaszcza do rzek, np. w wierszu pt. *Dedykowane rzekom świata*, s. 144:

To wy stworzyłyście najstarsze mity

I wy swymi niewidzialnymi dłońmi

Zaczynałyście uprawiać glebę na złocistych brzegach

Zaprawdę wszystkie ziemskie cywilizacje

Czerpały nieograniczone życiodajne siły

Z waszych głębokich nurtów(...)

Wszechmoc rzek na sposób ludzki wcielają w życie przodkowie poety, a zwłaszcza matka:

Moja matka która się nie starzeje(...) Jest głęboką i rwącą rzeką (...) Na końcu tysiąca rytów żałobnych/ Jestem drżącymi sylabami matki/ Wciąż mnie obejmującej – z wiersza *Autoportret*. Nie ma takich zdarzeń w klepsydrze przemijania, którymi nie władałaby matka. Ona jest strażniczką życia w chwili pierwszej i ostatniej: *Pewnego dnia nadejdzie czas mojej śmierci/ I przekroczę długie cienie/ Kładące się na wysokich górach/ Ach matko, gdzie wtedy będziesz?* Dalej w tym wierszu – *Moje życzenie*, s.26-27 – autor odpowiada sobie: *Na ziemi twojej kremacji*. Motyw kremacji jest kilka razy podejmowany w tej poezji. To bodaj najważniejszy rytuał potwierdzający koniec egzystencji ciała, a zarazem wyznaczający horyzont istnienia ducha, jego mocy i energii przenikania w głąb pokoleń. Każda cząstka prochu uczestniczy w tworzeniu nowych form życia, a ogień pozostaje znakiem wieczności na chwilę objawionej w ludzkim ciele. Stanowi ogniwo nie kończącego się łańcucha przemian. Dziedzictwo, korzenie i tradycja, obyczaje, rytuały, jak choćby Święto Pochodni, podczas którego - wg wierzeń plemiennych – wraz z żywymi w tanecznym kręgu pląsają duchy przodkówziedzictwo, korzenie i tradycja, obyczaje, rytuały, jak choćby Święto Pochodni, podczas którego - wg wierzeń plemiennych – wraz z żywymi w tanecznym kręgu pląsają duchy przodków, przenikają, ubarwiają i nasycają poetyckie wizje Jidiego Maji. Krajobraz górskiej krainy Liangshan wciąż przykuwa uwagę opowiadaniami o odwadze i dzielności myśliwych oraz ukrytych w masywach skalnych, jaskiniach, rozpadlinach, jeziorach i stawach tajemnicach. *Zaprawdę między rzeczywistościa a nicością/ jest pieśń ludzkich i boskich tonów/ Co głosi pochwałę narodzin i śmierci* – stwierdza poeta w wierszu *Głos bimo*. Nieprzypadkowo pojawiają się u Maji piękne alegorie, np. w wierszu pt. *Pozwól odwrócić się łani: Która stanęła na krawędzi urwiska i nie miała gdzie umknąć/ Ale nagle odwróciła się i zmieniła się w piękną pannę.* Albo ta, z której wzięto tytuł do niniejszego omówienia, zawarta w utworze pt. *Jezioro Lugu*. Jezioro to, wyniesione na 2700 m n.p.m., uosabia góralską pannę, córkę skamieniałej Lwiej Góry, która to: *Od wielu lat trzyma dziewczynę w uścisku/ I nawet wiatr zapomniał jak jest czarująca/ Stara panna, której czystość stała się przekleństwem* – relacjonuje Jidi Majia. I dopowiada *Szkoda tej górskiej panny/ Wciąż głęboko uśpionej w jednej pozie/ Z ciałem obnażonym we śnie/ Płaczącej w łożu sfałdowanego brokatu.*

Utwór J. Maji *Ciuchcia z mej pamięci* (ciekawe jak po chińsku wymawia się słowo ciuchcia) jest także w stu procentach ciuchcią z mojej pamięci – gdzieś spod Lubrańca albo Dąbia Kujawskiego. O fantastycznej „dotykalności" dla wszystkich zmysłów. Ciuchcia *pełna świń w workach, piejących kogutów obwieszczających świat nadziei, z wesołym maszynistą*

wychylającym się przez okno. Choc wspomnienie jest tak ciepłe, to czu-
jemy ukłucie żalu – zarówno pozostawione wśród skalistych wzgórz w
Chinach, jak i wzdłuż smużnych kwiecistych łąk i cicho szemrzących za-
gajników na Kujawach, Pałukach czy na Mazowszu. Komu i w czym prze-
szkodziła ciuchcia?

Dobrze byłoby gdyby Czytelnicy zechcieli sięgnąć po Ryty wieczności.
Z ciekawości i z poczucia, iż jest to poezja katalizująca wrażliwość i
lotność myśli.

（波兰语）

个人身份·群体声音·人类意识

——在剑桥大学国王学院徐志摩诗歌艺术节论坛上的演讲

[中国] 吉狄马加

十分高兴能来到这里与诸位交流，这对于我来说是一件十分荣幸的事。虽然当下这个世界被称为全球化的世界，网络基本上覆盖了整个地球，资本的流动也到了几乎每一个国家，就是今天看来十分偏僻的地方，也很难不受到外界最直接的影响，尽管这样，我们就能简单地下一个结论，认为人类之间的沟通和交流就比历史上的其他时候都更好吗？很显然在这里我说的是一种更为整体的和谐与境况，而沟通和交流的实质是要让不同种族、不同宗教、不同阶层、不同价值观的群体以及个人能通过某种方式来解决共同面临的问题，但目前的情况却与我们的愿望和期待形成了令人不安的差距。进入21世纪后的人类社会，伴随着科学和技术革命取得了一个又一个重大胜利，但与此同时出现的就是极端宗教势力的形成，以及在全世界许多地方都能看见的民族主义的盛行，各种带有很强排他性的狭隘思想和主张被传播，恐怖事件发生的频率也越来越高。就是英国这样一个倡导尊重不同信仰多元文化的国家，也不能幸免地遭到恐怖袭击。2017年以来已经发生了多起袭击，虽然这一年还没有过去，但已经是遭到恐怖袭击最多的一年。正因为这些新情况的出现，我才认为必须就人类不同种族、不同宗教、不同阶层、不同价值观群体的对话与磋商建立更为有效的渠道和机制。毫无疑问这是一项艰巨而十分棘手的工作，这不仅仅是政治家们的任务，它同样也是当下人类社会任何一个有良知和有责任的人应该去做的。是的，你们一定会问，我们作为诗人在今天的现实面前应当发挥什么作用呢？这也正是我想告诉诸位的。很长一段时间有人怀疑过诗歌这一人类最古老的艺术形式是否还能存在并延续下去，事实已经证明这种怀疑完全是多余的，因为持这种观点的人大多是技术逻辑的思维，他们只相信凡是新的东西就必然替代老的东西，而从根本上忽视了人类心灵世界对那些具有恒久性质并能带来精神需求的艺术的依赖，毋庸置疑诗歌就在其中。无须讳言，今天的资本世界和技术逻辑对人类精神空间的占领可以说无孔不入，诗歌很多时候处于社会生活的边缘地带，可是任何事物的发展总有其两面性，所谓物极必反讲的就是这个道理。令人欣慰的是，正当人类在许多方面出现对抗，或者说出现潜在对抗的时候，诗歌却奇迹般地成为人类精神和心灵间进行沟通的最隐秘的方式，诗歌不负无数美好善良心灵的众望，跨越不同的语言和国度进入了另一个本不属于自己的空间，在那个空间里无论是东方的诗人还是西方的诗人，无论是犹太教诗人还是穆斯林诗人，总能在诗歌所构建的人类精神和理想的世界中找到知音和共鸣。

创办于2007年的中国青海湖国际诗歌节，在近十年的过程中给我们提供了许多弥足珍贵的经验和启示，有近千名的各国诗人到过那里，大家就许多共同关心的话题展开了自由讨论，在那样一种祥和真诚的氛围中，我们深切体会到了诗歌本身所具有的强大力量。特别是我有幸应邀出席过哥伦比亚麦德林国际诗歌节，我在那里看到了诗歌在公众生活和严重对立的社会中所起到的重要作用。在长达半个多世纪的哥伦比亚内战中，有几十万人死于战火，无数的村镇生灵涂炭，只有诗歌寸步也没有离弃过他们。如果你看见数千人不畏惧暴力和恐怖，在广场上静静地聆听诗人们的朗诵，尤其是当你知道他们中的一些人，徒步几十里来到这里就是为了热爱的诗歌，难道作为一个诗人在这样的时刻，你不会为诗歌依然在为人类迈向明天提供信心和勇气而自豪吗？回答当然是肯定的。诸位，我这样说绝没有试图想去拔高诗歌的作用，从市俗和功利的角度来看，诗歌的作用更是极为有限的，它不能直接去解决人类面临的饥饿和物质匮缺，比如肯尼亚现在就面临着这样的问题。同样它也不能立竿见影让交战的双方停止战争，今天叙利亚悲惨的境地就是一个例证。但是无论我们怎样看待诗歌，它并不是在今天才成为我们生命中不可分割的部分，它已经伴随我们走过了人类有精神创造以来全部的历史。

诗歌虽然具有其自身的特点和属性，但写作者不可能离开滋养他的文化对他的影响，特别是在这样一个全球化的背景下，同质化成为一种不可抗拒的趋势。诚然诗歌本身所包含的因素并不单一，甚至诗歌在形而上的哲学层面上，它更被看重的还应该是诗歌最终抵达的核心以及语言创造给我们所提供的无限可能，为此诗歌的价值就在于它所达到的精神高度，就在于它在象征和隐喻的背后传递给我们的最为神秘的气息，真正的诗歌要在内容和修辞诸方面都成为无懈可击的典范。撇开这些前提和要素，诗人的文化身份以及对于身份本身的认同，就许多诗人而言，似乎已经成了外部世界对他们的认证。因为没有一个诗人是抽象意义上的诗人，哪怕就是保罗·策兰那样的诗人，尽管他的一生都主要在用德语写作，但他在精神归属上还是把自己划入了犹太文化传统的范畴。当然任何一个卓越诗人的在场写作，都不可能将这一切图解成概念进入诗中。作为一个有着古老文化传统彝民族的诗人，从我开始认识这个世界，我的民族独特的生活方式以及精神文化就无处不在地深刻影响着我。彝族不仅在中国是最古老的民族之一，就是放在世界民族之林中，可以肯定也是一个极为古老的民族，我们有明确记载的两千多年的文字史，彝文的稳定性同样在世界文字史上令人瞩目，直到今天这一古老的文字还在被传承使用。我们的先人曾创造过光辉灿烂的的历法"十月太阳历"，对火和太阳神的崇拜，让我们这个生活在中国西南部群山之中的民族，除了具有火一般的热情之外，其内心的深沉也如同山中静默的岩石。我们还是这个人类大家庭中保留创世史诗最多的民族之一，《勒俄特依》《阿细的先基》《梅葛》《查姆》等，抒情长诗《我的幺表妹》《呷玛阿妞》等，可以说就是放在世界诗歌史上也堪称艺术经典。浩如烟海的民间诗歌，将我们每一个族人都养育成与生俱来的说唱人。毫无疑问，一个诗人能承接如此丰厚的思想和艺术遗产，其幸运是可想而知的。彝族是一个相信万物有灵的民族，对祖先和英雄的崇拜，让知道他的历史和原有社会结构的人会不由自主地联想到荷马时代的古希腊，或者斯巴达克时代的生活情形。近一两百年彝族社会的特殊形态，一直奇迹般地保存着古希腊贵族社会的遗风，这一情形直到20世纪50年代才发生改变。诗人的写作是否背靠着一种强大的文化传统，在他的背后是否耸立着一种更为广阔的精神背景，我以为对他的写作将起到至关重要的作用。正因为此，所有真正从事写作的人都明白一个道理，诗人不是普通的匠人，他们所继承的并不是一般意义上的技艺，而是一种只能从精神源头才能获取的更为神奇的东西。在彝族的传统社会中并不存在对单一神的崇拜，而是执着地坚信万物都有灵魂，彝族的毕摩是连接人和神灵世界的媒介，毕摩也就是所谓萨满教中的萨满，直到今天他们依然承担着祭祀驱鬼的任务。需要说明的是，当下的彝族社会已经发生了很大的变化，在其社会意识以及精神领域中，许多外来的东西和固有的东西都一并存在着，彝族也像这个世界上许多古老民族一样，正在经历一个前所未有的现代化的过程。这其中所隐含的博弈和冲突，特别是如何坚守自身的文化传统以及生活方式，已经成了一个十分紧迫而必须要面对的问题，我说这些你们就会知道，为什么文化身份对一些诗人是如此重要。不同的诗人总是承担着不同的任务和使命，这并非是他们自身的选择，我并不是一个文化决定论者，但文化和传统对的诗人的影响的确是具有决定意义的。在中外诗歌史上这样的诗人不胜枚举，20世纪爱尔兰伟大诗人威廉·巴特勒·叶芝，被誉为"巴勒斯坦骄子"的伟大诗人马哈茂德·达尔维什等人，他们的全部写作以及作为诗人的形象，很大程度上已经成为一个民族的精神标识和符号，如果从更深远的文化意义上来看，他们的存在和写作整体呈现的更是一个民族幽深厚重的心灵史。诚然，这样一些杰出的天才诗人，最为可贵的是他们从来就不是为某种事先预设的所谓社会意义而写作，他们的作品所彰显的现实性完全是作品自身诗性品质的自然流露。作为一个正在经历急剧变革的民族的诗人，我一直把威廉·巴特勒·叶芝、巴勃罗·聂鲁达、塞萨尔·巴列霍、马哈茂德·达尔维什等人视为我的楷模和榜样。在诗人这样一个特殊的家族中，每一个诗人都是独立的个体存在，但这些诗人中间总有几个是比较接近的。当然这仅仅是从类型的角度而言，因为从本质上讲每一个诗人个体就是他自己，谁也无法代替他人，每一个诗人的写作其实都是他个人生命体验和精神历程的结晶。

在中国，彝族是一个有800多万人口的世居民族，我们的先人数千年来就迁徙游牧在中国西南部广袤的群山之中，那里山峦绵延，江河纵横密布，这片土地上的自然遗产和文化精神遗产，是构筑这个民族独特价值体系的基础。我承认我诗歌写作的精神坐标，都建立在我所熟悉的这个文化之上。成为这个民族的诗人也许是某种宿命的选择，但我更把它视为一种崇高的责任和使命，作为诗人个体发出的声音，应该永远是个性化的，它必须始终保持独立鲜明的立场。但是一个置身于时代并敢于搏击生活激流的诗人，不能不关注人类的命运和大多数人的生存状况，从他发出的个体声音的背后，我们应该听到的是群体和声的回响，我以为只有这样，诗人个体的声音，才会更富有魅力，才会更有让他者所认同的价值。远的不用说，与20世纪中叶许多伟大的诗人相比较，今天的诗人无论是在精神格局，还是在见证时代生活方面，都显得日趋式微，这其中有诗人自身的原因，也有社会生存环境被解构更加碎片化的因素，当下的诗人最缺少的还是荷尔德林式的，对形而上的精神星空的叩问和烛照。具有深刻的人类意识，一直是评价一个诗人是否具有道德高度的重要尺码。

朋友们，我是第一次踏上英国的土地，也是第一次来到闻名于世的剑桥大学，但是从我能开始阅读到今天，珀西·比希·雪莱、乔治·戈登·拜伦、威廉·莎士比亚、伊丽莎白·芭蕾特·布朗宁、弗吉尼亚·伍尔芙、狄兰·托马斯、威斯坦·休·奥登、谢默斯·希尼等，他们都是我阅读精神史上不可分割并永远感怀的部分。最后请允许我借此机会向伟大的英语世界的文学源头致敬，因为这一语言所形成的悠久的文学传统，毫无疑问已经成为这个世界文学格局中最让人着迷的一个部分。谢谢大家。

2017年7月29日

Personal Identity · Group Voice · Human Awareness
—Speech given at the Xu Zhimo Poetry and Art Festival,
Cambridge University

◎By Jidi Majia

I feel honored to gather here for an exchange of ideas with all of you. We are told that our current world is a globalized world, that Internet coverage basically extends over the whole planet, and that the flow of capital crosses boundaries of almost every nation. Even in apparently remote places, it is hard to escape direct influence from the outside world. Even so, can we conclude from this that human communication and exchange are better now than in any past era? Clearly we are talking here about something that facilitates overall harmony. In substance, communication and exchange are supposedly means to solve problems faced in common by people of different religions, different classes, and different value systems. Yet the present situation is unsettling because it falls so far short of our wishes and expectations. As the twenty-first century unfolds, the technological revolution has proceeded from victory to victory, but for humanity this has been accompanied by the emergence of extremist religious forces and a resurgence of nationalism in many areas of the globe. We have seen the dissemination of narrow-minded, exclusionist views and positions, and terrorist incidents are happening with increasing frequency. Even a country like England that upholds respect for different beliefs has not managed to elude terrorist attacks. Four attacks have happened already in 2017: the year is not over, but this is already the highest number of attacks in one year. Precisely because of such developments, I think there is a need to establish more effective channels and mechanisms for dialogue and consultation between different races, different classes and different value systems. This is doubtless an arduous and thorny job. This is not just a task for politicians; it is something that any person of conscience should take upon himself or herself. You may ask what function we as poets can fulfill in the face of current reality. This is what I want to talk with you all about.

For quite some time some people have been questioning whether poetry—this most ancient of arts—can go on existing. Well, facts have demonstrated that such doubts are completely superfluous. Why? Because those who raise such questions are thinking in terms of technology and logic. They believe that all old things will inevitably be replaced by new things. They fundamentally ignore the reliance of human inner life on art that possesses enduring qualities and meet a spiritual need. Poetry is unquestionably one such art form. There is no denying that, in today's world, human spiritual space is pervasively occupied by capital and technical logic. There are many times when poetry is situated at the margins of social life. Yet there are two sides to the development of any entity, which is the basis for the saying—"extreme things tend to swing the other way." I take solace in one thing: when many aspects of human affairs stand in overt or latent opposition, poetry miraculously becomes a hidden means for bridging the inner worlds and spiritual realities of human beings. Poetry does not let down the collective hopes of kind-hearted, beauty-loving people. Spanning different languages and nationalities, it takes one into a space that was not originally one's own. Within that space, it makes no difference whether you are Oriental or Western, Muslim or Jewish: you can still find a receptive heart that resonates with yours in mankind's realm of spiritual ideals.

The Qinghai Lake International Poetry Festival, founded in 2007, has provided precious experience and insights over the ten-year course of its operation. Nearly 1000 poets from various countries have made the journey there, where they engaged in free discussion on topics of mutual concern. In that ambience of felicity and earnestness, we could deeply sense the inherent power in poetry. What is more, it was my good fortune to be invited to attend the Medellin Poetry Festival in Columbia. There I saw the important effect of poetry on public life in a strife-torn society. Hundreds of thousands of people have died violent deaths in Columbia's civil conflicts lasting over half a century, and thousands of villages have been reduced to rubble. Only poetry has stood up for the sufferers and never spurned them. So thousands of people braved the risk of violence and terror to listen raptly to readings by poets in Medellin; many of them had walked dozens of kilometers to reach that Square. If you had seen how they made their way there, out of enthusiasm for poetry, wouldn't you as a poet be proud that our art still helps to provide faith and courage for human beings as they stride toward tomorrow? The answer will surely be affirmative. My friends, in saying this I am not trying artificially to elevate the effects of poetry. From a mundane, utilitarian angle, the effects of poetry are inherently limited. It cannot directly solve the hunger and material shortages that humans face. Right now, for instance, Kenya is facing such problems. Likewise, poetry does not automatically take effect to defuse the kind of civil war that Syria is mired in. Yet however we figure things, poetry became an integral part of our inner being long before yesterday. It has kept company with humans for as long as we have been producing creations of the spirit.

Although poetry has its own qualities and attributes, one who writes it cannot separate himself from the culture that nurtured him, especially against a backdrop of globalism as its trend toward uniformity becomes overwhelming. In all honesty, we must admit that the ingredients of poetry are by no means uniform: this is all the more true on a metaphysical, philosophical level, where poetry's ultimate telos and creative resources of language offer limitless possibilities. Thus the value of poetry lies in the spiritual height it attains, and in the breath of mystery imparted by its symbols and metaphors. Genuine poetry can serve as a model in terms of both content and rhetoric. Putting aside such assumptions and inherent qualities, seeing the cultural identity of "poet" affirmed seems to offer confirmation from the outside world to many poets. That is, there is no such thing as a poet in an abstract sense. Even for a poet like Paul Celan, despite his lifetime of writing in German, his sense of spiritual allegiance belonged to paradigms of the Jewish cultural tradition. Of course no outstanding poet, when actually sitting down to write, would diagrammatically reduce all this to concepts to be included in his poems. As a poet of the Yi people, which possesses an ancient cultural tradition, I was pervasively and deeply influenced by our unique way of life and our spiritual culture, right from the time I was aware of the world. Not only are the Yi people one of China's most ancient minorities, we hold a place in the grove of the world's most ancient peoples. We have records in writing that clearly date back 2000 years. The stability of the Yi writing system is noteworthy even in the context of the world's writing systems, and our ancient writing system is still being used and handed down today. Our forebears created the illustrious "Ten Month Calendar." Worship of fire and sun have instilled fiery passions in my people, but aside from that our mountainous dwelling place has given us gravitas like a silent boulder on a slope. Within the extended family of humankind, we are one of the few ethnicities that has preserved an impressive number of creation epics: *Hnewo teyy*, *Asei-po seiji*, *Meige*, *Chamu*. We also have long lyrical poems like *My Youngest Cousin* and *Gamo Anyo*: when placed in the history of world poetry, they deserve to be called classics. An ocean of folk poems has instilled the knack for verse storytelling in minds of all my compatriots. Without a doubt, it is a blessing for a poet to inherit such a rich intellectual, artistic heritage. The Yi people embrace pantheistic beliefs and worship ancestral heroes, causing those who know the history and previous social structure of the Yi to associate them with ancient Greeks of the Homeric era, or perhaps with ways of life in Sparta. Our Nuosu society of the past two centuries miraculously preserved features that harken back to the ancient Greek aristocracy: this phase persisted right down to the 1950s. I think that the question of whether there is a powerful cultural tradition behind one's writing has essential importance: that is, is there an intangible background of great breadth looming behind a poet? For this reason, those who are genuinely engaged in writing poetry all understand one truth, namely that we are not ordinary artisans, and what we inherit is not a craft in the general sense. Rather, it is something marvelous that can only be obtained at a spiritual fountainhead. In traditional society of the Yi people, there was no worship of a monotheistic god. Instead, we firmly believed that all things in Nature have souls. The *bimo*-priest of the Yi people was the medium between people and the world of divine beings. The *bimo* is like a shaman in Shamanism. Even today there are *bimos* who undertake the duty of making offerings and exorcising ghosts. What needs to be explained here is that our Yi society has undergone huge changes. In our social consciousness and in a spiritual context, many things from outside coexist with what was handed down. Like many ancient peoples of the world, The Yi ethnic group is undergoing an unprecedented process of modernization. As we face an interplay of clashing forces, how to maintain our cultural tradition and way of life is a question that we urgently need to face. When I speak of these things, you will realize why cultural identity is so important for a poet. If we say that different poets undertake different duties and missions, then there are times when this may not be by their own choice. I am not a cultural determinist, but the influence of cultural tradition on some poets may be decisive. The history of poetry in China and elsewhere holds numerous examples of such poets. Two examples from the twentieth century come to mind: William B. Yeats and Mahmoud Darwish, who has been called the pride of Palestine. In both cases, poetic oeuvre plus public persona can be taken as spiritual emblems of their people. In terms of deeper cultural significance, through their existence and their writing, they manifest the deep-seated, long-accumulated inner history of their people. In truth, these highly talented poets deserve esteem because they did not write to convey a certain predetermined social message. The reality manifested through their works flowed naturally from the inherent poetic qualities of the poems. As a poet of an ethnic group that is going through intense transformation, I have taken these figures as exemplars and models: William Butler Yeats, Pablo Neruda, Cesar Vallejo, and Mahmoud Darwish. In our special family made up of poets, each of us is an independent being, but one is drawn more closely to a certain few. Of course, this is a matter of affinity by types, but in essence each poet can only be himself, and no one can replace anyone else. Each poet's writing is a crystallization of his life encounters and his spiritual journey.

The Yi people in China are a long-standing, stationary minority with a population of over nine million. Our forebears came in waves of nomadic migrants, over thousands of years, to the vast mountain ranges of southwest China. That is a land of far-stretching successive ridges, densely interlaced with rivers. This natural patrimony and our intangible cultural heritage underlie the unique value system of my people. I admit that the intangible coordinates of my writing are established based on the culture I am familiar with. To become a poet of this people was perhaps my predestined choice, but more than that I view it as an exalted responsibility and calling. One's voice as a person who writes poetry should forever be that of an individual, and it should reflect one's independent, distinct stance. Yet a poet who finds himself in this particular era and who dares to launch his life into its turbulent currents cannot help but concern himself with human fate and with living conditions of the majority of people. Behind his voice we should be able to hear reverberations of a choir of voices. I feel that only in this way can an individual voice be rich with charisma; only then will it carry value with which The Other can identify. We need not speak of distant eras. In comparison with many great poets of the mid-twentieth century, today's poets seem to be declining in terms of spiritual scope and of witnessing life in our era. Part of the reason for this lies with the poets themselves, and another cause is the fragmentation of our social environment. Among poets today there is a lack of what Holderlin could do at a metaphysical level, which is to interrogate and illuminate the starry reaches of the spirit. Whether or not a poet is deeply conscious of humanity has always been an important measure of his or her moral dimension.

My friends, this is the first time I've set foot on English soil, and it is my first visit to Cambridge University. Even so, from my early efforts at reading until today, I have been grateful to British writers and poets for being an essential part of my growth through reading. The ones who come to mind are Percy Byshe Shelley, George Gordon Lord Byron, William Shakespeare, Elizabeth Barrett Browning, Virginia Woolf, Dylan Thomas, Wystan Hugh Auden and Seamus Heaney. Finally, let me seize this chance to give thanks to the literary fountainhead of the English speaking world, from which a time-honored tradition has emerged, because no other portion of the world literary edifice has been quite so captivating.

Translated by Denis Mair

（梅丹理　译）

一个中国诗人的非洲情结

在2014年南非姆基瓦人道主义大奖颁奖仪式上的书面致答词

[中国] 吉狄马加

尊敬的姆基瓦人道主义基金会的各位成员，尊敬的各位朋友：

首先，我要愧疚地向各位致歉，在这样一个伟大的时刻，我不能亲自来到这个现场，来亲自见证你们如此真诚而慷慨地颁发给我的这份崇高的荣誉。我想，纵然有一千个理由，我今天没有如期站在你们中间，这无疑都是我一生中无法弥补的一个遗憾。在此，再一次请各位原谅我的冒昧和缺席。

诸位，作为一个生活在遥远东方的中国人，还在我的少年时代，我就知道非洲，就知道非洲在那个特殊的岁月里，正在开展着一场如火如荼的反殖民主义斗争，整个非洲大陆一个又一个国家开始获得民族的自由解放和国家的最后独立。这样的情景，直到今天还记忆犹新。在我们的领袖毛泽东的号召下，我们曾经走上街头和广场，一次又一次地去声援非洲人民为争取人民民主解放和国家独立的正义斗争。如果不是宿命的话，我的文学写作生涯从一开始，就和黑人文学以及非洲的历史文化有着深厚的渊源。从20世纪60年代相继获得独立的非洲法语国家，其法语文学早已取得了令世人瞩目的国际性声誉，尤其是20世纪30年代创办的《黑人大学生》杂志以及"黑人性"的提出，可以说从整体上影响了世界不同地域的弱势民族在精神和文化上的觉醒，作为一个来自于中国西南部山地的彝族诗人，我就曾经把莱奥波尔德·塞达·桑戈尔和戴维·迪奥普等人视为自己在诗歌创作上的精神导师和兄长。同样，从20世纪获得独立的原英国殖民地非洲国家，那里蓬勃新生的具有鲜明特质的作家文学，也深刻地影响了我的文学观和对价值的判断。

尼日利亚杰出的小说家钦·阿契贝、剧作家诗人沃·索因卡，坦桑尼亚著名的斯瓦西里语作家夏巴尼·罗伯特，肯尼亚杰出的作家恩吉古，安哥拉杰出诗人维里亚托·达·克鲁兹，当然这里我还要特别提到的是，南非杰出的诗人维拉卡泽、彼得·阿伯拉罕姆斯、丹尼斯·布鲁特斯以及著名的小说家纳丁·戈迪默等，他们富有人性并发出了正义之声的作品，让我既感受到非洲的苦难和不幸，同时也真切地体会到这些划时代的作品把忍耐中的希望以及对未来的憧憬呈现在了世界的面前。我可以毫不夸张并自信地说，在中国众多的作家和诗人中，我是在精神上与遥远的非洲联系得最紧密的一位。对此，我充满着自豪。因为我对非洲的热爱，来自于我灵魂不可分割的一个部分。

朋友们，我从未来到过美丽的南非，但我却对南非有着持久不衰的向往和热情，我曾经无数次地梦见过她。多少年来，我一直把南非视为人类在20世纪后半叶以来，反对种族隔离、追求自由和公正的中心。我想并非是偶然，我还在二十多岁的时候，就在诗歌《古老的土地》里，深情地赞颂过非洲古老的文明和在这片广袤的土地上生活着的勤劳善良的人民。当20世纪就要结束的最后一个月，我写下了献给纳尔逊·曼德拉的长诗《回望二十世纪》，同样，当改变了20世纪历史进程的世界性伟人，纳尔逊·曼德拉离开我们的时候，我又写下了长诗《我们的父亲》，来纪念这位人类的骄子，因为他是我们在精神上永远不会死去的父亲。是的，朋友们，从伟大的纳尔逊·曼德拉的身上，我们看到了伟大的人格和巨大的精神所产生的力量，这种力量，它会超越国界、种族以及不同的信仰，这种伟大的人格和精神，也将会在这个世界的每一个角落，深刻地影响着人类对自由、民主、平等、公正的价值体系的重构，从而为人类不同种族、族群的和平共处开辟出更广阔的道路。伟大的南非，在此，请接受我对你的敬意！

朋友们，我知道，姆基瓦人道主义大奖是为纪念南非著名的人权领袖、反对种族隔离和殖民统治的斗士理查德·姆基瓦而设立的。这个奖曾颁发给我们十分崇敬的纳尔逊·曼德拉、肯·甘普、菲德尔·卡斯特罗等政要和文化名人。我为获得这样一个奖项而感到万分的荣幸。基金会把我作为一个在中国以及世界各地推动艺术和文化发展的领导人物，并授予我"世界性人民文化的卓越捍卫者"的称号，无疑是对我的一种莫大的鼓励。同样在此时此刻，我的内心也充满着一种惶恐和不安，因为我为这个世界人类多元文化的传承和保护，所做出的创造性工作和贡献还非常有限，作为中国少数民族作家学会的现任会长，作为中国在地方上工作的一位高级官员，同时也作为一个行动的诗人，我一直在致力于多民族文化的保护和传承，并把这种传承和保护，作为一项神圣的职责。在我的努力下，青海湖国际诗歌节、青海国际诗人帐篷圆桌会议、达基沙洛国际诗人之家写作计划、诺苏艺术馆暨国际诗人写作中心对话会议、三江源国际摄影节、世界山地纪录片节、青海国际水与生命音乐之旅以及青海国际唐卡艺术与文化遗产博览会已经成为中国进行国际文化交流和对话的重要途径和平台。尽管如此，我深知在这样一个全球化的时代，跨国资本和理性技术的挤压，人类文化多样性的生存空间已经变得越来越狭小，从这个意义上而言，我们所有的开创性工作，也才算有了一个初步的开头。为此，我将把这一崇高的来自非洲的奖励，看成是你们对伟大的中国和对勤劳、智慧、善良的中国人民的一种友好的方式和致敬，因为中国政府和中国人民，在南非人民对抗殖民主义的侵略和强权的每一个时期，都坚定地站在南非人民所从事的正义事业的一边，直至黑暗的种族隔离制度最终从这个地球上消失。今年是南非民主化二十周年，我们知道，新南非在1994年的首次民主选举，让南非成功地避免了一场流血冲突和内战，开启了一条寻求和平协商的道路，制定了高举平等原则的南非新宪法，二十年过去了，我们今天看到的新南非，仍然是一个稳定繁荣与民主的国度。我们清楚地知道，中国和南非同属金砖国家，我们有着许多共同的利益，两国元首在互访中所确定的经济、贸易和文化上的交流，为我们未来的发展指明了方向，我相信，未来的中国和未来的南非都将会更加地美好。

　　最后，请允许我表达这样一种心意，那就是再一次向姆基瓦人道主义基金会致以我最深切的感激之情，因为你们大胆而无私的选择，我的名字将永远与伟大的南非，与伟大的理查德·姆基瓦的名字联系在一起。同样，我将会把你们给我带来的这样一种自豪，传递给我千千万万的同胞，我相信，他们也将会为此而感到由衷的自豪。谢谢大家！

2014年10月10日

The African Complex of a Chinese Poet
Written Speech at 2014 Mkiva Humanitarian Award Ceremony

◎By Jidi Majia

Respected Jury from both Mkiva Humanitarian Foundation and Imbongi Yesizwe Trust, dear friends present at this grand ceremony:

First and foremost, with greatest humility I must excuse my absence in your midst today, one of the blessed recipients from afar onto this podium, to partake of a moment which speaks so eloquently of your magnanimity and generosity to confer such an honor on me. I must count this absence amongst you, which may be excused by a thousand and one reasons though, the crowning regret in my life to date and presumably I will live with the perennial sense of remorse gnawing at my heart ever since after. Again I beg you to accept my apology for not being able to come to speak to you in person.

Dear friends, a Chinese of Yi ethnic origin in the remote Orient, together with my generation of teenagers in the 1960's, thanks to Mao's firm diplomatic identification with third world, either ideological or cultural, I grew up taking all people of color to be my siblings. *La ceur est tourjours a la gauche ,so* goes a French saying. Mao's high commendation of African aspirations and mounting barrage of criticism of arrogant and thoughtless Whites in the press stoked the feeling in an adolescent mind that the black continent that you inhabit was seething with an epic fight against rapacious colonists and bloody imperialists to put their scramble to rest. This passion of onslaught of us Chinese on colonialism was easily justified and magnified by almost one century of humiliations and defeats suffered at the hands of both Western and Oriental imperialists. Inspiring stories circulated that one after another African country broke loose from their former suzerainty and won independence. We now, of course, know better. The Chinese race tend to, as Prof. Vernon Mackay puts it aptly, find a vicarious joy in empathizing with African people being ascendant as a means of giving vent to the pent-up grievances against 掃cean Devils'. A vivid mental picture arises before me of how many times we youngsters, politically well attuned to the calls of our leader, took to the streets in waves of protest and demonstration of our moral support and solidarity with African brothers in their struggle for liberation and justice. It is amazing these youthful memories of idealism and agitation spring to mind all the more sweeter today than yesterday, this year than last year.

As luck would have it, or I guess karma plays a role, I embarked upon my literary career with what I would call African complex , in my unconscious, that is, an instinctive aping of African writing techniques and styles fed upon a deep love of African cultures and peoples .We know parallel to the rise of de-colonized Africa in the late 1960s there was a gratifying development of African literature, because of its admittedly great intrinsic value, it is now widely known enough to be considered one of the major bodies of world literature. I must make mention of a few French speaking giants' names, whom I have taken as mentor and model in my poetic writing, ie, Leopold Sedar Senghor(Senegal) Aime Cesaire(Martinique) who co-founded the review *L'etudiants Noir* in 1935 and of course, David Diop who was such an unbelievable bard. The magazine formulated the revolutionary concept of *Negritude* which emphasized the cultural values of the Negro, black folklore and the basic dignity of the Negro race. I use the word revolutionary deliberately because it has served a pr*ise de conscience* not only for the entire Negro, but by hindsight, for all the disadvantaged groups scattered across each corner of the globe like me.

I am in the debt not only of writers and poets from Francophonie countries but also to literary geniuses from British Commonwealth, as the latter has evolved a spiritual tradition equally worthy of the name which has exerted a profound influence upon my worldview and my scale of values, although they appear somewhat reticent about the concept of Negritude, an attitude perhaps born of the particular cultural and political realities that confronted them still seeking independence. This is an illustrious galaxy, say, of the wonderful novels by Chinua Achebe (Nigeria),the brilliant plays of Wole Soyinka(Nigeria),the accomplished *contes* of Swahili speaking writer Shaaban Robert who spins his yarns so deftly(Tanzania).They have taught me, as how to retain my footing in my Yi heritage and with what fidelity to preserve a genuinely lyrical style. I must also salute Ngũgĩ wa Thiong'o from Kenya, Viriato Clemente da Cruz from Angola, in particular, your great poet Benedict Wallet Vilakazi, Peter Abrahams , Denis Brutus, and last but not least, the Nobel prize winner Nadine Gordimer. Their work derives from Nero's suffering and woes the compelling pathos and distinguishable hope for a better world and gives insight into the social and political evolution of the whole continent, the trajectory per se of South Africa from an apartheid state toward a democracy .They certainly suggest a recipe of success for all indigenous writers and poets like me in our strenuous search for a vigorous and prospective writing. I might safely vaunt, among all the established and emerging Chinese writers and poets, my spiritual bond with African traditions has been unmistakably unassailable. I say this with the fullest extent of assurance and pride for the simple but ample reason that Africa has been thrice the object of my keenest attachment, emotional, intellectual and poetic.

Friends, I have never set afoot upon the soil of your beautiful land, yet this country called by the name of South Africa has been the Mecca that has titillated my imagination for all my life. Yes, remote and distant, I have nevertheless chanced upon your country for innumerable times in dream, between midnight and dawn when sleep comes in snatches. Since the latter part of the 20th century, South Africa has been my Stalingrad to thwart and crack the segregationist walls of Apartheid, an apocalyptical war wherein human destiny hangs on a single thread of confrontation between justice and injustice, tyranny and freedom, equality and oppression. Not without a good reason.

Back in the 1980s, when a youth aspirant of the laurel crown of the Muses, I wrote a poem hailing the antiquity of African civilizations and extolling the numerous virtues of Black people. Your industry, your innocence and courage has been one of my favored themes. As the last month of the 20th century plodded its way towards eventuality, I dedicated a long poem *Looking Back to the 20th Century* to Nelson Mandela, the man who has acquired an iconic epoch-making standing in the minds of peoples across all the five known continents. Again when the most saddening news of his departure from the human scene reached me, my heart contracted with grief and pain, I penned a long poem entitled *Our Father* to elegize and mourn over the untimely decaying of this 抗con of the times who has had such enormous impact on the domestic and global politics of our time and remains immortal to my memory and posterity. To quote Clinton, Mandela 搒imply soldiered on, raging against injustice and leading us towards the light. The former American president makes a point worth emphasizing. Nelson Mandela , a born leader, afire with the faith in the indomitable character of human hope, lives an epic life of hardship, resilience, eventual triumph and ultimate forgiveness of his Afrikaner opponents ,revealing a towering personality and a luminous spirit that transcend racial, religious and national barriers and helping shape the trend of things to come. He awakens an echo dormant in men's hearts. He drives us all to noble deeds. He senses the absolute necessity of our time in the reevaluation and restructuring of our scales of norms and values, such as freedom, justice, fairness and equality to pave way for a more humanistic and peacefully co-existent future. Dear and great South Africa, please accept our sincerest and warmest congratulations , owing to one vital fact of your best son of Nelson Mandela, you have earned my eternal admiration and I am returning to the fold, South Africa, my second spiritual home.

Friends, I am wide awake to the fact that Mkiva Humanitarian Awards were established in 1999 in honor of another Mandela like hero, Richard Mkiva, from a obscure Bolotwa village of Dutywa , a community activist and a fighter for the rights of the rural communities, now also enshrined as a symbol of resistance against the apartheid policies and laws. I am really flattered to enter this Hall of Fame with resounding celebrities like Nelson Mandela, Fidel Castro, President Rawlings and Dr Salim Ahmed Salim as gigantic predecessors. I count myself, both humbled and blessed as you, all the distinguished jury, judge me as taking initiatives and orchestrating a number of cultural events that have somewhat global repercussions and conferring upon me the glorious title of 罕hampion of Peoples Freedom. What a boon to my ego! What a boost for my tenuous endeavor to enhance cultural diversity and conservation of cultural heritage in a remote economic backwater province of China!

Words fail me at this moment. Uneasiness and irritation seep in. The difficulty is that I have rendered this troubled and tormented world a very small, albeit useful, service. True, for years in my office as vice governor, I deem it incumbent upon me to protect our physical and spiritual country and my efforts have borne some fruits as I have pioneered ,as initiator and architect ,the successful staging of several cultural events, either yearly or biannual, such as Qinghai Lake International Poetry Festival, Qinghai Tent Roundtable Forum for World Poets, Sanjiangyuan International Photographing Festival, World Mountain Documentary Festival, Musical Tour of Qinghai International Water & Life Concert as well as Qinghai International Thangka and Cultural Heritage Exhibition Fair. I have also raised money for two other cultural enterprises, ie, a modern Yi Art Museum and a Dajishaluo International Poets House now under hot construction. Essential to my initiative is Qinghai's extreme alpine topography and remote mountainous terrain as famed Roof of the World, which supports a diversity of bio-species of irreplaceable value. No less important is the region as potpourri of multi-religions, multi-races and multi-cultures. I do dream of using art to bring to the world's attention the elemental processes of human cultures attached to the mountainous terrain, to enact dialogues between various cultures, to enhance the harmonious relationship between man and nature and assist the public to understand the implications of the environmental cataclysms that might jeopardize the alpine eco-system in the wake of the sweeping reckless modernization.

Infinitesimal as my contribution, your award comes as the highest token of recognition not only for my relentless bid of cultural import, but also as a gentle reminder of warm friendship that is evolving between Chinese people and South African people, simply because at each critical juncture for the last 70 years, our government and our people have chosen unswervingly to align with you in your heroic struggle to trample under feet the shameful Apartheid and other forms of insidious repression until the bright day of justice and equality emerged.

2014 marks the 20th anniversary of a new democratized South Africa, the first general election being successfully held after the most ignoble chapter in your history was turned. A bloody internecine war was evaded. Instead, a path of peaceful reconciliation and constitutional republic embracing for the first time citizens of color was blazed, pacesetting for still some to follow, awe-inspiring for many to watch breathless. The euphoria that accompanied the release of Nelson Mandela from Rueben Island has been well exploited and founded, as the past 20 years has seen the growth of a new South Africa, a land of political stability, economic prosperity and cultural brilliance. Belonging to the same bloc of the Bricks, Sino-South African relations have run smoothly due to a plethora of interests common to both sides. Presidents of both countries have exchanged visits and outlined agendas of cooperation touching the sectors of economics, cultures and trade, pointing to a promising tomorrow for both countries.

To conclude, let me reiterate: I must convey my deepest gratitude to Mkiva Humanitarian Foundation and Imbongi Yesizwe Trust. Your daring and selfless decision to make me the recipient of your award has once and for all, welded my name with the worthier name of Richard Mkiva, with great South Africa. What is left on my part is to impart the sense of pride and elation such an accolade has sparkled in me to millions upon millions of my country folks. I assure you, this honor to me is also theirs. Thanks for your attention.

（黄少政　译）

（英语）

我相信诗歌将会打破所有的壁垒和障碍

——在布加勒斯特城市诗歌奖颁奖仪式上的致答词

[中国] 吉狄马加

尊敬的布加勒斯特城市诗歌奖的各位评委，尊敬的各位诗人朋友们：

从某种角度而言，我是一个相信生命万物的存在都有着其内在规律的人，或许说大多数时候，我还是一个唯物主义者，不过尽管这样，我依然认为这个世界上，每一个个体生命之间发生任何一种联系，它都是需要"缘分"的。我不知道在古老的拉丁语中是如何表达"缘分"这个词的，但在已经使用了数千年的中国文字的语境里，"缘分"这个词却充分表达了人与人之间的相遇，是命运中早就注定了的机缘。这其中既包含了人与人或人与事物之间发生联系的可能性，也让置身于其中的人，更坚定地相信这就是所谓命运的安排。朋友们，尤其是在今天，在这样一个对我来说十分难忘的时刻，因为你们的慷慨、理解和厚爱，决定将以这一古老城市命名的诗歌奖颁发给我，毫无疑问这是我的最大荣幸。在此时除了让我被深深地感动之外，就是让我再一次确信了"缘分"这个词所隐含的全部真实，的确都是现实中真实存在的。今天的人类已经有七十多亿人口，在这个地球上不同人的相遇，其概率仍然是十分的低，甚至低得不可想象。在中国佛教思想中有一种观点，认为人的相遇和相识是通过艰难的修炼而来的，我不是一个佛教徒，但我却对我们的相遇有着另外一番解释，那就是人类从古代传诵至今的不朽诗歌，让我们相聚在了古老、神奇而又年轻的布加勒斯特，今天我们在座的每一位，都将是自己生命中被约定或不期而遇注定要见面的朋友。难道你认为这一切都是偶然的吗？当然不是。作为一个出生在中国西南部山地民族彝族人的儿子，在这里我想到了一句话，它就出自于我们民族伟大的历史典籍《勒俄特依》（可译为《先师哲人书》），这句话是这样说的："让我们牵着幸运之神的手，骑上那匹传说中的骏马，就一定能寻找到自己的好运。"是的，在今天我就是一个找到好运的人。正是因为布加勒斯特的召唤和邀约，正是因为诗歌经久不衰的力量和魅力，我们才能从四面八方跨越千山万水来到这里。如果说生命中真的有那种特殊的"缘分"，现在就可以肯定地说，我们今天的相遇就来自于，这座或许我们曾经想象过的梦与现实所构筑的伟大城市，为此我们都要由衷地感谢她的好客和盛情。

朋友们，最后我还想说的是，诗歌的对话和交流，仍然是人类不同民族和国度，真正能进入彼此心灵和精神世界最有效的方式之一，特别是在全球化与逆全球化正在发生激烈冲突和博弈的今天，我相信诗歌将会打破所有的壁垒和障碍，站在人类精神高地的最顶处，用早已点燃并高举起的熊熊火炬，去再一次照亮人类通向明天的道路！请允许我在这里将我献给罗马尼亚伟大诗人米哈伊·爱明内斯库的诗作为结束：

纪念爱明内斯库[1]

从另一种语言的边缘进入你
毫无疑问你就是母语的燧石
不是所有的诗人都享有这般殊荣
在许多古老语言构建的世界
总会有一个人站在群山之巅
我不相信，这是神的意志和眷顾
但无法否认命运对受礼者的垂青
你不是马蹄铁在原野上闪着微光
而是铁锤敲打铁砧词语的记录

---

① 米哈伊·爱明内斯库（1850-1889），罗马尼亚19世纪后半叶最伟大的民族诗人。

难怪在喀尔巴阡山①有人看见

你的影子在太阳的金属中飘浮

那一定是你——不是别人！

一直就存活在时间之船的额头

在那通向溪水永远流淌的路上

只要还有人在吟诵你的诗歌

就证明了多依那②的传统仍在延续

如果遥望肃穆寂静蓝色的天幕

只有金星的灿烂冠盖了拱顶

不是所有的诗人——当然不是！

能像你那样置身于核心的位置

当你的诗成为自由的空气和风

不朽的岩石和花朵悬浮于记忆

其实从那一刻起——长发飘逸的天才

你就已经战胜了世俗的死亡

因为在七弦琴③到过的每一个地方

在你那滚动着金黄麦秸的祖国

你的墓地——就是另一个摇篮！

但是又有几人知道，你屹立在山顶

没有退路，你就是风暴的箭靶

站在这样的高度，最先迎接了曙光

因为雷电的击打留下了累累伤痕

然而正是因为你站在了队伍的前列

你点燃的火炬才穿越了所有的世纪

我知道，我知道，我当然知道

在每一处——生死轮回的疆域

---

① 喀尔巴阡山，欧洲中部山系的东段部分，绵延约1500千米，穿越数国。
② 多依那，罗马尼亚一种抒情民歌的名称。
③ 七弦琴，罗马尼亚一种古老的民间乐器。

都会有一个是宙斯①，真正的独角兽

就是面对死亡，你也会是第一个

让刀尖插入胸膛，背负着十字架的人

不是所有的诗人——当然不是！

只有那些时刻准备着牺牲的人

才被赋予了这样神圣的权利

这绝不是特殊，而要具备一种品质

就是在不幸和苦难来临的时候

能甘愿为大多数人去从容赴死

假如谁要问我——如何才能通向

他们精神城堡的大门。如何——

才能用最快捷的方式打开

一个民族心灵最隐蔽的门扉

那我就告诉你，只有一个办法：

潜入他们诗歌和箴言的大海

一直潜到最幽深而不可测的部位

哦！那黑色的鲸！或许它就是

思想苍穹喉咙里红色的狮子

你还可以——与幻想一起飞翔

只要逃离了地球的引力，你就能

攀爬上文字的天梯，终于看见

鸟类中的巨无霸——罕见的鹰王！

假如你最后还要问我——我当然

会如实地说——阅读爱明内斯库吧

你一定会看见罗马尼亚的——灵魂！

2017年5月18日

———————————

① 宙斯，古希腊神话中奥林匹斯山的最高天神，他统治着人和神的世界。

I Trust That Poetry Will Eventually Break Down All Walls and Barriers
—Acceptance Speech for the Bucharest Poetry Prize

◎ Jidi Majia

In many respects I believe that the existence of any living thing is subject to inherent laws, or you could say that I am mostly a materialist. Even so I am convinced that in this world, whenever one living being enters into a relationship with another, there needs to be an affinity between the two. In Chinese we have the word *yuanfen*缘分, meaning a bond of affinity. I don't know how one would express such a concept in the deeply rooted tradition of Romance languages, but as used for over a thousand years in the literary Chinese language, the word *yuanfen* aptly conveys that behind an encounter between two beings lies a chain of favoring circumstances which was ordained in their fates. This allows for the possibility of two people, or a person and a thing, to become connected, and it causes those involved to believe this happened by an arrangement of fate. My friends, this is all the truer today, at such an unforgettable moment for me. Because of your generosity and understanding and inclusiveness, you decided to award me this prize named after your ancient city. Without a doubt, this is the greatest honor I could receive. Aside from moving me deeply, it renews my belief that everything implied by the word *yuanfen* is an unshakeable reality. Today the world's population is over 7 billion, so the probability that any two people from different backgrounds would randmomly encounter each other is so low as to be unimaginable. Chinese Buddhist thinking holds the viewpoint that acquaintanceship between people comes about through a long, arduous process of self-cultivation. I am not a Buddhist, but I too have a personal explanation of what leads to an encounter. That is—enduring poems passed down in human mouths and hearts have allowed us to gather in this ancient but wonderfully young city of Bucharest. Today, we are all seated here as friends who were brought to a pre-ordained rendezvous, or whose life-streams were heading toward this unexpected confluence. Don't tell me you think this is all a random chance? Of course it isn't. As a son of the China's Yi Minority, born in the mountains of southwest China, I am reminded of a line from our people's great historical text *Mamu-teyi* (which roughly means *Book of Past Sages*): "Let each of us come hand-in-hand with the personification of smiling fortune, riding a steed such as legends mention, and each will find good luck." Indeed, today you can call me a person who has found good luck. It is because Bucharest beckoned to us in welcome, and because of the unflagging power and charisma of poetry, that our imaginations were stirred in anticipation as we converged here across far-flung mountains and seas. If we can say that there are special "affinities" inhering in the life of each being, then surely we owe our encounter today to this city compounded of dreams and reality. So we owe gratitude to this fair city for her heartfelt hospitality.

My friends, what I finally want to say is this. Dialogue and exchange through poetry remains one of the most effective ways for members of different ethnic or national groups to enter each other's hearts and spiritual realities. This is especially true today, amid intense interplay and conflict between globalism and counter-globalism. I trust that poetry will eventually break down all walls and barriers; I trust it will stand at the crowning height of the human spirit, holding high its blazing torch that was long ago ignited, to illuminate the human road toward tomorrow!

May 18, 2017

Translated by Denis Mair

（梅丹理　译）

（英语）

Eucred că poezia va dărâma toate zidurile, va frânge toate barierele
◎Cuvânt la Ceremonia de primire a Premiului de Poezie al Orașului București

Distinsă Doamnă Primar Gabriela Vrânceanu Firea, stimați membri ai Comisiei de evaluare, stimați prieteni poeți,

Dintr-un anumit punct de vedere, eu cred în existența a zece mii de lucruri, fiecare cu dreptul său inerent, sau aș putea spune că de cele mai multe ori sunt un materialist, dar cu toate acestea îmi place să cred că orice conexiune care se stabilește în lumea aceasta între fiecare fel de viețuire are nevoie de un "destin".

Eu nu știu exact care este înțelesul cuvântului "destin" în limba latină, dar în limba chineză el este folosit de mii de ani și acest cuvânt pronunțat "yuanfen" exprimă întâlnirea unui om cu un altul, o oportunitate stabilită din timp de soartă, care include posibilitatea unor legături între om și om sau între om și lucruri, ceea ce face ca oamenii să creadă cu mai multă tărie că este un aranjament al sorții.

Dragi prieteni, Mai cu seamă astăzi, în acest moment memorabil pentru mine, când Domniile Voastre ați hotărât cu generozitate, înțelegere și bunăvoință să-mi acordați Premiul de Poezie al acestui oraș antic, aceasta reprezintă fără nici o îndoială cea mai mare onoare pentru mine, dar în acest moment, lăsând la o parte emoția mea profundă, dați-mi voie ca încă o dată să mă încred în adevărul total pe care îl ascunde acest cuvânt "yuanfen", "destin", cu o existență reală.

Omenirea are astăzi peste șapte miliarde de oameni. Probabilitatea întâlnirii pe globul pământesc a unor oameni este foarte scăzută, este atât de joasă încât pare de neconceput. În gândirea buddhistă chineză există un punct de vedere după care întâlnirea și cunoașterea reciprocă a unor oameni se săvârșesc prin cultivare dificilă, îndelungată. Eu nu sunt buddhist, dar în privința întâlnirii noastre am o altă explicație. Poezia nepieritoare existentă din vechime și până astăzi ne-a adunat în Bucureștiul străvechi, magic și totodată tânăr. Fiecare dintre noi cei aflați aici, în destinul nostru propriu, eram sortiți să ne întâlnim sau trebuia să ne întâlnim pe neașteptate și să devenim prieteni.

Credeți oare că toate acestea sunt rodul întâmplării?

Sigur ca nu!

Ca fiu al naționalității yi nuosu din regiunea muntoasă din sud-vestul Chinei, mă gândesc acum la o vorbă preluată din marea carte clasică de istorie a națiunii noastre «Mamuteyi, Cartea primilor maeștri filosofi», și anume: "Lăsându-ne pe mâna norocoasă a zeilor, călărind armăsarul legendar, ne vom găsi norocul cel bun". Așa este, astăzi eu sunt cel care și-a găsit norocul.

Tocmai fiindcă am primit chemarea și invitația Bucureștiului, tocmai prin putereamiraculoasă, nepieritoare a poeziei, noi am venit aici din toate părțile lumii, am traversat munți și mări, iar dacă "destinul" special există cu adevărat, acum noi putem afirma cu siguranță că întâlnirea noastră de astăzi provine din acest magnific oraș real și totodată rezultat al viselor imaginate de noi . De aceea, noi cu toții exprimăm sincer gratitudinea noastră pentru primire și ospitalitate.

Prieteni, În încheiere, aș vrea să spun că dialogul și schimburile în domeniul poeziei continuă să fie una dintre cele mai eficiente modalități ale lumii, prin care națiuni și țări diferite se pot cu adevărat întrepătrunde în inimă şi-n spirit, mai ales că astăzi când între globalizare şi globalizarea inversă au loc conflicte acerbe şi jocuri.

Eu cred că poezia va frânge toate barierele, va trece peste toate piedicile, situându-se în punctul cel mai înalt al spiritului uman, va ridica torţa în flăcări - aprinsă demult - şi va lumina din nou calea omenirii către mâine!

18 mai 2017

（鲁博安　译）

（罗马尼亚语）

2017年度波兰雅尼茨基文学奖颁奖词与致答词

雅尼茨基文学奖颁奖词

吉狄马加是最伟大的中国当代诗人之一，他的诗既不追求复杂的隐喻，也不去诱惑那些热衷复杂语言的读者，它给出一种纯净的、叙述的诗歌类型，其惊人之处在于那些精确的警句，在于其表达心灵瞬间状态和神灵预兆的能力。这是对家族纽带的持续关注，对一个特定民族的持续归属感，这个民族始终保留其各种仪式，并使它们升华为一种完整的文化。这一文化中的许多艺术杰作以及民族史诗《勒俄特依》，借助毕摩之口代代相传。吉狄马加继承毕摩的传统，创作出能被中国和全世界广大读者所接受的现代诗歌。他的诗作被越来越多地译成外文，每一部译作均能在新的语言中得到完美的呈现。这归功于他的诗歌主题上的普世性和语言上的轻盈明快，归功于其近乎祷告和哀恸的声调，归功于其壮阔的颂歌和轻柔的抒情。数千年来，中国始终是一个真正的诗歌国度，是一个伟大思想家和伟大诗人辈出的国度，是一个当代诗歌倾向条清缕析的国度。在这个国家赢得文学成就本已十分困难，更何况，对欧美诗歌范式的趋之若鹜更已成为一种潮流。马加仿效那些出色的榜样，援引世界各国的伟大诗人，但他从未淡忘他在川滇交界处一个小村里所获得的那样一种文化诗歌。他聆听毕摩和母亲讲的故事，聆听古人和打猎归来的猎人，从而发展出他独特的感受力，能感知自然的原子构成和宇宙的遥远呼唤。诗人在聆听创世的回声，那声音在决定体量，确定颜色，辨识黑暗中的动物、山川、峰峦和峡谷，与此同时，诗人也是创造者，是家族的最后一员，这一家族在忧伤地追念永远逝去的世界。尽管这个世界能在新的诗歌中重生，能在下一代人的记忆中重生，但没有任何东西能使逝者的骨灰重新获得生命。做一位彝族诗人，就意味着去做一位守护记忆的人，做一名证人，见证回望历史的美好举动，见证明亮的眼睛，也就意味着像周围的万物一样，不懈地传递创造的故事，讲述时间和过去，讲述人们如何步入死亡和永恒。毫无疑问，吉狄马加的诗歌就具有这样一种魔力，这位诗人已成长为彝族最重要的精神上的毕摩，成为一种象征。他骄傲地站在一块岩石之上，俯瞰高山湖泊的水面，看着鹿、鹰和鱼儿渐渐暗淡的眼睛，道出纯真的真理，写出抒情的诗句，这些诗句拨动心弦，成为质朴生活的智性语境，即拥抱自然，伴随在故乡和宇宙深处进行的古老仪式。

（刘文飞 译）

向河流致敬，就是向诗歌致敬
——在2017年度波兰雅尼茨基文学奖颁奖仪式上的致辞
吉狄马加

尊敬的雅尼茨基文学奖的各位评委，尊敬的各位女士、各位先生、各位朋友：

今天我们大家从四面八方来到了这里，现在就置身于中国最古老的人工运河之一，京杭大运河的岸边，共同来见证这个对我而言十分重要的时刻，不知为什么当看见身旁这条已经流淌了一千多年的河流，我突然想到了中国人经常说的一句话"山不转水转，水不转人转"，其实，眼前的现实就已经不折不扣地证明了这句话的正确。正是因为诸位从不同的地方，甚至从十分遥远的地方来到这里，才让我们的相见和邂逅充满了某种不可预知的感觉，尤其是这条河流的影子通过阳光，被再次反射到我们眼里的时候，我们不能不相信人类的诗歌与河流从来就是一对孪生姐妹，它们旺盛蓬勃的生命都来自于共同的自然和精神的源头，难怪在中国哲学中有"上善若水"的表述，其实诗歌和水所隐含的形而上的精神意蕴，就完全代表了人类至真至善至美的最高境。我们不能想象，在人类能够繁衍生息的任何一个地方，如果没有河流和洁净的水，人类的思想、哲学和诗歌还能在漫长的时光中被滋养和孕育吗？也正因为此，从某种意义而言，我们向河流致敬，其实就是向诗歌致敬，我们向水致敬，其实就是在向一切伟大哲学致敬。朋友们，为此，我要由衷地感谢京杭大运河国际诗歌大会为我提供了一个特殊的颁奖地，当然我更要感谢波兰克莱门斯·雅尼茨基文学奖的诸位评委，你们从遥远的地方给我带来了一份如此厚重的礼物，除了让我感到激动和幸福之外，我的内心也有某种不安，作为一个诗人面对你们赠予的荣誉，我确实无以回报。因为我知道这个奖项，是以16世纪波兰文艺复兴时期的人文主义者，最杰出的拉丁语诗人克莱门斯·雅尼茨基的名字命名的。它创立于20世纪90年代初，这个奖项已经颁发了20多年了，波兰有许多重要的作家、诗人和艺术家都获得过此项奖励，近两年此项文学奖开始面向国际颁发，十分荣幸的是因为评委会的慷慨和选择，我的名字已经和这个奖项永远联系在了一起。朋友们，不知你们是否真的理解，我为什么如此看重这份荣誉。那是因为作为诗人，我对波兰这个产生伟大诗人的国度充满着敬仰，对这片土地所承受过的苦难、悲痛和不幸，有着切肤的理解和同情。我曾经告诉过一些朋友，如果把现代波兰诗歌，放在20世纪以来的世界诗歌的天平上，波兰诗人和诗歌所创造的辉煌，都是令人赞叹和瞩目的，这些诗歌就像粗粝的含金矿石，毫无悬念的将天平压倒在他们的一边。今天的这个世界并不太平，人类并没有消除核武器的威胁，同时不安全的其他因素也还在上升，如何进一步增进不同文明和文化的对话与交流，仍然是我们今天不同民族和国家的诗人的神圣责任。我相信越是在一个需要包容、沟通和相互尊重的时代，诗歌的作用就将会越发显现出来，朋友们，难道不是吗？今天正是因为诗歌，我们才相聚到了这里，这就是诗歌不可被替代的作用。谢谢大家！

雅尼茨基文学奖于20世纪90年代初期创立于波兰，由季刊《隐喻》出资赞助。该刊编辑去世后，该奖项改由哲学艺术季刊《主题》主办。该奖有国际特色，推动了艺术、文学和音乐及新闻报道的原创性、创造性活动。

克莱门斯·雅尼茨基是波兰文艺复兴时期的代表人物，出身贫苦农家，离家后进入格涅兹诺和波兹南的学校就读。他在拉丁文文学领域表现突出，克拉科夫省行政长官彼得·克米塔将他带到自己的官邸，帮助他全面发展。在一位富人赞助下，他到帕多瓦游学，并于1540年在帕多瓦大学获得哲学博士学位。教皇保罗三世封他为桂冠诗人（该头衔相当于拉丁文时代的诺贝尔文学奖）。回到家乡后，他成功地创作了多种诗歌。1543年去世，并被葬在克拉科夫。克莱门斯·雅尼茨基文学奖首任评委会主席是波兰作协主席彼得·昆采维奇（Piotr Kuncewicz, 1936-2007）。波兰许多重要诗人和作家都先后获得过此奖，从2016年开始，该奖项的评选范围已扩大到国际。

该奖项现在的评委会包含来自不同国家的知识分子、作家、教授、评论家和艺术家：大流士·托马斯·莱比奥达（评委会主席）、加吉克·达夫强（亚美尼亚）、瓦尔丹·哈科比安（卡拉巴赫）、林光美【音】（越南）、哈提夫·贾纳比（伊拉克）、梅廷·塞拉尔（土耳其）、克劳迪奥·波扎尼（意大利）、雅罗斯拉夫·皮亚罗夫斯基（波兰）、维斯拉夫·马尔西夏克（波兰）。

Poland's Janicki Prize, 2017

RITES OF ETERNITY

Jidi Majia is one of the greatest contemporary Chinese poets, his poetry neither seeks complex metaphors nor lures the reader with complexities of the language, it rather suggest a model of pure, narrative poesy, surprising with an accurate punchline and an ability to name ephemeral states of the mind, frames of mind, premonitions of ghosts in the beyond. This is constant highlighting of family ties and belonging to a definite ethnic group which retained its rituals and gave rise to an integral culture. Within these boundaries masterworks of art and subsequent parts of national epic, *Hnewo Tepyy*, passed amd modified in every generation by following *bimo* were created. Majia – following in their footsteps – creates modern poetry, which reaches wide masses in China and all over the world. There are more and more of translations of his poems, and each time it turns out that they perfectly fit new language. This happens due to the universalisms of topics and the lightness of the language, imitating prayer and mourning, extensive ode and light lyric. For centuries, China has been the land of real poetry, great thinkers and poets, this is a land well-oriented in the trends of contemporary verse. Achieving literary success is extremely difficult there, which is even more difficult due to a tendency of following the European or American patterns in snobbish way. Majia follows extraordinary models, cites great poets of the world, but never fails to forget the cultural poetry, which he acquired among small villages on the border between Sichuan and Yunnan. Listening to stories of *bimo*, mothers and ancient people, hunters returning with the kill, he developed particular sensitivity to elemental particles of nature and calling coming from distant voids of the cosmos. Listening to the echo of creation, deciding the proportions and naming hues, making out animals in the darkness, mountain ranges, highest peaks and valleys, poet is at the same time the creator and the last member of the clan, sadly reminiscing the world gone forever. And although it is born again in new poems and human minds of next generations, nothing will bring back the ashes of the dead to life. To be the poet of the Nuosu means to be the guardian of memory, a witness to beautiful deeds looking into the past and bright eyes – it means to pass, just like everything around, constantly creating a story about the time and the past, about the inevitable merging of being onto the death and eternity. Without doubt, the poetry of Jidi Majia is a kind of such a spell, and the poet grows into the most important spiritual *bimo* of his nation. Standing proudly on a rock, leaning over the surface of a mountain lake, looking into dying eyes of deer, an eagle, a trout, he utters elemental truths and generates lyrical substance, which tugs at heartstrings and become an intellectual context for simple life in accordance with nature and ancient ceremonies, taking place in the homeland and in distant regions of the universe.

A Salute to Rivers Is a Salute to Poetry
—Acceptance Speech for Poland's Janicki Prize, 2017
Jidi Majia

Respected judges of the Janicki Literary Prize; respected ladies and gentlemen; friends in the audience:

Having gathered here today from all corners of China and the world, we find ourselves on the bank of an ancient waterway, the Peking-Hangzhou Canal. We are here to witness an occasion that is tremendously important for me. I'm not sure why, but looking at this waterway that has flowed for over a thousand years makes me think of an adage we often hear from the mouths of Chinese people: "The mountains do not revolve, but water does; water does not revolve, but people do." Indeed, the reality before our eyes inarguably proves the correctness of this saying. Precisely because we have come from so many places, some of them quite remote, our encounter here is like a collision with the unknown. Especially as dappled sunlight is reflected from the river into our eyes, we cannot help believing that poetry and rivers are like two sisters, born as fraternal twins. Both surge with a vigorous life-force that comes from common spiritual and natural wellsprings. No wonder we find this adage in Chinese philosophy: "the highest good is like water." In fact the metaphysical purport of both poetry and water represent the highest plane of human truth and goodness. We cannot imagine, in any place where people were able to flourish, that human thought and poetry could have been incubated over long periods without the pristine water brought by rivers. Precisely for this reason, our salute to rivers is, in some respects, a salute to poetry. When we offer salutations to water, we are really offering salutations to great philosophical thinking. And so, my friends, I want to express heartfelt gratitude to the Peking-Hangzhou Canal International Poetry Gathering for providing this wonderful site for receiving a prize. Of course I want to thank the judges of Poland's Klemens Janicki Literary Prize for bringing me such a precious gift. Aside from feeling deeply stirred and blessed, I feel a tinge of unease within my heart, because as a poet I have no way make recompense for this honor you are bestowing on me. As you know, this prize is named after Klemens Janicki, a humanist in Poland's 16th century Renaissance who was an outstanding Latin poet known as Ianicius. After its founding in the

1990s, the prize has been awarded for over twenty years, and its recipients include many of Poland's most famous writers, poets and artists. Only in the past year or two has this prize broadened its scope to international recipients. I am greatly honored that, due to the generous decision of the judging committee, my name will forever be linked with this prize. My friends, I don't know if you truly grasp why I value this prize so highly. As a poet I am filled with admiration for Poland—a country which has produced so many great poets. I have visceral awareness and sympathy for the terrible adversity and suffering which have been visited upon Polish soil. I used to tell my friends that if you place modern Polish poetry on the scale of world poetry since the 20th century, the brilliance of what was created in Poland will cause people to gasp in amazement. Their works are like coarse but rich gold-bearing ore, with weight that inevitably tips the scales in their favor.

Our world today is by no means peaceful, and humankind has not managed to phase out the threat of nuclear weapons. At the same time, other factors of insecurity are on the rise. The task of enhancing dialogue and exchange between different civilizations is more than ever a sacred duty for poets of different peoples and nations. I believe that the more an era needs tolerance and respectful communication, the more poetry's function will manifest itself. Don't you think so, my dear friends? It is precisely because of poetry that we are gathered here today. In this we see poetry's irreplaceable function. Thank you, everyone.

（梅丹理　译）

（英语）

IANICIUS PRIZE

Ianicius Prize was initiated in Poland the early nineties of the twentieth century and was granted by the quarterly magazine "Metaphor." After the death of the editor of this journal, he passed under the wing of the quarterly philological-art "Theme", which will be admitted annually. Now Prize have international character and promotes original artistic creativity in art, literature and music, as well as in journalistic activity. Klemens Janicki (Ianicius) was Polish humanist Renaissance period in Europe. He came from a poor peasant family, and after leaving the family home, he attended the school of Gniezno and Poznan.

Educated in Lubranski Academy in Poznan, he has gained custody of John Dantyszek, Bishop Stanislaus Hosius, Archbishop Andrew Ladislaus, which was secretary in 1536. In recognition of his services in the field of Latin literature, Krakow province governor Piotr Kmita, took him to his court and allowed the all-round development. A wealthy patron facilitated him a trip to study in Padova, where in 1540 he received a degree of Doctor of Philosophy at the University of Padova. Pope Paul III bestowed him a poetic laurels and gave the title: Poetae laureatus (It was like Nobel Prizes in latin language times). After returning home, he created with great success the songs of many species. He died in 1543 in Krakow and was buried there. The first President of the Chamber of Ianicius Prize was Piotr Kuncewicz (1936-2007), President of Polish Writers' Union. Some other Polish writers and poets, including Jan Górec-Rosiński (1920-2012), Jerzy Sulima-Kamiński(1928-2002), Andrzej K. Waśkiewicz (1941-2012) and Nikos Chadzinikolau (1935-2009), once served as President or member of Chamber of Prize. Many important poets and writers of Poland have been the laureates of this prize. Ms. Kalina Izabela Ziola, a Polish poet, literary critic and translator, has won the prize in 2015.

Since 2016, the range of candidates of the prize has extented to foreign writers.

In present Chamber of Prize are international intellectuals, writers, professors, critics and artist: Dariusz Tomasz Lebioda (President), Gagik Davtian (Armenia), Vardan Hakobyan (Karabach), Lam Quang My (Vietnam), Hatif Janabi (Irak), Metin Celal (Turkiye), Claudio Pozzani (Italy), Jaroslav Pijarowski (Poland), Wieslav Marcysiak (Poland).

2016年欧洲诗歌与艺术荷马奖颁奖词与致答词

2016年欧洲诗歌与艺术荷马奖颁奖词

吉狄马加是中国最伟大的当代诗人之一，他的诗富有文化内涵，事实上深深植根于彝族的传统。他的诗歌创作也提升了通灵祖先的毕摩祭司所把控的远古魔幻意识。他的诗歌艺术构成一片无形的精神空间，山民们与这一空间保持持久的互动，他的诗让人心灵净化，并构建起一个人类不懈追求纯真和自我实现的伟大时代。面朝广袤美丽的自然，他的作品始终致力于表现人类命运的深度，这命运的陡坡一直通向宏大的宇宙体系和存在的基本机制。这一切借助昼夜的更替被永恒地感知；这一切化身为守夜人，躯体遭受打击，忍受疾病和痛苦，他面对风霜雪雨，承受着时间的毁灭力量。人类的意识得到如此清晰的呈现，它甚至构成一道闪亮的光束，穿透巨大的时间间隔，扫描各种形状、各类变体的空间，这对于诗歌而言十分罕见。马加能像蝴蝶翅膀轻盈扇动那般写出一首诗，他也能创作出视野宽广的全景图，这些全景图反映整个时代的精神，也反映人类在山川湖畔与鸟兽等一切生物和谐共处的自由存在特质。他诗中的每一抒情场景均成为一则部落故事之延续，似在特意宣示他的部落之荣光。诗人意识到，他的作品脱颖而出，正是为了完成他渴望的使命。他深知，他无法继续定居凉山，背着猎枪去打猎，在族人中间过着悠闲、宁静的生活。他本可围着篝火舞蹈，站在山巅远眺，可他的命运却是跻身于世界诗人之列，宣示他那偏居地球一隅的故土和人民之荣光；他本可在小茅屋里歌唱，远离寒冷的宇宙，聆听长辈和巫师讲故事，可他的工作却是一遍又一遍地重申存在的基本真理："我是彝人！"这是他的伟大任务，同时也是世代传诵的祈祷，借助一连串的提示和升华，这也是能

733

反映过去、亦能再现壮丽未来的历史所发出的遥远回声。

（刘文飞　译）

达里尤斯兹·特玛斯兹·莱贝达，波兰文学协会主席　欧洲诗歌与艺术荷马奖评奖委员会主席

在2016年欧洲诗歌与艺术荷马奖颁奖仪式上的致辞
吉狄马加

尊敬的欧洲诗歌与艺术荷马奖评委会，尊敬的各位朋友，我亲爱的同胞们：

今天对于我来说，是一个喜出望外的日子，我相信对于我们这个数千年来就生活在这片高原的民族而言，也将会是一个喜讯，它会被传播得比风还快。感谢欧洲诗歌与艺术荷马奖评委会，你们的慷慨和大度不仅体现在对获奖者全部创作和思想的深刻把握，更重要的是你们从不拘泥于创作者的某一个局部，而是把他放在了一个民族文化和精神的坐标高度。由此不难理解，你们今天对我的选择，其实就是对我们彝民族古老、悠久、灿烂而伟大的文化传统的褒奖，是馈赠给我们这片土地上耸立的群山、奔腾的河流、翠绿的森林、无边的天空以及所有生灵的一份最美好的礼物。

尤其让人不知所措、心怀不安的是，你们不远万里，竟然已经把这一如此宝贵的赠予送到了我的家门，可以说，此时此刻我就是这个世界上一个幸运的人。按照我们彝族人的习惯，在这样的时候，我本不应该站在这里，我应该做的是在我的院落里为你们宰杀牲口，递上一杯杯美酒，而不是站在这里浪费诸位的时间。

朋友们，这个奖项是以伟大的古希腊诗人荷马的名字命名的，《伊利亚特》和《奥德赛》两部伟大的史诗，为我们所有的后来者都树立了光辉的榜样。当然，这位盲人歌手留下的全部遗产，都早已成为人类精神文化最重要的源头之一，在这里，我不想简单地把这位智者和语言世界的祭司比喻成真

理的化身，而是想在这里把我对他的热爱用更朴素的语言讲出。在《伊利亚特》中，阿基琉斯曾预言他的诗歌将会一直延续下去，永不凋零，对这样一个预言我不认为是一种宿命式的判断，其实直到今天，荷马点燃的精神火焰都从未有过熄灭。

然而最让我吃惊和感动的是，如果没有荷马神一般的说唱，那个曾经出现过的英雄时代，就不会穿越时间，哪怕它就是青铜和巨石也会被磨灭，正是因为这位神授一般的盲人，让古希腊的英雄谱系，直到现在还活在世上熠熠生辉。

讲到这里，朋友们，你们认为这个世界所发生的一切，都是由偶然的因素构成的吗？显然不是，正如我今天接受这样一个奖项，在这里说到伟大的荷马，似乎都在从空气和阳光中接受一个来自远方的信息和暗示，那就是通过荷马的神谕和感召，让我再一次重新注视和回望我们彝民族伟大的史诗《勒俄特依》《梅葛》以及《阿细的先基》，再一次屹立在自然和精神的高地，去接受太阳神的洗礼，再一次回到我们出发时的地方，作为一个在这片广袤的群山之上有着英雄谱系的诗人，原谅我在这里断言：因为我的民族，我的诗不会死亡！谢谢诸位！卡沙沙！

2016年6月27日

THE EUROPEAN MEDAL OF POETRY AND ART

THE EUROPEAN MEDAL OF POETRY AND ART
Homer 2016
◎Jidi Majia – China
Laudation

Jidi Majia is one of the greatest contemporary Chinese poets. His poetry is culturally bounded, which is in fact deeply rooted to the tradition of the nation, Nuosu. He also wrote poetry to enhance the ancient magical consciousness that is moderated by priests *Bimo* holding the spirits of his ancestors. Form of his art is an invisible space of spirituality, from which mountain people remain in constant interaction, that clarifies to bestow the age of great human longing for purity and fulfilment. Living in the face of vastness and natural beauty, his work constantly strives to reflect the depth of human fate, over which it slopes, and connects to the large cosmogonic systems and the elementary mechanisms of duration. It has sensed eternity through completion of day and night; sticking to the human body, with its illness and pain, it vigils in the shape of a human, exposes to weather conditions, that is subjected to be the destructive power of time. It is rare and appears to be so clear to human consciousness, shimmering to ever shape a bright beam, penetrating to the large time intervals, and scanning space in all its shapes and metamorphoses. Majia can write a poem similar to the gentle movement of the wings of dragonflies, and create wide panoramas, which reflects the spirit of a whole epoch, the ethos of free existence in the midst of mountains and lakes, in harmony with animals, birds and all living beings. Every scene of his poem becomes the continuation of the story of the tribe, as if it is specially appointed to proclaim its glory. The poet is aware that his work has been selected from the many in order to fulfill his desired destiny. He understood that he could not live permanently in the mountains of Liangshan, where he could go out with a shotgun for hunting and lead a peaceful life only with his family clan. He could dance around campfires and look into the distance from the top of the mountain, but his virtue is set to be among the poets of the world, and proclaim the glory of his land and people in the farthest corners of the globe. He could sing in small huts, separated from the cold, cosmic distance, he could listen to the stories of elders and shamans, but his work interpretes the elementary truth of existence: *I am a Nuosu!* This is his great task, and at the same time a kind of prayer that is repeated for generations, in a series of reminders and sublimations, a distant echo of history that reflects the past and the glorious future.

Noble Literature Is Still of Interest and Moment
Acceptance Speech at the Awarding Ceremony of THE
EUROPEAN MEDAL OF POETRY AND ART Homer 2016

Respected judges of the Chamber of THE EUROPEAN MEDAL OF POETRY AND ART *Homer 2016,* Respected friends, my own Yi compatriots:

Fortune has dealt with me rather too well and I should be grateful for the breaking of another dawn as it comes in such an aupicious manner ,that is, today begins with such extraordinary honours like THE EUROPEAN MEDAL OF POETRY AND ART Homer 2016 confered upon me.You might rest assured good tidings in this remote location of my beloved land travel like widefire among my own tribemen and tribewomen.The prize has been altogether popular with both me and my people because it indicates an European perspective that noble literature is still of interest and moment as well as a recognition that my poetry ,deeply rooted in the natioanl traits of the Yi people ,contains the whole of ethnic Nuosu ,and as such, bears the social and aesthetic significance to a preeminent degree despite critical doubts of my tenacious harping on the arch theme of the Yi identity pitted against modernity as well as grudges as to the insularity of my writings from some quarters.No wonder your option of me ,for me ,constitutes a timely solute to the Yi spirituality, so ancient, so marvellous, so glorious rivalling any other counterpart.Your prize comes also as a most suitable gift to this land , all the sentient beings full of song and virtue , its towering peaks, its wild torrents,its perpetually forested woods, its perpetually crystal clear skies ,its grassy slopes scented with nameless wild flowers.

At this moment I must sound very Unnuosu and perhaps cumbersome as to present my gratitude with a plain thank you considering you have travelled around the world to my doorstep to deliver this distinction. Why me? Well, the Yi protocols of friendship dictate, to bearers of good tidings like you,my absence amisdt you in this moment, or rather ,the Yi cult of generosity commands me not stand here to mouth some platitudes of courtesy, but to hurry and scurry as a helper in the courtyard to butcher a goat, a bull and a swine or as the blessed host to encourage the guests drink one more toast as befits authentic Nuosus at the feast.

Dear Friends, this medal to me is named after Homer, the supreme poet of the ancient Occidental world.And with Homer, the two great epics of Illiad and Odyssey,the oldest extant works of the West, have now been an essential part of literatures ,West and East,a veritable legacy left to posterity by this blind poet deemed the twin fountainheads of Western cultural tradition.At this point I hesitate to comapre Homer, the prophet and the Brahmin of poetry to the incarnation of truth.He certainly is.And much more. I really would like to tell, in unguarded frankness, unabashed sincerity, my growing admiration for his meirts over time.Simplicity , Unadorned language and being true to life are some of Homer's reputed qualities.There is a nobility and dignity to his simple and direct lines.In Illiad, Archilles fortells his poems will endure and will never burn to a cinder.To such prophecy,my assent is total and until this day,can't you see the literary sky is still ablaze with Homerian songs and hymns?

What perreinially holds me in awe is the fact, without a blind trabadour in the 8th century BC,our literary history would have been much deprived and depopulated.The calling of the roll of heroes like Achilles and Agamemnon, though boisterous and frivolous, has always dignified and enlivened even as bronze will rust and boulders will decompose.

Mind you, my friends,I speak of this award with pride, one associated with the great Homer.It seems like a stroke of telepathy, a mysterious message or oracle from Homer, and affected by the powers of such an oracle,I turn my gaze,to all intents and purposes,again at the Yi epics,*Leer, Meige as well as Aji's Xianji.* all being splendid glorification of everything in the Daliangshan Highland. Entranced,I seem to have ascended again the majestic heights of Nature and Spirituality of this beloved Yi land ready for the sacred baptism of the Sun God.Literally and literarily, I am back to where I embarked upon my virgin journey into the outside world 30 odd years ago.Allow my egoism, a poet inheriting such an illustrious geneaology of heroes as Homer sings hymns to, I rejoice at this moment,with my dear Nuosu folks ,by virtue of being the Nuosu bard associated with the right of prophecy, that my poems will last and continue to shine before the world thanks to my people, because of them and forthe sake of them.Thank you for your attention.Kasasa!

（ 黄少政　译 ）

（ 英语 ）

剑桥大学"银柳叶诗歌终身成就奖"颁奖词与致答词

2017年剑桥徐志摩诗歌艺术节
"银柳叶诗歌终身成就奖"颁奖词

　　吉狄马加是中国最卓越的诗人之一，同时也是一位活跃于当今世界诗坛最著名的中国少数民族诗人。他的作品根植于彝族数千年的诗歌传统，其诗歌的抒情特质纯粹、朴实、内向而精致，其几乎全部作品都在见证一个民族的精神和历史，从这里我们能感受到远古神话与当下现实所构筑的梦幻世界，以及它传递给我们每一个人的勇气和力量。这些作品诗性地呈现出了深厚真挚的人类情怀，是用彝族人的古老乐器吹奏出的一曲献给他的民族和全人类的颂歌。作为诗人的吉狄马加，同时还是一位行动的并富有创造力的文化使者，由他主导创立的中国青海湖国际诗歌节、国际帐篷诗人圆桌会议、中国西昌邛海国际诗歌周等，毫无疑问已经成为当今中国和世界诗歌进行交流的重要窗口，有鉴于此，剑桥国王学院徐志摩诗歌节主办机构为吉狄马加颁发本年度"银柳叶诗歌终身奖"。

（梅丹理　译）

　　艾伦·麦克法兰（Professor Alan Macfarlane），英国剑桥大学国王学院终身院士，英国科学院、欧洲科学院院士。

总有人因为诗歌而幸福

——在剑桥大学国王学院徐志摩诗歌节
"银柳叶诗歌终身成就奖"颁奖仪式上的致答词

吉狄马加

各位女士、先生们、朋友们：

感谢你们把本届诗歌节"银柳叶诗歌终身成就奖"颁发给我，我以为这是你们对我所属的那个山地民族诗歌传统的一种肯定，因为这个民族所有的表达方式都与诗歌有着密切的关系。诗歌作为一种最古老的艺术，在过去很长一段时间，我们的先辈几乎都是用它来书写自己的历史和哲学，这种现象虽然在世界许多民族中并不少见，但在我们民族所保存遗留下来的大多数文字经典中，其最主要的书写方式就是诗歌，甚至我们的口头文学大多也是以诗歌的形式被世代传诵的。哪怕就是在我们的日常生活中，诗歌中通常使用的比兴和象征也随处可见，特别是在我们的聚会、丧葬、婚礼以及各类祭祀活动中，用诗歌的形式所表达的不同内容，从本质上都蕴含着诗性的光辉。可以说我们彝族人对诗歌的尊崇和热爱是与生俱来的，在我们古老的谚语中，把诗歌朴素地称为"语言中的盐巴"，由此可见，数千年来诗歌在我们的精神世界和现实生活中扮演了何等重要的角色。我以为我们民族数千年来从未改变并坚持至今的就是对英雄祖先的崇拜以及对语言所构筑的诗歌圣殿的敬畏。特别是在当下这个物质主义的时代，我们如何让诗歌在我们的精神生活中发挥它应有的作用，我想这对于每一个诗人而言都不仅仅是一种写作的需要，而必须站在一个道德和正义的高度，去勇敢地承担起一个有良知的诗人所应当承担的责任和使命，其实在我们民族伟大的诗歌经典中，这一传统就从未有过中断。

朋友们，我们民族繁衍生活的地方，就在中国西南部广袤绵延的群山之中，我的故乡彝语称为"尼木凉山"（nip mu liangshan），它是中国最大的彝族聚居区，也可以说是我们民族精神和文化的圣地，今天在这里我们还能随处找到史诗中赞颂过的神山、牧场、峡谷以及河流，还能根据真实的传说去寻找到祖先在这片土地上留下的英雄业绩。在这片20世纪中叶以前还与外界缺少来往的神秘地域，毋庸置疑，它已经成为我们每一个彝族诗人终其一生都会为它书写的精神故土。在这片土地上有一条奔腾不息的大河，在彝语中被称为"阿合诺依"（ax huo nuo yy），它的意思是黑色幽深的河流，在汉语里它的名字叫金沙江。这条伟大的河流，它蜿蜒流淌在高山峡谷之间，就像我们民族英勇不屈的灵魂，它发出的经久不息的声音，其实就是这片土地上所有生命凝聚而成的合唱。朋友们，而我的诗歌，只不过是这一动人的合唱中一个小小的音符，而我作为一个诗人，也只是这个合唱团中一个真挚的歌手。谢谢大家！

Laudation for 2017 Silver Willow Lifetime Achievement Award from Xu Zhimo Poetry Festival, Cambridge Univ.

Jidi Majia, one of the most eminent poets of China and renowned in his country as an ethnic minority poet, is active on the world poetry scene. His works are deeply rooted in the Yi ethnic group's poetic tradition going back thousands of years, and the lyricism of his poems is pure, plain, inward-looking and delicate. Almost all his works witness the spirit and history of a nationality, and in them we sense a dreamscape constructed of ancient myths and present reality, as well as the courage and the power they pass on to every one of us. Giving poetic displays of profound, cordial human feelings, these works are an ode to his nationality and all humanity played on the ancient musical instrument of the Yi people. As a poet, Jidi Majia is also a cultural envoy who takes creative action. He has played a leading role in founding Qinghai Lake International Poetry Festival, International Poets Tent Round-Table Meeting and Xichang Qionghai International Poetry Week, and these activities have undoubtedly become important windows of poetry exchange between contemporary China and the world. In view of all the above, the Silver Willow Lifetime Achievement Prize is hereby granted to Mr. Jidi Majia by his host, the Xu Zhimo Poetry and Art Festival of Cambridge University.

Professor Alan Macfarlane, fellow of King's College, Cambridge University; fellow of British Academy and European Academy of Science

Some Are Numbered among the Blessed, Because of Poetry

Acceptance Speech for "Silver Willow Lifetime Achievement Award" at Xu Zhimo Poetry Festival, King's College Cambridge

◎Jidi Majia

Ladies, gentlemen and friends;

Thank you for giving me this year's "Silver Willow Lifetime Achievement Award." For me this affirms the poetic tradition of the mountain people I belong to, because our means of expression has always been tightly linked to poetry. As one of the most ancient arts, poetry has long been the medium used by my forebears to inscribe their history and philosophy. This phenomenon is observable in other peoples, but almost all the classics preserved by my ethnic group were written in poetic lines, and this holds true of our oral literature passed down through generations as well. Even in our daily lives, one regularly encounters the kind of resonant images and symbols used in poetry, especially at social gatherings, funerals, weddings and various ritual offerings. Many messages are conveyed in verse: in essence they are all illuminated by poetic feeling. One could say that Yi people are born with reverence and fondness for poetry. In the plainspoken words of an ancient proverb, we say that poetry is "the salt of language." From this you can see what an important role poetry has played in our spiritual world and in the reality of our lives. In my view, my people have unbendingly adhered to two things over thousands of years: our worship of heroic ancestors and our awe of a sacred realm constituted by poetic language. As for how poetry is to exert its rightful effect in our spiritual lives, especially during the current materialistic era, I think this needs to be addressed by each poet not just in terms of writing, but also from an elevated standpoint of morality and justice, as a mission and responsibility to be undertaken boldly by every poet of conscience. In fact, in the great poetic classics of my people, this kind of tradition has never been interrupted.

My friends, the place where my people live and thrive is a far-stretching expanse of mountains in southwest China. In the Yi language of my region we call it "Nipmu Liangshan," which is the largest concentrated dwelling place of the Yi people. In terms of spirit and culture, one could also say it is also the sacred ground of my people. Today we can still find the holy mountains, pastures, gorges and rivers that are praised in epics. Using legends as a guide, we can still find sites where our ancestors did heroic deeds. That little-known realm, lacking contact with the outside world until the mid-20th century, is none-other than the spiritual homeland written about in poems by each Yi poet. Across that land races a great, restless river which we call "Axhuo Nuoyy" in the Yi language, meaning a black, deep-set river. In the Chinese language we call it Jinsha River. In its winding course through deep gorges, amid high mountains, that great river resembles the indomitable soul of my people. The lasting, unceasing sound it makes is actually a chorus compounded from all living things on that stretch of ground. My friends, as for my own poems, they are only a small note within that chorus. As a poet, I am only an earnest singer within that choir.

Thank you, everyone!

（梅丹理　译）

（英语）

745

附录一

吉狄马加主要作品目录

一、国内部分

1.《初恋的歌》 1985 四川民族出版社

2.《一个彝人的梦想》 1990 民族出版社

3.《罗马的太阳》 1991 四川民族出版社

4.《吉狄马加诗选译》（彝文版） 1992 四川民族出版社

5.《吉狄马加诗选》 1992 四川文艺出版社

6.《遗忘的词》 1998 贵州人民出版社

7.《吉狄马加短诗选》 2003 香港银河出版社

8.《吉狄马加的诗》 2004 四川文艺出版社

9.《时间》 2006 云南人民出版社

10.《吉狄马加的诗与文》 2007 人民文学出版社

11.《鹰翅与太阳》 2009 作家出版社

12.《吉狄马加演讲集》 2011 四川文艺出版社

13.《为土地和生命而写作——吉狄马加访谈及随笔集》 2011 青海人民出版社

14.《吉狄马加的诗》 2012（补充版） 四川文艺出版社

15.《身份》 2013 江苏文艺出版社

16.《诗歌集》 2013 江苏文艺出版社

17.《火焰与词语》 2013 外语教学与研究出版社

18.《为土地和生命而写作——吉狄马加演讲集》 2013 外语教学与研究出版社

19.《我，雪豹……》 2014 外语教学与研究出版社

20.《从雪豹到马雅可夫斯基》 2016 长江文艺出版社

21.《吉狄马加自选诗》 2017 云南人民出版社

22.《与白云最近的地方》 2017 华文出版社

23.《献给妈妈的二十首十四行诗》 2017 中国少儿出版社

24.《与群山一起聆听——吉狄马加访谈集》 2017 凤凰文艺出版社

二、国外部分

1. 意大利语版, 诗集

外方出版社：Le Impronte degli Uccelli

译者：Vilma Costantini（康薇玛）

外版名称：Dove Finisce La Terra

出版时间：2005年

2. 保加利亚语版诗集

外方出版社：保加利亚国家作家出版社

译者：Христо Караславов, Полина Тинчева（赫里斯托·卡拉斯拉沃夫、波莉娜·廷切娃 译）

外版名称：акорд на съня（《"睡"的和弦》） 对应中文《时间》

出版时间：2005年

3. 马其顿语诗集

外方出版社：Makavej（马其顿共和国斯科普里学院出版社）

译者：特拉扬·彼德洛夫斯基

外版名称：очите на есента

出版时间：2006年

4. 捷克语版诗集

外方出版社：Foibos（捷克芳博斯文化公司）

译者：Jan Cimický

外版名称：Čas

出版时间：2006年

5. 塞尔维亚语版诗歌选集

外方出版社："斯姆德雷沃诗歌之秋"国际诗歌节出版

译者：Драган Драгојловић

外版名称：ПЕСМЕ

出版时间：2006年

6. 波兰语版诗集

外方出版社：Wydawnictwo Adam Marszalek

译者：Marek Wawrzkiewicz、Peter Tabora

外版名称：Magiczna Ziemia

出版时间：2007年

7. 法语版诗集

外方出版社：Librairie de Youfeng（友丰书店）

译者：Sandrine Alexandre

外版名称：Temps

出版时间：2007年

8. 德语版诗集

外方出版社：Projekt Verlag

译者：Peter Hoffmann 彼得·霍夫曼

外版名称：Gesange Der Yi

出版时间：2007年

9. 西班牙语版诗集（委内瑞拉出版）

外方出版社：La Castalia

译者：J.M. Briceno Guerrero，赵振江

外版名称：Tiempo

出版时间：2008年

10. 韩语版诗集

外方出版社：홍정선김수영（韩国文学与知性出版社）

译者：백지훈

外版名称：시간　对应中文《时间》

出版时间：2009年

11. 西班牙语版诗集（阿根廷出版）

外方出版社：Proa Amerian Editores

译者：Chiti Matya

外版名称：Tiempo

出版时间：2011年

12. 俄语版诗集

外方出版社：Гиперион（吉彼里昂出版社）

译者：Д.А. Дерепа, перевод

外版名称：время

出版时间：2013年

13. 西班牙语版诗集（哥伦比亚出版）

外方出版社：Corporacio de Arte y Poesia Prometeo

译者：Leon Blanco

外版名称：Palabras de Fuego

出版时间：2013年

14. 意大利语版演讲集

外方出版社：LIBRERIA ORIENTALIA

译者：Laura Cassanelli，吕晶

外版名称：Scritti per la Terra e per la Vita—Discorsi scelti

出版时间：2014年

15. 西班牙语版演讲集（哥伦比亚出版）

外方出版社：Corporation of Art and Poetry Prometeo（哥伦比亚）

译者：Rafael Patiño Góez

外版名称：En El Nombre de la Tierra y de la Vida

出版时间：2014年7月

16. 俄语版诗集

外方出版社：Объединённое гуманитарное издательство（俄罗斯联合人文出版社）

译者：李英男、李雅兰

外版名称：Чёрная рапсодия

出版时间：2014年

17. 英语版诗集

外方出版社：University of Oklahoma Press（美国）

译者：Denis Mair

外版名称：Rhapsody in Black

出版时间：2014年

18. 英语版演讲集（南非出版）

外方出版社：UHURU DESIGN STUDIO（PTY）LTD

译者：Denis Mair

外版名称：Poetry-Tool and Witness to China's Renaissance

出版时间：2014年

19. 英语版诗集（南非出版）

外方出版社：UHURU DESIGN STUDIO (PTY) LTD

译者：Denis Mair

外版名称：Shade of our Mountain Range

出版时间：2014年

20. 罗马尼亚语版诗集

外方出版社：THE EUROPEAN IDEA CULTURAL FOUNDATION

译者：Constantin Lupeanu（鲁博安），Andrian Daniel Lupeanu

外版名称：Flacara si Cuvant

出版时间：2014年

21. 阿拉伯语版诗集（黎巴嫩出版）

外方出版社：DAR AL-SAQI

译者：Sayed Gouda

外版名称：وكلمات هليبنار

出版时间：2014年

22. 法语版诗集（加拿大出版）

外方出版社：MEMOIRE D'ENCRIER INC.

译者：Françoise Roy

外版名称：Paroles de Feu

出版时间：2014年

23. 塞尔维亚语诗集（波黑出版）

外方出版社：KNJIZEVNI KLUB BRCKO DISTRIKT（波黑）

译者：Zarko Milenic

外版名称：Rijeci Vatre

出版时间：2014年

24. 土耳其语版诗集

外方出版社：TEKİN YAYIN DAĞITIM SAN. TİC. LTD. ŞTİ.

译者：Ataol Behramoglu

外版名称：Gok ve yer arasinda

出版时间：2015年

25. 孟加拉语版诗集

外方出版社：Naya Udyog（印度）

译者：Ashis Sanyal

外版名称：孟加拉语不会拼，对应的英文名称：Words of Fire

出版时间：2015年

26. 德语版诗集

外方出版社：LÖCKER VERLAG（奥地利）

译者：Helmuth A. Niederle

外版名称：Worte Des Feuers

出版时间：2015年

27. 德语版演讲集

外方出版社：LÖCKER VERLAG（奥地利）

译者：Claudia Kotte

外版名称：Im Namen Von Land Und Leben

出版时间：2015年

28. 罗马尼亚语版演讲集

外方出版社：THE EUROPEAN IDEA CULTURAL FOUNDATION

译者：Maria-Ana Tupan

外版名称：In Numele Pamentului Si al Vietii

出版时间：2015年

29. 波兰语版诗集

外方出版社：Dialog

译者：Malgorzata Religa

外版名称：Stowa i Ptomienie

出版时间：2015年

30. 法语版演讲集（加拿大出版）

外方出版社：MEMOIRE D'ENCRIER INC.

译者：Françoise Roy

外版名称：Au Nom de la Terre et de la Vie

出版时间：2015年

31. 塞尔维亚语版演讲集（波黑出版）

外方出版社：KNJIZEVNI KLUB BRCKO DISTRIKT（波黑）

译者：Zarko Milenic

外版名称：U Ime Zemlje Zivota

出版时间：2015年

32. 希腊语版诗集

外方出版社：Society of Dekata

译者：Yorgos Blanas

外版名称：Λόγια της φωτιάς

出版时间：2015年

33. 西班牙语版诗集（古巴出版）

外方出版社：Union de Escritores y Artistas de Cuba

译者：Françoise Roy

外版名称：Palabras de Fuego

出版时间：2015年

34. 德语版演讲集

外方出版社：LÖCKER VERLAG（奥地利）

译者：Claudia Kotte

外版名称：Im Namen Von Land Und Leben

出版时间：2015年

35. 西班牙语版诗集（西班牙出版）

外方出版社：Valparaíso Ediciones

译者：Françoise Roy

外版名称：Palabras de Fuego

出版时间：2015年9月

36. 斯瓦西里语版诗集（肯尼亚出版）

外方出版社：Twaweza Communications Ltd

译者：Philo Ikonya

外版名称：Maneno Y Moto Kutoka China

出版时间：2015年

37. 意大利语版诗集

外方出版社：EDITORI INT. RIUNITI

译者：Rosa Lombardi

外版名称：Identica

出版时间：2015年

38. 亚美尼亚语版诗集

外方出版社：Vogi-Nairi,Arts Center

译者：KristineBalayan,Hrant Alexanian

外版名称：ՀԲԵՂԵՆ ԽՈՍՔԵՐ

出版时间：2015年

39. 希伯来语版诗集

外方出版社：Pardes Publishing（以色列）

译者：Amir Or

外版名称：רוחשבההידוספר

出版时间：2016年

40. 波兰语版诗集

外方出版社：LIBRARY OF TEMAT

译者：DariuszThomasLebioda

外版名称：Ryty Wiecznosci

出版时间：2016年

41. 爱沙尼亚语版诗集

外方出版社：ARS ORIENTALIS

译者：Jüri Talvet

外版名称：Aeg

出版时间：2016年

42. 马尼亚语版诗集

外方出版社：THE EUROPEAN IDEA CULTURAL FOUNDATION

译者：Constantin Lupeanu（鲁博安）

外版名称：Culoarea Paradisului（中文意为：天堂的色彩，即中文版诗集《从雪豹到马雅可夫斯基》）

出版时间：2016年

43. 英文版诗集《我，雪豹……》

外方出版社：Manoa Books

译者：Frank Stewart

外版名称：I Snow Leopard

出版时间：2016年

44. 捷克语版诗集

外方出版社：DAUPHIN

译者：Zuzana Li

外版名称：Slova v Plamenech

出版时间：2016年

45. 克罗地亚语版诗集

外方出版社：Durieux

译者：Miloš Djurdjević

外版名称：Rapsodiia u Crnom

出版时间：2016年

46. 英语版诗集（英国出版）

外方出版社：Aurora Publishing

译者：Qian Kunqiang

外版名称：Identity

出版时间：2016年

47. 加里西亚语诗集

外方出版社：EDITORIAL GALAXIA

译者：Francisco Alberto Pombo

外版名称：Rapsodia en Negro

出版时间：2016年

48. 匈牙利语诗集（布达佩斯出版）

外方出版社：MAGYAR PEN CLUB（匈牙利笔会）

译者：芭尔涛·艾丽卡、拉茨·彼得、苏契·盖佐

审校：余泽民

出版时间：2017年

49. 英语版诗集（英国剑桥大学）

外方出版社：Cambridge Rivers Press（英国剑桥康河出版社）

译者：Denis Mair

外版名称：poetry and artwork collection of jidimajia

出版时间：2017年

50. 英语版诗集（美国旧金山）

外方出版社：Kallatumba Press（阿尔巴尼亚语：倾倒出版社）

译者：Denis Mair

外版名称：FROM THESNOW LEOPARDTO MAYAKOVSKY

出版时间：2017年

51. 阿拉伯语版诗集

外方出版社：摩洛哥十字路口（EDITIONS LA CROISEE DES CHEMINS）出版社

译者：Jalal El Hakmaoui

外版名称：ران الكلمات

出版时间：2017年

52. 波兰语版诗集

外方出版社：伊朗 OSTOORE PUBLISHER 出版社

译者：Abolghasem Esmaeilpour Motlagh

外版名称：من، پلنگ برفی و اشعاری از واگزان آشتا

出版时间：2017年

53. 俄语版诗集

外方出版社：联合人文出版社

译者：李英男、李雅兰、顾宇、谢尔盖·托洛普采夫、阿列克谢·菲利莫诺夫

外版名称：Ушедший в бессмертие

出版时间：2017年

54. 德语版诗集

外方出版社：AUSTRIA PEN CLUB（奥地利笔会）

译者：赫尔穆特·A·聂德乐

外版名称：DER RACHEN DES ROTEN LÖWEN IN DER STERN-KAMMER DER GEDANKEN

出版时间：2017年

Publications

Part One (Published in China)

1. *The Song of My First Love* (Sichuan Nationalities Publishing House; 1985);

2. *The Dream of a Yi Native* (China Nationalities Publishing House; 1990);

3. *The Sun in Rome* (Sichuan Nationalities Publishing House; 1991);

4. *Selected Poems by Jidi Majia* (published in Yi language; Sichuan Nationalities Publishing House; 1992);

5. *A Poetry Anthology of Jidi Majia* (Sichuan Literature and Art Publishing House; 1992);

6. *The Buried Words* (Guizhou People's Publishing House; 1998);

7. *A Selection of Jidi Majia's Short Poems* (Hong Kong Milky Way Press; 2003);

8. *Poems of Jidi Majia* (Sichuan Literature and Art Publishing House; 2004);

9. *Time* (Yunnan People's Publishing House; 2006);

10. *Jidi Majia's Poems and Essays* (People's Literature Publishing House; 2007);

11. *The Hawk's Wings and the Sun* (Writers Press; 2009);

12. *A Collection of Jidi Majia's Speeches* （Sichuan Literature and Art Publishing House; 2011）；

13. *For the Land and Life* (Qinghai People's Publishing House; 2011)

14. *Poems of Jidi Majia* (revised edition; Sichuan Literature and Art Publishing House; 2012)

15. *Identity* (Jiangsu Literature and Art Publishing House; 2013);

16. *A Collections of Poems by Jidi Majia* (Jiangsu Literature and Art Publishing House; 2013);

17. *Flames and Words* (Foreign Language Teaching and Research Press;

2013);

18. *For the Land and Life* (Foreign Language Teaching and Research Press; 2013);

19. *I, Snow Leopard...* (Foreign Language Teaching and Research Press; 2014);

20. *Between Snow Leopard and Mayakovsky* (Yangtze River Literature and Art Publishing House; 2016).

21. *Poems Selected by Jidi Majia,* (Yunnan People's Publishing House, 2017)

22. *Place Closest to White Clouds,* (Sino-culture Press, 2017)

23. *24 Sonnets to Mother,* (China Children's Press and Publication Group, 2017)

24. *Listen together with Mountains: Interviews with Jidi Majia,* (Jiangsu Phoenix Literature and Art Publishing, LTD)

Part Two (published in foreign countries)

1. *At the Ends of the Earth* (Le Impronte degli Uccelli, Rome; 2005);

2. *Chord of Sleep* (The State Press, Bulgaria; 2005);

3. *The Eyes of the Autumn* (Makavej, Macedonia; 2006);

4. *A Selection of Jidi Majia's Poems* (publisher: The Autumn of Poetry——Serbia Smederev International PoetryFestival; 2006);

5. *TIME* （Foibos, Czech; 2006）;

6. *Song of the Yi* (Projekt Verlag, Germany; 2007);

7. *The Yi Nationality* (Voice of China Broadcasting Co.Ltd., UK, 2007);

8. *TIME* (Librairie de Youfeng, France; 2007);

9. *TIME* (Wydawnictwo Adam Marszalek, Poland; 2007);

10. *TIME* (La Castalia, Venezuela; 2008);

11. *TIME* (홍정선김수영, Korea; 2009);

12. *TIME* (Proa Amerian Editores, Argentina; 2011);

13. *Words of Flame* (Corporacio de Arte y Poesia Prometeo, Columbia; 2013);

14. *TIME* (Гиперион, St. Petersburg, Russia; 2013);

15. *Rhapsody in Black* (University of Oklahoma Press, USA; 2014);

16. *Rhapsody in Black* (Объединённое гуманитарное издательство, Russia; 2014);

17. *For the Land and Life* (Corporation of Art and Poetry Prometeo, Columbia; 2014);

18. *For the Land and Life* (LIBRERIA ORIENTALIA, Italy; 2014);

19. *Words of Flame* (MEMOIRE D'ENCRIER INC, Canada; 2014);

20. *Words of Flame* (THE EUROPEAN IDEA CULTURAL FOUNDATION, Rumania; 2014);

21. *Words of Flame* (DAR AL-SAQI, Lebanon; 2014);

22. *Words of Flame* (Boolean Cik LiteratureClub, Bosnia and Herzegovina; 2014);

23. *Shade of Our Mountain Range* (UHURU DESIGN STUDIO (PTY) LTD, South Africa; 2014);

24. *Poetry-Tool and Witness to China's Renaissance* (UHURU DESIGN STUDIO (PTY) LTD, South Africa; 2014);

25. *Words of Flame* (Naya Udyog, India; 2015);

26. *For the Land and Life* (THE EUROPEAN IDEA CULTURAL FOUNDATION, Rumania; 2015);

27. *Words of Flame* (Colleccion Sur Editores, Cuba; 2015);

28. *For the Land and Life* (Locker verlag, Austria; 2015);

29. *Words of Flame* (Locker verlag, Austria; 2015);

30. *Words of Flame* (Society of Dekata, Greece; 2015);

31. *Identity* (Editori Riuniti, Italy; 2015);

32. *Words of Flame* (Vogi Nairi, Armenia; 2015);

33. *For the Land and Life* (Mémoire d'Encrier, Canada; 2015);

34. *Words of Flame* (TEKİN YAYIN DAĞITIM, Turkey; 2015);

35. *Words of Flame* (DIALOG, Poland; 2015) ;

36. *Words of Flame* (Valparaíso Ediciones, Spain; 2015) ;

37. *For the Land and Life* (Knjizevni Klub Brcko, Bosnia and Herzegovina; 2015);

38. *Words of Flame* (Twaweza Communications Ltd., Kenya; 2015) ;

39. *I, Snow Leopard* (Manoa Books, USA;2016);

40. *Words of Flame* (DAUPHIN, Czech; 2016) ;

41. *An Eternal Rite* (LIBRARY OF TEMAT, Poland; 2016);

42. *Rhapsody in Black* (Pardes Publishing, Israel; 2016);

43. *TIME* (Ars Orientalis, Estonia; 2016);

44. *Rhapsody in Black* (Durieux, Croatia; 2016);

45. *Identity* (Aurora Publishing, UK;2016) ;

46. *Rhapsody in Black* (Editorial Galaxia, Spain; 2016);

47. *The Color of Heaven* (THE EUROPEAN IDEA CULTURAL FOUN-
DATION, Romania; 2016).

48. *Én, a hópárduc – Jidi Majia válogatottversei* (MAGYAR PEN CLUB, Hungary; 2017)

49. *Poetry and Artwork Collection of Jidi Majia* (Cambridge Rivers Press, UK; 2017)

50. *FROM THE SNOW LEOPARD TO MAYAKOVSKY* (Kallatumba Press, San Francisco, US; 2017)

51. نار الكلمات (EDITIONS LA CROISEE DES CHEMINS, Morocco; 2017)

52. من، پلنگ برفی و اشعاری از واژگان آتش (OSTOORE PUBLISHER, Iran; 2017)

53. *Immortality* (Foreigh Publishing House: United and Humanitie Press: 2017);

54. *A court in the starry sky of the red lion* (Foreign Publishing House: AUSTRIA PEN CLUB;2017)

吉狄马加主要获奖目录

1. 1985年，组诗《自画像及其它》获中国第二届民族文学诗歌一等奖。

2. 1986年，《猎人的世界》获1984-1985年度《星星》诗歌创作奖。

3. 1988年，诗集《初恋的歌》获中国第三届新诗(诗集)奖。

4. 1988年，组诗《吉狄马加诗十二首》获中国四川省文学奖。

5. 1988年，诗集《初恋的歌》获郭沫若文学奖荣誉奖。

6. 1988年，组诗《自画像及其它》获郭沫若文学奖荣誉奖。

7. 1989年，组诗《一个舞人的梦想》获中国作家协会《民族文学》"山丹"奖。

8. 1992年，《罗马的太阳》获首届四川省少数民族优秀文学作品奖。

9. 1993年，诗集《一个舞人的梦想》获中国第四届民族文学诗集奖。

10. 1994年，获庄重文文学奖。

11. 2006年，被俄罗斯作家协会授予肖洛霍夫文学纪念奖章和证书。

12. 2006年，保加利亚作家协会为表彰他在诗歌领域的杰出贡献，特别颁发证书。

13. 2011年，获《诗歌月刊》年度诗人奖。

14. 2011年，在北京召开的"全球视野下的诗人吉狄马加学术研讨会"上被波兰华沙之秋诗歌节授予荣誉证书。

15. 2012年，获柔刚诗歌奖荣誉奖。

16. 2012年，应塞萨尔·巴列霍诞辰一百二十周年纪念活动邀请，被秘鲁特鲁西略大学授予荣誉证书及奖章。

17. 2014年，获彝族诗歌终身成就奖。

18. 2014年，获南非姆基瓦人道主义奖。

19. 2014年，长诗《我，雪豹……》获《人民文学》年度奖。

20. 2015年，获第十六届国际华人诗人笔会"诗魂金奖"。

21. 2016年，获2016欧洲诗歌与艺术荷马奖。

22. 2016年，获2016年度《十月》诗歌奖。

23. 2016年，获2016年度"李杜诗歌奖"。

24. 2016年，获罗马尼亚《当代人》杂志"卓越诗人奖"。

25. 2016年，获罗马尼亚布加勒斯特作家协会"诗歌奖"。

26. 2017年，获罗马尼亚布加勒斯特城市诗歌奖。

27. 2017年，获波兰雅尼茨基文学奖。

28. 2017年，获英国剑桥大学国王学院徐志摩诗歌节银柳叶诗歌终身成就奖。

Awards

1. *Self-portrait and Other* was awarded as the top prize for poetry (The 2nd China National Literature Prize for Minority, 1985);

2. Hunter's World was awarded prize for Poetry Creative Writing 1994-1995（Star Poetry; 1986）;

3. *The Song of My First Love* was awarded as the best poetry anthology (The 3rd China National Prize for Poetry, 1988);

4. Twelve Poems by Jidi Majia was awarded Sichuan Literature Prize (1988);

5. *The Song of My First Love* was awarded the honorary award of Guo Moruo Prize for Literature (1988);

6. *Self-portrait and Other* was awarded the honorary award of Guo Moruo Prize for Literature (1988);

7. *The Dream of a Yi Native* was awarded Morningstar Lily Prize (National Literature of China Writers Association; 1989);

8. The Sun in Rome was awarded Sichuan Minority Literature Prize (1992);

9. *The Dream of a Yi Native* was awarded Prize for Poetry Anthology (the 4th China National Prize for Minority Literary; 1993);

10. Zhuangzhong Literature Prize (China, 1994);

11. Sholokhov Memorial Medal for Literature (Russian Writers Association, 2006);

12. Special Certificate (Bulgarian Writers Association, 2006);

13. Award for Annual Poets (Poetry Monthly, China; 2011);

14. Certificate of Honor issued by the organizing committee of "Autumn of Warsaw" International Poetry Festival in the seminar titled "Jidi Majia's Poetry in the Global Vision" (Beijing, 2011);

15. Rougang Literature Prize (China, 2012);

16. Certificate of Honor and Medal awarded by Peru Trujillo State University in the commemorative activity for César Vallejo's 120 Anniversary (2012);

17. Lifetime Achievement Award for Yi Poetry (China, 2014);

18. Mkhiva Humanitarian Award (South Africa; 2014);

19. Poem "I, Snow Leopard…" was awarded annual prize (People's Literature, China, 2014);

20. Gold Award for Master Soul of Chinese Poetry (16th International Chinese Poets Pen; 2015);

21. HOMER EUROPEAN MEDAL OF POETRY AND ART (2016);

22. Award for Poetry (China, *October Monthly*, 2016);

23. Li Bai and Du Fu Prize for Poetry (China, 2016);

24. Award for Outstanding Poets (*The Contemporary People* magazine, Romania; 2016);

25. Prize for Poetry (Romania Bucharest Writers Association, 2016).

26. Poetry Prize of Bucharest City (The Bucharest International Poetry Festival,

Romania, 2017)

27. Ianicius Prize (Poland, 2017)

28. Lifetime Achievement Award of Xu Zhimo Poetry Prize (King's College, University of Cambridge, UK, 2017)

《我，雪豹……》推介语

"I, Snow Leopard" by Jidi Majia, one of the most significant poets of contemporary China, is an unusual imagined monologue of a creature living in the Asian mountains. Written with inimitable poetic drive and embedded in ancient mentality of the Nuosu people to which the author belongs, it possesses a strong philosophical and ecological message: "The order of the cosmos does not come from random confusion."

Tomas Venclova

　　当代中国最重要的诗人之一吉狄马加的《我，雪豹……》，是亚洲山地一个生灵之非同寻常的形象独白。长诗用无与伦比的诗歌手法写成，根植于作者所属的彝族人民的古代心智，充满深厚的哲学和生态内涵："宇宙的秩序/并非来自于偶然和混乱。"

托马斯·温茨洛瓦

　　托马斯·温茨洛瓦（1937— ），立陶宛诗人、学者和翻译家，美国耶鲁大学斯拉夫语言文学系教授，与米沃什、布罗茨基并列"东欧文学三杰"，被称为"欧洲最伟大的在世诗人之一"。

Jidi Majia'nın "Kar Leopard"ı olağanüstü bir şairin kendinden,ülkesinin tarihinden ve bu gününden, bu toprağa ve halka ilişkin canlı ya da cansız her nesneden ve varlıktan öyle bir söz edişle yarattığı çağdaş bir destandır ki,ölümlü bireysel yaşam bu ölümsüzlüğün ayrılmaz bir parçasına dönüşmektedir.

Atolb Behramgolu

中国诗人吉狄马加的力作《我，雪豹……》，是当代诗歌的巅峰之作。读者完全可以把它视为这位杰出的诗人的一次真情告白，也可以把它视为诗人对自己民族，故土，以及所有生长在自己故土之上万物的一次史诗性的礼赞。伴随如此恢弘的诗行，个体克服了有限无常的宿命，迈入了无限永恒的胜境。

阿陶尔·柏赫拉姆格鲁

阿陶尔·柏赫拉姆奥鲁，土耳其当代杰出诗人和翻译家，土耳其作家协会创始人、荣誉主席。1970年毕业于安卡拉大学俄罗斯语言与文学专业。同年出版了他的第二本诗集《绝对一天》，该诗集是象征主义和超现实主义诗歌传统的综合体。1980年土耳其发生政变，他流亡到法国巴黎，在巴黎大学东方语言和文化学院的比较诗学研究中心工作。1989年，阿陶尔被判无罪，回到土耳其，继续从事文学创作和文学翻译工作。

Es una poesía mística, valiente, enraizada en la historia cosmogónica de la humanidad. Etnicidad y cosmicidad a un tiempo. Este poema narrativo, épico, ejemplariza al último hombre de la última raza del universo-aldea y por eso sus palabras tienen la extraña y misteriosa responsabilidad de salvarnos más allá incluso de la literatura, del tiempo.

Pilar González España

这是一首神秘、勇敢、植根于人类宇宙起源史的诗。既关乎人种学又关乎宇宙学。这首叙事诗，有史诗气魄，使宇宙村庄最后一个种族的最后一人成为范例，因此其话语具有将我们从文学和时代的后面拯救出来的神奇的责任感。

碧拉尔·贡萨莱斯·埃斯帕尼亚

碧拉尔·贡萨莱斯·埃斯帕尼亚（1960— ），西班牙著名汉学家、翻译家、诗人。现为马德里自治大学教授，2004年曾获西班牙"卡门·孔德"女性诗歌奖。译介了庄子、司空图、王维、李清照、陆机、陶渊明等人的作品。

Die Bedeutung des Werkes liegt in dessen Widerstand gegen die weitere Schwächung des Lebens. Sie lässt sich in wenigen Worten zusammenfassen: Bewahre! Bewahre die Würde der Schöpfung!

Wolfgang Kubin

这首为弱势生命而抗争的长诗的重要性，可以用一句话来总结，就是: 捍卫! 捍卫生命的尊严!

顾彬

沃尔夫冈·顾彬（1945- ），德国著名汉学家、翻译家、作家。波恩大学汉学系教授，德国翻译家协会及德国作家协会成员。主要作品和译著有《中国诗歌史》《二十世纪中国文学史》《鲁迅选集》六卷本等。

Les vers du poème Léopard des neiges, un poème mystérieux, touchant, du poète Yi Jidi Majia, recèlent dans leurs mots ce dont manque l'humanité dans son ensemble, ce qui lui permettrait de sauvegarder ce vert foyer qui est le nôtre: l'amour, tout simplement. L'amour pour la Mère Nature, l'amour pour le poème cosmique qu'est la biodiversité sur Terre, l'amour pour la majesté de cette planète dont nous n'avons pas pris assez soin pour l'habiter avec respect, gratitude et affection. Dans un poème sur un animal impressionnant, une créature que l'on aperçoit rarement comme peut l'être le léopard des neiges, Jidi Majia a concentré magistralement la métaphore de la continuité, de la force, du but à atteindre, de la tradition et de la place que chaque être occupe aux côtés de ses camarades, qu'ils soient des plantes, des arbres, une tribu ou un seul homme. C'est la magie de la bonne poésie.

Françoise Roy

彝族诗人吉狄马加的最新作品《我，雪豹……》神授天成，感人肺腑。吉狄马加传递了这样一个信息：我们人类是如何亏欠这个星球的其他有情众生的，而要拯救我们的绿色家园，人类只有付出简单朴实的爱。人类必须真情爱护大自然母亲，人类必须保护生物多样性，人类对这个星球的每一个精彩绝伦的生物，都必须怀抱敬畏之心，感恩之意。雪豹作为地球上最神秘，近乎虚无缥缈的生命王者，在诗人笔下幻化为一个强大的隐喻。透过对雪豹的前缘今世的温情批露，对雪豹矫健勇猛的歌颂，对雪豹血统和精神的顶礼，吉狄马加为地球上每一个寻常生灵仗义执言。是的，每一株树木，每一朵鲜花，每一个部落，每一个活生生的人都享有纯粹的尊严和价值。这正是杰出的诗歌文本的魔力所在。

弗朗索瓦丝·罗伊

弗朗索丝·罗伊（1959- ），加拿大著名诗人、小说家、翻译家。生于加拿大魁北克，现旅居墨西哥。用法语、英语、西班牙语写作，出版文学作品60余部，并获得8个文学创作和翻译大奖。

In an urgent voice that comes to us from the Paleolithic and, too, from the ravaged rainforests of the world, the Nuosu poet Jidi Majia gives us the spiritual interior of Panthera uncia, the snow leopard. The compassionate counsel of Majia's narrator, concerning its own fate and the fate of humanity, is wise and also brave, a song that will be welcomed in every nation to which it is carried.

Barry Lopez

从旧石器的一个黄昏，是的，同时从饱受蹂躏的热带雨林，传来了一道发自名叫吉狄马加的诺苏诗人的急切呼救声。诗人吉狄马加，以雪豹代言人自居，向全世界作了一次令人心碎的真情告白。告白关乎雪豹的前缘今世，也关乎人类的最后结局。诗人的睿智和勇敢，密密实实汇聚在这首警世的雪豹颂歌之中。一首响彻这个星球每一个角落的生命和自然的颂歌。

巴里·洛佩兹

巴里·洛佩兹，散文家、短篇小说家，共著有6部散文作品和10部虚构作品，美国最具代表性的自然文学作家之一，是"当代从伦理角度重估人类生态行为的主要代言人"。迄今获奖无数：美国国家图书奖、美国图书评论协会提名奖、美国文学与艺术学院颁发的文学奖、美国自然文学的最高奖项——约翰·巴勒斯奖章、古根海姆奖、美国国家科学基金会奖、手推车奖等。

Kilio cha chake chui theluji ni machozi ya viumbe vyote, laiti kingelikua chako pia upate uhai! Jidi Majia anaingia kimaalum kwa uhai kupitia kiumbe kimoja na viumbe vyote vinaimba uhai. Anadhihaka kifo na kuimbia uhai tena na tena. Mshairi anaumba dunia mara ingine akitumia maneno. Uchungu na radhi, kifo na uhai zinaungana.

Philo Ikonya

诗人吉狄马加于无声处为雪豹仗义长啸，如此泣血岂止限于雪豹？他分明是在为大千世界每一个生灵而仗义长啸！吉狄马加是在为地球上所有的生命鼓与呼！诗人嘲讽死亡，讴歌生命，在诗人辉煌的诗行中，新的世界诞生了：悲与喜，生与死，九九归一，物我两忘。

菲洛·易孔亚

菲洛·易孔亚（1959- ），非洲著名诗人、小说家、记者和人权斗士。原籍肯尼亚，现旅居挪威奥斯陆。毕业于内罗毕大学，专修文学、语言学，曾在意大利、西班牙留学，专修哲学。出版诗集、小说等多部文学作品，用英语和斯瓦西里语写作。

In deinem Schweigen liegt das Geheimnis

Schneeleopard

Unter all den Raubkatzen bist du die einzige

die niemals schreit

Könnten in deinem Schweigen

die Menschen deinen Schrei hören

wäre alles schon

gesagt

Durch dein Schweigen bedeutest du

den Menschen anstatt zu reden

durchzuatmen.

Dein Geheimnis als Katze hat Jidi Majia benannt:

Obwohl ich neun Leben habe, so wird das Nahen des Todes

nichts anders sein als das neue Leben in der kommenden Welt.

Helmuth A. Niederle

大千世界所有的猫科动物 / 只有雪豹不会哭泣

然而，在这如雷般的沉默之中 / 有人分明听懂了

雪豹胸中无言的万般丘壑 / 无言的雪豹

昭示世人们 / 学会倾听　凝神

诗人吉狄马加透露了雪豹心中惊天的秘密：/ 虽然我有九条命，但死亡的来临

也将同来世的新生一样正常

赫尔穆特·A·聂德乐

赫尔穆特·A·聂德乐（1949-　），奥地利著名诗人、作家。奥地利笔会负责人，奥地利文学学会副会长，出版诗集、小说集、散文集等80余种。其作品译为英语、汉语、印地语、波兰语和罗马尼亚语等多种语言。

Nije čudno da je veliki pjesnik Jidi Majia koji voli sve ljude i sva bića, posvetio svoju sjajnu pjesmu Snježnom Leopardu, toj ponosnoj i mitskoj životinji kakav je i njegov narod Nuosu. Snježni Leopard živi sam kao i istinski pjesnik, kakav je i Majia. Ta životinja, koja najvećim dijelom živi u Kini mora biti poznata u cijelom svijetu kao primjer tradicije, vjere i ljepote. Cijeli svijet mora znati za Snježnog Leoparda kao i za pjesme Jidi Majia!

Zarko Milenic

当代中国的伟大诗人吉狄马加，挚爱人类，及于大千世界的一切有情众生，他把最新力作献给像他的诺苏同胞一样骄傲而神秘的高原雪豹。此事绝非偶然。雪豹就是诗人吉狄马加的化身，雪豹代表在中国乃至全世界闻名遐迩的吉狄马加的全部美德：守望悠远的传统，持守高贵的信仰，向美而生。世人们终将像热爱雪豹一样热爱他们自己的诗人——吉狄马加。

扎尔科·米里奇

扎尔科·米里奇（1961年—），波斯尼亚著名诗人、作家、剧作家、评论家和翻译家。他用克罗地亚语、波斯尼亚语和塞尔维亚语翻译外国文学作品。已出版诗歌、散文、小说、剧本、翻译等作品20多部。

I am delighted to know that Jidi Majia's latest and longest poem in tribute to Snow Leopard is going to be released very soon. Jidi Majia is a distinguished poet of this age. He feels concerned for the tradition and traditional values in both individual and corporate lives. He is internationally known for his faith in the progress and perfectibility of man. His book of poems in Bengali translation is on process. I believe, his new book of poems will also receive wide appreciation.

ASHIS SWANYAL

吉狄马加讴歌高原雪豹的长诗将要出版，这一消息令人喜悦。吉狄马加是本世纪杰出的诗人，传统以及传统价值对于个人乃至社会的重要性是他念兹在兹的首要关切。吉狄马加对人类进步和人类的完善抱有坚定不移的信念，他也因此闻名遐迩。吉狄马加的力作《我，雪豹……》必将受到读者的热忱欢迎。

阿希斯·萨纳尔

阿希斯·萨纳尔，印度当代重要作家、诗人，通晓英语、印地语、孟加拉语、古杰拉地语。1938年出生在原属印度的迈门辛（今属孟加拉国），曾为加尔各答学院讲师。在担任印度作家协会秘书长期间，在加尔各答组织了首届南亚区域联盟国家作家研讨会，系印度当代新视角文学运动的领军人物之一。1988年，诗集《如来佛桑亚尔先生》荣获巴拉蒂文学奖。

In these elegant epigrammatic lyrics, Jidi Majia digs deep into the earthy past of his homeland, reaching shadow hands to grasp the ghosts of tradition. These are mythic poems, poems of the tribe and of the mother language sobbing in darkness, and of the bard who beats back the night with a tongue of flame. Though time's salt erodes us and its sawteeth bite, he chooses to sing, mounted on a horse of light.

Tony Barnstone

在这本诗选里，吉狄马加用优美而警策的诗句讲述了他的民族他的部落他的故土的过往，用影子一样的手握住他的民族的传统。他的诗句是躲在黑暗里哭泣的母语，他用火焰一样的词语与夜搏斗；尽管，对于吉狄马加，时间就像洒在伤口上的盐粒，他却依然选择歌唱——骑在时光的马背上为他的民族歌唱。

托尼·巴恩斯通，美国当代著名诗人、翻译家，惠蒂尔大学英语系主任，曾获本杰明·索特曼诗歌奖，聂鲁达诗歌奖，出版了18本个人诗集，包括《洛杉矶魔像》《战争之舌》等，曾合作翻译出版《空山拾笑语——王维诗选》《暴风雨中呼啸而出——中国新诗》《安克辞典：中国诗歌三千年》等。

Jidi Majia's poems travel through time and space as iridescent shards of light borne by the mythological symbols of Yi culture. They encounter life and death, suffering and celebration in a series of spectacular collisions that restore language itself as the enduring expression and meaning of human existence. It is fitting that Denis Mair's beautiful translations should introduce them to the English-speaking world, confirming that a poetry rooted in particularity can express a universal desire for meaning in the music of human breath.

Graham Mort

根植于彝族文化神话符号的吉狄马加的诗穿越时间和空间，在一系列引人瞩目的碰撞中，遭遇生与死、痛苦与欢愉，昭示了人类存在的终极意义。梅丹理精彩的译笔将吉狄马加的这些诗介绍给英语国家的读者，让人确信，富于个性的诗歌在具有人类气息的音乐中表达了具有普世性渴望的意义。

格雷汉姆·莫特

格雷厄姆·莫尔特，英国诗人，现居住在英国西北，现任兰开斯特大学写作和跨文化文学教授，跨文化写作与研究中心合作主任。格雷姆还出版了九本诗集。卫报写道："他是最有成就的诗歌实践者之一。"曾获得Cheltenham诗歌奖，Arvon基金国际诗歌奖。

A brilliant book of praise-songs to and for the cosmos rooted in the poetic wisdom of the Yi people, one of 56 ethnic minorities of contemporary China, composed by one of the grandest poets of our time, Jidi Majia.

Jack Hirschman, emeritus Poet Laureate of San Francisco

这本书是当下人类最伟大的诗人之一吉狄马加用彝族的诗歌智慧写给他的民族——中国五十六个少数民族之一的彝族和全人类的颂歌。

杰克·赫希曼 美国旧金山桂冠诗人

杰克·赫希曼，美国当代杰出诗人，1933年出生在纽约，已出版诗集一百多本，其中多半被翻译成法语、西班牙语、意大利语等十几种语言，其主要著作《神秘》出版于2006年；连续数年被评为旧金山市桂冠诗人。他是旧金山革命诗人旅的创始人，同时也是20世纪五六十年代以来美国最具有代表性的诗人之一。

What grace and insight light Jidi Majia's poems in his new collection. His poem/songs make a direct link between his Yi poets and the indigenous poets on this side of the world. These poems are so haunting that deer gather at the sound. We gather with them to listen. We do not want to leave.

Joy Harjo, Mvskoke poet and musician

吉狄马加的诗优雅而深沉，富于洞察力，他的诗为彝族诗人和地球这边的本土诗人架起了一座桥。他的诗像一群鹿在忘情地歌唱，而我们就在其中倾听；那种歌声萦绕于我们的心头，让我们迟迟不愿离去。

乔伊·哈乔，美国原住民女诗人、音乐人，史蒂文森诗歌大奖得主。

The Yi minority in southwestern China, numbering several millions of people, has managed to preserve its ancient language and unique traditions which enrich the patrimony of the entire humankind. A son of that minority and a great Chinese poet Jidi Majia is a true ambassador of Yi people before the global community. His poetry combines Yi mythology and poetics with modern diction, giving us an amalgam of cultures which leaves an enduring impact on the reader's soul.

Tomas Venclova

聚居于中国西南部、拥有数百万人口的彝族保留着古老的语言和能为全人类财富添砖加瓦的独特传统。彝族的儿子、伟大的中国诗人吉狄马加是彝族人民派往国际社会的真正大使。他的诗歌将彝族的神话和诗学与现代语汇融为一炉，给予我们一件能持久作用于读者心灵的文化合金体。

托马斯·温茨洛瓦（1937—　），立陶宛诗人、学者和翻译家，美国耶鲁大学斯拉夫语言文学系教授，与米沃什、布罗茨基并列"东欧文学三杰"，被称为"欧洲最伟大的在世诗人之一"。

附录四

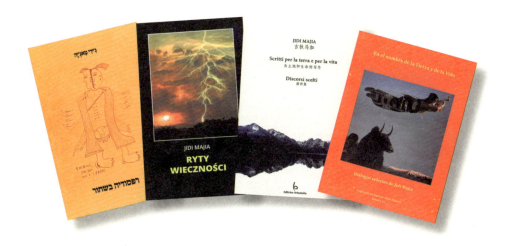

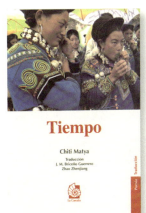

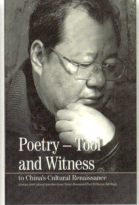

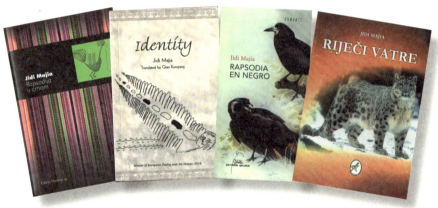

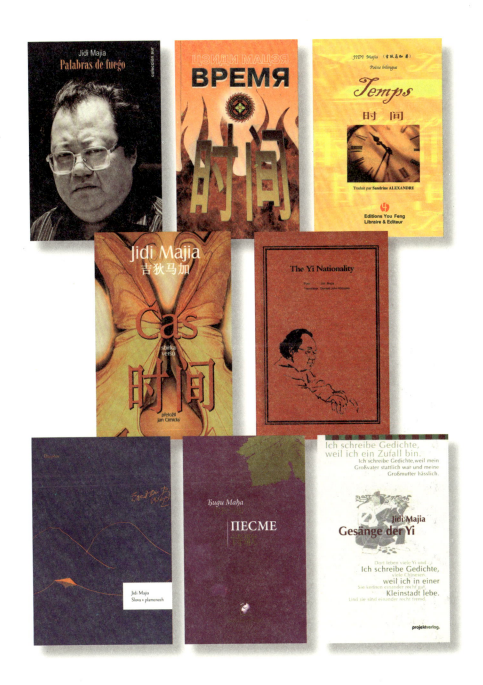

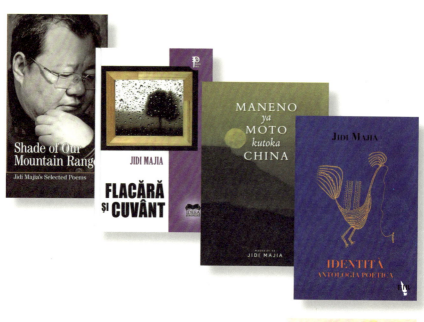